공산토월

문 학 동 네
한국문학전집
0 0 4

이문구
대표중단편선

공산토월

문학동네

암소

더 영글 눈발이 소나기지면서 잠 씻은 밤이 이우는 섣달이라 기 델 건 화로하고 다시없으련만, 또 무슨 추위던가 횃대 밑에선 벌써 닝닝한 화로 냄새가 돈다. 고주배기 등걸불이 청솔가지 쪄다 땐 재 보다 쉬 자는 건 알지만 여태껏 부손이 닳창나게 쑤석거려댄 탓일 터였다. 공식孔植이 녀석은 그토록 숟갈 놓고부터 고구마를 구워 먹고도 여직 양에 덜 갔는지 남은 불씨마저 화로 귓전에다 묻는다.

"저녀리 자슥은…… 구구매고구마두 처먹어쌓더라, 자그매 구 워, 화루 식는개비다. 화루 쥑이먼 콩너물시루 은단 말여."

"쟘이 안 오니께 입만 굴품허잖유."

"업세, 니까징 것이사 뭣 때미 쟘이 안 오네? 주먹만헌 게 싹바 가지 읎는 쇠리만 더럭더럭 헌단 말여."

"아버지넌 그럼 워째서 쟘이 안 오유."

하며 공식이가 벌렁 자빠져 이불에 몸을 묻자 황구만黃九滿씨는 먹다 윗목에 밀어둔 동치미 국물 한 모금에 목을 축이는데, 고랏댁도 말씹단추 호던 바늘을 낭자에 찌르고 일어서며 한마디 보탠다.

"잭 공숙이가 똑 슨츌이 말허득기 허너먼그려, 쯧쯧쯧."

그녀는 요강을 타고 앉았다. 공식이 눈치 본다고 지릴 뻔해가며 참아와 급했던 것이다.

"슨츌이구 앉은츌이구 간에 다 늧거들랑 나가 뒹치미나 두어 쪽 쩌개 오너, 멀국두 좀 마시구 허게……"

"그러구 보니께 당신두 입은 서운했겠네?" 그녀는 죽 먹은 배임을 상기한 것이다.

"모처럼 새알심이 느가메 쑤웠거들랑 점 냉겨둘 것이지 솥긁겡이까장 싹 읎애버린댜." 모처럼 쑨 팥죽인데 맛이 괜찮았던 것이다.

"허이구, 그 슨츌이 뱃구레가 오죽이나 큽댜? 다섯 투가리뚝배기나 처먹구두 나뻐허더먼……"

"그녀리 자슥 때미 골치만 패쌓구, 므흠……" 황구만씨의 신음 섞인 한숨에 등잔꽃이 바람을 탄다.

황구만씨는 머리가 절로 내둘러진다. 선츌이라면 선자만 들어도 신물이 나 넌더리가 들어서였고, 또 그 삼 년 동안은 비길 데 없게 불운이 겹친 해였다고 겨울 들며 더욱 기승으로 잦게 회고되곤 하는 것이었다. 황씨로선 그것들이 모두 불가항력에서 나타난 결과들이었지만 그러나 자기의 무능과 무력했음에도 깎는 듯한 자책과 자멸을 하고 있었다. 그런다고 해서 결론에 이른 사태가 다시 실마리로 돌아갈 수 없다는 것까지도 물론하고 잘 알곤 있었지만.

황씨 나이는 쉰둘이었다. 주어진 인생을 분수껏 실팍하게 살아온 셈이라게 성실해 보인 농부였고, 믿어볼 만한 가장 같았으며 보고 들은 것만큼이나 아는 것도 모자랐지만 쉼 없는 노력과 근면, 그리고 오늘보다 내일을 더 낫게 살아보자는 모색 등에서, 배운 공부 대용처럼 자기 인생에 발맞추기 위해 타고난 듯한 성실한 인상을 안팎 동네 사람들에게 보이며 옮기기도 했다. 그 때문인진 모르지만 종교나 자세한 의속, 범례 따위는 아예 찾질 않았고, 또 자식들에게도 이것이야말로 세상에서 말하는 가정교육이다 싶은 것이면 그대로 실천하도록 했으며, 스스로 자기에게도 닦달해온 셈이었다. 아내 고랏댁은 고랏뜸 풍헌을 지낸 서주부 민며느리 몸에서 나온 만물 손녀딸로 귀포서씨歸浦徐氏인바, 이쪽 청해황씨 문중처럼 그랬다 하게는 못 떨었대도 행세란 걸 찾아 해본 조상도 더러 제사 모신 듯한, 과히 부끄럽잖은 귀염둥이였다지만 역시 무식은 죄로 갔을 만큼 천덕스런 데가 없잖아 시방까지 남아 있는 눈치였다. 다시 가문 얘기지만 황씨에겐 촌수 놓고 사는 푸네기도 드물진 않았으나 당내는 보매보다 쓸쓸한 편이었고, 들어서면 과년에 이른 양념딸 양순良順이하고 중학에 다니는 막내 공식이에 내외를 합친대도 네 식구뿐인 단출한 가족이었다. 그는 남다르지 않게 처자를 사랑해 아꼈고 이웃과도 즐거웠으며 술에 정겨워하면서 고랏댁의 허리를 환갑이 바라뵈게 굽혀놨을 만큼 오입 아닌 색도 밝힌, 구색이 넉넉한 농부였다. 비록 선대에서 대물림해 지킨 재산이긴 해도 산 정보나 하고 무논 서른 배미에 천둥지기 잿밭과 터앝이 그루갈이에 아쉽잖은 천여 평을 헤아려 자전거 한 대쯤은 사둘 만한 농가를 이룩하고 있었다. 그 땅들은 그가 물려받고 한 뼘을 늘이진 못했지만 흙 한 줌 축간 일은 더욱 없었다. 그가 누려온 반백년 동안에 맏과 둘째를 호열자에 잃어 묻은 것 외로 가슴이 녹슨다 하게 박힌 못이라곤 없었대도 주착이랄 수 없이 평범과 평탄, 요새 말하는 말로 안일한 일생을 살아온 터수였다. 요전번 "나는 법을 모르고 살아온 사람여, 내야말루 벱 없이 살어온 사램이란 말여" 윤고시랑네 시제時祭 때에도 술 취한 김이라고 선출이를 나무라면서 그렇게 바락바락 악다귀를 떨은 때 안팎 사람들이 입술 한번 삐죽거렸다거나 손가락질 하나 하지 않던 것을 보아, 앞으론 더욱 자신을 가지리라 한 것도 평소 지녀온 자기 평가의 확인이었다. 헌데 그 윤고시랑네 시제 때만 해도 선출이만은 말끝마다 가시를 꽂고 있었다. 선출이는 그때도 그 말을 했었다.

"여어보슈." 녀석은 상것답게 '여어보슈'란 말로 시작했던 것이다. 그 여럿인 노인들과 숱한 애들 앞에서 그런 모욕적인 말로만 일관했었다. '여어보슈'가 녀석의 첫마디였을 때 나올 말은 다 나왔고 '저놈의 색긔!'로 응수함으로써 말은 다 간 말이니라 여기고든 거였지만. 그때 선출이는 "거것두 자랑이던가뵈 헤엣 내 참, 여

어보슈, 여북 오죽잖었으면 벱이 옳이두 살았겼슈? 짐승덜두 벱이
보호를 해줘야 살어나가넌디…… 댕신이 무엇같게 살어왔으면 법
두 소용없었겼너냐 말여 내 말은……" 녀석도 취기가 보통은 지
난 듯했다.

"뭣잇, 즘생이 워쩌?"

"흥." 선출이는 포악을 한술 더 떠 계속했던 것이다. "내 말 점
들어뵤잉? 나두 동네 사람덜이 보구들 아시다시편 몸으루, 아녈말
루 증말 무식허유, 헌디, 대관절 이 땅에 뷴괴<small>變怪</small>가 몇 번이나 났
던 중 알유? 알어? 증말 참 똑똑헌 사람은 다 죽구 옳이 되얏단 말
유. 지기랄, 오죽이 오죽했으먼 벱 옳이두 살은 게 자랑여?"

"그런디 저녀리 색긔가 시방 누구를 워치기 보구시럼 저 지랄이
랴?"

"시방 나의<small>나이</small> 오륙십 먹은 사람치구서 아무 탈고 옳이 닝촌에
서 지 끼니에 지 밥 먹구 자석새끼 질러가메 살어가넌 사람치구 똑
똑헌 사람이 몇 사람이나 되겠느냐 그 말유, 내가 군대 가서 보면
각처에서 뫼여든 애덜두 죄 그런 소리를 허던딧, 증말 참 이것두
저것두 앙껏두 아닌 것덜만 지 집 지키구 살어났겼지……"

"당최 저놈이 워떤 맴 먹구 살어왔글래……"

"생각해뵤. 패리로<small>8·15</small> 해방 전까장 왜정 사십 년허구 육니오 사
비언 통구리허구……"

"기가리가 맥혀서……"

"도회지는 달러유. 허지만 이런 무고한 촌일수록이 워디 한 군디 다치잖은 사람 읎구. 비영신^{병신} 안 된 사람 드문 벱인디 여북했으면 온전했겄냔 말여, 박쥐마냥 간에 붙었다 쓸개에 붙었다 했던가 헹편읎는 무지랭이였거나 했을 테지만."

술 먹은 개랬다고 황씨로선 탓하기커녕 듣고 만 숭했지만 그러나 두고두고 생각수록 부아가 옹어리지는 말이었다. 짐승도 벱이 있어 산다는 건 옳은 말이었지만 그것도 아는 게 아는 거라고 천방지축 지껄이도록 듣고 만 건 후회스럽기 짝이 없었다. 그뒤 황씨는 여러 가지로 거듭 생각해봤었다. 역시 자기로선 옳게 살아온 것이었다. 사람이 살아가는 데엔 여러 가지 습속과 방법이 있을 것이었고 길도 여러 갈래로 트여 있었겠지만, 제가 제 분수를 알고 제 근력껏 살 길을 찾아 무덤덤하게나마 살아왔다면 그 또한 현명한 짓이었다는 결론에 이르렀던 것이다. 해서, 자기 눈으로나 자기와 비슷한 환경과 관례를 좇아 이 나이 차지한 사람이라면 선출이를 건방지고 되바라진 야심쟁이로 볼 게 틀릴 것 없으리라고 단정하지 않을 수 없었다.

"슨출인가 그 작것은 워디 가서 뇌작거리고 앉았으까나. 들와 자빠져 자지 않구." 고랏댁이 아직 설은 내가 나는 동치미를 한 보시기 쪼개가지고 들어오며 두런거린다. 이 시렁굴에선 뉘 집이건 삼동을 양식 아껴가며 나는 농가로, 기나긴 밤에 궁금한 입 달래자고 먹을 거라면 삼삼한 동치미밖엔 없을 거였다. 황씨는 보시기 전두리에 걸쳐 너덜거리며 늘어진 청각부터 한 지범 입안에 걷어넣고 나서, 아내가 또 물을 하고 들왔나 싶어 퉁명스럽게,

"이 밤중에 뭣 허구설람 인저 들온댜?"

"챕쌀 스 되허구 멥쌀 닷 되 가웃 일어 당그구 왔지, 고사두 지내야겄구. 애덜두 하 껄떡그려쌓구 허니께……"

"고사?" 황씨는 무슨 고사냐고 하려다 고랏댁이 고시랑거릴 게 성가시어 웃통을 벗어 던져주며 이불 속으로 들어갔다. 고랏댁은 눈치 없이,

"공슝이두 아직 잠이 짚이 들던 않었을 텐디 그새 워치기 불을 끈댜." 음성을 낮춰 핀잔하는 아내의 질척해진 밥풀눈이 곁눈으로 보이자 황씨는 버럭,

"불은 왜 꺼? 이나 잡어놓라니께, 얼어 죽게 뜰팡에다 내놓던지, 서캐가 실었나 군시러워 죽었어." 지청구를 해대고 눈을 감았다.

차주백이네 주막을 나와 밟히는 눈길에서 박선출朴先出은, 취중에도 구름 위를 걷는다면 이렇잖을까 싶게 푸근한 느낌의 기분에 흐뭇해지고 있었다. 그는 황구만씨에 대한 욕이 안주로 먹은 두부처럼 엉겨 내려가지 않고 있었지만 눈보라 속에서 눈을 밟는, 어딘가 좀 엄숙하기조차 한 분위기를 느껴선지 진득이 참을 수가 있었다. 그것이 어쩌면 '애인'을 만나러 나선 길이었기 때문일지도 모르지만. 날마다 보는 신실信實이건만 볼 때마다 새삼스럽고 조심되는 건 또 무슨 조홧속인지 알 만하면서도 알고 싶진 않은 일이

었다. 멀다 해도 내년 이월이면 한몸이 될 수 있는 그녀이면서 노상 그래지던 것을 어쩌랴 한다. 처음 봤을 땐 밉던 것도 자주 보면 볼수록 무던해 뵈는 법이고, 애초부터 한눈에 혹해가지고 반해버린 건, 그랬다가도 차츰 물려 성가시러워지고 시부정해지는 터수련만, 신실이한테만은 달리 그녀를 처음 눈에 들여놓던 사 년 전이나 지금이나 그에겐 조금도 묵어 보이거나 문내가 나지 않았고, 아니 보면 볼수록 귀여워 안타까우며 온몸이 그닐거려 견디자니 고통스러운 것이었다. 없을 땐 부리나케 그립고 만나보면 머리 냄새나 땀냄새라도 맡아보고 싶어 배길 수가 없어질 뿐 아니라 팔목의 뵐 듯 말 듯한 솜털까지도 소중스럽고 기특해지는 거였다. 그런 그녀와 한 지붕 아래서 한솥밥을 못 먹게 만든 장본인이 황씨라는 걸 생각하면 그동안 환장하지 않았던 게 이상할 지경이었다. 모든 문제는 황씨에게 있다고 선출은 규정짓고 있었다. 황씨는 황씨대로 선출이 무식하고 못 배운 소치로 이해를 못 한다고 역습하려 들지만, 이런 경우엔 대학 할애비를 다닌 한림학사라도 어쩔 수 없을 것이라고 선출이는 장담한다. 거듭 밝히지만 선출인 신실이를 사랑하고 있다. 또 그녀도 그를 그만큼 사랑했다. 그런데 그들이 결합할 수 있을 만한 여건은 전혀 구비돼 있지 않은 것이었다. 여기서도 사회에의 첫걸음을 잘못 디뎠음은 선출이 그 자신도 후회하듯 충분히 시인한다. 어차피 이 지경에 이르렀기로 과거지사를 탄하는 건 아니지만 중학교 모자도 써보고 까막눈도 면하고, 게다가 철공소 견습공과 트럭 조수로 두 군데나 자리가 말이 됐던 걸 마다하고까지 황씨네 머슴으로 들어갔던 건, 역시 발등을 찍고도 남을 일이던 거다. 그러나 그 무렵만 해도 별수 없었다. 그즈음엔 눈에 보인다는 게 먹을 것, 먹는 것뿐이었으니까. 남의집살이를 하면 배는 곯지 않는다고들 했고, 또 실지 그 욕심뿐이기도 했었다. 그 무렵부턴 이 시렁굴 안팎에도 '머슴이 상전'이란 말이 예사로 돌았으므로 솔직히 말해 밥에 환장해서, 주려 곯린 배를 벌충시키려는 데에만 눈이 가려 그렇게 황씨네 머슴으로 들어갔던 것이다.

오늘도 차주백이네 주막에서 함께 술을 마셨으니 말이지만 그때, 성모나 수송이 같은 친구들은 펄쩍 뛰었고, 머슴살이보다 철공소나 자동차 조수가 낫기로 말함을 천양지차라고 겨뤄 적극 말렸지만 그의 아버지 박무생씨는 모른 체 눈감아두고 있었다. 성장하는 한창 나이에 계모와 이복동기들 등쌀이며 없는 집구석에서 헐벗음과 굶주림을 면하길 바랄 어리석은 자식이기보다 머슴살이일망정 독립해 나가길 원하고 있은 모양이었다. 일이 손에 익은 생일꾼은 아니었지만 아직 무른 뼈에 눈썰미로 배우면 곧 쓸 만한 일꾼이 될 거라는, 꽤나 여유 있는 안목으로 황씨는 받아들였던가보았다. 선출이의 머슴살이는 그래서 그렇게 시작된 것이었고 그로부터 사 년, 나이가 됐다고 군대에서 데려가기까지 지게와 쟁기질을 계속했던 것이다. 그는 드물게도 술과 담배에 어두웠고 여자란 건 더욱 몰라서 모르고 있는데다, 군입정과 주전부리를 삼간 덕분에 입대할 때까지 팔만원이나 되는 현찰을 모으고 있은 거였다. 새경을 받으면 곧장 쩔어 돈 샀고 그 돈을 놓아 불리기도 하며 쌀짝 째 장리쌀로 내주기도 하여 그만한 돈다발을 만질 수 있었던 것이다. 입대하면서 그는 그 돈을 주체하지 못해 주인인 황씨한테 줬었다. 집으로 가져가자니 소리도 없이 녹겠고 종전대로 하자면 관리 소홀로 떼먹힐 우려였다. 누군가는 은행의 정기예금을 권하기도 했다. 그러나 거기는 이자가 이자스럽지 않을 뿐 아니라 은행에 예금한다는 건 어떤 책에서 읽었거나 선생님한테만 들었지 실제로 예금했던 사람을 본 일이라곤 없으므로 전혀 실감이 나지 않을 일이던 거였다. 그런 판에 황씨가 뛰어들었던 거다. 농한기를 이용해 손톱만 길어가는 일손들을 모아다가 이듬해의 농자금을 만들어 쓸 궁리에 머리가 빠지던 황씨였으니 정처 없어 오도가도 못하는 딱한 돈 팔만원을 보고 점잔뺄 계제가 아니었음은 이해하고도 남는 일이었다.

제대할 때까지 맡긴다는 전제와 삼 부 이자여서 조건도 괜찮은 셈이었다. 물색없는 황씨 입에다 장기고리長期高利라는 비난과 평계와 구실을 심어준 셈이긴 했지만.

군대에 가 있던 동안엔 휴가만 냈다면 황씨네 집이었고 묵으면 용돈하고 또 노자푼이라도 뜯으니 옹색스럽지 않아 좋았다. 그런데 그것이 차츰 안 될 놈은 잦혀져도 코가 깨진다는 속담대로 돼가던 거였다. 황씨가 실패를 해간다는 소문이 들리기 시작하던 것이다. "비응신이 육갑헌다더니 그 주제에 사업은 무슨 육시럴 놈의 사업여." 당시에도 선출은 황씨가 꼴 보이는 짓을 하는 것 같아 병영 안에서도 안달을 하며 비난했지만, 여하간 황씨가 잘되기를 바라고 있었음만은 분명했었다.

신실이네는 시렁굴 매갈잇간 터로 남은 찔레 덤불 사잇길로 동네를 나가다 최방정이네만 묘를 쓰던, 밭사둔 이마빡만한 고막재를 넘어 군둘목 고랑에 자리하고 있었다. 명색이 꽃패집이라고는 하나 용마루 허리가 휘어지고도 삼 년을 나서 썩은새가 퇴비로 된 야트막한 옴팡간이었다. 밤눈에 뵈는, 겨릅대 울타리 뜯어다 밥해 먹은 지 오래인 그 집은, 흡사하기 똑 서리 앉은 푸장나무와 억새 푸데기 속에 따로 내어 지은 사는 집 돼지우리거나, 구새 먹은 고목나무 삭정이 위에 앉힌 까치 둥우리에 진배없었다.

선출이는 어느새 허이연 눈 그림자뿐인 군둘목 고랑에 다다라 있었다. 눈발은 많이 숙어져 있었고 그 집엔 불이 없는 것 같았다. 하긴 이런 오밤중이고 보니 잠이 들었다면 업어가도 모르게 죽어 잘 시간이기도 했다. 그래도 선출은 뒤꼍으로 돌며 발돋움을 해갔다. 신실이 잠들었으면 그참 신발을 벗어 들고 들어갈 작정하고 하는 짓이었다. 그녀는 으레껏 윗방을 독차지하고 혼자 자온 까닭에 선출은 이따금 그녀 어머니인 즘촌댁 신경을 비켜 이슬 맞힌 옷이 마른 뒤에 나오곤 했던 것이다.

그들이 서로 다른 몸을 자기 몸의 일부로 알아 나눠 갖기 시작된 건 제대하고 곧바로였으니 지난 유월이겠는데, 아니 유월 스무사흗날부터라고 해야 정확한 기억이 된다. 그날 밤도 꼭 이 시간이었을 거였고 오늘처럼 뒤꼍으로 돌아 살창틈으로 엿보았으며, 그때에야말로 그녀는 내복 빨아 널은 통치마가 걷혀진 줄 알 턱 없게 곤해하고 있었으며, 홑치마가 죄다지만 어쨌든 선출이로선 맨마지막에나 볼 수 있을 곳부터 제일 먼저 봐버렸고, 또 몽땅 훔쳐도 되게 돼 있는 것이었다. 그야 그날 밤에도 신실이 혼자서만 자고 있었다는 건 아니다. 그녀 의붓동생인 춘자가 숙제하다 말고 등잔을 써놓은 채 엎드려 코를 골고 있었음은 숨길 필요도 없는 것, 등잔을 불어 끄고 얼마 안 있어 신실이는 자기를 훔치는 자가 선출이란 걸 냄새로 알고 있었다고 했는데, 그것도 사실일 수밖에 없는 건 선출이가 겨드랑이로 풍기는 냄새는 유독하기로 동네에서 일러온 참이던 것이다.

　지난 일을 잊으려며 선출은 추녀 끝으로 들어서다 군침을 얌전히 삼켰는데, 그건 처음 있은 날 밤, 신실이가 몹시 아파하며 아프다 소리가 고대 입 밖으로 나와 춘자란 애를 깨우겠어서 땀수건을 대충 쓰고 나서 신실이의 벗긴 몸을 고랑 둔덕 모시밭 속까지 안고 나와 남은 일을 마저 끝냈던 기억이 눈앞에 머문 순간의 짓이었다. 윗방 문고리로 가던 손을 주춤하고 고개를 두렷한 건 안방 쪽에서 들리다 만 기척 때문이었다. "덮어유 볼기 시려워……" 하던

건 즘촌댁의 꿈결 같은 목소리임이 분명했지만 "에헤이⋯⋯" 소
릴 낸 건 사내 숨결이던 거다. 선출이 게걸음질로 다가갈 때,

　"이불 들썩대면 저 아이 코가 바람을 먹구 갠단 말여" 하는 두
번째 기회로 우습지만 방개方丐 음성이 저렇더란 미심을 얻었다.
춘자가 옆에서 자는 모양이었다. 문구멍부터 내려 드는 손가락이
입으로 오자 침 바르기 전에 주먹이 드나든 바람구멍을 막고 있은
걸레뭉치가 발견되자 그 걸레뭉치를 밀어냈다. 이어 얼굴을 반쯤
들이댔을 때서야 이불도 걷어차고 숨결을 모아가는 게 방개임이
확인되었다. 선출이는 그네들의 몸놀림을 주시하고 있은 동안 자
기 목구멍으론 고뿔이 들고 있는 것도 몰랐는데 그네들의 노력이
병영에서 딱 한 번 구경했던 '문화영화'로 보아둔 것보다 훨씬 구
수한 맛을 내는 것 같고, 더욱이 결리고 쑤셔하는 꼴은 너무도 몸
을 결단내는 것 같아 인정상 한눈팔 겨를이 없어서였다. 민물새우
튀듯 하는 즘촌댁의 등심이나 힘껏 당겨 잰 활시위보다 더 팽팽하
게 엉버틈한 방개의 어깨는 사철 가시지 않던 방구석의 메주 뜬 냄
새마저 눌러놓고 있었다.

　방개가 "나는 나와" 하는 소리를 내자 선출이는 시선을 떼었다.
이윽고 윗방 문고리를 딸 때 안방에선 숭늉 대접 벌컥대는 소리가
들리고 있었다.

　신실이는 이불을 이마까지 뒤집어쓴 채 저세상이었다. 선출은
옷을 벗고 그녀 이불 속으로 끼어들었다. 손이 녹은 듯싶자 그는 신

실이의 체온을 빨아들이기 시작했다. 그녀는 초저녁에 부엌에서나마 목욕을 한 모양이었다. 내의를 말끔하게 갈아입은 걸 보아 알 수 있는 일이었다. 그녀 내복에서 새물내를 맡은 제 내복의 이들이 몽땅 옮아가면 망신이다 싶어 꺼림칙했지만 어쩔 수 없는 일이었다. "제기랄 것은……" 그는 문득 싱거운 입맛을 다셨다. 하여간 언짢은 일이었다. 그러나 그는 꾹 참기로 한다. 그가 그녀에게서 느끼는 불만스러움이라면 늘 그 딱 한 가지, 그녀의 무모증無毛症이었던 것이다. 몸은 무척 노곤하면서도 잠이 오지 않는다. 한심한 노릇이었다. 선출은 신실이의 몸뚱이가 마치 그 암소나 되는 양 쓰다듬고 쓰다듬으며 거듭 한숨만 쉬었다. 아 서울…… 서울…… 그러나 서울의 모습은 냉큼 눈앞에 다가오지 않았다. 그는 아주 어려서부터, 그리고 군대에 있을 때에도 사주쟁이나 관상쟁이로부터 고향을 떠나야 하며 타관에 나가야만 비로소 성공하고 밥술이나 놓치지 않고 살리라는 말과 그 비슷한 예언 같은 소리를 들어온 터였다. 그래서 그런진 몰라도 그는 오늘 이 시간 지금까지 꼭 그래야만 뭣이 돼도 되긴 되리라는 예감 속에서 살아왔대도 과언 아니게 서울과 서울생활에 대한 소망과 집념은 비길 데 없이 큰 것이었다. 그래 오래전부터 신실이만 아내로 얻으면 대뜸 서울로 뜰 작정을 해오고 있은 것이다. 사실 군에 가서 보고 듣다가 더욱 그러리라는 결심을 하게 된 것이지만, 못 배우고, 땅뙈기마저 없는 농촌의 젊은 청년이 할 수 있을 일이라곤 비록 등짐 방물장수를 하다마는 한이 있을 게라더라도 장사밖엔 살길이 없다는 것이 철들자 선출이의 지론이며 주장이던 것이다. 그는 전방이라지만 서울에 등을 붙인 부대에 배치됐던 관계로 서울이 집이던 몇몇 동료의 휴가와 함께 서울 살림하는 모습, 모습이라기보다 실정이었대야 실감이 날 성부른 꼴을 눈여겨볼 기회가 두어 차례 있었던 건데, 그리고 거의 근근이 하층생활을 꾸려나가는 궁색진 생활 실태들이었음에도 그는 그게 얼마나 부러웠던지 모른 것이다.

서울은…… 문 밖만 나가면 가게들이 거기서 거기였고 싸전과 탄 가게는 돈만 주면 내 집 뒤주나 부엌 아궁이와 다르달 게 없을 것이었다. 이삼십 리씩 혀 빠지게 걷지 않게 돼 있었고 음식은 서울하고도 한복판이 전국에서 가장 싸다는 것이다. 서울은……

그는 토끼똥 누게 남처럼 입치레로 먹거나 입진 못하더라도 신실이와 함께 서울 살림을 해보는 게 첫손가락에 집히는 꿈이었으므로 멀쩡한 육신과 원금이 팔만원에, 삼 년 밀린 그 삼 부 이자 팔만육천여원을 보탠 십오만원만 가져도 어찌 돼 무얼 하든 두 목구멍은 제 구실을 시킬 수 있으리란 계산이었는데, 그건 결코 꿈이나 바람에 그치기 쉽다기보다 오히려 믿음직한 사실이라 할 것이었다. 그토록 틀림없던 사실이 자기도 모른 새 한갓 깨고 난 꿈이 돼버릴 조짐이 더욱 분명해진 현실로 나타났을 때 선출이 실감낸 허무나 허탈을 맞아 분노의 치를 떨어야 했음은 누가 보아도 당연한 노릇이라 하지 않으면 안 될 일이던 것이다. 그것이 비록 황구만씨가 고의로 저지른, 또는 어떤 야비한 저의가 담긴 배포로 꾸민 짓이 아니라는 걸 알 만하면서도 그러나 선출이로선 이를 갈지 않을 수 없게 만들어진 사태였다. 그래서 그는 이를 갈아 마셨고 동시에 흐려져버린 소망의 복구와 침전된 의기의 회복을 위한 투쟁에서 게으르지 않아야 했던 것이다. 게으름을 피울 수도 없는 일이지만, 무엇보다도 신실이의 그 새까만 두 눈을 보면 하루 한시를 견딜 수 없고, 황씨와 이 지경이 되지 않을 수 없게 꾸며진 불가항력적인 사태나 물정에 대해 증오를 더해가면서 반동으로 환멸에 젖어들지 않을래도 별다른 수라곤 없었던 것이다.

한마디로 말해 황씨는 돈을 물어줄 수 없다는 거였다. 기어코 받아내야겠으면, 때가 됐다거든 관공서에나 가서 알아보라는 투였다. 선출이로선 그런 벼락이 없었는데, 물론 그가 입대하고 두서너 달 만에 군사혁명에 의해 정권이 갈렸다는 걸 모르고 있은 것도 아니었다. 오히려 박장군이 영도하는 혁명정부에서 어려운 고비에 부닥친 나라살림을 맡아 바야흐로 잘돼간다더라는 것까지도 알고 있던 거였다. 혁명 초기만 해도 그는 정말 명함도 없이 좋아날친 쫄병들을 가려 둘째가라면 서러워 못 살았을지도 모르게 괜히 군복이면 대견스러워했고 자랑으로 삼았던 것이다. 그랬다고 해서 혼란 그것이던 민주당 정권 시대나 그전의 자유당 독재정치라고 당시의 정치나 세상 풍조 또는 경제적인 여건에 불만이나 불평을 가지고 있은 건 더욱 아니었다. 다만 그의 앞날로 봐서는 막연한 세상이었으므로 그저 막연히 살아온 것이었다. 청소년 시대 철딱서니 없다는 핀잔이라도 먹어볼 만치, 청소년으로서의 그 시절다운 무슨 꿈이나 이상 따위조차도 없던 처지였으니까.

하여간 새 정부의 방침에 따라 황씨는 농어촌 고리채 정리기간 동안 열 번 생각한 나머지로 한 번 신고를 해버린 것이었고, 따라서 선출이는 유일한, 아니 인생의 전부이다 싶던 머슴살이 사 년 새경을 공중에다 띄운 꼴이 돼버린 거였다. 농어촌 고리채 정리란 것도 그렇다. '농민이나 어부 들이 진 빚을 정부가 책임지고 기한 내에 갚아준다더라.' 그것은 두 번 생각할 이유도 없이 정말 훌륭한 일일 것 같았다. 때문에 그는 정부를 원망하거나 비난하진 않았다. 물론 자기와는 하등의 상관도 없는, 늘 그저 그래온 것 같은 일일 것이라 싶어 그랬다.

"쥑일 놈은 황가뿐인덧……"

그래 그에게 새로 생긴 입버릇은 오직 황씨에 대한 원망 한 가지뿐이었는데 그야말로 아무짝에도 쓰잘데없게 더럽혀진, 한갓 주둥이 탓을 지나지 않는 것이었지만, 그러나 그나마도 그러지 않곤 도대체 밥 한술 목구멍에 넘어갈 일이 아니던 것이다. 몇 냥 안 된, 새경 받아 모은 돈이 정부로선 누적된 두통거리였고 보증하며 나설 만한 빚이 될 수가 있겠느냐는 의문에서 빚어진 욕설이었다. 그렇게 빚으로 만든 건 황씨의 농간일 뿐이었다.

머슴살이 사 년. 착실했고 알뜰했다. 쓸 데나 쓰고 예축했다. 축내지 않고 길러 황소 한 마리 값으로 굳어졌다. 곧 장가들 밑천이었다. 입대 영장이 나온다. 가지 않을 수 없는 것. 돈 관리가 어렵게 됐다. 돈도 불리고 빽이 없어 영농자금 한 푼 못 얻어 쓰던 주인의 처지도 돕고, 겸사겸사 주인한테 저리로 대부했다. 세상이 간단히 바뀌었다. 그랬다. 그런데 그 돈이 어느새 농민을 수탈하고, 그들의 간에다 쓸개를 소 넣어 버무려 먹는 고리채도 된다? 그렇게 됐다는 것이다. 물론 황씨의 말이었다. 그렇다고 신고를 한다. 그동안의 밀린 이자를 백지화시켜라. 백지화—없는 것으로 한단 말이렷다. 그러고는 몇 차례로 쪼개어 푼돈으로, 그것도 해를 바꿔가며 갚아준다구? 허허.

선출이 제대하고 나왔을 때 안팎 동네는 나간 집 헛간 그늘마냥 썰렁했고 뒷공론 설거지통이던 우물가에서도 찬바람이 도는 것 같았다. 동네 사람들은 가급적 자기나 상대방이 웃을 말을 하지 않기로 한 눈치였고 인사를 피하려는 발걸음이었으며 예사 지껄일 말도 소리 죽여 쑥덕거리는 것으로 들리곤 했다.

귀향한 첫날 황씨 입에서 나온 소리는 하도 하라고 해서 생각다 못해 했다는 거였다. 신고를 했다는 것이었다. 어이가 없었다.

"아니 그러면 황씨아저씨는 내 그 몇 푼 안 되는 둔이 꼭 고리채루만 생각킵던가유? 그러시면 못쑤. 그래서는 쓰겄슈? 글쎄 그게 워칙해서 뫼인 둔인덧 그 둔을 고리채루 예기시너냔 말유, 안 그류?" 어리배기처럼 처음엔 그런 맥살 없는 소리로 넉살 좋은 황씨

24

를 휘어보려고 했었다. 그렇게 며칠을 두고 거듭 되풀이 말할 때만 해도 가끔은 목젖이 느껴지는 소리로 돼 나왔고 아닌 게 아니라 눈시울까지 밍근하게 지짐지짐 젖어들곤 했던 것이다.

"느꼈다 느꼈어……" 그는 정말 뭔가를 느낀 것 같았으며, 자기가 마치 한 이십 년을 하루아침에 커버린 것같이 착각됐고, 고사이 어른 다 된 게 아닌가 싶어 장차 어깨에 올 부담을 생각하곤 했었다.

동지를 지낸 지도 서너 파수는 되건만 밤은 여전히 길기만 하다. 요 겨울 들며 황구만씨는 잠을 태반이나 잃고서 애꿎게 밤 긴 것만 원망해왔다. 잠이 달게 올 리 없고 먹으니 살로 갈 이치도 없었다.

그가 군대 가는 돈 팔만원으로 시작한 건 소창직小氅織 직조틀을 서너 대 장만하여, 광천까지 가서 기술자를 한 사람 데려다놓고, 먹고 자는 동네 계집애들을 끌어들여 실을 감는다 물을 들인다 하며 소창직을 짜는 일이었다. 큰 기술이 필요한 것도 아니었고 기술자가 따로 있어야만 될 일도 아니었다. 계집애들은 부지런히 바닥일을 했으며 그중에서도 손끝 있던 두 계집애는 한 주일 만에 잉아에 맞춰 바디질과 북을 주는 데에 손속을 내어 기술자가 돼버리기도 했다. 황씨는 바빴다. 필목 잇맺음이 나는 대로 손수 둘러메고 장돌뱅이로 나섰다. 대전, 광천, 홍성, 화성, 청라, 남포, 웅천……

인근에 장이 서는 대로 매장치기를 했다. 그 무렵 한철은 그럭저럭 나가고도 남은 돈이 있게 되기도 했었다.

"그 조시로만 나갔더래면 시방은 흰목 젖혀가메 살어볼 텐디……그 방정맞은 놈으 까시미롱!" 방금 한 소리지만 소창직 직조공장은 잘돼나갔었다. 봉당에 들인 공장이 초협해 헛간마저 털어 늘여가며 쏠락쏠락 재미가 들랑거렸다. 오래잖아 선출이한테 빚으로 쓴 돈도 이자부터 본전까지 깨끗이 밑닦을 수 있으리라 싶은 판세로 돼 있던 거였다. 그리 돼가는 판에다 대고 누가 그 사업이 기울어지리라고 생각이나 해봤겠느냐 말이다. 가만히 앉아 있는데 인근 읍내에 공업단지라는 것이 생긴다더란 소문이 왔다. 측량을 끝냈다더라더니 벌써 탱크같이 생긴 것들이 내를 메워가고 있었다. 공장이 두어 채 서고 이어 사람이 달린다는 기별이 잇달았다. 직공으로 부리던 열다섯 명의 계집애들이 들고일어났다. 공임을 배로 올려주든가 새로 선 공장으로 가게 놓아주든가 하라는 것이었다. 노임을 배로 인상해가며까지 버틸 만한 사업은 아니었다. 또 노임을 배로 올린대도 직공들은 '장래성' '희망성' 따위가 전혀 없다면서 무슨 핑계로든 빠져나갈 눈치를 보이고 있었다. 이틀 동안 쟁의도 벌어졌었으나 속수무책이었다. 그 계집애들 입에서 그만두겠다는 말이 나왔을 때는 이미 들어갈 자리를 미리 마련해놓은 뒤였던 것이다. 새로 생긴 제과공장과 전기기구 조립공장은 첫 달 임금부터가 황씨네 소창직 공장의 두 달 치 품삯에 맞먹고 있었다. 인

26

건비의 앙등으로 치명상을 입을 줄은 더구나 예측할 수도 없던 일이었다. 직공들이 장래의 희망성이 없다는 말에만,

"흐이망성? 칫 미쳐두 곱게들 못 미치구…… 지집년덜이 알 실을 때가 돼야서 시집이나 갓버리면 구만인디, 시집가서두 블어다 서방 공대헐라간다? 그러구 무에던지 배워두면 지술技術이지 지술이 워디 따루 있을깨미……" 해가며 그렇게 무심했던 것이 탈이라면 탈이랄 것이었다.

그런데 그런 치명적인 상처가 미처 아물기도 전이었다. 황씨로서 정말 뜻하지 않은 팔매가 또 한번 날아와 그의 뒤통수를 갈겨버린 것이다. 결정타였다. 그건 자기네가 앉아서 손으로 일하고 있던 사이 세상은 기계로 기계를 만들며 일하고 있는 걸 모른 체한 결과였다.

카시미론의 물결이 쥐구멍 같은 벽촌에도 회오리쳐대기 시작했던 것이다. 무엇이든 새로운 물건이 나왔을 때 그 물자의 효용에 현혹되는 촌사람들의 안목은 무서운 것이었다. 카시미론의 위력도 날로 그랬다. 어느덧 황씨네 기계들도 거미줄을 쓰는 날이 잦아졌다. 젖먹이 어린애의 기저귀감으로밖엔 쓰임새가 없는 백소창이나 한 장 토막에 두서너 필 내는 정도의 어처구니없는 사태로 급전된 것이었다. 황씨는 문을 닫지 않으려고 발버둥쳐보기도 했지만 도리 없었다.

"쬐끔 늦었던겨, 다 시절 돌아가는 걸 보아가메 눈치로 허야는

것을." 황씨는 비로소 유행이란 것에 관심을 갖게 된 것이다. 크게 밑진 것도 없고 번 것도 없이, 그러나 들인 시설비는 한 푼 못 건진 채 세상 물정에 어두웠음이나 한탄하며 조용히 문을 닫게 되었다.

　정부 시책이라면서 고리채를 신고해야 하느니 못 하느니 하고 산동네 벌집 흔들리듯· 할 때에도 황씨는 모른 체하려 했었다. 심사숙고한 결론은 못 갚는 수가 있기도 하겠고 또 논마지기나 올려 세워가면서라도 갚을 땐 갚더라도, 인정으로나 선출이 얼굴을 보아서나 그럴 용기가 나지 않던 것이다. 그러다가 얼핏 쳐들린 생각은 '세상 돌아가는 대로 시절에 맞춰 눈치껏 살아가야 한다'는 것과 선출이 당장 군복 벗고 나와 손을 내밀면 변명하기가 난처할 것 같아진 것이었다. 우선 신고라도 해놓으면 숨 돌려가며 천천히 갚아나갈 핑계는 될 성한 일이었다. 선출은 '교활하고' '꾀로 살려 고' '약게 놀려 한다'고 분개했지만 그건 아니었다는 배짱으로 부끄러워하지 않아도 되었다. 그는 시대가 가르치는 대로, 좀 뒤처진 채 앙감질로나마 뒤따라온 셈이었고 앞으로도 그럴 예정이어서, 자기의 삶을 의지와 노력으로 밀고 나가더라도 결국 우연에 말려들어 보람 없이 버리곤 해온 경험에서 막판엔 그 어떤 일이라도 그 우연의 울을 뛰어넘어설 수 없고, 있다더라도 어떤 일에건 장래의 결과를 미리 예측하지 않으리란 결심을 단단히 하고 있었다. 체념, 각오, 고집 따위로 남들은 몇 갈래의 해석을 하고 있겠지만 몇 차례의 대판거리를 벌인 끝에 선출이가 해결책이란 것을 제시했을 때 그가 별 트집 없이 받아들인 것도 타산에 대한 집착을 버린 때문이었다. 그 해결책이란 건 계약서로 이미 문서화됐고 또 각기 한 통씩 나누어 보관해오고 있다. 선출이가 기초한 계약서를 펴보자.

'편의상 황구만을 갑이라 칭하고 박선출을 을이라 칭한다'로 시작된 계약 내용은 이런 것이었다.

1. 을이 대여한 원금 팔만원은 일단 고리채 신고를 했으므로 법률상의 효력이 발생한다.

2. 을은 원금의 이자의 절반에 해당하는 금액에 대해서만 채권을 주장한다. 단 이자의 절반에 해당하는 금액은 사만 삼천원으로 하며 갑은 그 금액에 해당하는 유우幼牛(이하 사육물이라 칭한다)를 구입 사육한다. 동시에 갑은 사육물이 성숙할 때까지 사육비의 부담 및 유고시에 책임을 진다.

3. 사육물이 성장할 때까지는 갑과 을의 공동 소유로 하되 적기에 매매하여야 하며 그 수익금은 일절 을의 채권으로 계산한다.

4. 3의 경우 수익금에서 을이 주장한 이자의 채권 사만 삼천원을 계산한 잔액은 을의 원금 팔만원 중에서 공제하여야 한다. 고로 원금 중 잔금에 대하여서만 갑과 을은 채권과 채무의 법률적인 보호를 받는다.

5. 본 계약의 시행 도중 사육물(소)에 대한 사고의 책임은 일절 갑에게 있으며 유고시엔 본 계약을 무효로 한다.

6. 사육물을 사육하는 동안 갑은 필요한 때에는 농사 및 기타의

작업에 사역시킬 수 있다.

7. 본 계약서는 작성한 날로부터 유효하며 두 통을 작성하여 갑과 을이 한 통씩 보관한다.

어지간히 복잡한 내용 같지만 나중 알고 보니 계약을 위반하였을 경우에 대처한 가장 중요한 벌칙 항목이 누락됐을 만큼 허술하기 짝이 없는 거였다. 선출은 받아야 할 이자의 절반을 포기하되 황씨는 나머지 절반에 해당되는 사만삼천원짜리 송아지를 사서 책임지고 기르며 황소가 된 다음엔 적당한 시기에 팔고 그 돈에서 사만삼천원을 제하여 선출이가 갖고 남은 돈도 역시 원금 팔만원에서 깐다는 것이다. 무슨 소리냐 하면 소를 길러 팔아서 이자의 절반과 원금의 일부를 받자는 것이며 그 나머지만을 고리채 정리라는 법적인 보호하에 둔다는 것이었다. 그리고 그러는 동안 소가죽거나 도둑을 맞게 되면 그 계약은 무효가 되고 다시 원점으로 돌아가기로 한 거였다. 황씨도 괜찮은 조건 같았다. 정부의 시행령대로 한다면야 거들떠볼 필요도 없는 거였지만, 이해 상관이야 어찌되든 그만한 조건도 못 들어준달 수 없을 것 같았던 거였다. 또 놀리는 외양간에 소를 들임으로 해서 부족한 거름과 노동력을 보충할 수 있다는 점에 맘이 간 것도 사실이었다. 계약은 상호간 양보와 양해가 있어서 까탈이랄 게 별반 없이 잘 지켜진 셈이었다. 다행히도 소전 시세가 헐해 사만원짜리 소가 거의 중소였고 게다가집에 몰고 와서 보고서야 암소였으므로 불만을 가져볼 건더기조차 없었던 것이다.

그새 닭이 홰를 친다. 벌써 네 홰째인가 싶자 황씨는 답답한 가슴으로 살문을 밀었다. 먼동이 휘여이 터오고 있다. 비로소 그는 뜬눈으로 밤을 새웠음에서 온 약간의 미열과 두통을 느낀다. 여물 솥에 불을 한 부삽 넣어야 되겠어서 아내가 이 잡느라고 뒤집어놓은 옷들을 이불 속으로 끌어들여 녹히노라니 다시 입맛이 쓰다. 아까워서, 소가 아까운 것이었다. 그는 자기가 뼈품을 팔아 사 기른 소나 되는 것처럼 정말 정성으로 선출이의 소를 가꿔온 거였다. 아름이 넘는 등심이나 하고 안반짝만하게 퍼진 엉덩판이며, 아무리 계약서라지만 있어서 돈으로나 주면 줬지 고삐를 풀어 넘겨줘야 될 일은 생각만 해도 끔찍한 노릇이었고 또 절대로 그럴 수 없다고 다짐해온 거였다. 그는 암소를 사랑하고 있은 것이다. 속절없는 짓이란대도 농부다운 애정이다. 집안에서는 아내와 아들 공식이, 그리고 하나 낳아본 딸, 양순이 순서로 신경을 담은 눈이 가지만 일단 소를 몰고 울타리를 벗어나면 거짓말 같게도 가족이나 농토에 대한 애착보다 소에게로만 그의 건강하고도 평화스런 마음이 쏠리던 것이다. 내력이 있는 소라서 더욱 그럴 수도 있긴 하겠지만. 황씨가 성냥을 챙겨들고 쪽마루에 나섰을 때 외양간에선 워낭이 풍경 소리를 냈고 말짱하게 든 하늘 한 자락이 점점 수줍어해가는 중이었다.

"술 먹고 온 날은 되게두 오래 끌데?" 하는 신실이 이마는 땀에 촉촉근히 젖어 있었다. 그녀는 반년 가까이 익혀온 몸이라서 방안 일에 관해선 뉘 집 새댁 못잖게 알 걸 알고 있었다. 선출은 그 점만 으로도 그녀가 매우 영리하며 깨인 여자로 보여 무척 대견해하고 있었다. 선출이는 질펀하게 젖어 있는 한쪽 손을 그녀가 벗으면 가장 후텁지근하던 곳에서 거둬들이며 녹자근함에서 우러난 한숨을 들키지 않게 내쉬었다.

"벌써버텀 뭠이 어려우면 야중이는 워척헐라구 이런댜?" 그녀는 역시 영악했다. 그야말로 벌써부터 양기를 염려하는 데에 선출은 찔끔하면서 엉뚱하게 "자나깨나 그 행가놈 때미 뀔치 아퍼 죽겄구먼……" 하고 중얼거리다가 정말 황구만씨의 처사에 대해서 다시 울화통을 끓였다. 요즘엔 더욱 괘씸하게 여겨지는 것이 있는데, 하긴 황씨 말대로 암소를 산 게 불찰이었는지도 몰랐다. 황씨는 소가 실하고 정이 깊어 내놓기 아깝다던 것이었지만 선출이 보기엔 야젓잖은 핑계에 지나지 않던 것이다. 황씨만 소를 거루고 길들였더냔 말이다. 선출이 자신도 다른 집에 대어 훨씬 더 아니꼽고 비위 상하는 걸 참느라고 참아가며, 머슴을 살아도 도로 그 집 머슴살이를 하게 된 것 또한 소, 오직 저 암소를 가꾸고 다루기 위함이었던 것이다. 황씨가 자기 공치사도 할 만큼 마치 자기 소인 양 공을 들였음을 부인하는 건 아니다. 그러나 그랬대도 진짜 임자인 이 박선출보다야 더했겠느냐를 묻고 싶은 것이다.

머슴과 주인, 임자와 사육사인 그들은 지극한 애정으로, 지성으로, 소를 위한 여름과 가을이었대도 과연 아닐 일 년을 함께 보낸 거였다. 그들은 소를 부린 날이면 서로 마시다 남긴 막걸리를 한 사발씩 먹여서 재워 피로를 풀어주는 것까지도 잊지 않았었다. 온종일 일을 시킨 날은 소도 막걸리를 먹어야 쉬 피로를 풀곤 했던 것이다. 소도 막걸리에 맛들여 곧잘 넙죽거리며 받아 마시곤 했다. 일을 아주 세게 부린 날은 막걸리도 한 되쯤은 먹여야 알맞다고들 했다. 어쨌든 선출이는 암소를, 말 못 하는 짐승으로 여겨본 적이 한 번도 없었다. 돈, 그것은 소이기보다 현금이었다. 사 년 동안의 사경私耕과 삼 년 못 받은 이자를 합친 누런 돈뭉치였던 것이다. 한마디로도 할 수 있는 말이라면 길게 늘어놓을 필요가 없다. 누가 뭐라건 황씨와 선출이 두 사람에게 있어서의 암소의 존재는, 가난에서의 구제와 다가오는 날들에의 밑천으로 걸어볼 수 있던 유일한 희망이었으며 가족과 마을 사람들에게, 아니 자기 자신에게 충고를 해주는 명예와 양심의 상징이었던 것이다. 그러니까 서로 양보를 하자면 동네 아이들 말마따나 '황씨네 선출이 암소'라면 되는 것이다. 선출이의 고민은 황씨의 변심이 그 암소가 새끼를 밴 때문이라고 지레짐작한 데서 왔다. 소가 새끼를 밴 지도 어언 서너 달째 나고 있는 것이다. 한 달포나 됐나, 추수도 끝나고 김장도 묻었길래 소를 팔자고 제의했었다. 팔자는 말에 황씨는 대뜸 황소눈을 해가지고 펄쩍 뛰었다. 황씨로선 소를 놓치지 않으려고 선출이의 금년 새경 줄 것까지도 미룩미룩 끌어오는 판이었으니 뻘 만도 했을 거였다. 원래 머슴 새경은 시렁굴의 경우 매년 동짓달 동짓날로 일 년을 쳐 셈하고 있었지만 선출에겐 섣달 그믐이 두어 장 파수밖에 안 남은 지금까지도 해결해주지 않은 것이다. 소가 아직 덜 성숙했고 좀더 길게 먹여 몸이 퍼진 다음에 팔더라도 늦지 않을뿐더러 요샌 팔아봤자 별 시세 못 받게 되리란 거였다. 그러면서 내년 한 해만 더 고생해달라고 붙잡는 거였다. 그 속을 가늠해보면 대충 세 가지의 꿍꿍이속이 있나보았다. 하나는 내년 농사에 필요한 두엄을 한 지게라도 더 받아 쓰며, 반면 봄갈이춘경 철에 부려먹으면서 남의 논밭까지 쟁기질을 해주어 대가로 농번기면 귀해지는 일품을 미리 잡아두거나 사놓으려는 투였다. 그러나 보다 짙은 눈독을 올렸다면 머잖아 낳을 새끼가 자기 몫이라 착각하고 그걸 놓치지 않기 위한 그 행패가 아니냐 싶은 점이었다. 그 외론 농번기에 팔아야 몇 푼이나마 더 받을 터이고 따라서 진 빚을 한 푼이라도 더 꺼보고 싶은, 아마 그런 점도 있을지 모르겠다. 돈을 더 받아준다는 데에야 누가 뭐라 하랴만 선출의 경우는 달랐다. 하루라도 빨리 돈을 뽑아야 하는 것이다. 어물저물하다 과세해버리면 마른 봄판에 누가 돈보따리 들고 소전 보러 나오며 그러다가 보릿고개나 맞아놓으면 어영부영 다시 또 황씨네 일 년 농사에 머슴되어 시달리기 십상이겠던 것이다. 선출이로선 뼈마디마다 맺힌 설움의 목도리 머슴, 생일꾼, 우선 그런 누더기부터 벗어던지고 서울로 올라가 서울 살림을, 그것도 저 신실이와 단둘이서 서울 살림을 차려야 했던 것이다. 비록 남의 집 문간지기 셋방으로 드난살이를 하게 될망정 신실이 두부찌개를 끓이고 청포묵 오른 밥상을 보리라 상상하면 그냥 오금이 저리며 멀쩡하다가도 웬 오줌은 또 그리 급해지던지, 어쨌든 기다릴 수만은 없는 것이었다. 더구나 그는 간밤 즘촌댁이 홀아비 보는 장면까지 목격했다. 팔자를 고쳐가려도 우선은 마땅한 자리가 없다던 게 그녀나 신실이의 푸념이었던 것이다. 즘촌댁도 길래 과부로 수절하긴 어려울 한고등이었다. 마흔둘인 그녀 나이가 그랬고 나이가 가리키는 그녀 몸을 봐도 그랬다. 소문도 진작부터 한두 가지로 맴돈 건 아니었다. 했지만 방개가 됐건 누가 됐건 하여간 배꼽을 맞비빈 사내를 발견한 점이 중요했다. 종다리 콧구멍만한 동네서 그런 일을 벌일 수 있었다면 이미 떨어질 수도 없겠다는 것과 같은 사실이 된다. 방개는 공업단지에 와 붙은 목수였다. 못질이 정확하더라는 평판을 지니고 있기도 하며 수입도 괜찮을 홀아비였고 딸린 떨거지가 없나본 눈치였다. 즘촌댁과의 소문도 근거가 충분해졌다. 그녀가 자기 의사를 밝힌 지도 오래된다. 새우젓장사도 지겨워져 춘자나 눈의 밖으로 보지 않으며 밥만 먹여주겠단 사내만 나서면 양순이가 치워지는 대로 남의 집 귀신이 되겠다던 거였다. 그녀는 벌써 칠팔 년째 새우젓장수로 간국에 쩔어가는 중이었다. 이십 리 저쪽 웅천 독쟁이 배밑에 나가 추젓이나 자하젓을 받아 임고리장수로 도부 치며 돈으로 갈되 쌀 보리로 바꿔다 먹기도 하곤 했다. 그녀가 새우젓 조쟁이를 이고 선출이가 있는 차주백이네 주막 앞을 지날 때면 술잔이나 걸친 성모와 수송이 으레 '쌀 보리 주구 새우젓 사유' 하던 소릴 흉내내며 션찮은 발음으로 '딸 보× 주구 사위 × 사유—' 하며 낄낄대곤 하지만 그녀 또한 과부만 안다는 설움으로 십 년은 지샌 터라 뒤도 안 돌아보고 '간간허구 새곰헌 새우젓 들여놔유—' 소리로 응대하면서 걸음더러 살리라고 내닫곤 했다. 그녀로선 선출이를 어렵게 알아 그러는 모양이었는데, 어디서였더라나 맘에 있어 한 말인진 몰라도 선출이라면 딸 하나는 맘놓고 부르겠다고 하더라는 말도 없잖아 들어온 터였다.

"싸게 대답 점 해봐, 워친헐 작젱인가……"

신실이 몸달아하는 꼴 앞에선 정말로 참기 어렵다. 선출이는 자고 나서부터 계속 묵답한다. 허나 그녀에게 가는 묵답은 그의 애간장이 토막나며 재티로 변하는 듯한 아픔에 견디던 비명이었다. 그러면서 한편으론 오늘 중엔 기어코 탁방을 내고 말리란 오기가 주체스러운 부피로 응어리지는 참이었다. 정말 황씨의 어리숙한 체하면서도 잔재간임을 드러내는 능청부터 성토하고 서로 본심을 내걸어 담판하고 말리란 결심이었다.

"다 그만듀, 이 기박헌 년이 식울을 가, 흥 식울 살림…… 누가 주제값 허는 사람이라구 식울여, 촌년이 촌구석이서 보리방애나 찧구 살다 죽겠지, 에이그 씨발."

"쪼끔만 더 참구 지달려보너, 내 오늘 중에는 볼장을 내겄으니께."

"내가 왜 참지름 종지간디 참구 참게 흥."

"증 그냥 급허거던 자긔가 가 소래두 끄서 내오든지."

"업세, 뎁세 나버러 소를 끄서오라네…… 식울살이 못 허니께 가막살이 갔다더라게? 남덜은 군대 갔다 오면 똑똑해진다더먼, 워디 가 비럭질하구 온 사람두 저당신버덤은 낫을겨."

선출이는 밸이 틀려 더이상 누워 있을 수가 없었다. 게다 방도 둑질한 꼴 장모 될 과부한테 들키는 것도 그저 상서로운 일은 못 되겠고 해서 나설 채비를 차렸다. 간밤의 술은 알맞았는데도 속이 아리고 골치가 흔들렸다. 이불깃에 모가지만 내놓고 잦혀져 있는 신실이한테 "이따 봐" 하고 문을 들듯 여는데 얼핏 눈이 말해 다시 보니 구레나룻으로 텁수룩한 방개가 안방에서 들고 나왔나 본 농구화끈을 매느라고 엉거주춤한 채 눈인사를 보내는 중이었다. 시금털털해하는 낯이었다. 선출이도 낡아 희치희치한 비닐잠바 깃을 세워 여미며 쉰 웃음을 버렸다. 그리고 둘은 각기 자기 방면대로 돌아서며 눈길을 어지럽히기 시작했다.

두어 함박이나 데운 여물을 퍼다주자 소는 제법 몸이 무거운 듯 굼벵이처럼 일어나며 허발해서 구유통을 걸터듬어 먹어간다. 고구마 넌출과 콩깍지가 반반이라 구유에선 구수한 냄새와 김을 피워올렸고, 황씨는 시린 볼에 김이 서린다 싶어 외양간으로 들어서며 소잔등을 쓰다듬어내리기 시작했다. 선출이 충혈된 눈으로 비 슥비슥 들어선 것도 그와 함께였다.

"워디서 자구 인저 들온다냐?" 황씨는 그저 으레 하던 소리대로 한마디 보였을 뿐이었다.

"냄이사 워디서 잤거나, 알어 뭐 헌대유?"

선출은 볼질린 소리로 툽상스레 대꾸하며 외양간으로 다가왔 다. 알고자 한 소리는 아니었지만 말투가 거슬렸기에 황씨도 자기 얼굴이 꾸겨짐은 어쩌지 못했다.

"돌아온 장에 내다 금 부를 걸 웬 여물만 멕여쌓는대유? 짜구나 라구."

선출의 말은 누가 듣는대도 공연한 트집이었다. 황씨는 웃어버 려야 옳으리라 싶으면서도,

"벌써 늑 달이나 돼얐으니께 잘 멕여야 효도 보지." 어른 된 체 면이란 걸 생각해 타이르듯 말한 것이다.

"고년시리 넘이 소이다가 접은 붙여놓구 극성여…… 새끼 밴 소라구 둔을 더 받나." 선출은 거듭 심경을 건드렸다.

못 들은 체하고 말기론 거북한 말이었다. 그러나 다시 눅인 어 조로,

"이 소 앞에서 니 소 내 소 찾으면 못쓰느니, 팔 때넌 팔더라두 이 소 앞에서 임자를 가려서는 못쓴단 말여" 했다.

"탐두 많기두 휴."

"암만."

욕심이란 말엔 황씨도 승복하지 않을 수 없었다. 분명 욕심이 있으니까. 돈 가치로 친 욕심에서가 아니라 농사꾼이 듬직한 일꾼을 본 데서 난 당연한 탐이었다. 그러나 그건 황씨나 할 수 있는 변명이고 선출에겐 마침 잘한 말이라 싶었다. 닦아세우고 낯박살을 내기 좋은 구실이 된 것이다. "뭣이요? 그러구 보니께 그래서 그러는구먼요, 소를 팔재두 싫다 달라구 해도 싫다 하여 왜 저러나 했더니만…… 탐을 낼 게 따루 있쥬, 좋시다, 해볼 대루 허슈, 나두 결심이 있으니께."

황씨는 더욱 귀살머리스럽고 불쾌했다. 선출인 정말 당장 장으로 몰아가기라도 할 듯이 코뚜레로 손을 가져갔다. "왜 이려? 새끼 밴 소럴……" 황씨가 막아서자 선출은 부아김에 오금을 박아주마고, "아니 그러면 새끼를 낳으면 송아지가 아저씨 껏이라두 된단 말유?"

"?" 황씨는 듣던 중 느닷없는 소리였지만 솔깃했다. 따라서 낳게 될 송아지의 소유권에 대해선 전혀 무심했음을 깨달았고 처음으로 관심을 사게 된 동기가 되어준 말이기도 했다. 이어 송아지를 놓고 왈가왈부하다보면 어미소를 잡아두는 데에 혹 도움도 되지 않을까 하는 데까지 순간적인 발전을 보았다.

"허다 못허는께 그것두 말이라고 허나?" 황씨는 갑자기 배짱과 뚝심이 솟아 자신이 서는 것 같았다. 아무리 선의로 대하려도 안 먹혀들면 도리 없는 것이었다. 선출이도 단박 삿대질을 해댔다.
"그게 워째 그류? 에미 있구 새끼 있지, 더군다나 뱃속에 들어 한
몸인디 워째 이 집 물건이냔 말유?"

"계약서에두 아직 잉끼가 시퍼렇게 살어 있지만 나넌 이 암소,
옹 암소만 질러서 팔어 갚기루 되어 있어. 말을 허야 알어듣겠다면,
거기에 새끼까장 자네 게라구 써 있지 않구, 또 이 소헌티 사고가
나면 내가 책임지기루 되어 있단 말여, 그런 연고여, 왜?" 황씨는
언성을 높여 떠들었다. "허지만 소헌티 사고가 난 것 아니잖유?"

"소가 암창내 난 게 사고가 아니면 무에라나?"

"그럼 그건 그렇다구 허구, 그래서 책임을 졌단 말인감유?"

"암만, 암내난 짐승헌티 해웃값 들여가며 접붙인 게 책음진 것
이지."

"그러니께⋯⋯" 이 정도나 자기 소견과 주장을 가진 사람이 어
떻게 이날까지 밥 먹은 걸 속 편해했고 손바닥만한 하늘을 믿고 삼
대 묵은 초가를 지키며 살아왔더냐고 선출은 묻고 싶었다. 그리고
자기는 하루바삐 고향을 등지고 타관에, 가급적이면 서울바닥으
로 전출을 해야 성공하게 되며 그러자면 이 금전관계가 얼른 해결
돼야 한다는 사정도 덧붙이고 싶었다. 황씨는 염치 불고하고 계속
지껄였다. "그러니께 말여 일테면 자네는 감자를 쪄먹다 감자 속
에 벌러지가 들었으면 그 벌러지두 감자 파먹구 굵어졌으니께 감
자나 매한가지라구 먹을 텐가, 먹겠어?"

선출이 늙어가는 사람 말하는 것이 저렇게 흉물스러울 수가 없다고 여겨 비위 상해 도저히 상대할 수가 없고, 또 성질 같게 주먹으로 한번 갈겼으면 시원할 속인데도 "그 새끼는 그럼 말젖이래두 먹구 큰다담유? 다 내 소 골 빨어먹구 크는 중이지, 보슈 가령 저 감나무는 내 집 것인디 열리는 족족 감은 남의 것이 된다구 해보슈, 울안에 감나무 심을 필요가 있겄나, 그 쇠양읎는 소리 우연만침 했거들랑 고삐나 풀어봅시다." 황씨는 당황한 빛을 감추지 못하고 "이 사람이 해장까라버텀 웨 이 야단이냔 말여 증 다퉈볼려?" 했지만 최소한 송아지 한 마리는 차지할 수 있겠단 희망더러 언성을 높여가도 안 되겠는데다 일단 져주는 게 상책이겠어서 "들어가 아침이나 먹세. 그러구 피차 조용히 생각해보세." 이 말엔 선출이도 날뛰진 않았다. 그는 조반 후에 차주백이네 마을방으로 내려가 성모 같은 친구들의 조언도 듣고 말밑천도 보충해둘 심산이었다. 처음부터 고랏댁과 공식이와 양순이가 곁에서 지켜보고 있는 탓도 있었다. 특히 양순이 앞에선 기를 못 펴온 선출이었다. 신실이와 가깝기 때문에 예사로 동네 어느 계집애가 엉덩이 크더란 말만 해도 고자질을 하곤 해선 선출이 자신이 신실이와 다툰 적도 한두 번 아니던 거였다. "아버지 진지상 다 식겄슈" 하는 양순이 말 한마디를 핑계로 아귀다툼을 일단 멈추고 주객은 각기 밥상 따라 들어갔다.

"벌써 고였담?" 황씨는 상에 다가앉으며 물었다. 해바라진 대접에 서리 앉은 탱자 우려낸 듯한 동동주가 남실하게 상에 오른 것이다. 설도 머지않고 세안에 고사도 지내고 해야겠어 추석 무렵에 디뎠던 누룩으로 담근 술이었다. 술독은 세무서 밀주 단속반 눈을 피해 바깥 짚누리 속에 묻어두고 있었다. "멈머슴방이두 한 종말 내갔남?"

황씨 물음에 고랏댁은 눈시울을 말아올리며,

"용수백인디 저 작것까정 멕여?" "그럼 이놈을 여뤄내셔래두 맛뵈기는 시켜야지." 황씨는 빈 대접을 들여오라 해 반반으로 나눠 마누라 손으로 내보냈다. 황씨가 평소 일꾼 아끼는 마음은 자기집 재산 보살피듯 하는 정에 진배없었다. 그런 때의 생색은 고랏댁이 내온 셈이지만.

"맛이나 보구 이따, 아니 저녁 해거름이나 되거들랑 짚누리 술바탱이나 내다주겨, 광에 갖다놓으면 저녁 먹구 걸러볼 테니께."

고랏댁은 공연히 눈을 꿈적여가며 말했다.

"그럭휴."

술이란 게 좋은 음식이라 선출이 대답도 선선했다. 그녀는 며칠 전부터 오늘밤에 고사 지낼 준비를 해온 거였다. 농사도 평년작은 됐지만 이달 들며 소를 둔 남편 고민이 더해가는데다 머슴도 거세어져 집안이 늘 불화스럽기 때문에, 해마다 있은 고사였어도 닷새 전에 이미 장을 봐온 거였다. 고랏댁은 방에 들어오다 명태 두 마리와 소지燒紙 종이첩이 시렁 위에 얹힌 걸 다시 보며 공식이더러 밥 먹고 황토를 파오도록 지시했다. 황토를 파오면 대문 앞에 양쪽에다 세 무더기씩 갈라놓으라고 양순이한테 일렀다. "오늘 고산 감?" 황씨가 묻자,

"어젯밤 쌀 일어 당겼단 소린 벌써 잊었나뵈. 고사니께 오늘만 이래두 지발 언성 좀 넓히지 말유. 누구 나무랠 일 있어두 니열까 장 참구."

선출이도 들으라고 한 말이라 그녀 음성은 으름장이었다. 역시 효과는 선출이 쪽에서부터 났다. 선출이도 이 나이 되도록 보고 듣던 바라 무슨 날이면 제풀로 엄숙해졌고 몸을 단속할 줄 알았으며 지킬 건 지켜왔다. 그것이 살아가는 데에 필요한 범절이니라 싶어 부러 그런 적은 한 번도 없지만. 그래 그는 어떤 일이 있더라도 오늘만은 구김살 없는 기분으로 지내리라 한다.

신실이와의 약속도 하루만 연기할 셈이었다. 또 신실이도 농갓 집의 고사는 머슴이 주인이란 걸 이해하리라 싶었던 것이다.

선출이 마을방에서 점심시간에 대어 들어왔을 때, 언제 넘어왔는지 신실이와 양순이가 맞절구질로 떡쌀을 빻고 있었다. 선출은 독메를 들어 기운껏 떡방아를 찧어대었다. 양순이가 절구에 붙어 서서 쌀가루를 저어주자 신실이는 질투가 나는지, "인 줘봐, 니 식으로 젓다가는 독메공이헌티 꺽그매 뿐질르구 말겄다. 넌 가서 팥

솥이나 봐" 하고 젓대를 빼앗아 양순일 부엌으로 몰고 그녀가 대신 들어서기도 했다. 신실이가 떡가루를 체질하는 동안 선출이 땀을 닦기 서너 차례 만에 떡가루는 시룻번 붙이기 알맞은 무거리로 몇 옴큼만 남게 되었다. 떡방아가 끝나자 선출이는 짚누리를 헐어 술독을 외양간 곁에 붙은 광으로 옮겨다놓았다.

아무리 악착스럽기로 소문난 세무서 밀주 단속이라지만 밤도 없이 가택 수색을 나올 성싶진 않았던 거였다.

양순이에게 개수통을 주어 설거지를 시키고 시루 앉혀 신실이한테 아궁이를 맡긴 고랏댁은 광으로 물 한 동이를 들고 들어가 술독 소래기를 열었다.

광 속은 곁에 이어낸 외양간에서 두엄내가 배어들어 고약한 냄새로 쩔어 있었지만, 그녀는 술내에 취하며 팔뚝을 걷어붙였다.

동네 안식구들에겐 고사떡을 돌리고 여으내 가으내 품앗이를 해준 마을 일꾼들은 머슴방에 모아 막걸리로 사례하려는 심산이었다. 동네 일꾼들한테 인심을 사고 공론이 좋아야 내년 농사도 어렵잖은 것이다. 용수에서 뜬 진국 동동주는 호리단지로 하나 가득했다. 그녀는 거른 막걸리가 넘실거리는 말가웃들이 동이와 호리단지를 마개해서 들어내놓고 광 문짝을 밀어두었다.

광 속의 술독엔 아직도 거르면 너 말은 실하게 남아 있었지만 그건 설과 정월 대보름을 쇨 때까지, 날이 밝는 대로 짚누리에 다시 묻게 할 참이었다.

그녀는 거르고 남은 술지게미 한 양푼을 소구유에 쏟아주고 부엌으로 들어갔다. 소도 출출한 판이라 얼씨구나 할 것이었다.

밤콩에 동부를 섞은 찰무리와 조선무 채쳐 호박 고지에 버무린 시루라는 건 냄새로도 이내 알 수 있었다. 시루는 김이 잘 올랐고 솥바닥에 엎어둔 간장 종지가 딸딸거리며 끓는 소리가 옹솥 골고래까지 울리고 있었다. 자정이 가까워지자 고랏댁은 양순이와 신실이 시켜 시루를 떼었다.

겸상발이 소반에 시루가 올려졌다. 명태 두 마리가 동쪽으로 대가리를 두며 누웠고 서 근을 사다 삶은 돼지고기도 김을 내고 있었다. 동동주 한 대접과 부엌칼이 자리를 잡자 상은 안방으로 모셔졌다. 고랏댁은 우물로 나가 세수를 마치곤 얼레빗에 물을 세 번 찍어 마지막 채비로 머리를 빗었다.

고사 지낸 밤엔 부부 동침이 덜 좋은 법이라고 황씨는 안 쓰던 사랑에 군불 넣고 들어와 재삼 소를 탐하는 공상에 젖어가고 있었다. 선출이는 제 방에 누워 오늘밤도 즘촌댁은 방개를 불러들이려나, 그러다가 늦게 돌아간 신실이에게 들키면 앞으로 신실이 교육하기가 수월찮겠다고 그 나름대로 끌탕을 했고, 그러느라고 재 넘어서 와 기다리던 성모가 잠든 것하고 수송이와 영필이가 포개어져 남색하던 시늉을 내며 히히덕거리는 옆에서 덕재, 춘범이, 삼식이, 철호, 곽서방, 김영식씨 등이 섰다판을 벌여놓은 것조차도 모르고 있었다. 양순이와 신실이는 머슴방에 내어갈 상 차리기에 부산히 돌아갔고, 공식이는 더운 방에서 땀으로 미역 감으며 잠결에 또 몽정을 하는 중이었다. 고랏댁은 네 번 절하고 조아린 다음 여러 가지를 빌어대고 있었다. 남편과 자식과 딸년이 내내 무병 무탈하도록 일 년 신수를 빌었으며 그다음엔 산과 논밭에 대한 감사를 드렸다. 그렇게 한창 차례로 빌어가는 판인데 갑자기 오줌이 마려워지기 시작인 건 웬 셈인지 알 수 없었다.

그녀는 진작 부정한 걸 미리 처리하지 못했음을 후회하며 다시 치성을 계속했지만 일단 오줌이 마렵다는 느낌이 들고부터는 정신이 한곳으로 모아지지 않았다. 입으로는 간절하게 중얼거리곤 있었지만 부엌에서 도마질하는 소리며 외양간에서 소 뒤척거리는 소리에다 광 속을 뒤지는 쥐 소리가 요란할 뿐 아니라 선출이 방에서 숭늉 양푼 내놓는 기척이며 사랑방 황씨가 방귀를 두 번이나 뀐 것에까지 두 귀가 바빠하는 것이었다. 그녀는 짜증이 났다.

술동이를 들고 나올 때 광문을 채우지 않고 지쳐두어 쥐 들어가 굿하는 소리엔 정말 참을 수가 없었다. 부엌에 대고 광문 좀 내다보라는 소리가 곧 입안으로 고이는 것이었지만 그래도 그녀는 고사건 제사건 정성이 제일이라며 꾹 눌러 참은 거였다. 고사를 끝내니 그처럼 주착이게 기승이던 소변도 별일이다 싶게 쏙 들어가 있었다. 그녀는 땀을 닦았다. 고랏댁 손에 떡이 썰어지면서 장독대를 비롯하여 양순이 신실이 두 처녀는 떡그릇을 들고 돌아다니기가 바빠졌는데 떡그릇은 윗방, 사랑방에서 골방에, 그리고 벽장과 툇마루 끝에도 놓여졌고 변소, 우물, 부엌마루, 부뚜막, 헛간, 외양간 순서로 놓여나갔으며 광은 맨 나중 차례로 돌아갔다.

광으로 떡그릇을 들고 갔던 건 양순이었다. 그녀는 코를 막은 술내에 우선 두 눈을 휘둥거렸는데 다시 살펴보니 광 한복판엔 술독이 나자빠져 있고 바닥은 지게미와 찌꺼기로 뒤발하고 있어 미끄러워 발도 못 붙일 지경이었다.

"엄니, 술바탱이가 왜 나동글어졌대유." 양순이의 고함에 고랏댁은 뛰어나와봤지만 하도 터무니없고 뜻밖이어서 영문조차 가늠할 길 없이 된 일이었다.

"이게 웬일이랴 잉 원쩐 일여……"

고랏댁이 두 눈을 뒤집어쓰며 소란 떠는 바람에 황씨가 뛰어나왔고 이어 선출이와 수송이, 곽서방, 철호가 머슴방에서 뛰쳐나왔다. 외양간이 비워져 있는 걸 발견한 것도 양순이었다. "얼라, 엄니 소 워디 갔댜?" "소?" 사람들은 광을 버리고 외양간 앞으로 몰려 법석거리기 시작했다. "소가?" "소여……" "큰일났네." "소 쥑이었는디." 그들은 같은 순간에 각기 한마디씩 내뱉으며 대문 밖으로 내달았다. 그들은 한결같이 도둑이 들었다기보다 술지게미로 목을 축인 소가 거나해지자 계속 술내가 풍기는 광을 곁에 두고 더 참질 못해 고삐줄을 끊었는지 풀었는지 하고 나와 대가리와 뿔로 비벼 광으로 들어가곤 술 한 독을 다 먹어치운 것으로 추측한

것이다. 고랏댁 가늠으론 쌀 한 말을 담아 거르면 보통 막걸리 엿
말이 났다. 그러니까 소는 줄잡아 막걸리 너 말 가웃 치를 단숨에
먹어치운 셈이었다.

선출이와 황씨는 눈이 뒤집혀 있었다. 아니 간이 뒤집혔는지도
모를 일이었다. 소는 황씨네 밭마당 가 우물 도랑 건너 타작 마당
에서 주정하는 중이었다. 주정이 아니라 속에서 난 불을 끄는 꼴이
었다. 펄펄 뛰다 나뒹굴고 비칠거려 일어났다 대가리를 처박고 엉
덩춤이 한창인가 하면 무릎을 꿇다 모로 나자빠져 버둥대곤 했는
데 사람들은 그저 한갓 장승이 달리 없었다. 선출이와 황씨가 뛰어
들며 고삐를 잡으려 했을 때 사람들은 하나같이 그 두 사람을 붙잡
고 늘어졌다. 위험한 일이기 때문이었다. 얼마나 그랬나 소가 탈진
해버리자 황씨는 내 소 살리라고 울부짖기에도 지쳐 두 다리를 뻗
고 주저앉았고, 선출이는 푸닥거리 끝난 뒤 떡 못 얻어먹은 사람마
냥 싱거운 얼굴에 허수아비 옷 벗겨 입힌 등신이 돼 있었다. 속으
로 황씨가 생시 아니 몽유중이기를 바랄 즈음 선출은 차라리 사람
죽는 꼴을 봄이 낫겠단 생각을 하고 난 뒤의 일이지만. 모두들 넋
나가 하는 사이 누군가가 소리질렀다.

"짚토매짚단 좀 가져와, 소 얼어 죽겠다."

누군가가 짚누리를 헐고 짚 몇 단을 가져왔다. 이윽고 마당 한
복판엔 때아닌 모닥불이 화릉화릉 타올랐다. 또 누군가는 먹은 걸
토악질시켜 게워내도록 해야 산다고 양순이에게 맷돌에 녹두를

타오도록 재촉했다. 부랴부랴 맷돌에 녹쌀 낸 녹두가루를 밍근한 물에 타서 소 주둥이에 한 대야나 들어갔지만 워낙 의식불명인 판이라 시간이 가도 별 효과가 없었다. 이런 경우엔 수의가 박사래도 소용없겠단 소리만이 잦아질 무렵 소는 잠이 들어버렸다. 깊은 잠이었다. 아주 실신한 게라고 사람들은 말했다.

날씨는 섣달 날씨였고 얼어 달아나는 바람은 삼경을 넘었는데 소가 어른인 마당 한가운데선 불티만이 하늘 높이로 치솟고 치솟곤 했다.

그리고 거기서 그만이었다. 아무런 보람이 없었다. 암소는 제 한 몸만 믿고 걸었던 기대와 희망을 헌 명에 벗어던지듯 하고 결국 가죽만 남기게 된 것이었다.

"배신을 해도 유만부동이다. 이 괘씸한 놈아, 이 괘씸한 놈……"

황씨가 소에게 달려들어 덜미를 꼬집어 뜯으며 혀를 깨무는 뒤에서, 고랏댁은 어서 날이 새어 소 배를 가르고 태중의 새끼를 꺼내면 푹신 고아 남편 몸보신이나 시키리란 생각과 함께 모닥불에 짚단을 더 얹었다.

밤이 깊어가면서 마을 사람들은 모두 속으로 죽은 고기는 반값이니 몇 근 사두면 그믐 대목까지 곰국을 내먹겠다고 치부하면서도 겉으론 하늘 아래 이 동네 서고 소가 술 취해 죽었다는 건 듣고 보기 처음이라고 탄식이 거듭이었다.

계속 모닥불은 터지게 얼어붙은 하늘을 태웠고, 타는 하늘에서 쏟아져내리는 슬픔처럼 곡성이 멀리로 퍼지며 산과 들도 울먹이기 시작하게 했다. 겨우 제정신이 온 선출이가 사 년간 모아온 아픔으로 몸부림인 곁에서 신실이마저 신세타령 삼아 목놓아 울어대고부터는.

(1970)

일락서산 日落西山 ― 관촌수필 1

시골을 다녀오되 성묘가 목적이기는 근년으로 드문 일이었다. 더욱이 양력 정초에 몸소 그런 예모를 찾고 스스로 치름은 낳고 첫 겪음이기도 했다. 물론 귀성열차를 끊어 앉고부터 "숭헌…… 뉘라 양력 슬두 슬이라 이른다더냐, 상것들이나 왜놈 세력歲曆을 아는 법여……" 세모가 되면 한두 군데서 들어오던 세찬을 놓고 으레껀 꾸중이시던 할아버지 말씀이 자주 되살아나 마음 한켠이 결리지 않은 바도 아니었지만, 시절이 이러매 신정 연휴를 빌미할 수밖에 없음을 달리 어쩌랴 하며 견딘 거였다. 그러나 할아버지한테 결례不孝를 저지르고 있다는 느낌을 나 자신에게까지 속일 수는 없었다. 아주 어려서부터 이렇게 되기까지, 우리 가문을 지킨 모든 선인 조상들의 심상은 오로지 단 한 분, 할아버지 그분의 인상밖에는 없었기 때문이었다.

그것은 내가 그리워해온 선대인은 어머니나 아버지, 그리고 동기간들이 아니었다는 뜻이기도 하다. 고색창연한 이조인李朝人이었던 할아버지, 오직 그분 한 분만이 진실로 육친이요 조상의 얼이란 느낌을 지워버릴 수 없는 거였고, 또 앞으로도 길래 그럴 것같이 여겨진다는 것이다. 받은 사랑이며 가는 정으로야 어찌 어머니 위에 다시 있다 감히 장담할 수 있을까마는, 그럼에도 삼가 할아버지 한 분만으로 조상의 넋을 가늠하되, 당신 생전에 받은 가르침이야말로 진실로 받들고 싶도록 값지게 여겨지는 터임에, 거듭 할아버지의 존재와 추억의 조각들을 모든 것의 으뜸으로 믿을 수밖에 없던 것이다.

초사흗날, 기중 붐비지 않을 듯싶던 열차로 가려 탄 것이 불찰이라 하게 피곤하고도 고달픈 고향길이었다. 한내읍에 닿았을 때는 이미 세시도 겨워 머잖아 해거름을 만나게 될 그런 어름이였다. 열차가 한내읍 머리맡이기도 한 갈머리冠村部落 모퉁이를 돌아설 즈음엔 차창에 빗방울까지 그어지고 있었다. 예년에 없던 푹한 날씨기에 눈을 비로 뿌리던 모양이었다. 겨울비를 맞으며 고향을 찾아보기도 난생처음인데다 정 두고 떠났던 옛 산천들이 돌아보이자, 나는 설레이기 시작한 가슴을 부접할 길이 없었다.

나는 한동안 두 눈을 지릅뜨고 빗발무늬가 잦아가던 창가에 서서, 뒷동산 부엉재를 감싸며 돌아가는 갈머리부락을 지켜보고 있었다. 마음이 들뜬 것과는 별도로 정말 썰렁하고 울적한 기분이었다. 내 살과 뼈가 여문 마을이었건만, 옛모습을 제대로 지키고 있는 것이라곤 아무것도 없던 것이다. 옛모습으로 남아난 것이 저토록 귀할 수 있을까.

그중에서도 맨 먼저 가슴을 후려친 것은 왕소나무가 사라져버린 사실이었다. 분명 왕소나무가 서 있던 자리엔 외양간만한 슬레이트 지붕의 구멍가게 굴뚝만이 꼴불견으로 뻘질러 서 있던 것이다.

그 왕소나무 잎새에 누렁물이 들고 가지에 삭정이가 끼는 걸 보며 고향을 뜨고 13년 만이니 그럴 만도 하겠다 싶긴 했지만, 언제 베어다 켜 썼는지 흔적조차 남아 있지 않은 현장을 목격하니 오장에서 부레가 끓어오르지 않을 수 없던 것이다. 사백여 년에 걸친 그 허구헌 풍상을 다 부대껴내고도 어느 솔보다 푸르던, 십장생十長生의 으뜸다운 풍모로 마을을 지켜온 왕소나무가 아니었던가. 내가 일곱 살 나 천자문을 떼고 책씻이도 마친 어느 여름날 해 설핀 석양으로 잊지 않고 있지만, 나는 갯가 제방둑까지 할아버지를 모시고 나와 온 마을을 쓸어삼킬 듯이 쳐들어오던 바다 밀물을 구경한 적이 있었다. 댕기물떼새와 갈매기 들의 울음소리가 석양놀에 가득 떠 있던 눈부신 바다를 구경했던 것이다. 방파제 곁으로 장항선 철로가 끝간데 없고, 철로와 나란히 자갈마다 뽀얀 신작로는 모퉁이를 돌았는데, 그 왕소나무는 철로와 신작로가 가장 가까이로 다가선, 잡목 한 그루 없이 잔디만 펼쳐진 평퍼짐한 버덩 위에서 사백여 년이나 버티어왔던 것이다.

그날 할아버지는 장정 두 팔로 꼭 네 아름이라던 왕소나무 밑동을 조심스레 어루만지면서,

"이애야, 이 왕솔은 토정土亭:李之菡 할아버지께서 짚고 가시던 지팡이를 꽂아놓으셨는디 이냥 자란 게란다. 그쩍에 그 할아버지 말씀은, 요 지팡이 앞으루 철마가 지나가거들랑 우리 한산 이씨 자손들은 이 고을에서 뜨야 허리라구 허셨다는 게여…… 그 말씀을 새겨들어 진작 타관살이를 했더라면 요로큼 모진 시상은 안 만났을지두 모르는 것을……" 하던 말을 나는 여태껏 기억하고 있는 것이다. 그것은 내가 왕소나무의 내력에 대해서 최초로 들은 지식이었다. 짚고 다니던 지팡이가 왕소나무로 되다니. 토정이 이인이며 기행이 많았다던 것은 토정비결을 보는 자리 옆에서 이따금 들었으므로, 할아버지가 외경스러워하던 모습이나 개탄이 무엇을 뜻하는지 알 듯도 했지만, 그러나 솔직히 말해 그런 구전된 전설 따위는 곧이듣고 싶지 않았던 것이 사실이었다. 그 왕소나무는 군내에선 겨룰 데가 없던 백수百樹의 우두머리였고, 그 나무는 이제 자취도 없이 사라져버렸으며, 나는 우리 가문의 선조 한 분이 그토록 우려하고 경계했다던, 그러나 이미 사십여 년 전부터 장항선 철로를 핥아온 철마를 탄 몸으로 창가에 서서, 지호지간의 그 유적지를 비껴가고 있었던 것이다.

이젠 완전히 타락한 동네구나 – 나는 은연중 그렇게 중얼거리고 있음을 스스로 깨달았다. 마을의 주인 왕소나무이 세상 뜬 지 오래

라니 오죽해졌으랴 싶기도 했다. 하루에도 몇 차례씩, 더욱이 피서지로 한몫해온 탓에, 해수욕장이 개장된 여름이면 밤낮 기적 소리가 잘 틈 없던 철로가에 서서, 그 숱한 소음과 매연을 마시다 지쳐, 영물靈物의 예우도 내던지고 고사枯死해버린 왕소나무의 운명은, 되새기면 되새길수록 가슴이 쓰리고 아파 견딜 수가 없었다. 물론 왕소나무의 비운에 대한 조상弔喪만으로 비감에 젖어 있었다고는 말할 수 없겠지만—

사실이 그랬다. 내가 살았던 옛집의 추레한 주제꼴에 한결 더 가슴이 미어지는 비감으로 뼈저려하고 있었으니까. 비록 얼핏 지나치는 차창 너머로 눈결에 온 것이긴 했지만, 간살이 넉넉한 열다섯 칸짜리 꽃패집의 풍채는커녕, 읍내 어디서라도 갈머리 쪽을 바라볼 적마다 온 마을의 종가宗家나 되는 양 한눈에 알겠던 집이 그렇게 변모할 수가 있을까 싶던 것이다.

그것은 왕소나무의 비운 버금으로 가슴을 저미는 아픔이었다. 이제는 가로세로 들쑹날쑹, 꼴값하는 난봉난 집들이 들어서며 마을을 어질러놓아, 겨우 초가 안채 용마루만이 그럴듯할 뿐이었으며, 좌우에서 하늘자락을 치켜들며 함석지붕 날개와 담장을 뒤덮었던 담쟁이덩굴, 사철 푸르게 밭마당의 방풍림으로 늘어섰던 들충나무의 가지런한 맵시 따위는 찾아볼 엄두도 못 내게 구차스런 동네로 변해버렸던 것이다.

실향민. 나는 어느덧 실향민이 돼버리고 말았다는 느낌을 덜어버릴 수가 없었다. 고향이랬자 무덤墓들밖에 남겨둔 게 없던 터라 어차피 무심하게 여겨온 셈이긴 했지만, 막상 퇴락해버린 고향 풍경을 대하니, 나 자신이 그토록 처연하고 헙헙하며 외로울 수가 없던 것이다.

나는 맨 먼저 할아버지 산소부터 성묘를 해야 예의라고 믿고 있었다. 할아버지 산소는 한내에서 사십여 리 밖인 고만高欄이란 갯마을 연해의 종산宗山 한 기슭에 외따로 모셔져 있었다. 하루 한 차례의 버스편마저 없는 곳이라 천상 걷기로만 해야 하되 가며오며 한대도 하룻길로는 벅찬 곳. 도착한 날은 도리 없이 읍내에서 묵지 않으면 안 되도록 되어 있었다. 비록 고향을 등진 지는 오래였지만, 며칠쯤 묵는대서 흠허물이 될 집은 없었다. 나는 읍내 군청 관사에 살고 있던 외척을 찾아 유숙처로 내정했다. 그런 뒤로 해전을 뜻 없이 보낼 일이 따분하여 갈머리를 찾기로 했던 것은 아니었다.

내가 뛰놀며 성장했던 옛 터전들을 두루 살피되, 그 시절의 정경과 오늘에 이른 안부를 알고 싶은 순수한 충동을 주체하지 못한 것이 계기였다. 비단 엉뚱하고 생소하게 변해버려 옛 정경, 그 태깔은 찾을 길이 없다더라도 나는 반드시 둘러보고, 변했으면 변한 모양새만이라도 다시 한번 눈여겨둠으로써, 몸은 비록 타관을 떠돌며 세월할지라도 마음만은 고향 잃은 설움을 갖고 싶지 않았던 것인지도 모른다.

나는 역전거리로 나서자마자 비닐우산부터 장만하지 않으면 안 되었다. 우두둑우두둑 우산 위에서 들린 빗낱 듣던 소리는, 점심마저 굶어 허당이 된 가슴속을, 시간이 가면 갈수록 더욱더 분명한 가락으로 두들겨주고 있었다.

갈머리는 일테면 한내읍 교외로서 읍내 복판에서 보통 걸음으로 십 분이면 닿던 가까운 거리에 있었다.

마을 동구 앞에는 조갑지 같은 초가 세 채가 신작로를 가운데로 하여 따로 떨어져 있었다. 한 채는 눈깔사탕이며 엿과 성냥을 팔던 송방松房으로 불리운 구멍가게였고, 주인은 술장수 퇴물인 채씨 부부였다. 그 맞은편 집은 사철 풀무질이 바쁘던 원애꾸네 대장간이었으며, 그 옆으로 저만치 물러나 있던, 대낮에도 볕살이 추녀끝에서만 맴돌다 가 어둡던 옴팡집은 장중철이네가 차린 주막이었다. 부엌은 도가술에 물 타서 느루 팔던 술청이었고, 손바닥만하던 명색 마당 귀퉁이는 이발기계와 면도 하나로 깎고 도스리던, 장에 가는 장꾼들만 바라보던 무허가 노천 이발소였다. 주막과 대장간 어중간에는 사철 시커멓게 그을린 드럼통 솥이 걸리어 있어, 장날마다 싸잡이 나무를 때어 끓이면서 장으로 들어가는 옷가지나 바랜 이불잇 따위를 염색하던, 검정 염색터가 전봇대 밑에 웅크리고 있게 마련이었다.

그러나 이제는 어느 한 가지도 그전 그 모습대로 남아 있지 않았다. 송방은 헐고 새로 이은 밝고 시원한 이발소로 변해 처마에 '관촌이발관'이라는 문짝만한 간판이 올라 있었고, 원애꾸네 대장간 자리에도 붉은 기와의 오죽잖은 블록집이 대신 들어서 있는데, 아마 국민학교 선생이나 군청 계장쯤 된 사람이 지어 사는 살림집인 것 같았다. 장중철이네 움막도 지붕을 슬레이트로 개량했고, 판자 울타리는 시퍼런 페인트를 발랐던 시늉만 낸 채로 '반공 방첩' 표찰과 분식 장려 담화문이 붙어 있었으며, 곁들여 인두판만큼 기름하고 좁은 널빤지에 되다 만 먹글씨로 '천일양조장 제13구역 탁주 위탁 판매소'라는 상호를 내걸고 있었다. 이발관 유리창을 뚫고 나온 난로 함석 연통에서는 보얀 연탄가스가, 끓는 소댕에 김 서리듯 부실거리고, 낯선 얼굴 두엇이 무심찮은 눈으로 나를 살펴보며 서성거리고 있었으나, 내가 알아볼 만한 얼굴은 단 한 사람도 눈에 띄지 않았다. 온 동네를 바깥마당으로 여기며 18년 동안이나 산 토박이가 이토록 나그네 같은 서툰 몸짓밖에 취할 수 없단 말인가. 진실로 서글픈 일이었다.

나는 이윽고 신작로가 나뉘면서 검붉은 황토를 드러낸 좁다란 골목길로 들어섰다. 몇 걸음 안 가서 이내 과수원이 나왔다. 이제 과수원 탱자나무 울타리 곱은탱이만 돌아가면 철철이 선대의 손길이 닳아지고, 사변 이듬해부터는 여러 가지 푸성귀와 그루갈이를 내 손으로 직접 거두어 먹다가 집과 함께 모개흥정으로 처분하고 떠났던, 팔백여 평의 터알이 나타날 숨가쁜 길목이었다. 내린 비로 터지게 얼었던 거죽이 풀린 길은 해토머리가 다 된 것이나 아닌가 싶을 정도로 질었다. 그러나 옛길을 되찾았다는 감상 따위는 우러나지 않았다. 소나기가 두어 줄금만 내려도 산에서 쏟히는 맑은 물이 흐르던 길가의 개랑은 수채만이나 하게 좁아진 반면, 그 구거지溝渠地에는 지질한 블록집들이 잇대어 서 있어 등산객의 걸음이 잦은 서울 교외의 외진 동네와 다르지 않은 느낌이었다.

탱자나무 울타리가 끝나면서부터는 바로 그 터알머리였다. 나는 마음이 바빠 다그친 걸음으로 보리싹이 푸릇거리는 밭두둑으로 뛰어들었는데, 그 찰나, 가슴을 냅다 쥐어질린 충격과 함께 그 자리에 굳어버리고 말았다.

지팡이에 굽은 허리를 의지한 할아버지가 당신의 헛묘假墳墓를 굽어보고 서 있었던 것이다. 항용 아끼시던 마가목馬牙木 지팡이를 짚은 할아버지는 역시 망건으로 탕건을 받쳐 쓰고, 공단 마고자 아래 허리춤에서는 안경집이 대롱거렸으며, 허연 수염을 바람결에 날리면서 구부정하게 서 있음이 천연하였다.

한참 만에야 순간적인 환상에 사로잡혀 잃어버린 지난날의 한 시절을 되살려낸 착각으로 그렇게 오두망절하고 서 있는 나 자신을 발견하고, 깊은 한숨을 끄면서 칠성바위 쪽으로 다가갔던 것이지만.

그것은 분명 순간적인 환각이었으나 소년 시절에는 너무도 자주, 일상으로 목격하여 두고두고 잊혀지지 않도록, 그 할아버지 아니면 아무도 시늉할 수 없을, 그분의 인상 중에서 가장 두드러지던 사실이었다.

　나는 칠성바위 중 맨 고섶에 있고, 참외를 따거나 수수목을 찔 때 흔히 올라앉아 쉬었던, 네 모가 뚜렷한 바위에 걸터앉아 담배를 꺼내 물었다. 빗낱은 계속 성깃성깃하게 흩뿌리며 비닐우산을 투덕거렸고, 암컷처럼 패인 부엉재 고랑 아래 잔솔밭 밑 두어 채 초가 굴뚝에서는 저녁 청솔가지 연기가 비거스렁이에 눌려 안개처럼 번져나가고 있었다.

　나는 앉자마자 칠성바위들의 안부를 하나하나 살펴가기 시작했다. 조금도 요동하지 않는 바위라서일까. 태고로부터 북두칠성과 똑같은 위치로 배치되어 앉았던 일곱 덩이의 바위는, 한결같이 옛날 그대로 제자리들을 지키고 있었다. 동네 조무래기들이 그중 자주 오르내렸던 길가에 나앉은 막내둥이의 지프 같던 모습도 여전했으며, 댓 걸음 곁의 두꺼비 바위도 그 자리에 직수굿하게 웅크리고 앉아 있었다. 범이 누운 형상의 세번째 바위 역시 엉성해진 덤불을 들러리로 한 채 그 위엄스런 풍모를 타고난 그대로 간직하고 있었고, 눈발이 히뜩대면 곧잘 콩새와 굴뚝새 들이 날아들어 푸득대던 덤불도 새 밭 임자의 연장에 어지간히 시달렸으련만, 두 그루의 옻나무와 찔레덩굴, 그리고 까치밥과 개다래 넌출이 어우러져 여전히 멧새들을 부르고 있었다.

　바로 범바위 밑에 쓰였던 할아버지의 헛묘가 언제부터 그토록 묘갈과 봉분의 잔디결도 곱게 다듬어져 있었는지는 알 수 없었다.

다만 신후身後에 조석 상식을 올리면 무엇하며, 초하루 보름에 삭망 차례를 드린들 무슨 소용이랴고. 그 일이야말로 생전에 찾고 갖출 일이라 하여 십오 년 전부터 매월 초하루와 보름이면 누구 생일잔치보다도 더 푸짐하게 진짓상을 올리게 했던 아버지보다 앞서, 앞일이 다가오는 것을 내다본 할아버지 당신 스스로가 서둘러 만든 헛묘였으며, 평생 주초酒草뿐 아니라 바둑 장기 같은 조용한 잡기마저 몰랐던 할아버지가 해 길어 무료함에 지치던 봄날이면, 지팡이를 의지해 홀로 칠성바위에 나섰고, 구부정한 허리를 두들기면서 장차 당신이 영원히 누울 유택을 보살피며, 쥐구멍이나 잡초가 자리를 못 잡도록 가다듬은 다음, 시간 가는 줄 모른 채 그윽한 눈길로 내려다보곤 하던 모습만을 자주 발견하고, 어린 소견에도 숙연해진 마음으로 발걸음이 무거워지던 것만은, 이십수삼 년이 지난 오늘까지도 선명한 기억으로 간직해왔던 것이다.

그 무렵 칠성바위 언저리와 밭 가장자리에는 새봄마다 지장풀이 잘되었고, 특히 할아버지의 헛묘 묘갈과 봉분에는 달짝지근하게 배동 오른 삘기가 많아, 햇살 긴 마른 봄날이면 얼굴을 새까맣게 태워가며 소꿉장난으로 긴긴 해를 저물리곤 했었다. 그럴 적이면 할아버지도 지팡이를 앞세워 칠성바위로 나왔고, 질경이와 광대나물이 흔하던 바위 앞 보리밭에서 남보다 몇 갑절씩 들나물을 잘 뜯던 망아지만한 옹점이도, 부살같이 손칼을 놀려대며 나물바구니를 채워가곤 했었다.

옹점이는 마음씨가 너그럽고 착한 아이였다. 그녀는 삼천 석의 지주이며 한말에 중추원의 의관을 지내다가 인접 동네 달밭으로 낙향하여 살았던 외가의 행랑아범 딸로, 어머니의 신행에 교전비로 왔던 아이가 얼마 안 있어서 황아장수에게 묻어가자 이를테면 그 보충역으로 오게 된 아이였는데, 술장수의 데림추로 붙어다녔던 이매二梅라는 화류계 퇴물이 행랑아범과 좋아 지내다가 일이급해 어느 옹기점의 독 틈에서 낳았다 하여 이름이 옹점이라는 것이었다. 옹점이가 우리집으로 들어온 것은 그녀 나이 일곱 살 때였다고 했다. 어머니가 친정에 갔다가, 외가 부엌에서 아기 동자아치로 자라던 것을 안저지 겸 허드레 심부름용으로 데려와서 길렀다는 거였다. 마음씨같은 비단결같이 고운데다 손속이 좋고 눈썰미가 뛰어나며, 인정과 동정심이 많은 점에서 어머니는 노상 쓸 만한 아이라고 추켜주었다. 때문에 그녀는 동네에 떠들어온 모든 비렁뱅이와 동냥중, 그리고 나병환자들한테 인기가 있었고, 우리집에 와서 살던 머슴들은 그녀의 마음씨에 녹아 자진하여 부엌일까지 엡들이 해주며 도우려고 했던 것이다.

　어머니가 그녀 일을 흉내내어 나를 자주 웃겼던 것도 새삼스럽게 떠오른다. 맨 처음 그녀를 다잡아가면서 안팎 범절과 행실을 가르치고 다스린 이도 할아버지였다. 본디 사람 보는 눈이 달랐던 할아버지는 그녀를 보자 대뜸 싹이 있겠다고 판단하여 나이부터 물었다.

"그래 너는 몇 살이나 되었다더냐?"

그러자 그녀는 아무 어렴성 없이 아는 대로 대꾸했다.

"지 에미가 그러는디 제년이 작년까장은 제우 여섯 살이었대유. 그런디 시방은 잘 몰르겄슈."

"늬가 늬 나이를 모른다 허느냐?"

"예. 위떤 이는 하나 늘어서 일곱 살이라구 허던디 또 누구는 하나 먹었응께 다섯 살이라구 허거던유."

"페엥— 그래 늬 에민가 작것인가는 요새두 더러 보이더냐?"

"접때 달밭 대감댁외가에 왔는디 봉께, 유똥치마를 입구, 머리는 힛사시까미를 허구, 근사헌 우데마끼두 차구…… 여간 하이카라가 아니던디유."

"그래 그것은 시방두 장늘 술고래라더냐?"

"그리기 접때두 취해서 즤 애비허구 다투다가 고쟁이 바람으로 쫓겨났었슈."

"페엥— 숭헌……"

할아버지는 그 이상 묻지 않았다고 한다. 그것은 철부지하고 이러니저러니 하기 싱거워서가 아니었다. 굴지의 지주였던 탓에 온갖 잡기와 유흥에만 몰두했던 나의 외숙한테 '대감'이라는 칭호를 썼기 때문이었다. 그녀로서는 어쩔 수 없을 말버릇이었지만 할아버지 앞에서는 무엄한 말이었다. 그러나 할아버지는 잘 참았다.

"그래 늬 이름은 무엇이라 부르더냐?"

"먼젓것인디유."

"먼젓것이라…… 아직 이름이 읎더란 말이렷다."

"……"

"늬 에미가 너를 즘촌店村, 질그릇 굽는 마을 옹기 틈목에서 풀었다더구나…… 오날버텀 이름을 옹젬甕點이라 허거라. 옹젬이가 무던허겄구나."

할아버지는 그렇게 즉흥적인 작명을 했는데, 호적부에도 그대로 올라갔음은 두말할 나위 없는 일이었다.

옹점이는 어른 앞에서는 소견이 넓었고 아이들에게는 남달리 인정이 많았다. 그릇을 잘 깨는 덜렁쇠였고, 참새 못잖던 수다쟁이이기도 했다. 나물바구니가 차도록 헛묘 앞에서 떠날 줄 모르던 할아버지를 볼 적마다 그녀는 그녀 깜냥대로 집에 들어오면 으레껀 나물바구니를 뜰팡에 내던지며,

"아씨, 나리만님두 봄을 타셔서 심란허신개비데유."

그 큰 목통으로 떠들어댔던 것이다.

"저것…… 저 방정머리는 원제나 철들어 고쳐질거나. 쯧쯧쯧……"

하며, 어머니는 그 수선에 혹시 어디 나들이하셨다가 낙상이라도 했단 말인가 싶어 꾸리고 있던 반짇고리를 밀쳐놓게 마련이었다.

"나리만님은 당신 헛뫼 써둔 것이 엥 걸리시는 모양이던디유."

"너는 그만 좀 나서라."

어머니는 안도의 한숨을 내쉬며,

"게 바구리 것은 뭐라는 게냐?"

그것이 사랑에서 즐겨 찾는 국거리인 줄 번연히 알면서도 짐짓 그렇게 묻는 거였다.

"나리마님 즐겨허시는 나승개허구 소리쟁이유…… 참 해두 오라지게 질다…… 쌍고동 울어울어 연락선은 떠난단다아……"

그녀는 귀동냥하여 남은 콧노래를 불러가며 아궁이 앞에서 나물 다듬기를 시작한다. 나이보다 숙성했던 그녀는 그때 이미 사춘기에 들어 있은 모양이었다.

"반펭생을 밍당, 밍당 허셨는디, 터알머리에 그런 자리가 있는 줄도 모르고 또박 십여 년이나 산을 쫓어댕기셨으니 여북허시겠네."

어머니는 할아버지를 이해하고 있었다. 정말 할아버지는 자신의 안식처를 찾기 위해 볼 줄 안다던 지관이란 지관은 모조리 수소문하여 불러 모았고, 지관을 앞세워 높고 먼 산 가림 없이 허다한 산을 뒤졌더라고 했다. 갈머리에서 읍내를 질러 건너다뵈는 성주산 옥마봉을 비롯, 청라 오서산, 공주 계룡산, 그리고 당신의 선조인 토정李之菡, 성암李之蕃, 명곡李山甫, 삼숙질의 유택이 이웃한, 토정 자신이 찾아내어 스스로 무덤을 만듦으로써 종산宗山이 된 주포면 고만과, 훨씬 선조인 목은李穡을 모신 한산면의 여러 야산들까지도 두루 살펴보았지만, 결국 자신의 가분묘를 써둘 만한 자리는 당신이 쓰는 사랑에서 가만히 불러도 이내 대답할 수 있게 가까운, 칠성바위 가운데 범바위 앞의 밭머리에서 찾아낸 셈이었다.

한번은 헛묘 앞에서 마주친 할아버지한테 나도 무심할 수 없어 물어보기까지 했다.

"할아버지, 요기가 무슨 묏당이래유? 까시덤풀만 우거진 황토밭인디……"

눈보다 귀가 훨씬 가까웠던 할아버지는,

"조 바위를 보려므나. 보매 보기루두 똑 북두칠성 형상 아니겄느냐."

"그렇다구 밭이다 모이묘를 써유? 할아버지는 돌아가는 게 좋으신 모냥이네유."

"게 다 마찬가지여. 먹구 헐 일 읎이 지달리는 게나, 일찍 가서 누워 잔디찰방察訪 허는 게나……"

"……"

"철읎는 것허구 이런 말 허는 내가 어리석다마는."

"그렇지만 해필이면 바위 밑이래유. 넘들은 산에다 모이를 쓰던디."

"나허구 이 바위들허구는 사구일생四俱一生이니라."

"그게 무슨 말인디유?"

"그럼 사귀일성四歸一成이라구 허던 말은 더러 들어보았더냐?"

"아뉴."

"숭헌…… 글을 배우구두 고만 것을 모른다며는 어쩐단 말이냐……"

"……"

"듣거라. 너 그럼 목화木花 느 근四斤이 면화棉花 한 근一斤인 중은 알겠느냐?"

"씨아루 잣어서 씨를 뺀 건 목화구, 솜틀집 가서 탄 목화는 면화지유."

"행림들이 수삼 느 근이 건삼 한 근이라던 말두 못 들었더란 말이냐?"

"……"

"행림杏林이 으생醫生이라는 것두 모르는 모냥 아니냐?"

"……"

"무엇을 네 곱쟁이 합쳐야 그것을 가공한 것 하나허구 맞먹는다는 말인 게여."

"그럼 껏보리 느 말은 멥쌀 한 말이겠네유?"

"페에엥—"

'페에엥—' 소리는 '승헌……'이라는 말과 함께 할아버지의 전용어였다. 화가 상투 끝에 이르러 아랫사람들에게 걱정을 하실 때와, 되잖은 말, 같잖은 꼴, 어질지 못하며 어리석은 것 등, 꾸중을 대신하던 할아버지만의 용어였다.

그 무렵만 해도 할아버지는 자신이 일컬었듯 문자 그대로 백수풍진白首風塵이었으니, 정자나무의 해묵은 뿌리마냥 간신히 견뎌내던 형편이었다. 망백望百의 여든아홉을 누린 탓에 인생무상을 삶 자체로서 느꼈고, 그래서 장력張力은 잃었으되 매사에 자약自若할 수 있는 소중한 것을 지녔던 것인지도 몰랐다. 외람된 말이겠지만 바위들과 당신이 한몸임을 알았다면 바람이나 눈비 따위, 모든 자연계의 현상과 자신의 존재가 어떤 성질 혹은 체질을 서로 나눴는지도 알았을 것이었다.

나는 그 바위들이 무심무태한 한갓 자연 물질로서 그치는 것이 아닐 것 같았다. 할아버지의 의지와 얼이 굳어져버린 영구불변의 영혼이며, 아니면 최소한 그 상징일 것 같았으므로 신성하고 경건하게만 보였던 것이다.

나는 바위에서 내려 김장해들이고 비워둔 밭고랑을 질러 할아버지 산소를 모셨던 범바위 앞으로 다가갔다. 눈발이 나부끼는 겨울철이면 꿩과 산비둘기가 유난히 자주 내리던 자리였다. 우리집에서 내리 오 년 동안이나 머슴살이했던 박철호朴鐵呼는 덫을 퇴비 속에 묻거나 약을 놓아, 꿩과 산비둘기 들만 가만히 앉아서도 쉽게 사냥해들이곤 했다. 항상 할아버지와 겸상이었던 나는 할아버지가 타이른, 귀가 싫도록 들었던 말도 덩달아 새삼스러워졌다.

"세상이 아무리 앞뒤가 옳어졌더래두 가릴 게라면 가려야 쓰는 게여. 생치生雉는 양반 반찬이구 비닭이는 상것들이나 입에 대는 법이니라."

혹시 비둘기고기라도 입에 댈라 싶어 미리 경계한 거였다.

범바위 앞, 서울로 이사하기 앞서 종산으로 면봉해드린 다음 집과 함께 모개흥정해 선로원線路員 김씨에게 팔아넘긴 산소 자리에는 고구마를 갈았다가 거둬들인 듯, 마른 고구마 덩굴이 우북더북한 밭고랑에 어지러이 흩어져 있었다. 빗낱은 언제 그쳤던가, 비거스렁이를 하느라고 바람이 몹시 매웠다. 좀더 저물고 추워지기 전에 서둘러 읍내로 들어가야 하리라. 그러나 나는 몇 가구의 하잘것없는 인가를 돌아 옛동산으로 올라가고 있었다. 진작 면례를 해드린 게 얼마나 다행스런 일이랴. 칠성바위 언저리엔 오죽잖은 블록집들이 무려 다섯 채나 지어져 있었다. 담장도 안 쳐 있고 쓰레기장과 닭, 오리장이 너절하니 흩어져 있는 가옥들이었다. 장차 주택들이 들어차면 산소 관리하기에도 여의치 않으리라 여겨 종산으로 모셨던 것은 열 번 잘한 일 같았다. 집집마다 하수도가 돼 있지 않아 산소 자리와 칠성바위 둘레는 온통 수챗구멍이나 다름없이 더럽혀져 있었고, 특히 다섯 가구의 다섯 군데 변소는 악취를 제멋대로 풍기며 보기 흉한 꼴들을 하고 서 있던 것이다.

동산 등성이로 오를수록 내가 첫돌을 맞은 뒤로 십팔 년 동안이나 살았던 옛집의 전모가 조금씩조금씩 드러나 보이기 시작했다. 대천읍 대천리 387번지. 할아버지가 만년을 나고, 어머니가 기울어진 가운에 끝까지 시달리다 지쳐 운명을 한, 그러나 내 손에 모든 것이 청산되어 이젠 남의 집이 된 옛집. 대지 삼백오십여 평에

건평 칠십여 평의 ㄷ자로 된 그 집은 솔수펑이 기슭 잔디밭을 뒤꼍 장독대로 하여 남향받이로 정좌한. 덩실하고 우아한 옛날의 풍모를 조금쯤은 간직하고 있는 듯도 했다. 밭마당을 둘러친 들충나무 울타리와 뒷담장을 겉으로 에워싼 열두 그루의 밤나무는 이젠 완연히 늙어버린 것 같았으며, 새 주인이 닭장과 돼지우리를 내지어 약간 좁아진 듯한 대문 앞에도 그 개오동 한 그루가 아름드리로 자라 있었다.

나는 울안 마당으로 시야를 옮겼다.

저것이 바로 그 모란과 매화일까. 그 매실나무며 치자나무도 여태 가꿔오고 있단 말인가. 좀처럼 믿기지 않았지만 그러리라고 접어둘 수밖에 없었다. 사철 어머니 손에 가꿔졌던 울안 정원은 타래박 우물을 가운데로 하여 썰렁하고 어수선한 대로나마 심겨진 그 자리에 남아 있음이 분명했다. 곶감을 여남은 접씩 켜서 썼던 배시나무와 그 곁의 대추나무도 지붕이 얕게 자라 있었고. 나는 발돋움을 하여 뒤꼍도 들여다보지 않을 수 없었다. 곁들여 울안의 온갖 실과나무와 관상목 들을 대표했던, 가지가 휘어지게 감이 달려 겨우내 온 집안식구들의 간식이 돼주었던, 이젠 흔적마저 남지 않았을 그 죽은 감나무도 동시에 생각해냈다. 언제 누가 심은 나무였는지는 알 수 없었다. 또 누가 정월 보름날 시집을 보내줬는지도 알 수 없었다. 밑둥에서부터 두 갈래로 갈라진 큰 가지 틈엔 도끼날보다 더 큰 돌이 깊숙이 박혀 있던 감나무였다. 그러나 그 감나무는 내 손에 찍혀 베어졌으며 내 손을 따라 아궁이로 들어가 한 삼태기의 재로 변해버리고 만 거였다. 어머니는 반년 이상을 천식으로 몸져 앓으시다가 여름방학을 맞은 팔월 초순, 내가 종신하는 앞에서 세상을 버렸던 것이다. 그 감나무가 죽은 것도 같은 순간이었으리라고 믿는다. 삼일장을 치르고 나서야 집안식구와 대소가 및 마을 사람들은 사나흘 전까지도 잎이 시퍼렇고 대추알만큼씩이나 자란 그 숱한 열매를 달고 있던 감나무가 갑자기 죽어 있음을 발견하게 됐던 것이다. 잎새들은 모조리 오가리 들듯 푸른빛 그대로 말라 가랑잎이 돼 있었고, 솔바람만 지나가도 쪼글쪼글해진 감들이 상달 초승께 밤나무를 털 때처럼 우술우술 쏟아져내렸던 것이다. 장사 치르기에 경황이 없어 아무도 여겨보지 않았을 따름, 감나무가 갑자기 죽은 것은 어머니의 운명과 거의 동시였으리라던 것이 많은 사람들이 같이한 의견이었다. 그 감나무는 어머니의 대소상을 치른 이듬해까지도 깨어나지 않았다. 아니 완전한 고사목으로, 건드리면 부러지는 삭정이가 돼 있었다. 마을 사람들은 다시 입을 모아 그 감나무를 볼 적마다 고인故人이 생각난다고 했다. 보기 싫으니 베어버리라는 충고였다. 나도 마찬가지였다. 어머니의 반생과 모든 것을 함께하다 죽은 나무를 그저 두고 고향을 떠난다는 것은 뭔지 모르게 서럽고 안타까운 일이었다. 그러자 무릇 울안의 나무란 함부로 심고 옮기며 베지 않는 법이므로, 나무를 벤 즉시 그 그루터기에다 낫이나 칼을 꽂아둠이 동티를 예방하는 방법이라고도 했다. 나는 정말 남의 말을 무시하지 못했다. 그러나 지금도 기억에 짙게 남아 있는 것은 그 벤 둥치와 가지를 장작개비로 패 쌓으면서 솟아나던 눈물을 걷잡지 못해 했던 일이다.

이제 그 감나무 자리에는 짚누리가 앉아 있었다. 장독대 바로 위에 있는 앵두나무, 그 왼편으로 늘어서 있던 석류나무와 복숭아나무도 여전하게 제자리에 서서 담 너머 밖 산등성이에 처연히 서 있는 옛 주인을 무심하고 무표정하게 넘겨다보고 있었다.

가을이면 조석으로 쓸어 담아내어도 땅이 안 보이게 낙엽이 쏟아져 쌓이던 정원이며 뒤란, 서너 칸이 넘던 대청마루와 사랑 툇마루들, 쓸고 닦기가 지겨워 아늑하고 좁은 집에서 살기를 그토록 원했던 내 신세는, 이젠 내 명의로 된 유일한 부동산이기도 한 열한 평짜리 아파트 한 칸만을 겨우 지니게 되고 말았다. 대충 훑어보기에도 광과 헛간으로 썼던 서편 채는 방과 부엌을 들이고 내어 세를 준 듯했고, 사랑마루 앞으로 돌나물이 잘되고 매화와 장미, 백합과 난초가 고이 자랐으며, 생지황이니 박하 따위 약초를 가꿨던 화단 터도 상추나 쑥갓·호박·부추 등속의 푸성귀를 갈아먹는 자리로 변한 지 오래된 모양이었다.

밭마당 밑뜸, 행랑채로 남아 대복이네가 살았던 초가는 그새 주인 또한 몇 차례나 갈리었을까. 이젠 제법 기와도 올린 알뜰한 주택으로 가꿔져 크막한 문패까지 달고 있었다. 미나리꽝으로 쓴 마당 밑 박우물 아래 초입 논배미부터, 내리닫이로 신작로까지 늘어섰으려니 했던, 가뭄을 모르던 무논이어서 해마다 오려를 거둔 구렁찰 논들은, 벌써 그런 흔적마저 찾아볼 수 없게 붉은 기와나 슬레이트로 다시 이은 허름한 집들이 들쑹날쑹 제멋대로 들어차 있었다. 원래는 우리 논이 끝난 곳이 신작로였고, 신작로를 건너서면 이내 장항선 철로가 가로지르고 있게 마련이었는데, 토정의 지팡이였던 왕소나무는 흔적도 없어지고, 대신 그 자리에는 오죽잖은 블록집이 노란 페인트로 뒤발한 '접도 구역'이란 돌말뚝과 함께 썰렁하고도 음산하게 도사리고 있었다. 철로 너머는 곧장 바다였다. 봄부터 가을까지 동네 조무래기들과 벌거숭이로 뒹굴며 놀았던 개펄이었다. 물을 쓴 조금 때면 삼사십 리 밖의 수평선이 하늘과 한 빛깔로 아물거리고, 밀물이 들어차면 철둑과 연결된 방파제 위로 갯물이 넘실대던 바다. 갈매기와 해오라기가 하늘을 뒤덮으며 너울대고, 방파제 가장자리에서는 보맹鹽度計을 신줏단지처럼 위하던 소금막製鹽幕으로부터 청염晴鹽을 못다 긁은 갈통물로 육염六鹽 굽는 연기가 해무처럼 자욱했으며, 망둥이 낚시꾼들이 장마 걷은 방죽에 줄남생이 늘앉듯 들벅거리되, 안옷黃布을 활짝 펼친 돛단배라도 들어오는 날이면 뱃사공들의 뱃노래가 물새들의 그것보다 더욱 구성지게 울려퍼지던 바다였었다. 그러나 그 바다도 이젠 가고 없었다. 개펄 대신 논배미들이 열린 뭍이었고, 기름진 농경 지대로 뒤바뀌어 있던 것이다. 상전벽해라고 듣던 말이 바로 그것이었다. 바다와 뭍을 경계하는 제방은 이십 리도 넘는다고 들었다. 그 제방 울안, 내 또래의 어린것들이 제집 마당으로 알며 놀았던 개펄과 갈대밭은, 구획도 제대로 된 논으로 변해버려 염분이 성에처럼 서리고, 고둥이며 장뚱이가 발길에 차이던 개펄 아닌 농로는, 리어카와 소달구지 자국으로 올고르게 누벼져 있었던 것이다.

영원히 되찾을 수 없이 된 옛터를 굽어보며 어린 시절에 묻혔던 자신을 깨닫고 나니, 어느덧 하늘엔 구름이 물러나고 온 마을 안팎과 들판이 온통 타는 놀에 젖어 있었다. 나는 등성이에서 내려올 채비를 했다. 기온이 점점 내려가기만 하여 훨씬 더 추워졌던 것이다.

마을에는 아직 오랫동안 이웃해 살았던 낯익은 사람들도 여럿 남아 있을 터였다. 하지만 그네들을 방문하기는 그리 간단하지 않았다. 그전에도 장정이 되어 장가들을 들고 일가를 이뤘던, 맏형 또래나 그 위아래한테도 으레껀 옛 버릇을 못 버려 '허우' '허소' 또는 시종 반말로만 대한 터라, 그네들과 자리를 같이하게 되면 그네들을 지칭할 명칭의 마땅찮음 때문이었다. 갑자기 무슨 명칭으로 바꿔 부르며 대꾸해야 십상일 것인가. 결국 나는 마을을 돌지 않기로 작정했다. 아니 되도록이면 알 만한 사람과 마주쳐도 얼굴을 돌리고 싶었다. 그리고 그렇게 하리라 작정하고 발걸음을 놓기 시작했던 것이다.

마을을 아주 떠나던 날까지도 일가 손윗사람이 아닌 이에게는 무슨 경어나 존칭을 써본 적이 없었다. 할아버지의 지시였고 곁에서 배운 버릇이었다. 나이가 직수굿한 어른들한테는 으레껀, 김서방, 최서방 하며 성 밑에 서방이란 명칭을 붙여 불렀고, 어지간한 청장년들한테는 덮어놓고 아무개아무개 하며 이름을 부르곤 했었다. 그것은 동네 아낙네들한테도 마찬가지였었다. 아무개어머니 아무개아줌마니 하고, 그 집 아이의 이름을 빌어 썼던 것이다. 요즘 같으면 그처럼 되지못한 수작이 어디 있을까. 그러나 그때는 그것이 제격인 듯했고, 하는 편이나 듣는 쪽에서나 예사로이 여겼던 줄로 안다. 안팎 동네 사람의 거지반이 행랑이나 아전붙이였으므로 하대下待해야 마땅하다는 것이 할아버지의 지론이요 고집이었던 것이다. 그 결과는 안팎 삼동네를 다 뒤져도 친구랄 만한 친구가 있을 수 없었던 고적한 소년 시절이 비롯된 쓸쓸한 것이었지만. 정말 친구가 생기지 않았다. 친구 삼아 놀려고 애써도 아이들이 어울려주지 않았던 것이다. 갈머리만 해도 한두 살 아래위나 동갑내기가 여남은이 넘었지만, 아이들은 또 저희들 부모가 어려워하던 것에 못잖게 할아버지를 두려워했던 것이다. 할아버지의 걱정을 무릅쓰고 몰래 숨어다니며 썰매타기와 자치기를 하고, 가오리연도 만들며 팽이를 깎아쥐고 아이들 뒤를 열심히 뒤쫓아다녔지만, 마을의 아이들은 여간해서 속을 터놓으려고 하지 않았던 것이다. 그런데도 그런 기미를 할아버지에게 들킨 날은 밥맛을 잃고 밤잠마저 설치게 마련이었다. 할아버지가 손수 회초리를 든 적은 한 번도 없었지만,

"페엥— 못된 것. 내 애비한테 일러 매를 들게 하고 말리라……"

이 말이 그토록 두려울 수 없는 공갈이었던 것이다. 매우 꾸짖도록 아버지한테 지시한 적이 없으면서도 그랬다. 외려 그런 것을 곧잘 고자질하던 것은 나와 다시없이 잘 지내온 옹점이였다.

내가 할아버지 앞으로 불려가 꿇어앉아 안절부절못하며 학질 떼는 구경을 그녀는 무엇보다도 재미있어했으니까.

"숭헌, 그런 상것 아이들허구 붓해 놓었더란 말이냐? 그리 그짓말을 허려면 글은 뭣허러 배웠더란 말이냐?"

"……"

"그저 틈만 있으면 밖으루 내달으니 한심한 일이로고. 삭거한처素居閑處요, 산려소요散廬逍遙라고 배웠으면 배운 만침 알 만두 허련마는……"

"애덜이 대이구 놀자구 오넌디 워칙헌대유."

"그런 잡인 애덜허구 동무해 놀먼 사람 베리는 벱이여. 다 저더러 사람 되라고 이르는 소리거늘, 페에엥—"

나는 부러 둘러댄 거짓말에 가책을 받었고, 그것은 또한 나를 무척 우울하고 소심하게 만드는 괴로운 일이었지만, 거짓말을 하지 않고는 못 배길 착잡한 형편이었다.

나하고 놀고자 한 아이는 내가 중학을 졸업하고, 아니 그 이듬해 서울로 이사해오기까지도 단 한 사람이 없었다. 피차가 어렸을 때는 아이들 부모가 할아버지 성미를 훤히 알고 있어 애써 함께 어울리지 않도록 자기네 아이들을 타일러 단속한 탓이었는데, 그것은 국민학교에 들어간 뒤로도 이어져, 아이들은 학교 운동장에서나 다른 애들과 함께 어울려주든가, 상하학길에 우연히 만나 마지못해 동행을 허락했을 따름이었다. 우리 집안의 엄한 어른들이 세상을 떠난 이후로는 줄곧 피차 그럴 까닭이 없었음에도 그런 어색스럽고 부드럽지 못한 관계는 풀리지 않았다. 언제나 아래윗물 돌듯 하니 답답하고도 쑥스러운 일이었다. 피차 굳어져버린 습관을 스스로 깨어버리지 못한 탓이었다.

6·25 사변이 나기는 내가 2학년에 진급한 초엽이었다. 그 난리는 우리집을 완전히 쑥밭으로 만들어놓았다. 한 고을의 어른을 잃은 애석함은 일가붙이가 아니더라도 갈머리 사람이라면 마찬가지로 받아들이고 있었다. 인간의 영고성쇠란 그처럼 무상한 일이란 걸 알게 된 동기도 그것이었고, 곁들여 집안에 어른이 없는데도 동네 아이들이 나와 접촉하길 꺼리던 사실에서, 인생의 생사를 한갓 티끌에 견주던 전쟁이라는 막중한 참극을 겪고도 습관만은 허술하게 허물어지지 않는다는 것을 아울러 깨우치게 되었다. 어쨌든 중학생이 된 뒤에도 마을 친구가 붙지 않던 것은 어느 모로나 적적하고 불편한 일이었다. 어머니에게 그런 사정을 하소연한 적까지 있었을 정도로.

"너는 벨걸 다 걱정허더라. 동네 그까짓 것들도 다 동무라고 그러네? 니가 얌전허구 공부 잘허기루 소문나 있으닝께, 너구 하냥 놀면 직들이 쩔리닝께 피허는 것을……"

어머니는 오히려 당연한 일로 여기고 있었다. 아이들의 세계에서까지 케케묵은 관습이 밑바닥에 깔려 있으랴 싶었던 것이다. 나는 학과 공부만은 늘 자신을 가지고 있었다. 비록 읍내바닥에 있는 중학교였지만, 전쟁 냄새가 채 가시지 않았던 그 당시의 상황에 비추어 남 아닌 불리한 약점을 온통 한몸에 지녔음에도 불구하고, 3대 1이 넘는 경쟁률을 선두로 뚫고 합격한 흥분만 해도 해포 가까이나 계속되었으니까.

그러나 나는 나의 근본적인 고립이 할아버지가 범백사에 문벌을 찾아 간격과 층하를 두어 행세했던 영향임을 스스로 알고 있었다. 따라서 비관하거나 안달을 하지도 않았다. 그 어린 나이임에도 자라면서 부대꼈던 경험으로 일단은 세태에 순응하는 길만이 가장 안전한 처신이라 단정하고 있었던 것이다.

볕이 지워져가면서부터는 바람결도 한결 날카로워진데다 등성이는 바람맞이였으므로 못 견디게 추워지고 있었다. 빗방울에 풀린 듯하던 발밑은 움직이기만 해도 와작와작하고 깨어지는 소리가 들렸다.

나는 서둘러 등성이를 내려왔다. 그러나 곧장 읍내로 향하기엔 어딘지 모르게 개운찮았고 섭섭하였다. 황혼에 잠긴 옛집을 먼발로만 기웃거리다 말기는 너무도 서운했던 것이다. 나는 등성이 꼭

대기 너머에서부터 옛집 사랑 앞마당까지 나 있었던 가리마 같은 오솔길을 타고 내려가기로 했다.

옛 주인의 발길에 닳았던 마당, 마당가의 물맛이 약수맛으로 소문난 박우물, 등멱하기 십상이던 우물가의 빨랫돌, 가옥과 전답을 매매할 때 장기掌記에까지 올랐던 개오동과 들충나무 들. 그러나 그 무엇 한 가지 옛 주인을 알아 반기는 것은 없었다. 마당가의 돼지우리가 좀 부산해지고 퇴비장을 후비던 서릿병아리 몇 마리가 지축지축 비켜날 따름. 저녁시간이 되어 안에서 숟가락 달그랑거리는 소리나 이따금씩 새어나올 뿐, 새 주인이 된 선로원의 가족은 한 사람도 얼씬 않고 있었다. 사랑마루 역시 그 마루였으나 마룻장 태깔은 보얀 빛 대신 땟국에 찌들고 결은 우중충한 빛깔이었고 그 위에는 먼지가 부옇게 앉아 있었다. 마루 반자엔 쥐오줌 자국이 구석구석으로 얼룩져 있고, 처마 밑 서까래와 도리 안의 제비집터에도 거미줄이 드레드레 늘어져 주인 잃은 지 오래임을 스스로 말하고 있었다.

할아버지 말을 따르자면 재래로부터 꺼려온 공·시자工·尸字형을 피했을 뿐 아니라 일·월·구·길자日·月·口·吉字형에서 가장 알뜰한 것만을 골라 갖춘 구조 밑에 정초定礎된 집으로, 기와로 개축을 하자면 암수키와만 열 눌十訥이 들어도 모자라겠다던 집이었다.

"좋은 집이니라. 풍광이 명미허구 수세水勢두 순조롭구. 내가 후제 잔디찰방을 허더래두 부디 이 집을 잘 가꾸어야 허여……"

잔디찰방察訪이란 할아버지가 즐겨 일컫던 죽음을 뜻하는 말이었다.

"인제는 늙어 어두우니, 너르잖은 곳간에 어렴시수魚鹽柴水만 동나지 않는다면, 누워 읊고 앉아 오이니외니 아무 걱정 없으련만, 시국이 이러니 늙마가 편칠 않구나……"

줄곧 기울고 퇴색해온 가문도 변명할 겸, 신수가 안온치 않음을 한탄하며 할아버지는 쓸쓸히 웃곤 하였다.

나는 좀 전의 칠성바위, 그중에서도 할아버지의 산소가 있었던 범바위 앞에서 깜못 고인을 만났었지만, 사랑마루 앞에 서 있으니 또다시 할아버지의 환영이 어른거려 눈시울을 적시지 않을 수 없었다. 할아버지가 신전身前이었을 때는 밤낮으로 행보석行步席이 두 닢이나 깔려 있었고, 일찍이 할아버지가 소싯적에 써서 양각陽刻한 장강대필長杠大筆의 '魚躍海中天'이란 편액 아래에는 철 지난 등토시와 미사리가 낡은 갈모, 그리고 고사리손 같아 장난감으로 놀기도 했던 대여의竹如意와 함께 걸려 있었고, 장귀를 앞에는 으레껀 마가목 지팡이가 거리비껴 놓여져 있었다. 하지만 모두가 꿈이었다. 나는 해거름녘에 들른 길손처럼, 땅거미가 깃들이는 추녀 밑에 하염없이 서 있을 뿐이었다.

얼마 동안을 그 모양으로 서 있던 나는 문득 마루와 사랑부엌 사이에 비스듬히 열려 있던 함실문 틈으로 사랑에 군불을 넣는 인기척을 발견하자 자리를 뜨기 시작했다. 함실문 안에는 가마솥이

걸린 널찍한 사랑부엌이 있었다. 소를 기른 일이 없었으므로 그 가마는 여물솥이 아니라 허드레로 두고 군불 넣는 김에 물이나 데워 쓰다가 안에서 일이 있을 때만 제구실을 하던 가마였다. 춘추로 장이나 젓국을 달이고 두부와 청포묵 쑬 때, 그리고 엿을 고을 때만 한몫을 하던 솥이었다.

아궁이가 내는지 연기가 밖으로 흩어지기 시작하자 나는 아궁에 무엇이 타고 있는지를 단박에 알아낼 수 있었다. 가을걷이 지치러기인 콩깍지와 메밀대를 때고 있었다. 구수한 냄새가 바로 그것을 뜻하는 거였다. 오랜만에 맡아보는 굴뚝 냄새에 나는 불현듯 콩깍지와 메밀대를 군불 아궁이에 때어볼 수 있었던 옛날이 그리웠다. 그 무렵은 내 손으로 직접 농사를 지어야 했던 고생스런 청소년 시절이었음에도, 호의호식하며 허리를 굽신대는 수염 허연 늙은이한테 도련님 도련님 하는 소리를 들었던 철부지 적의 아련한 기억보다 훨씬 씨알이 여문 그리움이었다. 그러다가 문득 나는 사랑부엌 가마솥에서 물릴 지경이 되도록 맡아야 했던 여러 가지 냄새들을 새삼스럽게 되새기며 마당을 떠나고 있었다. 싱금싱금한 청포묵 앗는 냄새는 그리 자주 맡은 게 아니었지만, 간수를 칠 때마다 부얼부얼 엉기던 두부솥의 구수한 내음이며, 엿밥을 애잇 짜내고 조청으로 졸일 때 밥맛까지 잃도록 달착지근하게 풍기던 엿고는 냄새만은 다시 한번 실컷 맛보고 싶은 뼈끝에 매듭진 추억이었다. 매년 추수가 끝나면 고사를 지내자마자 바로 채비를 하던 것이 엿을 고는 일이었다. 정초나 할아버지 생신 잔치에 쓸 조청을 장만해야 하기도 했지만, 그보다는 주초酒草를 못 하던 할아버지의 간식이나 아이들의 주전부리감으로 강정 굽기, 그리고 단지에 담아 굳혀두고 끌로 떼어 녹여먹도록 하는 갱엿을 마련하기 위함이었다. 사실 할아버지가 쓰던 사랑 벽장은 언제나 손자들이 군침을 흘리던 곳이었다. 하룻밤도 거르지 않고 자리끼가 머리맡의 문갑 곁에 놓여야 하듯, 할아버지의 전용 벽장 속에는 노상 군입거리가 그치지 않았던 것이다.

어머니는 원래 뛰어난 음식 솜씨를 자랑하였고, 극노인을 모신 덕분에 시식時食과 절식節食에 남달리 유의를 하던 편이었다. 정초의 떡국은 으레 있는 것, 대보름의 약식과 식혜와 갖가지 부럼, 해토머리부터 시작되는 칠미국, 한식의 개피떡, 삼짇날의 화전, 단오에는 수리치떡을 특히 잊지 않고 만들었으며, 복중에는 닭곰과 밀전병이었고, 동지 팥죽과 납향날의 고기구이까지 용케도 찾아 솜씨를 보였던 것이다. 할아버지가 자리를 뜨기만 하면 나는 몰래 벽장 속을 뒤져대었으며 그때마다 욕심껏 훔쳐먹곤 했었다. 벽장 속에는 꿀 용준龍樽을 비롯해 조청 오리병·엿단지 따위가 들어 있었고, 홍시 대추 같은 과일도 곰팡이를 피우고 있었다. 춘추로는 주로 가조기 홍어포 북어 등 건어물이 쌓여 있었다. 감초가 든 고리, 새앙소래기 따위 약재는 여름철 입가심용이었고. 훔쳐먹지 않더라도 할아버지는 곧잘 벽장 속의 음식들을 먹게 했으나, 십원이면

엿이 두 가락, 호박만한 참외가 두 개씩 하던 시절임에도 먹으면 먹을수록 양양대게 마련이었으니, 눈 어두운 노인의 간식을 훔쳐 내어 먹던 재미는 그것대로의 각별한 맛이 느껴진 까닭이었다. 미처 천자千字文를 배우기 전 해만 해도 나는 곧잘 대청에 앉아 사랑문을 쳐다보며 칭얼칭얼 어머니만 볶아대기 일쑤였다. 먹을 것이 나오도록 하려는 잔꾀였다. 그때마다 옹점이는 신들신들 웃어가며 귀엣말로 종알대었다.

"지왕이면 쬐끔만 더 크게 울어봐."

그러면,

"왜 운다느냐, 뭐 먹은 게 얹혔다느냐?"

사랑에서는 이내 할아버지의 걱정이 들려오게 마련이었다. 이윽고,

"옹젬아, 예 청심환 가져가거라."

하는 소리. 그러면 나는 나도 모르게 달아날 채비에 바빴다. 약은 덮어놓고 질색이었으니까.

"나리만님두, 워디 편찮어서 울간디유. 먹을 것 나오라구 저러지유."

때는 왔다고 옹점이는 재빨리 시치미를 딱 떼며 화통 삶아먹은 목통으로 일러바쳤다.

"이리 온, 이리 들온."

대뜸 '폐엥'이나 '숭헌' 소리가 없으면 만사가 뜻대로 돼간다는

징조였다. 한동안 주뼛주뼛한 뒤에 사랑으로 비슬비슬 들어가면 할아버지는 이미 갱엿을 주먹만하게 감아들고 기다리고 있었다. 새까만 엿뭉치, 단지 속의 것을 힘들여 감아 국자마냥 휘어지던 하얀 은수저, 그것을 얄금얄금 베어먹는 재미란 이제 와 돌이켜 생각해봐도 역시 진미였다. 벽장 속의 음식을 좀처럼 얻어먹기 힘들게 된 것은 집에 어린애가 생기고부터였다. 할아버지가 증손자를 보았던 것이다.

조카아이가 세 살 나던 해 나는 일곱 살이었고 천자를 떼고 동몽선습을 배울 무렵이었다. 그러나 주전부리 구걸은 내가 천자를 배우기 시작하고부터 못 하게 되었다. 조카애가 대신 들어선 까닭이었다. 그러므로 좀더 악랄한 꾀를 쓸 수밖에 없었다. 조카녀석을 충동질하거나 일부러 쥐어박아 울려서 먹을 걸 타내게 한 다음 조카녀석이 얻은 걸 다시 알겨먹는 수법이었다. 그 가운데서도 무난한 방법, 조카녀석이 해해거리며 웃고 나도 덩달아 즐겨가며 실속 차리는 방법, 그것은 조카녀석에게 못된 말을 가르쳐 할아버지 면전에서 재롱 삼아 떠들게 함으로써, 꾸짖지도 못하고 화도 못 내어 결국 달래어 내보내는 편이 그중 무난하다고 판단하도록 한 것이었다. 그것은 매번 효과가 있었다.

조카녀석을 앞세워 사랑에 들어가면 녀석은 시킨 대로 커다란 목소리로 때로는 제물에 신명이 나서 손뼉까지 쳐가며 그럴듯하게 연기를 해내었다. 할아버지의 탕건 속에 뾰뚝하게 솟아 있는 허연 상투를 손가락질하며 조롱하는 것이었다. 내 보기엔 더없이 기특한 재롱이었다.

"얼라리 꼴라리…… 할아버지 대가리는 잠지 달렸대…… 할아버지 대가리는 잠지 달렸대……"

할아버지는 마른기침을 두서너 번 거듭하거나 의치義齒의 윗니틀이 쑥 빠져내릴 만큼 하품하는 척하면서 벽장문을 열게 마련이었다. 은수저가 휘어지는 만큼씩 엿단지는 줄어들게 마련이었다. 너댓 번쯤 가르쳐 길을 들여놓은 다음부터는 조카녀석 스스로 그런 꾀를 부릴 줄 알게 되어 나는 그야말로 굿이나 보며 어부지리를 하게 되었지만.

연기는 사랑 아궁이에서만 내는 게 아니라는 것을, 나는 마당에서 벗어나 다시 한번 사랑마루를 되돌아보고서야 깨달았다. 사랑부엌에 이어져 있는 대문 달린 바깥채 굴뚝에서도 부연 연기가 미어지기 시작한 것이다.

그 연기 빛깔은 검불이나 등성이에서 갈퀴밥으로 모아진 북더기 타는 빛깔이었다. 원래 바깥채는 방 두 칸 외에도 두 칸짜리 대문이 나 있는 함석지붕의 별채였었다. 문간방은 사철 잡곡 가마가 그득했던 머슴방이었고 그 윗방, 사랑부엌에 잇대어 있는 방은 일상 창고처럼 쓰던 허드렛방이었다. 생전 불도 지피지 않고 밤으로도 전기를 넣는 날이 드물던 여벌방이었던 것이다.

그러나 이제는 그 별채에서도 연기를 뿜고 있었다. 사람이 쓰는
게 분명했다. 세를 내준 모양이었다. 철도원 가족으로서 그렇게 많
은 방을 다 쓸 까닭은 없을 테니까. 그 방에 세들어 사는 사람은 어
떤 사람일까. 나는 항상 쓸고 닦아 정결한 장판방인데도 음침하고
스산했던 과거 그 방의 내력을 새삼스레 되새기면서 걷고 있었다.
나는 가급적이면 그 방 안을 들여다보지 않으려 했었고, 간혹 그
방문을 열고 들어가지 않으면 안 될 심부름을 받지 않기 위해 항상
손윗사람들의 눈치를 살피기에 부지런해야 했던 것이다. 때로 피
치 못해 방문을 열지 않으면 안 될 경우에는 반드시 코흘리개 조카
녀석이라도 달고 들어가야만 했었다. 그 방엔 여러 가지 물건들
이 노상 그들먹하게 놓여 있었다. 약재밭에서 거둬들인 생지황 뿌
리며 박하 다발, 시커먼 제상, 향탁香卓·교의交椅를 비롯한 각종 제
기祭器들, 그리고 그보다도 더 많은 분량으로 치쌓였던 족보를 비
롯한 황권전적黃卷典籍이며 여러 무늬의 능화판菱花板 들이 무슨 보
물처럼 대접받으며 정돈되어 있었던 것이다. 그러나 그런 것들 때
문에 그 방이 늘 음산하고 으슥했던 것은 아니었다. 방 아랫목에
정중하게 모셔져 있던 것, 그것은 베보자기로 덮어둔 시커먼 관이
었다. 그 관 위에는 역시 베보자기에 꾸려진 이불더미만한 보따리
가 얹혀 있었는데 그것은 일습을 갖춘 수의壽衣와 상제들이 입을
베두건과 베중단布中單 따위 그리고 광목 깃옷들과 대소가붙이들
이 쓸 건과 행전 등 최·공·시衰·功·緦의 상복들이 쌓여 있었던 것

이다.

언제 어떤 일이 일어날지 모를 팔순이 훨씬 넘은 극노인 할아버지를 위해 미리 마련해둔 상수喪需들이었다. 옻칠을 했다는 시커먼 관이며 수의 보따리를 볼 적마다, 나는 문득 공포功布를 앞세우고 검은 테두리의 앙장仰帳을 펄럭이며 집 앞의 신작로로 드물지 않게 지나가던 상여喪輿를 연상하였다.

그러면서 나는 일쑤 공포감에 휩싸이며 그런 불길한 마음을 떨쳐버리려고 진저리를 치지 않을 수 없었다.

6·25가 난 해에 우리집은 망했다. 전쟁의 참화를 우리처럼 혹독하게 입은 집도 드물리라 싶은 쑥밭이었다.

할아버지는 그해 섣달에 세상을 떠나셨다. 아들과 큰손자를 앞세우고 떠난 거였다. 사랑마루엔 삼 년 동안 거적과 대지팡이喪杖가 놓여 있었고 말꼬지의 베중단은 목매단 시신처럼 맥없이 늘어져 있었다. 물론 내가 사용하는 것들이었다.

할아버지의 임종을 못 한 건 가족 중에 나 혼자뿐이었다. 피난처에서 미처 귀가하기 전에 그런 큰일을 당한 거였다. 숙환이나 급환으로 돌아가신 건 아니었고, 말년에 참혹한 꼴만 거듭 당한 뒤여서 노쇠해진 정신을 가누지 못한 게 원인이었으리라 싶다. 향수享壽는 아흔. 사자使者를 맞아 마지막 숨을 거두며 남긴 유언은,

"부디 족보만은 잘 간수해야 허느니라……"

단 한마디뿐이었다. 족보. 그것은 완전히 망해버린 가문을 최후

까지 지켜보다 떠난 할아버지에게는 논문서나 집문서보다도 소중한 가산으로 여겨졌던 것 같다.

모든 것을 잃고 열한 평짜리 아파트에 의지하고 사는 지금도, 나는 수십 년 동안 증보增補조차 안 한 그 족보만은 어떤 물건보다 소중하게 간수하고 있지만.

그 세보世譜와 충간공파 파보派譜 두 가지로 된 일곱 권의 족보는 지금도 할아버지가 생각나면 가끔 꺼내 뒤적이곤 하는데, 그때마다 나는 그 갈피 속에서 어쩌면 할아버지의 체취라도 맡아볼 수 있을 것 같은 막연한 착각에 사로잡히곤 한다.

할아버지는 무슨 보학譜學에 조예가 깊었다거나 뼈를 자랑하는 고리타분한 취미로서 족보를 받들어 모신 것이 아니었던 듯하다. 청백리淸白吏가 속출한 것은 아니지만 줄곧 사대부士大夫의 가문이었다가 당신 대에서 그치고 한갓 유생儒生에 머물러 선대의 뒤를 못 댄 한恨으로 그랬으리라고 여겨지는 것이다. 그러나 사대부 가문의 후예라는 기개만은 대단한 것이었고 평생을 자랑으로 알며 살았던 것도 사실이었다.

할아버지는 구십 평생 망건이나 탕건은 물론 오뉴월 삼복에도 버선 한 번을 벗지 않았다. 어머니가 시아버님 두려워 농촌에선 더없이 편리한 작업복인 몸뻬라는 것이 고쟁이 같아서 못 입어보고, 옹점이가 끝내 단발머리를 못 해본 것도 그 때문이었다 한다. 윗물이 맑아 아랫물도 그럴 수밖에 없었다고나 할까.

할아버지의 자字는 긍우肯宇, 호를 능하陵河라 했으며, 병오丙午
생으로 상주목사尙州牧使의 아들이요, 강릉부사江陵大都護府使의 손자
로 태어났다. 그러나 과거科擧는 스스로 포기했다고 했다. 그즈음
엔 이미 선조들이 모두 벼슬살이를 반납하고 낙향해버린 뒤였고,
공부를 중단해야 할 만큼 의기意氣와 가산이 침체돼 그럭저럭 실기
失期해버리고 만 것이라 했다. 애초에 벼슬자리에 못 오른 건 시국
탓으로 돌렸고, 자신의 불운不運함을 한탄했으며, 그러한 한恨이
랄까 전조前朝에의 향수랄까, 하여간 그런 감상이 지나쳐, 종중에
서 한창 명성을 떨쳤던 두 항렬 손위인 월남李商在의 개명開明마저
늘 못마땅하게 여길 지경이었던 것이다. 그러고 보면 할아버지의
처신은 월남月南의 처세와 정반대였던 것으로 볼 수밖에 없을지도
모른다.

할아버지의 직함은 사액서원인 화암서원花巖書院의 도유사이며
보령향교保寧鄕校의 직원直員이었다.

내가 태어났을 때만 해도 할아버지는 이미 팔순에 이르러 있었
으므로 옛일은 자세히 알 수 없지만, 춘추시향 때면 교군꾼들이 가
마를 메고 와서 서원으로 모셔가던 것은 몇 차례나 본 기억을 가지
고 있다. 그때까지도 할아버지는 서원이나 보령향교의 제반 집무
를 사랑에 앉아서 처리하였으니, 무슨 일이 있으면 서원말과 교동
에서 이십 리 길도 머다 않고 하루에 두서너 번씩 사람이 오며가며
결재를 받아가던 거였다. 그러나 내가 서원이나 향교가 뭘 하는 곳

일락서산日落西山 89

이란 걸 알 만했을 때는 할아버지도 직원이나 도유사 자리를 떠난 셈이나 다름이 없었다. 일제시대엔 온갖 핍박과 굴욕을 견뎌내면서 군건히 지켜낸 향교와 서원임에도, 고령도 고령이겠지만 그보다는 가운의 불황과 우왕좌왕하는 시대에 이미 적응할 수 없음을 스스로 터득하여 은둔하기로 결심했던가보았다.

서원말 사람으로 우리집을 가장 자주 드나든 이는 언제나 패랭이를 쓰고, 두루마기도 없이 짚세기를 꿴 채 구럭을 메고 다니던 환갑 늙은이였다. 그는 무시로 드나들어 나하고도 피차 얼굴이 익어 있었는데, 그는 동구 앞이나 신작로가에서 놀던 나를 만나면 나보다도 먼저 허리를 굽신대면서 인사를 했다.

"되련님, 나리만님 지신감유?"

그것이 그가 하는 인사말이었다.

"예, 시방 사랑에 지셔유."

나는 늘 그렇게 대답했는데 한번은 앞서 나서서 사랑 앞에 이르러,

"할아버지 손님 왔슈."

"뉘라느냐?"

"어떤 뇌인양반유."

했다가 나중에 호된 걱정을 듣기도 했었다. 할아버지는 그 패랭이 쓴 늙은이더러 늘,

"오냐, 수북이 왔느냐."

마치 선머슴이나 다루듯이 하대를 했던 것이다. 그가 돌아간 뒤

할아버지는 나를 불러놓고,

"숭헌…… 쇤님은 무어이며 뇌인양반은 또 뭐이란 말이냐. 페에엥—"

할아버지의 꾸중에 나는 일언반구의 말대답도 못 한 채 물러앉았다. 그 패랭이 쓴 늙은이가 서원의 원노院奴였음은 그로부터 한참이나 지난 뒤에 안 일이었다. 서원에서 온 젊은 사람한테도 할아버지는 매양 "수복이 왔느냐, 게 있거라" 한 데서 나는 비로소 '수복'이란 명칭에 의문을 가졌을 정도로 무심했으니까. 향교를 지키며 사는 서원말 사람 이름은 모두 수복이란 말인가. 나는 천자로 배운 유식만큼의 수복이란 이름을 연상하고 있었다. '壽福, 秀福, 水福, 邃腹, 洙馥, 守福……' 그래도 의문은 풀리지 않았다. 내 경우로 미뤄봐도 한동네에 그토록 많은 이름은 있을 수 없겠기 때문이었다. 내 처음 이름은 성구, 다음엔 필구였는데 첫돌 전부터 동명의 아이가 한동네에 있어서 다시 민구라 지어 한동안은 민구로 불렀더라고 했다. 그러나 민구란 이름도 당내간에 둘이나 있어 일년도 못 쓰고 고쳐야 했다고 들었다.

"엄니, 서원말서 온 사람 이름은 죄 수복인가?"

오랫동안의 의문을 물었을 때 어머니는 대수롭잖게 대답했다.

"그르믄, 식원을 지키는 동안은 수복이지, 지키는 아랫사람이닝께."

수복守僕은 사람 이름이 아니었던 것이다.

할아버지의 존재는 비단 수복이들에게만이 위엄과 고고孤高의 상징은 아니었다. 서원말 일대의 주민들에게도 추상 같은 권위자였으며 향교 안의 대성전이나 동서재를 거들어온 향반 토호의 가문과 유림에서도 함부로 근접할 수 없는 근엄한 선비의 기풍을 유감없이 발휘하고 있었던 것이다.

앞서 내가 태어났을 때 할아버지는 이미 팔순의 고령이었음을 밝힌 바 있다. 때문에 앞에서 말한 것들은 철부지의 어린 눈에 잠깐 동안 스친, 인생에서 은퇴하다시피 왕조의 유민으로 은둔 자적한 한 노인의 조그마한 편모에 그칠 것임은 두말할 나위가 없다. 그런데도 그분은 내가 살아가면서 잠시도 잊을 수 없도록, 내 심신心身의 통치자로서 변함이 없으리라 믿어지는 것은 무엇에 연유하는지 모르고 있다. 할아버지의 가훈家訓을 받들고자 노력하다 만 유일한 손자였기 때문일까. 그 고색창연했던 가훈들은, 내가 태어나기 그 훨씬 전부터 아버지가 이미 앞장서서 깨뜨리고 어겨, 전혀 반대 방향의 풍물을 받아들이고 있었음이 사실이었다.

아버지의 그런 사상은, 할아버지가 주장한 전근대적인 가풍에 반발하기 위해서 싹튼 것은 물론 아니었다. 흔히 '죽으라면 그럴 시늉까지 할' 사람이라는 소리를 듣고 있었으니까. 아버지의 노선은 당신 스스로 선택한 것이었다.

아버지는 대대로 공경대부를 배출한 사대부가의 후예임을 조금도 대견해하지 않는 것 같았다. 다만 청백리가 몇 분 있었다는 기록만을 인정한 정도일 뿐. 따라서 양반 가계의 족보를 우려먹거나 선대로부터 물려받은 전장田庄이 없음을 한하지도 않았다. 그러기는 할아버지도 마찬가지였으나 그것은 필경 할아버지 자신이 탕진해 버린 자책감에서 그랬을 것으로 여겨진다. 강릉부사 시대부터 물림한 부동산들을 할아버지는 일제 때 군산群山 미두米豆시장에 맛 들인 후로 조금씩조금씩 올려세우고 말았던 것이다. 그러나 내가 태어나기 수삼 년 전만 해도 사법대서를 개업했던 아버지는 미두 로 기운 가세를 되살리기 위해 몇 척의 어선을 가진 선주船主였으 며, 여러 두락의 염전鹽田을 소유하여 상당한 수입을 보고 있었다. 그것만으로도 이재理財에 어둡지 않았던 사람이었음을 짐작할 수 있었다. 그러나 해방을 전후해서, 아니 내가 태어난 그해부터, 아 버지는 종래 회고조의 가풍이나 실속 없는 사상을 스스로 뒤집어 엎는 데에 서슴지 않았다. 사농공상의 서열을 망국적 퇴폐풍조로 지적했고 '무산 계급의 옹호와 인민 대중의 사회적인 위치를 쟁취 한다'는 구호와 함께 그것의 실천을 위해 앞장서서 주도하기 시작 한 거였다. 아버지는 장날마다 한내천 모래사장에서, 또는 쇠전이 나 싸전 마당에서 강연회를 열었으니 그것은 힘없는 농민과 노동 자 들의 감동과 지지를 얻는 데에 조금도 부족함이 없는 웅변이었 다고 들었다. 그것이 변형되어 남로당으로 발전했던 것은 그로부 터 다시 많은 시일이 흐른 뒤의 일이었지만. 그리고 그 결과는 뻔 한 것이 돼버렸다. 그러나 할아버지는 아들과 당신 사이에 금이 벌기 시작하고, 그것이 점점 두꺼운 장벽으로 굳어가는 것을 한탄하지 않았다고 한다. 스스로 이방인임을 자인하며 인간사에서의 은퇴와 함께 변천하는 시대와 세월을 방관하기로 작정한 까닭이었으리라.

그렇게 세월하기 몇 해 만이었을까. 내가 할아버지에게 천자를 떼어 책씻이한 뒤, 이어 동몽선습을 읽기 시작한 무렵은, 아버지는 집에서 가사를 돌보기보다 예비검속으로 영어생활 하는 날이 더 많아졌고, 더불어 대서사도 선주도 아니었으며 토지개혁으로 분배받은 상환 농지 몇 필지로 겨우 식량 걱정이나 안 할 정도의 영세한 농민이었다. 어린 내가 보고 느끼기에도 그 얼마나 모순된 사랑방 풍경이었던가.

사랑은 커다란 장지를 가운데로 하여 널찍한 방이 둘이었다. 안방은 그 엿단지를 비롯한 온갖 군입거리들이 들어찬 벽장을 뒤로하고 정좌한 할아버지의 은둔처였다. 그 방은 때를 기다리지 않고 검버섯 속에 고색이 찌들어가는 시대의 고아 이조옹李朝翁들의 집산장으로서 난세 성토장 겸 소일터였으며, 윗방은 아버지의 응접실이었다. 안방은 이군수 아우, 윤참의 아들, 조진사, 홍참봉, 도총관 조카 등등으로 불리던, 지팡이 없이는 나들이도 못 할 초라한 행색의 상투쟁이들이 늘 단골로 붐볐다. 노인들이 풍기는 특유한 체취로 하여 여간 사람이 아니고서는 코도 들이밀 수 없으리라고, 어머니는 빨래를 할 적마다 웃으며 말했다.

아버지가 쓰는 윗방 손님들은 안방의 고로들 행색보다 훨씬 더 누추한 사람들이었다. 그리고 그들의 대부분이 할아버지로서는 이름도 기억할 필요조차 없는 농사꾼들이었던 것이다. 그들은 저녁밥만 먹으면 사랑으로 마을을 왔었다. 나무장수 창호, 대장간 풀무쟁이 장지랄, 뱃사공 하다가 장터에서 새우젓 도가를 하는 마씨, 염간鹽干으로 늙은 쌍례아버지, 목수 정당나귀, 땜장이 황가, 매갈잇간 말몰이 최, 말감고 전가…… 그네들은 하루도 거르지 않던 단골 마을꾼이었다. 단골이 아닌 사람도 흔히 숙식을 하고 나갔다. 단지 집이 크다는 이유만으로 저물어 찾아와 하룻밤 머슴방 신세지기를 원하던 그 숱한 길손들. 날 궂어 해가 짧은 날이면 도부 나섰던 소금장수며 엿목판을 진 엿장수, 사주 관상쟁이…… 이따금 총을 멘 순사나 형사 들이 불시에 들이닥쳐 가택수색만 하지 않는다면 문경새재 따로 없이 온갖 둥우리 없는 인간들로 앉고 설 자리가 없었을 것이었다.

　흔히 찾아오던 단골들은 으레 서로를 '동지'라고 일컫고 있었다. 그런 가운데서 할아버지는 복고주의적인 향수를 버리지 못했는데, 내게 천자를 가르치기 시작한 것도 그런 향수를 못 이긴 자위책自慰策이 아니었던가 한다. 천자는 할아버지가 소싯적 후제의 손자들을 위해 창호지에 써서 매어두었던, 땟국에 전 얄팍한 것이었다. 처음엔 나 혼자만 앉혀놓고 가르쳤었다. 그러나 진도가 없었다. 당연한 일이었다. 재미가 없어 좀처럼 머릿속에 글이 들어가지 않던 것이다. 그것을 딱하게 여긴 어머니가 동네 조무래기들 중에서 두엇만 골라 함께 배우도록 할 것을 건의했지만 할아버지는 그냥 무가내였다.

"그 상것들 자식허구 워치기 한자리에 앉혀놓고 읽힌단 말이냐. 페에엥—"

그러나 내가 너무도 따분해하고 힘쓰려 들지 않자, 할아버지는 결국 동네에서 동갑내기 아이들을 불러들이도록 했다. 준배俊培와 진현鎭現이가 그들이었다. 아전과 행랑붙이를 제끼고 고르자니, 타관에서 들어와 살던 집 아이로 지목할 수밖에 없었던 것이다.

공부시간은 대강 열시부터 열두시, 그리고 두시부터 다시 두어 시간, 매일 두 차례씩 익히도록 되어 있었다.

두 아이들은 장날 이야기책전에서 산, 마분지에 석봉石峰체본으로 인쇄된 얄팍한 천자문을 시멘트 부대 종이로 겉장을 얌전하게 싸서 겨드랑이에 끼고 왔다. 책갈피 속에는 글자를 짚어내려가며 읽기 알맞은 자가웃쯤 될 가는 시누대 토막이 끼워져 있었다.

그날부터 천자를 익혀나가는 진도가 두드러지게 달라졌을 것은 당연한 이치. 책읽기보다도 끝낸 뒤 함께 어울려 장난질치기가 더욱 신바람났기 때문에, 하루의 일과를 전보다도 갑절씩은 빨리 해치우지 않을 수 없던 까닭이었다. 일과가 끝나면 우리들은 산으로 바다로 마냥 쏘다니며 날 저무는 것을 한으로 뛰놀곤 했었다. 마당 위로는 잔솔푸데기가 아담한 등성이였다. 푸숲이 우거진 논다랭이를 지나면 신작로와 철로, 그리고 이내 바다였으니 오죽했을까. 하나 "잠깐 나가 바람들 쐬고 온" 하는 공부 도중의 휴식시간에는 아무런 재미도 있을 리 없었다. 금방 아무개야 하고 윗니틀이 혀끝으로 떨어지도록 불러모을 할아버지의 음성이 고대 귓전을 울릴 것 같은 초조와 불안이 떠나지 않기 때문이었다. 그래서 우리들은 몇 가지 꾀를 부리기 시작했는데, 공부하다가 우리 셋 중의 아무가,

"할아버지 오줌 좀 누구 올래유."

하고 별안간 허리띠 끄르는 시늉을 하는 거였다.

"웬 쇠변을 그리 자주 본단 말이냐. 페에엥ㅡ"

"······"

"니열버텀은 짜게들 먹지 말거라. 뭘 그리 짜게 먹구 물을 켰더란 말이냐."

"······"

"얼른 다녀온."

그러면 우리 셋은 한꺼번에 일어나 함께 나가버리는 거였다. 할아버지는 시력이 시력답지 못했으므로 조심해서 기척만 안 내면 거뜬히 뜻을 이룰 수가 있었던 것이다. 더구나 할아버지는 일절 종아리를 때린 적이 없었다. 배우자고 와서 가르치는 게 아니라 당신 손자 위해 자청해 가르치기로 한 이상, 남의 귀한 자식들한테 그럴 수가 없다는 거였다.

할아버지는 아이들한테 글을 깨우치게 하는 일이 부담스럽잖은

소일거리요 보람을 느끼는 눈치였다. 온종일 결가부좌하고 눈 감은 채 앉아 소싯적에 읽은 글을 반추하는 게 고작이었던 그 허구한 날에 비하면, 꾸짖다 어르고 달래며 함께 싸울 수 있는 상대가 셋이나 있다는 게 다시없는 파적거리요 소화제였던 것이다.

나는 진도가 두드러지게 앞섰고 두 아이, 진현이와 준배는 언제나 내 뒤를 따르기에 허덕대지 않을 수 없었다. 이유는 두 가지였다. 내가 며칠 먼저 시작했다는 것. 그러나 그것은 별게 아니었다. 교과서천자책가 다른 점이 문제였던 것이다.

내가 배우던 가전家傳의 천자엔 토吐 한 자가 달려 있지 않았다. 물론 그때까지 우리들은 가갸 뒷다리도 모르던 판이었으니 토 아니라 글자 이름이 한글로 표기돼 있었대도 아무 소용이 없었겠지만, 하나 진현이와 준배가 장터 책전에서 사가지고 다닌 천자엔 한글로 된 글자 이름이 곁들여져 있는 거였다. 진도의 차이는 바로 거기에 있었다. 그리고 그것은 집에 돌아가 복습을 할 때마다 나타나는 거였다. 나는 암기력 하나만으로 되풀이 짚어 읽는 자습이 고작이었지만, 두 아이는 부모가 한글로 된 글자 이름대로 복습을 시킨 거였다. 그것은 나와 그네들 사이에, 다시 말하면 할아버지와 두 아이의 부모들 사이에, 발음상 웃지 못할 차질을 빚게 마련이었다. 다시 말하면 할아버지는 할아버지 습관대로 구식 발음을 하였고, 시장에 나도는 천자책에는 신식(?) 풀이로 표기돼 있던 것이다. 나는 할아버지가 가르쳐준 대로 익히면 됐지만 두 아이는,

책에 표기된 대로 가르치는 국문 해득 정도의 부모들의 교수 방법과, 책은 쳐다보도 않고 가르쳐온 할아버지의 발음 사이에 끼여 어느 쪽을 택해야 할지 몰라 어리둥절할 수밖에 없었던 것이다.

'하 위-할 위焉, 화할 화-조화 화化, 다사 오-다섯 오五, 떳떳 상-항상 상常, 허물 과-지날 과過, 하고자 할 욕-욕심 욕欲, 아비 부-아버지 부父, 마땅 당-마땅할 당當, 마침 종-마지막 종終, 즐거울 낙-풍류 악樂, 지아비 부-남편 부夫, 지어미 부-며느리 부婦, 지게 호-문 호戶, 쓸 사-베낄 사寫, 수레 거-수레 차車, 마루 종-근본 종宗, 밭 외-밖 외外……'

이러한 차이는 이루 헤아릴 수 없이 많았다. 전자는 할아버지의 발음이었고 후자는 두 아이의 교재에 표기된 풀이였다. 그러나 전부가 그 지경이었던 것은 물론 아니었다. 특히 맨 마지막 장 마지막 구절에 이르러,

"잇끼 언, 잇끼 재, 온 호, 잇끼 야焉哉乎也, 언재호야라, 헌디 석 자는 '잇끼'인디 한 자만 '온 호' 아니냐, 그래서 아개 맞추느라고 '잇끼 호'라구두 허는 게여……"

두 아이들의 책에는 '온 호'라고만 표기되어 있었다.

그런대로 우리는 너덧 달 만에 읽기를 마쳤고 외기로 들어갔다.

"천지현황하고 우주홍황이라, 일월영책하고 진숙열장이라……"

이어 야호재언也乎哉焉은 자조어위者助語謂요 하며 거꾸로 거슬러 왼 것도 어려운 일은 아니었었다. 며칠 후, 셋은 나란히 동몽선습

으로 교재를 바꿨고 눈 감고 읊는 할아버지의 구술에 따라 그 억양
과 율조를 흉내내어 제법 의젓하고 청승맞은 목소리로 수월하게
읽어내기 시작했다.

"天地之間 萬物之中에 唯人이 最貴하니……"

할아버지는 우리 수준에 알맞도록 문구를 풀어, 비근한 사례를
들어가며 구수한 강의를 해주었고, 우리는 우리들대로 무작정 암
송만으로 끝내버렸던 천자문 시절보다 한결 흥미를 갖고 배우게
되었다. 그러던 중 나는 차츰 어서 바삐 어른이 되고 싶은 성년기
에 대한 막연스런 동경과 충동을 받기 시작했는데, 그것은 지금 생
각해봐도 나이 탓이 아니었던가 한다. 원인은 할아버지가 언행일
체言行一體를 주장하며 실천에 옮기지 않을 수 없도록 강요했기 까
닭이었다. 배운 것은 실행해야 한다는 게 할아버지의 절대적인 교
육 방침이었던 것이다. 천자를 떼자마자 할아버지는 내 하루의 일
과를 짜놓았던 건데 그 일과표에서 도저히 헤어날 수 없는 자신임
을 잘 알고 있는 게 불행한 일이었던 것이다. 나의 일과는 일 년이
하루같이, 마치 절대불변을 원칙으로 하여 짜여진 것 같았다. 춘하
추동의 절후를 물을 것 없이 나는 새벽 네시에 잠에서 깨어야 하
고, 짜여진 일과에 따라 언행을 구속받기 시작한 거였다.

새벽 네시, 눈곱을 비벼가며 냉수에(어려서부터 더운물을 사용
하면 기개가 준다 하여 반드시 냉수를 사용토록 했다) 세수하고
사랑에 나간다. 할아버지께 문안을 드리고자 함이다. 나는 큰절을

하고 무릎 꿇고 앉아 밤사이 무고하신가를 여쭙는다.

"오냐, 탈 없이 잘 잤더냐."

이것은 할아버지의 한결같은 첫마디였다. 이윽고 해야 할 일은 놋요강과 놋타구를 가시는 일이었다. 내가 그것을 시작하고부터 옹점이는 내게 더욱 친절히 굴었고 어려워했는데, 그것은 그녀가 가장 귀찮아하고 꺼리던 일에 내가 대신 들어섰기 까닭이었다. 요 강을 부시는 일은 그리 어려울 것이 없었다. 그러나 가래가 가득 담겨져 있는 타구를 쏟고 수세미질하여 닦는 일은, 조금만 비위가 약했더라도 해내지 못했으리만큼 여간 고역이 아니었다. 사랑방 을 말끔히 걸레질하고 나면 먼동이 갠다. 이젠 해가 솟아오를 때까 지, 무릎을 꿇고 앉아 전날 배운 것을 외워내야 했다. 그 시간은 사 랑 아래윗방에서 묵은 손님이 몇이었든 나는 그네들 좌중 한가운 데에 꿇어앉아 막히지 않게 외워내지 않으면 안 되었다. 좌중은 숨 소리뿐이었고 나는 흥을 잡히지 않도록 기껏 조심하고 또한 곧잘 치러내곤 하였다.

"어떤가?" 할아버지는 일쑤 손님들한테 물어 손님들의 "싹이 있 네유" 하는 칭찬을 기다렸다. 이제 생각해봐도 우스운 일은 음식에 대하는 자세를 훈계받고 실행했던 일이다. 그것은 천자를 배울 때 부터 이미 실천했던 일이기도 했다. 할아버지는 채중개강菜重芥薑을 설명하면서,

"흔히들 소채반찬일수록 생각 없이 만들고 맛 모른 채 먹느니라.

그러허나 귐생려수허고 옥출곤강인 법, 이전버텀 군자는 푸성귀일
수록이 가려 먹으랬어. 부디 채중개강이란 말을 닞지 말 것이니, 푸
성귀 속에 게자와 새양이 안 들어가면 상것들 음석으루 예겨라."

"예."

나는 덮어놓고 대답부터 하도록 배웠으매 저절로 나온 응답이
었다.

"이후 워디를 가 혹 음석을 먹는 일이 있더래두 게자 새양이 안
든 음석일랑은 절대 입에 대지두 말으야 쓰느니라."

그로부터 나는 사오 년 동안이나 남의 집 김치며 나물 따위를
먹지 않으려고 무척이나 애썼던 것이다. 요즘도 이따금 채중개강
이 문득문득 생각킬 정도로 애써 실행했던 것이다. 음식에 대한 할
아버지의 자세는 그만큼 철저한 것이었다. 그 무렵만 해도 관촌 부
락에서는 대사가 자주 있었다. 어느 해 늦가을엔 처녀총각 해서 무
려 다섯이나 혼인한 적도 있었다. 잔칫집에서는 으레 큰상을 차려
오게 마련이었다. 마을의 어른에 대한 인사치레로서 그네들 스스
로가 그렇게 해야 되는 것으로 알고 있었던 것이다. 그런 음식상은
물론 맨 먼저 사랑마루에 놓여졌다.

"뉘 집서 가져온 게라느냐?"

할아버지는 우선 상을 들고 온 사람더러 그렇게 물었는데, 대답
은 언제나 그 곁에 서서 군침을 삼키고 있던 옹점이의 일이었다.

"저 건너 짐약국 망내딸이 시집간대유."

"이렇게 갖춰 보내느라고 애썼다 이르거라."

"예."

하고 대답하며 물러가던 것은 상을 들고 온 사람이었다. 옹점이가 상보를 걷으면 할아버지는 무엇무엇이 올랐는가를 옹점이한테 물었고, 옹점이는

"두텁떡, 수정과, 송화다식……"

하며 남김없이 주워 섬겼다.

"오죽허겠느냐……"

그러면서 할아버지는 대개 수정과나 식혜 그릇을 들어 한 모금 입가심해보았고, 언제나 예외 없이,

"페에엥― 이것두 음석이라 가져왔다더냐. 네나 먹고 그릇 내어 주거라."

하며 매번 외면하기를 주저 않는 거였다. 언제나 입이 함지박만해 지던 것은 옹점이와 우리들이었다. 할아버지는 본래부터 일가집에서 온 음식이 아니면 일체 맛보기조차 꺼려했던 것이다.

그런 점에서 보면 아버지는 무던히도 대범한 사람이었다. 할아버지처럼 가리고 찾는 게 없던 사람이었다. 뿐더러 할아버지를 닮아 점차 입이 짧아져가는 나의 편식도 나무라거나 걱정하지 않았다. 특히 삼강오륜을 배우고 그중에서도 내가 철저하게 실천해 보였던 장유유서 사고방식에 의한 생활면에서의 뒤처짐도 개의치 않았다기보다는 아예 무관심 일변도였다. 나는 사실 내가 생각해

봐도 답답할 정도로 장유유서의 질서를 분명하게 지키려고 하였다. 지금도 나는 무슨 일에든 앞에 나서지를 못한다. 표면상으로 나타나는 것조차도 꺼려 하는 버릇이 있다. 그것은 그 무렵 어린 몸에 배어들었던 그 장유유서적 질서 감각의 찌꺼기 탓일지도 모른다. 요즘에야 깨우친 일이지만 질서 감각은 열 번 생각해봐도 아무런 이득이 없는 거였다. 이득은커녕 의미마저 무가치하게만 여겨지고 있다. 그것을 세상 탓으로만 돌린다 하더라도 결과는 매한가지이다. 매양 남보다 뒤처지게 마련인데다 생색을 못 낸 채 그늘에 묻히기 십상이던 것이 그 질서가 아니었을까 한다. 응분의 대가를 받지 못하는 뒷바라지만 해야 한다면 얼마나 쓸쓸한 노릇이랴, 어차피 대로행大路行해야 할 군자가 못 된 바에는. 지금 생각에도 이상한 것은 아버지의 대범함에도 아무런 영향을 못 받았던 소년 시절의 아둔함이다. 앞서 말했듯이 아버지의 사상은 할아버지의 그것과 대각을 이뤘다 할 만큼 가문에선 파격적인 것이었다. 매사가 매양 엇먹고 섞갈리는 상태였다. 외출하는 길이라도 들에 두레가 났으면 아버지는 으레껏 찾아가 막걸리값이라도 보태주며 탁주 한두 잔쯤 사양하지 않았다. 새참 먹다가 부르는 농군이 있으면 아무리 바쁜 걸음이었대도 잠깐일망정 한자리에 어울려서 열무김치 맛이라도 봐주고 오는 성미였었다. 할아버지와 아버지가 치가治家하는 데 있어 일치된 점이 있었다면, 기제忌祭와 다례茶禮를 성의로 모셔야 한다는 것, 그리고 어느 권속이건 예배당과 절간 왕래를 엄금시킨 일이며, 농가로서 그리고 왕년에 출어出漁시킬 때의 경험을 가진 선주 시절의 습관에 의해, 매년 맞는 상달 무수 말날에 무시루떡을 쪄놓고 고사 지내는 것을 행사로 아는, 정말 그 정도 외에는 신·구 세대다운 현격한 대조를 이루고 있었던 것이다. 물론 그 외에도 자질구레한 일들에 뜻을 같이한 적이 한두 가지가 아니었던 것도 사실이다. 사랑엔 아녀자의 출입을 못 하게 했던 일, 사랑 식구와 안식구가 변소를 엄격히 구분해 쓰게 한 일, 남자라면 머슴을 제외하고는 절대 부엌 근처에도 얼씬 못 하게 했으며, 아무리 무더위가 맹습하는 복중에도 손자들마저 소매 없는 옷을 입으면 안방은 물론 대청마루에도 못 올라서게 통제하며 내외內外를 하고, 동네 우물가에도 못 가게 하던 일 등등……

아버지는 어떤 면에서 보면 할아버지보다도 더 완고한 구석이 없지 않았던가 싶다. 곁들여, 할아버지에게는 부족했던 도량과 포용력을 넉넉하게 갖춘 사람이었다. 그것은 지하 조직을 전문으로 했던 당시로서는 매우 적합한 처신책이며 처세술이었을 것이었다.

그러나 자식들에 대한 훈육만은 서슬이 퍼렇게 냉엄했다.

뿐만 아니라 세 고을保寧·舒川·青陽郡의 지하당을 창설하고 이끌었던 책임자로서 하루도 편할 날이 없었음에도, 매사에 지극히 의연하고 여유 있고 묵중한 자세로 일관하고 있었다.

나는 그런 아버지를 늘 어려워하고 있었다. 두려워하고 있었다고 해야 옳을지도 모른다. 소문난 달변이면서도 집안에서는 늘 과

묵한 성격이었고, 그런 과묵과 침착 냉정한 거동이 느껴질 때마다, 나는 인자함이나 너그러운 관용보다도 위엄과 투지를 엿보면서 방구석의 재떨이마냥 움츠러들기만 했던 것이다. 어느 해였던가, 옹점이마저 시집간 뒤였던 것 같다. 무슨 사건이었는지 알 길은 없으나, 하여간 아버지가 달포 가까이나 예비검속되어 읍내 유치장에서 구금생활을 한 적이 있다. 그런 일이 어찌 한두 차례였으랴만 그때 그 한 달 동안, 조석으로 어머니가 싸주는 사식私食을 차입시키기 위해, 뜨겁고 무거운 찬합 보따리를 들고 경찰서 출입을 한 적이 있었다. 관식을 대주던 집은 경찰서 바로 곁에 있었으므로 사식 차입이 불허될 경우엔 그 관식 납품업자에게 뇌물을 먹여, 식사에 불편이 없도록 부탁하게 마련이었지만, 이렇다 할 사건 없이 예비검속될 경우, 사식 차입하는 데에는 그럭저럭 난관이 없었던 것이다. 착검한 무장 경관 입회하에 도시락을 비워낼 때까지 기다렸다가 귀가하면 하루 해가 언제 졌는지도 모르게 저물기 일쑤였었다. 그런데 언제나 두렵게 느껴졌던 것은 그런 무장 경찰관이 아니었다. 오히려 잡범이나 파렴치범의 자식이 아니란 데에서 엉뚱한 자부심과 떳떳함을 느껴 주눅든 적이 없을 지경이었다.

나는 굵은 철창 안에 태연하게 앉아서 담소하던 아버지가 두렵기만 했던 것이다. 툭하면 불려가고 연행돼가던 신분이었음에도 언제나 의기왕성하며 투지만만하던 그 얼굴이 두려운 것이었다. 다시 말하면 목숨을 내놓고 자신의 사상을 관철하고자 하던 그 굳건한 정신이 외경스러웠던 것이다. 한 달 동안 내가 배달한 식사로 건강을 유지했던 아버지가 출감하던 날, 아버지는 예상 밖으로 강건한 젊은 표정을 보이며, 아직도 뜨거운 찬합 보따리가 들려진 내 손목을 짐짓 잡아주며 한 첫마디 말이, "그새 할아버지 말씀 잘 들었니?"였다. 다시 말해 그동안 애썼다는 말 한마디가 없었던 것이다. 내가 아버지한테서 차갑고 무정한 거리감, 아니 공포감을 느끼기 시작한 결정적인 계기가 있었다면 나는 그때를 지적하는 데에 주저하지 않는다. 그것은 일상 아버지가 자식들을 훈육함에 있어 언제나 준엄하고도 분명했던 한 단면이기도 했는데, 그로부터 얼마 뒤에 다시 한번 그런 경황을 맞아 당황했던 나로서는, 아버지에 대한 공포 의식을 보다 더 선명하게 가슴 깊이 새기는 결정적인 충격이 되었다. 그것은 밖으로는 항상 뒷전으로만 돌되, 기껏 남의 뒤치다꺼리밖에 차례 못 받는 무능한 처신술이 싹트고, 안으로는 모든 가사家事에 있어 식객食客 정도의 존재로, 가족적인 위치를 못 얻은 무력한 사내로 낙후하게 된, 지나온 생활에 있어 가장 중요한 동기가 돼버리고 만 것이기도 하다.

내가 두번째로 당한 일은 앞서 말한 것 이외에도 잊어서는 안 될 또다른 의미를 가진 것이기도 하다. 그것은 내가 일생을 통해 아버지 앞에서 아버지로부터 직접 배운, 최초의, 그리고 최후가 된 공부시간이었다는 점이다. 시간으로 치면 약 한 시간 남짓이나 됐을까. 그날은 마침 여유가 있었던지 할아버지가 쓰시는 연상을 윗방에 옮겨놓고 나를 불러앉혔다. 밖에서는 오월의 신록을 살찌게 하는 조용한 부슬비가 부슬거리고 있었다. 열한시쯤 된, 들앉아 공부하기 가장 알맞은 날씨였고 적당한 시간이었다.

아버지는 내게 먹부터 갈게 하였다. 먹은 더러 갈아보아 무난하게 갈아낼 수 있어 다행이었다. 아버지는 먹 가는 요령을 다시 한 번 설명해준 다음, 이어 차례로 집필에 있어서의 기본적인 자세와 운필하는 데에 가장 주의할 강약과 지속遲速, 그리고 필순筆順 등을 설명해주었다. 그처럼 무뚝뚝하고 간략한 설명도 그후 다시는 없었다. 아버지는 하얀 분판粉板을 뉘어놓고 같은 획을 여남은 번씩이나 되풀이하여 거듭 그어보도록 재촉하였다. 나는 이마에 맺히는 진땀을 훔쳐낼 겨를도 없이, 떨리는 손을 가누지 못한 채 열심히 반복하고 있었다. 귓전에 와 닿는 아버지의 입김은, 그 먼저 경험한 바 있는, 박제한 호랑이의 콧수염이 볼에 스칠 때 섬뜩했던 것과 똑같은 충격이었다. 그처럼 등골이 떨리는 한은, 설령 타고난 필재가 있었다더라도 붓을 가누지는 못했을 거였다. 붓이 빗나가거나 획이 중간에서 처질 때, 문득 끊어지거나 지렁이 지나간 자국처럼 비틀거렸을 때, 나는 눈앞이 아찔아찔해지는 순간을 몇 번이나 거듭 겪어야 했는지 몰랐다. 그러나 그것이 오래가지는 않았다. 드디어 벼락을 내리친 것이다.

"원, 아이 손마디가 이렇게 무뎌서야…… 천상 연장 들고 생일이나 헐 손이구나……"

아, 그 아뜩하던 순간을 어찌 잊으랴. 아버지는 단 한마디, 할아버지 귀에도 안 들렸을 만큼의 한탄 아닌 푸념을 했건만 나에게는 뇌성벽력이나 다름없은 거였다. 내가 내 정신을 되찾았을 때 아버지는 이미 자리를 뜨고 없었다. 밖에서 손님이 찾는 소리가 났던 것도 나는 못 알아들었던 것이다. 나는 그처럼 무색하고 무안할 수가 없었지만, 우선은 호구를 벗어난 듯한 안도감에 부랴부랴 안방으로 달아나버렸었다. 그때 찾아왔던 그 낯선 손님 또한 두고두고 얼마나 고맙게 여겨지던지.

나는 남다른 재주를 못 타고난 자신이 죽고 싶도록 부끄럽고 원망스러웠다. 치욕이요 망신이었다. 아버지는 그날 이후 두 번 다시 내게 글씨를 가르치고 싶지 않은 모양이었다. 그러나 나는 아무도 모르게 헌 신문지를 어두컴컴한 골방 구석에 쌓아놓고 앉아 몇 날 며칠을 거듭거듭 연습했었다. 수치와 모멸을 만회해야만 살겠던 것이다. 그것도 얼마 안 가 다시는 그럴 기회마저 놓치고 말았지만. 언제나 공포와 불안감에 에워싸여 있던 평탄치 못한 집안 형편이 그럴 만한 정신적인 여유마저 허락하지 않았던 것이다. 어린 마음에도 얼마나 치열하게 붓과 싸웠던가.

요즘도 내가 나가는 직장에서 무슨 행사가 있을 때면, 오죽잖으나마 아쉬운 대로 옛날의 그 가락을 생각하며 식순式順이니 회순이니를 써서 대중이 모인 앞에 붙여놓는 따위, 가소로운 짓을 배짱 좋게 하는 것은, 그때의 그 철없는 이력을 밑천으로 삼고 해보는 짓이었다.

　나는 읍내로 나가는 과수원 탱자나무 울타리 곱은탱이를 돌 어름, 잠시 발걸음을 멈춰 다시 한번 옛집을 돌아다보았다. 어느덧 하루의 피곤이 짙게 물든 해는 용마루 위 서산마루로 드러눕는 중이었고, 굴뚝마다 쏟아져나와 황혼을 드리웠던 저녁 연기들은, 젖어드는 땅거미와 어울려 처마끝으로만 맴돌고 있었다. 나는 이어 칠성바위 앞으로 눈을 보냈는데 정작 기대했던 그 할아버지의 환상은 얼핏 하지도 않았다. 그런데도 할아버지의 넋만은 벌써 남의 땅이 되어버린 칠성바위 언저리에 아직도 묵고 있을 것만 같았음은 웬 까닭이었는지 몰랐다. 잘 있어라 옛집, 마지막으로 그렇게 중얼거리며 다시 한번 옛집을 되돌아보았을 때, 그 너머 서산마루에는 해가 지고 있었다. 지는 해가 있었다.

(1972)

행운유수行雲流水 — 관촌수필3

벌판에서 얼음지치던 바람이 신작로로 몰려 말달리기 시작하면 서부터 눈자위가 맵고 두 볼이 남의 살이 되도록, 그 모진 추위는 한결 더한 것 같았다.

저만치로 보이던 읍내 주택들의 불빛마저 성에가 돋은 사금파 리의 반사처럼 차디차게 느껴질 정도로 혹한이었다. 변성기 이후, 보온 내복을 모르고 따로 장만한 양말 한 켤레 없이 삼동을 나온 만큼은 추위를 안 타던 터였지만, 아래윗니가 마치고 턱이 굳으면 서 머릿속까지 시린 것 같았다.

그런 경황이었음에도 불현듯 옹점甕點이를 생각했던 것은, 물론 갈래갈래로 여러 가닥이 난 감회가 뒤섞인데다. 서른이 넘은 나이 가 무색하게 너무 감상感傷에 젖어 있었기 때문일 것이며, 가슴에 서려 멍울졌던 회포와 더불어 그리움이 움튼 추억이었을지도 몰랐다. 그녀는 나보다 십 년이 위였지만, 노상 동갑내기처럼 구순하게 놀아주었으며, 내가 아망을 떨거나 핀잔 듣고 토라져 우울해하며 자기 신세를 볶을 적에도 언제나 한결같이 감싸주었고, 즐거움과 스산함을 함께 나눠 갖는 든든한 보호자 역할도 겸하고 있었다.

어디가 션찮거나 무슨 일로 부르터서 밥 먹기를 거부하면 덩달 아 숟갈을 들지 않았고, 앓아 누워 약 먹기 싫다고 몸부림치며 울 어대면 약종발을 든 채 그 큰 눈이 눈물에 젖으며 함께 아파하기를 마지않던 그녀였다. 그녀는 돌성받이요 근본이 없었지만 성은 이 가였다. 이복 동복 합해 이남 이녀 가운데 맏딸이었으며 큰오라비 이름은 일문一文, 남동생은 두문斗文이었다. 지금 따져보아 여섯 살 어름의 기억 같은데, 내가 그녀 아버지라는 사람을 본 것은 꼭 한 번뿐이었다. 늦깎기 땡추중마냥 삭발은 했으되 좀 길쯤한 머리 였고, 베등거리에 지까다비를 꿰고 있었다. 끌 망치 송곳 따위, 자 루에 손때가 흐르는 연장들을 구럭에 담아 멘 채, 그해 여름 어느 날 그가 불쑥 안마당으로 들어섰던 것이다. 안마당에 들어올 수 있 는 사내면 어머니는 예외 없이 해라로 대했듯 그를 보자,

"일문이 오느냐?"

하면서 앉음새를 고쳐 앉던 것이다.

"아씨, 안녕허섰에유. 나리만님 기력두 여전허시구, 서방님이랑 사랑으른들두 뵐고 읗으신가유?"

그는 그런 장황한 인사를 하며 벗어든 찌든 벙거지를 뜰팡에 던

지고 엉거주춤하니 서 있었다.

"뵐고가 무고無故지…… 어서 그늘루 앉게. 여태두 게 가서 독石일 헌다나?"

"예. 모집징용가서 밴 것이 그 노릇인디 워칙허겄슈. 고연시리 븐다 허구 지집 색긔만 고상시키는개뷰."

"집 벗어나면 고상이니 어서 솔가해다가 뫼 살으얄 텐디…… 갱갱이江景邑가 예서 워디간…… 타관살이버덤 한내大川루 들어오는 게 안 낫은감."

"긔야 암시러면 워떻간디유. 서방님이 고상되시겄구먼유. 가나오나 증챌서 순사만 보면 서방님이 걱정되더먼유."

걸핏하면 예비 검속되던 아버지의 신변이 염려되더라는 말이었다.

"그런디 이년은 워디 심부럼시키셨담유? 삼시 시끄니 굶는 자리만 아니면 싸게 여워삐려야 일 추겠는디……"

"근디그네 뛰러 나간다대. 요새 학질허느라구 메슬 누어 있었거든. 그년 승질에 오금탱이 그니거려 배기겄남."

"말만헌 년이 근디가 다 뭣이래유. 그냥 두면 못쓰겄네유. 혼 좀 내시지유."

그가 이년이라고 일컬은 것은 옹점이였다. 그는 정분을 두었던 이매에게 옹점이를 잉태시켜놓고 징용에 나갔다가 해방과 더불어 귀국했다던 거였다.

"엄니, 그이가 뭐 허는 사람이라?"

나는 그가 그네 뛰러 나간 옹점이를 보러 영당 옆 느티나무로 찾아나가자 어머니한테 물었고,

"옹젬이 애븨. 큰머스매허구 갱겡이 가서 돌쪼시石手 헌다더라."

어머니는 그 이상의 자세한 것은 들려주지 않았다. 그뒤로 얼마 동안 나는 옹점이와 다투어 비위 상한 일만 있으면 으레,

"봬나먼 늬 아배 이름을 애들헌티 갈쳐줄텨…… 일문이라구. 같은 문짜 이름이지만 늬 아배는 내 밑이여. 문짜가 밑에 들었으니께……"

하고 놀려주었지만 그녀는 내 말에는 시척도 안고 신들신들 웃기만 했었다. 일문이가 배다른 오라비였고, 어머니는 옹점이 아버지를 앞에 두고 부르려면 언제나 그의 큰아들 이름으로 대신했던 것을 훨씬 뒤에나 알게 된 거였다. 어머니가 옹점이 아버지를 돌쪼시 또는 일문이라고 하던 것을 귀에 담아두었던 나는, 일문이란 곧 한 돈이라는 뜻이었으므로 나중에는 옹점이를 골리려면,

"너는 지집애니께 반돈이여…… 한돈이 두돈이 반돈이, 싯을 다 합쳐두 늬네는 스 돈 반밖에 안 됭께 순 싸구려 것이여…… 너 같은 싸구려는 후제 그지헌티 시집가두 하나두 밑질 거 읎어."

"증말루? 그려. 니 말대루 그지헌티 시집갈 껴. 좋겄다. 나 시집 가면 맨날 놀러 온다메? 그려, 와. 은어온 밥허구 건건이허구 쫍박에다 담어줄 텡께. 안 먹었담 봐, 그냥 두나."

114

"……"

"저리 가 따루 놀어. 나는 그지 각씨 될 텐디 왜 곁이 서 있네? 저리 가 혼자 놀어."

"……"

그 무렵 옹점이 어머니 이매二梅는 한내읍 새텡이부락에서 두문이와 언년이를 데리고 기척 없이 살고 있었다. 들어앉아 돌쪼시가 벌어서 보내는 돈으로 얌전히 밥이나 끓여먹고 살아가던 것이다. 그녀는 무싯날이면 여간해서 우리집을 방문하지 않았다. 어머니는 그녀가 올 적마다,

"저 술고래 온다."

했는데, 그 소리가 듣기 싫어 걸음도 드물어졌으리라고 여겼지만, 와서 시시덕거리며 수다떨 적마다 드러나던 금이빨 탓일 것이라고 옹점이는 덧붙여 설명했었다. 그녀는 툭하면 입을 바작만하게 벌려가며 요란하게 웃었는데, 그럴 때마다 으레 칙칙한 은이빨과 싯누런 금이빨이 흉하게 드러나던 것이다. 어머니는 그녀의 그런 이빨들을 몹시 보기 싫어했다. 멀쩡한 이빨을 멋내느라고 부러 뽑아냈기 때문이었다. 그러나 언년이는 무시로 드나들었고 여분 있는 음식이며 남는 옷가지 들을 꾸려다가 입곤 했다. 그즈음은 나도 천자문을 배우던 때여서 읍내로 심부름 가는 길이면 제법 남의 집 문패며 간판 들을 읽을 줄 알았으므로, 돌쪼시네 가족의 이름에도 무관심해하지 않았으니, 할아버지에게 언년이 이름을 지어주도록

건의한 것도 그 까닭이었다.

"할아버지, 왜 옹젬이네 식구는 이름을 죄다 돈으루 쳐서 지었대유? 옹젬이마냥 언년이두 진짜 이름을 지여줘유."

할아버지는 귀담아듣고 싶지 않은 기색이더니,

"페엥— 으레 그런 게니라. 여겨보려무나. 한냥 두냥 한푼이 두푼이 허느니보담 일문이 이문이가 듣기에 썩 낫지 않겠느냐."

"허지만 저 언년이는 동네에 쌨는 이름인디유. 강원도 성서방네작은 지집애두 언년이, 짐격군金格軍네 지집애두 언년이……"

"짐결군 손녀두?"

"그럼유."

목넘이 쇠찜골에 그런 집이 있었고, 할아버지는 으레 '창의군倡義軍 집'이라 올려 불렀는데, 비록 상사람 집안이긴 하지만 '보잘게 있는 집'이매 함부로 대하면 안 되리라고 일러왔었다. 민종식 선생 밑에 들어가 홍주성을 무찔렀던, 한말 의병의 후예란 점에서그렇게 여겼던가보았다.

"옹젬이 밑잇것은 애가 죄용허구, 노는 게 싹이 뵈던구나……"

할아버지는 그 자리에서 언년이에게 복점福點이라는 이름을 지어주었다. 즉흥적인 작명이었으나 보리밥 같던 언년이 생김새에걸맞게 어울리는 이름 같았다. 복점이는 차분한 성질이었고 굼뜨되 능청스럽기도 하여 동복 자매 같지 않게 옹점이와는 퍽 대조적인 아이였다.

"후제 시집가면 저 덜렁쇠보담 즉은 것이 더 낫으리라."

그녀 자매를 놓고 어머니도 그렇게 보고 있었다.

"큰것버덤 밑잇것이 낫어. 얼굴두 달싹허구 승질두 고분허구."

마을 아낙네들도 같은 의견이었다. 그렇지 않다고 우긴 것은 나 혼자뿐이었다. 물론 정실이 지배한 판단이었지만 나는 언제나 옹점이 역성을 들었던 것이다.

이제 이십오륙 년 전의 아득한 옛일을 되새겨보는 것이지만, 옹점이는 남들이 대중으로 여겼듯이 덜렁거리며 걱실걱실하고 사납기만 하던 처녀는 아니었다. 그것은 우리집의 생활 규모와 풍습에 젖어가며 자란 탓임이 두말할 나위 없는 일이지만, 그러나 애초의 천성 또한 속이지 못할 것이라면, 타고나기도 걸맞게 타고나서 우리집과의 관계는 거의 숙명적인 것으로 보아야 옳을 것 같았다.

학교를 다닌 적도 없고 누가 가르쳐주어 배운 글자도 없었지만 웬만한 글은 국한문을 가리지 않고 해득해낼 만큼 영악한 데가 있던 것만 보아도 어림하기에 어렵지 않았다.

여섯 살 나던 해 봄부터 여름내 나는 신장염을 앓고 있었다. 나는 의사의 처방에 따른 복약과 더불어 부기를 누르고 이뇨를 돕는 허술한 음식으로 끼니를 메우고 있었다. 자극성 없는 푸성귀와 보리죽, 각종 여름 과일만으로 주식을 삼았던 것이다. 그녀는 그해, 내가 기름기 구경은 고사하고 곱삶이 꽁보리밥과 보릿가루죽만 반찬 없이 먹는 것을 몹시 걸려하며 안쓰러워했는데, 쌀밥이 목에 넘어가지 않는다면서 밥을 못 먹어하기가 일쑤였다. 어른들 몰래 쌀밥을 먹여보려고 나를 부엌으로 불러내어 어르고 타이르기도 한두 번이 아니었고, 특히 절시식節時食이나 별식이 있을 때는 내가 측은해 보인다고 눈물마저 글썽거리기도 했다. 참다못한 그녀가 흰밥 숟갈을 몰래 떠먹이려 하면 부뚜막에 앉혀 있던 나는 예외 없이,

"이애 좀 보래유, 나헌티 쌀밥 준대유."

하고 외쳐 고자질을 했고, 그러면 그녀는 그 고지식함을 더욱 기특하게 여겨 애초 안타까움에 젖었던 눈길을 감출 바 몰라하곤 했다. 그러고도 내가 은연중에 하루 반공기 이상 쌀밥을 먹지 않고 못 배긴 것은 순전 그녀의 꾐에 빠져들었기 때문이었다. 그녀는 흔히 "야, 시방버텀 숨바꼭질허자" 하고 말했고 내 동의도 얻기 전에 그럴 채비부터 차렸던 것이다. 그것은 지금 생각에도 정말 별쭝맞은 숨바꼭질이었다. 그녀는 숟갈 두 개를 준비하여 숟갈에 밥을 뜨고 반찬을 얹은 다음, 하나는 나를 주어 숟갈은 든 채 숨도록 하고, 그녀는 그녀대로 밥이 얹힌 숟갈을 들고 나를 찾아나서는 거였다. 술래는 둘이 번갈아가며 하되 술래에 잡히면 즉석에서 들고 다닌 숟갈을 서로 바꾸어 먹도록 되어 있었다. 그래서 나는 무심결에 밥숟갈을 바꿔 먹은 거였고, 그때마다 그녀는 나를 업어줄 듯이 사뭇 귀여워하고 흐뭇해했다.

그렇듯 여리고 가냘픈 마음결의 그녀였지만, 그러나 경우에 따

라서는 그 누구보다도 억세고 굳은 의지를 보이는, 정말 그녀다운 면목 그대로를 드러내기도 했다. 아직도 눈에 선연하지만 그 무렵의 어느 날 밤에 있었던 일이다. 막 더운갈이를 마친 날이었으니 한여름이었던 듯하다. 그날도 사랑에는 남의 눈을 피해 누가 여럿 다녀갔다는 거였다. 그 여름에 우리들이 말하는 누구란 길게 설명할 것도 없이 아버지에게 포섭된 조직원 및 어디선가 무시로 오던 연락원들을 뜻한다. 그들은 지하조직 총책이었던 아버지를 자기네 친부모보다도 더 짙은 피를 나눈 것으로 믿었고, 그 믿는 보람과 자부심으로써 아버지에 대한 백명백종百命百從, 그리고 목숨도 돌보지 않는 사람들이라고 나는 듣고 있었다. 따라서 사랑에는 밤낮없이 그런 사람으로 붐볐고, 그네들은 자정녘이건 어슴새벽이건 때를 가리지 않고 무상 출입하는 것을 오히려 예의로 알고 있는 것 같았다. 우리집을 출입하는 그네들의 행색도 여러 가지였다. 나뭇짐이나 소금가마를 진 사람도 있었고, 엿목판을 지고 왔거나 땜장이 행색으로 온 사람도 있었다. 옹점이도 우리 집안 돌아가는 사정을 눈치로 알고 있는 것 같았다. 사랑에 든 사내들만 누구라고 불린 것이 아니라 안으로 찾아와서 상대를 아버지로 하던 낯선 여자들도 거의가 사랑 손님과 같은 부류였던 것이다. 새우젓장수나 황아장수로 분장했던 그네들은 거개가 아이를 업은 아낙네들이었지만, 개중에는 어리고 앳된 처녀도 드물지 않게 있었으니, 옹점이는 어쩌면 그런 처녀들이 남기고 간 냄새로써 알고 있었던 것인지도 몰랐다. 그런 처녀들은 으레 옹점이와 잠자리를 같이했으며, '어디서 오면' 옹점이의 이종동생, 또는 외사촌언니 하고 일가 푸네기로 위장하도록 교육을 받았던 것이다. '어디서 오면'이란, 심야에 가택수색을 하기 위해 불시에 덮치는 것을 뜻한다.

"아씨, 하루라도 좋응께 속것만 입구 자봤으면 원이 읎겠슈. 오뉴월 삼복에두 입은 채루 틀틀 감구 자장께 첫째루 땀떼기 땜이 못 살것슈."

어머니한테 그녀가 그렇게 하소연하던 소리를 나는 여러 번 들었다. 오밤중이고 새벽이고 가리지 않고 느닷없이 담 넘어 들어와서 함부로 뒤져대기 때문에, 온 집안 여자들은 아무리 무더운 복중이라도 겉옷을 벗고 잘 수가 없었던 것이다.

그날 밤도 옹점이는 곤히 잠들어 있었다. 먼 논에서 더운갈이한 철호에게 점심을 해다주고 와서 해거름까지 무려 네 차례나 더운밥을 지어냈으니 오죽했을 것인가. 언제나 업어가도 모르게 죽어자던 그녀가 개 짖는 소리에 놀라 잠을 깨고 일어앉아보니 방에는 이미 불이 켜져 있고, 낯선 순경이 벽장 속을 뒤적거리더라고 했다.

"접때 워디서 갈려온 순사라더라."

가택수색을 마친 순경이 돌아가자 어리둥절하고 서 있던 나더러 아무렇지도 않다는 음성으로 말하던 것도 그랬지만, 막상 내 앞에서 그녀가 당하던 꼴만 상기해도 정말 보통내기는 아니었다.

"저것두 닮어서 여간 아니던디. 너 워느새 벌써 그렇게 까졌네?"

철호도 자다 나온 머슴방 문지방에 걸터앉아 옹점이더러 그런 감탄을 하고 있었다.

"너는 뭣이여? 누구여? 바른 대루 대여."

하는 사내 말소리에,

"이 댁 부뚜막지기유. 왜유?"

하던 앙칼진 목소리에 나는 잠결에도 또 그 일임을 깨닫고 눈을 떴었다. 깨어보니 머리맡에는 벽장 속을 뒤져낸 엿단지, 가조기 채반, 감초봉지, 한적漢籍 따위, 할아버지 살림이 수북이 쌓여 있고,

"난세니라. 원제나 이꼴을 안 보고 살어본단 말이냐, 페엥―"

할아버지는 침통한 음성으로 중얼거리며 뒤집혀진 벽장 살림들을 챙기고 있었다.

"이년이 누구를 째려봐. 잔말 말구 나와."

우악스런 목소리를 거듭 듣고 내가 사랑에서 나오니, 옹점이는 시커면 순경 손에 적삼섶을 죄어잡힌 채 안마당으로 끌려나오고 있었다.

"이 댁 부엌떼기란 말여유."

그녀는 독이 시퍼렇게 오른 눈으로 순경을 찢어 보며 화통 삶아 먹은 소리를 지르고 있었다. 그러나 그 낯선 순경은 무가내면서 옹점이의 몸수색을 시작했다.

"이년이 뭣을 닮어서 이리 뻗세여. 돌어스라면 돌어섯."

순경이 눈을 부라리며 윽박지르자 그녀는 마지못해 고개를 돌

렸다. 순경은 치렁치렁 땅아늘인 머리채 끝의, 깨끼저고리 남끝동 같은 댕기를 풀었다. 식모로 가장한 연락원으로 알았는지, 순경은 자기 호주머니에서 빗을 꺼내더니 머리끄덩이를 잡아채가며 동짓달 서캐 훑듯 짯짯이 빗겨보는 거였다. 그러나 그녀 머릿속에서 순경이 바랐던 암호문이나 지령문 쪽지가 나올 리는 만무한 노릇이었다.

"증말루 이 집 애여?"

"또 물어유?"

다소 무안을 느꼈는지 순경은 거칠어진 음성으로 되물었다. 그녀도 독오른 눈을 감그려뜨리면서 대꾸했다.

"그짓말허면 워디 가는 중 알지? 신세 조지지 말구 순순히 대답혀."

"자던 사람 대이구 말 시키면 하품 나와유."

"그야 고단헐 테지. 손님 밥을 일곱 번이나 지었으니께."

누가 오면 으레 밥을 새로 지어 대접해온 터이므로 식객이 몇이었던가를 알려는 유도신문이었으나 그만한 눈치가 없을 옹점이는 아니었다.

"넘으 집 안살림을 워치기 그리 잘 아슈. 그 개갈 안 나는 소리 웬만큼 허슈."

"야, 굴뚝에서 일곱 번 연기난 것을 본 사람이 있어."

"워면 옘병허다 용 못 쓰구 뎌질 것이 그류? 밥 짓구 국 끓이구

122

찌개 허면 하루 시끼니게 연기가 아홉 번 나지 워째서 해필 일곱 번이여. 끈나풀을 삼어두 워째서 그런 들 익은 것으루 삼었으까. 그런 눈깔을 빼서 개 줄 늠 같으니."

"……"

"워떤 용천나병허다 올러감사헐 것이 그런 그짓말을 헙듀? 찢어서 젓 담글 늠. 그런 것은 안 잡어가유?"

순경은 그녀의 걸쩍한 구습에 질려 부쩌지 못하다 말고, 사랑 재떨이에 웬 담배꽁초가 그리 수북하냐고 다시 휘어서 물었다.

"이 동네 마실꾼들은 담배두 못 핀대유?"

"이 동네 마실꾼들은 누구냔 말여."

"바깥 마실꾼을 안이서 워치기 알유. 내외허는 댁인디."

"동네 마실꾼인디 모란 공작 부용 같은 궐연을 피여?"

"허가 읎이 잎담배 말어 피면 잽혀간다메유."

"너 몇 살 먹었네?"

"멥쌀두 먹구 찹쌀두 먹구, 열두 가지 곡석 다 먹었슈."

하고 나서 그녀는 치맛자락 밑으로 어슬렁대던 검둥이 뱃구레에 냅다 발길질을 하며,

"이런 육시럴늠으 가이색깃 지랄허구 자빠졌네. 주둥패기 됐다가 뭣허구 이 지랄허여. 너 니열버텀 잘 굶었다. 생전 밥 구경을 시키나봐라."

하고 거듭 발길질을 하여 금방 어떻게 되는 비명소리가 들리도록

했다. 내가 듣기에도 담 넘어 들어오는 순경을 물어뜯지 않았다는
핀잔이었다. 그 무렵에도 개는 밥 주는 사람을 닮는다던 말이 들리
고 있었다. 그것은 특히 옹점이의 성질머리를 탓하고 싶으면 으레
빗대어 하던 대복어메 말이었다. 대복어메 말은 틀림없었다. 그녀
는 개가 독해지라고 어려서부터 부러 맵고 짜게 먹였고, 심심하면
빗자루나 부지깽이로 개를 닦달하여 모질고 사납게 키웠다. 그러
므로 그녀 손에 자란 개는 걸핏하면 동네 사람도 물어뜯고, 허구한
날 남의 집 닭을 물어 죽이는 한다하는 맹수가 되던 것이다.

옹점이가 그처럼 혼이 나고 있어도 누구 하나 나서서 감싸준 사
람은 없었다. 그럴 겨를이 없어서였다. 사복형사 둘이 각기 다른
방을 뒤지고 있었으므로 지켜 서서 입회하지 않으면 안 되었기 때
문이었다. 입회를 하지 않을 경우, 순경 자신들이 가지고 온 물건
을 꺼내어 들고 마치 우리집에서 감추어둔 것을 적발해낸 것처럼,
그것의 출처를 추궁할뿐더러 그 물건을 빌미하여 연행해가려 들
기 때문이었다. 그들은 그들이 미리 준비해온 문서나 소총 실탄 따
위를 슬쩍 꺼내들고는 그것이 증거라 하며 없는 혐의를 뒤집어씌
우려 들던 것이 상투적인 수법이었다.

한바탕 북새를 치르고 난 뒤,

"쟤는 주뎅이두 흠허더라. 야중 워떤 것이 저런 것을 데리다 살
는지 걱정이 태산이랑께."

잠 달아난 철호가 모깃불을 놓으며 빈정거리자,

"야, 너처럼 묻는 말에 이빨 앓는 시늉허다가 볼텡이에 혹 붙이느니버덤 낫겠다……"

그녀는 하품을 늘어지게 하면서 의젓하게 말했다.

"그애_{순경}, 저 딱바라진 엉뎅이나 벳겨보지 않구."

"시늉하네, 작것."

그녀는 그만큼 입이 걸고 성질도 사나웠지만 늘 시원시원하고 엉뚱한 데가 있었으며 의뭉스럽기도 따를 자가 없었다. 육덕 좋은 허우대나 하고 곱게 쪽집은 눈썹과 사철 발그레하게 피어 있던 얼굴이며, 그녀는 안팎 모가비 총각들에게 선망의 대상이었다. 남다른 눈썰미로 한 번 보면 못 내는 시늉이 없었고, 손속 또한 유별났으니 애써 가르친 바가 없어도 음식 맛깔과 바느질 솜씨는 어머니도 나무랄 수 없음을 진작에 선언한 정도였다.

동냥을 주면 종구라기가 넘치고 개밥을 주어도 구유가 좁게 손이 컸다.

"저것이 저리 손이 크니 시집가면 대번 시에미 눈 밖에 나리……"

어머니의 걱정처럼 그녀는 오종종하거나 소갈머리 오죽잖은 짓을 가장 싫어했고, 남의 억울한 일에는 팔뚝을 걷어붙이고 나서서 뒵들어 싸워주며, 부지런하려 들기로도 남보다 뒤처짐이 없었던 것이다. 대소간에 대사가 있을 때마다 그녀가 징발됐던 것도 남의 집 뒷수쇄에 뛰어난 능력을 보였음이니, 온갖 일의 들무새요 안머슴이었던 것이다.

"말꼬랑지 파리가 천리 가더라구 옹젬이가 그렇당께."

부락 사람들은 그녀의 억척과 솜씨를 그렇게 비유하였고, 그녀는 그녀대로 그런 말 듣게 된 자신을 대견스레 여기는 것 같았다.

그녀가 열여섯이라는 어린 나이였음에도, 안팎 동네의 머슴이나 품일꾼, 그리고 어리전이나 드팀전을 보아 제 몫은 하던 장돌뱅이 총각들의 눈독을 한몸에 받고 있었음은 당연한 일이었다. 그러나 그 총각들은 장차 그녀를 아내로 맞고 싶어서 그러던 것은 분명 아닌 것 같았다. 그 시절만 해도 혼사에 있어서만은 으레 근본의 어떠함이 결정적인 역할을 하고 있던 것이다. 양반 찌꺼기들은 말할 것도 없고 향품배鄕品輩 끄트머리만 되어도 집안이 이렇고 저러함을 가장 큰 구실로 삼고 있었던 것이다. 그런 경우 교전비轎前婢와 난봉난 행랑것 사이에서 태어났던 그녀의 신분은 누구라도 고개를 저을 커다란 허물이었다. 아무리 소견이 들어 됨됨이 쓸 만하고 살림에 규모가 있더라도 그녀의 내력을 번연하게 외던 근동 사람이라면 거들떠보려고도 않을 판이었다. 그러므로 아는 총각들이 그녀를 좋아한 것은 그녀의 빼어난 노래솜씨, 그렇다, 그 노래에 반한 거였다.

"페엥― 저것이 소리 한 가지는 말쉬바위曲馬團 굿패들보담 빠지지 않으리라."

할아버지가 나무라다 말 정도로 그녀는 무슨 노래든지 푸짐하게 불러대었고 목청도 다시없이 좋았다. 그녀가 떠벌리기를 가장 즐겨 하던 노래는 내가 기억하기에 〈황하다방〉이었다. 아궁이 앞에 가랑이를 쩍 벌리고 앉은 채 한창 신명이 나면, 삭정이 잉걸불에 통치마에서 눋내가 나는 줄도 모르고 부지깽이가 몇 동강이 나도록 부뚜막을 두들겨 장단치며 가락을 뽑아댔던 것이다.

> 목단꽃 붉게 피는 사라무렌 찻집에
> 칼피스 향기 속에 조는 꾸—냥……
> 내뿜는 담배 연기 밤은 깊어가는데
> 가슴에 스며든다 새빨간 귀거리

한가락 뽑고 나면 으레 하던 말이 있었다.

"아씨, 올갈에 바심허면 오와싯쓰표 유성기 한 대만 사유. 라지요버덤 쬐끔만 더 주면 산대유."

안방에 대고 목통껏 소리를 지르는 거였다. 그러면 어머니는 또,

"시끄럽게 유성기가 다 뭐냐. 니 창가 듣는 것만두 지긋덥구 진절머리 난다 애."

하고 일축했고 그녀는 다시,

"장터 가가에 가면 유성기 소리판두 고루고루 썼던디…… 심연옥 소리, 장세정 소리, 박단마, 금사향, 이난영, 신카나리아 소리……"

"알기는 똑 귀뚜리 풍월허듯기……"

"고려성, 이부풍, 천하토 작사가 젤루 맘에 들던디…… 강남춘,
진방남, 이애리수 소리두 여간 안 좋아유."
하고 바람든 소리를 한바탕 늘어놓고 나서 다시 노래를 불러제낀다.

    호동왕자 말채쭉은 충성 충—짜요
    모란공주 주사위는 사랑 앳—짤세
    충성이냐 사랑이냐 쌍갈랫질을
    이리 갈까 저리 갈까 별두 흐리네

"작것아, 뭐 탄내 난다. 지발 불 좀 보거라."
  어머니가 야단을 쳐야만 놀라며 아궁이 불을 아무리고 엉덩이
가 무겁게 일어나는 버릇이었으니, 그녀는 이미 그 무렵부터 자기
가 가사를 바꾸어 부르는 재치도 있었던 것으로 안다. 그중에는 내
가 아직 안 잊은 것도 있다.

    죽 끓는 부엌짝 아궁지 앞에
    동냥허는 비렝이야 해가 졌느냐
    쉬지 말구 놀지를 말구 달빛에 밥을 벌어
    꿈에 어리는 건건이 을어서 움막 찾아가거라

  운다고 옛사랑이 오리오마는 눈물로 달래보는 구슬픈 이

밤…… 요즘도 술집 술상머리나 라디오에서 니나노가 흘러나오면 잃어버린 지 오래인 동심이 불현듯 되살아나곤 한다. 잊혀진 노래—그것도 유행가를 들어야만 비로소 철없은 어린 시절이 되새겨진다. 옹점이한테 그런 노래들을 배워가며 뛰놀던 기억이 가장 그립기 때문이리라. 물론 그녀는 내게 그런 유행가만 가르쳐준 것은 아니었다. 유행가가 아니었던 노래들은 대부분이 들어보기 어렵게 됐거나 아예 잊어버렸을 따름이다. 내가 옹점이 등에 업혀 보통학교 학예회 구경을 가고 그녀와 함께 배워와서 오랫동안 함께 부르며 놀았던 노래들, "아침 해 고을시고 삼천리 강산……"이나, "어둡고 괴로워라 밤도 깊더니……"로 시작되고, "아아 자유의 자유의 종이 울린다", 운운하던 노래만 해도 이젠 거의 잊어버린 노래가 아니던가. 그녀는 비단 유행가뿐만 아니라 보통학교에서 가르치던 노래도 학동들보다 먼저 배웠고 더 잘 불렀던 것으로 기억한다. 그녀는 머슴애들마냥 어디서나 떠벌리기를 잘했고, 줄넘기나 공기놀이보다도 고누·연날리기·자치기·쥐불놀이·목대치기를 더 잘했으며, 치기 가운데서도 엿치기만은 그녀에 견줄 사람이 없었다.

그 무렵 관촌부락으로 이틀이 멀게 하루걸이로 가위 소리를 내며 다닌 엿장수 한 사람이 있었다. 서른 살이나 됐을까 한 애꾸였는데, 어설픈 언동으로 보아 총각임에 틀림없다고들 했다. 옹점이는 언제나 저만치 어딘가에서 가위 소리만 나도 지금 어느 엿장수

가 동네 어디쯤에 오고 있다는 것을 단박에 알아맞히었으며, 그리
하여 그 만만한 애꾸눈의 엿장수 가위 소리만 나면 만사를 작파하
고 뛰어나갔고, 곧 이어서 엿치기로 들어붙는 거였다. 정말이지 목
판에 가득 담긴 그 숱한 엿가락 가운데에서 그녀가 골라잡아 제 귓
가에다 대고 손톱으로 살살 긁어 복― 복― 소리가 나는 놈으로 뚝
분지르며, 싯― 하고 불어본 놈치고 구멍이 크지 않은 놈은 거의
없다시피 했으니, 결국은 그 엿장수를 상대로 열을 올려 엿치기에
몰두하던 것도 당연한 일이었다. 그녀는 엿장수와 엿목판을 가운
데에 두고 엿치기에 들어붙으면, 부엌의 잿물 빨래 삶는 솥에서 눈
는 냄새가 나도 모를 지경이었다. 그럼에도 어머니가 짐짓 모른 체
하고 나무라지 않았던 것은, 그녀가 노상 이기게 마련이었고, 백랍
전 한푼 없이 대들고도 치마폭에 엿가래를 한 보따리씩 싸들고 들
어오는 꼴을 보는 것이 재미있어서였음이 분명했다. 그때마다,

"눈깔 하나가 모자라니께 저런 것두 지집애라구 홀랑 빠졌겄지."

철호가 엿장수와 그녀의 수작이 마뜩잖고 심통이 나서 이기죽
거리면,

"저 작것 또 육갑헌다. 저런 것두 사내꼭지라구 새암헌다닝께."
하며 옹점이도 지지 않으려고 맞섰다.

"애꾸가 니 맘 보느라구 대이구 저주니께 엿을 따지, 무슨 개장
에 초친 맛으루 니까짓것헌티 지구 있겄다."

철호는 대문 밖으로 횡 돌아나가며 중얼거렸다.

철호 말에도 일리가 없지 않은 것 같기도 했다. 옹점이가 행주치마 속의 엿가래를 쏟아놓고 보면 그중에는 부러지지 않은 성한 엿도 대여섯 가락씩 들어 있었던 것이다. 그것은 새치기한 것이라면서 훔쳐넣는 시늉까지 천연스럽게 되풀이했다. 엿장수가 저쪽 눈이 애꾸라서 이쪽 손으로 연방 집어넣어도 모른다던 것이다. 그러나 그것도 한두 번이지 눈감아주지 않는 바에는 들키지 않을 이치가 없는 거였다. 어쨌든 우리들로서는 알 바 아닌 일이었다. 그녀도 나 못지않게 군것질이라면 밤잠도 마다하던 터였으니, 그런 어리숙한 엿장수가 제물에 걸려들었다는 것은 바라지 않던 부조요 횡재로만 여겨질밖에 없었다. 할아버지가 쓰는 사랑 벽장 속에도 항상 엿단지가 들어 있기는 했지만 여간해서는 얻어먹기 어렵던 것. 그런 단것들은 옹점이 아니면 챙겨주는 사람이 없기도 해서, 우리들의 군것질이 그칠 새 없은 것도 순전 옹점이의 수완이 비범한 덕택이었다. 그중에서도 못내 잊혀지지 않던 것은, 내가 캐러멜을 처음 먹어본 기억이다. 어쩌면 그 이전에 이미 먹어본 것임에도 기억을 못해서 그것이 처음으로 알고 있는 것인지도 모르긴 하나, 좌우간 나는 여태껏 옹점이가 사다준 것을 먹어본 것이 최초의 것이니라 여기고 있다.

해방 이태 뒤였나, 여하간 가물어 메밀싹이 안 난다던 삼복중에 내가 학질로 입맛도 잃고 가쁜 숨만 그렁거리며 마루 끝에 누워 있던 날이었다. 서른이 넘고부터는 걸핏하면 감기에 걸리듯 그 무렵은 웬 학질을 그토록 자주 앓았는지 모른다. 한 축만 앓고 나도 며칠씩이나 먹지를 못했었다. 그날도 돌봐주는 이 없이 혼자 뒹굴며 호되게 앓았고, 해가 설핏해지면서 정신이 좀 난다 싶을 때였다. 옹점이가 장바구니를 들고 들어오는 것이 보였다. 그녀는 바구니를 부엌에 두고 나오더니 내 이마를 가만히 짚어보며,

"얼라, 이 머리 연태 끓어쌓네…… 이봐라, 내가 너 줄라구 이런 거 사왔지. 뭔 중 알겄네?"

그녀는 손에 들고 있던 것을 살짝 펴 보이며 말했다. 나는 그 순간 소름이 끼쳐 얼른 돌아누워버렸다. 속여서 약을 먹이려는 그녀 속셈이 너무 뻔해서였다. 제가 무슨 돈으로 먹을 것을 사와, 하도 약을 안 먹으려 드니 꾀를 써서 먹이려는 것이지. 나로서는 그 외에 달리 생각해볼 수가 없었던 것이다.

"딴 애들 읎을 때 빨리 먹어라. 태모시 판 돈 여투어 산 거여."

그녀는 히뜩히뜩 웃어가며 가진 것을 내주었다. 조일표 성냥갑만한 것이 천상 목이 타게 쓰디쓴 금계랍갑이었다.

"겡그랍이 아니랑께. 내가 너헌티 쓴 약을 줄 성싶네? 봐 미루꾸지, 바둑끔처럼 쫄깃쫄깃허니 오꼬시나 셈뻬이보담 맛있는 미루꾸여."

"싫다는 디두 대이구 이려."

내가 신경질을 부리자 그녀는 갑을 뜯어 알맹이를 내보였다. 약은 아닌 것 같기도 했다. 주황색깔이 도는 것이 똑 세숫비누 같았

다. 그녀가 조금만 맛보라면서 칼로 반듯하게 저며주어 마지못해 입에 대어보고서야 나는 역시 내게는 옹점이밖에 없다는 생각을 거듭 다짐하게 되었다. 아직도 보드랍고 쫀득대는 맛으로 남아 있는 그것이 곧 캐러멜이었음은 나중에서야 안 일이었다. 그녀는 그 뒤로 엿치기해서 딴 엿 말고도 캐러멜이나 콩과자 같은 싸구려 과자를 내게 사주어 입이 궁품하지 않도록 신경을 썼다. 그것이 부정한 방법에 의한 것인 줄 번연히 알면서도 끝내 모른 척했음은 물론이다. 그녀는 밥할 때마다 조그만 마른 단지에 한 줌씩 여투어 모아둔 움쌀이나 보리쌀을 어머니 몰래 빼돌렸던 것이다.

관촌부락에서 등성이를 끼고 돌면 요까티라는 작은 부락이 있었다. 원래 이웃하고 농사짓는 초가집 대여섯 가구뿐으로 일 년 내내 대사 한번 치르지 않아 사는 것 같지 않던 동네였으나, 해방 이듬해부터는 금융조합 창고 같은 연립주택이 몇 채 들어서고 한 채에 여남은 가구씩, 북해도에서 왔다는 전재민들을 들여 정착시키자, 밤낮 조용할 날이 없게 시끄러운 마을로 변하면서 전재민촌이라는 새 이름이 붙은 곳이었다. 읍내의 지게꾼, 신기료장수, 리어카꾼과, 주제꼴이 남루한 낯선 사람은 모두 전재민촌에서 사는 사람들이라고 해도 무방할 지경이었다. 그 전재민촌이란 이름은 차츰 도둑놈 소굴이라는 뜻의 대명사로 불리어져갔다. 관촌 사람들은 집안에서 무엇이 없어진다거나, 논밭에 심은 것이 축난 듯싶으면 으레 전재민촌 사람들의 소행으로 여겨 버릇했고, 서툰 임고리장수가 들어서도 전재민촌 사람으로 판단, 물건을 갈아주기보다 집어가는 것이 없는가를 살피려는 도사림으로 냉대해 보내기 일쑤였다.

그런 중에도 옹점이는 조금 달랐다. 그네들이 살아온 이야기, 살아가는 이야기를 들어보면 불쌍하기 그지없다던 거였다. 굶다 못해 이불솜을 빼다 팔아 겨울에도 홑이불을 덮는다든가, 변변한 옷가지는 죄 팔아먹어 주제꼴이 그처럼 비령뱅이 꼴이라는 거였다. 그렇다면서 전재민만 오면 어머니를 졸라 무엇이든 한 가지는 갈아주도록 꾀하던 것이다. 그녀는 특히 그녀만 보면,

"옥상, 오꼬시 사먹소."

하며 들어붙던 절름발이 늙은이를 가장 측은하게 여기고 있었다. 일본에서 건너오다 처자를 놓쳐 홀로된 늙은이라는 거였다.

"그 옥상만 보면 지 애비가 모집 나갔다 나오면서 고상했다던 생각이 나서 딱해 못 견디겠슈."

옹점이가 어머니한테 하던 말이다.

과자를 먹어 어디서 난 것이냐고 물으면 옹점이는 서슴지 않고,

"쭉젱이 보리 한 종발 주구 옥상헌티 샀지."

했다. 옥상에게 곡식을 빼돌려가려면서까지 그녀가 내게 군것질을 시킨 이유는, 옥상이라고 부르던 그 불우한 늙은이를 돕는 마음이었지만, 그러나 그보다 더 갸륵한 뜻이 없지 않았음을 나는 알고 있었다.

근래에 들어와 크게 유행을 본 말 가운데서 내가 가장 깨닫기 수월찮던 말이 주체의식이니 주체성 운운하던 단어들이었다. 어떡하는 것이 주체의식이 있는 일이고 무엇이 주체성을 지키는 것인지 얼른 이해하기 어려운 말이었다. 세상이 어지러운 난세일수록 유언비어가 난무함이 예사이고, 말을 않으면 병신 대접 받기 십상인 줄 모르지 않으나, 주체의식이나 주체성이란 말을 외래어보다도 막연하게, 개나 걸이나 지껄여대지 않으면 행세를 못하는 줄 알던 많은 사람을 보아온 터여서, 그 천한 말을 옹점이는 일찍이 내게 행동으로써 보여준 셈이라고 장담하게 되지 않았나 싶기도 하다. 한번 더 다짐해두지만, 그 무렵 옹점이의 태도를 주체의식, 또는 주체성이 있는 것으로 보아 무방하다면, 나는 그녀만한 정신자세를 가진 인간을, 내가 이 사회에 나와 벌어먹게 된 뒤로는 몇 사람 외에 구경하지 못했다고 단언할 수 있으리라 믿는다. 물론 그녀가 '민족적 주체의식에 의해' 집안 물건을 빼돌리거나 엿장수를 속여가며 내게 주전부리를 시켰다고 말해봤자 이해한다고 할 사람은 없을 터이지만.

그렇더라도 최근에 이르러, 해묵은 낱말들이 유행하는 현실을 비위 거슬려해온 터이므로 그런 억지라도 우겨보고 싶은 오기가 아니 날 수 없다.

그 대목의 전말을 나는 '어느 날이었다'라는 상투적인 말로 서두를 삼지 않으면 안 되리라. 그것은 살아오면서 겪음한 바가 적지 않았듯, 길흉화복이건 일상의 범속한 일이었건, 삶의 과정은 무슨 조짐이나 예측이 없이 우연으로 시작되기 예사이고, 종말 역시 그렇게 맺던 것에 바탕하여 하는 말이다.

어느 날이었다. 소나기 한 줄금 없이 찌던 그 7월. 앞서 말한 학질로 눕기 대엿새 전일 터이다.

"오포午砲 불기 전에 짐칫거리버텀 절여야 헐 텐디……"

옹점이가 솎음열무 소쿠리를 자배기에 포개어 이고 나서자 누군가가 먼저 "우리두 갯놀이허러 가자" 해서 우리들이 그녀 뒤를 따라가다가 처음 발견한 일이었다. 아, 그때의 우리들에겐 그 얼마나 당혹스럽고 두려운 충격이었던가. 우리들이란 나와 함께 천자문을 배우러 와서 오전 공부를 마치고 쉬던 진현이와 준배, 그리고 옹점이 하여 넷뿐이었지만, 그것은 실로 아연하지 않을 수 없는 사건이었다. 우리들은 어쭈어쭈 춤을 추는 옹점이의 자주 댕기를 따라 신작로에 이르고, 미루나무 그늘에 들어서서 잠시 땀을 들이고 있었던 것이다. 철로를 넘어서면 제방이 바로였다. 그 제방 위로 넘실대는 바닷물에는 밤하늘보다도 더 많은 별들이 반짝거리고 있었다. 놀이라기보다 너울이라고 해야 좋을 만큼, 바다는 잠포록한 수평선으로부터 얌전하게 들먹거리면서 아름답고 눈부신 빛깔로 춤을 추고 있었다.

"보름사리라 물두 오달지게 들었는디."

옹점이는 느낀 바를 중얼거리고 있었지만 우리들에게는 심통을 쒜지르는 부아덩어리였다. 우리들은 들어찬 밀물滿潮을 반겨본 적이 별로 없었다. 그 즐거운 개펄놀이가 불가능하기 때문이었다. 물이 들면 개펄에서 뒹굴며 개랑물에 미역감고 게나 뿔고둥 따위를 못 잡게 되었다. 아니 그렇듯 빠지면 그만이게 한 길이 넘는 깊이로 만조만 되지 않았더라도 우리들의 낙심이 그토록 크지는 않았을 터였다. 노는 소금가마를 띄워 타고 노 젓는 사공놀이를 하기도 여간 흐뭇한 일이 아니었으니까. 그러나 그날 옹점이가 열무를 씻는 동안 우리들이 놀 수 있는 놀잇감이라고는 둑에 매여 있던 남의 염소뿐이었다. 염소 고리 풀어 끌어내다가 물에 던질 듯이 하여 놀래어주는 심술이나 부리고 되돌아올밖에 없이 되었던 것이다. 염소를 놀래어주는 장난도 재미없는 장난은 아니었지만. 물이 제방둑을 넘나들게 만조가 되면 옹점이나 마을 아낙네들은 매양 갯가로 김칫거리를 씻으러 나왔다. 갯물에 씻는 동안 갯물이 간국이 되어 저절로 절여지므로 소금이 절약되기 때문이었다. 그런 때 갯가에 나간 우리들은 일쑤 둑에서 풀을 뜯던 염소 놀래주기 장난을 즐기려 하였다. 염소는 무엇보다도 물을 가장 두려워했으니, 그것은 염소가 물 먹는 것을 못 본데다가, 마을 어느 집이 염소를 잡는다는 소문에 나가보면, 으레껀 장정 두서넛이 염소를 갯둑으로 끌고 가서 멀쩡한 놈을 갯물에 던졌다 꺼냈는데, 그때마다 이미 숨겨 있던 것을 미루어보아도 능히 알 만한 일이었다. 우리들은 제방 이쪽의, 물이 안 보이는 중간턱에 말뚝이 박힌 염소 고리를 풀어 둑

너머로 끌어낸다. 염소는 넘실거리는 물자락과 부서지는 물보라
를 만난 순간 이미 넋이 달아난 눈을 한다. 염소 고집이라는 말이
있듯, 염소는 한번 마다하기로 작정한 것이면 황소만치나 힘이 세
어진다. 우리들도 있는 기운을 다해서 앞으로 끌고 뒤에서 밀어댄
다. 어린애 장난도 개구리에게는 생사 문제듯이, 우리들의 심심풀
이도 염소에게는 사활을 가름하는 일이었다. 염소는 언제나 결사
적으로 버티며 뿔로 받으려 했고, 우리 셋은 번번이 염소 한 마리
를 당해내지 못했다. 우리가 마지막 힘을 다하여 달려들어야 겨우
염소 뒷다리만 조금 적셔주고 말 뿐이었다. 그날도 나는 역시 그럴
참으로,

"그만 가자. 그만 쉬구 얼릉 근너가서 염소허구 3대 1루 한바탕
더 해보자."

하며 어서 철로를 건너가자고 재촉했다.

"금방 오는 소리가 났는디 자발읎이 그러네."

웅점이가 나무라듯이 말했다. 나도 별수없이 진현이나 준배마
냥 입을 다물고 있었다. 더워서 그늘에 든 것이 아니라 기차가 지
나가기를 기다리고 있었던 것이다. 곧 완행열차가 지나갈 시각이
었다. 서울 살며 기차 소리만 들리면 얼른 창 너머로 눈을 보내 버
릇하는 이는 나 혼자만이 아닐지도 모른다. 나는 십수 년 동안을
한결같이 그래왔다. 어떤 별난 소리가 들려도 못 들은 척할 수 있
지만 수색이나 서강 쪽으로 기차 가는 소리만 들리면 참을 수가 없

었다. 어쩐 셈인지 뉘우쳐보기도 여러 번이었건만 번번이 해명되지 않았다. 어려서부터 몸에 밴 습관인지, 아니면 늘 철로가 보이는 신촌에서만 사는 탓인지 알 수 없는 일이었다. 하여간 그날도 우리들은 기차가 지나가기만 기다리고 있었다. 그것은 어려서부터 철로가에서 자라온 습관 때문이었다. 그리고 우리들은 늘 철로와 더불어 뛰놀고 있었다. 우리들은 내남없이 엽전이나 못, 철사토막, 대장간에서 훔친 쇠붙이 따위만 있으면 항상 철둑으로 뛰어나왔고, 기차 시간에 맞추어 그것들을 철로 위에다 올려놓았던 것이다. 기차가 지나가고 난 뒤에 보면 그것들은 뜨겁게 달구어진 채 얇히고 넓혀져 전혀 엉뚱한 모양으로 변해 있었다. 그것으로 우리들은 무엇이나 두들겨 만들며 놀았다.

기차가 지나간 뒤에 보면 아예 없어져서 찾지 못하는 것도 많았다. 그래서 우리들은 철로 위에 침을 뱉고 침방울 위에 그것들을 올려놓았었다. 그렇게 해야만 기차 바퀴에 묻어가지 않으리라고 누군가가 일러주었던 것이다. 그렇게 해서 없앤 엽전과 백통전은 또 얼마나 많았는가. 그때는 기차에 눌린 엽전으로 만든 제기라야 발에 잘 맞았던 것이다.

나잇살이나 먹은 옹점이도 지나가는 기차 쳐다보는 것을 취미로 하고 있었다. 논밭에서 하던 일도 멈추고 연장 자루를 쥔 채 허리 세워 지나가는 열차에 넋이 빠지는 아낙네들은 지금도 기차 여행에서 흔히 보지만, 옹점이는 그중에서도 유별났던 것으로 기억한다.

"인저 온다!"

철로 위에 올려놓은 쇠붙이도 없으면서 진현인가 준배든가, 둘 중의 하나가 반색을 하며 말했다. 이윽고 시커멓고 우람한 화통이 서낭당 모퉁이로 돌아오며 언제나처럼 긴 허리를 뒤로 잡아빼기 시작하자, 우리들은 곧 손을 흔들어줄 채비를 하고 있었다.

"어 어?"

"얼라― 얼라―"

화통이 지나가자 우리들은 저마다 놀란 입을 다물지 못하고 있었다.

그렇다. 그것은 우리가 늘 보던 기차가 아니었다. 울긋불긋 희끗뉘끗한 사람들로 미어지던 보통 기차가 아니었다. 국방색, 그리고 카키색 군복을 입은 군인들이 가득 차 있었지만, 창문마다 내다보고 있던 군인들은 우리 국방군이 아니었다. 모두 뇌리끼해 보이는 미군들이었다. 그러나 우리들의 놀라움은 그래서 그랬던 것도 아니었다. 그 미군들은 우리에게 뭔가를 던져주며 히엿히엿하게 웃고 연방 고갯짓을 했는데, 그네들이 내던지던 것은 버린 것이 아니라 우리들더러 가져가라고 하는 시늉이었으며, 던져준 물건마다 먹는 것이어서도 아니었다. 그것들은 모두 한두 번씩 베어먹은 것들이었는데, 그래서 그랬다기보다도 여러 가지로 놀라운 것들을 한눈으로 한꺼번에 보았기 때문이었다. 난리가 났나? 미군들이 읍내로 쳐들어오는 것인가? 곧 싸움이 벌어질 건가? 나는 가슴이 두근거리고 다리가 후들거려 어쩔 바를 몰라하고 있었다.

"고, 록구, 시찌……"

옹점이는 열차 차량 수를 세어보고 있었다.

"야, 옹젬아."

나는 옹점이 손목을 부여잡으며 떨리는 소리로 말했다.

"……"

옹점이는 내 말에 대답할 겨를이 없었다. 어디서 어떻게 알고 모여들었는지, 마을 조무래기들이 쏟아져나와 미군들이 던져준 것들을 한아름씩 주워댔던 것이다.

"어이구 저런…… 저런 그지떼……"

한참 만에야 옹점이는 그런 욕지거리를 내뱉았다. 아니, 아이들만 꾀어든 것도 아니었다. 어른 아이 할 것 없이 모여들어 북새를 피우고 있었다. 두서너 사람이 엉겨붙어 서로 밀고 당기는 실랑이가 벌어진 곳도 있었다. 먼저 줍기 위해서, 주운 사람이 임자라 우기느라고, 그렇지만 먼저 발견한 사람이 주인이라고, 또는 반반씩 나누어 갖자고, 조금만 주면 맛이나 알고 말겠다고, 무엇인지 보게 만져만 보라고…… 남볼썽은 아예 아랑곳없이 온갖 악다구니를 다 떨며 싸우고 있었던 것이다.

아이들은 주워온 것들을 아귀가 미어지게 허발대신하며 먹어대고 있었다. 모두가 하나같이 한두 번씩은 입이 갔던 것들이었다. 뿐만 아니라 녀석들은 어느새 빈 병 빈 깡통 등속도 한아름씩 모아놓고 있었다.

"너는 뭣뭣 줏었데?"

옹점이가 물었다.

"빠다, 빵, 껌, 미루꾸……"

창인이는 들고 있던 빵조각을 우겨넣고 찔룩거리며 대꾸했다.

"개살구를 줏어먹었나 너는 왜 쇠똥 밟은 상판이냐?"

"풰풰…… 되게 쓴디 뭔지 모르겠어. 풰풰……"

장식이는 세모난 구멍이 두 개 뚫린 깡통을 입에 기울이더니 연방 침만 뱉았다. 지금 생각하면 녀석은 한 모금쯤 남기고 던져준 맥주를 맛본 것이 분명했다. 그러나 내가 가장 놀랐던 것은 그다음에 목격한 일이었다.

"저런…… 저러니……"

놀란 것은 옹점이도 마찬가지였다. 그녀는 다시 그 사나운 입을 열었다.

"어매…… 그런 빌어를 먹다 급살맞어 뎌질 것들 봐……"

내가 보기에도 그럴 수는 없는 일이었다. 창인이는 이내 먹던 빵조각을 내팽개쳤지만, 손에는 누런 가랫덩이가 그대로 남아 있었던 것이다. 빵에다 가래침을 뱉아 던져주다니.

"생각만 해두 끔찍스럽다. 너는 절대루 저러면 못쓴다. 맛 못 보던 게라구 저런 것 줏어먹으면 큰일날 중 알어."

그날 옹점이는 나에게 몇 번이나 신신당부를 했는지 모른다.

"그것들이 조선 사람은 죄다 그지라구 여북이나 숭보면서 비웃었겠네. 개헌티두 그렇게는 안 던져주겠더라. 너는 누가 주더라두 받어먹지 말으야 여."

그녀가 거듭거듭 되풀이 타이른 것은, 내가 아이들의 먹는 입을 쳐다보며 침을 삼켰기 때문이었다고 뒷날 들었다.

"대관절 조선 사람이 뭘루 봤글래 처먹던 것을 던져줬으까나……"

그녀는 몹시 분개하고 있었다.

"너두 그런 거 줏어먹으면 서방님께 당장 일러바칠 텡께."

나는 그녀에게 굳게 약속했다. 그녀 말이 모두 옳게 여겨지기도 했지만, 그보다는 할아버지한테 배운 바에 충실하고 있었기 때문이었다. 할아버지로부터 배운 것이면 무조건 순종하고 지키던 터였으니 낯선 것이라 하여 함부로 얻어먹을 수는 없었던 것이다. 따라서 나는 그후로도 아이들 틈에 섞여 놀되, 하루에 기차가 몇 번씩 지나가며 무엇을 떨어뜨리고 가든 거들떠보지도 않았던 것이다. 그것은 그 무렵의 내가 생각하기에도 여간 대견스러운 일이 아니었다.

이튿날부터 마을 사람들은 차 시간을 기다려 철로 양켠 둑에 줄을 서고 있었다. 미군들은 언제나처럼 먹던 것만을 던져주었고, 사람들은 서로 싸우며 주워먹었다. 나는 밭마당가에 나앉아 그러는 꼴들을 구경했다. 매일같이 일과처럼 지켜앉아 있었다. 미군들은 젊은 부인네나 처녀한테는 먹다 버리지 않고 새것으로 던져주었다. 사이다병에 대가리가 터진 어른도 있었고, 깡통에 맞아 눈이 빠질 뻔한 노인도 있었다. 이틀 사흘 나흘, 철로가에 사람들이 없어진 것은 닷새나 지난 뒤였던가. 빵이나 버터, 초콜릿이며 비스킷에다 침을 발라서 던진다더라는 소문이 모를 사람 없도록 파다해진 뒤였으니까. 그와 함께 들려온 소문은 군두리에 해수욕장이 선다는 것이었다. 조개껍질 가루가 10리도 넘게 백사장을 이룬 물때 좋은 터를 영영 아주 그네들 손에 잃게 됐다던 거였다. 군두리는 미군들 천지가 되어 그네들을 상대로 닭 채소 과일 계란장사를 해서 한밑천 뭉쳐둔 사람도 있다고 하였다. 정부가 군두리 모래장벌을 미군에게 아주 떼어 팔아먹었다는 소문도 있었다. 별장은 또 얼마나 들어찼는지 가서 직접 본 사람이 아니고는 자세히 알 수 없다던 이야기도 있었다. 미군들은 한국인을 얼마나 무시하는지 우물 물도 더럽다고 안 마신다는 말까지 들렸다. 따라서 그네들을 상대로 장사를 하려고 덤빈 사람치고 망하지 않은 사람이 없다고도 했다. 한밑천 장만했다는 말도 말짱 헛소문이라던 것이다. 왜냐하면 한국인이 파는 물건은 더럽다는 이유로 거들떠보지도 않기 때문이라고 했다. 계란 외에는 받지 않는다는 것이었다. 과일 채소 생선 닭 따위, 그들을 상대로 돈 좀 만져볼까 생각했던 사람은 한결같이 버렁이 빠졌으리라는 공론이었다.

우리집에 그런 말들을 귀동냥해들인 것은 말할 필요도 없이 장에 다녀오는 옹점이었다.

"횐둥이건 껌둥이건 순 숭악헌 상것들이던디유. 허연 노인네 앞이서 맞담배질을 예사 허구유, 끔을 쩍쩍 씹어쌓구 그러유."

그녀는 그때마다 흥분된 표정이었다. 그녀는 쉬지 않고 연달아 말했다.

"월매나 드런 것들인지 가이개허구 밥을 하냥 처먹구유 잠두 하냥 잔대유."

"오줌두 질바닥에서 함부루 내뻗지루구 누더래유. 조선 사람 뒷간은 드럽다구유."

"말도 못 헐 작것들인개뷰. 여자만 보면 곁에 서방이 있거나 말거나 손구락을 이렇게 까불까불허메 시비시비 오케이 헌다는규."

"아씨는 그것들을 한 번두 안 보셨으니께 모르시지만유, 암만 봐두 즘생 같유. 그런디 그런 것들찌리두 뇌랑대가리는 뇌랑대가리찌리, 껌둥이는 껌둥이들찌리 따루 놀더라는디유."

"곁이 가봉께유, 누린내가 워찌 독허게 쏘는지 똑 비 맞은 가이 냄새 같데유. 워떤 것은 염생이 내장 삶는 내 나는 것두 있구유."

그녀는 그 외에도 별의별 잡된 소문까지 묻혀들였고, 밖에서는 사랑 마을꾼들이 또한 그녀에게 뒤질세라 귀동냥을 해들였다. 아무데서나 바지를 열고 히쭉거린다거나, 성기를 주물러주고 돈 받은 녀석도 있다는 둥……

그 무렵의 소문으로 기억되는 것 중에는 '고빠또'라는 별명을 얻었던, 고연수라는 사내 이야기도 있다. 뜬소문이라는 말이 있는 가운데에 사실 같기도 하던 이야기였다. 서낭당 모퉁이를 저쪽으로 돌아가 있는 쇠미부락에 살던 고연수는, 이미 나이가 마흔을 넘고 자식도 여럿 거느린 장년이었으나 본디가 아둔하고 얼뜬 사내였다. 그는 귀틀집만한 초가 한 채에, 하늘받이 마른갈이 서너 배미와 천둥지기 남의 땅 두어 뙈기 고지지어 가난에 찌들린 사람을 하고 있었다. 그해 그 여름, 그도 다른 사람들과 한가지로 어느 집 논을 매고 있었다. 새참이 되어 일꾼들은 모두 논에서 나왔다. 언제나 마찬가지로 곁두리는 들판 가운데를 가로질러 달아난 철로 둑 위에서 먹었다. 먹을 것을 먹고 나면 대개 레일을 베개 삼아 드러눕게 마련이었다. 하루 세 번 왕복하는 기차 시간이 뻔해 마음놓고 눈을 붙이는 이도 흔히 볼 수 있었다. 뒤늦게 숟가락을 놓던 고연수도 남들처럼 레일을 베고 누워 있었다. 그리고 얼마 안 돼서였다. 누군가가 소변을 보려고 일어서다가 얼핏 보니, 고연수가 침목 틈에서 무엇인가를 주워들더니 슬며시 입으로 가져가는 거였다. 미군들이 버린 과자부스러기려니 했다. 그러나 고연수는 이내 오만상이 우그러지더니 입안을 뱉기 시작하며 연해 손등으로 혀끝을 싹싹 훑어 바짓가랑이에 문질러대는 거였다. 무슨 큰일날 것이라도 맛본 꼴이었다.

"게 뭣인디 그류?"

소변보러 가려던 사람이 보다못해 물었다. 고연수는 엉겁결에 흠칫 놀라더니 애써 태연을 가장하며,

"앙껏두 아녀."

했다. 물은 사람도 어지간한 사람이었다. 그는 고연수가 버린 것을 부러 집어보았다. 마른 오물덩어리가 분명했다.

"어라, 이건 미국늠 거시기 아뉴?"

"그렁개벼."

"그런디 이것을 왜유?"

고연수가 대답했다.

"누가 그러는디 식양늠덜은 순전 괴기, 과자, 과실, 우유 같은 맛난 것만 먹어서 변두 똑 과자 같다더라구 허글래, 게 증말인가 허구서……"

그 시절만 해도 마을 사람들이 알고 있던 서양개라면 '세빠또' 한 가지였다. 마을에서 고연수가 '고빠또'라는 이름으로 일컬어지기 비롯한 것은 그런 일이 있고 이틀도 못 가서였다.

지난여름, 바캉스니 피서니 하고 모두 살판 만난 듯이 설칠 때, 내게도 나흘 동안의 여름휴가가 차례왔다. 비록 하루이틀이라도 난장판 같은 서울을 벗어날 수 있었으면 하는 것은 누구나 바라는 일이요 나도 그 예외가 아니었다. 피서 행각이라면 나도 유리한 조건을 가지고 있었다. 남들이 벼르고 별러야 가볼 수 있을 대천해수욕장만 해도, 나로서는 가는 여비만 있으면 얼마간이라도 묵어올 수 있는 곳이었다. 아직도 대천에는 여러 친구들이, 그것도 어엿한 군내 유지가 되어 제각기 한자리씩 지키고 있는 것이다. 지난 여름

휴가에도 나는 대천으로 내려가 오래간만에 고향 풍물과 어울려, 해묵어 체증이 된 향수를 말끔히 씻었어야 옳았다. 그럼에도 나는 그곳을 외면하였다. 내게는 만감이 사무치는 곳이기 때문이었다.

지난여름에도 나는 옹점이를 생각하지 않을 수 없었다. 엿장수 하고 엿치기를 해서 이긴 엿으로, 움쌀을 모아 몰래 바꾼 과자부스러기로 나를 달래면서, 미군들이 먹다 버린 것은 외면한다는 다짐을 받으려 들던 그녀가 떠올랐다.

외국인에 의하여 외국인들의 취미대로 개발된 해수욕장에서, 외국인들이 이루어놓은 풍속과, 그들이 즐기던 분위기를 본받아 갖은 행색으로 설치는 인파 속에 섞여, 그들과 다름없이 지내기에는 어딘지 모르게 싫었던 것이다.

오늘도 걷는다마는 정처 없는 이 발길…… 걷다가도 어디서 그녀 입으로 배웠던 여린 가락이 발부리에 밟히면 요즘도 나는 문득 발걸음이 무거워진다.

지나온 자죽마다 눈물 고였다…… 옹점이는 그 노래를 그만큼 뽑을 수 없이 잘 불렀다.

내가 그녀 입으로 그 노래를 들으며 눈물짓고 돌아섰던 것도 벌써 그렇게 되는가. 그렇다. 어언 스무 해가 다 되어간다. 국민학교 5, 6학년 적이었다. 그것도 그녀가 소식 끊고 삼사 년이나 지나 처음 만난 자리에서였다.

그녀는 시집가서 난리를 치르고 9·28 수복이 된 다음, 그러니까 우리집이 완전히 쑥밭이 된 뒤에도 자주 찾아왔었다.

그녀가 다래실 김 무엇이라나 하는 신랑과 함께 우리집으로 근친觀親을 왔던 것은 초례를 치른 나흘 만이었다. 닭 두 마리와 술 한 병, 그리고 떡을 한 고리 해서 이고 왔던 것이다.

"아씨, 자양 왔습니다."

머슴살이를 7년이나 했다던 김 무엇이라는 그 신랑은 제 스스로 재행再行이란 말을 썼다.

"왜 갈 때는 나 없을 때 몰래 갔니?"

내가 곱게 단장하고 얌전떨던 옹점이한테 달려들어 그녀 어깨에 손찌검까지 하며 떼를 썼던 일도 안 잊히는 기억이다. 우리집에서 그녀에게 해준 혼수는 이불 두 채와 농 하나, 그리고 치마저고리도 여러 해 입을 것을 감으로 떠주었다고 들었다. 저희 어버이가 장만했던 혼수는 버선과 적삼 두 장, 덤으로 요강이 끼고 놋대야가 곁들여졌다지만, 그 시절의 혼수치고는 논섬지기나 착실하게 짓는 어느 지체 있는 집안의 혼수에 견줘 손색이 없었으므로, 부락에서는 그녀를 부러워하지 않은 이가 드물었다.

그녀가 우리집을 떠난 것은 혼인 이틀 전, 참게 잡는 복산이를 쫓아다니며 메뚜기를 두 꿰미나 잡아들고 돌아오니 그녀는 이미 떠나고 없던 것이다. 나 모르게 달아난 그녀가 얼마나 미웠던가. 집안에서는 그런 내색을 할 수 없어 멀찌감치 떨어진 어느 논두렁에 쭈그리고 앉아 논고랑물에 마구 눈물을 흘렸었다.

눈물 한 번 닦고 세수 한 번 하고, 다시 눈물짓고 한번 더 세수하고……

말갛게 흐르던 논고랑물, 도랑에 빠져 흘러가던 어린 메뚜기새끼……

논고랑물에 세수를 해본 것도 참으로 오래된 것 같다.

그녀도 아주 가면서 눈물을 흘렸다고 했다. 이불 두 채와 큼직한 버들고리를 포개어 지게로 져다준 철호 뒤를 따라가며, 동구 밖을 벗어날 때까지 훌쩍거렸다는 것이다. 시집에서는 어느 집 규수 어느 집 며느리보다 못잖게 잘살리라고 어머니는 말했고, 동네 사람들도 입을 모아 한결같은 말로써 어머니를 위로했다. 어려서부터 쥐어박혀가며 배운 제반 범절이며, 빼어난 음식 솜씨와 바느질 솜씨, 어른 공경 아이 수발, 그 얹은 눈이며 들은 귀라면 어디에 내놔도 흠잡힐 리가 없다는 거였다.

"나는 하루아침에 손발을 잃고 나니 아무 정신 읎네. 그것이 읎어지니께 똑 반병신 된 것 같어. 앞으루 워치기 살어갈지 큰 걱정이구면."

어머니는 마치 넋 나간 사람모양 안절부절못하고 있었다.

어머니는 그녀가 가기 전에 몇날 며칠을 두고 다짐을 받아냈었다.

"아무리 상사람들이라구 해두 그게 그런 게 아니다……"

그 집안 풍습이 우습더라도 그 집안 풍습은 반드시 지켜야 한다는 거였다.

"시미 시애비가 죄 일짜무식이더라두 눈 밖에 날 일은 덮어주지 않을리라."

어머니가 누누이 타이른 것은, 그녀가 못 미더워서라기보다 그녀를 길러낸 우리 집안이 흉 될까 싶어 경계한 셈이었으리라. 그녀의 행실 여하에 따라 우리 집안도 구설에 오르내릴 터이던 것이다.

"부디 덜렁대지 좀 말구, 워디 가서 충그리구 무슨 일에 해찰부리지 말구, 다다 입 다물구, 그릇 좀 구만 깨치구, 그러구 지발 그 개갈 안 나는 창가 좀 구만 불러라."

중매장이는 그녀 아버지와 함께 강경읍에 가서 돌쪼시했던 중씰한 나이의 다래실 사람이라고 했다. 신랑 될 사람이나 시부모 될 사람은 우리집 내력을 잘 알고 있었고, 강릉댁에서 자란 몸이면 어련할까보냐고 선도 볼 필요 없다면서 크게 좋아했다고 들었다. 당사자끼리는 다래실 어귀 황포국민학교 운동회날 운동장에서 첫선이 이루어졌던 것이며, 그네들은 한 번 본 것으로 피차간에 이의가 없었더라고 했다. 내다본 바와 다르지 않게 그녀는 소문 없이 곧잘 살아가고 있었다. 장날이면 장에 왔다던 길이라며 들렀고 그때마다 어머니는,

"워디 제금나서 따루 사는 재미가 워떻던가 얘기 좀 허다 가거라" 하며 붙잡았는데, 원래가 밑이 질겼던 그녀라 한번 앉으면 해 넘어가는 줄을 모르곤 했었다. 6·25 난리중에도 그녀는 자주 들러 홀

로된 어머니를 위로하며, 어지러워진 집안 꼴을 제 일처럼 보살펴 주고 갔다. 언제 보아도 변함이 없던 그 옹점이 그대로였던 것이다.

워낙이 그런 여자였기에, 그녀에게 풍파가 몰아쳐왔다는 기별을 처음 접했을 때, 우리집에서는 아무도 곧이들으려 하지 않았다. 그러나 실지로는 들린 소문보다도 훨씬 어려운 고비였던가보았다.

그녀는 그런 소문이 있고부터 우리집에도 아예 발길을 끊었던 것인데, 그것은 어머니를 뵐 낯이 없다는 것이 핑계였다. 소문은 남편이 군대에 나가고부터였다. 그 시절에 군대에 나간다는 것은 누구를 쳐들 것 없이 전쟁터의 밥으로 요리되어가는 것과 다를 바 없다고 인식하던 때였다.

가면 소식이 없기가 정상적인 사태로 판단되던 시절—그러한 전쟁의 불행이 옹점이라고 해서 예외일 수는 없었다. 그녀도 남편에게서 전혀 소식이 없다는 거였다. 처음에는 글을 몰라서 소식이 먼가 했으나 그것도 한두 달이었고, 날이 가면 갈수록 그녀에게는 절망만이 쌓여갔던 것이다.

"아씨, 워쩌면 쓴대유. 저리 되면 질래 죄용허게 살기가 심든 법인디."

옹점이 어머니는 이따금 어머니를 찾아와 부질없는 하소연을 하고 있었다. 옹점이는 본가로 들어가 시집 식구들과 살게 됐다는 거였고, 그녀가 제금나서 살던 집은 군대 가서 부상을 당해온 시누 남편에게로 넘어갔다는 거였다. 집을 잃고 세간은 합솔되어 네 것 내 것이 없어졌으며, 시집살이도 유례없이 심하다며 그녀는 가슴을 태웠다. 그뿐만도 아니라고 그녀는 말했다. 난데없는 모함까지 예사로 하니 이제는 시집 식구가 아니라 원수라고 했다.

'서방 잡어먹은 지집'이라는 누명을 씌우는 시누이, 동서만 그러는 것이 아니라 시사촌 따위 일가 떨거지들마저 그녀를 못 먹어 안달이라는 거였다.

"나 원, 기가 맥혀서…… 엔간헌 것들이 그러기나 헌다면 새끼 나서 넘 준 에미 탓이라구나 허지…… 그 사람 같잖은 것들이 꼴두 별꼴이지 원…… 우습지도 않어서 당최……"

옹점이 어머니는 주먹으로 자기 가슴을 쳐가며 원통해했다. 그녀는 허구한 날 딸 걱정으로 눈물을 질금거리고 애꿎게 샛별담배만 죽여대곤 했다. 시부모를 비롯한 푸네기들의 집중적인 공격을 죽으면 죽었지 견디지 못하겠다고 옹점이는 울부짖는다던 거였다.

"아씨, 그 집가 것들이 사람인 중 알유? 아무리 없이 살었기루 그게 무슨 지랄이래유."

하고 언젠가는 옹점이가 직접 와서 시집 흉을 보고 가기도 했다. 시집 식구들 눈에는 어느 것 한 가지도 흉이 아닌 것이 없던가보았다. 그녀의 시집 식구들은 그녀가 음식에 솜씨를 내고 바느질에 맵시를 낸 것이 트집이었고, 손이 큰 것도 큰 허물이 되었다. 시집살이를 하면서도 이왕에 큰 손은 조심이 되지 않았던 것이다. 오종종하고 야릇잖은 짓을 싫어했으니 시부모와 그 떨거지들 보기에는 헤프고 규모 없는 짓으로밖에 여겨지지 않았을 거였다.

시부모나 시집 푸네기들은 말했다. 숭늉 맛을 내자고 밥을 눌릴 수 있느냐, 배추빛이 붉도록 고춧가루를 퍼넣을 수 있느냐, 김치에 파 한 뿌리면 족하지 비싼 마늘까지 섞어넣는 것은 어디서 배워 온 못된 짓이냐, 아직 덜 검은 옷을 비싼 비누 처발라가며 자주 빨아 입는다…… 옹점이 어머니가 와서 전한 말은 이루 다 기억해 낼 수도 없다. 배운 바를 되살려 제법 하느라고 한 것이 시집 쪽에서는 거꾸로 낭비와 사치로 보인 거였다. 살림 못할 여자, 집안 망칠 여자, 그녀는 그렇게 못된 여자로 만들어졌던 것이다.

한편 그녀는 그녀대로 저항을 했으니, 그것이 파국을 부른 결정적인 계기가 됐다고 한다. 그 괄괄한 성질을 이기지 못한 거였다.

그녀는 그렇게 주장했다고 한다. 옷은 비누 아끼지 않고 자주 빨아 입어야 위생에 좋고 남 보기에도 무던하다, 푸성귀일수록 영양가를 살려야 하니 아무것도 아닌 나물 따위에는 참기름을 듬뿍 쳐서 요리해야 먹을 만하다, 김치는 젓갈을 써야 제맛이 나며 소금에 띄워 담는 김치, 양념 없이 버무리는 김장은 지짐거리고 군둥내 나서 먹을 수 없다—그러나 시집 식구들이 그녀에게 집중적으로 가한 구박 뒤에는 무엇보다도 그네들 나름의 절실한 것이 있었던 것 같다. 그것은 자식 없는 며느리, 언젠가는 다른 사내 해가서 팔자 고칠 젊은 며느리, 그것은 곧 남의 자식이었다. 어차피 남의 자식인데 구태여 없는 양식 축내가면서 먹여줄 필요가 있겠는가, 이왕 떠날 것이면 하루라도 일찍 없어져달라, 쌀 한줌 보리쌀 한 됫박이 금싸라기 같던 판이었으므로 아마도 시집 식구들은 그런 생각을 밑바닥에 깔고 있었던 것 같았다. 뿐만 아니라 그녀는 오기와 배차기로 장날이면 일부러 장에 나와 젓갈치 꽁댕이나 꽁치뭇을 사들고 들어가고 더러는 고깃칼도 들여다 먹었다.

읍내의 장사치들은 대개가 토박이들이었으므로 십중팔구는 그녀가 우리집에 있을 때부터 얼굴이 익은 터였으니 모든 것을 외상으로 달아놓는다면 못할 일이 없을 거였다. 그러나 식구들은 색다른 반찬이 상에 오르면 거들떠보지도 않았고, 시래깃국과 우거지찌개만을 원수대고 먹였으며, 그럴수록 옹점이는 보라는 듯이 자기 혼자서 그것들을 쓸어 먹어치웠다. 결과는 뻔했다. 옹점이가 견디다 못해 친정으로 되돌아온 거였다.

그 어름에 어머니는 타계하였다. 마지막 어른을 잃은 집안이라 꼴이 말이 아니었으므로 옹점이 일도 자연 우리들의 관심사에서 벗어나기 시작했다. 그러다가 얼마 후였다. 한 다리 두 다리 거쳐 들린 소식에 의하면 옹점이의 남편 김 무엇은 언제 어디서 전사했는지도 모른 채 유골만 돌아왔다는 거였다. 이윽고 옹점이 소식도 잇따라 들어왔다. 어처구니없게도 너무나 충격적인 것이었다.

그녀가 약장수 패거리를 따라다니며 노래를 부르더라는 거였다. 한다하는 가수더라고도 했다. 혼잣몸 추스릴 만큼 장사할 밑천이 잡힐 때까지는 그 길로 계속 내뻗겠다고 흰목 젖혀가며 장담하더라는 거였다.

광천장에서 봤다는 이, 홍성장에서 만났다는 이, 청양장에서 그러더라는 이, 들리는 소문은 요란했지만 우리는 아무도 믿으려 하지 않았다. 그때는 이미 그녀 어머니와 복점이 두문이마저 남 보기 창피하다고 돌쪼시를 찾아 강경읍으로 떠난 뒤여서 나로서는 확인해볼 도리가 없었다. 어머니마저 타계했으니 그녀를 잡아다놓고 마음을 걷잡아줄 사람도 없는 형편이었지만.

그러나 모두가 사실이었다. 내가 직접 그녀를 두 눈으로 보게 됐던 것이다. 그것도 대천장에서였다.

장날, 하학하는 길이었다. 뒤에서 부른 이가 있어 돌아다보니 한잔 걸친 창인이 아버지였다. 그는 말했다. 옹점이가 지금 약장수 패거리 틈에 끼어 노래를 부르고 있으니 가서 구경하고 가라는 거였다. 나는 우선 반가운 마음부터 앞서 이런저런 경우를 따져볼 겨를도 없이 그쪽으로 치달려갔다.

볼일 다 본 장꾼들이 겹겹으로 둘러선 싸전마당 한켠으로 내가 급히 다가갔을 즈음에는 약 선전의 순서였다. 장구를 멘 중년 사내와 기타를 든 젊은 사내, 그리고 상판이 해반주그레하게 생긴 젊은 여자 둘. 나란히 들어선 그들 일행 가운데에서 얼핏 옹점이는 보이지 않았다. 저 여자들을 잘못 보고서 내게 한 말이었을까. 꼭 그랬을 것 같기만 하고 또 그러리라고 믿고 싶었다. 승섭이 어머니가 하던 말대로 '까미 풀어 빠마를 하고 맘보바지에 히루를 신은' 옹점이는 찾아볼 수가 없던 것이다. 밤색 가죽점퍼에 검은 안경을 쓴 사내는 연방 장구채를 뚱땅거리면서 지저분한 언사를 낯짝 없이 지껄여대고 있었다.

　나는 혹시나 하는 마음으로 그 사내의 약 선전이 어서 끝나기만 기다리며 장내를 톺아보는 데에 게을리하지 않았다. 그 사내가 무슨 약병을 든 채,

　"베르구 벨러 모처름 한번 척 올러타면 방뎅이가 무지근허구 뼈근헌 것이 생각이 싹 가서버린단 말여. 게 슬그머니 내려오면서 츕츕헌 부랄 밑에 손을 쓱 늫보면 송장 상헌 냄새가 확 쏘는디, 이 약으로 말헐 것 같으면……"

하며 약병 마개를 닫을 즈음이었다. 이발사같이 매초롬한 젊은 사내가 대신 들어서며 잔가락으로 기타를 켜기 시작하는데, 바로 그때 나는 처음으로 그녀를 본 거였다. 틀림없는 옹점이었다. 내가 아뜩해진 눈앞을 겨우 챙겼을 때는 그녀의 노래가 내 가슴을 뒤흔들기 시작한 다음이었다.

　오늘도 걷는다마는 정처 없는 이 발길
　지나온 자죽마다 눈물 고였다……

　나는 눈앞이 캄캄하고 다리가 후들거려 심신을 가눌 수가 없었

다. 아니 그 이상 그 자리에 서서 버틸 기운도, 건너다볼 눈도 잃어
버리고 말았던 것이다. 아, 그 순간의 충격을 이제 와서 무슨 글자
로 골라 다시금 되살려 말할 수 있을 것인가. 나는 나도 모른 사이
무슨 그릇된 짓을 저지르다 들킨 녀석처럼 밝히는 것이 없는 두 다
리로 장터를 뛰쳐나와 오금껏 뛰고 있었지만, 그녀의 고운 목소리
와 훌륭한 가락은 달아나는 내 뒤통수에 매달려서 줄곧 뒤쫓아오
고 있었다.

　　선창가 고동소리 옛님이 그리워도
　　나그네 흐를 길은 한이 없어라—

(1973)

녹수청산綠水靑山 — 관촌수필 4

　칠성바위 가운데서도 기중 어른스럽던 범바위 뒤 모시밭 곁에
는 겨릅대와 수수깡 울타리를 두른 서너 칸내기 초옥 한 채가 있
었다. 대사립 밖에는 마당 한 뼘 없이 돌아가며 우리 푸성귀밭이
었고, 울안도 섬돌 아래에 멍석 두어 닢 펴 겉보리말이나 널고 나
면 삽살개 한 마리 다리 뻗을 데가 없었으나 초협한 대로나마 용마
루는 어여번듯한 남향받이 일자집이었다. 차양 안엔 제법 큰 상 한
자리는 차릴 만한 겹널마루가 나 있었고, 부엌에 내단 헛간도 가마
니쌀을 안친 술독을 검불 속에 숨겨두더라도 들키지 않을 만큼이
나 넉넉했던 것으로 기억된다. 사립문 양쪽으로는 개복숭아와 고
욤나무가 두어 길은 자라 있었고 돌뽕나무 한 그루는 따로 물러서
서 늙고 있었다. 울타리 밑엔 사철 찔레넌출이 어우러지고, 비름,
질경이, 뱀딸기 따위가 해마다 제멋대로 자라 우북이 풀새밭을 이

루곤 했다. 그러나 뒤껼 추녀 밑이 아니고는 응달진 데가 없이 지어졌건만 울안은 늘 음침하고 씨늘한 기운이 께름하게 맴돌아, 일을 치르고 나간 집 같지 않던 날이 드물었다. 울타리 한 모서리엔 거적때기로 앞만 가린 지붕 안 한 뒷간이 휑하게 나 있고, 마루 밑엔 고랫재를 파낸 시커먼 고막이가 여럿이라서 더욱 그리 보였던 것인지도 모르겠다. 하긴 달포 장마가 진대도 신던 짚세기 두어 짝만 마루 밑으로 챙겨두면 걷을 것이 없게 애초 심란한 살림이었으니 썰렁함이야 당연할 수도 있었다. 하지만 그것은 그저 무심한 겉보매에 지나지 않을 것이니, 세월은 벌써 이만큼이나 흘러왔지만 나는 그 무렵 그 집안의 모든 것을 남의 일로 알려고 하지 않았기 때문이며, 은연중에 그 집안의 그늘에 젖은 채 생활의 일부를 함께 하고 있었던 것이다. 좀더 간추려 말하면 그 집은 온통 내 어린 시절의 놀이터나 마찬가지였다. 그 집 식구는 모두가 내 친구라 해도 상관없겠고 세간살이 역시 소꿉질 장난감이나 다를 바가 없었던 것이다.

지금 생각에도 그 집 외아들 대복大福이는 여간 좋은 친구가 아니었다. 나한테 대복이만큼 듬직하고 아쉬웠던 친구가 그후론 다시없는 것 같을 정도로― 이제 나는 그를 친구라고 말했지만 실지 친구라기엔 거북스러움이 많았다. 그는 나보다 여남은 살이나 더 먹어, 내가 동몽선습 책씻이를 할 무렵의 미취학未就學 시절만 해도 내남적없이 이른 한다한 장정이었고, 뿐만 아니라 그가 내게 베

푼 인정이라든가, 아직껏 간직해온 기억 속의 여러 모가 한결같이 의젓하고 어른스러우며 정의 어린 것들뿐이기에 그랬다. 그런데도 나는 이런 난리 저런 난리 다 겪어 어지간히 철이 들 무렵까지는 노상 그를 친구로 생각하고 있었고, 대복이 또한 허물 않고 내게 벗해주기를 즐긴 것으로 안다.

내가 멜빵 달린 반바지에 단추 붙어 있을 새 없던 생모시 반소매를 걸치고, 무릎에 넘어진 생채기 아물 날 없이 졸래졸래 따라다니면서 갖은 포달 다 부리며 성가시게 굴어대도, 대복이는 매양 제 막냇동생이라도 달래듯 고분고분 받아주었던 건데, 그때 대복이는 이미 어른처럼 목소리가 굵었고, 우리집 머슴 철호마냥 국 한 대접으로 고봉밥 두 사발을 거뜬히 먹어치웠으며, 옹솥에 든 고물 팥이 삶아지기 전에 돌메공이로 두 말 떡쌀을 무거리 없이 빻아낼 만큼 기운이 장사였고, 진일 마른일 없이 한번 손댔다 하면 또려지게 마무리를 낼 줄 알아, 장가 안 들어 아이였을 뿐 내 친구는 될 수가 없는 처지였다.

담 너머로 울안 감을 따먹을 만큼 키가 크고, 개 잡는 집마다 불리어다닐 정도로 주먹심도 세었다. 단오가 되면 영당 옆 정자나무에 그네 맬 동앗줄도 저 혼자 짚 추렴하여 틀어 꼬았고, 백중장터에 난장판이 서면 빠짐없이 씨름 선수로 나가 으레껀 판막이決勝戰에서 지고 돼지새끼를 타던 장정이었다. 아, 대복이 뒤만 따라다니면 모든 것을 맘대로 해도 겁날 게 없었던 시절의 이 그리움—, 먹고살다 주워들은 문자지만 '실락원의 별'이란 말이 그처럼 실감날 수가 없었다. 길에서 비를 만나면 제 옷을 벗어 내게 덮씌워주었고, 밤마실 이슬 길에 달이 거울 같아도 제가 좋아 나를 업고 오며 가지 않았던가.

대복이네 집은 울타리를 돌아가며 우리집 푸성귀밭이었지만, 부엌에서 누룽지 긁는 소리가 우리 사랑에 앉아서도 들리게, 우리집 밭마당가의 돼지감자밭머리로 사립문 하나가 더 나 있었다. 그 집은 원래가 별채 행랑이었던 것이다. 우리가 이사와 살기 전의 주인은 행세깨나 해본 양반찌꺼기로 볏백이나 거두던 지주였다고 했다. 대복이가 살던 집은 그러니까 고지기庫直나 마름, 또는 행랑 작인作人들이 거처했던 곳이며, 대복이 어머니도 원래 그 푸네기였더라고 하였다. 너저분하고 허무하게 무너지기는 망조든 지주에 견줄 게 있으랴 싶다. 지주가 몰락하는 과정이 채만식蔡萬植 선생의 소문난 소설 『태평천하』에 적실的實하게 드러나 있는 줄은 내가 성장한 뒤에나 읽게 된 것이지만, 우리집에서 먼저 살고 떠난 집안도, 토지개혁과 함께 완전히 볼장 다 보아 난거지 꼴이었더라고 들었다.

그렇게 다들 산지사방으로 제 갈 길을 더듬어 갈 때, 대복이 아버지 조중찌趙中之 혼자만이 행랑채를 얻어 관촌부락에 남게 된 것은, 전부터 자별하게 가까이 지냈던, 가느실부락의 작인 최을 축崔乙丑이 젊은 여편네를 두고 시난고난하여, 최가가 몸 거두기를 기다렸기 때문이란 것이 전해온 말이었다. 그 최가의 젊으나 한 여편네가 나중 대복이 어머님임은 물론이다. 조중찌는 젊어서 비부婢夫살이를 하다가 혼자된 몸으로서, 술고래인데다 투전꾼으로도 소문난 막된 사내였으나, 대복이를 얻고부터 비로소 사람 탈 썼다는 소리를 듣게 된 터라고 했다. 내가 보기에는, 이미 쉰 줄이 넘어 한물 진 뒤라 그랬는지는 몰라도, 여느 생일꾼과 조금도 다를 바 없이 후더분하고 규모가 있는 사내 같았다. 장에 간다거나 우리집 사랑 심부름으로 나들이할 때는 반드시 패랭이를 쓰고 나섰는데, 상립喪笠으로서가 아니라 의관을 갖추기 위한 것이라고 하였다. 나는 늘 그를 조패랭이라고 불렀고, 거치스름한 구레나룻과 수염이 지저분하고 불결하게만 보여, 집안 어른 심부름이 아니고는 좀처럼 말을 걸어볼 마음이 내키지 않았었다.

대복이 어머니를 나는 항상 대복어메라고 불렀다. 우리집에서는 그들 내외를 조서방, 대복어메로 부르고 있었던 것이다.

나는 여태껏 그 대복어메처럼 수다스럽고 간사스러우며, 갈근갈근 남 비위 잘 맞추고 아첨 잘하는 여자를 본 일이 없었다. 그녀는 별쭝맞게도 눈치가 빨라 무슨 일에건 사내 볼 쥐어지르게 빤드름했고 귀뚜라미 알 듯 잘도 씨월거리곤 했는데, 남 좋은 일에는 개미허리로 웃어주고, 이웃의 안된 일엔 눈물도 싸게 먼저 울어댔으며, 욕을 하려 들면 안팎 동네 구정물은 혼자 다 마신 듯이 걸고 상스러웠다. 키도 나지리한 졸토뱅이로서, 입 싸고 발 재고 손 바르며, 남의 말 잘 엎지르고 자기 입으로 못 쓸어담던 만큼은, 내 앞엔 입때껏 다시없을 만한 여자였던 것이다. 그래서 그녀가 남을 험구하면 듣던 사람들은 "뱃것이 슴것더러 상것이란다더니먼……" 뱃사람이 섬사람더러 상스럽다 한다는 뜻으로 씩둑깍둑해가며 말 같잖아 하였다. 그 시절의 어린 마음에도 나는, 그녀가 역전 여관 골목에서 어물전으로 가는 곱은탱이 술집들의 잔술팔이하던 여자들과 조금도 다를 게 없다고 여겨두기 한두 번 아니었으니까. 그럼에도 그런 됨됨이에 견줘 하는 일은 아퀴짓게 못하고 시적지근하다고들 입을 모았다. 손바닥만한 포대깃잇 한번이나 시쳐내려면 여러 하품 들여야 한다고 어머니는 늘 나무라곤 했었다. 그래서 무슨 때에 부조일을 해주마고 가도 달가워하는 집이 없다던 게 공론이었다. 그녀는 우리집 외엔 관촌부락 삼동네의 어느 집하고도 뜨악하게 지내지 않은 집이 없었다. 그래저래 그녀가 빌붙어 비벼볼 만한 곳은 오로지 우리집 한 군데뿐일 수밖에 없었다. 그녀는 아무 흉허물 없이 우리 집안을 헛간 드나들듯 해, 구태여 가리지만 않는다면 남의 식구랄 게 없을 정도였다. 동네 사람들은 그녀가 우리집을 어렴성 없이 무시로 드난이하는 게 부러운 모양이더니 "들병장수가 술집 졌지 뭘 그려……" 하며 이죽거렸다.

그녀가 우리집에 드나들며 한 일은 죄다 허드렛일뿐이어서 조목지어 품삯 챙겨주기도 수월찮을 수밖에 없었다. 입만 먹고 빨래하기, 반찬 얻고 보리쌀 대껴주기, 기름챗날에 매달려 거들고 깻묵 얻어가며, 두부 쑤어주고 비지 가져다 먹기, 엿 고는 솥에 불 넣어주고 엿밥 얻어다 끼니 에우는 따위…… 살림이 번다했던 우리에겐 안 보이면 아쉬운 대로 넘어갈 수 있어도 있으면 언제나 요긴한 존재였던 셈이다.

대복어메와 기중 사이 안 좋게 지낸 사람은 부엌 어른이기도 했던 덜렁쇠 옹점이였다. 옹점이의 일 솜씨는 이미 소문날 정도로 훌륭한 터였고, 걱실걱실하여 오종종한 꼴은 꼴같잖아 못 보던 성미 또한 대복어메하고는 남산 보고 청계천 보듯 정반대였던 것이다. 대복어메는 손 크고 속 트인 옹점이에게는 흉도 많고 허물도 흔했다. 근천맞게 걸터듬기 잘하고, 손 거친 짓하는 버릇 못 버려, 팔모로 봐도 속에 거지 오장이 들어 있다던 거였다. 옹점이는 그럴 만한 까닭이 있었기에 일부러 헐뜯고자 했음이 분명했다. 내 보기에도 옹점이는 유별나게 보시기·종발·접시 따위 사기그릇의 귀를 잘 떨어뜨렸고, 걸핏하면 바가지를 깨거나 소래기에 금을 냈는데, 그럴 적마다 대복어메는 무슨 살판 난 사람같이 신명 솟은 목소리로 어머니한테 고자질해댄 탓일 거였다. 옹점이의 주장은 그러나 그렇지만도 않았다. 대복어메가 무엇이든 야금야금 축이 나게 가져다 먹는다던 거였다. 어디에 어떻게 꾸리고 가는지 모르지만 생쥐 팥바구니 드나들듯 하며 훔쳐간다는 거였다.

"제년만 나물허시지 말구 아씨가 즉접 말씀을 허셔야 헌당께유. 그 여편네 퇘소굼을 안 퍼가나 챙지름을 안 따러가나……"

옹점이가 어머니한테 일러바치는 것도 모함을 하기 위해서만은 아닐 터이라고들 했다.

"찬장이구 살강이구 즈이 집 벽장 뒤지듯 들들 뒤져가메, 마눌, 꼬춧가루, 워떨 적은 소굼할라, 그저 눈만 띄면 번쩍허니…… 제년헌티 들키기나 허야 혼구녕을 내주지유. 말허구 은어가구, 안 볼 때 훔쳐가구, 순전 도둑년이랑께유."

"들을라, 또 그 큰 목통으로 떠들어쌓는다……"

어머니는 무류하게 그 정도로 그쳤을 뿐 달리 말씀하지는 않았다. 옹점이도 막상 대복어메 면전에서 없어진 것을 쳐들어 말할 용기만큼은 없었던가, 곧잘 으르렁거리긴 하면서도 바른말은 제대로 못한 줄 안다. 제가 아쉬운 일 당할 때를 남겨두느라고 그러는 것 같았다. 드문 일이었지만 옹점이는 어머니로부터 따끔하게 혼나던 수가 더러 있었는데, 으레 불씨를 죽인 날 새벽에 당하는 일이었다. 저녁 해먹은 아궁이에 이튿날 조반 지을 불씨가 꺼진다는 것은, 그 무렵의 우리 집안에선 예삿일이 아닌 변고로 여기는 관습이 지켜지고 있던 것이다. 장터에서 곡마단 나팔 소리가 들리는 밤이나 역전 금융조합 창고에 변사 좋은 활동사진이 들어왔을 때는 어김없이 불씨를 잃곤 하던 거였다. 부지깽이로 아궁이를 먼저 뒤져보는 건 물론 잠이 일찍 깨는 옹점이었다. 아궁이의 재가 식어 있으면 그녀는 서슴없이 대복이네 집으로 달려갔다. 여러 번 보고도 나는 모른 척했고, 그때마다 내 입 무거운 것을 기특히 여긴 그녀는 일부러 많은 누룽지를 눌려 그 값을 했지만, 어머니한테 직접 들킨 때는 별수없이 혼이 나야 했던 것이다. 그녀는 대개 불씨 그 릇을 삼태미나 겉곡식 담던 먹둥구미 속에 넣어 감춰가지고 들여오 곤 했지만, 불씨가 담긴 그릇이 매흙질하는 투가리나 무슨 사금파 리 조각같이 작지 않고, 급한 김에 자루가 삐죽 나오는 부삽이나, 낯선 대복이네 그릇에 담아나를 경우엔 일쑤 들통이 나던 거였다.

대복어메는 불씨 왕래에 관해선 한 번도 고자질한 적이 없다. 그네들 사이에 무슨 묵계 비슷한 수작이 있어서가 아니라, 자칫하 면 옹점이와 원수지고 말게 됨을 잘 알고 있어서였으리라 싶다. 지 게도 작대기가 있어야 일어나거늘, 옹점이와 원수져서 이로움이 있을 리 있을 터인가.

대복어메의 손버릇에 대해서 우리는 모든 걸 이해해주려고 한 셈이다. 그녀의 허물을 구설거리로 삼기 전에 가난으로부터 건져 줄 수 없음을 더 안타깝게 여기고 있었던 것이다.

조가네는 가난에 찢어지는 살림을 하고 있었다. 무슨 수로도 헤 어나기 어려울 애달픈 살림이었고, 그것은 마치 전생의 무슨 업業 처럼, 하늘과 땅으로부터 얻는 게 아무것도 없는 생활이었다. 열무 한 소쿠리 솎아먹을 땅이라곤 없었고, 조패랭이가 이미 늙었으매 선새경이라도 당겨다 먹게 머슴 들일 집도 없었다. 그런데도 그네 는 굶은 적이 없다고 했다. 삼순구식三旬九食은 근근이 면했던 것이 다. 쌀독에 거미줄이 서려도 곡기 걱정은 않게 되어, 외려 타고난 먹을 복이란 소릴 듣고 있었으니, 그것은 몸이 가볍고 부지런한 덕분이었다. 대복어메는 하루의 대부분을 우리집에서 살다시피 했으므로 배곯을 리가 없었다. 들바라지, 터알에 김매기, 빨래 다듬이질, 방아 찧기와 잔심부름 등, 그녀는 안팎으로 나다니며 허드렛일이라면 누가 시키기 전에 해치울 줄 알던 것이다. 저녁에 돌아갈 때는 매번 밥을 한 사발씩 얻어 바가지로 덮어갔고, 그러지 않을 때는 대복이가 머슴방에서 철호와 겸상으로 먹는 날이었다. 조패랭이 역시 사철 나가 얻어먹어, 대복어메 말마따나 사발농사를 짓고 있었다. 조패랭이에게도 남의 집 품팔이 외엔 달리 할 만한 일이 없었다. 마을은 농사짓기와 바다에 나가 갯일하기에 거의 비등한 투자를 하고 있었고, 따라서 삼동三冬이라도 애초 농한기가 따로 있지 않은 곳이었다. 어부림魚付林 아래 개펄엔 돌살石防簾과 대살竹防簾이 줄지어 있고, 염전 옆 소금막은 장마철만 아니면 노상 화통 같은 연기를 올리고 있었다.

농삿일과 갯일이 아니더라도 몸만 성하면 일거리는 동나지 않았다. 가령 장터의 여염집이나 영업집에 다니며 변소를 치워온대도 거름이 없어 못 팔아먹을 지경이게 농가마다 비료 부족으로 허덕대었고, 일삼아 망태기나 얼렁이를 지고 개똥을 주으러 쏘다니기까지 하던 판이었다. 조패랭이는 늙었어도 젊어서 망나니답지 않게 주어진 일이면 힘은 부치나마 깜냥껏 해찰부리지 않고 해내었다. 조패랭이는 말이 없는 사람이었으므로, 여러모로 대복어메

하곤 반대였던 셈이다. 곁에서 대복어메가 단춧구멍만한 두 눈을 깜짝거리며 조조거리고, 수다떨고, 들었다 놓을 기세로 볶아대어도, 그는 멀뚱한 왕눈을 씀벅거리며 뜸적뜸적 입맛이나 다시고 말던 것이다. 요즘 말로 하면 공처가라는 것이겠으나, 워낙 내 주장이니 뭐니 하고 찾을 형편이 못 되던 살림이라 크게 흉될 것은 없었다. 어쩌면 젊어서 온갖 풍진 다 겪음해본 뒤라서 세상을 달관하여, 우선 가장家長이란 굴레부터 벗어버리고, 집안의 시름·근심 따위는 아내한테 떠넘긴 채, 자기 혼자나 수월하게 살기로 작정했던 건지도 모를 일이었다. 괴춤의 한뼘 가웃은 될 곰방대와 쌈지를 벗삼고, 끄를 날 없던 찌든 무명수건을 테매듯 이마에 질끈 둘러맨 채, 묵묵히 맹물에 맨밥 말아먹기를 즐겨하곤 하였다. 그러니까 조패랭이가 어쩌다 날 궂어 집에 누워 하루 쉬어볼 날이 있어도 있으나마나한 존재였으므로, 그 집을 놀이터로 알았던 우리들로선 대추 먹으며 밤 털기나 다름없은 셈이었다.

아무리 세월이 무상하다 한들 다시 어디서 그렇듯 흐뭇한 놀이터를 만나볼 수 있으랴. 우리들의 놀이는 유난스럽고 극성맞기로도 이미 널리 알려진 터였다. 오죽했으면 다듬잇돌까지 도막내었겠는가. 우리들 등쌀에 남아난 게 별로 없은 줄 안다. 금 안 간 바가지, 문살 고스란히 남은 문짝이 없었고, 자루 성한 연장이 없었으며, 방안의 왕골자리 갈자리도 제 명이 다되어 걷어낸 일이 없다고 했다. 부엌칼은 갈아놓고 하루 지나면 톱날처럼 뼈 물기 일쑤였고, 질화로를 걷어차서 엎질러놓지 않은 날이 드물었다. 등잔은 노상 나뒹굴며 석유를 쏟아내었고, 방안의 횃대줄은 이틀이 멀다하고 이어서 다시 매지 않으면 아니 되었다. 함께 천자문을 배우던 진현이와 준배도 나 못잖은 개구쟁이였기에 우리 셋이 모인 곳이면 항상 굿이 벌어지고 난리가 일었던 것이다. 아마 우리집보다 낮잠 자기 불편스런 집은 온 고을 다 뒤져도 없었으리라 싶다. 안이나 밖이나 어른과 손님들뿐이어서 아이들이 다리 뻗고 누워보기란 전혀 불가능한 일이었다. 우리들이 대복이네 집으로 몰리기 시작한 것도 벌거벗고 가로세로 자빠져 자되 싫은 소리 할 사람이 없던 때문이었다. 한번은 그렇게 자다가 오줌을 지리며 깨어난 적도 있었다. 그참 내처 누워 있었더라면 대복어메가 내게 키 씌워 우리집으로 소금 얻으러 보낸다며 갖은 사살 다 떨었을 게 분명했다. 용케도 나는 아주 싸기 직전에 잠을 깼었고, 깨어보니 대복이네 방이었다. 얼핏 밖을 내다보니 해가 이만치 누렇게 떠오른 아침이었다. 나는 소스라쳐 놀라 일어나 신발을 뒤집어 꿰고는, 마당 한켠 화덕에 푸장나무를 때고 앉았던 대복어메더러,

"왜 연태 안 깨웠어? 사랑에 가서 혼나는 걸 볼라구 안 깼지."

마치 옹점이에게 하듯 욱하고는 그녀 옆에 놓여 있던 부지깽이와 나뭇전부터 발길로 차 마당에 헤쳐버리며 심술을 부렸다.

"어려, 왜 이런댜. 왜 이러여……"

대복어메가 영문을 몰라 체증기 있는 목소리를 내며 일어나자,

170

나는 그녀가 깔고 앉았던 똬리를 아궁이 불길 속에 냅다 차넣어버렸다. 거죽을 왕골로 맵시 있게 감은 아껴온 똬리에 불이 붙자, 그녀는 그것을 맨손으로 끄집어내어 밟아 끄면서

"뭣 땜이 이런댜…… 뭣 땜이 소가지부려……" 소리만 연방 중얼거렸다. 이미 이태째를 하루같이, 새벽에 일어나는 대로 사랑에 나가서 할아버지 앞에 꿇어앉아 문안드리고, 천자문 배운 것을 한바탕 외어드린 다음, 방안을 훔치고 요강과 타구를 부시어 놓아드린 뒤 아침 공부를 해온 터에, 처음으로 그 일을 잊어버린 채 남의 집에서 늦잠마저 자버린 나로서는 어디론가 영원히 도망쳐버리고만 싶게, 크나큰 불공을 저지른 셈이 아닐 수 없던 것이다. 대복어메가 그처럼 미울 수 있을까. 모든 것을 번연히 알면서 일부러 한나절까지 자버리게 둔 그녀의 속셈도 뻔한 것이었다. 꿇어앉아 할아버지의 걱정을 들으며 눈물을 찔끔찔끔 훔칠, 내 하는 꼴 구경할 재미로 모른 척했음이 분명하던 것이다.

"싸게 얘기해봐, 무슨 심뽀루 그랬나. 뵈나먼 이늠으 솥이다 흙을 퍼놓을 테니께……"

예나 이제나 욱하는 성질인 나는, 마침 김을 푸숭푸숭 솟아올리던 화덕 위의 나무 솥뚜껑을 번쩍 들어올리고, 그것을 저리 팽개칠 기세로 씨근거렸다. 한번 지랄나면 눈에 뵈는 게 없는 성질인 줄 잘 알던 그녀라 대복어메는 얼른 간들간들 웃어가며 내 앞에 등을 돌려대고 널벅 앉았다. 업어줄 테니 참으라는 뜻이다. 수제비가

숨바꼭질하듯 끓어대는 솥전에다 솥뚜껑을 메치듯 덮은 다음, 나는 슬그머니 돌팍 위에 주저앉아버리고 말았다. 참을래서가 아니었다. 내가 터무니없는 오해와 착각을 했음에 무안해서 그런 거였다. 내던지려고 뜨거운 솥뚜껑을 을러메던 결에 보니, 해는 바야흐로 서산마루에 걸터앉아 있던 것이다. 낮잠을 길게 자 해거름녘에 이르고는, 밤잠 자고 난 아침나절로 착각을 했던 것이다.

"어부바 안 할려? 어부바허여……"

업어주어야 내 성질이 누그러진다 싶은 대복어메는 여전히 업자고 돌려댄 등을 지싯지싯 들이대며 엉덩이를 뭉개고 있었다.

"나는 지끔이 니열 아침인 중 알았단 말여……"

나는 그렇게 무색하고도 민둥한 입으로 고백할 수밖에 없었다. 그뒤로도 자면서 나는 그런 착각을 가끔 겪음한 바였지만, 그러나 그때 일처럼 짙은 색깔로 눈 안에 남아 있는 모습이 없었다. 이튿날 아침으로 착각했더라는 말에, 대복어메는 번철 위에서 아주까리기름 녹듯 자지러지게 웃어대며 내 앞에 수제비 한 그릇을 떠놓아주었다. 맷돌에 밀을 삭갈아 얼레미로 친 가루반죽 수제비여서 입안이 꺼끌꺼끌은 했지만, 싱싱한 조갯살과 애호박 국물 덕으로 여간 맛있지 않았던 그 입맛은 지금도 조금쯤 입안에 남아 있는 것같이 느껴지곤 한다. 그리고부터 기울이 섞인 듯 누리끼한 밀가루를 질음하게 반죽하여 주걱 위에 한 모태씩 얹어놓고 숟갈자루로 손가락만씩하게 떼어, 끓는 국에 넣어 끓이는 대복어메의 수제비

맛에 들렸던 나는, 그런 것을 끓이는 줄 알기만 하면 으레껀 지켜
앉았다가 얻어먹어야 일어섰고, 옹점이 시켜 밥하고 바꿔다 먹기
를 큰 별미로 알기도 했던 것이다.

대복이 뒤만 따라다니면 모든 걸 내 맘대로 장난해도 겁날 게
없던 그리운 시절—, 그것은 내가 일곱 살 나던 해부터 한 이태 동
안의 비록 짤막한 세월에 지나지 않지만, 그러나 다시금 꿈결 속에
본 대자연처럼 그지없이 아름답고, 은하銀河를 헤엄쳐가는 듯한
심란한 향수에 잠기게 하며, 때로는 나 혼자나 알고 죽을 것같이 비
밀스럽고, 혹은 물려줄 수 없는 소중한 재산처럼 여겨지곤 한다.

그 무렵은 대복이가 이미 '희망 없는 애'라는 별명으로 손가락
질당하며 오나가나 따돌림을 받기 예사이던 판이기도 했다. 대복
이와 곧잘 어울려 놀던 철호마저 툭하면,

"저런 걸 낳느니 방바닥에다 싸구 파리새끼 존 일이나 시키
지……"

무슨 뜻인지 모를 말을 하면서 자식 못되게 둔 조패랭이가 측은
하다는 말을 되작거리던 터였다. 뿐만 아니었다. 철호는 나한테도
한두 번 충고한 게 아니었다. 아니, 철호보다도 옹점이가 더 미덥
지 않은 말로 나를 타이르려고 하였다.

"예비당이나 절 삼 년 댕긴 사람허구는 마주 앉지두 말라구 했
단 말여……"

하고 그녀는 말했다. 다시 목소리를 낮추어가지고,

"장바닥 삼 년 쏘댕긴 늠이 여북헐깨미. 대복이는 순전 도둑늠잉께 상대두 말란 말여. 너 대복이 쫓어댕기다 순사헌티 붙잽혀가면 워쩔래? 도둑늠이라고 대복이허구 하냥 묶어가버리면 워칙헐티여……"

옹점이는 숫제 공갈을 하고 있었지만, 대복이가 마냥 좋기만 하던 마음은 누가 어쩐대도 어쩌지 못할 노릇이었다. 어머니한테 대복이 따라다니며 노는 일이 좋고 그른가를 물어본 일도 있었다.

"대복이만 닮지 말려무나. 암만 대복이가 그렇더라두 네게다야 못된 짓을 가르치겠네."

대복이가 나를 제 살붙이처럼 귀여워하며 아껴 위하는 줄 알고 있던 어머니는, 대복이의 나에 대한 행세만은 누구보다도 미더워한 것 같았다. 그러고 보면 옹점이는 아마 대복어메가 미워 험구를 일삼았는지도 모를 일이었다. 옹점이나 철호 말은 듣지 않기로 한 것도 그 때문이었다.

논배미 이끼가 파래빛으로 고와지기 시작하면 새로 퍼진 미나리아재비 잎새 밑엔 올챙이들이 옴닥옴닥 놀기 시작한다. 우리가 해마다 제비 소리보다 며칠 뒤처져 논두렁에서 들을 수 있던 소리는, 부리가 날카롭고 깃털이 반짝이는 파랑새 노래였다. 물총새를 우리는 파랑새라고 불렀던 건데, 물총새 구멍을 뒤져내는 데엔 대복이와 겨룰 아이가 아무도 없었다. 물총새는 산골짜기 깊은 개랑의 깎아지른 듯한 흙벽에다 게구멍처럼 깊숙이 굴을 파고 살고 있었다. 나는 대복이를 따라 두어 길이 넘게 깊숙이 파인 시뻘건 황토 개랑 속을 한나절씩 헤매어다녔고, 대복이는 한 구멍에서도 물총새 새끼를 서너 마리씩이나 잡아내곤 했다. 구멍에 거미줄이 슬고 산이끼가 푸름하게 돋아 아무것도 살지 않는 구멍 같건만, 구멍 임자가 들고 안 들어 있는 걸 영락없이 맞혀 헛손질 한 번을 않던 것이다. 물총새가 논다랭이로 올챙이·송사리 따위 먹이를 찾아나간 구멍이면 두어 시간씩이나 기다렸다가 잡기도 했다.

도대체 잡는 일이라면 대복이처럼 능숙한 사람이 다시 있을는지가 지금도 의문스럽다. 그런 사람을 뭐라고 일컫는지 우선 그 명칭이나 알았으면 좋을 심정이기도 하다. 그는 무엇이든 절등絶等하게 잘 줍고 잘 잡아내는 손속이 있었다. 겨울 사냥질만 해도 잡은 것을 팔아서 집안 씀씀이를 댈 정도였다. 약이나 덫으로 잡은 꿩을 엮으면 두름이 되었고 겨울 지내고 산토끼가죽을 팔면 옷 한 벌이 되곤 했다. 조개와 게는 또 얼마나 많이 잡았던가. 해동만 하면 대복이는 구럭을 메고 바다로 나갔다. 고둥이나 바지락 따위는 나도 다른 아이들만큼 잡을 수 있는 거였지만, 대합·백합 같은 값 있는 조개나 맛·꽃게 등을 잡는 데엔 대복이밖에 없던 것이다.

펄밭을 가로타고 나간 뱃길은 조금 때나 썰물 때에도 내 허리 위로 오르는 물이 칠렁하게 차 있기 예사였다. 그런 물속에서의 꽃게잡이란 어느 놀이보다도 재미있고 신명나는 일이었다. 우리들은 손에 용수같이 생긴 다래끼를 들고 가슴 밑으로 차오른 물속에 들어가 물밑의 모래를 차근차근 밟아나간다. 그러면 모래 속에서 자던 꽃게들은 틀림없이 우리들의 발가락을 물고 늘어진다. 어떤 놈은 발가락을 끊어먹을 듯이 힘껏 물어보고 달아나기도 하지만 대개는 놓지 않고 물고 있었다. 우리는 몹시 아프고 그 아픔을 참기란 여간 고통스럽지 않았지만, 물린 발가락을 움직이거나 사람 소리를 내면 놓치기 때문에, 때로는 눈물마저 머금어가며 살그머니 손을 넣어 잡아내곤 했다. 우리들 손바닥만한 빨간 등딱지의 꽃게새끼들은 일단 그릇 속에 들어가면 기어나올 줄을 모른 채 밥 짓는 거품만 바글바글 끓어대었다. 물속에 들어 있으면 흔히 등딱지를 반짝거리며 참새우나 보리새우가 껑충껑충 물 위를 뛰어온다. 그것들은 손바닥으로 움켜채거나 매미채 따위로 덮쳐 잡아야 한다. 새우는 그릇에 담아도 튀어나가기 때문에 잡는 대로 그냥 냉큼 먹어버려야 한다. 입안에 들어가면 비릿하면서도 곧장 녹아버리던 구수한 새우 맛은, 물속의 바위에 걸터앉아 따먹어야 제격이던 벅굴 맛보다 훨씬 훌륭했던 것으로 기억되고 있다.

여름이 가까워지면 대복이는 내게도 두어 발쯤 되는 대나무로 낚싯대를 만들어준다. 비록 수수깡 속대로 찌를 만든 볼품없는 것이었으나 망둥이가 곧잘 낚이는 데엔 예외가 있을 수 없었다. 대복이는 망둥이 낚시 미끼인 갯지렁이잡이까지도 다들 부러워할 정도로 재빠른 솜씨를 지니고 있었다. 해가 설핏하니 물때가 되어간다 싶으면 낚시가 내릴 틈도 없게 입질을 하고 올라왔다.

"업세, 너두 저녁 찬거리는 했구나야. 아씨, 쟤가 망둥이를 한 투가리 것이나 잡아왔네유."

옹점이는 화통 삶아먹은 목소리로 내 바구니를 들여다보며 수선 떨었지만, 그러나 내가 그렇게 잡을 수 있었던 것은 두서너 차례에 지나지 않았고, 대개 대복이가 자기 바구니의 것을 내게 여투어주어야 직성이 풀리던 덕택일 때가 거의 전부였다.

그는 또 여름이면 몇 차례씩이나 앞뒷말 방죽과 둠벙을 찾아다니며 물고기를 곧잘 잡았다. 그는 근력이 누구보다도 세었고, 마을 아이들은 그가 시키는 일이면 무조건 복종하고 있었으므로 아이들을 시켜 세숫대야·물초롱·양푼 따위를 동원해서 온 나절 걸려 물을 퍼내는 거였다. 붕어나 메기·뱀장어 따위는 자배기로 잡히고, 우리들은 미리 준비해온 고추장과 애호박을 썰어 즉석에서 만든 화덕에 솥을 걸고 끓여먹었는데, 옷이 후질러지고 신발짝을 잃더라도 열성으로 대복이를 따랐던 것이다.

대복이는 놀이를 하더라도 반드시 남 좋은 일로만 가려 하지는 않았다. 구경꾼인 우리들은 여간 재미있어하지 않았지만, 당한 쪽 사람들 입장에서 보면 정말 싸가지 없는 짓일 터였다. 그것은 대개 우리 부락 앞 개펄로 게잡이를 하러 청라靑蘿같이 먼길에서 온 사람을 상대로 부린 텃세와 같은 거였다. 요즘은 큰 저수지를 갖게 되어 낚시한다는 서울 사내치고 모를 리 없이 된 곳이지만, 그 무렵만 해도 청라라면 일 년 열두 달 트럭 한번 안 들어가던, 햇밤·물대추나 나야 장 구경을 나올 수 있던 벽촌이었다. 청라면이면서도 대천 읍과 접경하고 있던, 이젠 저수지 수몰구역이 되어 인적마저 드물어졌다지만, 여술·가느실·복뱅이·시루셍이·담안·임척골같이 자자부레한 마을 사람들은, 일 년 내내 먹는 것이 푸성귀와 산나무새뿐이라선지 몰라도 능쟁이, 농게, 황바리 등 칙갈스런 펄게 나부랭이를 무슨 큰 비린 반찬처럼 아는 모양으로 곧잘 떼지어 게잡이를 나오곤 했던 것이다.

우리들은 그네들을 '긔꾼'이라고 불렀다. 미리 날 잡아서 함께 가기로 짰는지 보통 열댓 명 혹은 스무남은 사람씩 떼거리로 왔으며, 대부분 스물 안짝의 아이들이었는데, 그것은 거리가 멀고 바다에 익숙지 못해 그런 모양이었다. 긔꾼들은 언제나 마찬가지로 들일과 산판일에 다니던 가장 낡고 더럽혀진 옷으로 골라 입고, 구럭 속에는 마실 물이 담긴 석유병과 누룽지 뭉치나 개떡을 싼 주먹만한 점심 덩어리가 담겨 있어, 안된 말이지만 비렁뱅이 꼴이 따로 있지 않은 몰골들이었다. 그네들은 온종일 펄밭을 후벼 게를 잡고 고둥도 줍는데, 오후 새참때나 되어 신작로가에 나가 있으면 구럭구럭에 게거품을 끓여가며 돌아가는 긔꾼들의 너절한 행렬이 나타나곤 하였다.

길목을 지켜 기다렸던 우리들은 일제히 입을 모아 놀려댄다.

"야 이 산골지앙텡이들아……"

"야 이 긔 그지들아……"

"이 뜨뱅이 촌것들아……"

우리들은 약을 올리며 기를 꺾었다. 그네들은 일체 아무런 대꾸도 하지 않았다. 본바닥 아이들한테 텃세당하고 괄시받는 것을 당연하게 여겼는지도 몰랐다. 조무래기들이 앞을 쓸어놓으면 이윽고 대복이 차례가 된다.

그는 점잖게 괴꾼들 앞을 막아서며,

"형씨들, 타 동네에 왔으메 인사두 읎이 가긴감?"

"……"

"욧시, 인사는 안 해두 조웅께 쇠금이나 물구 가시게."

두 눈을 부라리며 우람한 목소리로 좨잡겠다는 태세를 취한다. 그러면 저쪽에서는,

"다덜 배구폰 사람들인디, 싸게 가서 짐치허구 밥 먹게스리 좋게 봐줘유" 하고, 그중에서 덩치도 볼 만하고 입담이 들어 뵈는 사내녀석이, 대변이라도 하겠다는 투로 가로맡고 나선다.

"누가 뭐라간디, 쇠금만 내면 된당께 그려……"

대복이는 능글능글 물고 늘어질 작정을 한다.

"갯바닥두 임자 있는 중 갈머리 와서 츰 듣는디."

"넘의 동네 질을 공으루 지나댕기는 벱은 읎으니께…… 여러 말 허자면 날 저물 테구, 통행세나 받구 말 티여."

"……"

"욧시, 안 받구 마나 보까?"

"하여가나 이 둥네, 에지간헌 애들이여……"

그네들은 결국 더이상 이러니저러니 못하고 구럭이나 자루 속의 게들을 한 웅큼씩 집어내어, 우리들이 들고 있는 그릇에 담아주었다. 우리들은 세금 거둔 게를 대복이네 집으로 가지고 가 구워먹거나 볶아먹었는데, 그 맛은 우리들이 직접 잡아온 게보다도 훨씬 좋았던 것 같다. 그러는 동안 나는 대복이한테 옮은 못된 장난을 갖게 되었지만, 동네 어른들은 대복이의 그런 장난을 볼 적마다 조금도 이해해주고 싶지 않은 눈치들이었다. 남의 집 아이들 장난이라면 "그러면 못 쓴다" 한마디로 그칠 일이련만 대복이한테만은 예사,

"까그매 열두 소리에 쓸 만헌 소리 한마디 있다더냐……"
하며 외면했고,
"바닥자식늠이라 놀음을 놀아두 고 따우루 쌕바가지 읇이 놀거던……"
하고 욕을 퍼붓곤 했다. 바닥자식이란 말은 천생賤生이란 뜻이었다.

내가 대복이 본을 딴 못된 장난을 가졌던 것은 다른 게 아니었다. 그 짓은 장날에나 할 수 있던 거였는데, 역시 촌사람 놀려먹기 장난이었다. 뒷동산엔 달구지라도 다닐 수 있을 만큼 오솔길치고는 꽤나 넓은 길이 산중턱을 가로 타고 있었고, 이쪽의 내리막길 가풀막진 길허리엔, 대복이네 집 저쪽 사립문 개복숭아나무 밑에

서 그 길을 올려다보자면, 그 과녁빼기로 멍석만이나 하게 널찍한 바위가 길가에 놓여 있었다. 사람들은 넓다고 하여 너럭바위라 부르기도 했지만 그런 장난질하기엔 안성맞춤인 장소이기도 했다. 장날 저녁나절이면 그 길로 해서 등성이를 넘어 귀가하는 쇠미·해창·신대리에서 나온 장꾼들이 그칠 새 없이 지나가게 된다. 장꾼들 손엔 장을 보아 가는 온갖 잡살뱅이들이 들리어 있게 마련이었고, 그중에서도 우리들 눈에 제일 흔히 띄던 것은, 그릇 속에 함부로 담아갈 수 없는 양잿물 꾸러미였다. 양잿물은 맨손으론 만질 수 없는 것이라서, 장수가 끌로 떼어 신문지에 싸고 짚홰기에 매달아 주는 대로 대롱거리며 들고 갈밖에 없을 터였다. 양잿물 꾸러미는 이미 조금씩 녹아 종이가 젖어 있으므로 좀 앉아 쉬어가려면 옷이나 먹을 것에 닿지 않도록, 바위 가장자리에 놓아둔다든가 나무고갱이에 매달아두어야 한다. 그렇게 하고 한숨 돌린 장꾼이 일어날 때는 다른 짐 챙기는 데에만 정신이 가 있어 양잿물 꾸러미를 잊고 떠나가기가 십중팔구였다.

우리들의 장난 버릇은 마침내 그런 것에까지 손을 대게 되었다.

우리들은 양잿물 조각과 비슷한 색깔의 차돌멩이를 주워서 헌 종이에 싸 짚홰기로 고를 내어 묶는다. 양잿물은 아주 조금씩 녹는 것이므로 우리들이 위조한 양잿물도 종이를 약간 적시어놓아야 한다. 맹물에 적시면 금방 말라버려, 별수없이 대복이네 울타리 밑에 놓인 오줌독에 반쯤 담갔다가 꺼내지 않으면 안 되었다. 종이 젖은 빛깔이나 하고, 냄새마저 어찌 그리 양잿물하고 흡사하던지…… 우리들은 그것을 장꾼들이 자주 붙어앉아 쉬어가던 너럭바위의 가장자리나 그 근처 나무고갱이에 걸어두었고, 이내 먼발치로 물러나 딴전 보고 노는 시늉을 하며 헬끔헬끔 살펴보곤 했다.

장꾼 가운데서도 나이가 직수굿한 아낙네는 틀림없이 그것을 집어들고 일어섰다. 앞뒤를 슬그머니 둘러본 다음 천연덕스럽게 자기 것으로 만들던 것이다. 손이 양잿물에 닿으면 살갗이 타니 누구도 그 자리에서 그것을 끌러보려 하지는 않았다. 대개가 그 먼 길을 걸어 자기 집에 이를 때까지 오줌독에 미역감은 차돌멩이 조각을 소중하게 받쳐들고 갈 거였다. 생각할수록 재미있고 웃음이 북받치던 장난이었으므로, 우리들은 하룻장에 보통 여남은 꾸러미의 가짜 양잿물을 만들어 남 좋은 일을 시키곤 했던 것이다.

진현이나 준배네 어른들이 우리들의 그런 장난을 모를 리 없었다. 두 아이 부모들은 따져보지도 않고 모두가 대복이 탓이려니 했다. 그렇다고 대복이를 불러 나무라지도 않았다. 동네에서 이미 버린 자식으로 돌린 대복이를 새삼 나무라봤자 아무 잇속도 없을 줄 잘 알았기 때문이다.

"기생 그릇되면 질바닥에 나앉아 탁주장수 하더라구, 내버려둬라, 어채피 개잡늠 됐는디……" 하면서 자기네 자식을 단속하기에만 소홀하지 않던 거였다. 나는 반대로 날이 더하고 달이 갈수록 대복이가 점점 더 좋아져가기만 했다. 대복이가 깎아준 팽이는

182

왜 그리 잘도 돌던지, 그의 손이 간 것은 무엇이든 남이 만든 맵시보다도 월등하던 것이다. 자치기 막대는 갑절을 더 날아가고, 방패연이거나 가오리연이거나 간에 연은 실이 짧아 더 뜨지 못했다. 썰매는 겨우내 타고 놀아도 송곳 한짝 휘어지지 않았고, 종이만 주면 어디서 난 엽전인지 하루에도 몇 개씩 제기를 만들어내었다. 오리나 닭서리를 잘해와 나는 얻어먹는 재미로 밤잠이 짧아지고, 탱자나무 울타리 과수원도 달 없는 어둠을 타고 들어가면 쌀자루가 미어지게 사과를 따내왔었다.

해가 바뀌면서 우리 읍내도 전에는 없던 일들이 한두 가지씩 나타나기 시작했다. 못 보던 물건들, 들어보지 못한 소문들이 돌아다니면서 은연중에 술렁거리더니 차츰차츰 현실화되고 있었다. 근래에 들어 때때로 회고해본 바이지만, 그 조그만 읍내로서는 부딪친 마당에서 감당해내기가 벅찬 외래 문물에 휘말려들면서 제 모습이 변질되던 과정이 아니었던가 여겨진다. 그 무렵의 그 고장 사람들로서는 왜정 시대를 아프게 겪음했음에도 불구하고 박래품舶來品과의 실질적인 접근은 비로소 본격화된 셈이었다. 그 좁은 읍내에 갑자기 하루에도 이삼백 명의 미군美軍들이 들이닥쳐 버글거리게 됐던 것이다. 그것은 적잖은 이변이었다. 언젠가도 일러둔 바 있지만, 요즘은 모를 사람이 없이 된 피서지 대천해수욕장도 그즈음에 처음으로 미군들에 의해서 개발됐던 것이다. 군정軍政 시대의 끝물이었던 미군들이 대량 투입되자 덩달아 그네들을 상대로 하는 신종新種 상업이 번지게 되었다. 그러면서도 읍내 주민들은 착잡한 표정이었으니, 설치고 덤벙대든가 어정거리고 서성대다가 물러앉으면서 제자리를 잃어버리는, 많이 무질서하고 혼탁한 분위기였던 것으로 기억한다. 쉽게 말하면 윤리적 수구성守舊性과 생활적인 실리주의 계산이 엇갈린 갈피 없는 상태가 아니었나 싶은 것이다. 그중에서도 선비 기질을 가진 주민들이 크게 근심했던 것은, 미군들의 물건을 맛보기 위해 많은 농어민들이 자기들의 식량과 다름없는 생산품을 지고 나가 미군 물건과 서슴없이 물물교환하던 풍조였다.

"이 삐—루 한 고뿌가 쇠고기 닷 근이라데, 먼저 죽었다면 억울해 워쩔 뻔헌 중⋯⋯"

하며 맥주 한 잔에 든 영양가가 쇠고기 다섯 근을 포식한 만큼이나 몸에 좋다며 다투어 바꿔 먹지 않은 이가 얼마나 됐으랴 싶다. 헬로, 오케, 해부 노, 남바 완⋯⋯ 이 말도 벙어리 아니고는 읊어보지 않은 이가 드물었다. 양반 팔고 족보 우려먹다 끼니 잃고 아닌 보살 하며 살던 상투쟁이 늙은이들이나 예외였으리라 싶다.

그해 여름이다. 차츰 대복이 보기가 수월찮아지기 시작했다. 미군들 심부름을 해주고 돈 얻는 맛에 해수욕장에 나가 살다시피 한다는 거였다. 대복어메도 무척 자랑스럽게 여기는 눈치였다. 나는 대복이가 여름내 돈이나 많이 벌었으면 하며 여름이 가기만 기다릴 수밖에 없었다. 대복이는 좋은 것, 맛있는 것이 있으면 나부터 먹여왔으므로, 제가 번 돈도 나를 위해 쓸 것 같은 엉뚱한 마음을 곁들여보기도 했다. 하긴 걱정도 적잖이 했다. 그 허옇고 새까만, 사람 같잖은 미군들 틈에 섞인 대복이의 신변이 염려스러웠기 때문이다. 말도 못하는데 무슨 심부름을 해줄 수 있을까. 나의 그런 궁금증은 밤낮없이 그치지 않았다. 혹은 대복어메 말이 거짓인지도 모를 일이었다. 한두 마디씩 들려오던 소문도 내가 바란 바와 달랐으며 그리 좋지 못한 내용이던 것이다. 달리 들려온 소문은, 심부름이란 게 미군들의 구두를 닦아주는 일이라고 했다. 그것은 돈을 받을 만한 일이 못 되는 것이었는지도 몰랐다. 껌·빵·캐러멜 등을 얻어 주전부리하는 것으로 그치더라는 거였다.

달포가량은 지나서였나, 이 사람이 이 말 저 사람이 저 말이 한창 부산스럽게 오가던 어느 날, 그렇듯 분분하던 뒷공론이 간단하게 정리되어버렸다. 검은 모자 검은 제복을 입은 순사가 느닷없이 대복이를 앞세우고 대복이네 집 울안으로 들이닥쳤던 것이다. 아, 나는 그때 얼마나 놀랐던가. 커다란 충격이었고 무서운 사건이었다. 공교롭게도 그날사 말고 마침 장이었으므로 마을이 비어 본 사람이 없었으니 대복어메와 나만이 목격자일 뿐이었다. 대복어메와 나는 서로 쉬쉬하여 덕택에 소문은 나지 않았지만 미군들의 물건을 훔치다 들켰다는 것이었다. 순경은 미군 상대의 좀도둑이 처음 발생했고, 미성년자라는 정상을 참작하여 보호자에게 돌려주는 만큼, 다시는 그런 일이 없도록 해달라고 일삼아 당부하러 왔다는 것이었다.

나는 굳게 비밀을 지켜주는 대신 사실이 아니기를 바랐고, 대복이 입으로 직접 해명이 있으리라 기대하고 있었다. 그러나 그사이 대복이는 변해버렸던가. 변명은커녕 동네 어느 아이하고도 어울리려 하지 않았다.

나는 대복이의 그렇듯 돌변한 태도에 뭔지 모를 어떤 것이 크게 느껴진 것 같았다. 날이 가면서 대복이의 변모는 여러 짓둥이에서 무시로 발견되고 있었다. 언사가 거칠어진데다 행동 또한 후레자식 소리 듣기에 알맞은 짓을 하고 다녔다. 대복이 보기가 어려워진 것도 그가 미군부대 근처에서 배회하던 무렵하고 다를 게 없었다. 마을에 나다니지 않아서가 아니라 집에 붙어 있는 날이 없는 까닭이었다. 어딜 그리 쏘다니는지 안다는 사람이 없었다. 믿을 수 없는 풍문으론 아직도 해수욕장 주변에서 얼쩡거리더란 거였지만 증거가 없었다. 간혹 우물가에서나 칠성바위에 올라갔다가 그를 얼핏 발견할 때도 없진 않았다. 그때마다 나는 그에게 다가가 달근거리든가 이야기를 시켜 듣고 싶던 마음이 가셔지곤 했다.

여름이 다 가고 미군들이 물러가자 대복이는 외모부터 다른 사람으로 되어가고 있었다. 안팎 동네 누구도 아직 천신 못해본 붉은 군화를 신었나 하면 어떤 때는 새 카키바지를 입고 나서기도 했다. 요즘 한창 유행하는 것에 청바지가 있지만, 그 어름에 군화나

카키복을 착용할 수 있던 사람이라면 어떤 의미에서 알아줄 만한 인물로 대우받고 있었다. 통역이나 고급 장교가 아니면 그런 시골에선 만져볼 수도 없던 물건이었으니까. 대복이도 여간 뽐내고 으스대지 않았다. 그러나 그를 부러워하거나 대수롭게 여긴 이는 아무도 없었다. 오히려 그가 언제 어디서 무슨 몹쓸 꼴을 당하려나 싶어 은연중 기다리는 심사였었다. "지가 도적질 안 혔으면 워디서 만져나볼 물건이간디."

모두들 자신 있게 내뱉는 말이었다. 나는 어디까지나 마을 사람들의 억측이길 바랐고 대복이 스스로 그렇지 않음을 증거했으면 하였다. 나 혼자만이 그런 심정이었을까. 그것은 대복어메와 앙숙이었던 옹점이도 마찬가지였으리라 싶다. 대복이와 곧잘 한상 밥을 먹고 놀면서도 경계를 게을리 않던 철호도 같은 마음이 아니었을까.

대복이는 그러나 그런 기대가 조금이라도 보람 볼 일은 하지 않았다. 땔나무 한 부지깽이 해보지 않고, 고추모 한 포기 모종해본 일조차 없는 터였으니 갑자기 될 일이 아닐지도 모르지만.

십원 한 장 벌어보지 못하면서 어느새 배운 담배던가, 사는 집에서도 엽초를 말아 피우는데 대복이만은 백두산, 부용, 공작 등 비싼 궐련만 꼬나물고 다니며 밤이 이슥토록 뒷산 너럭바위에 앉아 하모니카를 불어대곤 했다. 사람들은 가급적이면 상종을 않으려고 애써 외면하고 지냈다. 아예 관심조차 갖지 않으려고 노력한 거였다. 결국 마을 사람들의 그런 태도는 여러 가지 불행을 자초한 셈이었다. 관심 밖에서 따로 놀던 대복은 고질화된 도벽盜癖을 키워갔던 것이다. 대복이가 얼씬만 했다 하면 반드시 무엇인가가 없어진다던 게 뒷공론이었다. 닭이 축났다, 오리가 모자란다, 메주 쑤려고 내놨던 콩자루, 고추장 담그려고 여뤄둔 고추푸대가 간데없다, 찬장 속에 간수해온 참기름병이 없어지고 동고리에 담아 시렁에 얹어뒀던 누룩 몇 장을 발자국도 없이 집어갔다…… 사흘이 멀게 가증스런 소문이 잇달고 있던 것이다.

대복이는 여전 자정이 넘도록 하모니카나 불어댈 따름, 동네에 어떤 소문이 파다해졌는지에 관해선 전혀 들은 바 없는 표정이었다. 지금 생각하면 그 넌더리나게 불어대던 하모니카는, 밤이 이울도록 뒷산 너럭바위에서 놀지 않더냐는, 소위 알리바이란 걸 장만해두기 위한 그 나름의 잔꾀였던 것으로 판단된다.

그가 그런 것을 안팎 동네서만 돌아가며 길래 손떼지 않았더라면 종내 어떤 일이 일어났을는지 어림하기 어렵지 않다. 이웃간의 인정으로 직접 경찰에 출두하여 고발할 사람은 없었달지라도 최소한 아주 멀찍한 타관으로 이사가길 강요당했을 건 뻔한 일이었다. 훔치는 일에도 이골이 나고 자신이 생겼음에선가, 그는 오래잖아 이웃 사람 괴롭힘을 단념한 듯했고, 대신 소문 덜 날 곳으로 원정을 시작했던 것이다. 원정이라고 해도 뭐 아주 먼 곳으로 가서 냄새 안 날 짓을 한 게 아니라 광천 홍성 웅천 청양 장항 등, 차편 드물잖아 당일치기가 가능한 곳이면 장판이 넓고 좁음 없이 난전亂廛의 좌판들을 걸터듬고 다닌 거였다. 그가 그러고 다닌 줄 모르지 않으련만 직접적인 피해를 면하게 된 것만 다행으로 여긴 마을에서는 누구도 나서서 신칙하려는 사람이 없었다. 혹은 대복어메가 어떤 사람인 줄 너무 잘들 알고 있었기에, 섣불리 한마디 내놨다가 그녀와 원수지기 싫어 몰라라 했는지도 몰랐다. 다만 대복이는 용케 잡혀가지도 않더라는, 치안 당국자에 대한 불만이나 남몰래 뇌작거렸을 따름이다. 어쩌면 나 한 사람 외엔 대개가 그런 불만을 끓였으리라 싶다. 모진 형벌이 내려져 볼장 보기를 바라서가 아니라 새사람이 되어질지도 모른다는 마음으로— 도둑질로 올린 수입을 어디에 소비하느냐 하는 의문도 이야깃거리로서 충분했던 것 같다. 집에 쌀 한 톨 가용 한푼 보태주지 않는 눈치란 것이 마을 사람들의 공통적인 의견이었는데, 그렇다고 대복이가 말술을 마신다거나 사치를 하는 것도 아니었다. 어느 요릿집 계집애에게 빠져들거나 노름판의 넋이 씌웠으리란 짐작으로 의문들을 마무리했다. 뒤늦게 밝혀졌거니와 사람들의 그런 추측은 두 가지 모두 비스름하게 들어맞았었지마는. 어림짐작 가운데 한 가지 엇나갔던 것은 그가 용케도 잡혀가는 법이 없더라는 치안 당국에의 불만이었다. 그는 곧잘 들켜 예사 연행되어갔으며 이미 우범자로 지목받아 전과가 낱낱이 기록되고 있던 것이다. 다만 죄질이 무겁잖고 아직 미성년이란 점을 접어주어 따귀나 몇 대 얻어가지고 풀려나오기가 십중팔구였을 뿐이었다. 맘

속으로 그에게 아무 불행한 일도 일어나지 않기를 바라면서도 그를 위해 왜 나는 그에게 직접 내 말로 충고 한마디 못 해주게 됐던 것일까. 그것은 나 자신이 깊이 규명해봐야 될 성질의 것이지만, 우선 알 수 있는 것은 대복이가 차츰 두려워진 까닭일 거였다. 먼발로 보게 되더라도 어딘지 모르게 점점 더 떨떠름하고 꺼림칙하기만 했었으니까.

언젠가 옹점이는 어머니 귀에 대고 이런 말을 하였다.

"아씨, 지년은 아깨 장터 댕겨오다 섹욧집 앞서 대븩이 봤슈…… 가께쓰봉에 군대 굿수를 신구유, 대가리는 찍구를 빤지름허게 처발르구유…… 우수워 못 보겠던디유."

옹점이 말은 사실이었다. 이젠 어디서 먹고 자는지 동네엔 얼씬도 않지만 장날 장터에만 나가면 몇 번이고 만나볼 수 있다던 것까지. 그런 중에도 대복이는 가끔 소문 없이 집에 들어와서 자고 나가기도 했던가보았다. 그런 날이면 나도 칠성바위께나 짚누리 틈에서 문득 그와 마주칠 수가 있었다. 그는 만나면 여전히 자기 호주머니를 뒤집어보았고 잡혀나온 것이면 무엇이든 서슴없이 내 손에 쥐여주고 싶어했다. 작은 가죽지갑 바둑껌 손거울 손칼 헌 만년필…… 그러나 그런 것들이 죄 남의 주머니 살림을 뒤져낸 장물이라서 꺼려져, 애써 피함으로써 얻을 수 있는 기회를 부러 만들지 않으려 꾀부린 기억도 새롭게 되살아난다. 받아 갖고 싶은 마음은 사실 무진했었다. 대장간에서 버리는 쇳조각 나사못 열쇠토막 자

석토막 거멀장 따위 쇠붙이면 덮어놓고 장난감 삼아 수북하게 모아두던 시절이었으니까. 그만큼 나는 대복이와 멀어지려고 마음다짐을 거듭하며 지내고 있었다. 더욱이 어느 저녁나절 대복어메가 하던 짓을 숨어서 몰래 지켜본 뒤로는 더욱더 그러기로 했던 것이다.

어느 날 저녁나절이던 것으로 기억되는 일. 그때 대복어메는 자기네 울타리와 모시밭 어중간에 있던 목화밭에서 우리 목화를 따고 있었다. 어린 목화다래를 까먹어본 사람한테나 할 말이지만, 그 달착지근한 맛은 어느 태깔 좋은 과일 맛에 못지않음을 알고 있으리라 싶은데, 나는 그때 목화밭 고랑에 숨어 앉아 목화다래를 따먹다가 보게 된 일이었다. 내가 처음 발견한 장면은 대복이네 사립앞에서 순사가 대복어메에게 언성을 높여 호령하는 모습이었다. 순사는 혼자였고 대복어메는 언제 밭에서 나갔던가 두 손으로 삿대질을 해가며 한참 악다구니를 퍼대는 중이었다.

"에미가 요 따우니께 새끼두 고 따우란 말여. 새끼를 내질렀으면 책음지구 질르야지."

순사가 금방 귀쌈이라도 도려낼 듯이 호통치자 대복어메도 질세라고 목통껏 악을 썼다.

"오냐, 워너니 그렇것다. 이 사람 여럿 잡어먹을 늠아, 내 새끼가 도적질허는 거 니 눈구녕으루 봤으면 왜 진작 못 잡어늫웃데?"

"이런 오구러질 여편네, 에미버텀 혼구녕을 내놔야 쓰것구면."

"이 주리럴 늠, 너는 에미 애비두 읎네? 워따가 함부로 반말찌 거리여."

"이 뻔뻔스런 여편네 봐. 아무 날 아무디서 뭣뭣 훔쳤다구 종조목을 대주럄? 사람 같잖은 소리 웬만침 했걸랑 싸게 대복이 튄 디나 대여. 워디루 튀였어?"

"이 왜간장에 졸여 청국장에 다져늫을 늠아, 나를 잡어먹어라, 나를 잡아먹어."

"어리…… 어리……"

순사는 어쩔 바 몰라 뒤춤뒤춤하고 대복어메는 더욱 기승하여 물어뜯을 양으로 대들며 발악했다.

"오냐, 새끼 잘못 둔 이 에미를 잡어가거라, 나를 잡어가……"

나도 그전부터 순사라면 진저리를 칠 만큼 좋지 않은 선입견을 가지고 있었지만, 그러나 그 경우엔 마땅히 대복어메가 고분고분 사죄해야 옳다고 여기며 구경한 거였다. 그녀는 점점 더 발악하듯 덤벼들며 앙탈했다.

"이 뭣 같은 게 뎁세 지랄허구 자빠졌네. 포악만 떨면 젤인 중 알어, 이게―"

참다못한 순사가 손을 한번 들어올리자 동시에 대복어메도 나뒹굴었는데, 그녀는 흙바닥에 뒹굴어대며 방성통곡을 하고, 자기 적삼을 풀어헤치고 가슴을 쥐어뜯기도 했다. 대복이를 연행해갈 가망이 없는 줄 알았는지 순사가 울타리를 돌아 윗말 구장네 쪽으

192

로 뒷모습을 가져가자, 그녀는 언제 무슨 짓을 했더냐는 듯이 코한번 풀고 나더니 부석부석 일어나 목화밭으로 들어갔다. 그녀가 도로 목화밭 두둑에 들어가 중동무이했던 일을 계속하자, 나는 무엇이랄 수 없으면서도 몹시 기분이 나쁘고 섭섭한 입맛이었다. 그것이 그녀가 아주 싫어지게 된 동기이기도 했다. 그녀를 보면 마치 고름이 흐르는 옴 오른 사람이거나 곁에 얼씬만 해도 이나 벼룩이 옮을 성싶던 걸인하고 좁다란 골목에서 마주쳐 엇갈리며 지나가던 때처럼 그렇게 살갗이 섬뜩해지곤 하던 것이다. 그런 느낌은 대복이에 대해서도 마찬가지였다. 제 한 몸뚱이 할 탓으로 어미가 뺨을 맞고 맞아도 싸다는 소리를 듣게시리 하는 법이 어찌 있을 수 있겠던가.

대복어메는 그후로 남이 잊을 만하면 경찰서에 불리어가곤 했다. 그녀 말에 따르면 수배중인 대복이 행방을 대라고 오너라가너라 한다던 것이었으나, 달포쯤 되고 경찰서 출입이 빈번해진 뒤엔 대복이가 검찰로 송치된다는 소문이 들려오고 있었다. 그녀의 경찰서 출입이 면회와 간식 차입을 위한 비밀스런 행각이었음도 아울러 밝혀졌다. 대복이가 남포 섭바디란 동네에 가서 소를 훔쳐 팔아먹었다던 것이었다.

대복어메는 조석으로 우리집에 와 눈물을 거두지 못하며 설움이 북받쳐했다. 결국 소도둑에 이르고 말다니…… 나도 여간 섭섭하고 괘씸하지가 않았다.

검찰청은 80리 밖 홍성 읍내에 있어 그녀는 열흘에 한 번 보름에 한 번꼴로 면회를 다니고 있었다. 그러나 몇 개월 징역이라든가 형기가 얼마쯤 남았다는 이야기를 입 밖에 낸 적은 한 번도 없다고 했다. 이런 일로 말미암아 새사람으로 바뀌어 나온다면 오죽이나 다행이겠느냐, 어머니는 비현실적인 위로를 자주 대복어메에게 해준 모양이었으나, 팔자소관이요 집구석의 내력이 원수라는 푸념 외엔 조금도 뉘우침이 없더라고 했다. 내가 듣기에도 답답한 노릇이었다. 우리집은 원래가 유치장의 뒷바라지에는 이력이 나 있었으므로 삼동을 얼어 지낼 대복이의 형편도 가장 잘 이해하고 있었다. 때문에 대복어메가 홍성으로 면회 가는 날은 매번 빈손 들리어 보낸 적이 없었던 줄 안다. 입던 내복가지며 인절미 따위를 꾸려 보내고 때로는 가용을 남겨 여비에 보태주기도 했다.

그해 겨울은 너무나 쓸쓸하고 삭막했다.

옹점이가 시집을 가고 진현이네가 다른 부락으로 이사를 갔다거나 해서 그랬던 것은 아니었다. 대복이 없는 겨울을 혼자 보낸 탓이었다. 그것은 전혀 예기치 못한 처량한 일이었다. 길고 긴 겨울 동안 나는 아무것도 할 수가 없어 방구석에 처박혀 붓글씨 연습이나 지겹도록 되풀이하지 않으면 안 되었던 것이다.

눈이 발등을 덮어도 산토끼 올무나 꿩덫을 놓아볼 수 없었고, 논배미마다 빙판이 져도 썰매 한번 타볼 수가 없었다. 연날리기도 흥미가 없었고, 팽이와 자치기 놀음 역시 재미가 있을 리 없었다.

꿩덫에 치인 산비둘기와 까치고기는 겨울마다 대복이네 집에서 할아버지 몰래 맛보던 별미였건만, 그해 이래 오십오 년이란 세월이 흐른 오늘에 이르도록 두 번 다시 냄새조차 맡아보지 못하고 살아왔다. 진달래 고주배기 잉걸불에 하루에도 몇 마리씩 구워먹었던 참새고기도 옛맛이 그리워, 재작년 겨울인가 서울 살며 처음 시민회관 뒷골목 리어카 포장 속에서 막소주 안주로 삼아본 일이 있지만, 어딘지 제맛이 아니다 싶더니 부화장에서 무녀리와 열중이를 골라버린 병아리구이였음을 뒤늦게 알아내기도 했다. 대복이의 고무총 참새 사냥은 요즘 누가 산탄총으로도 그런 솜씨를 시늉이나 내보랴 싶게 기막힌 것이었다.

대복이와 어울림으로써 누릴 수 있었던, 동짓날 밤 별밭같이 아름다운 시절의 추억들도 그 겨울을 마지막으로 영원히 그쳐버렸다.

모진 먼지바람이 말 달리는 허허벌판이나 다름없던 쓸쓸한 겨울이 봄눈과 함께 녹으면서 세상이 차츰 험악하게 변질되어갈 조짐이 우리 집안에도 스며들더니, 초여름을 맞으면서부터는 내 생활 환경 자체가 완전히 뒤집혀버리고 말았던 것이다.

대복이네 울타리가 호박덩굴에 덮이고 칠성바위 밑에서 종달이가 하늘로 솟구치며 뭉게구름을 노래하건만 대복이네 울안의 그늘은 한결 더 짙어져 있었다. 대복이가 공주형무소로 이감된 채 풀려나오지 못하고 있기 때문이었다. 그러나 장차 무슨 일이 일어나게 될 것인지 미리 짐작한 사람은 아무도 없었다. 전쟁—, 나같이 어린것은 더구나 꿈에도 상상 못 해볼 지극히 추상적인 것이었다. 하지만 그것은, 전쟁은, 내가 여태껏 겪어본 사건들 중에서 가장 구체적이고 실질적인 모습을 하고 있었다.

6·25 사변 발발과 함께 우리집은 몸서리치게 무참한 쑥밭이 되어버렸다. 참극의 현장現場으로 돌변하고 말았던 것이다. 반대로 대복이네는 상황이 달라졌다. 애당초 어느 모로 보더라도 우리집 하고는 상반된 입장이었다.

대복이가 처음 마을에 나타난 것은 그해 7월 그믐께였다. 뜻밖에도 얼핏 봐서는 대뜸 알아보지 못할 정도로 많이 달라진 모습을 하고 나타난 거였다. 인민군 손에 옥문이 열려 출옥하였다면서 자기 집 다음에 찾아온 곳이 우리집이었다. 자기네 집에 들르긴 했지만 신발도 벗어보지 않고 우리집으로 왔던 것이다. 그는 폐허가 된 우리 집안 꼴을 확인하자 냉큼 달래기 어려우리만큼 큰 소리로 울어버렸다. 그는 울다 말고 어머니한테 큰절을 하고 나서 목안으로 흐느끼기를 한참이나 계속했고, 어머니는 그의 건강을 염려하며 어서 눈물을 거두기를 거듭 재촉하곤 했다. 얼마 만엔가, 어머니 앞을 물러난 대복이는 이윽고 내 두 손을 얼싸잡았고 다시 내 머리를 쓰다듬으며,

"월마나 놀랬데? 어린것이 월마나 놀랬겄어……"

하더니 다시 한차례 눈물을 흘렸다. 아, 얼마 만에 다시 들어보는

196

부드럽고 다정한 음성이던가.

"이왕 이리 됐응께 너무 슬허 말어라, 참구 전디야지……"

대복이로서는 자기가 겪은 고통과 우리집에 덮친 불운을 뒤섞어 흘린 눈물일 테지만, 어쩌면 자기 일생에 처음으로 뜨겁게 울어볼 수 있었던 괜찮은 기회였는지도 모를 일이었다. 그는 고대 출감한 사람 같잖게 입성도 말쑥하며 건강한 모습이었다.

"예꺼지 은어먹으메 걸어왔는디, 발바닥이 몇 번이나 부르키구 터졌는지 수도 읎다야."

볕에 타 새까만 얼굴에서 땀을 훔쳐가며,

"인민군이 안 내려왔으면 원제 나올지 모른다야, 암 아직두 멀었지…… 욧시, 워치기 허던지 은혜는 꼭 갚을 텡께 두구 봐라."

그리고 그는 다시,

"인저 존 세상 왔응께 넘매루 살아볼 티여."

정말 새롭게 살아볼 각오가 섰는지 엄숙한 표정으로 다짐해 보이기도 했다. 그는 남들한테도 자원해서 의용군이라도 나가겠다고 서슴없이 희떠운 말을 하고 다녔다. 그것은 무법시대임을 이용하여 자기 전과前科 위에 붉은 물감을 맥질해 미장하기 위한 속셈이었던 것 같았다. 결과를 지켜본 소감으로서가 아니라 그 당시 그를 알던 사람이면 하나같던 공론이었다.

대복이는 마치 살 만한 세상을 만난 사람마냥 바삐 돌아다녔다. 읍내도 매일 한차례씩은 다녀온다고 했는데, 제 푼수에 일할 자리를 뚫어보기 위한 방황이었던가보았다. 사변 전에 유치장이나 감옥에 들었던 사람치고 날뛰지 않은 자가 없던 시절이었으니, 유독 대복이 행각만을 우습게 여길 수도 없는 노릇이었다. 십 년 여일 남의 집 머슴살이를 했건, 철공소 바닥일로 잔뼈가 굵어졌건, 보통학교만 마쳤으면 관공서 서기 못 된 자가 드문 판이었다. 그런 시절이었음에도 불구하고 대복이에게는 입치레라도 할 수 있게 빌붙어 심부름해줄 만한 곳조차도 없었던가보았다. 상습 절도라는 이력 때문에 그런 예외자도 있을 수 있었던 모양이다. 결국 그에겐 의용군으로나 자원해나갈 수밖에는 인공에 대해 충성으로써 보답할 길이 없었다. 말로는 무엇이라 했건 대복은 스스로 실천에 옮길 만한 주제가 못 된 위인이었다. 과연 의용군에 나가지 않으려고 갖은 노력을 다하기 시작했다. 그 나름의 머리와 잔꾀로 몇 가지 일에 발벗고 나섰던 것이다.

내가 흔히 볼 수 있었던 일은 밤마다 남으로 남으로 내려가던 우마차들의 마소가 먹을 여물거리 징발과 그 조달이었다. 날이 어둑어둑해지면 종일토록 은폐하고 있던 달구지들, 무기와 전리품이 바리바리 실린 달구지들이 신작로가 미어지게 남녘으로 흘러가고 있었다. 길마 없은 나귀도 하루에 십여 필씩 뒤따라가고 있었다.

대복은 집집마다 드나들며 보릿겨와 밀기울을 추렴해내고, 거둬모은 여물거리들을 길가에 내놨다가 지나가는 달구지마다 골고루 나누어주곤 했다. 그는 그것으로 그친 것도 아니었다. 개를 잡게 한다, 흰 무리를 쪄내어라, 닭을 비틀어 삶아내야 한다, 하고 밤낮없이 가로세로 날쳐댔던 것이다. 그런 행각을 달갑잖게 여긴 눈치가 보인 집이 있으면 그때마다 돌아가며,

"욧시, 요댐이 보자" 하면서 어금니를 악물었고, "욧시, 네늠의 집구석, 월마나 견뎌내나 겨룸허자……" 하고 벼르기도 했다.

"밤도적늠이 세상 뒤바낑게 낮도적늠 되더랑께……"

시달리다 못해 그렇게 막말하는 소리도 나는 들었다.

"사람 되여본다는 풍신이 아주 버린 늠 되엿뻐리니……"

"그 자슥 읊어지는 것 보구 싶어서라두 한번 더 뒤집히야 허여……"

오죽 보기 싫었으면 그런 위험한 말까지 입 밖에 냈을까.

"제깟늠이 그러다 말지 워쩔라데유, 시국도 어채피 몇 조금 안 가 엎어질 텐디……"

"그 눙깔 핏발 서가지구 미친 가이마냥 쏘댕기는 거 보슈, 조심 휴, 입바른 소리 허다 말버릇 고치게 되지 말구……"

모두들 쉬쉬하고 몸을 사려 이렇다 할 사건 없이 두어 순旬은 괜찮게 보냈던 것 같다.

온 동네 솥뚜껑이 들썩대게 시끄러워졌던 것은 추석을 보름가량 앞뒀던가 싶게 벼가 패고 수수모개도 숙어진 어름이었다. 대복이가 강간미수로 붙들려 들어갔던 것이다. 그것도 대복이로서는 감히 넘나보지도 못한 참봉집 손녀딸을 건드리려 한 거였다.

참봉집이라면 가세는 기울어 근근했어도 근본이나 하며 내려오던 범절은 아직껏 서슬이 살아 있었고, 참봉 며느리만 해도 청상에 홀로 되어 자식들 뒷바라지하느라고 비록 바깥일에 일쑤 나서긴 했으나, 원래 본데 있는 집안답게 가풍을 엄히 지켜온 보기 드문 부인이었다. 그녀는 또 케케묵은 구식 집안 주부이긴 했으나 재봉틀 한 대를 밑천 삼아, 맏딸 순심順心이를 멀리 군산으로 보내어 고등교육을 시키고 있기도 했다. 순심은 사범학교 재학중이었고 그해 18세였다. 나이는 어렸지만 진작 시집을 보냈더라면 아이 두엇은 낳았을 만큼 숙성한 편이기도 했다. 그녀는 요즘 일본인 관광객 전용 접대부 아가씨들처럼 이렇게 쏙 빠지고 아까울 만큼 이쁘지는 않았지만, 그만하면 됐잖느냐 싶게 괜찮은 인상으로 머릿속에 남아 있거니와, 방학이 아니면 볼 수 없었던 그녀와 모처럼 가까이 지내봤던 그 당시의 내 어린 마음에도 썩 착하고 수더분한 처녀가 분명한 것 같았다.

순심은 그 시절 우리들에겐 무척 재미있는 선생이었다. 마을에선 유일하게 고등교육을 받던 그녀였으므로 싫어도 별수는 없었겠지만, 그러나 그녀는 매우 열성적으로 우리들을 가르친 거였다. 좌경左傾해본 이가 전혀 없고 붉은 물이 든 푸네기도 없던 집안이었지만 그녀는 조금 다른 것 같았다. 우리들은 밥을 먹으면 실여울 건너뜸 여성동맹 사무소 앞에 모였고, 순심이 시킨 대로 스무남은이나 된 많은 아이들이 열을 지어 행진하며 각종 구호와 새로 배운 노래들을 고개 젖혀 불러대곤 했다. 날이 몹시 뜨겁거나 장터가 공습을 당한 날은 모임도 밤에 가졌으며, 장소도 너럭바위 철둑 갯물이 출렁대는 갯둑 등, 시원한 곳으로 자주 옮겨다니며 놀았던 것이다.

대복이가 평소 순심이를 연모했을 리는 없으리라고들 했다. 다만 평등이니 동권이니 동무동무하며 비슷한 일을 하느라고 자주 마주쳐 스스럼 타지 않고 어울리다가 견물생심이 됐으리라는 것이 중론이었다. 한번은 준배네 집에 놀러 갔다가 준배 부모가 주고받는 말도 들어봤지만 남들도 대개 그렇게 새기는 눈치였다.

"그 바닥자식늠이 내둥 가만두다가 난리나니께 미친 지랄했단 말여……"

준배어머니가 대복이 욕을 먼저 했었다.

"평지에 지여두 절은 절인디, 대복이라구 보는 것보덤 허는 게 낮은 줄 모를 거여?"

준배아버지는 대복이 역성을 들고픈 눈치였다.

"보리밥풀루 잉어를 낚자는 심뽀지, 츤헌 짐승일수록 새끼버텀 깐다더니 되다 만 것이 인저 사람 도둑질루 들어섰단 말여."

"두엄에다 집장 떠워 먹구 훔친 떡 뒷간에 가 먹기지. 지집 사내 붙는디 무슨 공부 무슨 학문이 필요혀?"

"나무두 마주 스는 게 있구, 꽤구락지도 올챙이가 크야 자손 본다우. 지랄을 해두 분수가 있으야지, 동네 챙피스러 친정에두 못 가졌어."

"한국 사람은 다섯만 모이면 으레 뒤보구 가는 늠 하나는 있는 벱여. 자네나 행실 바로 허소."

"내 행실이 워떤디? 기가 맥혀……"

"장 보러 가다 질갓이 앉어 오줌 누지 말란 말여."

순심이 맡은 임무는 우리 조무래기들에게 이북 노래 가르치기였던 것 같았다. 그런데 그날은 온종일 비가 왔었다. 여러 아이가 모일 만한 장소는 없었으므로 그런 날은 집안에서 제각기 놀 수밖에 없었다. 궂는 날도 대복이는 말먹이 밀기울 추렴을 다니고 있었다. 대복이가 울안에 들어섰을 때 순심이는 마루에 누워 낮잠을 자고 있었다. 그녀 어머니는 물꼬 보러 나가 없었고, 그녀는 집을 보던 중 깜뭇 잠에 빠졌던가보았다.

보지 않은 소리를 함부로 지껄일 수는 없으나, 추측건대 순심에게 달려들면서도 대복이는 말 한마디 변변히 꺼내보지 못했을 것 같다.

"사리마다 끈이 고뭇줄만 됐더래두 영락읎었을 텐디, 놋내끼ㄴㄱㄴ를 썼으니 그게 싸게 벗겨질 거유" 하며 마실왔던 상술이 어머니는 허리가 시어했지만 한 다리 거쳐서 들린 대복이 변명은 뜻밖의 것이었다.

"그것들이 대대루 양반질해 처먹는 동안 우리네 같은 인민들 피를 월마나 빨아먹었간디. 가난헌 무지렝이 백성들 피를 월마나 많이 빨어먹었더냔 말여…… 그런 것들헌티 시방 세상에 웬수 안 갚으면 워떤 세상을 만나야 우리네 한을 풀어본대유……" 대복이는 다시,

"나는 지집애 몸뗑이가 탐나서 그런 게 아니랑께유. 우리네 인민들 원을 풀을라구 그랬슈. 웬수 양반 새끼들헌티 원을 풀을라구 헌 노릇이랑께."

눈 하나 깜짝 않고 태연스럽게 입놀림하더라면서, 마침 학질로 물 한 모금 못 넘기고 누웠던 대복어메 부탁을 마지못해 대리 면회 푼수로 유치장 안까지 들여다보고 왔다는 상술어머니의 이야기였다.

"츠헌 불쌍늠……"

어머니는 어린 자식 보는 앞에서 면구스럽던지 얼굴을 돌리며 개탄하였다. 상술이 어머니 얼굴만 멀거니 쳐다보고 있던 나도 어머니처럼 고개를 돌렸다.

"아무리 바닥으 자식이래두유 원채 히망이 읎는 애더먼유."

상술어머니가 말매듭을 짓자,

"양반 노릇 헌 것두 죄 된다우?" 하고 맞은편에다 물은 다음,

"지가 원제버텀 왼손잽이左翼질 했다구 저리 날치나 했더니 두구 보니 그럴라구 그랬구먼…… 피라미 십 년 묵어 붕어 되는 법 못 봤으니께" 하고 어머니는 고개를 내둘렀다.

"고욤낭구에 감 열리겄남유, 설은 채미 오이만 못허지유." 상술

어머니는 면회 다녀준 게 후회되는지 연방 시키지 않은 욕을 퍼대었다. 엎질러놓은 일이 워낙 동네 생기고 처음 있는 일이며, 유치장에 갇히고도 어지간히 맞은 모양이더라고 상술어머니는 덧붙여말했다.

"삭신이 바근바근허게 처맞은 꼴이더먼유, 굴신을 못허고 밍그적대더라닝께유."

상술어머니뿐 아니라 다들 잘 걸려들었다며 고소해했으나 오직나만은 예외였다. 대복이를 두둔하고자 그런 건 아니었다. 이유가있었다. 엉뚱하게도 나는 대복이와 순심이가 그 계제에 혼인을 해버리면 제일 좋겠다 싶었던 것이다. 순심이마냥 마음결 곱고 예쁜처녀와 신랑 각시 하고 살면 대복이도 착한 사람이 될 수밖에 없으리라고 여겼던 것이다. 대복이는 갇히고 달포 가까이 되는데도 풀려나오지 못했다. 과거가 이러저러한 불측한 인간이니 단단히 족치고 닦달하도록 순심이가 뒷공작을 해서 그러는지 모른다고도했으나 그것만은 근거 없이 나돈 말 같았다.

가을이 완연해졌다. 범바위 찔레덤불 틈에 옻나무 잎새가 불긋거렸고, 너럭바위에 올라앉아 모과와 땡감을 함께 씹으면 물대추맛으로 감췄다. 김장밭에 들어가 왜무우를 뽑아 먹으면 배 맛이 나고, 논배미마다 메뚜기 잡던 아이들의 두렁콩 서리하는 연기가 뒷목 끝낸 모닥불 마당처럼 피어오르고 있었다. 그날도 내가 잡은 메뚜기 꿰미는 한 발이 넘었다. 메뚜기 못지않게 참게도 흔했다. 메뚜기 사냥이 싫증나자 대신 게 잡을 궁리로 마음이 바빠졌다. 내가 게구멍 쑤실 철사도막을 찾으러 부살같이 집으로 뛰어들던 참이었다. 그때 나를 놀래키며 우리 대문 앞에 우뚝 서 있던 사람, 대복이였다. 나는 반가움이 벅차서 화등잔 같은 눈으로 그를 올려다봤다.

"잘 있었데?"

얼굴이 두부모처럼 허옇게 쉰 대복이가 그 큰 입으로 시커멓게 웃으며 손을 내밀었다.

"원제 나왔니?"

나는 메뚜기 꿰미가 쥐어진 손을 어쩔 줄 모르며 물었고,

"쬐끔 아깨……"

그는 내 머리를 쓰다듬었다.

"늬 엄니 보구 싶었지?"

그는 빙글거리면서 고개만 끄덕거렸다.

"배고팠지?"

"뭐……"

"이 메떼기 궈먹을려?"

"이따가…… 비양기 뜨먼 겁났지?"

"잉."

"사람 많이 상했다메?"

"잉."

"인저 평난됐응께 핵교두 댕기야지."

"잉."

"똘캉물루 손 딲어라."

"그려."

나는 그를 따라 우물로 갔다. 우물에서는 대복어메가 우리 쌀을 일어놓고, 우리 밭에서 따온 반찬거리를 다듬고 있었다.

"워쩌면 기별두 읎이 나왔다네?"

그녀가 말했다.

"쟤가 니 걱정을 월매나 헌 중 아네? 아마 니 아배허구 나 댐이는 쟤가 그중 그랬을 게다."

그녀가 나를 턱으로 가리키며 말하자,

"그려? 그랬을껴. 욧시, 인저 나는 맨날맨날 너하구만 놀으야겄다."

대복이가 희뜩 웃으며 말했다. 대복이는 그렇게 장담했지만, 나에겐 대복이와 노닥거리며 놀아볼 경황이 없었다. 그것은 대복이도 마찬가지로 그랬다. 그는 나더러 이런 말을 했었다.

"국방군이 안 올러왔다면 나는 여직 뽈갱이덜 땜이 유치장서 썩구 있을 게다…… 국방군두 올러오구 했으닝께, 욧시 두구 봐라."

"국방군 될라구?"

"아녀, 인저 웬수를 갚으야지, 내 고생헌 웬수를 갚으야여."

그는 주먹을 불끈 쥐어 뵈가며 말하고 있었다.

세상이 뒤바뀔 때마다 대복이는 자유스런 몸이 되곤 했지만 반

206

대로 우리 집안엔 된서리가 내리곤 했다. 여름내 보던 것들이 자취를 감추고 대신 태극기를 다시 볼 수 있게 밀려났던 세상은 되돌아왔지만, 내가 그런 북새에 얻은 것이라고는 말귀가 트이고 눈치나 빨라졌을 뿐, 한번 들어버린 멍은 풀어지지 않았다.

대복이는 대복이대로 우리 조무래기들과는 완전히 척지고 자기 세계를 살아가고 있었다. 많이 의젓해지고 어른스런 언행을 하고 있었다. 그래서 그런가 마을엔 향토방위대가 붙어 낯선 사람이 걸핏만 해도 신분 확인을 하러 올 만큼 대강 질서도 잡혀갔지만 대복이가 부역한 사실에 대해서 재론할 기미는 보이지 않았다. 적 치하에서 구금됐던 사실만으로도 그만한 부역쯤은 탕감될 수가 있었나보았다. 그런데 대복이한테는 없던 버릇이 한 가지 붙어 있었다. 의젓하고 어른스럽던 언행으로 멀쩡하다가도 술만 들어가면 야단이었다. 주정도 보통 주정이 아니었다. 마시면 곧장 취하고 취하면 못할 소리가 없이 함부로 떠들며 아우성이었다.

"욧시 두구 봐. 뿔갱이 집구석은 종자를 싹 말려버릴 텡께."

그렇게 한번 시작되면 말려볼 장사가 없었다.

"뿔갱이질헌 년늠들은 몽땅 패죽여버릴 거란 말여. 욧시, 웬수 안 갚구 놔두나봐……"

술평계하여 누구 들으라고 부러 하는 건주정 같기도 했다.

참봉집은 밤이나 낮이나 대문을 걸어잠그고 아이들까지도 밤잠을 못 이룬다고 했다. 대복이가 도끼나 칼을 들고 보복하러 들어올 것 같아 그런 것이다. 대복이 앙심이라면 밤에 집에다 불을 지를 수도 있다는 짐작이었으므로, 참봉집과 무관하게 지내온 사람들도 함께 걱정되어 전전긍긍하고 있었다. 사실 대복이가 술만 들어가면 쳐죽인다. 패죽인다, 씨를 말린다 한 것도 참봉집을 두고 벼른 것이었다. 하는 언동으로 봐서는 당장에라도 참봉집에 들어가 흉측한 일을 저지를 것 같았지만, 다행스럽게도 무슨 일은 일어나지 않고 있었다. 순심이가 종적을 감추지만 않았더라도 못 볼 꼴을 보게 됐을지 모를 일이었다. 실지 순심이 행방을 아는 사람은 아무도 없었다. 경찰에서는 문턱이 닳게 드나들며 가족을 들볶아댔지만 냄새조차 못 맡는다던 거였다. 참봉집의 남은 가족들도 순심이 염려로 울어 세월한다고 했다. 어디에 묻혀 있는지 단단히 도피한 모양이었다. 누구는 그녀가 후퇴하는 공작대원들을 따라나섰으니 이북으로 넘어갔기 쉽다고 했고, 인민군 패잔병들 뒤에 묻어갔으므로 못 넘어갔으면 죽었으리라고도 했다. 중도에서 길이 막혀 산속으로 숨어들었으면 공비가 됐으리란 설도 있었고…… 죽기 십중팔구지 공비로 살았다 한들 여린 처녀 몸에 어떻게 견디겠느냐면서 안쓰러워하는 이도 있었다. 공비 토벌대에 총살당했든가 얼고 굶어죽었으리라는 것이었다. 눈발이 희뜩거리고 바람 끝에 살얼음이 가기 시작하자 순심이를 걱정하던 사람들은 더욱 안타까워하였다.

　그럴 즈음이었던가보다, 언제나 사람을 놀래어온 대복이가 다시 한번 온 동네를 들었다 놓았던 것은.

누구나 놀라지 않을 수 없었다. 그렇다. 사람들은 심지어 대복이의 정신 상태마저 의심하면서 입을 못 다물고 있었다. 그러나 놀라긴 마찬가지였지만 나는 그러지 않았다. 오히려 당연하며 옳은 일이라 여겼고, 혼자 흐뭇해하되 새삼스럽게 대복이가 좋아졌을 정도로 그를 지지하고 싶었다. 아, 그 놀랍던 일을 어찌 장황하게 늘려 말할 겨를이 있으랴. 대복이가 참봉집에 머슴으로 들어갔던 일을.

사람들은 다시 그 집안에서 장차 무슨 일이 벌어지려나 싶어 모두들 불길한 예감과 불안한 느낌으로 가슴을 졸이기 시작했다. 그러나 얼마가 지나도 아무 일이 없었다.

"대복이가 인저서 사람 되였구나……"

대복이가 주인집 심부름으로 우리집에 소금을 꾸러 왔을 때 어머니가 대놓고 한 말이다.

"예."

대복이는 아주 점잖은 음성으로 그렇게 대답하며 머리를 숙였다.

"암, 그러야지, 그러야 쓰구 말구…… 내숭스런 녀석, 진작 좀 그래보지 않구는."

"죄송스러워유."

어머니는 대복이가 잘못을 뉘우치고 사죄하는 뜻에서 머슴으로 들어갔으리라고 했으나 남들은 그렇지 않으리라고 우겼다. 본디가 흉물이므로 한집에 살면서 언제 어떻게 무슨 패악스런 짓을 저지를지 모르며, 그렇지 않다고 장담할 만한 아무런 근거가 없다고 주장했다. 들어보면 그럴 성한 이야기였다. 순심이라도 집에 있다든가, 혹은 부역한 죄로 유치장살이나 형무소 복역중이기라도 하다면 언젠가 출옥하길 기다려 그녀에게 장가들 욕심으로나 그럴 수 있다겠지만, 순심은 행방불명이요 서 발 장대 휘둘러야 생쥐 볼 가심하던 감자 한쪽 걸릴 게 없고, 초동부터 아침 끓이고 나면 저녁거리가 간 데 없어, 무엇으로 목구멍을 풀칠하기에 부황이 안 나고 배기는가 싶도록 쩨지는 집에, 군불나무나 해주러 머슴이 된 속셈을 가늠할 수 없기 때문이었다. 참회하는 뜻으로 그러려니 하더라도 대복이 됨됨이를 보면 걸맞지 않는다고 했다. 없이 사는 농가의 겨울 일거리란 땔나무 해들이기가 유일한 것으로 된다. 대복이는 하루같이 이십 리 길이나 되는 성주산의 도유림 숲속으로 나무를 다니며 갈퀴나무와 고사목을 해들였다. 눈여겨보면 어떤 날은 빈 지게에 작대기와 갈퀴자루가 바지랑대처럼 뻗쳐 있을 뿐 고다리에 매끼만 감겨 있기도 했다. 처음엔 산림 감수한테 나무를 압수당했거니 했으나 나무를 팔아 쌈짓돈 만드는 것으로 알려지게 되었다. 그러자 대복어메는 우리집에 오면 으레 하던 말이 있었다.

"그 주리헐 늠이 글쎄 나무 한 짐 팔었다구 흔 돈 한 닢 안 뵈주네유. 언젯적인가 즤 애비 장수연 한 봉토 사다줘보구는 고만이랑께유" 하면서, "아마 참봉집 양석 대주는 모냥유" 하고 넘겨짚어

210

말했다. 그녀는 다시 참봉집을 두고,

"농사진 것 죄 압수당허구, 짐장밭두 무수 한 뿌래기 배차 한 잎 새귀 안 냉기구 죄 압수당했는디 뭣 먹구 여적 살겄슈. 대복이 등골 뽑어 연명허는 게 분명치."

참봉집은 순심이가 부역한 바람에 그해 농사된 것은 논밭에 세워놓은 채로 압수를 당해 시래기 한 두름 엮어둔 게 없었다. 대복어메는

"자슥새끼 만나보기가 바깥사둔 요강 가시는 꼴 보기보덤두 어려우니…… 새끼가 아니라 웬수랑께유" 하고 일쑤 볼멘소리를 하였다.

대복이는 정말 너무도 충직한 머슴이 되어 있었던 것이다.

겨울이 지났다. 아무 일도 없었다. 순심이가 튄 곳, 순심이 숨어 사는 곳을 대복이가 알고 있기에 겨우내 조용했으리라는 추측만 파다했을 뿐.

우리들은 학교에 다니고 있었다. 책상 걸상이 없는 맨바닥에 늘어앉아 책 한 권을 두서넛이 함께 보며 가난가난하게 학교를 다녔던 것이다. 공부도 제대로 할 수 없었다. 등교 때는 책보를 허리에 감아매고, 삽이나 괭이를 실습 도구처럼 메고 다니며, 지붕만 남은 황폐해진 학교를 손질하기 위해서 토요일도 잊어야 되었다. 게다가 우리들은 흔히 정거장으로 동원되어 나가 예사 하루 해를 보내기도 했다. 창문도 없이 굴속 같은 화물 열차에 가득가득 실려나가

는 입영 장정들의 전도를 전송해주기 위해서였다. 전도란 말을 한자로 표기하면 '戰道'가 된다. 그 무렵만 해도 전쟁이 한창 치열하던 판이라 장정들이 싸우다 죽을 때는 빽이 없어 죽는다고 "빽—" 소리를 지르며 죽어간다던 시절이었다. 관촌부락에서만 해도 이미 여러 사람이 가고 아니 왔었다. 열두 사람이 출정했지만 목숨이 붙어온 이는 최상태 문군식 두 사람뿐이었다. 그나마도 최상태는 다리 한짝을 못 쓰게 된 상이용사였다. 이남주 채홍덕 조상일 셋은 백골로 돌아오고 나머지는 끝내 종무소식이었다. 시기가 그런 시기였으므로 영장이 나왔다 하면 다시는 못 볼 사람으로 간주했던 것이며, 집에서 마지막 먹고 나온 식사를 사잣밥으로 치부하고 있었다. 소식이 없는 장정 가족들은 집 떠난 날을 적어뒀다가 제삿날로 삼았고, 빽이 없어 먼저 죽어갔다고 믿어 돈으로 군대 안 가는 자를 원수처럼 여기기도 했다. 참으로 많은 장정들이 징집되어 나갔다. 떠나는 날이다 하면 군내郡內가 들썩거렸고, 군청 소재지였던 우리 읍내는 그 전날부터 사람장이 서서 북새를 이루곤 했다. 장 서듯 한 그 숱한 사람 가운데 얼굴에 웃음기를 머금은 이는 한 사람도 구경할 수 없었다. 우리들처럼 철딱서니 없는 어린것들만이 큰 구경거리로 알아 히히덕대며 법석 떨었을 뿐, 출정하는 날은 읍내가 온통 초상집이었다. 장정들을 따라 읍에 온 가족들로 여관 여인숙마다 울음소리가 그칠 새 없기 때문이었다. 정거장 근처는 인산인해를 이루고, 마지막 가는 사람을 조금이라도 더 쳐다보려고 변소, 석탄더미, 조운朝運 창고 지붕 같은 곳에도 온통 사람 범벅이곤 했다. 열댓 량輛씩 연결된 화물차 문 앞에는 총검 든 헌병이 둘씩 경비를 했는데, 그 헌병을 경계로 하여, 조금이라도 밖을 내다보고 싶어하는 장정들과 밖에서 아우성인 가족들이 난장판을 이루곤 했다. 한마디로 말하기가 벅찰 수밖에 없는 광경…… 모두가 울고불고 정거장이 떠나가는데다, 환송 나온 학생들이 만세와 군가로 합세를 하면 그야말로 천지가 진동하던 것이었다.

무찌르자 오랑캐 몇천만이냐 대한 남아 가는 데 초개로구나…… 가슴을 치고 통곡하는 노파, 아무개를 숨넘어가게 부르고 몸부림치는 노인, 땅바닥에 데굴데굴 구르며 머리칼을 쥐어뜯어대는 아낙네, 제지하던 헌병에게 떠다박질려 고꾸라지며 코피가 터진 여자, 헌병의 가랑이를 붙들고 늘어지며 대신 나를 데려가라고 사정하는 노파, 헌병 구둣발길에 넘어졌다 일어나서 얼굴을 쥐어뜯으려고 덤비는 노파…… 전우의 시체를 넘고 넘어 앞으로 앞으로…… 우리 학교 전교생은 목통이 터져라고 노래를 부르고, 호루라기 소리, 경찰관의 고함과 호통소리, 떠난다고 울어대는 기적소리, 젖먹이 아이들 우는 소리, 중고등학생들이 불고 치는 북소리 나팔 소리…… 동이 트는 새벽 꿈에 고향을 본 후 배낭 메고 구두끈을 굳게 매고서…… 노래를 불렀다. 기차가 움직이면 더욱 큰소리로 노래를 불렀다. 만세를 부르고 박수를 쳐대고…… 기차가 엿가래 휘어지듯 산모퉁이를 돌아가버리면 아무도 없는 빈 철길을 맨발로 뛰어 쫓아가며, 아무개를 부르다가 치맛자락을 밟고 넘어지고, 다시 일어나 만세만세를 외쳐대던 백발 노파의 울부짖음, 너울너울 춤을 추다가 정신이 돌아버리던 허연 노파의 허연 눈동자…… 우리들은 만세와 군가만을 신나게 불러대었다.

만세와 군가는 그로부터 얼마 안 돼 이틀이 멀다고 되풀이하게 되었다. 휴전 협정 반대 궐기대회나 중립국 적성 감시 위원단 축출 궐기대회 때에도 수없이 불러야 했던 것이다. 우리들은 그 일을 그저 시키니 한다는 투로 무의미하게 반복했다. 하물며 군대에 나간 가족이나 당내간의 친척이 전혀 없었던 나의 경우임에랴. 다만 내게는 단 한 번의 예외가 있었을 따름이다.

단 한 번의 예외. 그것은 군대 보낸 가족들의 그 비절했던 심정을 한꺼번에 이해할 수 있었던, 그리하여 무릇 전쟁의 가증스러움, 목숨의 허무함, 인생의 무상함, 생활이란 것의 부질없음, 세월의 덧없음을 조금씩 깨우치기 비롯하고, 알면서 살고 싶은, 쉬운 말로 느낌을 가져온 계기이기도 하다.

대복이가 출정하는 것을 지켜본 날, 예외란 바로 그날이었다.

나는 대복이가 빨아 풀먹여 다듬은 깨끗한 흰 베갯잇을 수건 삼아 머리에 질끈 동여매고, 화물 곳간차의 문전 헌병의 뒤에 붙어서서 내다보며,

"엄니 잘 있어— 아버지도 잘 지슈—" 하고 목메어 외치던 소리를 아직껏 기억하고 있다. 대복이는 그 전날 밤, 저녁을 우리집 대

청에서 나하고 겸상하여 먹었다. 어머니가 안됐다고 유념하여 저녁 대접을 했던 것이다. 이십여 년을 그렇게 가까이 지내오고도 그가 우리 안마루에 발 벗고 올라앉아보기는 그것이 처음이었다. 우리집에서도 못자리할 볍씨 서너 말 외엔 그릇마다 비워진 고달픈 보릿고개였다. 싸라기 듬성듬성 섞인 쑥버무리, 자운영 삶아 보릿가루 반죽해 찐 개떡으로 끼니를 이어가던 대복이네는 실상 더운 밥 한 그릇 제대로 못 먹여보낼 처지이기도 했다. 참봉집 형편도 마찬가지였다.

"원제 올 중 모르는 질이지만 죽으라는 법두 읎잖네. 욧시, 꼭 살어올텡께 봐라."

저녁을 마치고 바깥마당으로 나오면서 대복이는 내 머리를 쓰다듬어주며 장담했다.

대복어메는 기차에 매달리려고 허우적거리며 대복이 이름만 수없이 불러대고 있었다. 가로막아선 헌병이 구둣발을 들썩대며 얼씬도 못하게 했지만, 그녀는 어떻게 해서든 대복이 바짓가랑이나마 한번이라도 더 만져보려고 갖은 용을 썼다. 화차 문 앞마다 모두 그런 아낙네들과 제지하는 헌병과의 실랑이였고 싸움이었다. 어떤 여자는 헌병의 군화부리에 턱을 받혀 벌렁 나자빠지기도 하고, 어떤 여자 하나는 헌병 장교의 지휘봉으로 어깨와 등짝을 몇 대씩 얻어맞기도 했다. 정거장 이쪽으로 전교생과 함께 질서 있게 섞여 서서 무슨 운동장 응원단모양 규칙적인 만세와 군가를 부르고 있었던 나도, 대복이 가까이로 가서 잘 가란 말 한마디라도 더 하고 싶은 마음이 간절했지만, 그것은 엄두도 내지 못할 험악한 바닥이었다. 섣불리 뛰어들었다가 누구 발길에 걷어차이고, 무얼 밟고 겹질려 넘어질는지 알지 못할 판이었다. 언제나 그랬듯 한번 넘어지기만 했다가는 그참 짓밟혀 죽고 말게 혼란이 극에 다다른 상태였다. 나는 마음속으로만 무사히 돌아오기를 빌고 있었다. 총에 맞지 않고 포로가 되어가지 말기를, 크게 부상하여 병신이 되지 않기를, 아니 죽지만 말았으면 하고 애타는 가슴을 부쩌지할 길이 없었다. 대복이는 그 많은 아이들 틈에 섞인 나를 끝내 알아보지 못했다. 그럴 겨를이 없기도 했다. 조패랭이와 대복어메가 번갈아가며 울고불고 했으니까.

기차가 뜨기 시작하면 만세 소리와 울부짖음이 읍내를 뒤엎는 함성으로 변하게 마련이었지만, 나도 그때만은 건성이 아니고 장난도 아닌, 참으로 순수한 내 목소리로써 대복이의 장도를 전송하였다. 눈시울이 뜨거워지자 반 아이들에게 눈물을 들키지 않으려고 갖은 몸짓 다해가면서.

정거장 난리판에서 학교로 되돌아간 날은 어수선하게 마음만 들쑤셔놓아 하던 공부도 여느때처럼 되지 않았는데, 대복이를 전별한 날은 말할 나위도 없었다.

그날의 학교길은 그처럼 쓸쓸하고 허전하며 심란할 수가 없었다. 사지에 맥이 풀려 걸어지지도 않았고, 종다리가 높이높이 솟구

쳐오르며 뽑는 노랫소리도 귓결에 닿지 않았다. 밀밭둑에 앉아 밀 모개 잡아 밀껌을 만들거나 장다리밭에 들어가 무 공다리를 꺾어 먹고 싶은 마음도 없었다.

고개가 쳐들어지지 않아 내 그림자만 쳐다보며 마을 초입의 대장간 앞에 거지반 왔을 때였다. 신작로 위에 난데없는 사람들로 장이 서 있음이 보였다. 무슨 구경이 난 게 분명했다. 아이들 다툼질이 어른 싸움 됐든가, 아들이 군대 나갔던 집 가운데 전사 통지서가 왔다든가. 그러나 뭇사람들이 입을 굳게 다물어 그지없이 조용한 게 이상한 일이었다. 나는 달음박질치다시피 하여 사람들 틈에 끼어들었다.

놀라운 일이었다. 놀라운 일이 거기 있었다. 나는 얼이 빠져 손에 들었던 책보를 놓치고 짓밟혀 필통이 찌부러지는 소리도 듣지 못했다. 고개를 숙인 여자, 순심이를 발견했던 것이다. 물에서 물이 나게 빨아 바랜 옥양목만큼이나 새하얀 얼굴의 순심이는, 무슨 보살처럼 아무런 감정도 나타내지 않은 채 담담하고도 침착하되 지극히 무표정한 기색을 하고 있었다. 그녀는 경찰서로 잡혀가는 길이었다. 대복이가 떠나자 순심이 나타나게 된 앞뒤 사정은 두고두고 마을 사람들의 반찬거리가 되었지만, 그러나 누구 한 사람도 옳거니 그르거니 하며 잘잘못을 가리려고는 하지 않았다. 단지 순심이 어머니의 후일담을 유일한 근거로 하여 사람마다 제 나름대로 새겨 그렇겠거니 했을 따름이었다.

어느 날 밤이었다. 밤도 많이 이울어서 겨우 눈 좀 붙여볼까 하는데 방안에 무엇이 든 것 같았다. 차라리 도둑이라고 여겼더라면 두려울 게 없었다. 집어갈 것이라곤 서캐 실은 누더기 몇 가지뿐이었으니까. 그녀는 드디어 올 것이 왔구나 한순간 비장한 각오를 곁들일 수 있었다. 모든 게 끝났다 싶은 체념이었는지도 몰랐다. 그녀는 가택 수색 나온 사찰 기관원보다 대복이 얼굴이 먼저 떠오르더라고 했다. 떨리는 손으로 성냥을 더듬어 등잔에 붙이려는데도 아무런 기척이 없었다. 방안이 밝혀지기 전에 미리 일앉아 있었던 순심이가 앞질러 말했다.

"대복이지? 이대로 여기서 죽여다구……"

"……"

불을 밝혀보니 방구석에 버티고 서 있던 것은 역시 대복이었다. 그의 손엔 아무것도 쥐어져 있지 않았다. 이윽고 대복이가 방바닥에 털썩 주저앉았다.

"이대로 죽여주어……"

순심이는 거듭 침착하게 말했다.

"그새 고상 여간 안 했지?"

대복이의 첫마디 응수였다. 그는 나지막한 목소리로 차근차근 말했다.

"여기 들올 때만 해두 해꾸지헐 심이었슈. 그런디 순심이를 즉접 눈으루 보니께 차마 못헐 노릇이더먼유."

그는 계속해서 순심이 어머니를 향해,

"깅찰서루 끄서갈라구 했슈, 당정 때쥑이구 싶은 맘두 있었구유. 그런디…… 들키지 않게 잘 숨어 있으야 헐 거유. 저두 입 다물구 있을 테니께, 어제마냥 요강 버리러 나왔다가는 큰일 난단 말유."

그날 밤 대복이는 몸조심하길 신신당부하고 슬그머니 물러갔다. 순심이는 뜬눈으로 밤을 지새우고 다시 땅굴 속으로 들어갔다. 그녀는 허드레로 쓰던 골방 구들장을 몇 장 들어내고, 방고래를 눕고 앉을 만큼 파낸 다음, 가마니와 거적으로 방을 만들어 두더지 생활을 해온 거였다. 낮인지 밤인지 모르고 먹으면 잤다. 골방 바닥은 장판 대신 마분지로 초배만 하여 왕골자리를 깔았고, 수시로 떼고 덮도록 된 구들장문 위엔, 허부렁한 옷가지를 넣어 무겁지 않게 된 장롱을 옮겨다가 눌러놓았다. 먹고 마실 것을 들이고 낼 때도 일일이 장롱과 자리를 들어내지 않으면 안 되어 번거롭고 거추장스러웠지만, 검거되어 고생하는 셈치고 자수할 시기가 올 때까지는 견뎌볼 작정이었다. 바깥이 너무 춥고 밤이 깊어지면 슬그머니 나와서 따뜻한 구들목에 몸을 지지기도 했다. 대복이가 들이닥친 날도 그러던 중이었다.

언제라도 마음만 변하면 경찰에 정보를 줄 수 있는 대복이라서 한날 한시도 마음 놓을 수가 없었다. 위태위태하여 살아도 사는 것 같지 않던 어느 날 대복이가 다시 찾아왔다. 머슴살이를 하겠다고 자청하였다. 마다할 수 없는 노릇이었다. 오히려 고맙게 여겨야 했다.

그럭저럭 겨울이 가고 봄이 되었다. 대복이에게도 징집 영장이 발부되었다.

출정하는 날도 순심이 어머니나 신작로 초입까지 나가 바래다 주었지 순심이는 방고래 속에만 누워 있어야 했다. 순심이는 견딜 수가 없었다. 마지막 길인지도 모르고 떠나는 사람, 집안에 숨어 서 멀리 뒷모습이라도 바라보고 싶었다. 그녀는 동생을 시켜 장롱 을 치운 다음 스스로 구들장을 열고 나왔고, 밖을 몰래 엿볼 수 있 는 변소 속으로 들어갔다. 시간이 되자 대복이 뒷모습이 길에 나타 났다. 조패랭이와 대복어메 그리고 자기 어머니가 앞서거니 뒤서 거니 하며 걸어나가고 있었다. 문득 대복이 얼굴이 보였다. 대복이 가 걷다 말고 불현듯 돌아서서 이쪽을 한 바퀴 둘러보며 집과 울 타리, 논밭이며 나무들에게 두루 작별을 고하던 것이다. 몇 달 만 이었을까, 그녀가 대복이 얼굴을 대낮에 밝은 눈으로 쳐다봤던 것 은. 대복이가 안 보일 때까지 변소 속에서 있던 그녀는 갑자기 구 토감이 걷잡지 못하게 치밀어오름을 가라앉힐 수 없었다. 나는 아 직도 알지 못한다. 입덧 증상이 어떤 것인지를. 그리고 우연히 지 나다가 순심이를 발견하고 경찰서에 일러바친 자가 누구였는지도.

(1973)

공산토월空山吐月 — 관촌수필5

  역시 객담이지만, 지난 9월 초순 어느 날이던가, 나는 어느 신문
사 문화부의 전화를 받고 한참 동안이나 말다툼 비스름한 실랑이
를 벌인 적이 있었으니, 까닭은 전화를 걸어온 그쪽 용건이 도무지
신통치 않은 데에 있었다.

  그쪽의 용건은 그 무렵 가타부타 말썽이 들리던 영화 〈대부〉의
상영을 놓고, 찬성론자와 반대론자를 각각 한 사람씩 골라 그 주장
하는 바를 신문에 내놓고 견주어보기로 한바, 나는 그 영화를 상영
해도 무방하다는 찬성론자가 되어, 어서 영화를 보고 찬성하는 몇
마디를 간단하게 써달라는 거였다.

  나하고도 안면이 두터운 편이던 그 담당 기자는, 여간 끈덕지지
않고 지멸이 있기로 정평이 나 있었으므로, 그 전화도 이쪽에서 두
손 들고 져주지 않으면 끝낼 수가 없었다.

나는 어려서부터 활동사진이라면 끼니를 잊고 쫓아다닐 지경으로 즐긴 편이었고, 영화라면 으레 외화를 치되 특히 서부 활극이라면 무턱대고 장땡인 줄로 알았었다. 요즘도 마카로니 웨스턴은 물론 황당무계한 외팔이 시리즈 끝물인 무협영화나 '007' 부류의 만화 같은 첩보극까지, 대량으로 죽이며 치고받는 것이라면 놓치기 전에 애써 찾아가며 본 것이 사실이긴 하지만, 그러나 그런 재미로 〈대부〉의 상영 찬성론을 쓰게 된 것은 아니었다. 영화 내용이나 됨됨이와는 아무 상관 없이 순전 그 기자의 요청을 마다하지 못한 탓이었다. 그리고 어쭙잖게도 그 신문사에서 주관하는 무슨 상이라는 것이 우습게 얻어걸린 뒤부터는, 그 신문사에서 요청한 일은 거절하기가 어려웠음이 솔직한 고백이다.

나는 영화 구경을 무엇하는 만큼이나 즐기는 것이 사실이지만, 무슨 관람기나 영화 수상 따위를 글로 써본 일이 없음을 내세우며 다다 안 쓰고도 배길 수 있도록 버티었으나, 찬반 양론을 모두 작가에게 씌우기로 결정했다면서 그 기자 또한 무가내였다. 그렇다면 더욱 그렇다고 나는 말했다.

이 나라에 천을 헤아리는 글쟁이 가운데 소설꾼만 해도 이백여 명이 웃도는데 하필이면 나를 지목하는가. 인기와 네임 밸류라는 것이 전무한 무명초인 줄 알면서 평소 안면이 있다고 만만히 보았는가. 아니, 나를 이름난 사람으로 만들고 싶은 갸륵한 정실로 그러는 줄도 모르지 않는다. 그러나 이런 경우 오히려 나에게는 백해

무익한 노릇이다.

"그런데요, 그렇지만요……"

하고 기자는 말끝을 낚아채며 덮어씌우려 들었다.

"찬성론자로 내세울 만한 작가로는 누가 적당할까 하는 의견이 부내部內에서도 분분했었어요. 평소 성질이 거칠고 냉정하다든가, 그리고 또…… 냉혹하고 잔인한 일에도 놀라지 않고, 그리고 또…… 그런 난폭한 일도 경험했을 듯하고, 그리고 또…… 아무튼 이하 동문이니까 생략하죠. 하여간 그런 사람이어야 한대요. 히힛……"

'그리고, 또……'를 거듭한 것은 그나마 점잖은 말로 가려서 하느라고 더듬거린 대목이었다.

"그래서? 그런 사람이 바로 나라 이거요?"

내가 기막혀하다가 얼결에 언성을 높이자, 기자도 엉겁결에 민망스런 느낌이었는지 주변머리 없게도,

"그렇지만 만장일치로 지명됐는걸요. 히힛……" 했다.

"이 거국적인 인격자를? 눈물 닦기 성가시려 국산 영화 안 본지가 십 년이 넘는 나를? 허헛……"

"역시 알아주는 사람이 있다는 게 즐거우신 모양이죠? 히힛……"

"이게 바로 웃음성 어쩔 수 없음증이라는 거요. 나 원……"

내가 해야 할 말을 몰라 우물쭈물한 사이에 기자는,

"낼 오전중으로 꼭 써주셔야 돼요. 원고지 다섯 장 정도로요."

하고는 전화를 거두었다.

"허헛…… 나 원 참……"

웃음은 나왔으나 우습지도 않은 일이었고, 한편으로는 허전하고 떫어서 심신이 개운하지 않았다. 악의 없고 순직한 기자의 농담으로만 받아들이기에는 다소 석연치 않았으므로 나는 의자에 깊숙이 웅크리고 앉아서 나 자신을 반성해보기 시작했다.

도대체 언제 어디서 무슨 짓을 어찌했길래 오늘날에 이르러 그런 소리를 듣게 됐는가. 곰곰이 생각해보아도 깨칠 수가 없었다. 이렇다 할 어떤 큰 실수를 저질렀던가 하면 그런 그것도 아니었다. 만약 가까운 친구들이나 선배들도 그렇게 보았다면 어찌 될 일인가. 그것은 상상을 해보기도 전에 소름부터 끼쳐지는 일이었다.

그것은 뒤집어서 생각해보아도 마찬가지였다. 덤덤하되 서로 결례를 삼가고 체면과 위신을 지켜온 터의 사람들이, 난폭한 성질이므로 냉혹한 구경거리를 즐겨하리라고 어림하게 된 까닭은 무엇이며, 그런 인식에서 빚어질 결과는 얼마나 가증스러울 것인가. 실망과 낙담 그리고 열패감으로 오갈들기에 더없이 알맞은 말이었다. 어떤가 하고 새삼스럽게 거울을 들여다보기도 했지만, 미련하고 굼뜨게 생긴 텁텁한 상판일 뿐 그다지 추악해 보일 꼴도 아닐 듯했다. 일상의 말투가 거칠기는 하지만 그것은 스스럼없고 흉허물이 되지 않을 상대, 다시 말해서 다른 사람보다는 친근하고 정이 가며, 또한 뜻이 엇비슷하게 걸맞을 사람으로만 가려서 거의 우

224

스개로 해본 거였다. 나는 또 나의 기호와 취미를 생각해보기도 했다. 걸고 수더분한 맛에 취해 채만식, 김유정, 김동리의 소설 읽기와 정지용의 시 암송하기, 문주란의 노래를 즐겨 듣는 것, 한때는 포커판에 빠져 정신이 없은 적도 있으나, 역시 천성으로 승부욕이 없어 으레껏 가진 것 다 털리고 초장에 물러나버려 밤샘한 적이 없었음, 빌려준 돈 돌려달라는 말 한마디 하기가 돈 꾸어달라는 말두서너 번 하기보다 더 어려워 빌려간 쪽에서 갚아주기도 전에 잊어버리고 말던 잔줄치 않았음, 제 몫도 못 찾아먹어온 게으름에 의한 물욕의 결여─간추려 한마디로 아무리자면 무력 무능함에 다름아니련만, 그런대로 가로왈 세로왈 늘어놓기로 하면 끝이 없을 것 같다.

아무리 무리한 형편이었더라도 남의 부탁을 건성으로 시늉만 내보이다 마는 적이 없고, 사생활이 유린당하는 줄 번연히 알면서도 남의 일이나 공식적인 일에 발뺌할 줄 모른 소심함이며, 도리 염치 위신 체면 경위 따위 의로움만이 으뜸인 줄 알려고 한 촌스러움─하지만 그런 상식적이고도 평범한 인간임을 밑천 삼아 내리 발명만 해댈 수 없는 줄도 안다.

나는 도리어 덤덤한 속물로 치부되어서는 안 되겠어서 내 나름으로 체질을 개선하기에 부단히 노력해왔음도 아울러 밝히고 싶다.

우유부단한 성격을 뜯어고치고자 이해득실을 암산해보기 전에 육감과 즉흥적인 판단에 따라 일관성 있게 언동했고, 천성이 늠름치 못해 외강내유의 졸망스러운 배포뿐이었으되 인품과 덕량이 있는, 어질고 슬기로운 선비를 닮고 싶어 늘 신경이 무디지 않도록 관리해왔음도 사실이었다.

어지간히 반성을 하고 보니 나는 결코 남들의 근거 없는 짐작처럼 냉혹 잔인 난폭한 사람이 아닌 것이 분명했고, 그런 짓을 두둔하거나 감싸준 적도 없음이 뚜렷했다. 그러나 대인 관계만은 다소 별쭝스러웠으니, 냇자갈처럼 야무지고 매끄러운 알로 깐 자와, 말 많고 잔주접 잘 떠는 되다 만 인간, 단작스럽고 근천맞은 좀팽이 따위에게 박절하게 대해온 사실은 스스로 인정하지 않을 수 없는 일이다. 이해하기 거북할는지 모르나 나는 어쩐지 나와 비슷한 성격을 가진 사람은 그다지 달가워하지 않는다. 그런 사람 곁에 있으면 사뭇 불안하기까지 했다. 따라서 내가 좋아한 사람은 아무 이해 관계 없이 자기 성격에 의해 나를 좋아하던 사람임에 두말할 필요가 없다.

더러 예외가 없을 수 없겠지만, 나는 누구보다도 아무 타산 없이 자기 천성으로 나를 좋아한 사람을 좋아한다. 애초 이렇다 할 인연도 없었고, 재산 권세 이해득실 따위를 개떡으로 알면서 그냥 그저 그렇게 명목 없이 좋아할 수 있던 사람. 다행스럽게도 나는 그런 사람을 많이 알고 있다. 멀리는 여러 백리를 상거하여 한 해에 고작 한두 번 만나볼 수 있던, 천리상봉 만리별千里相逢萬里別의 선배들을 비롯하여 하루가 멀다 하고 상종해온 서울의 그 사람들—구체적인 예를 들어도 무방하다면 대전의 두 시인, 박용래씨와 임강빈씨를 들먹일 수도 있다. 어엿한 인연이랄 것이 없는 두 시인이지만, 실례를 무릅쓰고 과실에 빗대어 일컫기를 마치 홍시감과 같다고 하면 어떨는지 모르겠다. 홍시는 겉과 속이 한가지 색깔이며 어루만지기 더없이 부드러운 피부를 가졌으되, 외부의 강압적인 폭력만 작용하지 않는다면 스스로 물러터지거나 깨어짐이 없음에서이다.

그러게, 눈발이 희뜩거리던 겨울 어느 날 이른 아침, 갑자기 내가 보고 싶어져 무턱대고 새벽 첫차로 상경했노라며, 내가 출근하기 전부터 내 근무처 건물의 지하 다방에서 기다리고 있었던 박용래씨만 해도, 그가 정과 한에 어혈이 든 눈물의 시인이라는 사실을 깨닫게 된 것은 실로 그날 아침의 일이었다.

아침 아홉시부터 백제 유민 박씨와 나는 난로가 후끈한 중국집 식탁에 늘어붙어 창밖에 쏟아지는 함박눈을 내다보며 고량주를 마셨다. 하늘의 선심 같은 푸짐한 눈발 때문이었겠지만, 씨는 불쑥 밑동 없는 말을 내놓았다.

"왜정 때, 내가 조선은행_{한국은행}에 댕길 적에 말여……"

씨는 전재민같이 야윈 손가락으로 고량주 잔을 삼키고 나서 말했다.

"조선은행권 현찰을 곳간차에 가득 싣고 경원선을 달리는디, 블라디보스토크까지 논스톱으루 달리는디 말여……"

"경비원으루 묻어갔었다— 그 말이라……"

"야, 너 웨 그러네? 웨 그려? 이래봬두 무장 경호원이 본인을 경호하던 시절이 있어야. 현찰 운송 책임을 내가 자원해서 했던 거여. 너 참 이상해졌다야. 웨 그려? 오— 그 눈…… 그 눈송이……그 두만강……"

"……"

"이까짓 눈두 눈인 중 아네? 눈인 중 알어? 너두 한심허구나야…… 원산역을 지날 때 눈발이 비치더니, 청진을 지나니께 정신읎이 쏟어지는디, 아—그런 눈은 처음이었었어…… 아— 그눈…… 그 눈……"

그는 이미 떨리는 음성이었고 두 눈시울에는 벌써 산수갑산 저문 산자락에 붐비던 눈송이가 녹으며 모여 토담 부엌 두멍처럼 넘실거리고 있었다.

"차가 두만강 철교를 근너가는디…… 오! 두만강— 오, 두만강! 내 눈에는 무엇이 보였겠네? 눈! 그저 그 눈! 쌓인 눈, 쌓이는 눈…… 아무것두 안 보이구 눈 천지더라. 그 눈을 쳐다보는 내 마음은 워땠겠네? 이 내 심정이 워땠겠어?"

"워땠는지 내가 봤으야 알지유."

"그러냐, 야, 너두 되게 한심허구나야. 그래가지구 무슨 문학을 헌다구. 나는…… 나는 울었다. 그냥 울었다. 두만강 눈송이를 바라보며 한없이 한없이 그냥 울었단 말여……"

어느덧 그의 양어깨에 두만강 물너울이 실리면서 두 볼에는 강이 흐르고 있었다. 식민지 시대의 두만강이 흐르고 있었다.

"오, 두만강…… 오, 두만강 눈…… 오…… 오……"

그는 아침 아홉시 반부터 두만강을 부르며 울기 시작하여, 그날 밤 아홉시 반이 넘어 여관방에 쓰러져 꿈결에 두만강 뱃노래를 부를 수 있게 되기까지 쉬지 않고 울었다.

박씨와 가장 자별한 사이면서도 판이 다른 임강빈씨를 처음 만난 것도 같은 해 겨울이었다. 해장에 막걸리 다섯 되를 거뜬히 해치우고도 천연스럽게 출근하는, 과묵하고 무표정하면서도 속으로 모닥불을 태우는 임씨 또한 백제 유민임에 분명했다. 씨를 처음 만났던 날, 무슨 일로인가 여럿이서 술판을 벌였으되, 끝까지 흔쾌하게 대작하며 도갓집 바닥을 낸 것은 임씨와 나뿐이었다. 무슨 당내간의 아저씨뻘이라도 되는 사람처럼 나를 곱게 보아주던 씨는, 어느덧 자정이 다가오자 취해서 정신이 없는 내 귀에 대고 뜻밖의 밀어를 속삭이는 거였다.

"야, 너 혼자 자구 싶지 않지?"

"혼자 자야 편치유."

"사내는 솔직허야 쓰는겨."

"실― 여자는 필요 읎당께유."

"그러냐. 야 미안스런 말이지만 말여, 니가 필요허다구 해두 소용읎다. 왜 그런고 허니 말여, 오늘 말여 집에 기고가 기셔. 집이

가서 지사 모실 뭠인디 그런 짓을 시키겠네? 상것들두 아니구 말
여……"

가기家忌가 있으므로 아무리 남남이라고 해도 깨끗지 못한 짓을
주선해준다거나 알면서도 모른 척할 수가 없다는 거였다. 그는 유
생儒生이었다.

난파삼동暖波三冬이었던 금년 연초. 나는 두 분을 모시고 대전
역전 어느 4층 호텔 한 방에서 자정이 넘도록 술을 마신 일이 있
다. 우리는 아무렇게나 쓰러져 잤는데, 창가에 찾아온 빗소리에
깬, 박시인의 고시랑거리는 소리에 일어난, 임시인의 부시럭거리
는 소리에 내가 눈을 떴을 때, 부실거리는 빗방울에 유리창에는
조춘早春이 숨쉬고 있었고, 그 너머 하늘은 경칩 달무리 비낀 미나
리꽝마냥 깊고 묽었다. 박시인이 먼저 한말 시골 나그네 핫바지
같은 내복 차림으로 창문을 척 열어붙이더니 금방 울음이 터질 듯
한 음성으로,

"정월 초닷새 대전 추녀 밑에 비가 내리다…… 역전 골목을 돌
아가는 리어카의 파빛……"
하고 중얼거린다.

"뭣 보구 또 시 한 수 짓는디야."
하며 임시인이 뒤를 이어 내다보고는,

"저게 무슨 파여, 미나리구먼. 미나리빛으로 고쳐."
했다. 나도 덩달아 벗은 몸으로 내다보았다. 빗속의 리어카꾼이 무

230

와 시금치를 가득 싣고 곱은탱이를 돌아가고 있었다.

그들과 기질이 상통할 뿐 아니라 여러모로 닮은 서울 시인으로는, 나무 때어 눌린 무쇠솥 숭늉 같은 박재삼씨가 있다. 누가 때와 장소를 가리지 않고,

"한잔헐까요?"

하고 물으면, 고은씨나 이호철씨 못잖은 반가운 미소를 보이며,

"안 헐 수 있습니까."

하고 입술부터 핥는 이 낮술의 대가大家는, 설령 박성룡씨가 없는 자리더라도 반드시 한 가락 뽑아야 배긴다.

"삼류 시인 난해시보다 열 배는 좋다 말이라……"

그는 노래를 부르기 전에 으레 가사부터 한바탕 읊는 것을 바른 순서로 친다.

사공아 뱃사공아 울진 사람아
인사는 없다만 말 물어보자
울릉도 동백꽃이 피어 있더냐
정든 내 울타리에 새가 울더냐

어쩌다가 이야기가 이에 이르렀는지 알지 못하겠다. 그러나 이왕 꺼낸 말이매 매듭을 짓기로 한다. 다시 영화 관람기로 돌아가거니와, 〈대부〉는 한 시간어치 이상이나 가위질당한 채 상영되고 있

음에도 잔인하고 냉혹스러운 스크린임을 부인할 수는 없었다. 물론 그만한 살육과 유혈이 흐른 영화가 진작 없었던 것은 아니었다. 다만 다른 어느 영화보다도 현장감이랄까 실감을 가슴에 짙게 그어주는 화면이었다. 유치한 대로 나는 대략 이렇게 써다주었다.

사회 구성원의 절대 다수로서, 역사를 이끌어가야 할 이 땅의 주역은 당연히 서민 대중이다. 그러나 오늘의 대중들은 자기의 위치를 앗긴 채 변두리로 밀려나가 구경꾼 노릇밖에 하지 못하는 것이 현실이다. 그러나 이들은 그 구경마저도 목숨의 보전 및 본능의 연장전延長戰이라는, 절등切等의 뜻을 품고 있을 정도로 외롭다. 이런 사람들이 제각기 가슴에 얹고 있는 체증을 잠시라도 내려줄 수 있는 오락이 있다면, 곧 이 비슷한 영화가 대신할 수 있지 않을까 한다.

그리고 나는 이렇게 덧붙였다. 좋은 멜로디에는 가사가 거추장스럽고 무더운 여름날 목마를 때에는 위생 처리로 끓여 식힌 물 한 바가지보다 우물에서 갓 길어낸 찬물 한 모금이 더 시원하다. 그러므로 어차피 오락용일 바에는 나무라기만 할 것도 아닐 줄 안다.

이튿날 그 기자가 전화를 해왔다. 원고료를 어떻게 전해주는 것이 서로 편리하겠느냐는 내용이었다. 나는 몇 푼 안 되는 돈으로 오너라가너라 하기도 번거로울 터이므로 잠시 보관해두라고 말했다. 일이 있어 그 근처에 갈 계제가 되면 들를 셈도 없지 않았으나 실은 길게 대꾸하기가 성가시어 둘러댄 말이었으니, 그것은 한창

보다가 중동무이한 신문을 어서 마저 읽었으면 해서였다.

읽다가 접어놨던 기사는, 김모라는 십육 세 된 소년이, 서울과 성남시 사이에 있는 어느 길목에서 과도로 택시 운전사를 살해하고 피 묻은 돈 천팔백원을 빼앗아 달아나다가 붙잡혔다는 내용이었다. 형제 친척 고향 등을 모르며 일곱 살에 외톨이가 되어 십여 년을 서울의 처마 밑에서 되는 대로 하루하루를 살아왔다는 그 소년은, 서울 인심이 너무 박정하여 살아갈 수가 없어 시골로 가려고 했으며, 시골로 가기 전에 먹고 싶던 것이나 한번 먹어보고 가려고, 그 돈 마련을 위해 그런 짓을 했다는 거였다. 소년은 이어서 그토록 먹고 싶었던 것이 무엇이었느냐는 질문에, 쌀밥과 콜라와 포도였다고 대답한 모양이었다.

나는 가슴 어디쯤이 크게 응어리지면서 무거운 덩어리가 자리잡는 느낌을 물리칠 수가 없었다. 오죽이나 주려 허기졌기에 한 그릇 쌀밥이 그토록 소원이었을까. 나는 느닷없이 어렸을 적, 대문 앞에 서서 바가지에 얻어가던 어린 거지와 추녀 밑에서 먹고 가던 늙은 비렁뱅이가 어릿거릴 적마다, 아무 말 없이 밥을 차려 내다주게 하던 어머니 얼굴이 불현듯 떠오르고, 그것이 무슨 적선이나 보시가 아닌데도, 반드시 소반에 받쳐서 내다주도록 신칙하던 그 음성이 다시금 귓결에 맴돌고 있음을 들었다.

일찍이 금년처럼 사람을 볶고 찐 여름도 없었을 줄 안다. 여름 내 갖은 청량음료를 냉장고에 가득 쟁여두고 냉수 마시듯 한 사람도 숱하련만 여북 목이 타는 조갈에 시달렸으면 그 흔해빠진 콜라 한 병 마셔보기를 그다지 소원했었을까. 이가 시린 냉장 음료를 수 없이 들이켜고도 더워더워 하며 여름을 원수 삼았던 나 자신이 부끄럽기도 했다.

나는 다시 거리 골목마다 가게 앞에 열두 가지 색깔을 자랑하며 맷물 좋게 무르익어 더미더미 쌓여 지천으로 흔한 햇과일들이 볼수록 먹음직스럽던 입맛을 새삼스럽게 되새겼다. 한 덩이 한 덩이가 저마다 봄 여름 가을이 영글어 요염한 자태로 구미를 희롱하던 것들, 미루어보건대 소년은 아마 그것들의 유혹을 뿌리치기에 몸서리를 쳤으리라고 여겨졌다. 그러나 모든 것은 이미 늦어 있었다. 각박하고 삭막한 서울 인심에 넌더리나고 지친 표정이었다고 그 기사는 결론하고 있었다. 마치 농촌이나 두메산골로 진작 내려갔더라면 순박한 소년이 되었을 텐데 애석하다는 투로―그러나 그 소년이 그런 끔찍한 짓을 하기 전에 시골로 내려갔더라도 차디차고 야박한 인심에 뼈끝마다 저렸을 줄 안다. 이 나라 어디를 가본들 은근하고 후더분한 인심이 남아 있을 것인가. 이미 한 세대 전부터 고향에 돌아와도 그리던 고향이 아니더라며 탄식한 시인이 있지 않았던가.

사흘 후였다. 추석날 아침, 햅쌀밥과 고깃국을 먹던 나는 문득 유치장에 갇혀 있을 그 십육 세 소년 살인강도를 생각했다. 그러자 내 머릿속은 이내 쌀밥과 콜라병과 포도송이들이 가득 들어차는

234

거였다. 입맛이 가셔 목이 넘어가지 않았다. 나는 상을 물리고 나와 뜨락 사철나무 곁 잔디 위에 늘펀히 주저앉았다. 볕이 눈부시게 쏟아진 뜰에는 조카아이들이 비순이 비돌이라 부르며 기르는 비둘기 한 쌍이 흩뿌려진 모이를 주워가며 아장거리고, 비둘기와 친구처럼 지내는 어린 고양이는 비둘기 물그릇 곁에 두 발을 들고 앉아 세수하기에 다른 겨를이 없었다.

나는 담배를 피워물자 자연 쌀밥 한 그릇을 금싸라기 한 사발보다 더 귀중한 것으로 여겼던, 어린 시절의 한때가 되살아나고 있었다. 6·25 사변이 일어났던 해 겨울의 그 지긋지긋하던 기억이 떠오른 거였다. 약 석 달가량 내가 아직 어떤 집이라고 밝히기가 거시기한 집에서 피난살이를 하고 있던 때의 일이었다. 나는 밥을 얻어먹는 대가로 애 보아주기를 하면서, 남의 말로만 들었던 구박과 눈칫밥이 어떤 것인지를 처음 겪음하며 깨달을 수 있은 거였다.

그곳은 바람만 조금 일어도 모래가 날려 눈을 뜨지 못한 궁벽한 어촌이었고, 내가 얹혀살았던 집은 중선과 발동선이 한 척씩 있어 먹을 만큼 살던 선주船主네 집이었다. 일찍이 자식들이 모두 서울 유학을 하고 내처 서울에 눌러앉아 살림을 하고 있던 터라, 1·4후퇴를 맞은 그해 겨울은 서울에서 피난 나온 그 집 자녀들과 그 가족들, 그리고 일가 푸네기들이 그 집으로 몰려들어 밤낮으로 북새판이었다. 이 집 저 집의 사돈네 식구까지 곁들여져 스무 명 가까운 낯선 사람들이 들벅거리기 시작하자 초동부터 그 집에 머물고 있던 나는 자연 초상집에 부고 전하러 온 신세나 다름없는 처지가 되어 눈밖에 나야 했고, 양식과 김장 절약이라는 월동 대책이 세워지게 된 이후로는 먹성만 셀 뿐 쓰잘머리 없는 군식구로 치부되어 누구의 눈에나 걸리적거리는 존재가 되지 않을 수 없었다.

나는 내 밥값을 스스로 하지 않으면 안 된다고 깨우쳐 내 깜냥으로 감당할 만한 일을 찾아내지 않으면 안 되었다. 아이 보기가 된 것도 그 까닭이었다. 그리 될래서 그랬는지 아무리 극성스럽게 울부짖다가도 내 손이 가기만 하면 언제 어쨌더냐는 듯이 순둥이가 되곤 했다. 내 등은 지린내가 가실 날이 없고 마를 겨를도 없었다. 내복이 없어 홑것으로 겨울을 나면서도 그다지 추운 줄을 몰랐음은, 아이 고뿔 들릴까봐 방구석 횃대 밑에서만 지내고, 잠자리에 들기까지는 늘 처네포대기가 몸에 둘려 있어 외투 구실을 한 까닭이었을 터이다. 그 전전해까지만 해도 대복이와 대복어메, 그리고 옹점이 등을 안장 삼아 허구한 날 말타기를 즐긴 터에 견주어보면 어처구니가 없는 노릇이었으나, 모든 것이 시국 탓이려니 여겨 근근이 연명하며 구차스런 목숨이나마 놓치지 않으려고 끈덕지게 버티고 있었던 것이다.

그 비슷한 고비는 성장하면서도 여러 번 넘긴 터이지만, 아무리 몸서리쳐지는 질곡 속에서도 자해自害하거나 좌절하지 않고 끈질기게 때를 기다려온 참을성도, 바로 그때를 바탕으로 하여 쌓고 다진 의지라고 믿는다.

그때는 점심이란 음식은 이름도 없었고, 조석으로 입가심하던 것은 불그누름한 밀기울밥 한 보시기가 고작이었다. 밀을 맷돌에 삭갈이하여 어레미로 가루를 쳐낸 밀기울은 쌀이 눋지 않도록 밥 밑을 했던 것인데, 그것은 그러나 부엌아이 판순이와 나, 그리고 북데기라는 이름의 개를 먹이기 위해 부러 그렇게 하던 거였다. 판순이는 제가 직접 퍼서 부뚜막에 앉아 먹었으니 요령껏 섞어 쌀 낱 구경도 더러 해보았을 터이나, 내 밥그릇의 기울가루는 주먹 손으로 여러 번 주무르고 뭉쳐야 겨우 덩이가 질 정도로 풀기라고 는 없었다. 그렇게 뭉쳐 아랫목에 이틀만 놓아 띄우면 훌륭한 누 룩이 될 지경으로 밥풀 한 낱 섞이지 않은 것이었다. 그러나 나는 허기진 판이라 개마저 꺼려하던 것이었지만 허발대신하며 먹었 고, 그리고도 양에 안 가 노상 입맛이 얇하여 껄떡거리기가 일쑤 였다.

이렇게 쓰다보니 불현듯 그 시절이 다시 눈앞에 펼쳐지면서 그 사람들이 새삼스럽게 섭섭해진다. 이름이 밥이라면서도 개하고 나에게만 누룩을 먹인 것이 야속해서가 아니라, 매일같이 밤이 이 슥하게 이울 무렵이면 자기네들끼리만 밤참을 먹던 것이 되살아 난 것이다. 그네들이 밤참 먹는 낌새를 맡기만 하면, 나도 덩달아 속이 헛헛하고 굴품해서 얼마나 많은 군침을 삼켰는지 모른다. 그 것이 어쩌면 그리도 먹고 싶었던가. 돌이켜 생각할 때마다 이제는 슬며시 미소로 그치고 말지만, 그네들이 밤마다 먹던 밤참이라는 것이 무슨 별식이라도 될 만한 것이었으면 오히려 그러지도 않았을 터이었다. 군식구 몰래 즐기던 그네들의 밤참은 으레 장독대 밑에 묻어두었던 김장 동치미였다. 살얼음 간 독에서 동치미를 꺼내다가 쪼란히 둘러앉아 길쭉길쭉 쪼개어 먹던 것이다.

쌀밥과 콜라와 포도가 먹고 싶어 살인강도를 저지른 소년을 나는 끝내 증오하지 않을 것 같다.

내가 양지바른 뜨락에 앉아, 누룽 부스러기를 시래깃국에 말아 먹어가며 쌀밥 한 그릇 구경하기가 소원이었던 시절을 다녀온 동안, 모이를 양껏 먹은 비둘기 한 쌍은 고무나무 화분 곁에 놓아준 옹배기만한 금붕어 어항 전두리에 올라앉아 물을 마시며 구루루 구루루 울고, 화장을 끝낸 어린 고양이는 꼬마들이 던져준 풋대추 알을 두 발로 번갈아 차고 굴리며 저 혼자 축구놀이를 신명나서 즐기고 있었다.

내 마음은 다시 평온해져 있었고, 이만큼이라도 살아온 것이 얼마나 대견한 노릇인가 하는 오죽잖고도 소갈머리 없는 안일 속에 포근하게 싸여 있었다. 그러나 나는 다시 앞으로도 결코 순탄하고 단란할 팔자를 타고난 인간이 아니라는 평소 지녀온 바의 기본자세를 되찾았고, 흐트러진 정신을 챙겨 가다듬으면서, 아울러 그 십육 세 살인강도처럼 불우한 소년들에게 식사 한번 선사할 수 없었던 내 주변머리를 거짓됨이란 전혀 없는 순진한 내 마음으로 개탄을 되풀이하고 있었다.

너무 푸실거려 젓가락으로 떠지지 않고 개도 고개를 외오 빼며 죽은 쥐나 주워먹으러 나가던 밀기울밥에 물리어, 옳은 밥과 동치미 밤참이 그리워 밤잠을 이루지 못했던 과거를 돌이켜본 뒤끝이라 그랬을까. 나는 문득 무슨 수를 내서라도 오랜 세월을 두고 스스로 죄과를 뉘우치며 몸부림치게 될 소년 죄수에게 밥이라도 한 번쯤 배불리 먹여줬으면 하는 마음의 움직임을 깨닫고 있었다. 그러던 끝에 이윽고 나는 꾀를 자아내기에 이르렀다. 그것은 아직 받지 않은 몇 푼 안 될 그 영화 상영 찬성 원고료를 소년수에게 전달하면 어떨까 하는 내용이었다. 그것은 그 신문사의 경찰 출입 기자에게 부탁하면 간단히 전달될 터이었다. 또는 담당 수사관에게 부탁해도 무방하리라고 여겨졌다. 내일 출근하는 대로 문화부 기자에게 전화로 그러도록 부탁할 작정을 하고서야 나는 다소 느긋한 하품과 함께 낮잠에 들 수가 있었다.

그러나 이튿날은 전화 한번 걸어볼 틈도 없이 바빠 하루가 미루어지고 그 다음날도 어지저지하며 겨를 없이 다시 하루를 저물리는 바람에 실현되지 않았다. 아니 그 일은 서너 달이 넘은 오늘까지도 이루어지지 않았으니, 그것은 중간에 그 계획이 부러져버린 까닭이었다. 추석을 지낸 지 이틀 만에 가진 술자리에서 그 계획은 제동이 걸린 거였다.

술을 마시다보면 안주가 보잘것없더라도 술맛은 따로 있는 경우가 있고, 기름진 안주로 상다리가 휘어지더라도 술이 안 받던 경우를 수없이 겪어보기도 했다.

그러나 나에게는 그런 경우와 딴판으로 오로지 고기를 먹기 위해서 안주 삼아 술을 마신 계제도 흔히 있었다. 그것은 한 달에 한 번꼴인데 그나마도 전부 얻어먹은 것이었고, 늘 돈을 쓰는 사람은 작가 한남철씨였다. 씨는 나하고 무슨 은밀하게 나눌 이야기가 있어서도 아니었고 또 술을 마시고 싶어 그러던 것도 아니었다. 나로 하여금 먹을 만큼 먹었다는 공치사를 하도록 할 겸 자기 몸보신을 위하여 그러는 눈치였다. 그는 매번 여러 사람이 내 근무처 사무실에 모여 벅적거릴 때도 유독 나 한 사람만을 불러내었는데, 내가 워낙 남의 살을 좋아하는 동물성 식성인 줄을 씨가 일찍이 알아보았고, 원체 걸게 먹어주니까 자기도 덩달아 식욕이 일어 더불어 먹게 되는 잇속이 있어 그러리라고 풀이된다. 그러므로 씨의 전화만 받으면 우선 입안에 군침부터 괴고 소문 안 나게 단둘이 호젓하고 오붓하게 마주 앉아 참숯불 풍로에 암소갈비라는 것을 걸쳐 포식하기가 일쑤였다. 가진 돈이 푼푼치 않을 경우에는 근으로 사서 굽는 등심구잇집이었으니, 피차가 먹는 일에는 아끼지 않아온 성질이었으므로 일방적으로 얻어먹기만 하더라도 그리 부담스럽지가 않았다.

그날도 한씨는 나를 해운대갈비라는 집으로 불러내었고 단둘이 그것을 먹기 위해 소주 한 병을 가운데에 모시고 마주 앉게 되었다. 그렇게 먹는 자리이고 보니 자연 먹는 이야기일 수밖에.

나는 다시 그 소년 강도를 감싸주면서 그 소년에게 몇 푼의 촌지를 전할 셈이라 말하고, 소년이 저지른 범행 자체가 이 사회를 살아가는 모든 자의 책임이라고 주장하면서, 촌지라는 명목의 보잘것없는 동정이 대단히 타당한 것처럼 강조했다. 한씨는 그렇지 않다면서 내 말이 질겨지지 않도록 젓가락을 내둘러 말리고는,

　"그렇지만 말야, 죽은 사람을 생각해보라구. 죽은 사람은 뭐야. 천둥 없는 날벼락이지. 이건 도대체가 말야……"

하고 그는 열을 내었다.

　그 소년은 근본적으로 본성이 그르쳐져 있었다. 그 소년처럼 오로지 나 하나뿐이라는 사고방식을 가진 자는 어느 시대나 많았다. 그런 사람이야말로 잔인하고 냉혹한 자들이다. 이 나라 사람 모두가 호의호식한 것도 아닌데 자기 혼자만 동떨어져 있다는 생각이 잘못이다. 입때껏 돌봐준 사람 없이 몇 해나 서울바닥에서 살아왔다면 보통 아이로 볼 수 있는가. 남들이 잘들 참고 견딜 때 곁가지로 나갔으니 용납되지 않는다.

　운전사는 무슨 죄인가. 이틀 벌어 하루 먹고사는 스페어 운전사일 수도 있고, 처자가 우무루루 딸린, 팔순 노모를 부양하는 가장일 수도 있으며, 누가 눈만 흘겨도 억울한 착한 사람일 경우도 있는데, 단지 먹고 싶은 것을 해결하기 위해 남의 귀중한 목숨을 제 마음대로 처분할 수 있는 일인가. 그 용서받지 못할 죄를 저지른 자에게 동정이라면, 그 동정의 성분은 무엇인가.

나는 즉시 응수할 수가 없었다. 그렇게 복잡하게 생각해본 바가 아니었기 때문이다.

"도대체 말야, 불갈비에 술을 걸치고 앉아서 말야, 무슨 새우젓 같은 소릴 허구 있는 거야"
하고 한씨는 말했다.

나는 입을 다물었다. 문득 그 불우 소년을 두둔함이 곧 잔인함이며, 결국 내 본성을 드러내는 일이 아닌가 의문스러웠고, 그렇다면 남들이 말하는 그러한 나의 결함이란 것도 대단한 것이 아니구나 싶은 안도감에 빠져들고 있었다.

진실로 본성이 착하고 어질며 갸륵한 인간은 드물다는 데에 이르러 그날의 화제는 매듭지어졌다. 그러는 동안 십육 세 소년범을 위해 장만해놓았던 조그마한 동정주머니는 어디론가 달아나버리고 시간이 흘러 이에 이르도록 되돌아오지 않는다. 무슨 까닭인지 알 수 없지만 그러나 어렴풋이나마 짐작되는 바도 없지는 않았다.

그것은 자기 자신이 희생되더라도 이웃과 남을 위해 몸을 버릴 수 있었던, 진실로 어질고 갸륵한 하나의 구원한 인간상이 내 정신 속에 굳게 자리잡고 있기 때문인지도 모를 일이던 것이다.

그 사람은 내가 일생을 살며 추모해도 다하지 못할 만큼 나이를 얻어 살수록 못내 그립기만 했다. 그의 이름은 신현석申賢石, 향년 삼십칠 세였고, 살아 있다면 올해 마흔여덟이 될 터였다. 이름에 돌 석 자가 들어 그랬던지 그는 살아생전에 유난히 돌을 좋아했거니와, 돌이켜 따져보면 그 자신이 천생 돌과 같은 사람이기도 했다. 그래서 모두들 그를 석공石公이란 별명으로 부르기를 즐겨하였고 본인도 그런 명칭을 마다하지 않았던 줄 안다. 나는 돌에 대해서 아는 바가 없다. 그러나 그런 대로 석공을 추억하고 아쉬워하던 끝이면 흔히 돌의 됨됨이와 성질을 더불어 되새기게 되곤 했다. 그러므로 내가 아는 돌의 성질이란 곧 석공이란 별명을 가졌던 그 인간의 성질과 거의 같은 것임을 뜻하기도 한다.

돌은 천년을 값없이 내버려져 있다가도 문득 필요한 자에게 쓸모가 보이면서 비로소 석재石材라는 허울을 얻으며 가치가 주어진다. 그럴 기회를 얻지 못한 돌은 만년을 묵어도 골동이 될 리 없으며 어떤 품목品目에 끼어들 명분도 없다. 그렇듯 돌은 용모가 곧 쓸모이되 장중한 바위로부터 간지러운 자갈에 이르기까지 타고난 성질만은 매한가지로 같다. 더위에 늘어짐이 없고 장마에 젖으나 물러지지 않으며, 추위에 움츠러들지 않고 바람에 뒹굴지언정 가벼이 날아가지 않는다. 가벼워지거나 무거워지지 않고 망치로 얻어맞아 깨지긴 해도 일그러지거나 무름해지지 않는다. 옛 글에도 "丹可磨 而不可奪其赤 石可破 而不可奪其堅…… 단사丹砂를 갈더라도 그 붉은빛은 빼앗을 수 없고, 돌을 깨뜨려도 그 굳음은 빼앗을 수 없다"고 일렀음을 알고 있다.

석공이 그렇듯 돌과 같았던 줄로 생각하기를 나는 서슴지 않는

다. 산이 높으면 달이 작게 보이듯, 워낙 거친 세상에 섞여 있기로 더러는 잊으며 살긴 했지마는.

　범바위에서 해돋이하는 쪽으로 서너너덧 발쯤 떨어진 곳에는 막 걸음발 타기 시작한 어린것이라도 쉬이 기어오를 수 있게 황소마냥 나붓이 엎드린 바위가 사철 아이들 신창에 닳아 번질거렸으니, 우리들은 그 바위를 모양대로 이름지어 황소바위라고 불렀다. 그 바위는 대복이네 집 뒷등성이 너럭바위를 두고 휘넘어가는 오솔길 가풀막 아래 길섶에 옆구리를 대고 누워 있고, 오가는 사람의 두런거림을 하 많이 엿들어온 탓일까, 칠성바위 가운데에서도 기중 능청스럽고 너볏하던 바위였다. 그 황소바위는 얼핏 보기로 마치 우리 밭의 체통을 지켜주는 장승처럼 여겨지기도 했으니, 그것은 길 건너 맞은편에 사는 신서방의 야짓잖은 짓으로, 밭이 점점 길바닥에 먹혀들어 이미 여러 평坪이나 줄어든 뒤였기 때문이었다. 황소바위가 누워 버티고 있지 않았더라면 우리 밭은 얼마를 더 길바닥으로 내버리게 됐을지 어림할 수도 없이 된 형편이었다. 원래가 산등성이를 휘넘어간 오솔길 초입이었기에, 황소바위를 거쳐 신작로로 타내려간 그 길바닥은 겨우 지게나 지나다닐 만하게 좁으장한 거였다. 그 길섶은 내가 늘 대복이를 따라 물총새 구멍을 뒤지고 다닌 산골짜기가 내려 흐른 것으로 너름한 개울이었고, 신서방네 집은 그 건너 고섶에 뙤똑하게 올라앉아 있었다. 어느 해부터였나, 신서방은 그 좁은 길 가장자리를 두어 발 폭이나 되게 곡괭이로 일구어 쇠스랑으로 골을 타고는, 쪽파와 부추 따위 푸성귀를 부쳐먹고 있었다. 봄에 강낭콩을 심었다가 거두면 열무를 뿌리든가 호박 구덩이를 몇 개씩 묻기도 하고, 가로 퍼지는 옥수수와 댑싸리를 울타리처럼 가꾸기도 하였다.

"남는 땅 임자 없이 뵈기두 아깝구, 뭐던지 묻은 씨는 건지리라 허구 심는 것인디…… 사람은 다다_{모름지기} 부지런허구 볼 것이랑께……" 신서방은 곧잘 그런 말을 하던 것으로 기억하지만, 실은 뿌린 씨앗의 몇십 갑절이 소출되어, 내심 터알으로 치부하고 재미를 들였음이 분명했다.

신서방은 호미 끝으로 야금야금 길바닥을 먹어들며 터를 넓혔고, 차츰 들깨나 고추모 따위 열매가 열려도 더뎅이지게 매달리는 작물로만 가려 심기 버릇하였으니, 오가는 행인들은 자연 남이 심어 가꾼 것을 다치지 않으려고 비켜 가게 되고, 그것에 비례하여 다소 짓밟아도 자리가 뚜렷하게 나지 않는 넓은 밭 가장자리 쪽으로 발걸음이 몰리게 되니 우리 밭은 한 뼘 두 뼘 잠식을 당하게 되던 거였다. 그래서 우리는 밭에 쟁기를 맬 때마다 행인들 발길에 길바닥으로 나가버린 땅을 되찾기 위해 돌덩이처럼 다져진 곳에 생땅 일구기보다 훨씬 많은 힘을 들여가며 땀깨나 뿌려야 했다. 그럴 경우 우리는 늘 황소바위 옆구리를 기준하여 금을 긋고, 잃어버린 경계선을 가늠으로 되찾아내곤 하였다. 때문에 신서방은 아마 황소바위가 여간 눈에 거슬리지 않았으리라고 여겨지거니와 그래도 그 바위를 가장 요긴하게 이용한 것은 바로 신서방 자신이었음도 사실이다. 바윗등은 매끄럽고 멍석 반 닢 넓이나 되었으므로 신서방 마누라가 빨래를 널기도 하고 물고추나 호박고지를 펼쳐 말리기도 했지만, 그보다는 신서방이 술주정하는 장소로 이용할 때가 더 많았던 것이다.

관촌 사람들은 신서방네 집을 흔히 꽃패花形집이라고 불렀는데, 집 얼개가 ㅁ자 모양이었기에 꽃잎에 빗대어 이름했던 것으로 알고 있다. 해마다 이엉을 새로 이어 언제나 아담하고 단란해 보이면서도 뒤켠의 어수선한 찔레덤불 울타리와, 돌멩이가 들어 있어 누가 건드리면 소리가 요란하던 깡통이 매달려진 널빤지 사립문으로 해서 품위는 없어 보였다. 그럼에도 밭마당귀에는 아름드리 개오동 한 그루가 정자나무처럼 버티고 있었고, 그 곁엔 깔끔하게 손이 간 돼지우리와 퇴비장이 있어 규모 있는 집이란 인상을 주기에는 부족하지 않았었다.

"두쨋년 여읠 때 농짝이래두 해준다구 낳던 날 꽂은 오동인디, 머릿장을 짜구두 반짇고리 한 감은 넉넉허겠당께."

하고 신서방은 개오동을 올려다보며 일쑤 자랑하고 있었지만, 그 무렵의 나는 어린 소견에도 개오동보다는 마당가로 줄줄이 늘어섰던 돌에 더 시선이 갔었고, 괜찮다 싶은 돌만 열심히 주워다 늘어놓던 석공의 자상하고도 순박한 마음결이 늘 관심사였었다.

석공은 신서방의 사남 오녀 가운데에서 맏아들이었다. 그가 돌에 대한 관심을 언제부터 가졌던 것인지는 어림되지 않지만, 돌에 대해 유난히 깊은 애정을 품은 듯했고, 완상하는 여유도 지니고 있었던가보았다. 나는 석공의 그런 일면을 요즘 배부른 사람들의 수석壽石 취미에 견주어본 일은 없다. 자칭 탐석가探石家니 수석연구가水石研究家니 하면서 체중 줄이기 운동 삼아, 또는 신경성 소화불량 치료제로 돌아다니며 정원 장식용 정석庭石 장사에 뜻을 둔 그 사람들의 구차스러움에 비길 수는 없겠던 것이다. 요즈음 사람들은 돌을 주워다 물형석物形石이니 산수경석山水景石이니 추상석抽象石, 문양석紋樣石 하고 가르며, '창세기' '환호幻湖' '천녀天女' 어쩌고 하는 같잖은 제목으로 장난질을 하지만 석공은 그런 놀이 할 만큼 돈이나 여가가 없었고, 그런 제목을 꾸며낼 푼수로 유식하지도 않았다. 그는 보통학교만을 겨우 마친 뒤 어려서부터 생일이 몸에 배었던 한갓 농투성이였으니까. 구태여 시체에 맞춰 석공에게 이름을 주자면 석재 수집가라고나 할는지. 그는 태깔과 크기가 저마다 다른, 일상에 쓸모 있는 돌들로만 모았던 것이며, 남의 집 아궁이 붓돌이나 방고래를 놓는 데에, 더러는 이웃에서 굴뚝이나 담장을 쌓든가 장독대를 늘리는 데에 기꺼이 나눠주곤 하였다. 지금 생각이지만 그는 쓸모 있을 성부른 돌은 무조건 모아놨다가 필요한 이들에게 나눠주는 재미로 돌쟁이石公가 됐던 것 같았다.

그러나 나는 석공이 기려질 때마다 처마 밑에 늘어놓았던 돌들보다도 먼저 그네 집 마당이 머릿속에 펼쳐지던 게 사실이었다. 그와 함께 이윽고 나는 그 집 마당에서 벌어졌던 자자분한 여러 가지 추억들을 맞이했고, 그 추억들을 순서가 뒤바뀌지 않게 만나고자 다시 한번 어린 시절로 되돌아가 그 집의 마당 귀퉁이에 서보게 되곤 했다. 맨 첫 번 순서는 으레 석공이 해마다 두 번씩 마당을 새로 맥질하던 모습의 재연이었다. 여름의 보리바심과 가을 벼바심을 하기 위해 석공은 매년 봄가을로 마당을 새로 하였다. 산사태진 벼랑의 황토를 여남은 발채씩 지게로 논에 져내린 다음, 대신 논바닥을 그만큼 마당에 퍼내어다 펴놓고 논흙으로 매흙을 삼던 것이다. 고령토처럼 차지고 보얀 빛깔을 내는 논흙덩이를 잘 반죽하여 한 켜 고루 덧입혀놓기만 하고 석공은 손발을 씻는다. 그 나머지 작업은 안팎 동네 조무래기들이 무료봉사로 마무리를 해주기 때문이었다. 그 조무래기들 틈서리에 내가 한 번도 빠진 적이 없었음은 물론이다. 말이 좋아 무료봉사라고 둘러댔을 뿐 우리들은 순전히 뛰노는 재미로 그 일을 자청한 셈이다. 매흙이 질음하게 반죽되어 깔린 위에 아이들은 대오리로 엮은 발이나 헌 가마니를 덮고는 자글자글 떠들어대며 가로세로 뛰고 짓밟아 다지는 거였다. 마당바닥의 매흙이 묵처럼 솔았다가 송편이나 수제비 모태마냥 되직해지면 아이들은 대오리발이나 가마니 위를 밟기보다도 맨발로 맨흙 밟기를 더 즐겨하였다. 마당을 댑싸리비로 쓸어 고운 먼지가 일 때까지 이틀 사흘을 아이들은 그 마당으로만 몰려들어 놀았다. 마당이 손톱자국만한 금 한 줄기 나지 않고 곱게 다져지던 것은 당연한 결과. 아이들 극성 덕에 곡식을 멍석 없이 그냥 쏟아 말려 당그래나 넉가래로 긁어모아 담더라도 흙부스러기와 돌이 섞이지 않던 것은 석공도 잘 알고 있었을 터이다. 비록 남의 집 마당이긴 했지만 우리들의 놀이터라면 둘째로 꼬느기가 아까울 지경이던 만큼의 그리움이 아직도 남아 있다.

그러나 나는 석공의 추억이 일기 시작하면, 내가 즐겨 놀았던 마당으로서보다도 나의 아버지가 평생에 단 한 번 객스럽게 놀아 보신 장소라는 데에 보다 소중함이 느껴져서 잊지 못해온 사실을 밝혀두고 싶다. 그것은 내가 일곱 살 나던 해의 가을이었다.

그 무렵은 봄볕 든 양달보다도 더 눈부신 햇살이 온누리에 잦아드는 것처럼 산과 들에 그리고 개펄에 매일같이 내리쏟아지고 있었다. 미처 못 떠난 제비들은 아침마다 전깃줄에 주렁주렁 열리고, 범바위 둘레 가시덤불에는 까치밥이 고추밭보다 더 짙은 색깔로 빨갛게 익어 어우러졌으며, 대복이네 집 뒤 너럭바위 아래 잔디밭에는 뽑아 넌 목화대의 목화다래가 한껏 벙그러지고 피어, 먼 논으로 메뚜기를 잡으러 가려면 반드시 스쳐가게 되던 충길이네 메밀밭의 흐드러진 메밀꽃보다도 훨씬 눈부시고 깨끗하게 널려 있기도 했다.

그날도 아침부터 눈에 뵈던 모든 것들은 꿈결에 들리던 말방울 소리처럼 맑고 환상적인 색깔로 빛나고 있었다. 밭머리 저쪽과 과수원 탱자나무 울타리엔 탱자가 볏모개보다도 더 샛노랗게 가시 틈틈으로 숨어 있었으며, 가녀리게 자라 무더기져 핀 보랏빛 들국화는, 여름내 패랭이 꽃들로 불긋불긋 수놓였던 산등성이 푸새 틈틈이에서, 여름 내내 번성하다가 무서리에 오갈들어 꼴사납게 늘어진 호박덩굴더러 보라는 듯이 새들새들 쉴새없이 고갯짓을 하고 있었다. 뛰면 미끈거리는 고무신짝은 애당초 거추장스러운 것, 온 들판을 맨발로 뛰어다녀도 사금파리 한 조각 찔릴 것 같지 않게 보드랍고 넓어 보이기만 하던 아침이었다.

그날 나는 새벽부터 간사지 수문 앞 갈대밭으로 나가 참게잡이를 구경했었다.

"긔막에 언니 진지 갖다드리고 올래? 그럴래?" 하며, 눈뜨며부터 옹점이가 나만 붙들고 다잡아댔기 때문이었다.

"언니가 밤새 긔막에 있었나?"

무서리가 성에 앉듯 한 담 너머를 내다보며 묻자 옹점이는,

"암, 아마 되련님이 젤 많이 잡었을겨……" 하며 그녀는 나를 충동이질 했다.

"내가 갖다드리면 아씨헌티 걱정 듣는단 말여, 말만한 지집애가 버르쟁이 읎다구" 하는 핑계도 대었다. 나는 별수 없었다. 어머니는 철호처럼 한집 식구 된 머슴이라도 논밭에 혼자 나가 일할 경우 옹점이조차 논밭에 내보내지 않을 만큼 철저한 내외를 시킨 터였으니 하물며 중학생이었던 언니 곁임에랴.

"언니가 굶으면 안 되지" 하며 내가 나서야 했다. 우리 집안 풍습이랄까, 친형제간이건 일가간이건 같은 항렬의 손위는 형이란 호칭 대신 언니로 부르도록 되어 있었다. 약관에 요절한 그 형을 찾아 옹점이가 일러준 갈밭으로 가자 가마니와 거적때기로 엮은 원추형의 움막이 둘이나 세워져 있었다. 움막 속에 앉아 밤을 밝힌 모양인 형은 햇살이 퍼져 안온해진 덕인지 누비이불을 뒤집어 쓴 채 한창 코를 골고 있었다. 움막 앞에서 밤을 밝히고 기름이 다 되어 생심지를 태우며 가물거리는 남포등 아래 항아리 속에는, 갈색 털이 집게발가락마다 탐스럽게 돋은 참게들이 도무지 몇십 마리나 빠졌는지 어림도 해볼 수 없게 바글거리고 있었다. 노상 물이 흘러 갈대가 배게 나고, 앙금이 곱게 갈앉은 개울 한가운데를 파고 운두가 내 키만이나 한 김칫독을 묻은 다음 대오리로 엮은 발로 둘러막았으니 남폿불에 홀려 밤도와 꾀어들었던 게들은 모조리 김칫독으로 빠지도록 되어 있던 것이다.

"언니가 젤 많이 잡었지, 그지?"
흔들어 깨우고 나서 그렇게 물으니,
"대복이는 더 많이 잡었을 텐디, 가서 대복이더러 와서 이 밥 하냥 먹자고 일러라"
하며 형은 독 안에 든 게부터 내게 건져 보낼 채비를 했다. 대복이의 게막은 저만치 떨어져 같은 모양새로 지어져 있었는데 벌써 짚 토매를 깔고 앉아 게두름을 엮어대고 있었다.

"언니가 와서 아침 먹으랴…… 야, 너 무지무지허게 많이 잡았구나야."

내가 말하자 대복은,

"제우 아홉 두룸배끼 안 되겠는디, 늬 언니는 몇 마리데?"

대복은 묻고 나서,

"오늘 신서방네 샥씨 들온다메? 돌쟁이 각씨……" 하고 "이 그를 돈사야 엄니가 부주헐 텐디……" 했다.

"신서방네가 대사 지내여?"

내가 놀라워하자 대복은,

"석공이 어제 장가간 줄 인저 아네?"

"아 그래서 어제버텀 즌 부치는 냄새, 돼지 삶는 냄새가 진동했구나……"

나는 갑자기 가슴이 설레면서 마음이 달뜨기 시작했다. 석공의 각시가 오는 구경을 놓칠라 싶어 한시바삐 석공네 마당으로 내닫자니 나는 가빠진 숨을 가라앉힐 수가 없었다.

"대복이는 엶옹께 아홉 두룸 나더라. 언니는 몇 마리여?"

"여든시 마리, 대복이가 한 뭇은 더 잡았구나, 일곱 마리 더 잡았어" 하면서 게를 건져 담은 구럭을 가리킨 다음,

"집에 얼른 가서 엄니더러, 대복이가 가걸랑 긔를 죄다 사시라구 해라. 아깝다" 했다. 나는 그러리라고 대답하며 집을 향해 달렸지만 워낙 건성으로 들은 터라 이내 잊어버린 기억이 지금도 새롭

다. 집에 들이닫자마자 식구들이 물린 아침상을 설거지하던 옹점이는 나를 부엌으로 불러들였다. 그녀는 내 손에 콩누룽지를 한 덩이 쥐여주며 귓속말로 소곤거렸다.

"밥 먹구 신서방네 메누리 귀경 나허구 하냥 가자."

"......"

나는 대답을 안 하려다가 한참 만에야 고개를 끄덕여주었다. 나를 데리고 가 고루 구경시킨다는 핑계라도 대지 않으면 어른만 있는 집에서 그녀 혼자 대문을 나설 수 없음을 얼핏 깨달았던 것이다.

"소리 내지 말구 싸게 먹어."

옹점이는 밥과 국그릇만 목판에 올리고 반찬은 부뚜막에 늘어놓아가며 쉬쉬했다. 나를 부엌에서 그것도 이맛돌 앞에 앉혀놓고 밥 먹이는 줄을 어머니가 안다면 그녀는 영락없이 크게 혼이 날 터였다. 그러나 무슨 청승이며 본데없는 짓이었을까. 나는 아궁이 앞에 똬리나 장작개비를 깔고 앉아 문전걸식 나온 거지처럼 밥 먹는 게 소꿉장난 같기만 하여 여간 재미있지 않았던 것이다. 나의 그런 심중을 옹점이는 누구보다도 더 잘 알고 있었다. 나는 무릎을 꿇고 조심하며 어른이 어려운 앞에서 먹기보다 훨씬 밥맛이 좋던 것이다. 그날도 옹점이와 마주 앉아 서로 자기 밥을 떠서 상대방 입에 먹여가며 치륵치륵 소리 죽여 웃곤 했다. 그러는데 안방에서 어머니 음성이 들려오고 있었다.

"얘, 신서방에 잔치 채비는 그럭저럭 돼간다데?"

옹점이 소스라치게 놀라면서 엉겁결에 대답한 소리는,

"아녀유, 지년이 원제유?"였다. 동문서답치고는 너무 터무니가 없었다. 얼김에 내가 부엌에서 밥 먹느냐고 들은 모양이었다. 그녀는 내가 가만히 귀띔해줘서야 알아차리고,

"예, 지년이 닭을 가지구 가니께 웬 장닭을 두 마리씩이나 슨사하시느냐구 해쌓던디, 그냥저냥 채릴 것은 채리는 모냥이데유."

그녀는 겨우 그렇게 둘러대고는 웃음을 못 참아 입안에서 우물거리던 음식을 재채기하여 입과 코로 쏟아내었고, 코가 매워 눈물을 글썽거리고 있었다.

"아이구 사레 들려 혼났네."

그녀는 연방 재채기를 하고, 허리를 쥐며 소리없이 자지러지게 웃어댔다. 그녀가 한참 만에 다시 말했다.

"넘딜은 밀가루 한 됫박, 묵 몇 모 그렇게 부주허던디, 아씨는 두부할래 한 말이나 쒀다주셨으니 여북 자랑 삼겄시유."

그녀가 문잖은 소리를 꺼내자, 어머니는 다시,

"워디 츠녀라더냐?"

"예, 슴 시약씨래유, 배슴舟島 츠넌디, 어물전 들랑대던 워느 뱃늠이 중신했대유." 그녀는 이어서,

"슴것슴것 허다가 막상 슨을 보니께 아주 갱긋찮게 생겼더라며, 궁합두 썩 좋다구 신서방 마누라는 자랑했쌓던디유."

"슴츠녀라구 다 시커먼허구 볼상 숭허게 생긴다더냐?"

어머니가 나무라자

"그러기 말유, 쬐끄만 뎀마두 있구 중선두 부린다더랑께 웬만츰 사는 집 딸인 모냥이데유. 오정때쯤 각시가 오먼 폐백디리구 헐 텐디, 뭔뭣 해오는지 이따 혼수 귀경 가보까유?"

"또 오금이 저리나부다. 말만헌 지집애가 여러 사람 뫼여 굿허는디 워디를 간다네?"

하고 나무라자 옹점이는 으레 들을 말 들었다는 듯 혀를 낼름거리면서 다시 내 입에 먹던 밥을 떠넣어주었다. 내가 옹점이로부터 석공의 각시에 대해 예비 지식을 가질 수 있었던 것은 대충 그 정도였다. 우리집에서는 장닭 두 마리에 한 말 콩이나 두부를 쑤어 부조했다는 것도 그제야 알았다. 색시는 열여덟, 신랑인 석공 나이가 스물두 살이란 것도 그녀한테서 처음 들은 말이었지만……

아침밥을 마치자 옹점이는 기회 보아 함께 나가자고 나를 붙들었지만 나는 매몰스럽게 그녀의 팔뚝을 뿌리쳤다. 그 대신 그녀도 색시 오는 구경을 할 수 있도록 한 가지 꾀를 귀띔해주었다. 점심때 나를 찾아 점심 먹인다는 핑계로 집에서 빠져나오도록 방법을 가르쳐준 것이다. 약 삼백 미터 저쪽의 석공네 집은 우리 사랑마루에 앉아서도 훤히 내려다보이고 있으므로 서둘지 않더라도 신작로에 트럭이 서고 트럭에서 내린 각시가 가마에 올라타는 것까지 정확히 알 수 있었지만 나는 그참 차일이 높직이 드리워진 그 집 마당으로 뛰어들었던 것이다 그 집 마당에는 흰 광목두루마기

를 받쳐입은 안팎 동네 어른들이 멍석과 밀짚방석 위에 앉아 국수
상들을 받고 있었고, 석공의 일가 푸네기로 보이는 노랑 인조견 저
고리의 남끝동을 걷어붙이고 자락치마를 두른 아낙네와 처녀들은
하얀 버선목을 내보이며 발바닥이 묻어나도록 들락날락 부산이었
다. 먼 동네에서도 많은 사람이 일삼아 와 잔치일을 돌봐주고 있었
는데, 그네들의 대부분은 너럭바위 앞이나 신작로 송방 앞에서 장
보고 가다 충그릴 때 봐서 이미 익은 낯들이었다. 나는 부조 일하
러 온 대복어메나 동네 아이들이 떡부스러기라든가 다식조각 같
은 것을 손에 쥐어줄지 몰라 미리 그런 일이 없도록 한구석에 물러
서서 그러저러한 모습들이나 건성으로 보고 서 있었다.

  얼마나 지났을까. 누군가가 시간이 다 돼간다면서 대빗자루를
들고 주위 청소를 한 다음, 개울 위에 가로질러 건너간 다리부터
신작로 쪽으로 뻗은 길을 쓸어나가기 시작했다. 신부가 도착할 어
름이 가까워진 눈치였다. 이윽고 요까티 사는, 석공네와 무엇이 된
다던 남춘 동춘이 형제가 산둥성이 황토박이에서 금방 파온 듯싶
은 삼태미의 황토를 다리 위에 좌우로 두 무더기, 널빤지 사립문
턱 양쪽에 두 무더기씩 소복소복 쏟아놓았다. 그러는 사이에 '뛷뛰
―' 하고 자동차 닿은 소리가 신작로 송방께서 들려오고, "오메, 저
차루 왔나벼." "각씨 왔구나." "도라꾸 타구 왔디야······" 어른 아
이 없이 저마다 생긴 얼굴대로 한입 가득 괴었던 소리들을 쏟아내
며 신작로 쪽으로 내닫기 시작했다. 나도 휩쓸려 따라가보고 싶었

지만 선 채로 눌러 참아야 했다. 지금 생각하면 가소롭기 그지없지만, 한창『동몽선습』을 배우고 있던 터라 할아버지가 이르신 대로 글을 배우는 사람답게 체신을 지켜야 했던 것이다. 이윽고 쏠리어 내려간 조무래기들이 앞지르고 뒤따르며 되돌아오는 소리가 와글바글 들려왔다. 나는 그 이상 견디지 못하고 마중 나가듯 개울을 건너가보게 되었다. 사모를 쓰고 가지색 단령團領을 입은 수줍음에 움츠러든 석공의 얼굴이 조무래기들한테 에워싸인 채 떼밀려오듯 하고 있었다. 콧잔등엔 맑은 땀방울이 돋아 있었고 목화木靴를 신어 무척 뒤퉁스런 걸음을 걷고 있었다. 석공의 두 어깨 너머로 훨씬 치켜올려진 채 뒤따라오던 청사초롱도 나는 보았다. 이어 청사초롱 뒤로 가마지붕이 보이자 나도 다른 아이들과 마찬가지로 가마 곁에 달라붙으며 각시 구경을 하려 했지만, 가마 앞에 오던 폐백물 든 사람과 감주단지를 든 부인네 그리고 함진아비 영감이 소리를 질러가며 말리고, 가마를 멘 두 교군꾼의 걸음이 가마 발簾을 제껴볼 틈도 없을 만큼 잽싸서 뜻을 이뤘던가는 기억이 없다. 가장 선명하게 기억되는 것은, 폐백드리기를 끝낸 각시가 홍상紅裳에 활옷을 입고 족두리를 얹고, 안방 아랫목에 무릎 꿇고 앉아 고개를 못 들어하던 모습이며, 내가 얼마 동안인가를 각시 혼자 두었던 석공네 안방의 윗목에 턱살을 쳐들고 앉아서 각시의 얼굴을 뜯어본 일이었다. 어린 눈에도 각시는 여간 이쁘지 않은 것 같았다. 아무리 분으로 뒤발한다더라도 그토록 깨끗할 수 없으리라 여겨지던 해말끔한 살결이며 달걀처럼 갸름한 얼굴에 오똑하게 서 있던 콧날…… 누가 뜯어보더라도 섬색시라고 미루어 함부로 흉잡지 못할 것이 분명하였다. 나는 점심때가 겨웠건만 배고픈 줄도 모르고 각시만 지켜보고 있었다. 다른 동네 아이들은 물론 일가 푸네기 아이들도 기웃거리거나 드나들지 못하게 말리고 있었지만, 나더러 자리를 비키라든가 나가주기를 눈치하던 이는 아무도 없었다. 평소 대복이네 집 외엔 남의 집 울안에 들어가본 적이 없기로 소문이 났던 터에 방안까지 들은 것이 신기하고 기특했던 것인지, 아니면 차마 나가달라는 말이 나오지 않아 그랬으리라고 짐작되었다. 그러나 나는 마음이 편치가 않았고 초조하고 불안해 시종 오금이 졸밋거림을 억누를 수가 없었다. 그것은 각시가 너무 고개를 숙이고 있어 금방 족두리가 굴러떨어질 것 같은 불안감이었고, 음식 장만에 주야로 계속 불을 지펴 거의 쩔쩔 끓다시피하는 방안 아랫목에 방석 하나만 깔고 꿇어앉아, 걷잡을 수 없이 흘러내리던 땀방울에 연지와 곤지가 지워져 얼룩질 것만 같은 안타까움이었다. 연지나 곤지가 씻겨 달무리에 싸인 달처럼 흐려진다면, 각시 얼굴이 어찌 될 것인지 알 만한 노릇이었다.

안타까움에 속깨나 태우고 걱정스러워 발을 굴렀던 일은 그뿐이 아니었다. 그렇다. 신부한테 가졌던 동정과 근심스러움은 되려 아무것도 아닌 셈이었다. 그것은 내가 저녁을 먹고 다시 석공네 차일 걷힌 마당으로 뛰어오면서부터 달이 이울고 이슥해지도록 계속된, 두려움과 의협심 같은 것이 뒤범벅이 되었던 그리고 그후로 이 평생 두 번 다시 가져보지 못한 순결스런 추억이기도 하다.

석공네 마당의 앙상한 오동나무 가지에 달이 열리고, 그 아래에 모닥불이 뜨물보다 더 짙은 연기를 올리며 지펴지자, 우리는 콩깍지며 바심하고 뒷목들인 검불과 마른 참깻대 따위를 한 아름씩 안아다 불에 얹었다. 불이 이글거리며 화룽화룽 타오르자 온 동네는 콩낟과 벼이삭 그리고 덜 털린 참깨 타는 고소한 냄새로 가득해졌으리라 싶다. 아이들은 무슨 청승이며 근천을 떠느라고 그랬을까. 음식이 흔전만전한 잔칫집 마당임에도 불구하고 모닥불 재티 속에서 굴러나오는 콩알과 하얗게 튀겨진 깡밥을 주워먹느라고, 얼굴엔 온통 굴왕신 뺨치게 검댕 천지를 해서는, 달이 서쪽으로 바삐 내달은 줄도 모른 채 뛰놀고 있었다. 그러나 나는 다른 일에 정신을 앗겨 밤이 어떻게 됐는지도 모르고 있었다.

"술 닷 말은 나가 을어놨네, 이늠으로 신랑 불기를 들입다 조져대면 각씨가 손구락에 찐 가락지라도 빼준다구 혈겨……"

술에 잔뜩 취한 쌍례아배가 헛간에서 도리깨자루 부러진 몽둥이 끝을 깎낫으로 도스르면서 중얼거린 말이 얼핏 귓결에 걸린 뒤부터 나는 석공이 걱정되어 조바심을 하기 시작한 것이다.

"안주는 자네가 을으소. 술은 내가 내니께."

쌍례아배가 홀쭉홀쭉 웃으며 말하자,

"암만, 주막집에 수 내준 도야지 멱을 따내던지, 저 닭을 여나문

마리 비틀게 허던지, 안주 장만은 내가 헐 텅께."

서낭당 너머 사는 복산아배도 어느새 장만해둔 나뭇가지에서
옹이 자국을 창칼로 다듬고 있었다. 나는 두근거리는 가슴을 진정
시키지 못한 채 그네들이 술이라도 덜 취해 있다면 오죽 좋을까 하
는 생각을 하며 그네들의 동태를 열심히 지키고 있었다.

"옳유, 그려유, 그눔으루다 발바닥을 제기며 패슈, 나는 요 산내
끼루 창창 묶어 대들보에 매달아놓을 텡께……"

덕길이 형 덕산이도 술이 거나하게 취해서 혀 꼬부라진 소리를
내고 있었다.

"여게, 그럴 거 읎이 작대기루 주리를 트세, 주릿대를 질러야 벽
장 찬장 과방 속에 감춰논 음석이 절루 나온당께…… 도야지 잡어
원제 삶구 닭이 모가지 비틀면 원제 털 뜯는다나, 감춰논 음석 내
놓게 허야 먹네……"

검불더미 위에 늘어져 누워 있던 대복아배 조패랭이가 텁석부
리 구레나룻을 쓰다듬으며 비척비척 일어나다 주저앉아 중얼거리
고 있었다. 그네들이 벼르는 말을 흘리지 않고 들었던 나는, 그러
지 못하게 말려줄 사람이 없는지 사방을 희번득이며 둘러보았지
만 부탁할 만한 사람은 아무도 없었다. 나이는 어리더라도 철호와
대복이라면 내 말을 들어줄 성싶긴 했지만 그런 기대도 이내 사위
었으므로 단념할 수밖에 없었다. 등성이 너럭바위 쪽에서 〈신라
의 달밤〉을 고래고래 불러제끼던 것이 술 얻어마신 대복이와 철호

260

음성이란 걸 금방 깨달은 때문이었다. 별수없이 나는 쌍례아배와 복산아배가 움직이면 움직인 대로, 옮겨가면 옮겨진 자리까지 뒤를 졸래졸래 따라다니며 지켜보는 수뿐임을 알았다. 그네들이 석공을 밧줄처럼 여물고 단단한 기계새끼줄로 옭아 대들보에 매달거나 부러진 도리깨 자루와 삭정이 도막으로 석공을 때린다면 나 혼자라도 덤벼들어 말려보리라고 결심했던 것이다. 나는 정말 그럴 작정이었다. 내 생각에도 내가 중간에 뛰어들어 석공을 가로막고 나선다면, 내가 어느 어르신네 손자란 것만 알더라도 쥐어박거나 떠밀어내지 못하게 될뿐더러, 그네들이 져주고 말 것 같았던 것이다. 나는 마음을 단단히 다져먹고 그들만 줄곧 감시하고 있었으며, 어딜 가는가 싶어 따라가보면 뒷간이라든가 한데 오줌독이곤 했지만 몽둥이와 새끼타래를 놓지 않는 한 그네들에 대한 경계는 게을리할 수가 없었다.

모닥불은 계속 지펴지는데다 달빛은 또 그렇게 고와 동네는 밤새껏 매양 황혼녘이었고, 뒷산 등성이 솔수펑이 속에서는 어른들 코골음 같은 부엉이 울음이 마루 밑에서 강아지 꿈꾸는 소리처럼 정겹게 들려오고 있었다. 쇄쐣 쇄쐣…… 머리 위에서는 이따금 기러기떼 지나가는 소리가 유독 컸으며, 끼룩— 하는 기러기 울음소리가 들릴 즈음이면 마당 가장자리에는 가지런한 기러기떼 그림자가 달빛을 한 옴큼씩 훔치며 달아나고 있었다. 하늘에서는 별 하나 주워볼 수 없고 구름 한 조각 묻어 있지 않았으며, 오직 우리 어머니 마음 같은 달덩이만이 가득해 있음을 나는 보았다. 달빛에 밀려 건듯건듯 볼따귀를 스치며 내리는 무서리 서슬에 옷깃을 여며가며, 개울 건너 과수원 울타리 안에서 남은 능금과 탱자 냄새가 맴돌아, 천지에 생긴다고 생긴 것이란 온통 영글고 농익어가는 듯 촘촘히 깊어가던 밤을 지켜본 것이다. 어쩌면 술꾼들을 지켜본다기보다 늦가을 밤에만 이루어질 수 있는 신비로운 정경에 얼이 홀렸던 것인지도 몰랐다. 문득 내 이마에 보드라운 오뉴월 이슬이 맺히는 느낌이 있더니 늦늦한 아주까리 기름내가 코를 가리는 거였다.

"서방님께서 알으시면 되게 혼나야……"

옹점이가 속닥거리고 있었다.

"……"

나는 고개를 저어 이마에 와 닿은 옹점이의 보드라운 앞머리칼을 귓등으로 치웠다.

"나리만님께서 걱정허신다먼…… 구만 가 자자닝께는."

밤새껏 그러고 서 있다면 할아버지 걱정을 들음이 자명한 일이었다.

"저이들이 석공을 몽둥이루 팬다는디…… 산내끼루 천장에다 달어맨디야."

나는 근심스러워 풀죽은 목소리로 중얼거리며 연방 도래질을 하였다.

"신랑 달어먹는겨. 그런 건 노상 장난으루 허는 거랑께."

그녀는 히뜩히뜩 웃다 말고 나를 덥석 둘러업었다. 옹점이 등에 업혀 돌아오면서 나는 다시 하늘을 쳐다보았다. 얼마나 드높고 가없으며 꿈속에서의 하늘처럼 이상하게만 보인 하늘이었던가. 하늘을 가득 채우고 있던 달도 나만을 쳐다보고 있었고, 내 그림자를 쫓아 대문 앞까지 따라오던 것이 아직도 눈에 선하게 남아 있다. 옹점이는 나를 안방 윗목의 푹신한 새 요잇 위에 부리고 새물내가 몸으로 배어드는 누비이불을 덮어주며 실풋실풋 웃었고, 어서 잠이 들기를 바라고 있었지만, 나는 사모 썼던 석공의 모습과 몽둥이와 새끼타래를 잔뜩 움켜쥐고 별러대던 쌍례아배, 복산아배와 덕산이, 그리고 조패랭이의 숨결 고르지 못하던 얼굴이 떠올라 잠을 이룰 수가 없었다.

"코가 너무 세서 팔자는 워떨지 몰라두, 농, 경대, 반짇고리…… 그러구유 지년이 보니께 명이불 두 채허구유 명지 뉘비이불……"

옹점이는 어머니 앞에 앉아 석공네 각시가 해온 혼수들을 부러운 양 늘어놓으며 자리끼 숭늉대접을 벌씬벌씬 들이마시고 있었다. 그녀는 계속해서,

"놋요강, 놋대야, 오석다듸밋돌…… 보선 열두 죽, 유똥치마 두 짓, 모분단저구리허구 비나비녀 둘, 은민잠허구 동백완두잠 하나씩…… 또 신서방 마누라 다리속것허구 백모시적삼, 신서방 당목고의허구 시누 항라적삼 하나…… 슴것치구는 제법 알구서 했던

디유. 바느질두 괜찮구 품두 넉넉허니, 새악시 손이 크겠다구들 해쌓던디, 지년 보기에두 메누리를 방짜루 은었더먼유. 코가 너무 오똑허구 해서 워떨런지 몰라두유……" 하고 침이 마르게 지껄이고 있었지만, 내 귀는 이미 담을 넘어 석공네 마당에 닿고 있었다.

"당그랑당그랑 당그랑그랑……"

나는 혀끝으로 장단을 흉내내고 있었다. 석공네 마당에서 꽹과리와 징이 없는 풍장 소리가 들려오기 시작했던 거였다. 그뿐 아니었다. 노랫소리도 곁들여서 들려오고 있었다. 마음 놓고 목청껏 불러대는 소리였다.

"어려, 옹잼아, 누가 소리노래헌다야……"

내가 못 참아하자, "쉬— 소리는 내 가락이 이건디, 쉬—" 하며 그녀도 들뜨는 마음인지 냉큼 대꾸하고 있었다.

대동강 부이벽루에 산뽀를 가는, 리수일과 심순애의 량인이로다. 악슈 론고하난 것도 오날뿐이요, 보보행진 산뽀험두 오날뿐이랴…… 나는 온몸이 그닐거리고 쑤셔 잠은커녕 진드근히 누워 있을 수도 없었다. 무슨 핑계를 대고 빠져나갔던가는 기억해낼 수 없다. 내가 다시 석공네 마당으로 달려들었을 때, 밭마당의 모닥불은 거진 사위어버리고 사람 하나 얼씬하지 않고 있었다. 그러나 풍장 소리와 노래는 사립 울안에서 요란하게 울려퍼지고 있었다. 여전히 누군가가 '소리'를 부르고 있었다. 멍석 너덧 닢내기만한 안마당엔 어른들이 겹겹으로 둘러서서 모두가 엉덩이를 궁싯궁싯 들썩대며, 그러나 하나같이 군소리를 참고 눈과 얼굴로만 흥겨워하고 있었다.

누구 음성이었을까, 생전 처음 들어본 그 구성진 가락은. 석탄 백탄이 타는데, 연기만 펑펑 나는데…… 이 내 가슴 타는데, 연기가 하나도 안 나는데…… 나는 키가 모자라 사람 다리만 빽빽한 쪽마루에 비비대고 올라가 넘어다보았다. 그리고 놀랐다. 놀라지 않을 수 없던 것이다. 한 손으로 주안상 가장자리를 두들겨가며 앉아서 노래하는 어른, 코와 눈이 그렇게 크고 음성 또한 굵직한 신사, 그이는 아버지였다. 나는 가슴이 벅차올라 숨조차 제대로 쉴 수가 없었다. 황홀하기도 하고 의심스럽기도 하여 얼마를 두고 뚫어지게 바라보았으나 분명 아버지였다. 당신으로서는 도저히 있을 수 없는 일에 도취된 모습이기도 했다. 우선 석공네 울안에 들어왔다는 사실이 현실 같지 않았고, 노래를 하는 것도 사실일 수가 없으련만, 모든 것은 눈에 보인 그대로였다. 아버지는 안팎 동네 어느 누구네 집도 울안은 들어가본 적이 없는 터였다. 일가간인 한산 이가네로서 노인을 모시는 집안이거나 당내간의 사랑이라면 더러 출입이 있었을 따름이요, 그것도 울안에 발을 들인 일이란 한번도 없던 터였으니, 하물며 전에 일갓집 행랑살이를 했던 사람네 집이겠던가. 신서방은 덩실덩실 춤을 추었고, 아버지의 맞은편에 꿇어앉은 석공은 연방 싱글벙글 웃어가며 솟음솟음하는 신명을 어쩌지 못해 답답한 표정이었다. 아버지가 노래를 마치자 요란스런 박수소리가 터져나오고, 신서방이 두 손에 술잔을 받쳐드니 석공은 주전자를 기울였다. 아버지가 술잔을 받아들자 신서방은 일어서며 노래를 부르기 시작했는데 아, 나는 그때 또 한번 크게 놀라고 말았다. 다시 한번 뜻하지 않은 일이 벌어졌음이니 그것은 아버지가 일어서서 어깨춤을 추기 시작한 거였다. 그때까지 내가 알고 있던 아버지는 그렇게 평범한 사람이 아니었다. 할아버지 앞에서는 항상 무릎 꿇고 조아려 공손하기가 몸종과 다름없었지만, 처자 앞에서는 단란하고 즐거워 웃더라도 결코 치아를 내보인 일이 없게 근엄하되, 한내천 백사장에 강연장이 설치되면 뜨내기 장돌뱅이까지도 전을 걷어치울 정도로 수천 군민이 모여들게 마련이었으며, 산천이 들렸다 놓인다 싶게 불 뿜듯 웅변을 했는데, 그때마다 청중들로부터 천둥보다 더 우렁찬 환호와 박수갈채를 얻고 당신을 알던 모든 사람들한테 선생님이란 경칭을 받았던, 저만치 멀리로 건너다보이며 어렵기만 한 사람이었다. 어디 그럴 법이 있을 수 있단 말인가. 남의 집 울안 출입에 노랫가락과 어깨춤……신기함과 경이로움을 주체하지 못해 나는 몹시 당황했지만 그러나 그런 거북스러움도 슬몃슬몃 가셔지고 있었다. 멍석 가장자리로 둘러서 있던 모든 사람들이 덩달아 함께 어울려 춤을 추기 시작했던 것이며, 그 속에는 작대기 막대기와 새끼타래를 내던진 쌍례아배와 복산아배, 덕산이와 조패랭이가 섞인 채 누구보다도 흥겨워 몸부림을 하고 있었기 때문이다. 그 흥겨움에 감싸여 흐른 밤은

266

얼마나 되었을까. 모든 사람들의 배웅을 뒤에 두고 나는 아버지 뒤를 따라 집으로 돌아오고 있었다. 아버지 그림자를 밟지 않기 위해 나는 이만큼 뒤처져 걷고 있었는데, 그림자가 너무 길다고 느껴져 불현듯 하늘을 우러르니, 달은 어느덧 자리를 거의 다 내놓아 겨우 앞치마만한 하늘을 두른 채 왕소나무 가지 틈에 머물고 있었으며, 뒷동산 솔수펑이의 부엉이만이 잠 못 들어 투덜대고 있었다. 아버지는 사랑 앞에 이르도록 헛기침 한번 없이 여전 근엄하였고, 나는 버긋하게 지쳐놓은 대문을 돌쩌귀 소리 안 나도록 조용히 여닫으며 들어가 이내 곤한 잠에 떨어져버렸다. 이튿날 잠에서 깨어났을 때는 요 위가 질펀하니 한강이었고 아랫도리가 걸레처럼 척척했으나 부끄러워서 일어날 수도 없었다.

"삼십 년을 모시면서 보기를 츰 보겄다. 아마 평생 츰이실걸……"

어머니 음성이 들려오고 있었다.

"지년만 츰인 중 알었더니 아씨두유?"

옹점이 대꾸하는 소리도 들려왔다. 나중 안 일이지만, 어머니에게 평생 처음으로 보인 일이란 그날 밤에 아버지가 손수 행한 바의 모두를 말함이었다. 귀로에 한쪽 발을 헛디뎠던 일도 그중에 포함되어 있었다. 아버지의 양말 한 짝이 마당가 우물 도랑물에 젖어 있었다던 것이다. 어쨌든 그날 밤에 있었던 아버지의 거동은 오랫동안 여러 동네의 큰 화젯거리였은 줄 안다. 모두들 처음이며 아울러 마지막일 터임을 미루어볼 줄 알았기 때문이었다. 언제나 그랬지만 그후부터 더욱더 신서방은 아버지 보기를 조심스러워한 것 같았고, 석공의 얼굴에선 어쩌면 자기 부모보다 우리 아버지가 훨씬 더 어려우면서도 가까이 뵙고 싶은 마음이 역연함을 엿볼 수 있었다.

그 이튿날 해돋이 어름이 되자마자 석공은 우리집에 인사를 왔었다. 그 틈에 나는 질척한 이부자리를 가동쳐 개어 얹고 빠져나올 수 있었고, 할아버지께 석공이 큰절로 인사드릴 때, 그의 물색 공단조끼 등허리 한복판에서 무늬 널따란 모란꽃잎이 문창호 엷은 빗살에 윤기를 내뿜으며 빛나는 것도 보았다. 지게 멜빵밖엔 걸어본 적이 없던 그의 두 어깨였지만 생전 처음 걸쳐진 비단조끼였음에도 조금치의 어색함이 없음을 나는 아울러 발견했던 것이다. 석공은 명색이 자기 이름도 모를 만큼 무심했던 할아버지께 인사를 드리러 왔다고 했으나 그것은 한갓 구실이었을 뿐, 대취하여 귀가했던 아버지에게 문안드림이 목적이었은 줄을 우리 가족으로서는 모른 이가 없었다. 석공이 우리 울안 마루에 올라앉아보기도 그날이 처음 아니었을까 한다. 어머니는 석공의 인사에 거의 맞절이나 다름없이 정중하게 대우하였고 "첫아들버텀 보아야지. 부디 부모 효도허구 부부 유정허게" 각근한 덕담을 잊지 않았으며 아녀자의 속성도 곁들여 불쑥 "장가들러 슴까지 신행갔다왔으니 첫날밤 재미야 어련했겠나마는, 색시 잘 은었다니 소문턱두 내게나" 했다.

"구멍새나 크막크막허지 이쁠 것두 웂구 암스렁투 않게 생겼는디, 재밀랑사리 고상만 잔뜩 했슈. 시방두 걸을라면 다리가 뻑쩍지 근헌걸유."

석공은 겸연쩍고 스스럼 타는 기색도 없이 수월하게 대답했다.

"무슨 심인디 배루 가구서두 그렇게 걸었다나. 개펄에 빠져가메 갔던가뵈……"

"그랬간디유. 워떤 늠하구 한구재비 멱살걸이를 해버린걸유." 그제야 석공의 낯에 민망한 빛이 벌그레하게 번지는 듯했다.

"다투다니?"

어머니가 다시 재촉해서야.

"예, 그게 이렇게 됐다닝께유……" 하고 석공은 설명을 달기 시작했다. 초례醮禮를 치르고 나니 곧 날이 저물었다. 용궁에서 살다 금방 빠져나와 그런지 바닷물결을 노 저어 다가온 달은 관촌에 왔던 중추만월보다도 훨씬 더 크고 밝은 것 같았다. 석공은 한번 들어가면 나오지 못할 병풍 속에서 그 달밤을 모르기가 너무 아까워서 한동안 시간 지체를 했고, 그러다가 끼어든 잔치 자리였다. 놀이는 섬것이나 뱃놈들이 더 푸짐하다고 느끼며 연방 술을 마셨다. 열대엿이나 되는 섬 사내들은 춤을 곧잘 추었다. 석공도 그네들 틈에 어울려 함께 춤을 추어주지 않으면 아니 될 판에 이르렀다. 석공은 일어서서 어깨춤을 추게 되었고, 그러고 나서야 비로소 자기가 섞여 놀기엔 무척 어색한 자리임을 깨우치게 되었다. 차라리 신랑 달아먹기에 말려들어 그 청년들 손찌검에 발바닥을 난타

당했더라면 몰랐다. 그러나 장소는 밀짚방석이 여러 닢 깔린 너른 마당이었다.

"그런디 워떤 늠다 대이구 발등허리를 짓밟어 잇깨더랑께유."

석공은 침을 한번 삼키고 나서 뒤를 이었다. 그래 그는 일삼고 눈여겨 살펴보기 시작했다. 어떤 녀석 혼자만 하는 짓이었다. 달보기가 부끄러울 만큼 거무추레한 상판에 허우대가 바라진 덩치 큰 녀석이었다. 녀석은 코빼기만한 섬에 웬 문명文明인가 싶게 번들거리는 구두를 신고 있었으며 춤을 추느라고 그러는 척하며 그 구두 뒤축으로 고무신 신은 석공의 발등을, 헤아려보진 않았어도 스무남은 번가량이나 짓이겨 밟아댄 거였다. 발로 그러지 않으면 팔꿈치로라도 석공의 어깨와 가슴팍을 짓찧곤 하던 거였다. 시빗거리를 만들고자 부러 집적거리는 게 분명했다. 아프기도 아팠지만 첫째로 기분이 상해 견딜 수 없었다.

"형씨, 나헌티 뭔 유감 있슈? 팔꿈셍이루 치구 굿수발루 짓밟게…… 나두 내 승질 근디리면 바뻐지는 인품이니께, 참어보슈."
했더니, 석공 나이 또래나 됐지 싶은 그 청년은 대뜸,
"요것 싹바가지 읎이 까부는 것 보장께, 얼레 요 작것이 삿대질할래 헌다요."
하면서 멱살을 잡자고 덤볐다.

석공은 천성이 바탕 고르고 유한 편이었지만 이번만은 경우가 달랐다. 그 자리에서 놀던 청년들은 모두가 녀석의 졸개들 같았

고, 자기가 떠나고 나면 기세에 눌려 무지렁이처럼 빈말 한마디 못 해보고 갔다더라는 너절한 소문만 파다해질 것 같았다. 그리 된다면 처갓집 체면에도 '인사가 아닐 것' 같았다.

"귓싸대기를 쌔려번질까 허다가 확 집어 저리 내던져버렸슈. 뭬가 여간 안 나더랑께유. 뒈지는 시늉 허길래 살려줬이유."

사과는 나중 신방에서 신부한테 대신 받았노라며 석공은 웃었다. 신부 말에 따르면 오랫동안 그녀를 몹시 짝사랑해온 그 동네 이웃 녀석이었다. 물론 아무 일도 없었지만 원한 맺어봤자 좋을 일 없으니 참아달라며 신부가 애원했던 눈치였다. 어제 저녁까지도 문간을 기웃거리며 지분댔다고 실토하던 신부에게는 숨김이 없을 것 같더라며,

"무슨 큰 조이罪나 진 사람매루 빌어쌓는디, 그거 워칙헌데유."

석공은 싱긋벙긋 웃어가며 물러가고 있었다.

"신서방두 훌륭허구먼그려. 저런 씩씩한 아들을 뒀으니 신수가 안 피겄남. 빈 산에 달이 뜨기루 저런 아들을 뒀단 말여……"

어머니는 물러가는 석공의 뒷모습을 이윽히 바래주며 상찬을 마지않았다.

그 이듬해 봄이었는지 어렴풋한 기억이지만, 아버지가 어떤 혐의로 두어 파수 동안 경찰에 구금됐다 풀려나온 적이 있는데, 거의 한 장場 도막이나 석공은 자기 아내를 시켜 정성들여 차린 음식으로 하루 세 번씩 사식私食 차입을 하였고, 석공 자신이 직접 찬합

을 싸들고 경찰서 출입을 하기도 하였다. 그가 그러고 갈 때는 한 눈 한번 팔지 않고 계속 뛰어간다는 거였으며, 고마워하던 어머니 가 직접 석공을 불러 사의를 말씀하고 다녀도 장가든 사람답게 의 젓스레 다니도록 하라 하니,

"진지가 식을깨미 그러지유. 장늘 찬 읎이 해다드려 죄송스럽기 만 허유……"

무슨 큰 보람 있는 사업이라도 벌인 듯한 어조로, 그러나 겸손 하게 말하더라고 했다.

그 일이 빌미되어 아버지에게 무슨 혐의가 씌워지고 연행 조사 를 받게 될 때면 석공도 일쑤 경찰의 부름으로 나가 죄인 다스림을 받았으며 때로는 고문을 당했다고도 하였다. 물론 지하 조직이니 전단傳單 살포니 하는 아버지의 사업엔 얼씬도 한 적이 없었다. 다 만 그가 바로 이웃하고 살며 아버지를 무조건 경외敬畏한다는 소 문 때문에 가당찮은 피해를 입었던 것이다. 어떤 때는 석공이 스스 로 와서 대문간에서 어머니와 만났으며 여기는 이러이러하게 당 하고, 이쪽을 이만큼 두들겨맞아 간신히 굴신한다며 고문당한 설 명을 하기도 했는데, 그럴 겸해서 거듭 강조하던 것은 '선생님께 부끄럽잖은 사내가 되고자' 마음에 없는 말은 한마디도 입 밖에 내본 적이 없었음을 해명함이 목적인 것 같았다.

"볼수록 아깝더라. 핵교 글만 죄끔 더 배웠더라면 여북 똑똑허 까나. 숫제 아여 눈이 읎는 생일꾼이던지……"하며, 어머니는 그

런 심성의 그가 보통학교나 겨우 마치고 만 것을 안타까워 하였는데, 그러나 그에게 학벌을 물음처럼 부질없는 짓도 드물 것이란 느낌이다. 됨됨이며 천품이 워낙 그런 사람인 이상 학교 공부는 더 했어도 그만이요 생판 불학이었대도 마찬가지였으리란 느낌인 것이다. 하긴 어머니의 의견대로 차라리 판무식꾼이었거나 아주 약게 잘 배운 사람이었더라면 자기 한평생쯤 자기 편의대로 요리했지, 그렇게 운명의 농간 같기만 한 일생을 마치지는 않았을지도 모를 일이었다. 그 일생의 애석함을 어찌 몇 줄의 작문으로 그칠 수 있을 것이랴. 하나 그는 그 나름의 주견과 소신대로 자기 인생을 경영經營했음이 분명하며 또한 다시 일어설 수 없는 실패를 본 것도 사실이었다.

황소바위 가장자리에 다래가 여물고, 터져 눈송이로 핀 목화대 틈으로 해설피 반짝이는 서릿바람 그림자가 얼룩질 때, 반지르르 살찐 검은 염소는 개랑둑 실버들가지 밑에서 잠들고, 구름 아래에 머문 솔개 한 마리가 온 마을을 깃 끝으로 재어보며 솔푸데기 틈의 장끼 우는 소리를 엿들을 때, 범바위 앞의 찔레덩굴 속에서 핏빛 짙은 옻나무 잎을 비켜가며 까치밥을 따먹던 나는 언젠가도 한번 들은 바 있는 신서방의 울부짖음에 소스라쳐 놀라고 말았다.

"이 가이개색긔들아— 나, 이 신 아무개 아즉 안 죽구 여기 있다…… 두구 봐라, 이 드런 늠으 색긔들…… 누가 더 잘되나 야중에 두구 대보잔 말여, 이 웬수 같은 늠덜아……"

신서방은 고래고래 악을 쓰다 말고 엉엉 울어 퍼대는 거였다. 원래가 고주였고 주사가 있었던 만큼 모두들 면역이 되어 그의 주정에 귀를 기울일 사람은 마을에 없었지만, 그는 술이 취하면 일쑤 그런 험담을 해댔던 것이며 그 험담이 가는 곳도 고정이 되어 있었다. 물론 자기가 어려서부터 행랑붙이로 얽어매어져 있었던 이가 네더러 그러던 거였고, 그렇게 함으로써 켜켜로 쌓였던 불만과 짓눌렸던 주눅을 피워 체증기 내리는 약으로 삼아온 거였다. 그러나 그날은 다소 색다른 데가 있었음을 나는 나중에야 알게 되었다. 며느리에게 산기産氣가 있은 거였다. 그는 손자를 보게 된 기대와 흥분에 술잔깨나 비운 거였고, 따라서 떳떳이 노인 대접받기에 충분한 근거가 마련이 된 거였다. 그러니 한평생 하대下待와 멸시로 시종해온 무리들아, 이젠 나를 달리 대해다오. 신서방의 주장은 대략 그런 것이라고 했다. 그날 신서방은 어느 때보다도 큰 목소리로 오랫동안이나 발악하듯 떠들었다. 때문에 듣다못해 어머니는 석공을 불러 무슨 사연인가를 알아보게 되었다. 어찌 생각하면 신서방으로서는 한 번쯤 그렇게 해봄직한 사유가 없지 않기도 했다. 어머니가 듣고 온 내막만 해도 적잖은 이야깃감이었으니까.

석공의 보통학교 동창 하나가 무슨 신문 지국을 운영하고 있는데, 면장하고는 동서지간이었다. 그 동창이 석공을 면사무소 고용원으로 천거하였다. 그러나 이야기가 잘 되어가다 까탈이 생겨 뒤틀리고 말았다.

"면소面所 꼬스까이래두 월급은 있으니 괜찮았을 텐데…… 싀署.
경찰서에 댕겨온 게 무슨 허물이라구……"
하며 어머니도 무척 아쉬워하고 있었다. 신서방의 소원이 관청의
월급쟁이 아들을 두는 것이었음은 마을에서 모를 사람이 없게 널
리 알려진 일이었다. 자기가 설움받았던 집 자식들이 모두 고장의
관공리나 은행원이었기에 더욱 그랬을 터이지만, 석공이 면사무
소의 잡역 고용원이 되려 한 것에서도 신서방의 기대와 보람은 적
잖았던 모양이었다. 무슨 발신發身이라고 생각했었는지도 모를 일
이었다. 하긴 임시 고원雇員으로 있다가 면서기로 특채되는 예도
드문 일이 아니었다. 신서방의 그 부풀었던 꿈은 여지없이 깨졌
다. 그것도 평소 원수처럼 별러왔던 이가네 떨거지의 훼방에 의한
것이었다. 작으나 크나 관청인데 한지붕 밑에 같이 출입할 수 없다
하여 면서기로 다니던 이 아무개란 자가 중간에 뛰어들어 모략을
했다는 거였으며, 그자는 석공의 관공서 고용원 됨이 부당하다는
사유로서 석공이 불온한 사상에 감염되어 있다고 무고를 했다는
것이었다. 그자는 또 석공이 아버지의 사식 차입을 계기로 몇 차례
서署에 연행되었던 사실을 과장하여 그 증거로 하려 한 모양이었
다. 석공은 아무런 불만도 내색하지 않았고, 그나마도 분수에 넘친
일에 한눈 팔았다는 듯 무럼해하는 표정이기도 했다. 신서방은 주
정을 하던 날 밤 손녀를 보았다. 손자가 아니라서 작잖이 섭섭했겠
지만 횟술을 마셨다는 이야기는 듣지 못한 것 같았다.

신서방이 일생의 그 소원을 잠시나마 풀어볼 수 있었던 해가 왔다. 그것은 1950년이었으며 8월 그리고 9월이었다. 석공이 무엇을 했던 것이다. 면소의 고용원이 아니라 군청 서기가 되어나갔던 것이다. 그것은 우리 아버지에 대한 흠모와 사식 차입, 그로 인해 당하지 않을 수 없었던 연행, 고문 등등 지난날 그에게 가해졌던 몇 가지 고통에 대한 보상으로 주어진 직책이었다. 우리 아버지는 이미 사전에 타계한 후였으므로 누구의 배려로 그런 대우를 받게 되었는지는 알 수 없었다. 석공은 매우 만족스러운 표정이었다. 석공네 집은 비로소 이렇게 살 때가 왔다는 듯 밤낮없이 식객이 드나들었고 석공은 모처럼 고무신 대신으로 하얀 운동화를 신고 다녔다. 널빤지 사립짝에 매달았던 깡통도 마침내 본래의 임무였던 초인종 구실을 제대로 해볼 기회를 만나고, 석공 새댁도 뭍사내에게 시집온 보람을 느껴본다는 기색이 역연하였다. 피체된 경찰관 가족들이 벌건 장닭을 구럭에 담아 메고 깡통 매단 철사줄이 끊어질 만큼 자주 드나들었고, 의용군에 자식 내보낼 수 없다는 노파들은 인절미와 흰무리 혹은 풋능금 따위를 보통이에 꾸려 이고 문턱을 닳리었다. 나중에 대복어메와 조패랭이도 그중에서 한몫하며 순심으를 욕보이려다가 간혔던 대복이 석방을 위해 조석으로 들락거리던 꼴도 볼 수 있었다. 그러나 석공은 그네들에게 아무런 도움도 줄 수 없었던가보았다. 힘이 될 만한 자리에 앉지 못한 탓이었다.

사변 전에 이렇다 하게 한 일이 없고 워낙 순수한 동기로서 얽어걸린 직책이었으므로 무슨 실권이랄 것이 있을 수 없었던 것도 당연한 일 같았다. 그는 평범하여 소문 없는 덤덤한 사무원이었다. 신서방은 그러나 아들의 그러한 '출세'를 이상하리만큼이나 달갑지 않은 기색을 하고 있었다. 날마다 미군기의 폭격이 요란하고 민심이 곁들여 흉흉한 분위기가 감돌아 불안을 느낀 거였을까. 그런 것도 아니었을 줄 믿는다. 본디부터 그는 우익 사람들을 애써 옹호해왔고 그만큼 공산주의자들을 증오해온 터였다. 우리 아버지가 하던 일에 대해서 조금도 호감을 보인 적이 없었음이 그러한 증거였다. 물론 무슨 주의 주장이 따로 있어 그랬던 것은 분명 아니었다. 다만 땅을 거르고 가축 거둬먹이기와 논밭에 거름 한 지게라도 더 얹고 싶어 안달하며, 있는 농사 짓기에도 힘이 부친 근근한 농민 분수임을 잘 알고 있는 까닭이었다. 어떠한 번거로움도 마다했고, 전에 없었던 일은 여하한 것도 꺼려했음이 분명했다. 이는 그 당시 나이 어린 내 눈에 보인 바가 그와 같았음을 근거하여 하는 말이다.

월급쟁이나 관공리 자식 두기를 소망했던 어버이를 위해 석공은 대체 몇 푼이나 벌어다 바쳤던 것일까. 모르긴 몰라도 대강 미루어보건대 그는 아마 한두 가마의 곡식을 타다가 들여놓은 것으로 그쳤을 것이었다. 그럴 만큼 그 무렵의 석공에 대한 인상이 기억에 남아 있지 않기도 하다. 석공은 해 뜨기 전에 출근하여 밤이나 되어야 귀가했고, 우리들은 우리들대로 밤낮 여성동맹 마을 책임자였던 순심이의 인솔로 후미진 산기슭과 숲속으로 골라 다니며 놀되 단체 놀음을 하고 있은 때문이었다.

그리고 그 시절은 잠깐이었다. 추석 지나고 며칠 안 되어 국군이 들어오고, 이내 경찰이 뒤를 이어 치안을 맡기 시작했던 것이다. 석공이 언제 어디로 피신했는지 당초에는 집안 식구들마저 종적을 몰라했었다. 깊이 처박혀서 잘 숨어 있는지, 혹은 월북을 했는지, 아니면 길이 막혀 잡혀 죽어 여우밥이 되었는지, 알 만한 사람은 아무도 없었다. 석공 새댁은 울며 날을 지새워 눈두덩이가 부얼거리며 밤톨처럼 솟아 있지 않은 날이 없었다. 그녀는 첫돌이 가까워진 어린 딸 정희를 업은 채로 석공이 했어야 옳을 일에 매달려 오나가나 갈팡질팡 정신이 없어하고 있었다. 신서방은 홧병으로 쓰러져 일어나지 못하고 신서방댁은 석공의 내가, 외가, 처가 할 것 없이 두루 뒤져가며 아들의 생사 여부를 수소문하기에 볼일 볼 새가 없다고 했다. 다행인지 불행인지 한 가지 이상한 것은 피의자가 잠적해버렸음에도 그 가족들의 신변이 무사하던 일이었다. 신서방이 불리어가 다리가 부러졌거나 새댁이 닦달을 당해 어디가 어찌 되었다거나, 하여간 석공이 검거될 때까지는 남은 사람이 못 살아했어야 그 무렵의 상황에 걸맞은 일이련만, 그 흔한 가택수색 한번 나온 것을 구경하지 못하겠던 것이다. 그런대로 석공 새댁은 머슴도 상머슴이 다 되어 손에 연장 놓을 때가 없었고, 논밭걷이와 씨앗뿌리기에 벗은 발 신발 찾을 새가 없었다. 두엄 져나르기와 돼

278

지꿀 베어들이기는 지게로 했고, 가물 타 오갈든 김장밭에 물지게를 져나른 밤에도 보리쌀 대끼는 절구 소리로 이웃의 잠을 설쳐놓곤 했다.

시월도 다 가던 어느 날 해설픈 새참 때나 되어서 있은 일이다. 조무래기들로 시끌덤벙한 소리와 사나운 울부짖음 소리가 귀에 들어와 밖을 내다보게 되었다. 그리고 석공네 마당 오동나무 밑에서 보통 아닌 무슨 일이 벌어졌음을 알게 되었다. 나는 대뜸 드디어 흉악한 일을 보게 됐다고 넘겨짚었다. 언뜻 푸줏간에 너리너리 걸렸던 고깃덩어리들이 떠오르고, 언젠가 돼지 잡을 때 자배기 속에서 솔고 엉겨붙던 검붉은 선지피가 눈앞이 아찔하며 떠올랐다. 두 다리가 후루루 떨렸다. 석공의 시체! 참으로 방정맞은 연상이었다. 석공네 마당으로 달음박질하는데도 벌집 다 된 총알 자국, 도끼와 쇠스랑에 찍혀 빠개진 뒤통수, 작살이나 대창竹槍에 난탕질당한 가슴과 뱃구레…… 그렇게 되었을 석공의 몸뚱이가 두 겹세 겹으로 떠오르던 거였다. 그 마당은 역시 내 예감과 엇비슷하게 걸맞은 현장이었다. 오동나무 아래에 뒹굴려진 것은 석공이 아니라 그의 아내였다. 그녀가 농즙을 내며 짓이겨지고 걷어차여 온몸이 붉게 반죽이 되어 있던 것이다. 곁에서는 나이 어린 시뉘가 몸부림을 치며 울고, 겨우 걸음발을 타기 시작한 정희는 마당가를 두꺼비처럼 기어다니며 보인 대로 집어넣어 입 언저리가 흙투성이에 검불 범벅인 채 혼자 놀고 있었다. 운신을 못하게 쇠약해진 신서방은 토방에 주저앉은 채 부레가 끓어 죽는 시늉이었고, 구경꾼들은 어른 아이 없이 벙어리 시늉을 하며 그저 구경이나 할 뿐이었다. 누가 이 끔찍스런 일을 저지른 것일까. 그때 "에이" 하며 송곳니 사이로 침을 내갈기는 사내가 있었다. 낯선 청년이었고 분풀이가 덜 되어 씨근벌떡거리는 눈치였다. "씨발년" 하고 그 청년은 또 침을 뱉었다. 나는 얼핏 그 사내가 신고 있는 반드르한 구두를 보았다.

"과부 노릇 허는 꼴 좀 보장께, 이 쌍년."

낯선 청년은 계속 혼잣말처럼 중얼거렸다. "이 집 사내늠헌티 시집오면 호강 요강 헐 줄 알았지? 좋겠다! 고 코빼기 높은 값 허느라구, 쌍년, 제우 새끼 한 마리 까구 서방 잡아 처먹구, 좋것어 이년아."

그 사내는 돌아나가면서도 입으로 옮길 수 없는 욕설 한마디를 더 내뱉었다.

"너 같은 년버러 뭣이라구 허는 중 아네? 그게 바루 벌려주구 뺨 맞구, 국 쏟구 투가리 깨치구, 밑구녕까지 데였다구 허는 것이여, 쌍년……"

그 사내가 석공이 배섬으로 장가가 첫날밤을 치르기 직전, 신부네 잔치 마당에서 춤추는 척하며 시비를 걸었던, 석공의 발등을 짓밟고 팔꿈치로 쳤다가 석공한테 태질을 당했다던 작자라고 했다. 못 이룬 짝사랑이 곪으면 그렇게도 터지는 것인지 모를 일이었다.

"그늠이 사내 지집 죄다 밟어 조졌다구 원 풀어 허더라는
디…… 내 암제구 돈 벌면 뻿쪽구두 한 커리 사 신구 슴으로 근녀
가, 내 그늠의 자슥 대갈빼기를 부숴주고 말 티여……"

모진 풍파가 다소 끔해지구 한숨을 돌릴 만하자 석공댁이 농담
처럼 하던 말이었다. 그날 그 사내가 찾아와 들이단짝 정신 못 차
리게 치고 패며 밟을 때는 그녀도 이젠 다 살은 줄로 알았다고 하
였다. 그 같잖은 풍신에 언제 그리 됐으랴는 생각을 해볼 겨를만
있었더라도 그렇게 당하진 않았으련만, 서슬이 워낙 시퍼렇고 살
기가 뻗쳐 있어 대뜸 치안 계통의 무엇이 돼가지고 앙갚음을 하러
온 줄로만 여겼다는 거였다. 더구나 그자는 보자마자 대뜸,

"내가 금방 늬 서방 돼지느라구 용쓰는 거 보구 나왔느라, 초상
치를 채비허여 이년…… 싸게 식場에 가 송장 떼며오라니께……
통 큰 년, 공산共産질헌 즤 서방이 살어나기를 바랐던가뵈……"
하더라는 것이다. 그때 속은 것이 그렇게도 분하다고 그녀는 못 잊
어했다.

"공산질은 즤 늠두 했데. 저두 잽혀가서 늑신 처맞구 풀려나온
질이더랑께" 하며 그녀는 어처구니없어하였다. 그 사내도 적치하
에서 부역을 했던 것이다. 물론 목숨을 붙이자니 마지못해 그랬겠
지만, 하고 그녀는 말했는데, 그 사내의 죄목이 무엇이었는지는 길
래 알 수 없었다. 며칠 묶여 있다가 풀려나온 것으로 미루어보아
대단치는 않았으리라 싶을 따름이었다.

석공은 그 섬사내가 전한 대로 그때 이미 검속되어 있었으나 집에 연락이 안 닿아 가족과 마을 사람들만 모르고 있은 거였다. 석공이 갇혀 있던 곳은 농업조합 미곡창고 속이었다. 혹독한 고문을 당해 거의 빈사상태였더라고 했다. 실지 보고 온 사람들이 전해준 말이었다. 고춧가루 탄 물 한 주전자를 코로 다 마시더라던 사람, 방망이로 맞을 때 세어봤는데 예순두 대째 맞고 까무라치더라는 사람…… 다만 아주 죽었다고 전한 사람만이 없었을 뿐이었다. 석공의 고문당한 기별이 전달된 날부터 새댁은 핫옷 바느질로 잠 없는 밤을 견뎌냈다고 했고, 무심코 솔기를 호다가도 출입복이 될지 수의壽衣가 될지 용도를 의문하게 되면 으레 그때마다 바늘을 부러뜨렸노라고 했다. 정말 안타까웠고 아까운 일이었다. 스물다섯이란 석공의 한창 나이가 그지없이 아깝던 것이었다. 그 무렵만 해도 그녀의 그 같은 의문에 누구라고 시원한 대답으로 자신에게 말할 수 있었을까.

우리는 석공의 새댁을 정희엄마라고 불렀다. 정희는 재룡둥이였다. 신서방네 집안의 유일한 웃음거리였다.

"저것이라두 읎으면 무슨 건지루 살겄어유."

정희엄마도 늘 그런 말을 되풀이하고 있었다. 석공은 언도받은 대로 대전형무소에 이감되어 있었다. 5년 징역이었다. 5년이란 형기가 굳어지자, 늘편히 누워 시름거리던 신서방은 기신기신 일어나 일꾼 없는 농사를 지어냈고, 정희엄마도 안팎 두루치기로 상머슴 몫을 해내고 있었다. 그녀가 억척스레 일하는 것을 볼 때면 어쩐지 자학적으로 부러 고된 일로만 골라서 하는 것 같은 느낌이 들곤 했다. 그 지악스러움과 억척스러움은 멀쩡한 사내도 감히 흉내낼 수 없을 지경이었으니까.

모두들 비명에 세상을 뜨고, 어른이라곤 오로지 어머니 한 분뿐이었던 우리집도 적잖이 변모된 채 겨우 하루살이를 하고 있었다. 명절날 무시날 따로 없이 주야장천 내방객의 신발들이 즐비하던 사랑 뜰과 댓돌에는 퍼렇게 이끼가 끼어 시절이 아님을 말하고, 문짝마다 안으로 굳게 잠겨진 사랑마루엔 여름 먼지 겨울 티끌만이 자리를 만난 듯 쌓여 지는 해 붉은 노을에 퇴락만 거듭하고 있었다. 그러나 울안엔 언제나 사람들이 들벅거렸음을 무슨 조화 속이라 이를 것인가. 밤낮으로 마을 아낙들이 모여들었으니 안사랑이라 이름할 것인가. 그네들은 낮잠을 자러 오기가 예사였고 어린아이를 맡기러 오기도 했다. 어렴성 모르고 무시로 드나들어 거의 마을방이나 다름이 없었다. 덕택에 어머니는 적적한 줄을 몰랐고 마당일 부엌일 거들어주는 손이 많아 자자분한 집안일로 허리를 앓지 않아도 되었다. 정희엄마도 마을꾼 중의 하나였다.

"저는 아마 이 코 땜이 팔자가 이런 것 같튜."

그녀는 일쑤 그런 말을 했고,

"츠녀 쩍에 넘덜이 보구 반주그레허니 괜찮게 빠졌다구 허면 철읎이 좋아했더니, 게 다 무슨 살煞이던 개뷰. 후제 자슥 두구 메누리 을으면, 저처럼 콧날 오똑허구 얼굴 갸상허니 해끔헌 시약씨는 절대 마다 헐래유."

자기 코를 가리키며 그런 말도 하고 있었다. 그녀는 자기의 미모와 몸매를 나무라기 위해 모질고 거친 일만 도맡아 했던 것이다. 그녀는 말했다.

"접때 면회 가니께 재 아배가 전처럼 낭자에다 댕기두 드리구, 끝동 달린 소매두 입으라구 해쌓길래 저는 싫다구 했이유. 자기가 나오면 쪽 풀구 빠마두 허구, 베루벳도치마두 해입을란다구 했더니…… 허연이 웃으면서 눈물을 주루루 흘리데유."

곁에서 듣고 있던 나는 문득 그녀가 시집오던 날을 기억해내고 코가 너무 반듯하여 어떨지 모르겠다던 옹점이 말도 곁들여 되새겨보곤 했다. 그녀는 면회 가는 날을 기다림으로써 그 인고의 세월을 잊으며 살고 있었다.

시작에서 끝이 없으되 결국은 잠깐이기에 세월이라 이름했거니 한다. 석공의 복역기간이 그와 같았기로 더욱 그런 느낌이려니 한다. 석공이 형기를 반년 앞두고 모범수로 특사받아 풀려나오게 됐던 것이다. 그해 8월 15일 광복절. 아침부터 마을은 온통 무슨 명절을 맞은 기색으로 술렁거리며 기꺼운 표정이었다. 방학중이어서 그 집 마당이 가득하게 들어차 놀던 아이들 틈에서 나도 일찍부터 뒤섞이어 초조한 마음으로 시간을 기다리고 있었다. 마을 앞 신작로로 지나갈 버스는 오후 4시경이었으므로, 나는 무려 6시간 이상을 그 마당 귀퉁이에 서 있었고 거의 하루 해를 에우다시피 한 셈이었다. 점심때쯤부터는 성깃하게 빗방울이 들어 개오동 잎새마다 얼룩무늬를 두었고, 그것은 차츰 여려지면서 촘촘한 부슬비로 변했으며 실금실금 뿌려지는 대로 거미줄마다 부슬비가 꿰어지자 거미줄은 잘 닦인 은쟁반처럼 우아한 모습으로 보였다. 어느 때였나, 문득 버스 멎는 소리가 들리자 마당 안의 시선들이 개랑 건너 과수원의 탱자나무 울타리를 끼고 신작로 쪽으로 쏠려갔다. 나는 다른 아이들처럼 그렇게 팔짱끼고 서서 구경이나 하고 있을 처지가 아니란 걸 알고 있었다. 그가 우리 아버지에게 보였던 정리에 대한 조그마한 답례라도 될 수 있는 일이라면, 나는 아마 무슨 일이라도 주저하지 않았을 터이었다. 나는 무얼 어떻게 해야 될는지 알지 못하고 있었으므로 인사라도 남보다 먼저 하는 것이 옳을 것 같았다. 나는 뛰어갔다. 정희엄마와 정희 그리고 신서방 내외, 또한 신작로 송방 앞에 있었던 마을 사람들에 둘러싸인 채 석공은 싱글벙글 웃으며 걸어오고 있었다. 그가 장가갈 때 도리깨 자루와 새끼타래를 사려 쥐고 달아먹기로 별러댔던 그 사람들, 쌍 례아배 조패랭이 복산아배도 그 틈에 뒤섞여 있었다. 상상했던 바와는 딴판으로 석공은 건강하고 늠름해 보였다. 나는 마을 아이들의 맨 앞에 서서 건강한 생환을 진정으로 고마워하며 고개만 깊이 숙였다. 그가 먼저 말할 때까지 나는 아무 말도 하지 못했다.

"몰라보겠네, 되게 컸어."

그는 내 손을 잡고 여러 차례나 힘지게 흔들었다. 그래도 내 입에서는 아무 말도 새어나오지 않고 있었다. 요즘도 나는 하루 열댓 번 이상 헛손질하듯 하며 형식적인 악수를 자주 하고 살지만, 또 앞으로도 매양 그러기가 쉽지만, 그때 해봤던 그 석공과의 악수만은 언제까지라도 못 잊어할 것임을 스스로 믿는다. 그것은 내가 생전 처음 처자를 거느린 어른하고 악수를 해본 최초의 경험이라는 한 가지 뜻만으로도 그렇다.

그는 얼굴이 허옇게 쇠었다는 겉보매 외에 조금도 달라진 데가 보이지 않았다. 어느 결에 그는 내 손을 뿌리치듯 물리고는 불쑥 내 뒤로 튕겨져나갔다. 그리고 두 손이 발등에 닿도록 허리를 굽혀 절하고 있었다. 우리 어머니가 석공의 어깨를 쓰다듬으며 웃어 보이고 있었다. 어쩌면 울고 있었는지도 모를 표정이었지만…… 석공은 고개를 들지 않았다. 마치 자기가 그처럼 살아 돌아왔음이 무슨 큰 허물이라도 되는 듯한 표정으로. 어머니가 앞서 걷기 시작해서야 늘어놓은 두름처럼 정지됐던 행렬도 서서히 움직이기 시작했다. 개랑을 건너고 마당에 발을 디뎠다. 그는 그리던 집에 들어선 것이었다. 석공은 성급하게 울안으로 들어가려 했다. 여러 사람들이 앞을 가로막았다. 어느새 먼저 들어왔던가, 신서방댁은 하얀 대접에 두부를 가득 담아 들고 서 있었다.

"엄니는 쓸디없이 두부를 먹으래유."

석공이 그것을 마다하고 그냥 울안으로 들어가려 하자, 신서방은 정색을 하며 나무라듯 말했다.

"애, 이 두부 저 으르신께서 쐬오신 게여."

석공이 신서방 눈길을 따라 돌아본 곳엔 우리 어머니의 미소가 있었다. 석공은 고개를 떨구었다. 그는 신서방댁이 입에 물려주는 대로 목을 쩔룩거려가면서 자기 얼굴만큼이나 하얀 두붓덩이를 허발하고 먹어치웠다.

이튿날. 아마 동네에서 동트며 일변 일어나 맨 먼저 연장자루를 쥐고 나선 사람은 석공이 아니었을까 싶다. 정희엄마 말에 의하면 그날 밤을 온통 뜬눈으로 새우더라는 거였다.

"사 년 반이나 굶은 사랑 벌충헐랑께……"

입이 걸었던 상술어머니는 웃느라고 말끝을 못 맺었지만, 정희엄마는 정색을 하며 '일이 하고 싶어 잠 못 자던' 석공에 대해 자세하게 풀이를 달았었다. 형무소에 들앉아 있는 동안 처자 다음으로 그립고 잡아보고 싶어 못 견딘 것이 낫 호미 쇠스랑이며, 밤마다 귓전에 들려온 것이 도리깨 소리 탈곡기 소리였다고 실토하더라는 것이다. 알 수는 없지만 나는 정희엄마 말을 그대로 곧이듣고 싶었다. 석공은 가장 모범적인 일꾼이 되어갔다. 그처럼 건실한 농군도 다시는 없을 것 같았다. 마을 사람들은 모두 석공하고만 품앗이하기를 원하고, 같은 값이면 석공의 품을 사고 싶어 서로 다툼질하기를 그치지 않았다. 그는 누가 시키기 전에 먼저 알아서 일을 추어내고 남의 능장과 꾀부림도 앉아서는 못 보던 성미였다. 그러나 사철 내내 그럴 순 없는 것 같았다. 날이 거푸 궂거나 장마 기운이 몰린다 싶으면 그 스스로가 된 일을 삼가면서 몸조리에 신경을 곤두세우곤 하였다. 고문으로 골병이 든데다가 형무소 독까지 몸에 배고 뿌리를 박았던 것이다. 워낙 되게 당한 탓일 것이라며 석공 자신도 응어리가 박히고 어혈이 들었었음을 시인하고 있었다. 그러면서도 몸을 보하고 조섭하기 위해 어떤 대책을 꾸미는 것 같지는 않았다. 쇠꼬리 한 대 안 들여가고 개 한 마리 잡지 않았던 것은 무슨 자신이 있었던 걸까. 그보다는 연장 쥐고 움직임을 만병통치로 알았음이 분명하다. 그는 자기 집 농삿일에만 부지런을 피운 것이 아니었다. 이웃 동네 크고 작은 일에도 부러 빠진 적이 없었다. 아니 그가 없으면 되는 일이 별로 없을 지경이었다. 추렴이나 울력으로 마을의 곳집을 고친다거나 봇둑 보수가 있게 되면 으레 석공이 앞장서 나서야만 버그러지고 뒤틀림이 없었다. 구장, 반장이 엄연하게 따로 있었건만 석공 말이라야 설복을 했고, 어련하랴 하며 믿거라 했던 것이다. 사변통에 어떻게 없어진지 모른 마을 상례 기구가 마련되기까지 상여계와 상포계喪布契를 일으켜 마무리지은 것도 석공의 힘이었고, 이중계里中契가 해를 더해갈수록 번창을 본 것도 순전 그의 적공이던 것이다. 그의 심덕은 정평이 나 있어, 학교에 갓 입학한 어린아이들까지도 은연중 어려운 사람이라는 선입견을 심어가는 것 같았다. 석공의 손발이 아쉬워질 때는 그러니 안 그러니 해도 역시 아침을 끓이며 저녁 걱정하는 집일수록 절실하며 반드시 있어야만 제격일 것 같았다. 갑갑하고 궂은일일수록 그것은 더욱 그런 듯했다. 그는 꿋꿋이 그리고 성심껏 일을 치러내었다. 7월 삼복 땡볕 아래서 남의 무덤을 파고, 8월 장마 궂은 밤비 속에서는 갓난애 무덤을 꾸려냈다. 동네에서 죽은 어린애 관은 거의 석공 혼자서 지고 올라가 매장해주기 일쑤였던 것이다. 들으나 마나 한 공치사 몇 마디 외엔 아무런 보수도 없던 일들, 마치 그런 일에 봉사함만이 자기의 직분이며 도리인 것처럼, 수술하다 목숨을 거둔 피투성이 이웃 송장도 혼자 업어 나르고, 술에 취해 장바닥에 자빠진 사람은 도맡아 구완해주기를 일삼고 있었다. 상한 시체 염을 해주고, 묵은 산소 면례가 있어 파분破墳이 되면, 썩은 관을 먼저 뜯어내던 이도 맡아놓고 석공이었다.

누가 그를 그런 사람이도록 했는지는 끝내 알 수 없었다. 아무리 천성이 그런 위인이라기로, 천성을 모개로 셈해 말하기엔 너무 무모하다는 각성을 스스로 하게 되었다. 인고忍苦의 형무소 세월에서 무엇인가 터득한 게 있었을까. 모르는 문제를 되다 만 소리로 둘러칠 수는 없다.

출옥 이듬해에 석공은 아들을 낳았다. 정희엄마는 낭자를 자르고 다복다복하게 신식으로 지졌고, 까만 벨벳치마를 해입은 것도 두 번인가 보았다. 벼르던 것 가운데서 뾰족구두만 보지 못한 것 같았다. 점차 셈평이 펴이고 일상의 형편도 느는 것이 눈으로 보였으며, 살게 되느라고, 여름내 곱삶이를 면할 수 있도록 농사도 해마다 대풍이었다. 형무소에서 그토록 몸서리나게 참아야 했던 그의 소망, 그렇다, 그 일을 그는 원이 없을 만큼 해댔던 것이다. 밤에 지나다 들으면 석공 내외가 거처하는 문간방 쪽에서는 으레 라디오 소리가 흘러나오곤 했다. 라디오 한 대 장만하기가 송아지 한 마리 사들이기보다 갑절은 어렵던 시절이었다. 그는 신문을 구독하고, 쉬운 잡지도 열심히 사다 읽는 여유를 보이고 있었다.

"시집와서 츰으루 사는 재미에 살어유⋯⋯"

동네 사람 중에서 맨 먼저 나일론 것을 해입고 자랑삼아왔던 정희엄마는 천식으로 몸져 누운 어머니 다리에 부채질을 해주며 행복에 겨운 표정으로 말했다. 나일론이 사치품이다 아니다 하며 그 수입 여부를 놓고 사회부와 상공부가 자루를 찢던 시절이었다.

"자긔 징역살이헐 때 고상했다구 예전 고렷적 얘기 해싸메, 그 보상 허느라구 한 감 끊어왔대유⋯⋯ 눈 딱 감구 해 입었슈."

그녀는 숨을 돌린 다음

"재봉집이다 맽긴께 공전이 껏보리 한 가마 금세나 들더먼유. 미두계米頭契 장변을 댕겨다 쓰더래두 재봉침 한 틀은 살라구 그류."

"그럴 테지⋯⋯ 그러야 쓰구⋯⋯"

어머니는 고대 넘어가는 숨을 붙들며 석공의 기특함을 되뇌곤 했다. 석공은 매일처럼 어머니 병문안을 왔다. 용태가 걱정되어 밤잠을 설친다고 말한 적도 있었다.

어머니의 수의도 석공 손으로 입혀졌다. 유택幽宅 역시 석공 손에 이루어졌다. 그 어느 무덤보다도 정성으로 물매 잡힌 봉분이 돋우어지고, 지심至心으로 떼장을 입혔다. 일이 그에 이르도록 석공이 자원한 고초가 어느 만큼인 줄도 나는 모르지 않았다. 어디 좋다더라는 약이 있으면 자기네 곡식자루를 메고 가서라도 그는 구해왔었다. 용하다는 의원 한번 보이기 위해 밤길 새벽길을 가리지 않고 뛰었었다.

그 무렵의 나는 겨우 중학 2년생의 어리보기였지만, 도대체 어찌하여야만 그의 성의에 조금이라도 보답할 수 있을는지 궁리하지 않으면 안 되었다. 그것은 참고서와 사서辭書가 있을 수 없는 오랜 세월의 숙제이기도 했다. 나의 마음은 언제나 신세 갚음이었지만, 그러나 그것도 그런 것이 아니었다. 관촌에서 노박이로 살고 있는 한은 내가 되레 폐를 끼치며 도움을 받아야 될 것 같았고, 실지 그리 됐음이 사실이던 것이다.

우리는 헤어지던 마지막 날 그 시각까지 그의 신세를 졌다. 따로 쉰 막걸리 한 종발 대접해보지 못한 채 우리는 고향을 떠나면서 석공과 헤어졌다. 그는 말문이 막힐 정도로 섭섭함을 참지 못하고 있었다. 그는 아무 말 없이 땀만 쏟으면서 이삿짐 건사를 거들어주었다. 우리집 세간은 원래가 번다하고 잡동사니투성이였다. 개화 이전에서 3대를 물림해온 것들이니 오죽이나 잡다했겠는가. 농사로 거둔 세전歲前 곡식 스무남은 가마를 제외하면 화물 트럭 한 대분이 모두 그런 쓰잘머리 없는 것들이었다. 그날, 온 동네 사람은 총동원되어 우리 이삿짐을 정거장까지 운반하고 실어주었다. 머리로 여나르고 등짐으로 져날랐으며 지게 지는 사람치고 한두 행보 하지 않은 이가 없었다. 그때도 석공은 열두서너 행보 이상이나 힘겨운 것들로만 골라서 져나르는 것 같았다. 중간에 점심 들 새도 없이 부살같이 왕복하던 거였다.

기차가 떠난 시간은 오후 4시경이었다. 화차간의 짐들이 대강 자리를 잡자 석공은 파랑새 한 대를 피워 물며 지게 멜빵을 벗어 뉘었다.

"이것, 원체 섭섭헝께 말두 안 나오는디…… 워칙헌댜, 이냥 이렇게 떠버리니 워칙혀여……"

그는 아쉬움을 못 이겨 부쩌지 못하고 있었다. 기적 소리가 길게 울려퍼지자 석공은 내 어깨를 자기 품으로 얼싸안듯 당겨가며 약간 더듬거리는 어조로 말했다.

"부디 성공해서 옛말허며 살으야 되여. 원제던지 편지허구, 한 번이나 내려오게 되면 내 집버텀 들르야 허네…… 기별 자주 허구, 몸 성이 잘 올러가게……"

나는 가슴이 미어졌으므로 무슨 말 한마디 입 밖에 낼 수가 없었다.

서울 살면서 과연 나는 그에게 가장 많은 편지를 보냈다. 누구보다도 서슴없이 자주 기별을 하였다. 편지 많이 받고 자주 답장 보내기는 석공 역시 나와 같았을 것이다. 나는 정말 누구보다도 복잡한 내용을 주저 않고 써 보냈다. 안부를 묻고 전하는 의례적인 편지를 그처럼 자주 쓴 게 아니라 때마다 내가 아쉬워 성가신 부탁만을 그에게 도급 주듯이 떠맡기곤 했던 것이다. 전적轉籍 절차가 간소화되어 본적을 서울 주소로 떼어옮기며 마지막 호적등본을 보내주기까지 온 가족의 호적초본이며 졸업증명서, 그 까다로운 병사 관계 서류 따위를 석공 혼자서 처리해준 거였다. 성묘차 내려가면 맨 먼저 들러 앉았다 일어나곤 한 집도 물론 석공네였다. 4월혁명이 일었던 해 봄, 할아버지 산소를 면봉하러 갔을 때만 해도 석공의 살림 형편은 그저 그만하면 되리 싶게 부쩍 일어나 있었다. 봉당 안에는 사서 얼마 안 탄 신품 자전거가 있었고, 미처 겉칠도 안 벗겨진 새 풍구風具도 한 틀 비료부대로 덮인 채 추녀 밑에 놓여져 있었다. 국민학교에 다니는 정희 신주머니가 마루 끝에서 뒹구는가 하면, 출옥 일 주년 기념품처럼 태어났던 머스매도 돈을 주면 뒤도 안 돌아보고 가게로 내달을 만큼 자라 있었다. 바야흐로 석공은 옛말을 하며 살아가는 중이었다. 달라진 것은 석공네 살림 규모만이 아니었다. 여러 사람한테 얻어들은 말이었지만, 무엇보다도 많이 달라진 것이라면 신서방의 건주정이었다. 그의 주정 아닌 시비를 안 듣게 된 지도 어언 이태나 되나보다 라면서, 일가댁 어느 아주머니는 신통해 마지않던 것이다. 다시 말해 이가네 문중을 향해 퍼부어쌓던 그 욕설과 삿대질 버릇이 자취를 감추었다는 뜻이었다. 신서방으로선 당연한 일이리라 싶었다. 귀밑머리가 옥수수

수염 다 된 만큼 늙기도 했지만 답답하여 울화 끓일 일이 없어졌으매 그러고 싶더라도 건더기가 마땅찮아 못할 것 같았다. 칠성바위 둘레에는 양옥집이 서너 채 들어서고 대복이네 살던 집 지붕도 함석으로 개비되어 있었다. 그뿐만도 아니었다. 범바위 이쪽은 두엄 자리인지 돼지우리를 지었다가 헐은 자리인지 쉬파리가 끓는 속에서 거름 냄새가 물씬거리고, 황소바위 곁에서는 들껫모 붓고 요강 부신 뒤 비가 안 온 탓에 지린 냄새로 가득 차 코가 헐고 있었다. 때문에 칠성바위 안쪽 할아버지 산소를 달리 모실 수밖에 없음을 알린 이가 석공이었고, 내가 몸뚱이만 내려가도 아무 차질 없이 모든 게 마련돼 있던 것 역시 석공의 분별이었다. 그는 모든 부수적인 잔일까지 혼자 시작하여 마무리짓고자 했다. 구기舊基 파봉破封에서 새 유택의 성분成墳까지, 석공은 남의 손 빌리지 않고 혼자 힘으로 마쳐주었다. 도대체 무슨 인연이었을까. 설명도 되지 않고, 실감 없는 공허한 글자로만 끄적거리며 되잖게 서툰 수작을 할 수도 없다. 헤아려보면 석공은 3대에 걸쳐 우리 집안의 불행들을 뒤치다꺼리한 셈이었다. 할아버지로부터 나의 동기까지, 그는 비명非命 및 천수天壽에 의한 별세別世를 지켜보았고 아울러 신후身後의 휴게처마저 자기 손으로 치장해주지 않았던가.

석공이 처음 서울에 왔던 것은, 날이 날마다 엔간히도 찌고 삶아대던 5·16 나던 해의 한여름이었다. 나는 명색 대학 1년생으로 어디 가서 단돈 십원 한 장을 못 만들던 숙맥으로서, 그만큼 궁기에 찌들던 시절이었다. 석공은 미리 편지에 일러둔 말이나 예고도 없이 불쑥 나타났다. 그는 카키색 작업바지에 백모시 반소매를 시원하게 받쳐입고 흰 운동화를 빨아 신고 있었다. 우리는 일찍이 그 어느 손님도 그처럼 반겨한 적이 없었다. 누구여 누구, 이게 누구여, 하며 누나는 그들 목소리만 귓결에 듣고도 대문 앞까지 맨발로 뛰쳐나갔을 정도였다. 거짓말 보태 말하자면 우리들의 그런 영접이 석공은 다소 의외란 듯 감격스러운 빛까지 서리어 있었다. 그런데 이상한 일이었다. 무턱대고 반가워할 만한 상경이 아닐지도 모른다는 불길한 예감이 어리기 시작하던 것이다. 한창 바쁜 철에 부부 동반으로 상경했음이 첫째요, 우중충하게 꾸려 들고 온 헌것 보따리 꼴이 그 둘째였다. 게다가 정희엄마는 수시로 젖을 물려야 되는 젖먹이를 들쳐업고 있었다. 그 더위나 하고 무슨 일로 이 먼 길에 이르렀을까. 예사로운 곡절이 아닐 것 같았다. 석공은 얼굴이 수척하게 빠져 있었고 눈은 또 어떻게 그리 커 보이는지 모를 일이었다. 젖먹이에 매달려 부대낀 탓일까. 정희엄마도 몹시 지치고 하염없는 얼굴로 늘어져하고 있었다. 이 부부가 어찌하여 이토록 궁상스럽고 청승맞아 뵈는가 싶어 불안해 못 견딜 노릇이었다.

"첨이지요, 서울……"

번연히 알면서 묻고 나는 그들의 기색을 살피기 시작했다.

"그럼, 생전 츰이지."

석공은 무엇에 쫓기는 사람 같았다. 어딘지 군시럽고 오금탱이가 저린 표정 같기도 했다.

"며칠 푹 쉬면서 구경도 하고 놀다 가시야지요."

본디 말주변이 없기도 했지만 마음이 불안해 혀가 굳어지는 느낌이었다.

"그럼, 그럼……"

점심 짓느라고 부엌을 드나들던 누나는, 마치 기다리던 친정 오라비라도 맞은 듯, 이리 닫고 저리 내달으며 여간 부산스럽지가 않았다.

"아니여, 니열 아침 차루 뜨야 되여. 아 시방이 월매나 바쁜 땐디……"

석공은 건설담배를 피워 물고 멀리 트인 하늘을 쳐다보며 말했다.

"그 일 년 열두 달 허는 일, 넌더리도 안 난대요?"

누나는 그렇게 물색없이 반박을 했지만 나는 아무 말도 하지 못했다. 석공의 신상에 좋지 않은 일이 생긴 눈치가 역연해졌던 것이다. 더부룩하게 자란 머리, 오갈든 푸성귀처럼 윤기 없는 입술…… 초췌해진 외모부터가 그런 증상임을 말하고 있었다.

"그저 그늠의 일…… 저이는 일허다 병 샀다니께……"

정희엄마는 석공의 눈자위를 살펴보며 오가는 말 매동거리듯 힘들어하며 말했다. 그녀도 몹시 피곤한 기색이었다. 역시 우환이 있었음이 분명했다. 그녀 말처럼 일에 매두몰신埋頭沒身하다가 체력이 달려 얻어걸린 병인지도 모를 일이었다. 석공은 차근차근 말했다. 이렇다 할 증상도 없는 채 몸이 노상 어렵고 개운찮더니 어느 날 갑자기 졸도를 했다. 그후로 현기증이 자주 일었다. 의식을 잃고 쓰러지는 때도 가끔 있었다. 혼절昏絶이 거듭되긴 했지만 처음에는 대수롭게 여기지 않았었다. 일은 되고 먹는 게 션찮아 빈혈 기운이려니 하고 말았다. 나중엔 병원을 찾아가고 약국에 가서 진맥도 해보았다. 어느 쪽에서도 병 이름을 뒤져내지 못했다. 옛적에 고문당한 어혈이 도진 것인가 싶었다. 아무래도 그 후유증 같아 몸조신을 하려고 작정했다. 그러나 현기증 증상은 날이 더해갈수록 잦아지고도 심했다. 그곳 의사의 권유를 받아들여 큰 병원 진찰을 받기로 했다.

"암만 해두 대학 병원을 찾어가보야 될 양인디, 이왕 이런 몸뚱이, 숫제 족보 있이 유명헌 병이라면 좋겠네. 유명헌 병은 약도 쎘을 텡께……"

하고 석공은 자기 말이 가소롭다는 표정을 지으며 거푸 담배를 붙여 물었다. 나는 세브란스병원으로 석공 내외를 안내해주었다. 신축 공사가 채 마무리되기도 전에 개원한 터라 병원 구내 여기저기에서는 중기重機의 소음이 시끄럽고 시뻘건 황토더미가 무더기무더기 쌓여 있어 황량하기 이를 데 없었다. 우리집에서 그 병원까지는 한눈 팔며 걷더라도 5분이면 너끈히 닿는 지척지간이었다. 나는 석공 명의의 평생진찰권을 끊어주면서 그것이 평생 필요 없을 건강한 몸이기만 마음으로 빌었다. 두어 시간이나 지나서야 석공은 진찰실에서 나왔다. 간단히 진찰해본 모양이었다.

"암시렁치두 않은개비데. 이렇게 봐서는 뭐라구 말을 못 허겠디야……"

석공은 손등으로 일그러진 이맛살의 땀방울을 훔쳐내었다. 우리는 와우산 너머로 저물던 하늘이 마포강에 내려앉아 흘러가는 것을 보았고, 이슬슬 이슬슬 엉기는 비안개 속을 걸으면서 어디선가 혼자 우는 개구리 울음소리도 들었다. 저녁식사 후 여름과일로 후식을 마치자 석공 내외는 부스럭부스럭 일어났다.

"여관이 워느 쪽에 더러 있다?"

석공은 나더러 묻고 말했다. "더웁구 물컷 있구 허니, 잠은 여관에 가 널찍허게 잘라네야……"

듣던 중 별소리라며 온 가족이 말렸지만 그네들도 고집을 누그릴 기색이 아니었다. 나는 그네들을 저만큼 큰길 앞까지 따라 나가 안내했다. 여관이 정해진 것을 보고 돌아서는 내 귀를 불러 석공은 이렇게 속닥거렸다.

"자네 서운히 생각 마소. 우리는 연태까장 객지 나와 여관잠 한번을 못 자봤거던…… 실은 오늘 저 여편네 원 풀어줄라구 영업집에서 잘라구 허는 게여……"

서울 시간이 촌 같지 않아 차시간에 몰려 다시 못 들르고 내려
갔다는 석공의 편지를 받았던 것은 그 나흘 뒤였던가 한다. 특별한
손님을 평범하게 대접하여 길래 서운하던 나에게는, 그동안 별탈
이 없었다하매 우선 한시름이 놓이고, 무엇보다도 큰 부조로만 여
겨졌다. 그 무렵의 내 신변이나 심중으로는 그보다 다행한 일이 없
던 때였다. 그리고 겨우 달포나 보냈는지 모르겠다. 정희엄마가 갑
자기 나타났던 것은…… 그녀는 들이단짝 대청마루 장귀틀에 허
리 한 도막을 걸치고 엎드리며, 북받쳐오른 설움을 한꺼번에 쏟아
놓듯 울음 속에서 외쳤다.

　"나 저이를 영영 잃는개벼…… 사람 되기는 다 틀린 것 같다닝
께……"

　나는 영문을 몰랐음에도 대번 짚이는 것이 있었고, 다리가 후들
거려 일어설 힘조차 없었다.

　"어쩌야 좋우, 어쩌야 좋아…… 나는 몰러, 나는 몰러…… 가
련허구 불쌍한 저이……"

　그녀는 사설 떨어낼 기력마저 없는지 잠시 후에는 정신을 가다
듬어 옷매무시도 매만질 만큼 침착할 수 있었는데, 이미 한 고비를
시골에서 넘기고 왔기에 그럴 수가 있었던가보았다. 아침 먹고 일
어서다 까무라쳐 쓰러지고 종내 의식이 돌아오지 않기에 그참 덮
어놓고 택시를 대절하여 치달아왔다는 거였다. 나는 앞질러 입원
실로 뛰어가보았다. 위급 중환자실에 사지를 뻗고 누운 석공은 인

공 호흡기를 물고 있었다. 의사들도 서로 몸을 부딪쳐가면서 이리 집고 저리 재며 진땀을 흘리고 있었다. 석공을 함께 싣고 왔었다는 석공 아우는 입원비 마련이 더 다급하여 타고 온 택시를 되돌아 몰고 내려가, 병실은 순전 병원 사람들로만 메워져 있는 셈이었다. 석공은 의식 회복이 불가능할 것 같았고, 마지못해 억지로 산소 호흡을 하는 모양이었다.

반달이 창문으로 넘어들어오고 자정 사이렌이 울린 뒤에야 병명이 밝혀졌다는 간호원의 귀띔이 왔다. 나는 정희엄마 대리 자격으로 의사에게 불려갔다.

"환자하곤 어떻게 되는 거지? 가족인가?"

촌에서 온 사람에겐 말투가 그래야 위신이 서는 줄 아는지 젊은 의사는 내게 반말로 물었다. 어디서 더러 본 듯한 이름이 흰 가운 위에 매달려 있었다. 『사상계』니 『새벽』이니 하는 잡지에 가끔 수필을 쓰던 이름이었다.

"친척 언니입니다."

나는 무슨 취조받으러 온 혐의자처럼 주눅든 음성으로 대답했다.

"어려워."

의사가 썩은 나뭇가지 부러뜨리듯 잘라 말했을 때 나는 그대로 주저앉을 뻔했다.

"백혈병이라는 것은 말야……"

의사는 혼자 지껄였고, 들리고 보이는 게 없던 나는 임자 잃은 말뚝마냥 서 있기만 했다. 아니 한 가닥 의식이 있긴 했다. 매몰스럽고 얄밉게 지껄이는 의사의 턱주가리를 주먹으로 쳐돌리고 싶은 충동을 애써 참아야 했으니까.

"아직 특효약이 없는 병이라서 말야……"

녀석은 흰 목 젖혀가며 자신 있게 말하고 있었다. 저런 개자식의 수필을 다 읽다니. 나는 속이 캄캄해 헛둥헛둥 오리걸음을 걸어 병실로 돌아왔다. 그리고 입을 다물었다. 정희엄마는 성화같이 병명을 다잡아 물었지만 바른 대답을 할 수가 없었다. 그러나 그녀의 애타는 심정에 견뎌낼 수도 없었다.

"백혈병이랍디다."

나는 담담한 말투로 말했다.

"백혈병…… 그게 워떤 병이래유?"

"내가 워치기 안다구 물어요?"

할 말이 없어 나는 핀잔하듯 반문함으로써 그녀의 질문을 막아버렸고,

"자세한 건 낼 아침에 들으세요. 저 작자는 의사 데모도고 시로도라서 믿을 수 없으니까는……"

자정이 넘자 교대로 불침번을 서기로 하고 정희엄마부터 자도록 했다. 추석을 마중가는 길이라서 반달은 물색없이 밝기만 했다. 마치 석공이 장가들던 날 밤, 온 하늘에 가득하던 그 예전 달같이…… 아, 별들은 또 어찌 그리도 고대 숨넘어가듯 가물거려댔던

걸까. 별빛은 보면 볼수록 불안스럽기만 했다. 정말 요망스러운 망상이나 하면서도 자꾸 불안해지던 가슴, 그중의 어느 별이라도 깜뭇 꺼져버린다면 석공의 숨소리 또한 그와 동시에 멎어버릴지도 모른다 싶던 그 두려움, 그 이겨낼 수 없던 시시각각의 공포와 초조로움. 어느 병실의 잠 못 이루는 환자가 그리 바치는지 라디오의 노랫소리가 마지막 비명처럼 날카롭게 들려오고 있었다. 찾아가 라디오를 빼앗아 박살을 냈으면 살 것 같은 심정이었다. 밤이 깊어질수록 간헐적으로 들려오던 환자들의 신음소리도 잦아들고, 창 너머 신촌역의 시그널 불빛만이 허공의 등대처럼 밑동 없이 떠 있었다. 밤은 참으로 많은 것들을 생각하게 해주었다. 석공에 관한 자잘한 기억들이 쉴새없이 떠오르고 있었다. 내가 그린 수채화처럼 짙은 원색으로 떠오르곤 하였다. 라디오 소리가 다하여 정말 적막한 시간에 이르자, 이렇듯 대지가 모두 잠들어 휴식하되 하늘만이 살아 있는 밤의 신비로움에 대해서 몹시 감상적感傷的인 잡념에 접어들었고, 그러자 이 밤에도 이 대지 위에 얼마나 많은 괴롭고 슬픈 일들이 남 모르게 벌어지고 있는가가 생각되고, 사람 한평생의 무거리가 말짱 덧없고 부질없는 헛된 놀이판의 작은 자취에 불과하다는, 처음으로 깊고 어두운 허무 속에 빠져들어 헤어나지 못하고 있었다. 정적이 음울하고 건습한 공기로 변해 병실 가득히 감돌고 있음이 느껴졌을 때, 나는 몹시 소스라침과 동시에 온몸이 공포감에 싸여 떨리기 시작했다. 다가오는 것, 무슨 그런 것이 있던 것이다. 딱, 둠벅, 딱, 둠벅…… 들려오는 음향은 매우 규칙적이면서 무거운 음량이었다. 나는 아무 까닭 없이 처음부터 패악하고 흉측한 예감에 얽혀들고 있었다. 무엇인가를 앗으러 오는 소리였다. 그렇다. 그것은 석공의 숨통을 가지러 오던 저승 사자의 발자국 소리였다. 어쩌다가 생각 없이 그렇게 단정했던 것일까. 서슴거릴 것 없이 자신에 넘치는 음량을 그 기나긴 복도 가득히 거느리고 다가왔기 때문일지도 몰랐다. 진땀에 먹감듯 하며 나는 이를 악물면서 두 주먹을 불끈 움켜쥐었다. 아마도 나는 그런 순간 무슨 비장한 각오를 했었음이 틀림없다. 나는 저승으로부터 찾아온 발자국을 만나보러 도어를 벌컥 열어버렸던 것이다. 아— 나는 입 밖으로 가녀린 동물 소리를 내지르고 말았다. 허옇던 발자국이 멈칫하는 듯했던 것이다. 그것은 역시 다리가 넷이나 달린 괴물 형상이었다. 한쪽 다리에 붕대를 칭칭 감아올리고, 두 겨드랑이로 목발을 짚은 노인이었다.

"화장실은 저쪽이요."

나는 조용하고 엄숙해진 음성으로 타이르듯이 말했다. 나는 문을 얼른 메어 닫았고, 그래도 혹시나 하며 석공 턱밑의 숨통을 살펴보았다. 모를 일이 있었다. 석공이 두 눈을 뜨고 있었다. 정신도 조금 돌아온 기색이었다. 내가 성급히 다가가자 그는 한동안이나 어리둥절해하더니 겨우 무엇이 분별되는 눈치였다. 아무개가 웬일이냐, 예가 서울인가, 마음속으로는 그렇게 묻는 시늉이었다. 나는 대뜸 정희엄마를 꼬집어 떼었다. 그녀는 석공의 눈망울을 보자 거의 울부짖음으로 반가워했다.

"정신 좀 드슈? 내가 누구여, 누구여 내가…… 알아보겠느냐면?"

그녀가 거듭 몰아세우자 석공은 고개를 끄덕이며 미소를 띠기까지 했다. 그러고도 얼마가 지나서야

"나는……" 하고 혀끝을 움직여보는 거였다.

"나는 살으야 되여……" 하고 석공이 첫마디를 떼었다. 그는 우선 자기 코에 장치된 산소 호흡기가 엄청난 기계 같고 놀라운 것으로 보인 모양이었다.

"나는 살으야 헌당께……"

발음이 한결 부드럽고 분명했다. 그런 뒤 다시 한참 만에 내 손을 더듬어 쥐더니 좀더 기운이 나는 듯 또렷하게 말했다.

"나는 이게 아마 영 가는 질일 거여. 도루 사람 노릇 허게 되기는 틀린 모양인디…… 나 오래 살구 가네…… 융니오6·25 때 죽을 뻔 보구 살었지…… 9·28에 죽을라다 살었지…… 감옥소서 다 죽다 살았지…… 이래두 내 명 다 살구 가는 것일쎄……"

"왜 그런 약한 말씀을……"

나는 입을 다물었다. 석공이 다시 의식을 놓았기 때문이다.

"아이구 분해, 분해서 워칙허여. 근근이 살 만허니께 간다구 허네. 분해서 나는 못 살어유."

304

정희엄마는 털썩 주저앉아 넋두리를 엮으며 느껴 울었다. 석공은 쉽게 말해 하루 낮 하루 밤 사이에 열두 번은 깨어나고 스무 번도 더 혼수상태로 떨어지는 것 같았다. 그런 상태가 하루이틀도 아니고 내리 일주일이나 계속되었다. 곁에서 지켜보는 살아 있는 사람이 죽을 지경이게 아무런 차도도 보이지 않았다.

"사람이 무슨 일을 당하려면 이렇대유. 이게 못된 징조지, 세상 졸리워 못 살겠이유. 낮이나 밤이나 앉아두 졸리고 서 있어도 잠이 쏟어지구, 왜 이러는지 모르겠이유……"

정희엄마는 하루에도 두서너 차례나 그런 호소를 했다. 그것은 당연한 일이었다. 주야로 안절부절 서성대며 먹지도 쉬지도 못한 채 신경만 곤두세웠으니 그럴밖에 없을 일이었다. 낮에는 누나가 가사를 전폐하고 병실을 돌보았고, 밤이면 밤마다 내가 불침번을 섰다. 그것은 무척이나 고된 노릇이었지만 석공이 재생하는 데 도움만 된다면 무엇이 어찌되든 못할 일이 없을 것 같았다. 낮에는 온종일 서울바닥을 쓸다시피 약국 뒤지기로 해를 저물리었다. 도매 산매, 약국이라고 생긴 곳은 빠뜨릴 수가 없었다. 제약회사, 제약공장을 찾아 안양, 시흥, 태릉, 의정부…… 서울 근접의 공장까지도 알 수 있는 곳이면 멀다 할 수가 없었다. 무슨 약인지 그 의사 녀석이 영어로 길쭉하게 끄적거려준 명함을 곱게 들고, 지정된 약을 찾아 하루 백 리씩은 걸어다녔던 것이다. 발바닥은 부르트고 물집이 잡히면 터지고 하여 아리고 쓰라려 보행조차 불편했지만, 시간을 다투는 약이어서 노상 뛰어다니지 않으면 안 되었던 것이다. 의사가 적어준 약은 그러나 아무데서도 구해볼 수가 없었다. 아직 국내에는 없으리라는 거였고, 주문은 했으나 아직 도착되지 않았다는 곳도 몇 군데 있었다. 설령 그 약이 얻어진다더라도 석공이 다시 일어날 사람이 아님을 모른 것도 아니었다. 그 약은 다만 환자의 고통을 약간 덜어주면서 겸하여 며칠분의 생명을 이어줄 수도 있을는지 모르나 한갓 진통제 효과밖에 없을 것이라는 것이, 내가 기대하고 찾아가서 내민 명함을 본 약사마다 한결같이 내뱉던 말이었다. 정희엄마도 각오는 단단히 하고 있었던 것 같았다. 진땀에 후질러진 채 빈손으로 들어오는 나를 아무런 기대도 없었다는 듯 예사로운 눈망울로 쳐다보던 것이다. 국내에는 그 약이 없다는 것, 있다 해도 신통한 것이 아니란 것을, 그리하여 모든 것을 단념하고 난 그런 눈치였다. 나는 석공의 병상을 지킬 적이면 하루 한 번꼴로 찾아오는 끔찍스런 생각에 몸서리를 치곤 했다. 그것은 어쩌면 내 자신에 대한 혐오요 자괴감이었는지도 모를 일이었다. 곁들여서 내 자신이 자꾸만 무슨 요물妖物이 아닌가 하는 의문이 들기도 했다. 그래서 때때로 나는 자신이 가증스러웠으며 증오를 하기도 했다. 어쩐지 내가 징그러웠고 재수 없는 놈이란 생각이었다. 그것은 망령된 착각이라든가 환상 따위와 비스름한 성질의 것이 아니었다. 분명히 현실적인 관심을 근거하여 우러난 것이었음에도 정체는 드러나지 않던 것이다. 그것은 석공의 헐떡거리는 숨결을 보다가도 불쑥, 이미 잊혀진 지 오래인 십여 년 전의 어느 날 한때가 눈앞에 펼쳐지면서 곧 현실화하는 것이었다. 석공네 마당에 웅성대는 사람들, 명주 가로지를 찢는 듯한 비명소리, 석공 몸뚱이에 벌집을 만든 총알 자국, 도끼 또는 쇠스랑에 찍혀 빠개져버린 두개골, 작살과 죽창에 난탕질당한 뱃구레와 앞가슴의 선혈…… 그렇다, 그 돼지 잡을 때마다 자배기 안에서 솔고 엉겨 붙던 검붉은 선지피…… 나는 몸부림쳐도 시원찮게 후회스러웠다. 어찌하여 십여 년 전에 벌써 그런 망상을 했던 것인지, 나 자신이 그토록 저주스러울 수가 없었다. 십여 년 전에 그런 망상을 했던 까닭으로 드디어 석공의 몸이 이렇게 되지 않았나 하는 느낌을 무엇으로 물리칠 수 있었을까. 목숨이 경각에 이른 석공의 참혹한 꼴을 지켜보게 됐음도 그 요망스런 망상에 대한 당연한 업보 같기만 했다. 석공이 누워 있는 침대 밑에는 널찍한 세숫대야가 받쳐지고, 그 대야 속에는 석공 몸에서 계속 호스로 뽑아낸, 죽어 검붉어진 피가 그들먹하게 담겨져 있었다. 그 반투명체의 호스는 마치 수백 년 묵은 거머리로 보이기도 하며, 코에서 죽은 피를 뽑아내고, 양 옆구리와 두 허벅지를 뚫고 들어가서도 같은 짓을 계속하는 거였다. 죽은 피를 뽑아내기 위해 여기저기로 그어진 메스 자국마다에는 붉은 약물과 검은 피가 뒤엉긴 채 더뎅이져 있었다. 한쪽 팔뚝으로는 쉬지 않고 새로운 피가 수혈되고 있었지만, 죽어 나오는 분량에 비하면 너무도 빈약한 공급이었다. 그런데도 석공의 목숨은 기적적으로 붙어 있었다. 마지막 심지를 태우는 등잔불처럼 이제나저제나 하며 시간을 벌고 있던 것이다.

해가 뉘엿뉘엿하는 저녁나절, 드디어 의사의 마지막 선고가 내려졌다. 의사는 정희엄마 어깨에 손을 얹으며 점잖고 냉엄한 어조로 말하던 것이다.

"아주머니, 퇴원하시죠. 얼마 안 남았습니다."

넋이 나가 장승처럼 서 있는 우리를 비슥 돌아보며 의사는 다시 중얼거렸다.

"이왕이면 집에 가서 종신을 해야 될 거 아닙니까."

나는 정희엄마를 돌아보았다. 숫제 담담한 표정이었다. 그녀는 내게 눈으로 말했고 나는 아무 말 없이 그녀의 의견에 따랐다. 우체국으로 뛰어가서 전보를 쳤다. '퇴원 준비 초급 상경 요망.' 그날 밤 석공은 그 어느 때보다도 정신의 혼명이 잦았지만 한번 맑아지면 멀쩡한 사람보다 훨씬 더 분명했다.

"나는 살구 싶은디, 살구 싶은디 그여 데려가네…… 늙으신 부모를 두구 먼저 가다니, 어린 새끼들은 워칙허라구 나를 데려가까……"

그러다가도 그는 사지를 버둥거리고 눈을 뒤집으며 발악하듯 울부짖는 거였다. "안 되여, 나는 살으야 되여, 나는 살구 싶어, 내가 죽으면 안 되여……"

말이 쏟아져나오기 시작하면 숨 돌릴 겨를도 없었다.

"여게, 쥐매, 얼릉 대천 가서 논 팔어와…… 밭두 팔구 집두 팔구…… 싸게 가서 돈 맹글어오란 말여…… 나버텀 살구 봐야겠어…… 이대루는 억울해서 죽을 수 읎당께……"

그는 내 손을 더듬어 잡고 애원하듯 말했다.

"자네 나를 이러긴가, 나 좀 살려주게, 더 살구 싶어……" 하며 안면에 경련을 일으키고, 내 손목에 진저리를 치듯 손가락이 바르르 떨리곤 했다. 그는 살고 싶다고 거듭거듭 되풀이하며 다짐했지만, 그러다가도 한번 눈을 흡뜨기 시작하면 거의 광란이나 다름없이 시트를 움켜쥐며 처절하게 외치는 것이었다.

"놔둬라, 놔둬. 여게, 이늠으 여편네, 집에 가지 마. 절대루 가면 안 되어…… 내 한 몸 살자구 논 팔구 밭 팔면 새끼들은 뭣 먹구 사네, 새끼들 멕이구…… 그것들 가르치야지…… 팔지 마, 팔면 안 되여…… 차라리 내가 이냥 죽을텨. 나 하나 죽구 여러 목숨 살으야지……"

내 소맷자락을 뜯어먹을 듯이 거머쥐며 그는 울부짖었다.

"정히…… 훗년이면 그년두 중학 들어갈 텐디, 자네 후제라두 우리 정히 잊지 마소. 부디 그년 좀 배우게 해주여. 자네 장가가 살림나면 자네 집에 데리다가 식모루 쓰소. 식모 시키면서 야간 핵교라두 보내주야 혀…… 자네가 책임지구 고등과까지만 가리쳐주어…… 애비 읎이 큰 새끼들, 글이나 넘들 반만침이라두 배우야지……"

그는 그것으로써 유언을 한 셈이었다. 나에게 남긴 유언이나 다름없는 말이었다. 그 뒤로도, 날이 허옇게 샐 때까지 혼명을 거듭하며 상반된 말을 수도 없이 되풀이했던 것이지만, 대개가 자기 바른 정신으로 한 말은 아니었던 것이다. 밤을 지새우며 그는 내내 같은 말을 뒤섞어 울부짖었다. 살아야 한다, 아니 죽어야 한다, 내가 살면 여러 식구를 죽인다, 아니 내가 살아야 여러 식구 먹여 살린다, 논밭 죄 팔아서라도 나를 고쳐다오, 그러지 말라 더이상 빚지지 말고 나를 버려다오, 헌데 꼭 일 년만 더 살고 싶다, 아니다, 지금 죽어야 자식들이 중학교라도 다닐 수 있다, 나는 포기했으니 마지막 소원을 들어 제발 물이나 한 모금 마시게 해다오…… 새벽 네시 반까지 그의 아우성은 계속되었다. 그러나 다섯시가 가까워지자 완전히 탈진하고 눈뜬 송장이나 조금도 다를 것 없는 상태였다. 뒤미쳐 뛰어든 자기 아우와 매부 된다는 청년이 벽을 치며 흐느끼고, 아내가 시멘트 바닥에 머리를 짓찧으며 통곡하거만, 그는 아무런 표정도 내비치지 않고 있었다. 그것은 나도 마찬가지였다. 나는 그네들을 대신하여 퇴원 수속도 하고 떠나보낼 채비를 챙겨주는 동안, 그렇다, 눈시울 한번 적셔본 일이 없었던 것이다. 그런 걸 생각하면 나는 역시 독종이었고 냉정하고 잔혹한 성격인지도 모를 일이었다. 나는 퇴원 수속이며 입원비, 치료비 등을 대리로 계산해주는 데에도 단돈 십원 한 장 틀림없을 정도로 침착할 수 있었으며, 나중 막가는 길로 떠나는 관에 이르러 석공에게 하게 될

310

마지막 인사말까지도 미리 머릿속에 준비를 해두고 있은 정도였다.

"다시 뵈올 수 있도록 행운이 있으시길 빕니다. 안녕히 가십시오."

그리고 이번만은 내가 먼저 손을 내밀어 악수하리라고 작정하고 있었다. 내가 이리저리 분별하여 떠나보낼 채비를 두루 챙겨놓았을 때는 이화대학 뒤 산등성이 마루로 붉은 햇덩이가 떠오르고 있었다. 석공은 들것에 실린 채 엘리베이터로 해서 병원 뒤켠 광장까지 운반되었다. 택시 안에 끼어앉을 틈이라도 있으면 동행하여 따라가보겠지만 그럴 구석도 없고, 나는 이제 택시 옆에 우두커니 서 있을밖에 없었다. 이젠 거들어주고 돌보아줄 일도 모두가 끝나버린 거였다. 차에 시동이 걸리니 아우와 매부 품에 안긴 채 동자 없는 눈을 했던 석공이, 택시 유리문 너머로 내가 어릿거리자 뜻밖에 턱으로 나를 부르는 시늉을 했다. 나는 다시 택시 문을 열었다. 이젠 준비해두었던 말로 고별 인사를 하며 손을 내밀어 악수로 영결永訣해야 될 차례였다. 내가 고개를 차 안으로 디밀며 입을 열려 하자, 석공이 먼저 꺼져가는 음성으로,

"잘들 사는 걸 보구 죽으야 옳을 텐디, 이대루 죽어서 미안하네…… 부디 잘들 살어……"

하며 움직여지지 않는 손으로 악수를 청했다. 나는 울었다.

(1973)

우리 동네 金氏

　무솔이 부락으로 뚫어나간 긔내를 따라 개울녘 둔치에 늘어선 미류나무 잎새들이 반짝거리고 볶이며 내뿜는 훈김에도, 파슬파슬하게 타들어간 물길 옆의 갈밭에서는 빈 차 지나간 장길처럼 익은 흙이 일었다.

　전부터 묵힐 땅은 있어도 놀릴 터는 없다던 동네가 놀미라고 일렀으니, 사람 골리느라고 그새 소나기 한 죽만 있었더라도 봄 것 거둔 터에 뒷그루로 푸성가리를 부쳐, 벌써 여러 못 솎아 가용푼이나 해 썼을 거였다. 그러나 못자리 버무리며 무살미 하기 앞서, 그나마 날포를 못 넘기며 긋던 봄비 서너 물 한 뒤, 보리누름해서부터 입때껏 구름마저 드물었으니, 일반찬 하게 열무라도 뿌려본다고, 아무리 씨앗을 배게 부어도 푸서리 틈에 개똥참외 움 나듯 씨서는 게 드물어, 아예 한갓지게 버림치로 돌려 묵정이 만들고, 그

위에 호랑이 새끼 쳐도 모르게 욱어자친 바랭이 개비름 따위나 베어다가 돼지 참 주는 집만 해도 여러 가구였다. 그럼에도 밭 놀리기가 남우세스러워하던 사람은 없었다. 버린 자리로 몰라라 했다가 칠석물이라도 비치면 그때 가서 갈아엎고 김장이나 갈리라고 미뤄두었던 것이다.

"날이 워낙 이러닝께 흐르는 물두 밍근헌 게, 훌랑 벗구 뒤집어 쓰면 때는 잘 밀리겄다."

참이랍시고 불어터진 수제비 한 양재기만 호박잎 덮어 달랑 들고 온 아내가 물길 뚝셍이, 뺑쑥 덤불에 굴축스럽게 쭈그리고 앉아, 물 빨아올리는 호스 끝에 허벅지를 감기고 나서 들으란 사람 없이 중얼거렸다.

"원체 논바닥에 들앉아서 게 좀 벅벅 닦구 가. 암만 더워두 슬 때는 문 닫구 쓰야 개운헌디, 누기 전버텀 찐덕그리니 워디 쉰내 나서 허것더라."

젓가락 끝에서만 헤엄치는 멸치 서너 마리를 이리 돌리고 저리 떠다밀며 국물만 뒤적대던 서방이 덜미를 조이며 말했다.

"그머리 들어가두 상관 않구?"

아내는 고개를 저리 조아리며 볼때기로 웃었다.

"꼭 물구 건물에 푹 과서 밑반찬 해뻐려."

김승두金升斗는 먹고 난 것들을 거듬거려 접어놓으며 담배를 찾았다.

"저니는…… 말을 해두 꼭 두엄데미에서 고리삭은 말만 입에 바르더라…… 저니 말 뫼났다가 거름허면 비료 안 사두 베됨새가 보기 좋을겨."

아내는 짐짓 진저리치는 시늉을 해 보이더니,

"암두 안 뫼는디 이냥 입은 채루 먹이나 감구 갔으면…… 전에 내가 선녀 노릇_{선일방직 여공살이} 헐 때는 포장과 등산부 것들허구 주말마두 등산 댕기메 그 짓두 숱허게 했더니……"

할 때, 그녀 눈망울은 이미 지룡산地龍山 잿마루를 넘어가고 없었다.

"돈이 싹 나던 게다."

김은 담배를 물고, 골 깊은 아내 엉덩이를 이윽히 노려보며, 잿밭에서 보리 베기 바쁘던 날, 입덧 그친 지 여러 달이라던 아내가 지나가는 비에 흠씬 불어 겉치마로 살갗한 채 점심을 내오자, 그 뒷모양에 그저 못 있고 밭 가운데로 불러들여 엎드리게 했던 작년 여름 일을 새로 느꼈다.

김은 슬며시 옆댕이와 뒷전머리를 사려 보았다. 땡볕이라 그런 지 우렁 줍는 백로 몇 마리만 히끔거릴 뿐, 개뚝배미 도린곁 언저리엔 물꼬 보는 늙정이 하나 얼씬하지 않았다.

"게 되똥허게 앉았지만 말구 생각 있으면 적셔보지그려."

김은 한창 음충맞던 끝이라 무렴 없이 입방정을 떨고서야, 문득 간밤에 꿈자리 어지러 선잠으로 날 밝힌 일에 무르춤했다. 그러자 무직하게 늘어붙어 해찰 부리던 아내가 무릎을 털고 일어서며,

"삶을라면 아직 멀었는디 먹은 감어 뭘 헐겨. 저녁이나 치운 댐이 씻든지 허야지……"

하더니 덧들이로 않던 소리를 했다.

"호스는 빌리지…… 돈이 아까웨. 부엌은 곰 곤 내 그친 지 제돌이 엊그젠디두 여으내 그 흔해터진 생물 한 가지 구경 못 해봤는디……"

김은 아무 소리도 말려다가 속으로 무러운 데가 없지 않아 툽상스럽게 내뱉았다.

"물에 빠지면 주먼지버텀 뜰 신수에, 원체 먹매 투정허게 생겼더라."

그러자 아내도 지싯지싯 더듬고 나서 중뿔난 소리를 했다.

"뭡데 나버러 긁는 소리 허네. 그럼 안 그려? 어채피 남으 돈 쓰는디 이왕 이자 물며, 털 벳긴 남으 살 한 점이나 집어보게 허면…… 왜 워디가 워치기 되게 생겼담. 그려, 아녀?"

잔뜩 틀물은 말을 뱉고서야 빈 그릇을 포갬거려 챙겼다. 그 말에 김은 성질이 벌떡 했으나 꿈자리가 되살아나 이내 군소리로 에웠다.

"워떤 정신 나간 것이 저 비싼 호스를 내돌린다데? 뵈는 디다 두구두 안 빌려주는 게 연장이구, 부앳짐에 오기루 한 가지씩 장만허는 게 시간살인디…… 구만 티적그리구 싸게 가봐. 언내는 쵱일 잠만 잔다데. 깼으면 도지게 울어패겄다."

아내와 가갸거겨 하여 꿈땜을 해서는 안 되겠던 것이다.

"그게 바루 발은 밟어두 신발은 밟지 말라는 소리여. 웃느라
구 보릿되나 떠내여 도부쟁이 갈치꽁댕이래두 들여놨더라면 지
관地官 부를 뻔했네."

아내는 앵도라진 채 쪼르르 건너갔다.

"끙—"

김은 피우던 담배를 논두렁에 주고 선하품을 했다.

김은 꿈자리가 사나웠다 하면 볼일이 없어도 집을 나서는 버릇
이 있었다. 집안에 들앉으면 엿값도 안 되는 일을 놓고 아내와 티
각거린다든가, 어린애가 그릇을 메치며 다친다든가 하며 반드시
꿈땜을 하고 말던 것이다. 그러므로 누구한테 말을 듣게 되거나,
어디서 무슨 일로 무안을 당하게 되더라도 나와서 혼자나 겪어야
옳던 것이다.

간밤에 뵈던 꿈도 그전에 한 번은 꾸었더니라 싶게 천연색이었
다. 그는 어떤 여순경에게 손목을 잡힌 채 배가 금방 떠난다던 어
느 나루터로 가는 참이었다. 얼마 동안 여순경을 검비검비 따라
가던 그는 문득 걸음을 멈추었다. 그리고 꿈결에서도, 꿈에 뵈는
순경이나 헌병은 저승사자로 친다던 생시 때 기억을 물고, 따라
가면 죽으리라 하면서도 발이 안 떨어져 속을 태우고 있었다. 그
러자 앞서가던 여순경이 낌새를 알아차리고 돌아보며 뭐라고 소
리소리 지른 끝에 무엇으로 뺨을 냅다 갈겨 살펴보니, 검정 수실

로 뒷갱기를 야무지게 감친 크막한 짚세기 한 짝이 발밑으로 떨어지고 있었다. 소스라쳐 눈을 뜨니 뙤창에 동살이 비치는 어슴새벽이었다.

되새겨보나 마나 흉몽일 시 분명했다. 그는 무슨 꼴을 보려는 선몽인가 싶어 맘이 안 놓여 그참 뒤치락거렸는데, 모아뒀던 꽁초를 죄 잡아 없애고 나니 비로소 하늘이 걷히는 기미였다.

그 꿈은 더운밥을 물 말아 아침이라고 뜨는 둥 마는 둥 하고 개뚝배미에 이르도록 머릿속에 그저 남아 있었다. 그는 일을 하면서도 긴긴 해에 언제 무슨 일이 생길는지 몰라 불안스러움을 못내 떨쳐버리지 못했다. 양수기에 접전을 시킬 때는 감전 조심으로 맘이 조이고, 수로에서 개뚝배미까지 호스를 끌어올리면서는 뱀이 안 밟히나 하여 속을 졸였다.

참을 내온 아내한테 아이만 혼자 두고 나왔다고 보자마자 핀잔부터 준 것이며, 깜뭇 잊고 내동 노닥거리다가 갑자기 집이 궁금해져 맘에 없던 지청구를 하여 뜨악하게 돌려보낸 것도 사실은 말짱 꿈 탓이던 것이다.

김은 시계를 보았다. 겨우 아홉시 반. 기껏 세 시간 남짓 물을 끌어올린 셈이지만, 이만만 해도 얼마나 다행스러운 것인지 모를 일이었다.

내남적없이, 양식거리나 하는 집은 눈만 뜨면 논에 파묻혀 살았다.

놀미만 그런 게 아니라 척굴 앞벵이 저무니 무솔이 너르네 좁으네 하여, 안 그런 동네 따로 없이 천동면川東面 안팎은 죄 그 지경이었다. 바깥주인이고 집사람이고 동네마다 눈 안 뒤집힌 사람이 없었고, 집집에 손 벌리러 나서지 않은 이가 없었다. 이미 구어져 금이 가고 파근파근한 논바닥이었지만, 관정管井을 뚫고 양수기를 사들여 에멜무지로 적셔보기라도 하려면 무슨 버슬 하는 돈이 됐건, 이자가 높고 야림을 따질 겨를 없이, 앞을 다투어 당겨다 쓰지 않으면 안 되게 되었던 것이다. 들리는 말이, 이번 가뭄으로 빚을 진 집은 놀미만 해도 반반이나 된다던 것 같았다.

이제는 가무네 가무네 해도 오늘내일하며 하늘이나 쳐다본다든가, 면이나 지도소에서 양수기나 호스 따위를 무상으로 지원해주기만 바라던 사람은 없었다. 오히려 TV나 라디오에서 어느 고을 기우제 지낸 얘기라도 들리면, 그 터무니없는 짓에 어이없어하거나 딱하게 여겨 안쓰러움을 부여안는 여유까지도 보이던 것이다.

김승두도 그랬다. 김은 대개 살아온 경우에 비춤으로써 스스로 깨달음이 있어, 가물면 하늘 탓, 물마 지면 관청 탓 하던 묵은 버릇을 우선하여 고치고, 제힘으로 재변을 이겨낼 줄 알아야만 흙의 종살이에서 벗어나 흙을 부리는 농군이 되느니라고 믿었다.

한두 번 속아봤던가. 제구실하는 농군이라면 하늘이건 관청이건 일찍이 아무것도 믿을 만한 게 없음을 터득하여, 자기 농토는 자기 요량으로 다스려보겠다는 정신부터 기르지 않으면 안 되겠던 것이다.

김도 이번 가뭄으로 장터에서 택시 굴려 돈놀이하는 척 굴 조충범이한테 오부 이잣돈 십이만원을 썼다. 나중 고추만 붉으면 바로 주게 되려니 하고 그 돈으로 호스 이백 미터를 샀던 것이다. 일 미터에 육백원짜리 호스였다.

그가 없는 돈에 그 비싼 것을 사들이자 동네 사람들은 볼텡이가 미어질까봐 얼굴을 저리 돌리며 웃어제끼고, 아내도 환장하지나 않은 것인가 하고 여겨보며, 종조목을 들이대고 그 쓸모없음을 따졌다.

원래 놀미만큼 메지고 지대 높은 부락도 드문데다, 그중에서도 개뚝배미는 자갈 투배기 가풀막 버덩을 일군 층층다랑이로, 지룡산 곁가지 개랑물이 아니면 두더지 한 마리 얼씬 않을 개자리였다. 게다가 곁에 붙은 서 말가옷지기 더운갈이 논만 해도 남병만南炳萬이가 단위조합 돈을 얻어 대가며 일곱 군데나 마흔여덟 자씩 뚫어봤지만, 지하수는 고사하고 겉물 한 모금 뽑아보지 못했던 것이다.

그러므로 김도 지하수를 찾는다거나 들 가운데에 고인 둠벙을 퍼올릴 공상 따위는 숫제 근처에도 안 가려고 했다. 그러나 개뚝배미 층층다랑이가 생계의 전부였던 김으로서는 혼꾸멍난 무녀리처럼 먼산바라기만 하고 앉았을 수도 없었다.

김은 며칠을 두고 궁리한 끝에 아직도 임자가 없어 남아 있던 한 가지 방법에 놀라면서 눈이 번해졌다. 깜냥껏 대중하다보니 양수기만 빌릴 수 있다면 반드시 물을 끌어댈 만한 때가 머잖아 오겠던 것이다.

김은 느적거리며 지룡산 너머 천북면川北面의 장승골 저수지 물을 겨냥하고 기다리기로 했다.

지룡산은 이름이 된 그대로 지렁이처럼 앞뒤를 모르게 허리가 길었으므로, 그 개울창을 몽땅 안은 장승 저수지는 수문을 며칠씩 터놓아도 여간해서 표가 나지 않았다. 그러나 애초 몽리구역에서 제외됐던 놀미로서는 오히려 섭섭한 일이었다. 동네 기슭을 스쳐나가는 긔내가 작달비로 지고 새는 장마철이 아니면 매양 목새가 풀로 덮이고, 명개 바닥이 벌거우리하게 드러나기 시작한 것도 지룡산 개울이 죄다 장승 저수지에 갇힌 탓이었다.

그러니 긔내물 한 가지로 농사를 해온 앞뱅이나 무솔이에서 장승 저수지를 한 번이나 끌어다 쓰려면 예삿일이 아니었다. 저수지 관리권을 행정구역이 엉뚱한 천북면에서 쥐고 있어 말도 잘 안 될 뿐더러, 물값 또한 좀 비싼 게 아니던 것이다. 따라서 웬만큼 가물잖고는 그 물을 사 쓰자고 나서는 사람이 없었다.

그러나 올 사정은 그렇지가 않았다. 길내 이런 날씨라면 더뎌도 사흘이 못 가 무솔이와 앞뱅이가 들고 일어남으로써 장승 저수지 물이 놀미로 넘어오고, 개뚝배미 밑을 스치는 물길을 타고 무솔이께로 빠질 것이 분명하던 것이다.

그런 가늠이 서자 김은 내년보살 하고 있을 수가 없었다. 개뚝배미 지대가 워낙 높은데다 물길은 그내 바닥보다도 한 길은 낮게 저 아래로 뚫려 있어, 비록 물이 지나간다더라도 그 물을 여투어 쓰자면 보통 일이 아니던 것이다. 그래도 할 수 있는 노력이라면 뒷갈망이야 어찌하든 양수기부터 세내어 져다놓고, 물이 된비알을 기어오르도록 힘껏 해볼 셈이었다. 김은 호스와 전깃줄을 장만해놓고 물길에 변고가 일어나기만 기다리고 있었다.

기다린 지 한 장도막 만인 어제 새벽, 마침내 물길에 물이 쏟히며 내닫기 시작했다.

김은 더듬적거릴 틈이 없었다. 미리 말해놨던 남병만이네 양수기를 져오고, 사닥다리로 전봇대에 올라가 물길 뚝셍이를 따라 저무니 부락으로 넘어가는 전깃줄에 전선을 이었다. 마침 이백이십 볼트 전류라서 일 마력짜리 양수기를 가동시키기엔 더도 필요없이 십상이었다.

그러나 워낙 된비알이라 올라오는 물은 시원치 않았다. 다행히 양수기는 속 한번 안 썩이고 구실이 제법이었다. 처음엔 실성한 게 아닌가 하여 눈 밖으로 보던 아내도, 막상 논 한 배미가 치렁치렁해진 것을 보자 대번 말투부터 고쳐 하려고 했다. 더구나 바로 고섶에서 관정을 뚫어보려고 애매하게 새끼 한 배 받고 말은 돼지까지 올려세웠던 남병만은, 자기가 먼저 같은 생각을 못했던 게 후회되어, 아니 쓰잘 것 없는 돈 몇푼에 양수기를 세준 것이 배 아파서,

머리가 벗어지는 땡볕도 아랑곳없이 지켜 앉아 양수기 곁을 떠나려 하지 않고 있었다.

"한 다랭이 받는 디 시간이 월마나 걸리다?"

맨 윗배미 두렁이 젖을 만해서 처음 와보고 남이 물었다.

"낸들 재봤가디. 워낙 짚히 타들어가서 한두 시간 대가지구는 제우 먼지나 젤랑 말랑 헌디……"

김은 배부른 흥정하듯 시부정찮은 내색을 하며 남의 일처럼 건성으로 중얼거렸다.

"줄잡어 한 다랭이에 한 시간씩 쳐두 해전에는 어렵겄지?"

새마을 담배만 알던 남이 개나리를 뽑아 권해가며 아쉬운 소리를 했다.

"손바닥만헌 것 다섯 다랭인디 뭘. 삼칠은 이십일, 여섯시버텀 폈으니께, 예서 이슬 덮어가메 한둔허구 밤새 굿해야 니열 새벽 두서너시…… 집은 닭 올 만해서 내다보면 영낙웂겄구먼그려."
하고는, 닭 잡는데 움딸 온 집 며느리 뜨물 받다 바가지 깬 말투로 속 있는 소리를 덧붙였다.

"그런디 풍신허느라구, 먹은 것두 읎이 배지가 오르내려싸니…… 먹던 쇠주 있으면 마눌이나 짓찧어넣구 가라 히면 모를까, 이 근력으루 밤샘헐까 싶잖은디……"

김이 능갈치자 무릅쇠 남은 대뜸,

"이 일버덤 더 대무헌 일이 또 있을깨미. 쇠주 한 병은 누가 받

더라두 받으야지. 오늘만 진드근히 견디면 되여. 물 다 대걸랑 둘
이 반반씩 개나 한 마리 도리기해서 끄실르게."

하며 물렁하더니 이내,

"가서 보리멍석 채널으야 헐 텐디 이러구 있네."

해가며 거추없이 되돌아가고 담배 한 대 전도 안 되어 소주 작은
것 둘에 마늘 세 통을 들고 되짚어나오는 게, 양수기 다 쓰면 호스
를 빌리자고 할 눈치였다.

"헐 직 허구 느루 가게 되들잇병으루 가져올까 허다가 이따 민
방위 나가면 어채피 또 허겄길래 이냥 가져온겨."

남은 묻잖은 말까지 해가며서 마늘쪽을 깠다. 민방위란 말에 김
이 새삼스럽게 투덜거렸다.

"이왕이면 들 더워 식전버팀 허면 으며. 그래야 일두 안 품 메구
한갓진디, 불볕 쐬가며 뭘 헌다는겨. 이 잘난 물 푸는 것 할래 중둥
매게……"

김은 이빨로 병마개를 따서 물주전자 뚜껑에 술을 따랐다.

"반공일이라 핵교 운동장이 비니께 그러는개벼. 창원이더러 가
끔 내다봐달라구 허지. 요새 일 갈 디두 읎구, 방위 제대헌 뒤로 헐
일 읎어서 눴다 앉었다 허며 해 길어 해쌓던디. 공고 나왔으닝께
양수기는 볼 줄 알겠거든."

"승질은 까닭스러두 맘은 쳇볼이니께 청자 한 갑 사주면 마다구
야 안 헐 테지만……"

김은 말끝을 얼버무렸다. 은연중 선뜻 내키지가 않던 것이다. 뒤숭숭한 꿈자리 가슴 한켠에 얹혀 있어, 자기 없는 사이 양수기를 만지다가 무슨 탈을 부를는지 알 수 없는 불안감 탓이었다.

"민방위는 오정버텀 헌다남?"

이장은 새벽부터 방송을 했겠지만, 김은 양수기 소리에 싸여 제대로 듣지 못했던 것이다.

"한시버텀 니 시간인디, 출석 부르는 디 한 시간, 담배 참 한 시간, 부랄 까라는 소리루 한 시간씩 잡아먹다보면 잠깐인걸 뭐."

"오늘 같은 날은 츰버텀 부락대항 축구시합이나 허라면 기특허겠구먼서두, 보고리 채느라구 연장 들구 나오랜다며? 이런 사람 일찍 빠져나오게 술내기 공이나 차라구 허면 쓰겠구먼."

그들이 객담 끝에 빈병을 저리 젖혀놓을 때였다. 사람 기척이 있어 두렷거려보니, 무솔이 이장 아들 유순봉柳順奉이가 앞서고 방앗간집 아들 장재원張載元이는 뒤에 처졌는데, 지게를 진 것도 아니고 연장이 따라오지도 않았다. 그들은 긔내를 건너 수로 뚝셍이를 따라 거슬러오고 있었다.

"젊은것이 밝히기는…… 술 가져오는 것 워디 보구 뒤밟어오는겨."

남이 건너다보며 구시렁거렸다.

"땀 읎이 껄떡그리고, 남의 몫 걸터듬는 걸태질 한 가지는 등수에 드는 것들이닝께."

김도 두 건달이 개평하러 오는 게 마뜩잖아 남은 술병일랑 푸서리 틈에 숨겼으면 싶었으나, 먹는 것 가지고 그러기도 전접스럽거니와 그랬다가 무안당하면 누구 욕을 먹을지 모르겠어 그대로 두었다.

장은 김과 매번 반이 달라 너나들이를 한 사이는 아니었으나 함께 졸업한 중학교 동기생이었고, 유는 중고등학교를 공주에서 다녔으므로 졸업하고 온 뒤에야 알며 지내게 되어, 서로 오면 가면 하며 밥 먹는 사정을 의논하기엔 아직도 어설픈 사이였다.

앞에 오던 유가 떠들었다.

"술판 한번 오붓허다 싶어 고시례헐 게라두 있나 보러 왔더니 제우 농사짓구 있네그려."

그러자 장도 유의 데림추는 아니란 듯이 덩달아 말전을 벌였다.

"암캐 잡었으면 음짚이나 한 가닥 맛보나 허구 오니께…… 이왕 물 푸는 짐에 송사리래두 건져보잖구, 맑은 술을 날탕으루 먹으면 워치기 되는겨?"

"왜 맨탕여?"

하고 김이 응수했다.

"뱃속에 안주가 여북 쟁여 있어. 곱창이 욻나 염통이 욻나, 앞으루 이삼십 년은 끄떡읎이 안주 일절을 뱃속에서 끝내줄 텐디. 술이나 대이구 뷔주면 바깥이서는 얼근헐 일만 남는겨."

김이 둘이 곁에 앉기를 기다렸다가 남은 병을 마저 따서 주전자

뚜껑에 돌렸다.

"해 붉어서 물도둑질 허는 이 사람들 배짱두 경매에 부치면 제 값 받구두 남을 거라."

유가 물 들이키는 호스 주둥이에 쟁반만하게 똬리 틀리는 소용 돌이를 쳐다보며 중얼거렸다.

"도둑질이라니, 남 듣는 디서는 그런 소리 함부루 말어. 남으 입으루 들어가는 것두 채뜨러 갉겨먹는 세상인디, 흘러가는 물에 논두렁 좀 적시기루 소문낼 거 있남."

김이 얼굴을 고쳐가며 말하자, 남도 그에 얼며서 뒤들이를 하며 웃었다.

"턱밑에 물나그네 지나갈 때 주막 채리구 가로치기 허는 건, 가보 잡구 오리까이 치는 기분 비스름헌 거라."

그러자 유가,

"우리계 사람들이 도리기루 사가는 물인디, 아녈 말루 우리계셔 물 지키러 올러오면 대책 있남?"

하고는 다시,

"물꼬 쌈에두 살인 나는디 양수기루 퍼먹으니, 이건 횡령조루 형사문제라구."

뒤슬뒤슬하며 짝 안 맞게 배운 소리를 입에 바르는데, 느낌이 달라서 보니 전에 보던 얼굴이 아니었다.

김은 가슴이 뜨끔하는 겨를에 기미를 알았다. 오다가다 기웃거리는 게 아니라 그들이 바로 물지기로 나선 눈치가 분명하던 것이다. 간밤의 그 어수선했던 꿈자리도 더불어 묻어나왔다. 김은 유가가 물었던 대책을 궁리해보았다. 대뜸 한 가지 방법이 떠올랐다. 되도록 다투지 않고 모른 척하며 능갈치는 것, 그것이 꿈땜을 곱게 하는 이방이면서, 양수기를 끄지 않고도 배겨내는 꾀가 아닌가 싶었다.

김은 주전자 뚜껑에 바닥을 깔아 도로 내밀며 천연스럽게 말했다.

"워떤 놈이 질을 가다가 한참 목이 탈 때 내를 만났는디, 그 동네 위생 좋아허는 늠이 보구 있다가, 바가지 갖다줄 테니 지달리라구 허면, 목 타는 늠이 그 바가지 지달리구 그저 서 있겠남."

"……"

장은 건너온 술 마다할 수 없어 주전자 뚜껑을 받으며 말이 없는데, 유는 마실 것 다 마시고도 얼굴이 안 풀린 채로 토를 달았다.

"집에서 보기에는 예사 흐르는 물 같지만, 내 보기는 땀이여. 시방 우리계 사람들 땀이 괴어 흘러가는 게라구."

다란 말 같잖고 땀이 흐른다는 데엔 값할 만한 말이 마땅치 않았다. 그러자 장이 술 들어간 표를 내느라고,

"땀 흘려 지은 농사는 곁서 이삭만 줏어두 밉살스런디…… 여기 흘러가는 건 바루 돈이여. 시퍼런 현금이 흘러가구 있는 심여."

하고 수다를 떨었다. 김은 그 말끝을 잡아 늘였다.

"그러게 내 말이 말씀이라는겨. 인적 드문 허허벌판에 임자 모르는 시퍼런 돈이 칠넘대며 흘러가는디, 내 땅에서 난 게 아니라구 아닌 보살 허구 있겠남. 농삿군은 장비가 하늘여. 나는 사람이 어질다 말구, 싸가지두 떡잎 적에 벌레 먹어서 가만히 못 있는 승질여."

김은 술이 아쉬웠다. 조금만 더 있었으면 그런대로 무던하게 수작하겠는데, 맛뵈기로 그쳤으니 됩데 비위만 거슬려놓은 게 아닌가 싶던 것이다.

유는 층층다랑이 개뚝배미를 위아래로 훑어보며 드레없이 이기죽거렸다.

"놀미는 군자만 살어서 나 모양 코앞에 뵈는 것만 따지구 사는 것은 걸음두 못헐 딘 중 알었더니 그게 아니라."

장도 도둑맞은 물을 가늠해보려고 개뚝배미를 살피는 눈치였으나 다른 트집은 없었다. 호스 끝이 맨 꼭대기 윗다랑이에 그때껏 그냥 처박혀 있었으므로 안경 자신 사람이 뒤져보더라도 물 실린 논을 찾기는 수월찮게 돼 있던 것이다. 김은 유의 말을 참다못해 같이 엇먹어들어갔다.

"옛말에두 있데. 강ㅍ은 가로누워 움직이지 않던가. 군자는 논어 맹자 속에 수백 명 뇌었더라니 게 가서 찾으야지. 우리계는 가물에 빚 보인 슨 늠만 수두룩허니께 관광헐 건데기가 읎어."

"우리가 시방 놀기 힘힘해서 예까장 와가지구 먹더 냉긴 사이닷

병 같은 집이허구 앉어서, 오늘 죽어 어제 장사 지냈다는 소리나 씨부렁대구 있는 중 아나? 물도둑늠 잡어다가 장터 법관지서 순경 일거리 맹글어주러 온겨. 잠깐 댕겨올 각오허라구."

유가 본심을 내보이며 공갈했다. 김은 역시 묵 쑤는데 비지 찾는 소리로만 에워나가야 될 것 같아 딴전 보듯 응수했다.

"또랑물 좀 가로치기 했다구 고발소 가면, 대동강 물 팔어먹은 김선달이가 지하에서 무슨 소리 허라구?"

"⋯⋯"

유가 못 알아들어하는 틈에 김은 말끝을 맺었다.

"요새 테레비에 나오잖어. 고전 유모아 극장 중에서 자기 후배 얘기가 그중 저질이라구 노여워헐 거라."

그러자 울근불근하고 있던 유의 얼굴이 굳음살로 덮이며 뼛성 섞인 말로 발끈했다.

"장마 때야 논물을 쏟아간들 끄려 허겄남. 그러나 사람 목마른 건 견뎌두 곡식 타는 건 눈으루 못 보는 게 농투산인디, 비싼 물 옆치기 해가는 주제에 대이구 유식헌 소리만 무식허게 짓까부면 다여?"

하고는 금방 걷어찰 듯이 양수기를 노려보았다. 그러는 서슬에 남은 제 양수기 걱정이 앞서는지, 지레 굽죄어서 얼른 담배를 꺼내 유에게 내밀었다.

김은 너무 받자를 해주면 나중엔 무슨 막말을 듣게 될지 모르겠어, 애초에 다짐한 작정을 풀고 내뻗어보기로 했다. 김이 말했다.

"다가 아니면? 물이 그다지 아깝걸랑 돈으로 따져줄 텨. 돈으루 따지기 복잡허면 물을 도루 찾어가는 게구…… 나두 맘이 반만 모질구 나머지는 여려서, 고대 죽는소리허는 사람 보면 먼저 눈물이 앞을 가리는 승질이라…… 좋두룩 허랑께."

김이 부아를 질러주자 유는 대번 오금탱이가 들썩하며 맞대거리할 짓둥이를 하고 나섰다. 유가 말했다.

"사람이 어리눅스름 해주는 것두 가량이 있는겨. 논바닥에 죄 스며든 것을 돈으루 쳐줘? 뭐? 물을 도루 찾어가?"

"말끝에 물음표 좀 웬만큼 달구 더 낫은 방법 있걸랑 담화談話를 해보라구. 도둑으루 멍덕 씌여 잡어갈려면 증거물두 따러가야 헐 게 아녀. 그러자면 천상 내 논에 실린 물을 담어가는 수밖에 읎는디, 나두 다 집이 생각해서 허는 소리여."

하고 김도 지라 심줄마냥 느적거렸다.

"수고스럴 게 뭐여. 양수기만 떼갖구 가면 넉넉하지. 헐 수 읎어. 서루 뻔헌 처지에 피차 삼가헐 노릇이지만, 안 봤으면 모를까 일단 봤으니께 말루 해결 못 지면 지서 신세 지는 수밖에 도리 읎잖여."

유의 말끝을 따라 장도 자리를 털고 일어서며,

"게 물은 원제까장 쓰자는겨?"

하고 물었다.

"집이두 가량허다시피 내가 무슨 논이 있다? 쓰구 지지구, 이왕 빚 읃어 호스 샀으니께 쬐끔만 더 물 구경 시키다가 즘심 먹으러 들어가며 걷어버리야지."

그 말에 유는 양수기 쪽으로 몇 걸음 옮겨갔다. 양수기에 손을 댈 기세였다. 김은 얼른 없는 소리를 했다.

"양수기는 근디리지 않는 게 즘잖을 거라. 깟 것, 내 것만 같어두 상관 않겄는디 내 행편에 양수기가 턱이나 있남. 게, 급허기는 허구 빌려달라면 펄쩍 뛰겄구 해서 야중에야 무슨 소리를 듣건 먼저 쓰는 게 임자라구, 나두 주인 몰래 무턱대구 들어온 게거든. 그러니께 집이서 저걸 이력저럭 헌다 헐 것 같으면 곧 장물애비가 되는 심이니께 알구서 허여."

그러자 유는 못 들은 척하고 양수기부터 껐다.

양수기가 숨을 거두자 온 동네를 쓸어낸 것처럼 금방 적막해졌다. 사람 사는 세상이 이렇듯 조용하고 아무것도 없을 수 있을 싶게, 하늘도 아무렇지 않고 땅은 땅대로 그냥 있는 채 그런 틈이 생기던 것이다. 김은 속에서 불이 일며 바로 터질 것 같았다.

그러나 그는 곧 스스로 다른 것을 생각했다. 어차피 물 끌어올리기 틀렸다면 속이나 실컷 풀어볼 일이었으니, 못된 것이 바로 눈앞에 있음에도 그만한 힘을 못 보이고 물러난다면, 바깥세상이 막판으로 치달리는 꼴에 대해선 무엇으로도 나설 만한 자격이 없다는 매듭이 나선 것이다. 그러므로 김은 유의 덜미부터 비틀어서 뉘우침을 보이도록 해보리라고 다짐했다.

김은 유에게로 다가가며 열통을 터뜨렸다.

"이게 무슨 잡곡으루 모이 처먹은 작것여?"

그러나 김은 얼결에 뒤를 쳐다보느라고 나가던 말을 끊었다. 남병만이가 느닷없이 옆구리를 찍어갔기 때문이었다. 김은 다시 유를 노려볼 틈이 없었다. 자기 뒤에도 무엇이 소리없이 와 있던 것이다. 뒤에 있는 것은 낯이 처음일뿐더러 나이도 늙숙한 게, 비록 남방셔츠 조각에 흙투배기 운동화 짝으로 밑을 하고, 민방위 모자로 눈썹 챙은 했어도 속에 말마디나 젓담아둔 것 같은 틀거리였다.

중년 사내는 담배부터 붙여 물더니 흔들어 끈 성냥개비를 김의 발밑으로 던지며 입을 떼었다.

"나 좀 보유. 당신이 저 양수기 쓰시는겨?"

"그 아시는 게 내 대답이유."

보이는 것이 그런 것이라 김도 끓이던 속으로 대꾸했다.

"누가 그러라게 함부루 쓰셔?"

중년은 삿대질을 했다. 손버릇이나 하고, 애매한 사람 여럿 닦달해본 투라 속으로는 썰렁했으나 김도 주눅들지 않고 내뻗었다.

"가뭄에 물치기는 땅임자의 도리구 조상에 효도유. 왜 그류?"

중년 사내가 천북면 수리 담당이거나 장승골에 사는 무엇이려니 싶어 김은 더욱 등심에 기운을 모았다.

중년이 말했다.

"왜 그류? 왜 그러겠구먼…… 남의 재산을 불법적으루 쓰구두 가물 핑계만 대면 단 중 아셔?"

중년이 대들려는 짓둥이를 하자 김은 급한 김에 말도 안 되는 대꾸를 했다.

"내가 원제 불법적으로 썼유. 물법적으루 썼지. 농민이 농사에 물을 대는 건 당연히 물법적인 거유."

그러자 중년은 어이가 없는지, 불이 일고 있던 눈을 끄먹거려 끄면서 한탄하듯 중얼거렸다.

"끙— 뭘 아는 사람이래야 말 같은 소리를 듣지…… 내 새끼두 야중에 이런 사람 될라 미서서 이 노릇 못 집어친다니께. 끙—"

"……"

김이 무슨 말인지 미처 못 새기고 있을 때, 중년은 그런 말투를 바꾸지 않고,

"사람이라는 것이 종자를 받으면 주둥이에 처놓는 것허구 배알 는 것버텀 우선적으루 가르치는 법이건만, 이 친구는 워치기 컸길 래 남으 말에 찌그렝이 붙는 것버텀 배웠는지…… 불법적으루 쓰 다 들켰으면 사과적으루 나오는 게 아니구, 됩세 큰소리쳐? 나 봐, 워따 대구 큰소리여? 당신 허는 짓이 보통 사건인 중 알어? 시대 적으루 볼 것 같으면 안보적인 문젠겨. 뜨건 국에 맛을 몰라두 한 도가 있는 겐디, 되지 못허게 워따 대구 큰소리여, 소리가……"

마치 철부지를 타이르듯 훨씬 부드럽힌 음성이었다. 그러나 김

은 처음부터 별게 아닌 줄 알았으므로 기세를 수그리지 않았다. 더구나 뒤에는 무솔이 유순봉이와 장재원이가 자기를 시험하고 있었다. 남병만이도 마찬가지였다. 나중 동네에 소문날 일을 생각해서라도 그들이 보는 앞에서 공갈 한마디에 누져버려 그참 허당이 될 수는 없겠던 것이다. 김도 삿대질을 하며 떠들었다.

"나 봐유. 댁이 워디시길래 이러시는진 몰라두, 요란이 과허실 건 읎는규. 찬밥 그지는 문전 거절을 해 보낼 수 있어두유, 물 한 바가지 동냥을 쫓는 건 풍속을 어그리는 일이유. 하물며 양석이 타서 지나가는 또랑물 좀 잠간 여뒀다구, 뭐유? 안보적인 문제유? 풍년 곡석 일 년 양석이면 숭년 곡석은 삼 년 양석이유. 날 좀 덥다구 되는대루 협박허시면 클나유. 해 저물라면 멀었응께 말이 되는 말만 해두 넉넉허유."

중년은 갑갑하다는 듯 실― 실― 혀끝을 들여마시며 듣더니, 착 가라앉은 어조로 말했다.

"도냐 개냐 덤벙대지 말구, 이 얘기를 헐라걸랑 듣구 허슈. 나는 또랑물을 썼건 새암물을 썼건, 이랄머리 읎이 당신 물 쓴 걸 가지구 시간 낭비적으루 이러는 게 아녀. 나는 불법적으루 불을 쓰더라는 소리가 들와서 뭰고 허구 조사 나온겨. 왜 도전盜電을 허는겨? 이왕 즌깃줄 사는 집에 쬐끔 더 사서 당신네 두께비집 옆댕이에다 잇어서 쓰면 누가 뭐란댜? 계량기가 돌어가면 깟 것 멫푼어치나 돌어갈겨? 그렇께 장터만 나와두 촌것 소리를 듣는겨. 츰버텀 원칙적으로 했으면 이런 일은 있을 수가 읎잖여. 그려 안 그려?"

"……"

김은 혀가 얼어붙어 직수굿하고 듣기만 할 수밖에 없었다. 애초
부터 한전 출장소 직원인 줄만 알았어도 그런 악매는 안 당했을 거
였다. 그럴 때 내동 자고 있던 유순봉이가 불쑥 연사질을 했다.

"즌기두 몇 시간이나 몰래 썼던가뵈. 혼나야 싸다. 잘코배기지
뭐여. 킁―"

중년이 말했다.

"츰버터 사정적으루 나왔으면 그냥 눈감아줄 참이라. 생무지라
모르구 그랬다든지, 바쁘구 급헌 김에 우선 선버터 잇었다든지, 허
기 좋은 말이사 좀 많여. 이건 으른 애두 읎이 맹문이루 올러탈라
구버텀 혀여? 것참…… 젊은이가 생긴 건 그렇잖겄는디 인물이
아까웨…… 아직두 한참 더 고생허겄다구. 질게 말헐 것 읎이 가
봅시다."

"가다니유?"

유가 감바리답게 펄쩍 뛰었다.

"우리 것두 여적지 해결을 못 봤는디 게서 데려가면 워칙허는
규?"

그러자 중년이 김더러,

"당신 수용가 번호 아셔?"

하고 물었다. 김은 주저주저하다가 툽상스럽게 대꾸했다.

"주민증 번호두 못 외는디, 계량기 번호가 다 뭐유."

그때 장재원이가,

"가는 건 아저씨 사정이구, 시적부적허면 안 되는 게 우리 입장 인디…… 그렁께 더 허실 말 있으면 시방 예서 허구 가슈."

하고 유의 말을 거들었다. 중년은 무르닫지 않을 짓둥이로, 오히려 한 걸음 다가서며 말했다.

"나는 갈려 온 지 월마 안 되여 이 근방 풍속에 어둡기두 허지 만, 있어보니 되게 별쫑맞은 동네라…… 나 보슈. 당신들 일은 중 요허구 내 일은 암껏두 아니라 이게유?"

유도 물러서지 않았다.

"그럼 워째서 아저씨 일만 중요허대유?"

"안 그러면? 논에 불 붙는 사람이 임자 읎이 흘러가는 물 좀 쬐 끔 돌려쓴 것이, 그게 그리 대단허여?"

하고 중년은 성을 내기 시작했다.

"얼라…… 이보슈. 그러면 물 보구두 즌기가 읎어 논바닥 태먹 는 사람이, 임자 읎이 지나가는 즌기 좀 새치기했기루서, 그게 그 리 큰 난리유?"

하고 이번에도 장이 갈마들며 중년을 몰아세웠다.

김과 남은 담배에 불을 나눠 물고, 물과 불이 다투는 꼴을 구경 하기 시작했다.

"이봐유. 아저씨두 양석 팔어 자시지유? 촌간에 사시니께 이번

농사가 워치기 되는 중 아실규. 솔직이 말해서 물만 있으면 즌기 아니라 즌기 할애비…… 뭐지? 번개, 번개를 끌어써래두 물을 댈 판인규. 아무리 양석 팔어 자시기루 농삿군 심정을 그다지 모르슈?"

"그래서? 그래서 당신들은 농삿군 심정을 뻐드름허게 잘 아닝께 이 사람 붙잡구 한나절 내내 실갱이했구먼? 더군다나 이웃 동네 사람찌리…… 남이야 워찌되건 나만 먹을 것 있으면 구만이다? 참 씨받을 인심일세그려. 그러는 게 아녀. 젊은 사람들이."

"그럼 워칙헐겨. 이 물 아니면 우리계 사람들은 시방버텀 논밭 내놔야 내년 양석 팔어 일 년 대게 생겼는디…… 사정 봐주다 갈보 되는규. 마당 터지는디 솔뿌레기 걱정허게 생겼유?"

"개갈 안 나는 소리 모 붓구 있네. 젊은이들 쇠견이 그거뿐여? 좌우간 당신들 얘기가 지방적인 문제라면 내 얘기는 국가적인 문제라 이 얘기여. 왜 그런고 허면, 생각적으루 따져봐두 즌기야말루 국가의 동력이라…… 내가 아까 저이헌티, 시대적으루 볼 적이는 안보적인 문제라 헌 것두 다 그래서 그런겨. 이 즌깃줄이 저무닛 동네 일반 즌기 지선支線잉께 망정이지, 만약 안보 사업과 직결되는 동력선이라면, 이 도전이 워치기 되는 중 알어? 이적행위여. 상식적으루 고만헌 생각두 읎으셔?"

"즌쟁 터지면 뭣이 더 중요헌디유. 즌기유 양석이유?"

유가 다그쳐 물었다.

"방위산업에 뭣이 더 중요헌디. 양식 생산여, 동력 생산여?"

중년도 흉내내듯 하며 잡드리하러 들었다.

"……"

자기 차례가 됐는데도 유는 말대답 대신 열 오른 시선 그대로 남병만의 뒷전을 겨누어 보았다. 또 무엇이 오나 하고 김이 고개를 돌려보니 아내였다. 그녀는 삽을 든 다른 손에 노랑색 민방위 완장과 초록색 민방위 모자를 쥔 채 뒤듬바리 걸음으로 다가오고 있었다. 모두 무르춤하고 있는 사이 그녀가 손엣것들을 내밀며 말했다.

"새루 한시가 거짐 됐을 텐디, 안 갈류? 근수 아버지 명복 아버지가 와서 하냥 가자구 찾어쌓던디. 이장두 연장 잊지 말구, 지각 말라구 몇 번씩 방송허더먼……"

시계가 있는 사람은 일제히 손목을 들여다보았다. 김의 시계는 한시가 다 되어 있었다. 한결같이 민방위 훈련에 나갈 사람들이 분명하자 남병만이가 엉너리로 수선스럽게 말했다.

"예미— 발바닥이 안 뵈게 뜀박질해두 늦었네. 얼른 가서 창원이버텀 찾어보구, 옷 갈어입구 뛸라면 바쁘겠구나……"

남은 김더러 들으라고 두런거리며 뒤도 안 돌아보고 개뚝배미 너머로 뛰어갔다. 양수기에는 창원이를 불러다 앉힐 테니 놔두고 먼저 가라는 뜻이었다. 김은 아내 손을 받아들며 혼잣말로 중얼거렸다.

"꿍— 민방위두 못 나가게 붙잡을라나?"

"······"

아무도 응수하지 않았다. 아니 오히려 그들이 먼저 발걸음을 옮기고 있었다. 김은 그제서야 그들이 처음부터 훈련에 직접 나갈 수 있도록 모든 채비를 갖추고 나왔던 것을 깨달았다. 김은 비로소 한고비 넘겼나 싶었다. 그래서 속이 후련한 김에 허텅지거리로 해보는 소리를 했다.

"저저끔 서루가 바쁘니께 얘기는 가면서 헙시다. 그게 젤 경제적일 텡께."

그러나 이미 맥이 풀렸는지, 중동무이한 말을 다시 이으려 하는 이가 없었다.

김은 아내가 점심 먹으라고 주는 오백원을 받아 쥐고 그들을 뒤따랐다.

천동국민학교는 놀미 무솔이 앞벵이 부락에서 나온 오솔길이 만난 삼사미 왼편으로 장터 초입에 있었다.

그들은 하학한 아이들로 북새가 일어 미어지는 학교 앞에 이르도록 이렇다 할 이야기가 없었다. 동네를 벗어나서 장터 가는 길에 이르자 아는 얼굴이 즐비했으므로 말을 조리 있게 이어나갈 만한 겨를도 없었지만.

그들은 측백나무 울타리 밑 개구멍으로 해서 학교 마당에 들어서자마자 제각기 아는 얼굴 틈에 휩쓸려 어떻게 헤어졌는지도 모르게 흩어졌다.

사람들은 모두 이탈리아 포플러와 은수원사시가 하늘을 가린 운동장 울타리를 따라 가늘게 늘어앉아 그늘 덕을 보고 있었다.

김도 놀미 사람들이 고만고만하게 삽자루를 깔고 늘앉은 철봉대 옆구리로 갔다. 남병만이가 그 틈에 섞인 것은 김이 앉으며 일변 붙여 문 담배가 끝 만해졌을 때였다. 남은 자전거를 울타리에 기대어 채워놓고,

"워치기 된 심여? 그냥저냥 해결을 본 심인감?"

하고 물었다.

"낸들 알 수 있간. 직들 요량대루 헐 테지."

말은 그렇게 해도 내심으로는 그럴 수 없이 후련했다. 일이 흐지부지돼서가 아니라 큰 봉변 없이 꿈땜을 마친 것 같기 때문이었다. 그는 그래서,

"창원이 시켜 양수기를 돌려놓구 왔는디 괜찮을라나?"

남이 못 미더워하며 물었을 때도,

"내삐러둬. 지랄해두 직들찌리 헐 텡께. 물난리 불난리는 구경이 더 재미있는겨."

하고 남의 말 하듯 하며 두 다리를 뻗을 수 있었다.

"앉어주슈. 앉어줘유."

하는 소리에 눈을 드니, 면에서 나온 사람이 전지 나팔을 불고 있었다. 곧 교육에 들어가겠다는 거였다.

"기립해주시요. 기립해줘유."

이윽고 정렬도 안 된 채, 엉거주춤하게 서서 국민의례가 시작되었다.

국기에 대한 경례. 이하 생략. 민방위 신조 복창. 민방위 노래 합창. 앉아주시요. 앉아줘유.

김은 출석 점검표를 받아 소속과 이름을 써내기까지 이십 분이 넘어 걸렸다. 놀미 사람 중에서는 쓸 것을 가지고 나온 이가 아무도 없어, 이장의 볼펜 하나를 수십 명이 쪼개 쓰지 않으면 안 되었던 것이다. 출석 점검표가 면직원의 손으로 되돌아가기까지는 한 시간도 더 걸렸다.

"앉어주슈. 앉어줘유. 혹시 새사둔이 뵈더래두 이런 디서는 인사가 늦어두 숭이 아닝께, 왔다리 갔다리 구만허구, 참구 앉어줘유."

면직원은 나팔을 물고 고래고래 소리질렀다.

"시방버텀 교육에 들어가겄읍니다. 담뱃불을 끄시구, 슨 사람은 앉어줘유. 앉은 분은 죄용해주서유. 한 번 말허면 들어주서유."

대강 정돈이 된 듯하자 면직원은 부면장을 돌아다보았다. 매양 그랬듯이 부면장은 뒤에 서서 잇긋도 않고 방위병이 앰프 손질하는 것만 지켜보고 있었다. 앰프와 확성기는 각각 두 대의 자전거 짐받이에 얹혀 있었으며, 수백 명의 귀청을 찢는 비명만 지를 뿐, 좀처럼 말을 들을 성싶지 않았다. 면직원이 입 다물어유, 앉어줘유, 담배들 꺼유 소리를 두어 차례 더 외친 뒤에야 확성기는 조용할 줄 알았다. 이윽고 부면장이 명승 담뱃갑만한 마이크를 원아귀에 넣고 돌아서며 훅훅 불어 성능 시험을 하더니, 일 년 전의 그것에 한마디도 늘고 줄음이 없는 것 같은 그 소리를 되풀이했다.

"안녕허십니까. 신을쳥申乙鍾이올시다. 이름이 셴찮여 부민장밖에는 못헙니다마는, 제가 여러분들보다 배운 게 많다거나, 워디가 잘나서 이 앞에 슨 건 아닙니다. 이 점 양해해주시기 바랍니다. 오늘 교육에 면장님께서 꼭 나오실라구 허셨읍니다마는 급헌 호이가 있어서 아직 못 나오시는 걸루 알구 있읍니다. 회의만 끝나면 즉시 나오셔서 교육에 임허실 줄로 알구 있읍니다마는, 그동안은 지가 몇 말씀 드리겠읍니다."

여기까지가 예나 이제나 조금도 변함없는 부면장의 인사였다. 부면장은 하던 말을 계속했다.

"그런디 교육에 들어가기 전에 지가 특별히 부탁을 드리겠읍니다. 제발 퇴비 좀 부지런히 해달라 이겝니다. 워떤 동네를 가볼래두 장터만 벗어났다 허면, 질바닥에 풀이 걸려 댕길 수가 읎는 실정이더라 이 얘깁니다. 아마 여러분들두 느끼셨을 중 알구 있읍니다마는, 풀에 갬겨서 자즌거가 안 나가구 오도바이가 뒤루 가는 헹편이더라 이겝니다. 풀 벼서 남 줘유? 퇴비허면 누구 농사가 잘되느냐 이 얘깁니다. 식전 저녁으루 두 짐썩만 벼유. 그런디 저기, 저 구석은 뭣 때미 일어났다 앉었다 허메 방정 떠는겨? 왜 왔다리 갔다리 허구 떠드는겨? 꼭 젊은 사람들이 말을 안 탄단 말여. 야—
저런 싸가지 읎는 늠으 색긔…… 야늠아, 말이 말 같잖여? 너만
덥네? 저늠으 색긔…… 즤 애비는 저기 즘잖게 앉어 있는디 자식
은 저 지랄을 혀. 이중에는 동기간이나 당내간은 물론이구 한집에
서두 둣씩 싯씩 부자지간이 교육을 받으러 나오신 분이 즉잖은 줄
루 알구 있읍니다마는, 원제구 볼 것 같으면 아버지나 윗으른은 즘
잖게 시키는 대루 들으시는디, 그 자제들은 당최 말을 안 타구 속
을 썩이더라 이겝니다. 교육중에 자리 이사 댕기구, 간첩모냥 쑥
떡거리구…… 야늠아, 너 시방 워디서 담배 피는겨? 너는 또 워디
가네? 저늠으 새끼들…… 그래두 안 꺼? 건방진 늠 같으니라구.
너 깨금말 양시환씨 아들이지? 올봄에 고등핵교 졸업헌 늠 아녀?
너지? 싹바가지 귀 떨어진 늠 같으니라구."

부면장이 한바탕 들었다 놓은 뒤에야 겨우 뭘 하는 곳 같아졌
다. 부면장이 얼굴을 가다듬으며 말했다.

"사실은 이 시간이 교육 시간입니다마는, 가만히 앉어서 자리 흐
틀지 말구 담배들이나 피서유. 지 자신이 교육에 대비하여 학습해
둔 게 있는 것두 아니구 해서 베랑 헐말두 읎읍니다. 또 솔직이 말
해서 지가 예서 뭐라구 떠들어봤자 머릿속에 담구 기억허실 분두
읎을 줄로 알구 있읍니다. 그냥 앉어서 죄용히 담배나 피시며 시간
을 채우시도록 허서유. 그런디 퇴비들을 쌓실 때는 몇 가지 유의를
해주시라 이겝니다. 위에서 누가 원제 와서 보자구 헐는지 알 수 읎

으닝께, 퇴비장 앞에는 반드시 패찰과 척봉尺棒을 꽂으시구, 지붕 개량허구 남은 썩은새나 그타 여러 가지 찌끄레기루 쌓신 분들은 흔해터진 풀 좀 벼다가 이쁘구 날씬허게 미장을 해주서유. 정월 보름날 투가리에 시래기 무쳐 담듯 허지 마시구, 혼인 때 쓸 두붓모처럼 깨끗허게 쌓주시라 이겝니다. 퇴비는 일 헥타당 몇 키로 이상이라는 것을 잘들 아시구 기실 중 믿습니다마는 아무쪼록 식전에 두 짐 저녁에 두 짐씩은 반드시 비시도록 당부허는 것입니다."

그때 김은, 퇴비는 지저분할수록 거름이 짙다는 생각을 하고 있었으나, 입 밖으로는 무심히,

"모냥내구 있네. 몇 평이 일 헥타른지 워치기 알어."

하고 두런거렸다. 알아도 그만, 몰라도 그만인 거였지만, 순전히 남의 말에 토 달기를 예사로 해온 입버릇 탓이었다. 그러나 좌중은 무심히 넘어가지 않았다. 김의 음성이 너무나 컸던 것이다.

"뭐여? 이봐유. 뭘 모른다는규? 구식 노인네두 다 아는 상식을, 당신 증말 몰러서 헌 소리유?"

하며 부면장이 따져들기 시작했다. 할말도 없는데 시간은 남고 처져 심란하던 중 계제에 잘됐다는 눈치가 역연했다. 부면장은 마이크 쥔 손을 뒷짐진 채 육성으로 떠들고 있었다.

"당신 같은 사람은 워디를 가봐두 으레껀 한두 사람씩 있어. 그러나 여기는 그런 농담헐 디가 아녀."

김은 남의 눈이 수백이라 구새먹은 삭정이 부러지듯 싱겁게 들

어가기도 우습고, 그렇다고 졸가리 없이 함부로 말대답하기도 그렇겠고 하여 어쩔 줄 모르다가, 마음에 없던 말을 엉겁결에 뱉았다.

"알면 지랄헌다구 물으유? 평坪두 있구 마지기두 있구 배미두 있는데, 해필이면 알어듣기 그북허게 헥타르라구 헐 건 뭐냐 이게유."

"천동면이 이렇게 촌인가…… 저런 딱헌 사람두 다 있으니. 나 보슈. 국가 시책으루, 미터법에 의하야 도량형 명칭 바뀐 지가 원젠디 연태까장 그것두 모르는겨. 당신이 시방 나를 놀려보겄다ㅡ 이게여?"

부면장은 당장 잡들이할 듯이 눈을 부라리며 언성을 높였다. 곁에 앉은 남병만이가 팔꿈치를 집적거리며 참으라고 했으나 김도 주눅들지 않고 앉은 채로 응수했다.

"내 말은 그렇게밖에 안 들리유. 저 핵교 교실 벽돼기 좀 보슈. 뭐라고 써붙였유? 나라 사랑 국어 사랑…… 우리말을 쓰자는 것두 국가 시책이래유. 옛날버텀 공무원 말 다르구 농민들 말 다른 게 원칙인 게유. 천동면이 이렇게 촌인가…… 끙ㅡ"

부면장은 무슨 말이 나오는 것을 참는지 한참 동안 입술만 들먹거리더니 겨우 말머리를 찾은 것 같았다.

"도대체 당신 워디 사는 누구여? 뭣 허는 사람여?"

그러자 누군가가 뒤에서 큰 소리로 대답했다.

"그 사람두 높어유."

그 말이 떨어지기 전에 또다른 목소리가 곁들여졌다.

"놀미 부락 개발위원이구, 마을문고 후원회원이구……"

그러자 여기저기서 우루루 하고 아무나 한마디씩 뒵들이를 했다.

"부랄 조심가족계획 추진위원이구……"

"부녀회 회원 남편이여."

"연료림 조성 대책위원이유."

"야산 개발 추진위원이구."

"단위조합 회원이여."

"이장허구 친구여."

"죄용해줘유. 앉어줘유. 구만해둬유. 입 다물어줘유."

하고 부면장은 다시 마이크를 대고 고래고래 고함질렀다. 약간 수
그러들자 부면장은 언성을 낮추어 말했다.

"일 헥타는 천 평입니다. 앞루는 이백 평이니 말가웃지기니
허구 전근대적인 단위는 사용을 삼가주셔야 되겠다— 이겝니다."

말허리를 끊으며 김이 말했다.

"이 바닥에 헥타르를 기본단위루 말헐 만치 땅 너른 사람이 몇
이나 되느냐 이게유."

부면장은 들은 척도 않고 하던 말을 계속했다.

"에, 날두 더운디, 지루허시더래두 자리 흐트리지 마시구 담배
나 피시며 쉬서유. 저 놀미 사는 높은 양반두 승질 구만 부리시구
편히 쉬서유. 미안헙니다."

그러자 박수가 쏟아져나왔다. 김은 그 박수의 임자가 자기라고
믿으며 속으로 웃었다.

(1977)

우리 동네 李氏

오늘도 대한 추위에 물두멍 얼어 터지는 소리로 남의 고막을 맞
창내면서 이장네 사랑의 새마을 방송이 시작되었다.

확성기 가락은 늘 구붓구붓한 논두렁을 타고 퍼져서 그런지 모
처럼 한 번이나 여겨들으려면 되게 구불텅거렸으며, 바짝 얼어 으
등그러진 논두렁들이 제대로 배겨낼까 싶잖게 요란스러웠다.

벌써 여러 파수나 방송으로 새벽잠을 보내버릇해온 리낙천李樂千
은 얼른 돌아누우며 베갯잇에 한쪽 귀를 묻어보았다. 그러나 확성
기가 그 지겨운 노래만 떠벌려도 제물에 오금이 굽어들던 터라 역
시 아무 소용 없는 짓이었고, 외려 잠음을 걸러주어 음보만 분명해
질 따름이었다.

술이 덜 깨어 잠긴 목을 푸느라고 연방 밭은기침을 섞어가며 앞
뒤 없이 씨월거릴 이장 목소리만 이제나저제나 기다려보던 리는,

348

얼핏 스쳐가는 느낌을 붙잡고 방송실에 없던 노래판이 새로 생겼다는 것을 알았다. 여느 때 같았으면, 우물가에 물을 긷는 순이 얼굴이 하하, 소를 모는 목동들의 웃는 얼굴이 하하……, 하는 〈좋아졌네〉를 비롯하여 〈근대화의 일꾼〉〈우리 마을〉〈새마을 아가씨〉〈농민의 노래〉〈사랑의 손길〉 따위. 대한 노래 부르기 중앙회라는 데서 열네 곡을 이어 만든 새마을의 합창판이나 줄곧 틀어대련만, 오늘 새벽은 난데없이 〈징글벨〉이 흘러나오던 것이다.

그 소리를 거듭 듣고 나서야 마침내 세밑에 이르렀다는 것을 리는 새삼스럽게 깨달았다. 그와 아울러 마을 사람들에게 빚지시를 한 이장이 날이 날마다 새벽 방송을 틀고, 연말연시란 말로 섞박지를 담아가며 성화같이 빚단련을 해온 까닭도 비로소 알 만한 것 같았다.

리는 빚가림을 하려 해도 워낙 터무니가 없어 내동 사돈네 초상에 외갓집 제사 잊듯 해온 지가 오래라, 옹알이하는 아이 배냇짓 시늉으로 감은 눈만 끄먹거리고 있는데, 바깥이 시끄러워 일러 깼는지, 밤새 옆댕이에서 가로 뻗고 자며 거리적거리던 막내 만근이가, 즤 어매 죽은 젖을 집적거리며 보챌 채비를 했다.

"엄니, 불 좀 켜봐, 다 밝었잖여."

하는 아이 말에

"다 밝었다메 불은 지랄허러 키라남?"

대뜸 툽상스럽게 지청구부터 하는 꼴이, 아내도 잠 달아난 지

담배 두어 대 전은 진작 되던가보았다.

"엄니, 오늘은 진짜루 가볼 거여?"

만근이는 기여 다짐을 받겠다는 듯이 그 참에 아주 일어앉으려고 부스럭대는데, 그 바람에 입은 채로 잔 호주머니에서 구슬치기하다 잃고 남은 유리구슬이 우술우술 쏟아져나와 구르느라고 방고래가 자못 부산하였다.

"얘는 새꼽빠지게 툭허면 장 푸러 가서 시룻전 긁는 소리만 통통 헌당께. 새벽버텀 가기는 워디를 가자는겨?"

아내는 동치미 맛본다고 이빨 흔들린 늙은이 암상떨듯 내흉스럽게 아이만 구박했다.

리도 아이의 말뜻을 처음부터 대중하고 있었지만 섣불리 건드리면 자칫 트집만 잡히지 싶어 신칙은 하지 않았다.

"크리스마스헌티 가보잔 말여. 딴 애덜은 다 즤 엄니랑 하냥 간다는디 썽—"

"딴 애덜? 뉘 집 애가 크릿스마쓰헌티 간다데?"

리는 자기 들어보라고 부러 꾀송거리는 아내 속내를 이내 알아차렸다.

"수나, 지영이, 우람이…… 걔덜은 즤 엄니랑 즤 아빠가 장터 크리스마스헌티 뎃구 간다구 접때부터 자랑했어."

아이는 신명을 내어가며 볼에 고였던 말을 쏟아놓았다. 그러자 아내는 애매한 리의 잔등을 과녁 삼고는

"걔덜은 즤 엄니가 쪽 뽑구 나슬 옷이라두 있으닝게 그러지. 니 미는 남 다 입는 홈스팡 바지는 워디 갔건, 털루 갓테두리 헌 그 흔 해터진 쓰레빠 한 짝 사다준 구신이 읎는디 뭘루 채리구 나스랴?" 하고 마디마디 가장귀 치고 옹이를 박아가며 너스레를 떨었다.

"씽― 그럼 오백원만 줘. 우람이 갈 때 따러가서 징글벨만 보구 올게."

어린것이라도 자나깨나 크리스마스와 징글벨 소리로 귀가 닳창 나다보니 그것이 무슨 푸짐한 구경거리처럼 여겨진 눈치였다. 아내가 말했다.

"그 오백원 같은 소리 작작 해둬라 돈은 왜 나버러 달라네? 등 창에 댓진 바른 사람 니 옆댕이 누워 있는디…… 니미는 늬 애비 만난 뒤루 돈 안부 끊겨서, 오백원짜리에 시염이 났는지, 천원짜리 가 망건을 썼는지, 질바닥에 흘린 것두 못 알어봐서 못 줏는단다."

뒤통수가 무럽고 군시러운 것이, 아내가 두 눈을 모들뜨고 노려 보는 게 분명해 리는 견딜 수가 없었다.

리는 기침을 참을까 말까 망설이는데 만근이는 다시 아망을 떨 었다.

"돈 안 주면 가만있을 중 알구? 그럼 저금통을 찢지, 씽―"

만순이 만실이가 여으내 가으내, 구무정, 거리티, 솔미, 저무니, 늦들잇들 같은 이웃 동네 들판까지 쏘다니며 논두렁 밭고랑을 뒤 져, 소주, 콜라, 음료수 병을 주워모아 내년에는 기어이 서울로 피서여행을 가겠다고 모은, 책상 위의 돼지저금통더러 한 말이었다.

"옳지, 그렇게 쓸 것만 닮어라. 그늠으 크릿스마쏜지 급살을 맞쓴지는 왜 생겨설랑 읎는 집 새끼덜 간뎅이만 덜렁그리게 허는 구······"

아내는 절로 나오던 탄식을 짐짓 긋더니

"넘의 집 서방덜은 크릿쓰마쓰 센다구, 지집 새끼 삥 둘러앉히구 동까스를 먹을래, 탕수육을 먹을래, 잠바를 맞추랴, 청바지를 사주랴 허구 북새를 피는디, 이 집구석 문패는 생전 마실 중이나 알지 먹을 중은 모르니, 에으一"

하고 다시 리의 비위를 갉작거렸다. 리는 참다못해 울컥했다.

"끙一 넘이사 크릿쓰마쓰를 쇠건 양력 슬을 쇠건, 감자 먹을 늠이 고구마 먹기지······ 넘 잠두 폼매게 자다 말구 일어나 쇠스랑 고스랑 허구 지랄덜여, 거."

리는 재떨이를 더듬적거려 담배를 찾았다.

"암, 자게 생기구말구······ 있는 집 지집은 개 소리에 잠 잃구, 읎는 집 지집은 귀뚜리 소리에 잠 나간다던 말두 못 들었담. 새양 쥐만헌 새끼가 아갈거리며 소 먹미레 비비듯 허는디 자게 생겼어. 테레비만 키면 주야장천 크릿쓰마쓰 타령인디 잠이 워디서 오너."

"잠이 안 오걸랑 콩너물 시루에 물이나 한 종구래기 찌었든 지······"

리는 담배를 붙여 물었다. 방안은 그저 아웅한 채였고 확성기는 아직도 징글벨만 불러대고 있었다. 짐작건대 이장은 그전처럼 노래판만 얹고서 도로 고고르르 곯아떨어지고, 앰프는 기계 요리 모르는 이장 어머니가 여물 부엌과 사랑 문턱을 들랑대며 들여다보는 모양이었다.

아내는 다시 되작거렸다.

"노래 제목 하나는 제소리 나게 붙였네. 징글징글헌 늠으 징글벨……"

"크릿쓰마쓰는 예수 믿는 사람이나 소용 있는 날이라구 타이르지두 못혀?"

물었던 담배를 비벼 끄며 성질을 부리는 사품에 아이는 얼겁이 들어 이불 속으로 기어들어가는데, 아내는 뎁세 찍자 붙을 가마리가 제대로 걸렸다 싶은지 되곱쳐 턱살을 쳐들며 무람없이 대들었다.

"크릿스마쓰는 예배당허구 척진 것덜이 더 지랄허는 날인 중두 몰랐더라뵈."

리가 대꾸를 않자 아내는 거듭 덧거리를 했다.

"초파일날 지달려 꽹매기 치메 노는 것덜치구 부처 위허는 것 봤어? 헐말 읎걸랑 윤서방네서 델러 오기 전에 여물솥에 연탄이나 갈아놓으."

리는 할말이 없었으나 그렇다고 무름하니 지레 숙어들기도 멍둥하여 부질없이 응수했다.

"그러면, 빚구럭에 처백힌 것덜이 갈망 읎이 테레비나 본떠서, 애덜 앉혀놓구 크릿쓰마쓰나 챗으야 애비 노릇 헌다는겨?"

"빚구럭에 백혔건 빚데미에 치었건, 있네 읎네 해두 논 얼 때 엿 고구, 발 얼 때 술 담는 게 농촌 풍속인디……"

아내는 쉬어가며 떠들었다.

"자기 입으루두 장 농군은 가을 부자라고 책 읽듯 했잖여. 봄내 허리띠 졸러매구, 여으내 허리 꼬부러졌다가 가을 한철 희떠운 소리 해보구, 겨울에나 놀어보는 게 농군이라메? 그때가 원젠디 헛 바늘 슨 소리만 예사루 혀?"

"시방이 워느 판국인지 알구나 허는 소리여? 접때 지 서기 허는 말 들어봉께 올 연말까장 우리계 사람이 갚으야 헐 단위조합 빚이 이천이백만원 돈이라는겨. 알었어? 조합빚이 그 지경이면 사채두 이천만원을 웃돈다는 얘기여. 사채할래 사천만원을 칠십두 가구 루 쩌개봐. 가구당 평균 얼마 꼴인지…… 그런 것덜이 크릿쓰맛쓰 는 뭐며 관광계는 뭣 말러비틀어진겨?"

리는 하던 말 끝에 얼며서

"촌 여편네덜이 집구석에 들앉어 시래기나 삶는 게 아니구 되잖 게 망년회는 또 무슨 망헐녀리 것이여? 내남적읎이 밥상 들여다보 면 꼴두기젓 한 저분 못 올리며 무 배추루만 열두 가지 모냥내어 처먹는 것덜이, 뭐여? 회비가 천원? 끙—"

리는 오늘 저녁 동네 새마을 부녀회 회원과, 매달 쌀 두 되씩 부어가는 관광계 계원들이 합동으로 망년회를 연다는 것도 알고 있었다. 장소는 집안에 늙은이가 없는 이낙필이네 사랑이며, 벚꽃 필 때 가기로 한 관광여행의 행선지도 그 자리에서 결정하기로 했다는 거였다.

"망년회는 사내들만 메칠씩 허라는 벱이 따루 있다남? 회비 천 원이랬자 제우 쌀 스 되여."

할 때 아내가 지릅떠 흘긴 눈이 어스름 속에서도 희읍스름하게 지나갔다.

"아마 회비 내달랠께미 근심허실 모냥인디, 그런 고민은 삼가허셔. 절미적금 타서 쩌개 쓰기루 됐으닝께."

부녀회에서 한 끼에 한 숟갈씩이란 구호를 외치며 일 년 동안 극성스레 절미운동을 벌이고, 다달이 절미 단지를 쏟아 돈 사서 단위조합에 적금을 부어온 것도 연말의 망년회 비용을 미리 적립한 셈이나 다름없이 된 꼴이었다.

"그러면서 이장은 왜 들볶어? 이장 헹편에 맥주 한 상자가 워디라구."

리는 이장한테 들은 소리가 있어 오금을 박았다. 아내는 한마디도 지려 하지 않았다.

"이장이 맥주 한 상자 찬조허면 즤 시켓돈 잡어 쓸깨미? 어림웂는 소리. 자기 같은 주변탱이가 또 있는 중 아나베. 영업집이나 농약가게 같은 디 댕기메 뜯어오는겨. 여자덜두 척척 우려오는디 이장 명색이 설마허니 맥주 한 상자 못 뜯어올라구."

하더니 그녀는 또

"화장품 외판허는 슬기 엄니가 아모레에서 귤 한 상자…… 수미 엄니는 쥬단학에서 콜라 한 상자 은어왔구…… 가만있거라, 또아리스노바 미장원에서 사과 한 상자 보내왔지. 최고정육점에서는 삼겹살을 닷 근이나 쓸어 보냈지. 현대마케트도 애 시켜서 정종을 두 병 가져왔지…… 하여간 말만 들어두 안 먹으면 병나겠더랑께."

"흰소리는 무궁화 삼천릴세."

"못 믿겠지? 그럼 이따라두 구판장을 가보셔. 뭣뭣이 쌓였나."

"……"

리는 듣고 말 일이 아닌 듯했으나 참견을 않음만 같지 못할 성불러 그만두었다. 아낙네들만 허물할 일이 아니던 것이다. 리 자신도 동네 젊은 축들 편에 묻어다니며 이미 닷새 동안에 세 축이나 망년회를 치렀기 때문이었다.

사내들은 술 생각이 나면 떼지어 장터로 몰려나가곤 했다. 그전 같으면 기껏해야 호미씻이하는 백중에 보릿되나 여투어 개를 한 마리 도리기해 먹거나, 안는닭 비틀어놓고 막걸리 두어 되 추렴하는 게 고작이었다. 그러나 그때는 옛날이었다. 이제는 본전을 찾자면서 장터로 몰려나가 일 년 동안 드나든 단골집들을 훑는 게 버릇이었다. 동네 청년들과 장터 장사꾼들은 피차 상대방을 물주로 여기고, 서로 꾀를 다하여 등쳐먹으려고만 들었다. 장사꾼들이 일 년 동안 갖은 물품에 웃돈을 얹어 농민들에게 바가지를 씌웠으므로 얼핏 생각하면 동네 청년들이 본전을 빼먹으려 덤비는 것도 무리 는 아니었다. 하지만 그 역시 올가미였다.

동네 사람들이 손을 내밀 적마다 열 번이면 열 번 다 마다하지 않는 것도 그 때문일 거였다. 동네 청년들은 기껏 섣달그믐께 한철 로 그치지만, 계산으로 먹고사는 장사꾼들은 경칩 안짝부터 동지 대목까지 흰목 젖혀가며 농민들을 주무르고 알겨먹을 수 있으니, 어느 쪽이 되로 주고 말로 받는지는 따져보나 마나던 것이다. 그들 은 농민들이 물건을 찾아오는 족족, 요새 채었다, 접때부터 뛰었 다, 지난 장에도 한금이었다 하고 제멋대로 올려 부르며 배부른 흥 정을 하면 그만인 거였다. 워낙 안 오르는 것이 없으므로 농민들도 이젠 이골이 나서 올랐다는 데엔 군소리가 없었으니까.

동네 사람들도 으레 그렇게 당하리라는 것을 잘 알고 있었다. 그러나 당장 아쉬움을 끌 수 있는 것에만 재미를 들여 서슴없이 장 터로 내닫곤 하였다.

이장 변차섭이와 새마을지도자 이동화는 여러 조합을 비롯하 여, 아티스트다방, 루트다방, 영춘옥, 한양관, 상해루 같은 알려진 접객 업소가 단골이었다. 비육우로 재미보는 배경춘은 조가축병 원, 축산조합, 인공수정소, 밭농사가 큰 윤선철은 국일농기구, 홍 농농약사, 양계로 가용하는 유승팔은 새마을사료사, 제일정미소,

이창권은 현대건재사나 성업제재소였고, 이문석 하면 풍농종묘사와 천일농약사, 이관출이는 한일미곡상을 물주로 삼고 있었다.

상인들은 동네 청년들이 찾아가 관향리官鄕里 청년들의 망년회에 찬조를 부탁하면 더러

"촌사람덜이 망년회는 무슨…… 죄다 망녕 들어서 망녕회나 헌다면 모를까."

하며 비웃기도 하지만

"망년회야말루 농민덜이 헐 일인겨. 도시나 장터에서 인사人事루 먹구사는 여러 작것덜두 뻔질나게 여는 게 망년횐디, 하물며 사철에 삼철은 뼈땀 흘리는 농민이 망년을 안 혀?"

하고 찍자붙을 채비를 하면, 보통 쌀막걸리 한 말 값에서 크게 드티지 않는 한 마치 상채喪債 갚는 상주에게 우수리 집어주듯, 언제나 선선히 웃는 낯으로 손을 채워주곤 했다.

리가 동네 젊은 사내들의 망년회에 얼며 다니면서 이것저것 얻어먹은 입맛이 있어, 머릿속으로 한창 육물, 해물, 나물을 찾아가며 지지고 볶고 무치고 끓이는데, 아내가 새삼스럽게 중얼거렸다.

"슬기 엄니가 그끄저께 녹음기 고쳐오면서 고고 테프를 사왔다닝께, 다들 고고 한번 춰보게 됐다구 벌써버텀 방뎅이를 요래 쌓는디, 나만 고고를 못 추니 그것두 고민……"

그러자 만근이가 즤 어매 젖가슴을 집적거리며 테레비에서 본 대로 흔들면 된다고 속닥거렸다. 아이 말을 못 들은 척하며 아내가

말했다.

"한 패는 구미, 울산, 마산으루 공업단지 시찰을 가자구 우기구, 한 패는 민속촌으루 자연농원으루 해서, 서울루 쳐들어가 테레비 공개방송이나 보구 오자구 비트는디, 워느 쪽이 낫느냐, 그것두 고민……"

그녀는 정말 고민이란 듯이 한숨까지 꺼가며 두런거렸다. 리는 어처구니가 없어 절로 벌어진 입을 못 다물다가 모지락스럽게 꾸짖었다.

"즤 에미 숭이 고가던 게다. 미친년덜…… 제 손목쟁이루 재봉틀 나사 하나 못 만지는 주제에 뭐? 공업단지? 얘 만근아 내다봐라, 동네 개 웃는 소리 난다…… 그새 냄새나게 썩었구나. 촌년덜이 전에는 고쟁이 밑이서만 고린내가 슬슬 나더니, 인저 오장육부는 저리 가구 대갈빼기까장 곪어 츠지는구면……"

"제우?"

"소 닭 잡어 사자 호랭이 멕여 지르는 디가 자연농원인감? 찬장에 골동품 진열해놓구 궁중요리나 파는 디가 민속촌이여? 예라이 순, 민화투 쳐서 시에미 비녀 잡혀먹을 년덜…… 인저 봉께 내가 연태까장 저런 굴타리 먹은 오이꼬부리를 지집이라구, 국 말어라, 물 말어라 허매 멕여 살렸네그려."

한마디만 더 말대답하면 끄덩이를 틀어쥐려고 벼르는데, 그 어간에 아이가 또 끼어들어 모자간이 새 채비로 실랑이를 벌였다.

"엄니, 나 그럼 크리스마스헌티 안 가구 고고 추는 디 갈래."

"츠녀 새댁 아줌마 덜만 뫼여 노는디, 사내꼭지가 게는 또 왜 간다는겨?"

"나두 고고 출 지 안단 말여."

"여자덜찌리 노는디 머스매가 찌면 못쓰는겨."

"왜 못써. 비바람 찬이슬텔레비전 연속극처럼 여자허구 뿡꼬만 안 허면 되여. 씽—"

"뭐시여? 작것아, 너는 대관절 누구를 타게서 이 모냥다리루 가로퍼지네?"

하며 아내는 킬킬거렸는데, 그 웃음소리가 썩 음충맞게 들렸다. 리는 불두덩이와 자개미께만 더듬적대던 손을 슬며시 뽑아내며, 서방질허는 년 족보 따루 옳다더니, 한다는 것을 무심히 이렇게 씨부렁거렸다.

"그것두 흘레루 깐 새끼ㄴ디 어련헐라더냐."

그럴 때 갑자기 〈징글벨〉을 채뜨러 동강내면서, 아직 해장이 안 된 이장 목소리가 뒤를 이었다. 영농자금 회수 마감일인 그믐이 며칠 안 남았으니 이부 오리나 되는 연체이자가 붙기 전에 모두 갚아 달라는 소리였다. 그러면서 이장은 자고 새면 으레 에멜무지로 되풀이해온 말을 지루하게 덧붙였다.

"……그러구 지난번 반상회 석상에서두 대략적인 측면으루다가 말씀드린 바와 같이, 빚 보인 스는 자식일랑 두지두 말라는 옛

말까장 무시해버리구설랑은이, 나는 주민 여러분들의 원활한 영농을 위해설랑은이 연대보증을 스느라구, 금년 칠칠년도만 해두 인감증명을 여든두 통이나 떼었던 것입니다. 그런고로 주민 여러분덜이 이 부채를 벳겨주시지 않는다구 헐 것 같으며는 워치기 되는고 허니, 나는 마음적인 측면으루다가 이장질을 집어치구설랑은이, 내 나름대루 달리 살어볼 요량이나 허면서 살구 싶어두, 그것이 여의치 않을 것이다— 이것입니다. 왜 그런고 허니, 가령 가상적인 측면으루다가 내가 부산이나 제주도나 그타 다방면으루 가설랑은이 취직을 허거나 장사를 해먹구 살더라두, 조합에서는 보증을 슨 이 변차셉이를 챛어와설랑은이 빚단련을 허게 될 것이라 이것입니다. 이 변차셉이는 다행으루 논마지기나 있어설랑은이 주민 여러분덜더러 밥 떠놓으달라구는 안 헐 겝니다. 그런즉 제발 활인적덕活人積德허는 심 치구설랑은이 사채를 은어 대시더래두 이 부채만은 말끔히 씻어주기를, 인간적인 측면으루다가 간곡히 부탁드리는 것입니다. 아울러, 추곡수매 자금이 나오면 나는 우선적인 측면으루다가, 내가 보증 슨 조합 부채부터 싹 까제끼구설랑은이, 그 나머지만 돌려드릴 각오를 다시 한번 이 자리를 빌려설랑은이 주민 여러분들께 공표허는 것입니다. 이 점, 협조적인 측면으루다가 널리 이해가 있으시리라구 믿습니다."

자기도 모르게 고개를 외오뺀 채 듣고 있던 리는 "끙—" 소리를 지르며 밖으로 나왔다.

여물 아궁이에 연탄을 갈아넣고, 여물이 부드럽고 소가 쉬 살찌라고, 짚에 된장 대신 비료를 한 움큼 섞어 여물을 앉히고 들어온 뒤에도 방송은 계속되었다. 오늘 아침 열시부터 천동국민학교 교실에서 동계 새마을 영농교육이 있으므로 '일 가구 일 주민씩 필히' 참석하라는 거였다. 이장은 다시

"끝으로 거듭 부탁의 말씀을 드릴 것은……"

하고 나서 모든 부락 사람들을 나무라는 투로 덧거리를 늘어놓았다.

"아시는 바와 같이 작금 요원의 불길처럼 거족적인 측면으루다가 추진허구 있구, 또 각 반 반장님덜의 호별 방문을 통해설랑은 이 재촉을 했건마는, 여적지 이리역 폭발물 사고 이재민 돕기와 연례적인 불우이웃 돕기 성금을, 바람 핑계 구름 핑계 허구, 핑계핑계루 밀린 분이 여간 많지 않습니다. 쌀이 두 되면 몇 식구 한끼 죽거리가 넉넉하다는 것은 이 변차셉이두 잘 알구 있습니다. 그러나 장터 나가면 제우 설렁탕 한 그릇 값이구, 담배루는 은하수 두 갑 밖이 안 되는 것입니다. 이것을 연태까장 이날 저날루 미루신 댁은, 이 변차셉이 부탁이 아니라 애국 애족적인 측면으루다가 오늘 중으루 싹 끊어주실 것을 부탁드리며, 아울러 쌀을 주실 적에는 통일계나 유신계통 베, 또 밭베 찧은 쌀두 좋으니께 반드시 각 가정에서 조석으루 끓여 자시는 뒤주 속의 아주메기쌀루 주실 것을 부탁드립니다. 왜 그런고 허니, 걷은 쌀을 돈 사설랑은이 현금으루 내게 되어 있는디, 시방까장 들어온 쌀을 볼 것 같으며느 죄다 숭

년 그지 동냥 주듯이, 물알 든 베 쩧은 싸래기쌀, 쭉젱이 쩧은 물은쌀, 닭 오리 모이 허던 두루메기쌀, 뒷목 쩧은 자갈쌀, 해설랑은 이 몽땅 시게전 바닥쓸이 해온 것이나 다름이 읎더라 이것입니다. 게, 내가 애매헌 내 아끼바레쌀루 죄 대납해 내구설랑은이 부락에서 걷은 쌀은 내가 먹어왔던 것입니다. 이 변차셉이, 이장 노릇 허는 죄루다가 요새 하루 시 끄니씩, 돌반지기 모이 먹느라구 송곳니가 다 왔다갔다헙니다. 치꽈병원은 멀구 클났더라 이것입니다. 이상입니다."

그새 아침거리를 일어가지고 들어온 아내가 밥을 안치면서,

"우리사 돈으루 오백원이나 냈응께."

하더니 잔뜩 으등그러진 리의 이맛살을 훔쳐보며

"죄 먹는 뒤주쌀 축낼 인간이 몇이나 될라구."

그녀는 음성을 낮추어 말했다. 리는 자고 나서 처음으로 아내 말에 고개를 끄덕였다.

그녀는 남의 말 하듯 씨부렁거렸다.

"그래두 제법 배웠다 허는 철물내기철부지덜은 아직두 착허구 순박헌 게 농촌 사람이라구 씩둑거리니 워쩌. 허기사 서울것덜이 대이구 그래쌓니께, 촌것덜은 그게 직덜이 어리석구 뒤듬바리라 뒤떨어졌다는 소린 중 알구 더 지악스럴라구 버둥그링께……"

"우리가 시방 넘으 집 고사떡 놓구 팥고물 콩고물 개릴 칙지여?"

리는 아까 여물솥에 비료를 퍼넣고 들어온 자기 손바닥을 꾸짖

는 셈으로 말했다. 요소 자체가 가축사료 원료의 한 가지임은 사실이지만, 돈 몇푼 더 바라고 비육우로 키운다 하여, 매일같이 거름으로 만들어진 화학비료를 한 움큼씩 퍼먹인 일은 마음에 걸리지 않을 수 없었다.

"영농교육장은 안 갈류?"

아내가 재빨리 화제를 바꾸었다. 리는 고개를 끄덕였다. 가서 점심을 거저먹는 것은 좋지만, 농촌지도소에서 나온 강사들이 온종일 연설한댔자 결국은 1953년에 도입되어 퇴화한 일본 벼 아끼바레를 심지 말고, 내년부터는 농민들이 꺼린다 하여 다수성 신품종이라고 이름을 바꾼, 통일계나 유신계통으로 볍씨를 바꾸라는 말밖에 들을 것이 없겠던 것이다.

아내는 전기밥솥의 스위치를 누르고 나서 말했다.

"그런 디는 다다 빠지지 마슈. 요새 공기 돌어가는 것 봉께 아마 원제 슨거가 있을 모냥이던디, 나오라는 디 빼먹구서 쓸디읎이 밉뵈지 말구…… 즘심까장 멕여준다니 심심찮게 가봐유. 아침은 생일집에서 델러 올 게구, 즘심일랑 게 가서 에끼구, 오늘은 사발농사만 전문 허겠구먼. 쌀밥 두 그릇이 워디여."

"……것, 개갈 안 나는 헛소리 웬만치 아갈댔걸랑 그늠으 아갈머리 좀 닥치구 빚가림헐 도리나 궁리혀봐. 누구 땜이 이 지경으루 째는디 빕더스는겨."

눈뜨면서부터 비위가 뒤틀린 리는 만만한 아내와 전기밥솥을 번갈아 흘겨보며 부아를 내뱉었다. 이제 와서 아내에게만 멍덕을 씌우고 잡도리할 생각은 없었다. 그러나 이장의 인감증명을 넉 장이나 얻어대가며 빌려쓴 영농자금을 고대 상환하지 않으면 안 되게 된 판에 이르니 부레가 끓어 견딜 수가 없었다.

리는 돌아앉아 책상 서랍에서 수첩을 꺼내놓고 다시 한번 그믐날까지 갚지 않으면 안 될 돈을 조목별로 훑어보았다.

- 하이닥크 입제, 모게산도 입제, 아비로산 입제—제초제 대금 계 9,500원.
- 다찌가렌, 바리다마신, 호리치온, 다이야지 논유제, 엘산 다이야지 논입제—병충해방제 대금 계 12,000원.
- 복합비료, 규산질, 용성인비—비료 대금 계 57,000원.
- 불도저 사용료 200,000원
- 테레비, 전자자, 선풍기, 전기밥솥 대금 계 187,000원.
- 총계 465,500원.

먹매나 마찬가지로 농약과 비료는 매년 비스름하게 든 터였으니, 한 해 영농빚이 팔만여 원 돈이 났다면 남들에 비해 그리 많다 할 것이 아니었다. 그러므로 예년 같지 않고 생각도 못해본 빚은 불도저 사용료와 가전제품 값이었다.

가전제품 값도 큰맘 먹으면 눈감아둘 수 있었다. 그것들은 그것들대로 덕을 보았기 때문이다. 리도 알다시피 근본적인 잘못을 따지자면 무엇보다도 농민들의 뒤틀린 살림 규모와 설익은 정신에 있었다. 그러나 그것을 부채질해가며 조합이 영리만 노리는 것도 모른 척하기만 할 일이 아니었다. 조합에서 영농자금을 농민들보다 장터 상인들에게 보다 적극적으로 대부해주는 행위도 그렇지만, 영농자금 대부 형식으로 텔레비전이나 전열기구를 외상 판매하는 짓도 크게 잘못된 것이었다. 리도 자기의 불찰을 모르지 않았다. 하지만 세상 풍속이 이미 그쪽으로 기운 이상, 자기 혼자서만 외면하기도 수월한 일이 아니었다.

집집마다 영농자금 융자 형식으로 조합 연쇄점의 TV를 들여다 놓고, 비닐하우스 골재로나 써야 할 쇠파이프까지 만여 원어치씩 외상져가며 안테나를 세우느라고 법석들을 떨 때는, 아이들의 새까만 눈을 죽이기 딱해서라도 외톨로 처질 용기가 없었다. 어떤 사람은 TV가 아이들 교육에 해롭다고도 하고, 더러는 여편네를 그전처럼 휘어잡는 데에 지장이 되리라고도 했지만, 그것은 먼저 TV부터 들여다놓은 다음에나 이러니저러니할 일이었다.

첫째는 아이들 얼굴을 잊지 않기 위해서라도 TV는 집에 있어야 되겠던 것이다. 아이들이 곤히 자는 어슴새벽에 일 나갔다가 다 어두워 집에 들어와보면, 아이들은 이미 제각기 흩어져 남의 집으로 텔레비전 구경을 간 뒤였고, 으레 자정을 앞두고 들어와 쓰러지곤 하였다. 자정까지 기다려 아이들을 나무라고 잘 수도 없었다. 아내부터가 저녁상을 더듬거리기 무섭게 남의 집 대청마루로 부살같이 내닫는 까닭이었다.

아이들이 집에 TV가 없어도 볼 것 안 볼 것 다 보며 남의 집 눈치꾸러기로 겉도는 이상은 거꾸로 TV가 없음으로써 아이들 교육에 해가 되는 꼴이었다.

전기밥솥은 배부른 소리로 밥맛 없는 탈만 눈감아주면, 아내가 식전 결에 뜨물 한번 만져보고 그참 일에 매달려도 온종일 더운밥을 먹을 수 있는데다, 조석으로 선선할 때 살강 밑에서 해찰 부리는 대신, 터앝이나마 한 머리 휘어잡고 쇠비름 한 뿌래기를 더 캐더라도 딴전 볼 틈이 생겨 무던했다.

선풍기도 틀어만 놓으면 어린것들 땀띠를 들여주어 십상일 뿐 아니라 모기각다귀까지 얼씬 못하게 해주니, 가용을 모기약으로 쪼개지 않고도 내놓고 잘 데 내놓고 잘 수 있어, 있다가 없이는 못 살 것 같은 물건이었다.

그러므로 수첩을 들여다볼 적마다 오장을 열탕 끓탕으로 뒤집는 것은, 매번 불도저를 불러다가 쓴 이십만원이었다. 그것은 당초 꿈에도 만져볼 생각이 없던 생돈이었으니, 대일 수출 창구가 막힘과 동시에 고치값 시세도 사 년 전 그대로 묶인 탓이었다. 따라서 애써 이뤄놓은 뽕밭의 뽕나무는 한갓 군불감으로도 씀직하지 못한 잡살뱅이로 곤두박질하고 말았다.

매번 석 장씩 쳐내어 봄누에로 여름 들바라지하고, 가을누에에 공판하여 추수 옆들이를 해온 터였음에도 리는 마침내 누에덕을 비롯, 누에채반, 누에섶, 누에거적 따위 양잠기구들을 아낌없이 뭉뚱

그려 여름내 한솥 화덕 쏘시개로 디밀어버리고 뽕밭을 떠엎기에
이른 거였다. 근래에 들어서는 아무리 공들여 쳐도 누에 한 장에서
삼십 킬로그램 이상은 고치가 나오지 않았다. 고치금은 킬로그램
당 천팔백원이었다. 누에 한 장에서 단돈 오만원을 만져보기도 수
월치 않던 것이다.

불도저는 시간으로 쳐서 한 시간 부리는 삯이 만원이나 되었다.

그는 스무 시간이나 들여가며 두 필지에 나누어 심었던 뽕나무
뿌리를 추렸으며, 한 필지로 밀고 석회를 섞어 고른 다음 나물콩
을 심었다. 수확이 보잘것없으리라는 것은 뽕나무 뿌리를 뒤질 때
이미 어림 본 터였다. 그런 밭은 지력이 쇠할 대로 쇠해 몇 해 동안
마음먹고 거루지 않으면 잡초밖에 안 된다는 게 상식이었다. 그래
도 다른 도리가 없었다.

리는 수첩을 책상 서랍에 접어두면서 조합돈은 무슨 수를 써서
라도 기한 안에 갚으리라고 다짐했다. 농자로나 썼다면 모를까, 겨
우 TV나 전기밥솥 따위를 외상지고 연체이자 늘려주며 이삼 태씩
끌어간다면, 뒤통수가 부끄러워서도 못 견딜 일이 그 일이던 것이
다. 그는 쌀을 얻어썼으면 싶었다.

쌀을 놓는 사람은 전부터 아래웃뜸 통틀어 고작 서너 명 안팎이
었다. 그는 놀미 배경춘이부터 구무정 한상만, 가리티 성낙근의 얼
굴을 차례로 되새겨보았다. 배는 농사처도 너르지만 비육우 여섯
마리를 서너 달씩 퍼먹이고 연방 갈마들이하여, 한 달에 십팔만원

368

씩 순수익을 보고 있어 여유 있기로 으뜸이었고, 한도 경운기 덕에
동력 탈곡기를 싣고 돌아다니며 벼 바심 해주고 뗀 삯만 가지고도
삼동을 너끈히 났으므로, 해마다 추구한 것을 이듬해 가을까지 놓
아가는 알부자였다.

그중에서도 농사짓기가 성가시어 너른 땅을 이 집 저 집에 고지
로 베어주고, 그늘따라 자리 옮겨다니며 소일해온 성낙근은 앉았
다 누웠다 하면서도 재산을 불려가는 돈장수였다.

돈을 쓰면 이자가 사 부인 반면, 쌀은 쌀금이 챌 때나 누질 때나
통밀어 한 가마에 서 되었으니, 쓰는 사람은 쌀 쪽이 한결 덜 숨가
쁜 터였다.

윤선철이네에서 사람이 다녀간 것은 리가 세수를 하고 들어와
담배랑 라이터를 막 챙겨들 때였다.

리는 노인네 생일을 찾아 해마다 동네 사람들을 부르는 윤이 갸
륵하여 미룩거리지 않고 나섰지만, 그렇다고 마냥 기특하게만 쳐
줄 일도 아니라는 느낌 또한 그전보다 덜하지 않았다. 부모 생일에
동네 잔치는 남길 만한 풍속의 하나임이 분명하나 씀새를 따진다
면 자못 낭비라 이르지 않을 수 없던 것이다. 겪어보니 대개 술 닷
말, 떡 서 말에 두 말 밥은 지어야 고루 차례 갔으며, 더러 먹었다
는 소리라도 들어보려면 우습게 흥정한대도 쌀 한 가마는 따로 돈
사야 구색을 찾겠던 것이다.

생각이 그에 미치자, 리는 재게 걷던 걸음까지 충그려가며 갈데 없는 말을 중얼거렸다.

"끙― 아무리 연기 변허듯 허는 세상이기루……"

전에는 먹던 김치 짠지에 진닢국만 끓여놓고도 부를 만한 이면 나이 없이 부를 수 있었고, 투가리에 우거지 지져 간장 곁에 놓고, 바라기에 시래기 무쳐 장아찌 앞에 올린 상을 받더라도 허물한 적이 없었으나, 시절도 시절 같잖던 것이 어느새 옛말하게 바뀌어버린 거였다.

사람들은 미역국에 고깃점만 드물어도 눈치보며 수저를 넣었고, 동태찌개도 물태로 끓인 게 아니면 쳐다보기를 꺼렸으며, 반드시 울긋불긋한 과일 접시가 보여야만 남을 부르려고 차린 줄로 여겼다.

그중에서도 우스운 것은 술을 가리는 꼴이었다. 그들은 아무리 날탕이라 해도 맛이 흐린 막걸리는 맥주 무서워하듯 물어도 안 보다가, 영양제 탄 소주라면 횟국으로 쳤다. 환타, 콜라, 사이다, 박카스 따위를 영양제로 믿는 탓이었다.

리는 그만하면 무던하거니 했던 여기 인심이 싱겁게 탈난 내력을 그 나름으로 가늠하고 있었다. 그는 여기 사람들의 잦은 나들이를 으레 첫째로 쳤다.

새마을운동을 시작하면서부터 해방 전에 굵어진 늙은이들이 뒷짐을 지고 물러나자, 동네는 자연 삼사십대의 장년층이 이끌어나갔다. 그러나 대개 동네에 주저앉아 농사에 손이 잡혔다는 장년들도, 거의가 여기를 떠나 너른 바닥에 붙어보려고 몇 해씩 버둥댄 끝에 힘이 부쳐 제 발로 기어들어온 이들이었다. 공장에 들어가 쌀한 가마 값도 안 되는 헐값으로 혹사당하다 밀려나거나, 버는 대로 세금 내고 이자 물다 본전 날린 뜨내기 장사치였다. 그러므로 그들은 도시 사람들의 풍속을 대강 어림하고 있었으며 부럽다못해 시늉까지 하려 들었다.

리는 소리들을 말인 줄 번연히 알면서도 꼴로 보기가 딱해 잊을 만하면 한두 마디 보태어

"물꼬받이 올챙이 봇물에 논다구 두꺼비 된다나? 논두렁 근너루 고속도로가 나면 새경 밀린 머슴 가욋일만 고달픈겨."

하며 아서라 말아라 신칙도 해봤지만 이미 난봉난 계집 옷고름 여미기였다.

동네 사람들이 자립마을 육성을 위한 자체자금 적립이라는 거죽으로, 사내 따로 아낙 따로 일 년 열두 달 계를 부어나가는 것도, 목적은 농한기를 말미하여 관광여행에 쓰려는 유흥비 저축에 지나지 않았다.

여기 사람들은 해마다 추수가 끝나면 소문난 유흥지만 골라 삼박 사일씩 후질러 오곤 하였다.

그에 곁들여 그들은 여러 가지를 묻혀들였다. 좋아졌다고 너스레 떠는 입심, 누가 있으나 없으나 목소리 갇힌 말투, 관광 온 유부

녀 기분 풀어주는 솜씨, 물건을 못 당하는 돈, 돈을 못 당하는 욕심…… 그들은 자기들이 구경한 비정상적인 여러 가지 것들을 발전이라고 믿었으며 그런 견문을 유식으로 여겼다.

"못된 수캐 동네 댕기메 일만 저지른다고, 관광 다녀 은은 게 인심버릴 가마리뿐이니……"

리는 탄식했지만 으레 돌아서서 혼자나 알게 중얼거렸을 뿐, 종주먹을 대가며 가물 콩 장마 콩 하고 간연聞然할 수는 없었다. 오히려 그들 축에 빠져 외톨이로 곁돌 게 두려워 남의 하는 대로 덩달아 끌려다닌 편이었다.

리는 자기가 축에 빠질 때 당하게 될 일도 능히 알 수 있었다. 아무개가 아무데서 세상일을 쳐들며 쓰네 못쓰네 하고 입바른 소리했다고, 걸핏하면 관청에 투서질하는 것이 애국이며 충효사상이라고 믿는 동네므로, 애매하게 그 언걸에 치여 눈총받아가며 살 일도 떠름했지만, 그런 못된 풍속에 말려들었다가 자칫 잘못하여 이웃간에 혐의를 지거나, 본의 아니게 양심까지 팔아가며 남 좋은 일을 가리틀러 덤비게 될까 겁이 나서 시비하지 못하게 된 거였다. 그러면서도 그는 뭇사람들과 어겹되어 갯물 민물 없이 함께 후덩거리기는 싫었다. 거탈은 타고난 대로 질그릇일 수밖에 없을망정 속으로는 정신을 차려가며 살고자 했고, 자기의 그런 태도를 남 앞에 내비치고 싶기도 했다. 하지만 마땅한 방법이 없었다. 배움이나 견문마저 남보다 좁아 색다름을 강조해보려 해도 그럴 건더기

372

가 없던 것이다.

그럼에도 불구하고 그는 틈틈이 연구를 거듭했으며 마침내 한 가지 방법을 짜내기에 이르렀다. 자기의 이씨 성을 리씨로 고친 게 그것이었다. 그는 먼저 문패부터 한글로 바꿔 달았다. 동네 사람들이 까닭을 물었다. 그는 간단하게 대답했다.

"원래가 오얏 리짜닝께, 나는 원래대루 부르겄다 이게라."

그러나 아내와 어린것들에게까지 본심을 감출 수는 없었다.

"늬덜이나 늬 어매는 나를 넘덜허구 똑같이 치는 모양인디, 나는 원래가 그렇지 않다. 시방 구신이 옆에 있지만, 나는 내 양심 내 정신으루, 내 줏대, 내 나름으루 살자는 사람이다. 지금까장은 이리 가두 흥, 전주 가두 흥 허메 살어왔지만 두구봐라, 아무리 농토백이루 살어두 헐말은 허메 살 테니. 그렁께 늬덜두 오늘버텀은 공책이나 시험지에 이름을 쓸 때두 꼭 리만순, 리만실 이렇게 쓰구, 명찰두 당장에 새루 써 달어라."

처음엔 영문을 몰라 입술 얇은 아내까지도 어리둥절하며 대꾸가 없었다.

"따져봐라. 우리계만 해두 이가가 좀 많데? 이동화, 이창권, 이낙수, 이낙만, 이낙필이…… 그러나 이 리낙천은, 그것덜허구 씨알은 비스름헐지 몰러두 줄거리가 다르다. 그것덜은 세상이 꺼꾸루 돌아가두 나만 괜찮으면 장땡인 중 아는 상것덜여. 그런디 내가 그런 상것덜허구 하냥 이가 노릇을 허면 쓰겄네? 이짜는 원래

오얏 리짜여. 그렇게 우리는 원리 원측대루 리씨루 쓰자는거. 원리 원측대루 허는 게 곧바로 사는 행세다."

그제서야 아내는 말귀가 열리는가 아늠을 씰룩대며 비웃었다.

"별쭝맞기는 넨장— 시방두 비조리 이노시카 찾어가메 육백 치는 사람 있네. 이씨면 이씨지 리씨는 다 뭐시오? 삼씨, 감씨는 있어두 리씨는 듣느니 츰일세."

"난전 술장수 광대뼈 비어지듯이 초싹대구 나스기는……"

리는 소갈머리 없는 아내에게 소가지 부려봤자 내 속만 상하겠어 다시 아이들을 상대로

"죽은 자지두 시 번은 끄덱그린다는디 하물며 하루 시 끄니 밥 먹는 사람이…… 속절읎이 그대로 그냥 살면 간 안 맞어 살겄네? 그렇게 늬덜두 핵교 가서나 집이 오너서나 절대 넘으 장단에 덩달지 말구 늬덜 깜냥껏 줏대 있이 살으란 말여."

"……"

아이들은 아비의 속을 모르겠는 모양이었다.

문패를 갈아달고 얼마 안 돼서부터 동네 각성받이들은 그를 리씨로 불러주었다. 우스갯소리 즐겨 하는 이장 변차섭이가 수득세 체납자를 방송으로 호명할 때 리낙천으로 불러준 덕이었다. 장난 좋아하는 사람은 장난기로, 농담 즐겨 하는 사람은 농담으로, 어느 쪽도 아닌 사람은 남이 하는 대로 그렇게 부르던 것이다. 리는 만족했다. 더욱이 종친 간인 창권, 효권, 그리고 항렬이 같은 낙수,

낙만, 낙필이네 권솔들의 반응은 그가 바란 그대로였다. 리는 누구보다도 먼 일가 푸네기인 이가들을 겨냥하여 원리 원칙을 강조한거였는데, 그네들은 리가 마치 성갈이라도 한 것처럼 마뜩잖게 여김으로써 리로 하여금 소기의 목적을 이루도록 옆들이 해주던 것이다.

생전 씨서리를 모르며 사는 윤선철이네 접터서리에 들어서자 음식 가짓수 늘인 독특한 냄새가 챙 밑을 에워싸고, 앉을자리 잃고 떨어 꺼칠해진 개가 꼬랑지를 저어가며 맞아주었다.

사랑 툇마루 댓돌 위에는 삼태기만씩 한 신발 스무남은 짝이 가로세로 뒹굴고, 처마끝에는 시뻘건 오토바이와 헌털뱅이 자전거 한 대가 나란히 서 있었다. 리는 신발이 바뀌지 않도록 툇마루 장귀틀 위에 발을 벗었다.

리가 문턱에 서서 발 디딜 틈을 기웃거리자, 먼저 와서 먹을 만큼 먹고 물러앉았던 유승팔이

"허는 건 느려야 살 빠지구, 먹는 건 빨러야 살찌는겨."

하며 옆구리를 줄여 겨우 옴나위나 할 만큼 틈을 내주었다.

"게는 그새 잔을 내놨나?"

리는 유가 먹고 난 자리를 훑어보며 틈서리에 끼어앉았다.

"나는 발이 효자닝께."

유가 식혜 한 모금으로 입을 가시며 대꾸했다.

조합 숙직실에서 도리짓고땡으로 밤샘을 하고 속풀이하러 넘어

왔거니 싶은 부락 담당 면서기 서상익이와 조합서기 지종길은, 변차섭이와 겸상하여 사인반을 따로 받았는데 아직 손에 수저가 남아 있고 동네 사람들은 벽을 지고 뒤로 거운하게 앉아 박잔을 내려는 참이었다. 술은 집에서 담은 청주였으며, 누룩이 잘 떴는지 만물 탱자 빛깔처럼 보기가 좋았다.

이윽고 리 몫으로 냉태찌개와 미역국이 새로 들어왔으므로, 리는 밥통을 나누어 국에 말아 허발하듯 욱여넣기 시작했으나 젓가락 보낼 데는 마땅치가 않았다.

장보아온 것으로는 당면뿐인 잡채와 삶아 누른 돼지고기가 두어 자밤씩 올라 모양만 냈던 듯한데 진작 알 내어 먹은 자리로 남아 있었으며, 집에서 장만한 두부, 도토리묵, 콩나물 따위와, 움에 묻었던 무 배추 꺼내어 가로세로 깍둑거리고 채 쳐 벌겋게 가짓수 늘린 것들만 손이 크게 담긴 채 그냥 남아 있었다. 리는 된장을 푼 냉태찌개 한 가지로 양을 채웠다.

그는 어느 집을 가거나 껄떡거리고 안주와 반찬을 걸터듬어본 적이 없었다. 입이 짧아서가 아니라 메슥거리고 느끼한 화학조미료 맛에 비위가 상하기 때문이었다. 언제부터 비롯된 풍속인지 모르나 무싯날에도 묵은장과 양념 대신 화학조미료와 왜간장으로 조리를 하는 게 여기 아낙네들의 버릇이었다. 아내 말을 들으면 그네들은 자기네 음식맛이 장터에서 파는 것만 같지 못한 이유를, 설탕을 비롯한 화학조미료와 왜간장 등 도시용 조미료를 아껴 쓰는 탓으로 떠민다는 것이었다.

"만근 아버지는 더디 와서 건건이가 이러니 뭐랑 자신다나?"

윤선철이가 주전자를 새로 들여오며 빈말로 얼굴을 닦더니 이내 서서기 쪽으로 돌아앉으며

"그래서, 스코아가 그대루 굳구 말었남?"

하며 끊어진 화제를 되살리려 했다. 서가 이마의 땀을 훔치며

"텃세 센 구들목에서 어한을 허닝께 몸이 풀리는디."

하고 담배를 찾은 다음

"초저녁 끗발루 쇼부를 냈으야 허는디…… 카라스키야 꼴 났지. 박참사가 사전오기 허는 통에 십오만원 돈을 한 시간두 안 되어 홀랑했다구. 드러……"

그 말에 지종길이도

"드러…… 나두 밤새 물만 질었어. 박참사는 야중에 터져서 별볼일 읎구, 최순경허구 민선생이 딸라루 두어 장씩 도리했는디, 그이는 최순경헌티 대닝께 도토리에 상수리데. 찍었다 하면 오륙구 짓구 이칠루 뽑는디 아무두 못 말리겄더먼."

"딸라루 두어 장씩 가져갔으면 판돈만두 오십만원이 넘었겠네 그려. 그것, 해볼 만했겄는디."

"물이 좋았구먼. 그런디 민선생은 누구여?"

윤이 물었다.

"천동핵교루 갈려온 사람인디 박참사허구는 옴살이데. 천남중

학 동창이라나벼. 내 돈 십칠만오천원이 그 작자 주먼지루 다 들어가버렸어. 드릿……"

하고 지가 말했다.

"물 줄 때는 나두 좀 불러. 통일베 스무 가마 공판한 것 연태 안 챗구 그냥 있어. 가마당 만삼천이백오십원씩 처봐, 스무 가마면 월만가. 그만허면 한판 얼러볼 만허잖겄어?"

리 맞은편에 앉았던 새마을지도자 이동화가 끼어들었다.

"니열, 이십사일 밤에 물꼬 봐서…… 그럼 또 회원이 넘치겄는디."

서가 머뭇거리자 변이 말했다.

"아따 화랑팀, 청룡팀 해설랑은이 에이 비 팀으루 째개여. 나두 우리게 쫄대기판 뒷전에서 고리만 볼 게 아니라 물 줄 때 한몫 쥐여설랑은이 조합돈이나 갚으게. 추곡 수매자금 나온 것 두툼허것다, 씨비, 죽기 아니면 까무러치기라더라."

그러자 남병만이 정승화가 건네주는 잔까지 채변하며 변의 말을 채뜰었다.

"이장, 물런 인감증명을 여든몇 통이나 뗐당게 이장두 거시기는 허겄지만 말여, 그렇다구 추곡 수매헌 돈을 몽땅 까제끼면 워칙허라는겨? 우리 베는 죄다 이등 맞어 만이천오백오십원씩밖이 못 받는디, 수득세 제허면 몇푼이나 돌어온다구 게서 까제껴?"

"그러게 내 장 뭐라다? 수분이 십오 프로 이하루 되게 그슬려설랑은이 내가라구 메칠을 두구 방송허다?"

변이 들던 수저를 내려놓으며 남의 말을 빕더섰다. 남이 따졌다.

"수분이 십오 프로 이한지 이상인지 우리 눈으로 워치기 알어? 초동별 사흘이 만가을 하루볕만 못허다구는 해두, 동네 댕기메 멍석이라구 생긴 것은 있는 대루 빌려다가 사나흘씩 채널었으면 말릴 만치 말린 게지."

남이 종주먹을 대고 가래려 들자 리도 담배를 꺼내며 남을 거들었다.

"내가 그려."

리도 열 가마니나 공판장에 내갔다가 건조율이 낮다고 모조리 이등을 맞는 통에 가마니마다 천원씩 손해를 본 터였다.

"우리에게는 조합에 진 빚이 이천이백만원 돈이라구 안 허다? 그런디 연대보증 슨 내가 그 지랄을 안 허면 어느 누가 너름새 좋아설랑은이 제 발루 댕기메 해결허겄나? 생각적인 측면으루다가 따져봐. 입춘이 니열모리여. 슬 세면 고대 우수 경칩 아녀? 우수물 지구 나면 두엄 져낼라, 두렁 칠라, 봄부치봄 채소 부칠라…… 원제 장구 치구 북 칠텨? 그러다보면 보온 못자리 허메 일변 비료농약 챗을 텐디, 그때 가설랑은이 또 조합돈 좀 쓰게 해달라구 있는 집 읎는 집 죄 나래비 슬 것 아녀? 그래 묵은 이자 새끼 쳐가메 또 조합돈 쓸겨? 내 인감은 사거릿집 미스 박이여? 아무나 대주게. 내가 저 하늘이나 등기냈다면 모르까, 무슨 조상 믿구 또 빚보인 슨다나? 올해 빚덜 안 갚으면 내년에는 내 도장 이름두 승두 모를 중 아셔덜."

변은 정말 그럴 결심인지 솔은 얼굴로 물러앉았다. 그러자 삼반 반장 이낙필이가 변을 역성들어

"웃으면서 마감 지키구 필요헐 때 다시 쓰자는 말두 못 들었어? 오늘 갚구 니열 되쓰더래두 제날짜에 갚으야 조합두 살구 나두 사 는겨."

이어서 이의 맞은편에 앉았던 정승화가 남의 뒷밀이로 나섰다.

"영농자금 대출이 많어 조합운영이 부실해진다는 건 말두 아니 구 되두 아녀. 원제는 조합이 우리 살렸간, 우리가 조합 살렸지."

"부실허다뉴?"

저쪽 상에서 변에게 잔을 넘기던 지서기가 돌아보며 캐었다.

"농민덜이 조합을 살려유?"

"영농자금 대부가 많어서 조합이 자립을 못헌답디다? 나두 들 은 소리가 있길래 허는 소리유."

정이 음성을 숙이며 대꾸하자 지가 뻣성 있는 어조로 뒤를 이 었다.

"그럼 농민덜만 상대헌 조합치구서 된다는 조합 봤걸랑 워디 얘 기 좀 해보슈."

리는 지의 말본새가 거슬려 듣고만 있기가 거북했다. 리는 상에 서 물러앉으며 나무라는 투로 말했다.

"그럼 조합의 태도가 됐구먼? 농민덜이 돈 좀 쓰자면 까닭스럽게 굴구, 마감두 안 돼서버텀 싸게 갚으라구 디립다 닦달허는 게 됐어? 우리헌티는 그따위루 몹시 허구, 장터 장사꾼덜헌티는 가량 옰이 굽실대가메, 조합돈 좀 써주슈 써주슈 허구 자금의 태반을 장사꾼덜헌티 빼돌리는 게 됐어?"

"얼라, 그 양반 참 되게 침침허네. 즌기 들어오는 동네가 왜 이리 어두워? 그럼 조합이 살려면 농민덜헌티 장기 저리대부를 해야 쓰겄수, 아니면 회전이 빠른 상인덜헌티 대부해줘서 자금을 활성화시켜야 되겄수?"

지가 리 쪽으로 돌아앉으며 밤샘으로 충혈된 눈을 겨누었다.

리는 욱하고 넘어오는 것을 눌러 참고 말했다.

"워떤 늠이 숟갈 모자라 애 구만 낳는다구 허더라더니…… 그렇걸랑 간판을 갈으야지. 신용금고라구 바꿔달으셔."

"얼라, 원제는 금융기관이 아니었남유."

"그건 그려. 그렇게 당초에 우리 같은 논두렁을 상대루 돈장사를 시작했으면 논두렁만 상대루 해야 되잖겄느냐 이 말여."

"그러면, 그렇다구 무뎁보루, 봄에 쓰나 여름에 쓰나 슴달그믐에두 갚을 둥 말 둥 헌 농민덜만 상대루 대부허면 조합이 배겨나겄구면유? 농민덜은 조합에 대해서 헐말이 읎어유. 증 이러니저러니 허구 시비헐라걸랑 그만치 출자를 허셔. 올해 관향리 주민이 내놓은 출자금이 얼마나 되는지 아슈?"

"조합이 개인회사여? 출자금은 따지게……"

리는 자기도 모르게 언성을 높였다. 지도 언성을 돋우었다.

"이 자리에 앉어 기시니께 면찬이 돼서 안됐지만 성낙근씨가 베한 가마, 배경춘씨가 만오천원, 한상만씨가 이만원, 여기 이이장이 베 두 가마…… 다 해서 칠만천원이유. 농가가 칠십이 호나 되는 동네서 칠만천원 출자라구유. 그런디 융자는 월마나 해갔슈? 이천이백만원…… 그래두 헐말 있슈?"

지는 옆에 있던 덕용성냥으로 방바닥을 두들겨가며 떠들었다.

변이 조용해달라고 한쪽 눈을 거듭 찡긋거렸으므로 리는 음성을 가라앉혀 말했다.

"거, 괜찮은 말을 공중 말 안 같게 허느라구 심쓰네그려. 여보, 농민덜 형편에 그 이상 월마나 출자를 허야겄수? 조합이 여적지 누구를 상대루 장사해왔간디? 비료 살 적마다 한 푸대에 백원씩 출자금을 떼온 건 뭐구, 필요 읎다는 비료 강제루 끼워판 건 뭐여?"

"……"

"왜 대꾸가 읎수? 우리네헌티 농약을 팔어두 특정 회사 것만 판 건 뭐구, 우리네헌티 소금, 새우젓을 이자까장 붙여서 외상 놓은 건 뭐여? 장사를 해두 꼭 딸라 장사를 허야 조합이 되겠더라 이게여?"

"……"

"왜 대꾸가 읎수? 나만 해두 이십 년 농민인디. 이 이십 년 농민 금년 추수가 월만지 아우? 까놓구 말해서 뒷목까장 싹 쓸어담은 게 쌀 스무 가마여. 요새 쌀금이 월맙디야? 이만육천오백원이지?
알기 쉽게 따져봐두 열 가마면 이십육만오천원이구 스무 가마면
오십삼만원…… 이게 뭐여? 중견사원 두 달 월급여. 지서기두 아
다시피 일 년 내내 몸달어봤자 남는 건 겨허구 지푸래기뿐인 게 농
민인디, 뭐? 출자를 혀?"

"……"

"이런 사람덜 상대루 해서 장사를 허야만 조합이 살겄구먼?
끙ㅡ"

"장사야 워디 누구 배부르자구 허나유. 여기서는 위서 시키는
대루만 하면 구만인걸유."

"그걸 대답이라구 허여?"

"특정 회사 제품이라구 허시지만 농약회사만 해두 이백오십 군
텝니다. 이백오십 군디서 이름만 달리 붙여서 파는 약을 농민덜이
워치기 알구 사 쓰겄수. 게, 농민덜 편의롭자구 조합이 선별해서
파는 겐디. 그게 워째 흠이 된대유?"

"그려? 그러면 특정 회사 제품만 파는 것두 우리 같은 논두렁을
위해서 그런다고 칩시다. 그런디 왜 장난을 허는겨? 병충해 방제
약 허면 논에 찌었다가 남으면 고추나 배추에 찌었구, 열무밭이나
원두밭에 찌었다가 남으면 논에두 찌었구 허게, 전답에 두루 쓰게
된 약을 갖다놔야지, 왜 꼭 쓰다 남으면 내버리게 논약 따루, 밭약
따루, 벌레약 따루, 병약 따루, 한 군디밲이 못 쓸 약만 갖다놓느냐

이게여."

"그야 여기서 워치기 알어유. 여기서는 위서 시키는 대루만 허면 구만인걸유."

"그 위서 시키는 대루만 허면 구만이라는 생각이 문젠겨."

"우리두 월급 받구 살자니 벨수욶시유."

"끙— 얼른 뒤집어져야지……"

하며 리가 다시 입을 열려 하자 변이 재빨리

"그 으젓잖은 소리루 아야어여 구만허구설랑은이, 자실 것덜 자셨으면 얼른 자리 내구 영농교육덜 받으러 가서. 우리게 출석률이 팔십 프로 이상 돼야 나두 지적 안 당혀. 이 서주사도 그 땜이 새벽버텀 우리집에 들이닥친겨. 반찬이 욶어설랑은이 일루 모시구 왔지만."

하고 서를 가리켰다.

이야기가 끊겨 무료해질 만하자 변이 다시 수다를 떨었다.

"마침 우리 부락 담당 두 양반허구 동넷분덜이 죄 한자리에 뫼였으니 말씀이지만, 나 이 두 양반덜 땜이 증말 죽겄어. 일 년 열두 달을 하루걸이루 새벽 댓바람에 쳐들어와설랑은이 나만 볶는디, 자, 박다 말구 빼는 것은 두째여, 이 양반덜이 올 적마다 아침을 해대는디, 있는 쌀이겄다. 밥은 월마든지 해디려. 문제는 건건이라. 짐치, 짠지, 짐장만 먹는 집에서 증말 죽겄다구. 이 양반덜이 입이 질구, 인제는 한식구 거짐 다 돼설랑은이 그나마 숭허물이 욶으닝께 망정이지, 우리 여편네는 환장혀여. 동넷분덜 말유, 제발 서주사, 지주사 좀 내 집에 안 오게덜 해주셔. 이 변차셉이, 동넷분덜더러 밥 떠놓으달라구 안 헐 텡게 고것만 좀 봐주셔. 두말헐 것 읎이 관에서 시키는 대루만 해주셔. 그러면 이 두 양반은 새벽버텀 내집 챚어올 일 읎구, 나 반찬 걱정 읎구…… 이장질 두 번만 했다가는 논문서 잽혀먹게 생겼으니, 오죽허면 이 두 양반 앉혀놓구 이런 하소허겄수. 제발 이 불우이웃 좀 도와주셔. 허라걸랑 허라는 대루 좀 해주셔."

말하는 사람이나 듣는 사람이나 모두 잔기침에 재채기까지 섞어가며 배불리 웃을 때

"듣자 허니 걱정거리두 못 되는 걸루 근심 맹그느라구 심쓰네 그려."

리는 웃다 말고 말끝을 이었다.

"니열버텀이래두 저 양반덜이 오걸랑 엄니는 즉은아들네나 딸네 집에 댕기러 가 안 기시구, 아주머니는 친정이나 큰집에 가 밥 헐 사람 읎다구 굶겨삐러. 그러면 다음버텀은 아침 자시구 느직허게 오실 테니."

"고깃국 안 떨어지는 우리 밥상 마다허구 예까장 와서 이장네 맨밥 먹어주는 성의는 전혀 참작을 안 허시네. 에, 그늠으 맨밥…… 여북허면 지서기랑 서루 헌 말이 다 있을라구."

서가 웃으면서 응수했다. 지도 덩달아 말했다.

"서주사가 뭐라구 헌 중 아슈? 메줏집이라는겨. 아마 누린 반찬 비린 반찬은 즘심 저녁상에나 올리구, 아침은 장만 자시기루 통과 된 모양이지?"

서가 갈마들이로 말했다.

"아무리 장짜 든 사람네 집이기루 어쩌면 그러큼 일 년 열두 달 내 간장, 된장, 꼬치장만 먹느냐 이게여. 워쩌다가 별미루 했다는 것두 집장, 긔장, 청국장이구…… 장으루 해장허는 우리두 죽겄지만 메주 한번 쑬라면 콩섬이나 축날 거라."

리가 웃다 말고 말했다.

"것, 문젯거리두 안 되는 걸루 숙제 맹글라구 심쓸 필요 읎다면 그려. 면이나 조합에서 새벽에 안 나오면 이장은 확성기를 틀 까닭 이 읎구, 우리는 새벽잠이 달어 몸 개운허구…… 우리 같은 논두 렁은 잠이 보약인디, 닭 울기 미섭게 크릿쓰맛쓴지 징글벨인지만 틀어제끼니 세상 풍속에 더딘 사람은 워디 전디어내겄어."

그러자 변이 찜찜한 얼굴로

"그게사 만근 아버지나 그렇지 넘덜두 그렇다남? 그것두 부녀 회 아주먼네들이 요청은 허구 판은 읎구…… 게, 골든스타사에 가 설랑은이 혀 짧은 소리 해가메 외상으루 사다 트는 거여."

"아주먼네덜이?"

리는 여러 서방 앉혀놓고 남의 안식구만 깎을 수가 없어 그만두 려다가 이장더러 말했다.

"그러구 농사는 농민이 짓는 겐디, 실지루는 관에서 마름을 보는 심이라. 이래라저래라 몰아대는 양을 볼 것 같으면 농업농산지 관광농산지 당최 분간을 못허겄더라 이게여. 분명 누구 보기 좋으라구 농사짓는 게 아닌 중 알련마는, 뭐 시키는 걸 보면 관청 취미대루라. 그런다구 혹 제대루 된 게나 있으면 그러니라나 허지. 뽕나무 심으슈 했던 게 불과 몇 해 전여? 인저는 그늠으 것 캐내 버리느라구 조합돈까장 읃어댔으니……"

"……"

아무도 받는 사람이 없었다. 그는 그제서야 감못했던 것을 되살려내었다. 한상만이와 배경춘이가 거기 거기에 있었지만 그는 변을 건너다보며 말했다.

"누구 스 되 안짝에 겟쌀 놓을 사람 있다거든 빚지시 좀 해주게. 쌀만 읃어주면 손씻이는 섭섭잖게 헐 테니."

그러자 지루통하고 있던 남이

"올 같은 어거리풍년에두 벌써 내년 보릿동엔 해톤 달 걱정을 허슈?"

하고 실없이 허텅짓거리를 했다.

"워칙헌다나, 쌀을 읃어서래두 조합에 빚버텀 끄구 봐야지. 난전 장사꾼 외상은 이자가 읎어두 사무실 큰 장사꾼조합헌티 외상지면 꼼짝읎이 이 부 오 리거든…… 애초에 삼 부 이잣돈 읃어 이 부 오릿돈 갚는 게 논두렁 살림 아녀? 끙ㅡ"

그러는데 잔뜩 믿거라 했던 한상만이가 고개를 이쪽으로 두며 말했다.

　"우리게는 쌀 놓는 사람이 읎던디. 나두 넘으 쌀 좀 신세질까 허구 뒤져보니 읎어. 클났어. 백 가마짜리 한 머리, 서른 가마짜리 두 머리, 곗쌀만 해두 일곱 가만디 곗날은 부득부득 다가오구, 내 쌀 쓴 사람은 내년보살 허구 앉어 있구. 추수 끝난 지 달포 슥 장 도막이 넘어가도록 갚겄다는 사람이 읎으니…… 이웃간에 얼굴 붉히는 것두 한두 번이지, 클났더라구."

　그 말에 배경춘이도

　"나도 그려. 소값이 채길래 있는 것 몽땅 털어 시 마리를 끌어왔더니 곗쌀 부을 게 읎어."

　"계는 누가 타는디?"

　리가 할말을 이창권이가 물었다.

　"백 가마짜리는 한일미곡상인디 서른 가마짜리는 모르겄데. 계 주는 홍농농약사여…… 아마 우리게서는 계 타는 사람이 읎을걸."

　그 말에 이낙수가 나섰다.

　"무롸두 못허는 소, 소끔 괜찮을 적에 팔어치셔. 성님네 소는 아마 일곱 장 이상 받을걸."

　"소?"

　리는 절로 벌어진 입을 다물지 못했다. 배와 한이 쌀을 얻을 데가 없었다면 이미 다 틀린 일이었다. 이낙수 말마따나 소를 파는 수밖에 다른 도리가 없을 거였다. 소 시세는 좋은 편이었다. 일찍이 황소 한 마리가 경운기 한 대와 맞먹은 적이 없었으나, 요즘은 경운기를 사고도 우수리가 떨어질 정도로 값이 채였다. 그러나 막상 소 소리를 들으니 속이 뒤집힐 것 같았다. 소는 가축이라기보다 가족의 일원이었다. 값지고 덩치 있는 짐승이라서가 아니라 기른 공력 때문이었다. 그러므로 소를 내놓으려면 반드시 그에 값하는 경사가 뒤따라야 보람도 뵈고 올차며 오달진 거였다. 논이 는다든가, 자식이 대학을 간다든가……

그럼에두 불구하고 일본에서 누에고치 수입을 거절한다는 단한 가지 구실로 누에고치 값이 사 년 전 시세 그대로 묶여버려, 올들어 비로소 꼴 같아진 뽕밭을 뒤집어엎는 비용으로 소가 나간다면 진실로 염치없는 일이었다. 리는 되새겨볼수록 부끄러웠다. 땅임자답게 땅을 거루지 못해 부끄럽고, 겨우 뿌리가 잡힐 만하여 캐어버린 뽕나무의 주인됨이 부끄러웠고, 소 임자답게 소를 가다루지 못해 부끄러웠으며, 자기 가늠을 저버리고 시킨 대로 따를 수밖에 없었던, 무능하고 무력한 됨됨이가 짝 없이 부끄럽던 것이다.

리가 잔뜩 솔은 얼굴로 받아놓은 잔을 묵혀가며 담배만 당겨대자 윤이 말했다.

"여게, 리서방은 왜 코를 슥 자나 빠치구 앉었다나? 돈이구 쌀이구 간에, 시방 누가 암만을 지녔으면 무슨 소용이라나? 그게 제 것이간디, 정부 것이지. 해전 마실 건 있응께 잔이나 더 돌려. 참쌀

스 말가웃 담근 게 그냥 있어."

그때였다. 느닷없이 확성기에서 〈징글벨〉이 튀어나왔다. 사람들은 어리둥절하며 변을 쳐다보았다. 변도 무슨 비상인지 영문을 몰라 눈만 허옇게 뜨고 움직일 바를 몰라했다. 그런데 이내 노래가 뭉뚝 잘리면서

"동넷분덜에게 급히 전해드리겠습니다."

하는 부인네 목소리가 두서너 번 뒤풀이되는데 들어보니 이장 안식구였다.

그녀는 생전 처음 마이크를 쥐어보면서도 숫티라고는 없이 말씨부터 능청스러웠다.

"시방 기별 온 것을 알려드립니다. 누가 와서 그러는디, 뇌 멕이는 개를 찍어간다구, 지금 막 우리계루 사람덜이 떠나더라구 헙니다. 개를 단단히 감추시기 바랍니다. 이상입니다."

거나하여 구들목에 늘어진 채 능놀던 사람들이 방송도 꺼지기전에 불 본 듯이 일어났다.

"세무서에서 나온단다―"

윤이 안으로 뛰어들어가며 소리질렀다.

"추수 끝나면 으레 나올 중 알구설랑은이 미리미리 이럭저럭 해놓지덜 않구 인지서 서둘러?"

술독을 상추 간 비닐하우스 안에 묻어놓고 혼자만 알게 떠다 먹는 변이 느리터분한 목소리로 중얼거렸다.

리도 남들처럼 토방으로 나왔다.

사람들은 신발을 뒤집어 꿰기 무섭게 집으로 내달았다.

"술 안 담은 사람이 옳네그려. 하여간 관향리는 알아줘야 혀."

서가 앉은 채로 밖을 내다보며 변더러 말했다.

윤의 조카 재명이는 술지게미를 거름지게에 쏟아지고 얼룩은 논두렁에 발을 겹질려가며 그내로 버리러 가고, 윤의 아내는 지게미 퍼낸 독에 우물을 길어다 붓느라고 뒤듬발이 걸음에 치마가 밟혀 터져내리는 줄도 모른 채 양동이를 들고 들랑거리는데, 윤은 변에게 새마을회관 열쇠를 빌리더니 남은 술을 모아 리어카에 싣고 회관 쪽으로 내뺐다. 회관 창고 속에 감출 모양이었다.

리도 걸음을 서둘렀다. 그도 찹쌀 닷 되를 식구만 알게 비벼 퇴비 속에 묻어둔 거였다. 그러므로 바탱이는 들킬 염려가 없었다. 다만 쓰다 남은 누룩 반장을 비닐에 싸서 보리쌀 자루에 묻어둔 게 궁금하여 충그릴 수가 없던 것이다. 더구나 리의 집은 후미진 도린결에 외오 돌아앉아 있어, 그전처럼 소롯길로 질러 뒷전부터 덮친다면 맨 먼저 다칠 판이었다.

그런데 누룩을 옮길 만한 곳이 마땅치 않았다. 물론 결김에 얼핏 떠오른 방법이 없는 것은 아니었다.

그것은 작년 겨울 이낙만이가 했던 대로만 하면 되는 거였다.

밀주 단속반이 불시에 들이닥치자 이는 방에서 한창 고이고 있던 술 바탱이를 엉겁결에 집 앞의 터앝으로 들어내었던 것이다. 이는 바탱이를 묻을 셈이었으나 그럴 겨를이 없었다.

구덩이를 반도 못 파서 단속반이 몰려오는 기척을 엿들었던 것이다.

이는 그참 삽자루를 내던지고 달아나 남의 사랑에 들어앉았고, 단속반원들은 구덩이 앞에 되똑하게 서 있는 바탱이를 보자 터앝으로 몰려갔다. 그들은 발임자를 찾아 이의 아내를 불러내었다. 그들은 바탱이 주인을 캐려고 했다. 이의 안식구는, 아침부터 방안에만 들앉아 있었으므로 전혀 모를 일이며, 설령 남의 집 장광을 여겨봤다 한들 본래 앞뒤 없는 물건이 바탱이인데 무슨 재주로 낯을 익혔겠느냐고 됩데 몰아붙였다. 그들은 마침내 장터 양조장에 연락하여 바탱이를 실어갔으나 끝내 항의하는 사람이 없었다.

리는 누룩 반장을 주체 못해 그런 방법으로 남 좋은 일 하긴 싫었다. 그래서 집안 식구들을 죄 몰아내고 대문을 단단히 처깔해놓기로 작정했다. 그런 경우엔 이장이나 새마을지도자를 입회시키고 문짝을 뜯더라는 거였으나 여기는 그럴 염려가 없었다. 변차섭이나 이동화가 그 지경에 이르도록 어리석은 위인은 아니던 것이다.

가장의 그런 속셈을 미리 가늠 본 것도 아니련만, 리가 집터서리에 이르니 아내와 아이들은 술 안 담그고 누룩 안 디딘 집을 찾아 마실 갈 채비로, 진작 방문을 잠그고 밭마당에 나와 있었다.

"뉘 집으루 가야 한갓질 거나?"

아내가 물었다.

"크리스마스헌티 가면 되잖여."

만근이가 되알지게 대답했다.

"무솔이 쪽으루 넘어가봐. 여기는 아마 문 안 걸어닫을 집이 읎을겨."

리가 말했다. 아내가

"만실이가 오너야 가지. 촛대 가지구 댕기다가 그것덜 만나서 문 열어주면 워칙혀."

하며 두리번거리는 참에 만실이가 굴뚝 모퉁이를 돌아오며

"엄니, 다들 맵시네 집으루 모인대유. 시작헌다구 싸게 오래유."

하고 떠들었다. 맵시는 이낙필이의 막내딸 이름이었다. 피신할 데도 마땅찮고 하니 아침부터 망년회를 벌일 모양이었다.

"거리적거리는 애덜은 다 워쩌구?"

그녀는 만순이 만근이를 내려다보며 이맛살을 찌푸렸다. 그러나 뒤미처 만실이의 나중 말을 듣더니 뭉쳐둔 빨랫거리 같던 얼굴에 금방 복사꽃이 피면서, 해거름에 중 내빼듯 네 활개를 휘저어가며 맵시네로 반달음질을 했다.

고등학교 졸업반인 유승팔이 큰딸과 배경춘이 둘째애가 동네 아이들을 몽땅 쓸어가지고 면공판에 들어온 영화 〈첫눈이 내릴 때〉를 보러 가기로 했다는 거였다.

"한 앞에 백원씩 가져오래유. 서른 명만 넘으면 칠십원씩인디

둘이 모지란대유."

리는 묻지 않고 동전 세 닢으로 아이 셋을 쫓아보냈다. 건너다
보니 아낙네들은 시어미, 며느리 따로 없이 앞을 다투어 맵시네로
꾸역꾸역 쏠려가고, 유네 마당에 꼬여들어 바글거리는 조무래기
들도 한눈에 들어왔다. 문득 오토바이 소리가 있어 동구 앞을 바라
보니 거기도 장이 서고 있었다.

바깥노인네와 젊은 사내 들이 섞음섞음하여 한 무더기의 무리
를 짓고 있던 것이다.

먼저 오토바이가 달아나고 지서기 자전거가 뒤를 잇자, 동네 사
내들도 변차섭을 앞세우고 장길로 넘어가고 있었다.

동네를 비우자니 영농교육장이 아니면 가 있을 만한 곳이 없기
때문이리라.

리도 집 앞에서 그러고 서슴거릴 형편이 아니었으나 일단 울안
으로 들어갔다. 아무리 다급해도 외양간은 둘러보아야 마음이 놓
이겠던 것이다.

단속반원 두 사람이 리의 집안으로 뛰어든 것은, 리가 여물국
으로 구유를 가져주고 이남박에서 막 손을 뗀 것과 같은 촌각이었
다. 역시 지룡산 기슭을 타고 소롯길로 에워들어온 눈치였다.

흙투배기 가죽장화를 신은 중년 사내가 무람없이 덥석 들어서
며 웃음기를 머금은 눈으로

"안녕하십니까, 리낙천씨."

하고 문패에서 본 대로 넘겨짚었다.

"나 아닌디유."

리는 짐짓 마주 걸어나가면서 불퉁스럽게 대꾸했다.

"얼라? 이 댁에 기시면서 쥔 냥반이 아니라면 워칙허유?"

검정 외투 밖으로 안경만 내놓은 듯하던 사내가 뒤에서 옆으로 비어지며 따졌다.

리는 얼른

"글쎄유, 나두 댕기러 온 사람인디 워째 문이 죄 잼겼네유."

하며 그들의 드팀새를 가로질러 대문 밖으로 나왔다.

"그럼 이 집은 암두 웂단 말유?"

안경이 따라나오다가 대문 어리에 어깨를 기대서며 물었다.

"나두 와보구 알었시다."

"그류? 리씨가 아니시다…… 그럼 누구셔?"

먼저 들어와 울안을 기웃거리던 장화가 담뱃갑만한 알코올 탐지기를 들고 따라나오며 물었다.

"나는 저 근너 사는 이씨유."

리는 걸음발을 배게 놓아가며 돌아다도 안 보고 말했다.

"저런? 그럼 좀 물읍시다."

둘 중의 하나가 큰 소리로 불렀다.

"나두 가던 질 가다 말어서 밥쁘네유."

리는 그들에게 집을 맡기고 장길로 발걸음을 후렸다.

놀미에서 넘어와 학교랑 장터로 길이 갈리는 한길 삼사미에 이르자 리는 걸음을 늦췄다. 문득 커다란 허당을 발견했던 것이다. 리씨가 아니라 이씨라고 우긴 일이 발뿌리에 거리적거린 거였다.

자기 생각에도 어이없는 일이었다. 남과 달리 원리 원칙대로 행세해야 올바로 사는 길이라며 손수 갈아단 문패를 스스로 떼어버린 셈이었다.

그는 부끄러웠다. 뉘우침과 후회도 부질없는 짓이었다.

오늘만 해도 자고 나서 일변 지금까지 남과 다를 것 없는 짓만 골라 한 꼴이었다. 그것은 허당이었다. 그는 그 허당을 느낀 순간 문패를 그전대로 다시 고치리라고 다짐했다.

그는 나온 김에 문패 만드는 도장포에 들러 이낙천으로 문패를 새로 맞출 작정이었다. 그것은 자기가 떳떳지 못한 행위에 대해 스스로 사과하고 과오를 반성하기 위한 조치였다.

리가 영농교육장에 들어서니 볍씨 개비에 대한 강의가 끝났는지, 그에 따른 질문과 답변이 한창 섞겼고 있었다.

사람을 보니 관향리와 함께 성기리, 신대리 두 부락을 더 부른 모양인데도 자리는 칠 홉가량밖에 안 찬 것 같았다. 리는 뒷전의 남은 자리에 앉아 담배부터 꺼내 물었다.

유승팔이가 질문을 하는 참이었다. 유는 톱밥난로 바로 옆댕이에 붙어앉아 술김으로 얼굴이 벌겋게 익은 채 두런거리듯 지껄이고 있었다.

"하여간 누가 뭐래두 베농사를 엎었다 젖혔다 허는 것은 볍씨가 아니라 날씨유. 사람을 봐두 그려. 요새 크게 된 사람덜이 족보 좋아 크게 됐간디. 다 사정에 맞춰 그렇게 됐지. 그러게 농사 기술은 책상물림헌티 배우는 게 아니라 흙허구 물헌티 즉접 배워야 쓰는규."

강사가 불그레하게 웃었다. 강사는 칠판 밑에 떨어졌던 백묵 도막을 집어들며 이골이 난 말투로 응수했다.

"죽겄구먼…… 그래서 자연농법으로 농사지어먹은 그전에는 빤스도 못 입고 살으셨담…… 결국은 관이나 관공리 말을 못 믿겄다 이겐디. 허기사 역사적으로 보면 그것도 그려. 일리가 없잖은 말씀이시라구. 아시다시피 왜정 때는 농업기수가 암만 떠들어도 우리 농민들은 너 해라 나 듣지 허고 말었거든. 그럴 것 아녀. 몸뚱이 곰과가면서 직사허게 농사지어봤자 왜놈들이 죄 뺏어갔으닝께. 게, 그때는 왜놈들한테 저항해서 왜놈이나 조선 관리 말은 안 들었습니다. 논으로 가라면 뚝으루 가는 게, 그게 곧 애국이구 독립운동이었거든. 관리 말 잘 듣는 놈은 무조건 친일파였고…… 그러나, 그러납니다. 내년이면 건국 삼십 년이여. 이제는 애국허는 스타일이 바꿔졌다 이게여. 이제는 관청에서 허라는 대로 허는 게 애국인 겁니다. 자연농법? 얼른 이러이런 약 찌었어서 베멸구 잡으라구 하면, 제우 뒷짐지고 서서 허는 소리가 아—녀, 베벌레는 번개 치구 천둥 허야 떨어진다야— 하면서 첫배 과부 코 고는 머슴방 엿보듯이 무심헌 하늘이나 힐끔거리는, 그 자연농법? 그건 쬐끔만 좋아허다 그만두셔. 왜? 해 저물면 내 배만 고퍼. 농촌지도소에서 허시라는 것만 허셔. 그게 애국입니다유. 내가, 내 집구석 지집농사 자식농사는 실농허면서두 여러분들이 농사 잘 지시라구 돌어댕기는, 시방 이 자리에 서서 떠드는 이 최 아무개, 이 최 아무개가 애국자라면, 이 최 아무개 말을 잘 듣는 여러분들두 애국자더라 이겝니다. 농민들이 관의 말을 따라 신품종 베를 대량으로 경작한 결과, 예, 그 결괍니다. 그 결과 우리는 유사 이래의 숙원인 주곡의 자급 달성을 일구칠오년도에 이미 완료했을 뿐만 아니라, 금년에는 단군 이래 목표량을 초과 달성해서 쌀을 수출까지 했는데, 이것은, 두말허면 사상이 의심스러운 새끼여, 이것은, 모두 농민 여러분들의 자조근면 협동정신의 발현이요 총화단결의 결실이더라 이것입니다. 그러닝께 정부에서두 여러분들의 노고를 위로허느라구 몇십 년 만에 츰으로 쌀막걸리를 맨들게 해서 푹푹 퍼마시게 헌 게구 말여."

"장마에 침수되어 뜨고 물어 못 먹게 된 쌀, 시그럼허게 옰애느라구 맹근 술? 쩝쩝……"

한길 옆댕이 삼사미에 사는 강용복이가 말끝에 입맛을 다셔 장내가 한바탕 시끌덤벙했으나 강사는 하던 말투로 뒤를 이었다.

"그러니까 볍씨를 흙 사정 물 사정 날씨 사정에 맞춰 개량을 한 겁니다. 통일, 유신이 나오기 전까지 여러분들이 심으신 게 뭡니

까, 농백, 진흥, 재건, 수정, 농광…… 아마 대개 그렇지요? 그중
에서두 최고루 친 게 일본 종자 아끼바레구. 그런데 단당, 즉 십 아
르, 삼백 평당 평균 수확이 얼마였느냐, 불과 삼백삼십 키로. 그러
면 금년도 전국 증산왕인 이천 사는 이관섭씨는 얼마를 수확했느
냐, 놀래실 분은 아예 미리 담배 한 대씩 펴 무셔. 얼마냐, 팔백구
십팔 키로— 놀랠 노짜 위에 깜짝 깜짜여. 물론 증산왕은 객토, 심
경, 완숙 퇴비, 규산질 비료, 보온절충 못자리에 의한 건묘 육성,
소주 밀식, 그타 여러 가지 등등 해서 우리가 시킨 것을 다 했지만,
다수의 주원인은 바로 다수성 신품종인 밀양 이십삼 호루 종자 갱
신을 한 데에 있었다 이겁니다. 거듭 말씀드리거니와 정부에서 권
장허는 신품종들, 밀양 이십일, 이십삼 호, 내경, 노풍, 수원 이오
일, 이오팔, 이륙사 호, 유신, 통일쌀 등은, 여러분들이 최고로 치
는 아끼바레에 비해 품질이 훨씬 낫다 이겁니다. 숙색熟色 좋지, 탈
립脫粒 적지, 도복倒伏 없지, 심복백心腹白 없지, 등숙等熟 허지, 아미
로스찰기 없는 전분 없어 밥맛 좋지…… 그런데 왜들 안 심으시는겨?
추수해보셨으닝께 아실 텐데. 재래종허구 수확을 따져봐. 금년도
평균 수확량이 재래종은 단당 열한 가마 닷 말, 돈으로 십사만오천
원, 신품종은 열다섯 가마 일곱 말, 돈으로는 십구만팔천원, 이래
두 안 심으실텨?"

"우리 같은 논두렁만 잡도리헐 게 아니라 서울의 미곡상부터 단
속허는 게 순서유. 서울것덜이 밥맛 좋다구 재래종만 챗으니 미곡

상두 재래종만 챘구, 그러니 논두렁덜두 자연 재래종만 심을라구
헐 게 아뇨. 서울 미곡상에서 재로종을 아예 못 팔게 허구 통일이
나 유신계통만 팔게 해보슈. 우리가 나이 어려 재래종을 심겄나."

놀미 정승화가 덤벼들 듯이 곤두선 목통으로 떠들었다.

"이것, 죽겄네 소리가 또 나올 기분인디…… 여러분들이 밥맛
즉다구 안 심는 통일쌀, 서울서는 살래두 살 수가 읎어. 왜? 큰 음
식점은 죄 값싼 통일쌀만 쓰거던. 삼십 분만 물에 담갔다 해봐. 왜
밥맛이 읎어? 게, 큰 음식점에서 통일쌀만 챘으니께 미곡상에서는
계약 납품을 허더라 이게여. 그러니 우리는 돈 주구도 못 사. 서울
서 헌다허는 요릿집, 설렁탕, 곰탕, 갈비탕, 꼬리탕, 가슴탕, 볼기
탕, 탕짜 든 음식은 죄 통일쌀이여. 그러나 먹는 것 한 가지는 근
대화된 서울것들두 음식점에 가서 밥맛 읎다구는 안 혀, 으레 국맛
읎다구 허지. 이래두 안 믿으실텨? 제발 심으라면 심으셔. 하라는
대루 좀 해보셔."

모처럼 장내가 조용했다. 그 틈에 강사가 웅변조로 말했다.

"자, 여러분, 십 년 이십 년 손발에 흙 한번 안 묻히고, 농민을
김치 속의 새우젓으로 알면서도 반드르르하게 하고 사는 서울것
들이, 싸가지 읎이 밥맛 가려 재래종만 처먹는 꼴이 드러서라두,
우리 논두렁들은 다 같이 총화단결하여 신품종으루 볍씨 갱신을
실천합시다."

"……"

교실 안은 여전히 아무 기척도 없었다.

리는 당연한 일이라고 생각했다. 설령 농촌지도소 강사들이 그들에게 백일기도를 드린다 해도 신품종으로 바꿀 사람은 대농 몇 사람에 불과하리라고 그는 믿었다.

리가 알기에도 그에는 몇 가지 이유가 있었다. 첫째는 관리자들에게 오랫동안 무시당하고 속아 살아왔으므로, 이제는 누가 무슨 소리를 해도 믿으려 하지 않는 거였다. 낮은 정치, 높은 행정, 도시 경제가 속이고, 심지어는 가장 정직해야 할 학교교육마저도 그들을 속였으니까. 게다가 그들은 모두 빚을 지고 있었다. 그들은 대개 시세가 수시로 변하는 쌀을 얻어썼으므로, 갚을 때에도 현물로 갚아야만 유리한 거였다. 얻어쓴 쌀은 겟쌀과 마찬가지로 진작 품질 좋기로 이름난 아끼바레였다. 따라서 같은 품질의 쌀로 갚지 않으면 안 되도록 되어 있었다. 농민들이 통일계통의 벼를 꺼리는 이유는 그 외에도 여러 가지가 있었다. 면역성이 약해 병충해가 빈발하는 것도 큰 흠이었지만, 볏짚이 짧고 맥살이 없어 가마니나 새끼를 꼬지 못하므로 고공품 생산에 의한 농한기의 유일한 부수입이 없어지던 것이다.

소가 싫어하니 여물로도 쓸 수 없고, 천상 군불 때어 재나 받든가 그냥 퇴빗감으로 쌓아놓고 썩이는 수밖에 없던 것이다.

"덮어놓고 증산만 허면 다요?"

리도 강사를 향해 이의를 내놓았다. 장내가 조용했으므로 리는 다음 말을 더듬지 않았다.

"선생 말씀이 그르다는 것이 아니라, 깨묵셍이가 뭘 보구 선생 말을 믿겠느냐 이거요. 아시다시피 베 한 가마 공판헌들 멫푼이나 쥐어집디까. 제우 연탄 이백 장 값…… 구두 한 켤레 값…… 맥주 열 병 값…… 모래 한 마차 값…… 먹매 합쳐 들일꾼 사흘 품삯두 채 못 되는디…… 제아무리 증산을 해보지, 물가 오름새에 대면 터문셍이나 있겠나. 증산해봤자 좋아헐 사람은 저기 따루 있시다."

"그 사람 생전 츰 적당헌 소리 한번 해보네그려."

어디 앉아 있었는지 보이지도 않던 놀미 김승두가 저만치에서 뒤를 돌아보며 넓적하게 웃었다.

"내년에 출마허라구 꼬셔야 되겠구먼."

김과 나란히 앉아 있던 남병만이가 뒵들이를 했다. 강사가 듣기만 할 눈치였으므로 다시 입을 열었다.

"서울서는 아파트루 몰려댕기는 투기자금만 일천억원이 웃돈다는디, 우리게는 사채 빼구 조합빚만 이천만원이 넘는답디다. 그래두 입때껏 그냥 살었으니…… 끙―"

리는 하던 말을 매듭짓지 못하고 밖으로 나왔다. 감못하고 있던 일이 불현듯 들솟으면서, 받자 하지도 않을 소리나 속절없이 늘어놓느니보다, 어서 문패부터 새로 해야 행세가 바를 것 같던 것이다.

(1978)

명천유사鳴川遺事

　나는 작년 이만해서부터 명천鳴川으로 자호自號를 하였다. 그러
나 당최 호응이 없었다. 호라는 것이 애초에 아무나 허물없이 부르
라는 명색임에도 남들이 그러고 아예 모르쇠를 하니 그야말로 유
명무실이 다른 데에 있지 않았다.

　내가 에멜무지로 호라도 하나 있어봤으면 했던 것은 가끔가다
어디서 오너라 가너라 하며 조서를 꾸며두기 시작할 무렵이었으
니 어느덧 십 년도 넘어 된 일이었다.

　지금 생각에도 싱거운 노릇은 불리어가서 기록을 하노라면 일
쑤 시작이 승강이질이었고 그 발단인즉은 으레 내 이름이었다. 그
쪽에서는 내 이름이 안으로 보나 겉으로 보나 필명이 아니면 아호
가 분명하니 바른대로 본명을 쓰고 아울러 아명도 마저 적으라는
것이요. 나는 내 이름이 구할 구자 항렬의 본명이며 아호고 필명

이고 아명이고 그런 정신 사나운 허울은 아직 없다고 할 뿐이었는데, 한번은 어쩌나 보느라고,

"어떤 유명한 한문학 교수 하나가 고전을 번역하면 흔히 사람 이름까지 번역해버린다더니 여기서도 자칫하면 오얏나무李 밑에서 글文을 구求하는 자라고 해석하기가 쉽겠시다" 하며 웃었으나, 그쪽은 내처 사무적인 말로,

"여보, 신문에 보면 동양화가나 서예가 들은 금방 나온 신출내기들도 호는 다 하나씩 있습디다. 변두리 서예학원이나 왔다갔다 하는 여학생들도 춘강이니 추강이니 하고 버젓이 호를 내거는 판인데, 문인이 겨우 호적 이름밖에 없다고 뻗대면 그걸 누가 믿겠소" 하고 우기면서 종내 미심쩍어하더니, 나중에는 호를 짓는 데도 어떤 관례 같은 것이 있느냐고 딴소리를 하였다.

"글쎄올시다. 나도 그게 그래서 여태 호를 못 지은 셈이니 뭐…… 그런데 보니까 그전 사람들은 대개 밑에다 당·재·암·헌·산·천·계·곡堂齋菴軒山川溪谷짜를 받쳐서 지었습디다."

"산천계곡이라…… 그럼 당신도 그렇게 하나 지어. 가만있자, 당신 직장이 남산 밑에 있으니까 남산도 좋겠네. 이 남산……"

"그건…… 남산은 아호고 본명은 목멱산木覓山인데, 목멱으로 하면 듣기가 모가지 먹따는 소리 같아서 어디 쓰겠소."

"그런가?"

나는 번번이 일도 아닌 대목에서 이러니저러니하던 것이 성가

시어서라도 당장 호가 아쉽곤 했으나, 그것도 매양 수나롭게 놓여 나오고 하니 그냥 흐지부지되고 말게 마련이었다.

그런데 그러던 내가 느닷없이 스스로 호를 지어서 쓰자 사람들은 우선 웃지 않는 이가 없었다. 다만 염평곡廉平谷, 在萬이 그만하면 무던한 편이라고 추어주며 '명천, 흐르지 않을 수 없기에 소리 내지 않을 수 없으며 맑고 깨끗하지 않을 수 없으니, 또한 그 발원지를 저버릴 수 없네. 외롭고 아프게 새 물살에 밀리우고 묵은 물살 밀어내니, 흐르고 흐르되 제 이르는 곳을 알도다' 하고 즉흥의 찬讚을 했을 따름, 거의가 저 화상이 그동안 어디가 안 되었기에 그새 저 지경인가 하여 마냥 딱하게 여기는 눈치였고, 난데없이 무슨 귀꿈맞고 객적은 장난인가 하여 숫제 귀 너머로 흘려듣던 이도 여럿이나 되었다. 그런가 하면 누구는

"울 명짜가 들어가서 틀렸구먼. 하필이면 왜 우는 내로 지었어" 하고 고개를 내젓기도 하였다. 나는 그럴 적마다,

"생각한 것이 있어서 그렇게 짓긴 했습니다마는……" 하다가도 얼른 얼굴을 고치면서 울 명자가 읍곡泣哭류와 같이 오호통재嗚呼痛哉의 무리가 아님을 애써서 발명하려고 들었다.

"사람의 울음으로 치면 갓난아기의 신선한 고고지성呱呱之聲이고 다른 생물의 울음에서는 항상 아름다운 흔연欣然입니다. 가령 시경詩經만 해도, '밤새도록 비바람 몰아치더니 사방에서 닭 우는 소리 들려오네. 그리고 임과 함께 지새운 이 밤, 하늘에나 오른 듯이 행

복하여라風雨凄凄 鷄鳴喈喈 旣見君子 云胡不夷'하는 시가 있고 또 '까투리는 장끼를 찾으니 울지雉鳴求其牡'라는 구절도 있듯이, 한결같이 흐뭇하고 상서롭지 않게 쓰인 예가 드물어요. 봉명조양鳳鳴朝陽처럼 사슴·꾀꼬리·두루미·비둘기·때까치의 울음鹿鳴, 鸝鳴, 鶴鳴, 鳩鳴, 鵙鳴도 다 시경에 있는 말이지요. 그리고 악기 같은 물건에서는 화명和鳴이구요. 울명자는 울음보다도 울림과 메아리예요."

그러나 내가 명천을 호로 정한 것은 자의나 어의가 그만하여 마음에 든 것이 아니었다. 내가 명천을 호로 취한 까닭은 예로부터 사사로이 연고가 깊은 대천읍의 명천리를 잊지 않기 위한 내 나름의 한 가지 방편일 뿐이었다.

명천리는 내가 나고 자란 관촌 마을과 읍내를 가운데에 두고 마주보는 과녁빼기로, 차령산맥이 서해 바다에 발부리를 담그면서 마지막으로 힘을 쓴 옥마산玉馬山 기슭에 터전을 닦아 흥골興洞, 느랏於田, 울바위鳴岩, 송젱이松亭 같은 부락을 아래위 뜸에 늘어놓은 큰 마을인데, 한줄기의 개울이 여기서 굽이쳐나와 섯개 앞에서 바다로 들어가니 이 내가 사람들이 보통 으름내라고 불러오는 명천이었다.

전날 보령현과 남포현의 지경을 이루기도 했던 이 으름내는, 봉우리에 흰구름이 가로걸리면 산빛이 더욱 푸르르고 구름도 한결 깨끗하던 옥마산에서 스며나와, 이윽고 명천폭포에 이르러 서너 길이나 되는 아름드리 물기둥을 세우고 천둥 같은 폭포 소리 지동 같은 여울 소리로 부르고 대답하기를 그치지 않거니와, 그로써 이름이 된 이 명천리에 1910년대에는 조부가 일문을 옮겨와서 주민이 되고, 1920년대에는 그 담도 울도 없이 다 쓰러져가던 오두막이 어머니의 시집이 되었으며, 1940년대에는 관촌에서 나를 업어 기른 옹점이가 이 동네의 아무것도 없는 집으로 시집을 와서 살았다. 그후 1950년대에는 난리에 중형이 함께 일했던 수십 명과 한 두릅으로 엮이어 옥마산 중턱의 후미진 이어닛재 골짜기에서 학살을 당하였고, 나는 국민학교 사학년 이학기에 그 옆의 명천폭포로 소풍을 왔으며, 나중에는 그 아래에 있는 중학에 진학하여 삼년 동안 다녔다. 그리고 1960년대에는 우리집에서 장근 열다섯 해 동안이나 머슴살이를 했던 최서방이 으름내 저쪽의 양로원에 말년을 맡겼다가 쓸쓸히 세상을 마쳤으니, 이것이 나와 명천이 맺은 우여곡절의 대강인 것이다.

명천의 내력이 이렇거든, 자기의 그리운 연고지를 기념하여 아호로 삼는 남들의 사치에 견주어 오죽 초라하고 적막한 자호인가. 그렇지만 나는 이 명천을 평생토록 지니고 살지 않을 수가 없다.

나는 지난해 장마철에 성주산聖住山 너머 성주사 터로 국보 제8호인 낭혜화상백월보광탑비를 찾아가다가 도중에 차에서 내려, 저물도록 긋지 않던 비를 무릅쓰고 모처럼 이 명천리 일대를 둘러보았다.

차를 내린 곳은 옥마산과 성주산이 서로 키를 재는 틈에 자갈길이 뚫린 바래깃재望峙의 영마루였다. 생각하니 바래깃재는 어려서 밤을 주우러 한 번 와보고 근 삼십 년 만의 두 번 걸음이었다.

차도 간신히 넘어다니는 길이라 인적이 그친 것을 다행으로 여기며, 피로 물들였던 이어닛재 골짜기를 확인하려고 옥마산 마루터기부터 돌아보자니, 비껴든 우산에 빗발치는 소리만 그날의 총소리인 양 부질없이 요란할 뿐, 잡목과 칡덤불이 사납게 깃은 위에 비구름마저 어리어 어디가 어디인지 통 알아볼 도리가 없었다.

한자리에서 담배를 너덧 개비나 끄고 나자 저만치 하늘 끄트머리부터 선머리로 차츰 쳐들리면서 비로소 눈길이 닿는 데가 나왔다. 먼저 바다와 구름에 위아래가 생기고 잇달아 머리 굵은 원산도元山島를 비롯하여 차례로 섬들이 떠올랐다. 그러자 뭍에서는 성주산과 옥마산의 저질탄을 쓰려고 근래에 새로 앉힌 화력발전소와 그것에 눌린 고만高滿이 잘못 그은 속긋 자국처럼 어설픈 그림으로 드러났다. 고려의 시인 최졸옹崔拙翁, 瀣이 귀양살이 와서 읊은 시에 '아낙네들 키가 작아 다니는 꼴이 자라 같고, 백성들 가난하여 그 모습 원숭이 같네' 하였으나, 뒤에 나온 이아계李鵝溪, 山海는 '게 어리 밀물 소리 베갯머리를 넘보고, 오서산 좋은 경치 발 걷으니 환하구나' 했던 곳이었다.

난리 때 내가 피난 가 있었던 게어리巨於里는 마침 썰물이 날 때여서 고만의 조금나루 바깥까지 만경의 갯벌이 이어졌으나, 정다산丁茶山이 그 너머 금정찰방으로 좌천되어 있을 때 등산하여 바래깃재로 숨어든 천주교도들을 잡지 못해 걱정했던 오서산烏棲山은 여전히 비구름에 들어 있어 방향조차 묘하였다.

시인 이삼탄李三灘, 承召이 '산 아지랑이 깊어 항상 비를 지어내고, 바다가 가까워 바람 잘 날이 없다'고 했던 바래깃재는 산천이 전혀 의구하지 않은데도 얼마를 그러고 기다렸으나 길래 갤 기미가 아니었다. 나는 그러고 있어봤자 더이상 볼 것이 없음을 깨닫고 부득이 명천리까지 걸어내려가기로 작정하였다.

빗발이 성깃하자 적적하면 툇마루에 나앉아 담 너머로 하염없이 먼산바라기를 하면서,

"전생에 무슨 업을 지어 생때같은 자식을 앞세우구두 이러구 사는지, 어이구 모진느므 팔자……" 하고 허희탄식을 일삼던 어머니의 음성이 바람결에 얼핏 스쳐가더니, 발걸음이 명천폭포로 질러가는 자드락길 앞에 이르자,

"늫갈 게 읎는 중 뻔히 알메 니열 소풍 가겄다는 소리가 워디서 나온다네? 이번이는 빠져라. 최서방이 장 호락질허기 멀미난다구 해쌓넌디, 볏모개 고스러지기 전에 최서방허구 하냥 베나벼" 하고 되돌아왔다.

"짐치는 있잖유. 안 싸주면 그냥이래두 갈튜."

말을 들으면 식전부터 해 다 가도록 논배미에 엎어져 살 일이 끔찍하여 나는 무가내로 소풍을 가겠다고 졸랐다.

"으름내폭포가 거짐 여닛재 다 가서 있는디 즘심두 읎이 게를

워티기 가졌다구 시망부리는겨. 칭일 두구 주전거려두 오다보면
허기지는 게 소풍인디."

그러자 초련 먹으려고 풋바심한 서릿쌀을 아시 쩧어놓고 절구
통 옆댕이에 옹송그리고 앉아 모지라진 백통대에 막초를 부스려
담던 최서방이 듣다 말고 편들어 말했다.

"아따, 넘의 집 새끼덜 죄 가는디 하냥 가서 놀다오게 내뜨려두
시교. 접때 봉께 새우젓보새기나 나우 받아놓시더면, 건건이는 다
다 건건허야 쏭께 그게라두 늦서 보내유. 저까짓 쥐대기손 억지루
논두렁에 쩜매놨자 야중에 짚토매만 쓰다 못쓰게 일이나 추지 무
슨 손땀이 있겄슈. 베 비는 게사 어채피 한 파수 품잉께 달포 소수
에 뒷목까장은 몽그리게 될규."

그즈음의 최서방은 어머니의 신칙과 의논대로 바깥 살림을 도
맡고 있었으므로 말이 머슴이지 나에게는 오다가다 생각나면 잠
깐 얼굴만 비치고 내빼던 일가 푸네기들보다도 훨씬 든직하고 어
려운 어른으로 여겨져서, 그의 수염 끝이 스쳐 깨끔치 않은 대궁도
아무 스스럼없이 먹어버릇할 정도였다.

최서방이 누그려준 덕분에 이튿날은 소풍을 올 수가 있었다. 그
렇지만 점심은 너덧 숟갈이나 떳나 하고 덮어버렸다. 폭포 옆에 흩
어 앉아 밥을 먹자니 폭포에서 날아오는 물보라에 새우젓 비린내
가 진동하여, 날계란도 입에 못 대던 내 여린 비위를 순식간에 뒤
집어놓은 탓이었다.

석탄 수송을 위해 철로가 산허리에서 멎은 옥마역을 에워도니 장마에 역두의 무연탄더미가 씻겨내려 길이 온통 칠흑인데다 발디딜 곳도 없는 곤죽이었다. 게다가 산림간수의 눈에 밟히면 생돈이 드는 줄을 번연히 알면서도 나무꾼들이 조석으로 남의 눈을 기어 숨어들 만큼 하늘이 없게 숲이 울창했던 산중턱마저. 해마다 전교생이 다복솔에 매달려 송충이를 잡아준 그 아래 종축장 언저리처럼 삭발하듯 내리 발매를 해버려 읍내가 턱밑으로 바투 다가들 뿐 아니라, 시렁굴侍郎洞, 질퍼니泥坪, 두러미圓山, 평섶平薪, 오랏于羅, 고야실古也谷, 고루머리環里 같은 명천리와 이웃한 삼동네까지도 외눈에 훑어볼 수 있게끔 사방이 싹 쓸리어 바람맞이 난달로 바뀌어 있었다.

그렇듯 구차하고 심란한 풍경도 셈이 안 차는지 덧들이로 길할래 사나우니 나는 더욱 걷기가 고되었다. 나는 길가에 가게가 보이면 비그이를 겸해서 목이라도 축이고 싶었으나 사방이 무인지경인지라 하릴없이 애매한 담배만 주살나게 축낼 뿐이었다.

그런데 술생각이 나자 불현듯 최서방이 그리웠다. 내가 술을 알게 된 것이 순전히 최서방 덕이었기 때문에 그랬는지도 모를 일이었다.

최서방은 남들처럼 다니면서 품앗이하기를 싫어하였다. 하기는 한자리에 모여 말이 됐는지 안팎 동네에서도 모두 그를 꺼려하였다. 최서방이 늙마에 들어 근력이 달리거나 굼뜨고 꿈지럭대어서

마다한 것은 아니었다. 최서방이 세상없는 일에도 웃거나 울 줄을
모르는데다, 애건 어른이건 사람을 싫어하여 모꼬지판이나 잔칫
집에 가서도 차일 밑의 두리기상을 등지고 앉아서 자작으로 마시
고 일어나던 천성에 일찍이 물려버린 탓이었다.

그래서 최서방은 해마다 철철이 그 바쁜 농사를 거의 다 홀앗이
로 삶아내었다. 그런데도 크게 낭패를 보거나 실농을 한 적은 없
었다. 우리집 농사치가 워낙 많지 않기도 하였지만, 그보다는 동
네 사람들 보라는 듯이 오기로 모질음 쓰고 일에 매달려온 까닭이
었다.

입에서 무른내가 나도록 말벗 하나 없이 들판에 외돌토리로 엎
어져서 허덕이는 호락질은 그렇잖아도 힘겨운 생일에 한결 고되
게 마련이었다. 하지만 그는 무슨 일에나 혼자 이리 왈 저리 왈 해
온 데에 미립이 나서 백날 가도 뒷말을 하는 법이 없었다. 그러므
로 일에 피를 부릴 줄 몰라 논김을 매도 반드시 초복 두고 애벌, 중
복 전에 두벌, 말복 앞에 만물을 해 백중날 호미씻이 해온 전례를
한 번도 어그린 적이 없었다.

집에서 한 마장 남짓한 정거장 못미처의 푯대信號柱 밑에는 한
배미의 닷 마지기짜리 논이 있었다. 지금은 시가지로 변하여 짐작
도 수월치 않게 생겼지만, 그때는 최서방같이 허위대도 없이 뒤웅
스런 체수가 볏그루 사이에 들면 어느 방침에 가서 찾아야 할지 모
르게 근방에서 가장 너른 두락이었는데, 그래도 그는 심심한 줄을

모른 채, 두렁에 쌈지와 나란히 부시 대신에 붙여놓은 쑥댓불이 꺼지지 않고, 하루 두 나절 새참에 입다심할 소주만 떨어뜨리지 않으면 만사에 탈이 없었다.

최서방의 새참은 남의 일꾼들과 달라서 몹시 부실하였다. 큰 병에 받아다놓은 막소주를 공기만한 양재기에 따라 주발 뚜껑으로 덮고 그 위에 통마늘 두 쪽만 얹어서 내가면 그만이었다. 그는,

"읎는 살림일수록이 다다 주모 있이, 풋것두 부루 먹으야 쓰는 겨. 마늘두 시 쪽은 많응께 똑 두 쪽쑥만 내오너" 하면서도 술은 양재기 전두리에 질름거리도록 가득해야 두런거리지 않았다.

나는 술을 내가면서 남의 눈이 없을 적마다 길에서 한 모금씩 마셨고, 그 버릇이 자라서 종당에는 오늘날의 이 술부대가 되었거니와, 그때는 가다가 맹물을 타서 축낸 흔적을 묻었으므로, 오다가 엎질렀다는 지청구는 한 번도 들어본 적이 없었다.

최서방은 어디서 발은기침 소리만 나도 놀던 아이들과 졸던 개들이 지레 뒤를 사리고 뺑소니를 칠 지경으로 그리 무던한 사람이 아니었다.

사람을 보는 데엔 네 눈이라고 일러온 옹점이마저 최서방이라면 최 소리만 들어도 넌더리가 난다며 체머리를 흔들었다. 그녀가 우리집에 있을 때는 이틀이 멀다 하고 최서방과 맞대매로 다투었다. 그 싸움은 누구도 지는 법이 없었다. 늙은이와 댕기머리가 싸우는데도 부엌이나 대문간이 조용할 때는 다 싸워서가 아니라 서

로 지쳐서 나머지는 뒤로 미룬 휴전일 뿐이요, 한번 틀리면 달을 두고 쉬엄쉬엄 티격대는 것이었다.

옹점이는 매번 이악스럽게 부집을 해대며 대두리로 한바탕씩 하였는데, 그래도 분이 덜 가시면 으레 자기 역성만 들어왔던 나를 부뚜막에 앉혀놓고 못다 한 악담을 한나절씩 퍼대곤 하였다.

"너, 나 옳더래두 후제 두구봐라. 저이는 평생 저냥 냄으집살이나 허다가 제 승질에 올러감사 허잖나…… 죽어두 고이 못 죽구 영락읎이 논두렁 비고 거울러질 텡께 두구보라먼. 저이가 저냥 허랑헌 쭉젱이 몸_{머슴}으루 늙다리가 된 게 무슨 쪼간인 중 알겄네? 일 년 새경 받은 걸 이튿날 해전두 안 가서 죄 술루 지져먹구 두 손 바짝 드닝께 그런겨. 저이가 저리되더락 뫼는 게 뭐냐? 위아래도 구분 읎는 오망부리 풍신에 심술만 잔뜩 쪘지 뭐가 있어? 으덩박씨 같은 지집이 있네, 뜨벵이 동냥아치 닮은 새끼가 있네? 저이는 개지랄 같은 승질머리허구 밴댕이 창사구 같은 소가지 빼면 암껏두 읎는 지랄창고여. 두구봐. 죽어두 거리구신백이 안 될 테닝께."

그녀는 최서방을 험구할 때마다 늘 그렇게 다짐받듯이 그루박아 말하였다.

"저이는 나버러 툭허면 어린것이 나댄다구 씨부렁대지만, 머리만 이층_{二白}이면 다 으른인가. 대접을 받구 싶으면 지랑종재기만침이래두 오는 게 있으야 가는 게 있지. 너두 봤지? 백중날 냄으 집버덤 배나 용하_{用下}를 줘두 눈깔사탕 하나를 안 사가지구 오

는 인정머리…… 자기도 사램이면 덧정은 읎어두 인정은 있어야
헐 거 아녀. 이태 삼태쓱 밥해 멕이구 빨래해 입히구 헌 내헌티 그
렇게 몹시 허는 게 아녀. 사는 게 하두 개갈 안 나서 불쌍허게 봐주
면, 국으루 있는 게 아니구, 귀살머리스럽게 울뚝성은 있어서 먹는
그릇이나 마당에 팽개치구, 먹을 감으루 알구 문간마님 노릇이나
허러 들어? 너, 나 읎더래두 똑똑히 봐둬. 저이가 야중에 워치기
되는지……"

그녀가 문간마님이라고 한 것은 최서방이 문간방을 쓰기 때문
이었고, 먹는 그릇을 마당에 팽개친다고 한 것은 그녀에 대한 최서
방의 타박을 말한 것이었다.

최서방은 내동 구순하다가도 무엇에 퉁퉁증만 나면 본병이 도
져서, 옹점이가 문간방에 밥상을 들이밀고 돌아서기 무섭게 그녀
의 뒤통수를 겨냥하여 반찬 보시기나 접시를 우악하게 내던지며,
안방에서 들으라고 툽상스럽게 왜장쳐 뒤떠드는 것이었다.

"좨, 잘헌다. 또 깨쳤구나, 또 깨쳤어. 저것이 그릇 해먹는 디는
지미 지 애비가 사기점 사기쟁이래두 못 당헌당께."

최서방이 악매를 하면 옹점이도 풍비박산한 사금파리들을 부등
가리나 부삽에 쓸어담으며 한마디도 째지 않게 말대꾸를 하였으
니, 그것이 곧 부엌과 문간방 사이의 선전포고였다.

최서방이 멧다꽂는 것은 밥상에 오른 금이 가거나 이가 빠진 그
릇이었다. 옹점이는 본래가 덜렁쇠여서 그릇에 귀 잘 떨어뜨리는

선수로 동네방네 호가 난 지 오래였다. 장광에 테를 맨 옹배기가 즐비하게 엎어져 있고, 소래기 대신 뒤트레방석으로 뚜껑을 한 마른 그릇이 헛간에 그들먹한 것도 모두가 옹점이 손에 닿으면 남아나는 것이 없기 때문이라고 하였다. 그래서 살강에는 항상 그릇이 모자랐다. 그러므로, 그녀가 최서방 상에 그런 그릇이 오르면 당장 벼락이 나는 줄 알면서 그런 그릇을 되올린 것은, 그녀가 바로 그 상을 보다가 멀쩡하던 그릇 하나를 금방 새로 다쳐놓았다는 증거였다.

그렇지만 최서방은 속이 외이어 그녀의 칠칠치 못한 손끝을 뒤로 탄하거나 참고 덮어줄 줄을 몰랐다. 그는 도리어 그것으로 사람을 차별하고 머슴을 업신여기는 기미로 믿었고, 그릇을 축낸 것이 빌미되어 호되게 경을 쳤으면 하고 부러 안마당으로 내던지곤 하였다.

옹점이는 최서방의 그런 외꼬부리 같은 심사를 누구보다도 잘 알았다.

"기가리가 맥혀서 매가리가 안 돌어가너먼…… 으르신네 지신디 워다다 대구 저리 사무 큰소리랴. 그러면 뭄 주제에 칠첩반상이래두 받을 중 알었담. 그렇게 손님 대접해주는 집이 있걸랑 어여 그리 끄질러 가지 왜 맨날 만만헌 우리집만 오너서 두어달라구 비벼댄댜."

"뭣이 워쩌구 저쩌여? 저런 싹동배기 읎는 것이 시방 뉘 앞이서

아갈아갈 앙살그리구 자빠졌어. 그러매 지발 사이새 점 구만 잡어
처먹어. 이 주릿대를 앵겨두 션찮을 것아."

최서방은 일쑤 속설을 들그서내어 그녀를 야멸치게 윽박질렀
다. 가령 집에서 치던 오리를 잡으면 시집가서 손가락에 물갈퀴가
붙은 아이를 낳는다면서 못 먹게 하고, 어쩌다가 산토끼가 생기면
시집가서 토끼처럼 달포 터울로 아수를 본다더라고 못 먹게 하여
옹점이의 미움을 샀는데, 그녀가 참새를 잘 잡아먹어 그릇을 잘 깬
다고 멍덕 씌우던 것도 그런 입버릇의 하나였다.

"사이두 임자가 있다남, 안됐어허게…… 꾀까드런 승질만 살어
가지구 새꼼빠지게 사이는 왜 대이구 들먹인댜. 짐승덜 위험 생각
말구 사램이나 사램 비젓허게 취급해줬으면 내헌티서래두 사램
대접이나 받지. 어이구 저 오그러질녀리 인간……"

옹점이가 망상스럽게 앙냥거렸던 것은 최서방이 사랑의 걱정을
듣게 하려는 속셈에서였다. 하지만 걱정을 듣는 것은 언제나 맡아
놓고 옹점이 쪽이었다. 그래서 그녀는 늘 최서방을 원수대었고, 최
서방은 최서방대로 나무가 헤프니, 재삼태기를 태웠느니, 하고 트
집과 구박으로 앙갚음을 하였다. 어른들은 그러는 최서방을 절대
로 허물하지 않았다. 그의 됨됨이가 그렇게 별쭝맞다는 것을 한두
해 치러본 것이 아니기 때문이었다.

최서방은 옹점이하고만 척을 지고 산 것도 아니었다. 그는 옹점
이 또래의 처녀라면 덮어놓고 비각으로 알아 무슨 일에나 좇아다

니면서 그예 해찰을 부렸다. 해토머리가 겹도록 우리 밭두둑에서 나물 뜯는 아녀자가 안 보이고, 논두렁에서 삘기를 뽑거나 우렁을 잡는 계집애가 없었던 것도 다 그 때문이었다.

그는 동네에 갓 시집온 새댁이 무색치마를 잘잘 끌며 우물에 가는 것만 보아도,

"저느므 집구석 각씨는 오늘두 새벽에 요강이 넘었나, 재숫대가리 읎이 식전버터 질바닥에 밑을 끌구 댕겨싸……" 하고 눈을 흘겼다.

농사짓는 사람이 동지 어름에 차렵두루마기나 진솔 핫것을 입고 장에 가는 것도,

"쵀, 샌님이 따루 읎구먼. 막나이래두 마전해서 꿰구 나승께 짚세기 신던 숭악한 생일꾼이 댕일루 함진애비 후행가구두 남겄네 그려……" 해가면서 이죽거렸고, 젊은이가 모처럼 머리를 손질하고 마실 다니면,

"쵀, 시여터진 것이 덩덕새머리에 지름만 뒤발허구 나스면 워디서 부를 중 아나베" 하고 고개를 돌렸다. 그는 중학교에 다니는 이웃집 아이가 저의 마당가에 서까래를 잡아 평행봉을 세우고 노는 것까지도 눈총을 하였다.

"저녀리 색긔는 처먹은 게 곤두스나, 조석으루 사까다찌만 해쌓구 저 지랄이여. 쫓어가서 손목쟁이를 열두 토막으루 제겨놔버릴라……"

하지만 그런 귀먹은 험담은 오히려 약과였다. 난리가 거처간 뒤의 우리집은 주야로 마실꾼이 들끓었다. 사랑이 비었기 때문이었다. 따라서 바깥마당에도 안팎 동네 아이들이 순갈만 놓으면 몰려들어 찜뿌놀이, 비석치기, 말롱질 같은 놀이로 온종일 떠나가는 것이었다. 그러나 최서방이 들에서 돌아올 만하면 조금 때 썰물 나가듯이 감쪽 사라지곤 하였는데, 보채던 아이를 달래어 업느라고 더러 뒤처진 아이라도 있으면 대번에 마뜩잖은 눈을 떴다 보았다 하다가 호령을 버럭 하는 것이었다.

"쵀, 퍼내질러놓은 것두 고작 걸레쪼가리나 줏어다 입히는 것덜이 그 난리통구리에두 배꼽장단은 처가지구설래미…… 얘, 게 뉘집 색권지 싸게 저리 갖다 엎어놔버려라. 난리에 사램이 사람 잡는 걸 봉께 가이개색긔를 치는 게 낫겠더라."

사람들은 그가 처자를 거느려보지 않아서 그렇게 푸접스럽다고 쑤군거렸다. 성질이 앉은자리에서 풀도 안 나게 매몰스러운 것도 갈 날이 가깝도록 홀몸으로 굴러다녀 자기만 알기 때문이라는 거였다.

그는 아무도 어려워하지 않던 고집통이로, 일에 두름성이 없고 누구에게나 붙임성이 없어 매년 봄가을에 겪는 신작로 비럭질이나 보洑막이 울력에 나가서도 옆사람과 비쩨기를 잘하여 혼자 울퉁불퉁하다가 일을 중동무이하거나 품매고 들어오기가 예사였다. 두레가 나든지 걸립乞粒이 돌아 온종일 동네가 설레어도 공연히 지루퉁하고 부엉재로 나무를 가거나, 재 너머 쇠미에 있는 그루밭에 가서 급하지 않은 일로 묵새기다가 다 저물어서 해동갑으로 돌아오곤 하였다.

"저이는 우리 아니었으면 워쩔 뻔했는지…… 워느 집이서 저런 옹두리 승질에 비우를 맞춰 받자허겄어. 생각허먼 소박데기버덤 두 가여운 신센디 자긔가 먼점 그 값을 헌당게."

옹점이 말마따나 최서방은 다른 데로 가봤자 제 돌을 채우기 어려운 줄 스스로 잘 알면서도 한 이태 있고 나면 새경을 쥐던 날로 어디론가 번쩍했다가, 다시 농사가 시작되어 며느리는 부엌문 잡고 울고 머슴은 지게목발 잡고 운다던 이듬해 음력 이월 초하루 머슴날이 지나도록 아무 기별도 없이 감감하던 끝에, 여름도 거우듬하게 이울어 고추가 약이 오를 만하여 반면식半面識이 과객질하러 오듯 해거름에 쭈뼛거리며 나타난 적도 있었다.

그는 난리가 나기 전전해 겨울에도 새경을 벼르기가 바쁘게 동네를 떴다. 그 자발없는 이가 큰 마음 먹고 내리 삼 년을 났으면 움직일 만도 하다 하여 내년 이맘때나 얼굴을 비치겠거니 하고 집에서는 아예 기다릴 생각도 하지 않았다.

그런데 우리계 풍속에 매년 동짓날이 머슴의 기한이라는 것을 어디서 알았는지, 최서방이 가고 며칠 안 되어 웬 낯선 사내 하나가 저녁 어스름에 찾아와 머슴으로 있어지기를 자원하였다. 내가 보기에도 장히 힘져 보이는 허위대에 신수가 헌걸한 장정이었다.

아버지는 몇 마디 묻지도 않고 나더러 문간방에 들게 하라고 일렀다. 우리집은 허릅숭이 길손일수록 후하여 저물게 찾아와 묵어가기를 청하면 언제라도 마다하지 않고 어한을 하고 갈 방과 남은 밥 한술을 데워내는 데에 까다롭지가 않았다. 그래서 옹점이 방에는 방물장수, 황아장수 같은 임고리장수들이 갈마들이를 하고, 사랑에서는 땜장이, 통메장이, 옹기장수, 매죄료장수, 그리고 체장수, 상장수 들이 번차례로 드나들었다. 그네들은 물론 최서방이 집에 없을 때 말이 된 사람들이었다. 최서방하고 먼저 부딪치면 댓바람에,

"예는 내 한 몸 발뻗기두 초협헝께 딴 디나 가보교" 하고 그 자리에서 문전박대를 하기 때문이었다.

내가 문간방을 열자 최서방의 고약한 자릿내가 코를 쏘았다. 그 낯선 사내는 방안에 볏섬이 답쌓인 것을 보더니 선뜻 오르지 않고 무렴한 듯 주저하였다. 근거도 모르는 나그네에게 일 년 양식을 온새미로 맡기는 것 같아 주눅이 들었는지도 몰랐다. 그 사내는 한참이나 서슴대더니 마침내 작정이 섰는지 마당가에 치워뒀던 검부러기를 안아다가 군불부터 때기 시작했다.

아버지는 밤이 이슥해서야 안으로 들어와 일렀다.

"저 사람 그냥 두기로 했으니 밝거든 옷이나 내보내게 해요."

"쟤 말이, 여깃 사람 안 같더라메유?"

어머니가 캐어물었다. 최서방이 아니면 동네 총각들로만 머슴

을 들여왔으니 당연한 일이었다.

"어허, 워뗘 사람이면 워뗘. 심덕만 있으면 됐지."

"아서유. 최서방은 원래 심덕이 그만해서 둬줬남유. 더군다나 이름두 모르는 사내를……"

"저 사람은 저 아래 전라도서 왔나본디……"

"아까 불러보구 살으라구 했소. 보아허니 아마 여순 사건으로 튀어 예까지 올라오게 됐나봅디다."

우리는 그 사내를 윤서방이라고 불렀다. 동네 사람들은 그가 일하는 것을 며칠 여겨보더니 횡재를 했다고 치하하였다. 어디로 보나 최서방보다는 열 배나 낫다는 거였다.

최서방은 윤서방이 대신 들어서고 반년이 다 된 보리누름 철에야 나타났다. 뭉구리로 막깎은 머리에 살품을 가리던 긴 수염은 전에 있던 그대로였으나, 얼굴은 크게 틀려 구겨뭉친 마분지처럼 잔뜩 메마른데다 주제꼴도 땟국에 전 베등걸이와 무릎까지 기어올라간 잠방이나마 어레미 구멍보다도 승새가 엉근 막베여서 여간 볼썽사나운 것이 아니었다.

그는 문간방을 열어보고 나서 그참 안으로 들어왔다. 어머니도 최서방하고는 내외를 않는 지가 오래였다. 어머니는 반색을 했다.

"얼라, 그새 워디 가 있다가 이냥 오뉴?"

"쩟, 이루저루 바람두 쐬구 구경두 허구 했지라오."

"들으매 있이 사는 집 만나서 선머슴 밑에 부리메 잘 있다더니유."

"쵀, 풍문이 허문이지유. 뜬것이 씨여대는지 당최 맴 맽길 디가 읎어 체냥靑陽 가서 장작 맞바리두 해보구, 스산瑞山 가서 갯일두 해보구 했는디, 대문이 가문이라구 암만해두 여긔만 못허더먼그 류. 그런디 저 방은 뉘라 들어왔남유?"

"오다가다 주저앉었는디, 자긔가 살어지라구 청해서 들온 사람 치구는 웬만헙디다."

"쵀, 산 닭 주구 죽은 닭 사기두 심든다더니……"

"그러매 그물이 삼천코래두 베리가 으뜸이라구, 어채피 허는 더 부사리면 진드근히 한군디서나 배겨야지, 오라는 디 읎이 돌아댕 기면 뭠이나 축가구 못쓰는규."

"쵀, 알어들어유."

최서방은 그날 밤 윤서방과 아래웃목으로 자면서 윤서방의 뚝 심을 헤아려보고 느꼈는지 간다 온다는 말도 없이 훌쩍 했다가 난 리가 숙어든 뒤에야 다시 과객처럼 나타났다. 그리고 그로부터 오 년 후, 내가 서울로 올라오던 해까지 다시는 우리집을 떠나지 않 았다.

그는 주인이 하라는 대로 해주고 때 되어 새경이나 챙기는 여느 머슴들과 달리, 햇것을 장에 내다 돈 사서 가용에 보태는 일까지도 몸소 분별하며 집안을 거두어나갔다. 생전 가야 웃을 줄도 모르고 울 줄도 모르던 천성은 변함이 없었지만, 난리가 있기 전과 같은 울뚝성이나 심술스런 타박은 거의 구경도 할 수가 없었다.

"최생원이 쟤네 집에 고삐를 아주 비끄러맨 것이, 제우 이제사 맴잡은개벼."

누가 지나가는 말로 그런 우스갯소리라도 하면 그는 나를 눈으로 가리키면서 고지식한 대꾸로 입막음을 하였다.

"저게 커서 알 걸 알 때까장은 그래두 내라 붙들어줘야 워쩌겄소. 이나마 나할래 읎으면 어린것이 워디다 의지헐 껴."

그는 내가 어머니만 일찍 여의지 않았으면 우리집에서 종신을 했을는지도 몰랐다. 이미 늙어서 남의집살이를 해가기는 틀리기도 했지만, 자기를 눌러보아준 사람이 칠십 평생에 오직 우리 어머니뿐이었다는 것을 누구보다도 그 자신이 더 잘 알고 있었으니까.

그러나 그는 박복한 사람이었다.

어머니가 세상을 버리자 그는 삼우제를 지내던 날까지 식음을 전폐하고 슬퍼하였다. 발인을 하던 날은 영결종천永訣終天…… 하고 독축이 끝나자 마당 한구석에서 아무데나 나뒹굴며 울부짖었다. 상여가 나갈 때 호상이 누구더러 신신당부하는 소리가 뒤에서 들렸다.

"여보게, 자네는 남어서 최생원이나 달래게. 저이 저러다가 생초상 나겄네."

"냅두슈. 생전 츰 한 번 우는디 실컨 울어나보게."

"저러다가 못 일어나면 자네라 호상헐라나?"

"시방 안 울으면 원제 또 울어본대유."

어머니의 타계는 최서방의 앞날에 절대적인 타격이었다. 내가 멀지 않아 고향을 뜨리라는 것을 그인들 짐작하지 못할 리가 없었다. 그러나 그는 동요하지 않았고 오만 가지 일에 집안의 어른 노릇을 하였다. 내가 노는 데에 정신이 팔리면 반드시 불러세우고 준절히 나무라기를 주저하지 않았다.

"워디서 들으니께 이전이는 양반집이 망허면 그 집 자슥덜이 시번쓱 변했디야. 츰이는 즤 조상 모이墓를 쓴 선산을 팔어먹는 송챙이루 변허구, 댐이는 조상덜이 보구 물린 책을 내다파는 좀벌레루 변허구, 그댐이는 부리던 종을 팔어먹는 호랭이루 변허구…… 집안이 일어스구 넘어지구는 자슥덜헌티 달린 겐디, 니가 그러구 노는 디만 정신을 쓰면 쓰겄네? 부디 정신 채려라."

한번은 내가 이어닛재를 건너다보며 옛날 사람들이 원수 갚는 방법을 이야기하자, 그는 금방 질색을 하고 좌우를 둘러본 다음 소리 죽여 타일렀다.

"너두…… 장차 큰일 허겄다, 큰일 허겄어…… 애, 이전버터 나온 소리가, 아무리 초생달 같은 낫으루 웬수를 겨눴다 해두 눈이 어두우면 빗나가구 만다는 게여. 그런 생게맹게헌 소리 헐 새 있으면 책이래두 한 자나 더 들여다보거라."

나는 최서방이 그러던 때가 바로 엊그제 같아서 가던 걸음을 멈추고 으름내 저쪽 북정자北亭子 마을을 살펴보았으나, 최서방이 들어가서 말년을 의탁했던 양로원은 얼른 눈에 띄지 않았다.

최서방이 양로원으로 옮겨간 것은 내가 서울로 올라오기 근 달
포 전이었고, 그를 마지막으로 보고 헤어진 것은 그로부터 이태가
지나 사일구혁명이 나던 해의 초봄이었다.

　내가 무슨 일이 생겨서 급히 내려가니 그날사말고 마침 대천 장
날이었다. 나는 읍내에서 볼일을 보자 당일치기를 할 셈에 정거장
으로 서둘러 걸음을 놓았다. 내가 술도가 앞을 지날 때였다. 무심
히 스쳐가던 눈길에 어떤 물건 하나가 얼른 비치기에 단박에 되돌
아보니 다름아닌 최서방이었다.

　그 순간 나는 눈앞이 아뜩하여 어쩔 바를 몰랐다. 머리가 서리
에 뒤덮인 것이 측은해서가 아니었다. 곱사등이처럼 치솟은 허리
가 머리보다도 높아 보이는 것이 눈물겨워서도 아니었다. 우리집
에 있을 때는 들척지근하다 하여 아예 쳐다도 안 보던 찐 고구마를
들고 허천나듯이 먹으면서 가고 있기 때문이었다.

　나는 눈시울을 껌벅거려 참으면서 지켜보다가, 장꾼들 사이에
묻혀 뒷모습이 사라진 뒤에야 반달음질을 하여 뒤쫓아갔다. 가까
이에서 들여다보니 거지 중에도 상거지였다. 옆으로 붙어서며 두
손으로 한 손을 감싸쥐며 앞을 막아선 뒤에도 그는 선뜻 나를 알
아보지 못해 어리둥절하더니, 이윽고 큰 소리로 이름을 대자 그제
야 비명 같은 외마디 소리를 지르며 그 자리에 털썩 주저앉는 것이
었다.

　그는 한참 동안이나 그렇게 망연자실하더니 자기 손을 빼어 내

손을 어루만지며 눈물을 주르르 흘렸다.

"워디 편찮으신 디는 읎구유?"

그는 그렇다고 고개를 끄덕였다.

"농사 때는 나댕기메 품팔어서 용돈은 허신다더니, 그걸루 이걸 사 잡숫남유?"

내가 고구마 쥔 손을 흔들며 물으니

"을었어…… 배고파서……" 하고 그 손을 빼며 눈물을 훔쳤다. 담배를 붙여 물려주니

"어서 잘돼야 헐 텐디……" 하며 마주 앉은 내 얼굴을 흐린 눈으로 쓰다듬었다.

나는 일어서서 호주머니를 뒤졌다. 공사판에 따라다니며 되는 대로 막일을 하다가 여비만 빠듯하게 둘러가지고 왔으니 여유가 있을 리 없었다. 나는 차표 끊을 것만 남기고 톡 털어서 그의 손에 쥐여주었다. 국밥 한 그릇에 담배 두어 갑, 아니 어쩌면 탁배기라도 한잔 맛볼 수 있음직한 액수였다.

그러나 지금 돈으로 치면 오천원도 못 되는 잔돈이었다. 나는 나도 모르게 주머니를 뒤졌다. 낭혜화상백월보광탑비를 보기 위해 마련한 여비가 아직도 지갑에 두툼하였다. 아아, 그때는 왜 이까짓 단돈 몇 만원도 내게는 없었던 것일까. 생각하면 생각할수록 원통한 일이었다.

나는 최서방의 편지라도 읽어보고 싶어 집에 오던 길로 묵은 편

지 다발을 풀어놓았다.

나는 지금도 네 통의 허름한 편지를 생애에 큰 기념품으로 소중히 보관하고 있다. 받은 순서대로 말하면 첫째가 그렇게 장터에서 만나 헤어지고 두어 달 후에 온 최서방의 편지요, 둘째는 '공산토월空山吐月'의 주인공인 신석공의 편지요, 셋째는 나를 문단에 내보낼 무렵 동리 선생이 보낸, 원고지 반줄짜리의 편지이며, 넷째는 '변사또의 약력'의 주인공으로, 공사판에서 나와 오 년 동안 함께 일했던 변팔술 영감의 엽서다.

최서방의 편지는 십오 년 동안이나 한식구로 살았으면서도 몰랐던 그의 이름이 최호복崔鎬福이라는 것을 처음으로 일러준 편지이기도 하였다.

최서방의 편지는 물론 남이 대신 써준 것이었다. 필체가 달필인데다 의례적인 문자로 서두를 장식한 것으로 보아 어쩌면 양로원의 원장이 대필을 했는지도 모를 일이었다. 그렇지만 나는 이 능숙한 초서체의 행간에서 최서방의 마음을 골라 읽는 데에는 언제나 서툴지가 않다.

문구 전

맑고 다사로운 햇볕으로 충만한 오월의 향기로운 바람은 생명에 대한 강렬한 환희와 발랄한 의욕을 일으키는 것 같구나— 일전

무사히 상경하였는지 매일 초조할 따름이다. 이곳 나는 문구의 원념지덕택으로 무사하니 다행인가 한다. 일전 네 마음씨 나의 가슴에 고이 간직하겠다. 앞으로 흔들리는 갈대와 같은 청춘의 마음 심중히 하여 훌륭한 사람이 되기를, 늙은 몸이나마 같이 협력하여 어려운 시대를 무사히 돌파하기 바라네. 그러면 이만 필을 놓겠네.

(1984)

유자소전 兪子小傳

1

한 친구가 있었다.

그냥 보면 그저 그렇고 그런 보통 사람에 불과한 친구였다.

그러나 여느 사람처럼 이 땅에 그런 사람이 있는지 마는지 하게 그럭저럭 살다가 제물에 흐지부지하고 몸을 마친 예사 허름숭이는 아니었다.

그의 이름은 유재필兪哉弼이다. 1941년 홍성군 광천에서 태어나 보령군 대천에 와서 자라고 배웠다. 그리고 그 나머지는 서울에서 살았다. 그는 어려서부터 타고난 총기와 숫기로 또래에서 별쭝맞고 무리에서 두드러진 바가 있어, 비색한 가운과 불우한 환경 속에서도 여러모로 일찍 터득하고 앞서나아감에 따라 소년 시절은 장히 숙성하고, 청년 시절은 자못 노련하고, 장년에 들어서서는 속절없이 노성하였으니, 무릇 이것이 그가 보통 사람 가운데서도 항상 깨어 있는 삶을 살게 된 바탕이었다.

그의 생애는 풀밭에서 뚜렷하고 쑥밭에서 우뚝하였다.

그는 애초에 심성이 밝고 깔끔하였다. 매사에 생각이 깊고 침착하였으며, 성품이 곧고 굳은 위에 몸소 겪음한 바와 힘써 널리 보고 애써 널리 들은 것을 더하여, 스스로 갖추어진 줏대와 나름껏 이루어진 주견으로 갈피 있는 태도를 흐트리지 아니하였다.

그러므로 주변머리 없이 기대거나 자발머리없이 나대어서 남을 폐롭히거나 누를 끼치는 자는 반드시 장마에 물걸레처럼 쳐다보기를 한결같이 하였고, 분수없이 남을 제끼거나 밟고 일어서서 섣불리 무엇인 척하고 으스대는 자는 『삼국지』에서 조조 망하기를 기다리듯 미워하여 매양 속으로 밑줄을 그어두기에 소홀함이 없었다. 또 모름지기 세상의 일에 알면 아는 대로 힘지게 말하고, 모르면 모르는 대로 숫지게 말하여 마땅한 자리임에도 불구하고 어딘지 떳떳지 못하게 주눅부터 들어서 좌우의 눈치에 딱 부러지게 흑백을 하지 못하는 자가 있으면, 마치 말만한 딸을 서울 가게 하는 데에 힘입어 그날로 이자 돈을 놓는 매몰스런 구두쇠를 보듯이 으레 가래침을 멀리 뱉기에 이력이 난 터이었다.

그의 됨됨이는 물론 그것이 전부는 아니었다. 체취는 그윽하고 체온은 따뜻하며 체질이 묵중한 사내였다. 또한 남의 아픔이 자신의 아픔임을 깨달아 아픔을 나누고 눈물을 나누되, 자기가 아는 바 사람 사는 도리에 이르기를 진정으로 바라던 위인이었으니, 짐짓 저 옛말을 빌어서 말한다면 그야말로 때아닌 특립독행特立獨行의 돌출이요, 이른바 "세상 사람들의 걱정거리를 그들보다 앞서서 걱정하고, 세상 사람들이 즐거워함을 본 연후에야 즐거움을 누린 다先天下之憂而憂 後天下之樂而樂"고 말한 선비적인 덕량의 본보기라 하지 않을 수 없는 친구였다.

"이간감? 나 유가여."

그가 내게 전화를 할 때마다 매번 거르지 않던 첫마디였다.

그렇지만 유가는 이미 다른 사람을 이르는 말이었다. 그는 유 자兪子였다.

2

유자는 직업적인 문필가에 못지않은 뛰어난 어휘감각으로 이 나라 문단의 제자백가들과 교유를 하면서도 언제나 대화의 선도鮮 度를 유지했거니와, 그중에서도 보령 지방의 방언 구사에서는 그 와 겨룰 만한 사람이 드물다고 해도 과언이 아니었다.

대개 일정한 지역의 방언은 그 유통 구조적인 한계에 따라 자연 스럽게 시르죽어서 종당에는 용도 폐기를 면치 못하기가 쉽고, 그 로부터 호흡이 끊기고 박제화剝製化하여 사전辭典에 정리되고 나면 한갓 현장을 잃은 고어나 은퇴어가 되고 말아서, 모처럼 어디에 갔다가 만나더라도 뜨악하고 서먹해지기 마련인 것이었다.

그러나 아무리 잊은 지가 언젠지조차 모르는 귀꿈맞은 방언이라고 해도, 그것이 유자의 입에서 흘러나올 때는 그 말이 지닌 본래의 숨결까지도 고스란히 살아 있어서 생각지도 않은 신선한 느낌마저 덤을 얹는 것이었다. 그만큼 일상적으로 즐겨 사용해온 탓이었다.

보령 지방의 독특한 방언 가운데 지금도 흔히 쓰이는 것으로 '개갈 안 난다'는 말이 있다. 이것은 요즈음 산하의 국어연구원에서 의례적인 용어부터 정립해주기를 독려하고 있는 이어령 문화부 장관도 사석에서는 자기도 모르게 곧잘 튀어나오던 방언이기도 한 것이다.

이 '개갈 안 난다'는 말은 보통 '말이' 맺고 끊는 맛이 없다거나, 섞갈리거나, 요령부득이다. '뜻이' 가당치 않거나, 막연하거나, 어림도 없다. '일이' 매동그려지지 않거나, 매듭이 나지 않거나, 마무리가 없다. '짓이' 칠칠치 못하거나, 갈피가 없거나, 결과가 예측 불허다, 따위와 비스름한 의미로 쓰이고 있거니와, 나도 그 어원이 '가결可決 안 나다'에 있는지 어떤지는 아직도 모르고 있는 터이다.

한번은 내가 짐짓 해보는 말로

"대관절 그 개갈 안 난다는 말이 무슨 뜻이라나?"

유자더러 물었더니, 유자 대답하여 가로되

"아 그 개갈 안 난다는 말처럼 개갈 안 나는 말이 워디 있간 됩세 나버려 개갈 안 나게 묻는다나."

하고 사뭇 퉁명을 부리는데, 그러는 그의 표정을 읽으니 말이 난 계제에 아예 어원까지 캐서 적실하게 밝혀줄 수만 있다면 작히나 좋을까만, 허나 말인즉 원체가 '개갈 안 나는' 말인지라 당최 종잡을 수가 없어서 유감이라는 내색이 역연하였다.

재주가 메주인 이런 삼류 작가에게는 유자만큼 소중하고 요긴한 위인도 드물었다. 그는 내 직업에도 여러 가지로 도움이 되었는데, 이를테면 1950년대부터 고향과 멀어진 까닭에 '잊은 지가 언젠지조차 모르는', 그래서 모처럼 한번이나 들어보더라도 뜨악하고 서먹할 수밖에 없는 궁벽한 방언들을 아주 새삼스럽게, 그것도 그 말이 지닌 본래의 숨결까지도 고스란히 살아 있는 그대로 재생시켜주면서 '말하는 방언 사전' 노릇을 톡톡히 해주었던 것도 그 중의 하나였다.

그것은 비단 방언만도 아니었다. 그가 사무적으로 왕래하는 각계각층의 전문적인 용어를 비롯하여, 가령 벌면 먹고 놀면 굶는 뜨내기들, 빈손이 큰손이요 끗발이 맨발인 따라지들, 심지어는 보다 보다 볼 장 다 본 막살이들의 헙헙한 허텅지거리와 종작없는 결말들까지도 나는 거의가 그를 통하여 얻어들었으며, 또 무슨 말이든지 일단은 힘 하나 안 들이고 주워대는 그의 입을 거쳐야만 비로소 제대로 실감이 나고, 나중에 용도를 가름하는 데에도 수나로울 수가 있었던 것이다.

유자는 그가 아니면 안 되는 그 걸쭉한 입담뿐 아니라 그 자신의 모든 것이 바로 신선한 소재이기도 하였다. 한 예를 들면 중진 작가 천승세씨의 장편소설 『사계의 후조』도 곧 유자를 모델로 하여 이룩한 작품이었던 것이다.

내가 오래전에 쓴 「그가 말했듯」이란 졸작의 주인공도 유자가 모델이었다. 주인공이 일인칭인 이 소설을 본 사람들은, 읍내에 말쉬바위 곡마단가 들어와서 악사들이 말에 원숭이를 태워 앞세우고 트럼펫 가락도 심난스럽게 가두선전에 나설 때마다 철딱서니 없이 단기團旗의 기수가 되어 우쭐거리는 주인공을 나의 과거사로 짐작하고 실소를 금치 못했다는 거였지만, 실은 유자가 그렇게 보낸 소년 시절이야말로 한쪽은 하릴없는 허드레 웃음거리였고, 한쪽은 고연히 웃어넘길 수만도 없는 애틋한 대목이 안팎을 이루고 있었던 것이다.

유자는 육이오 난리 이듬해에 한내대천의 구장태로 이사 오면서 대남국민학교에 전학하였다. 그는 전학하고 며칠이 안 되어서부터 스스로 존재를 드러내었다. 아무데서나 주워대는 그 입담이 밑천이었다. 다른 아이들이 밥 먹을 때 모이를 먹고, 다른 아이들이 죽 먹을 때 여물을 먹었는지, 나이답지 않게 올되고 걸었던 그 입은, 상급생이나 선생님들 앞에서도 놓아먹인 아이처럼 조심성이며 어렴성이라곤 없이 넉살 좋게 능청을 떨어대었던 것이다.

일테면 여선생님이 쉬는 시간이 교문 밖에 나가서 딴전을 보다가 늦게 들어온 그를 불러 세우고 왜 늦었느냐고 다잡으며 따끔하게 혼내줄 기미를 보이면

"일학년짜리 지집애가 오재미루 찜뿌를 허다가 사리마다 끈이 쨰서 끊어져 흘렀는디, 그냥 보구 말 수가 읎어서 그것 좀 나우 잇어주다보니께 이냥 늦었번졌네유."

하고 '힘 하나 안 들이고' 넌덕스럽게 너스레를 떨며 둘러방치기를 하는 것이다.

그럼 그대로 두었나?

그대로 두었다. 학교에서도 초저녁에 싸가지 없는 아이로 치부하여 매를 들고 성화대거나, 어머니까지 오너라 가너라 하면서 닦달하느니보다, 숫제 배냇적부터 마치 우진마불경牛嗔馬不耕의 원진살이라도 타고난 녀석인 양 내놓아버리는 것으로써 차라리 속이나 편키를 도모한 셈이었으니, 마침내 교감선생님의 이름은 몰라도 그의 이름을 모르면 대남학교 아이가 아닌 줄로 여기게끔 명물이 되기에 이르렀다.

명물은 되잖게 입만 되바라졌다고 해서 아무나 되는 것도 아니었다.

그는 보매보다 반죽이 무름하고 너울가지가 좋아 붙임성이 있었고, 싸움 난 집에서 누룽지를 얻어먹을 만큼이나 두름성이 있었으며, 하다못해 엿장수를 상대로 엿치기를 해도 따먹은 엿토막이

앞에 수북할 정도로 눈썰미와 손속이 뛰어난 터수였다. 나이가 한참이나 위인 중학생들과 예사로 너나들이를 하고, 가는 데마다 시답지 않은 성님과 대가리 굵은 아우가 수두룩했던 것이 다 그와 같은 사실을 증명하던 일이었다.

그 천연덕스럽고 숫기 좋던 붙임성은 말쉬바위가 들어올 적마다 맡아놓고 모갑이 우두머리를 찾아가서 단기의 기수로 자원하는 데에도 단단히 한몫했을 것은 두말할 나위가 없다.

그는 깃광목이나 무색 인조견 바탕에 '뉴―서울 써커쓰' 따위가 쓰인 깃대를 들고, 그 모양 나던 뒤듬발이 걸음으로 가두선전반을 이끌었다. 바람이라도 있어서 기장 폭이 펄럭거리는 날은 깃대를 가누기는 고사하고 제 몸뚱이조차 고루 잡기에 힘이 부쳐 엎드러질지 곱드러질지 모르게 비칠거리면서 땀으로 미역을 감기 마련이었다. 그는 땀으로 미끈거리며 주책없이 자꾸 벗겨져 주천스럽던 고무신은 일찌감치 벗어서 허리춤에 차기를 잊지 않았지만, 그러나 그러고 까불거리면서 장터를 휘젓는 풍신이 바로 한내 사람들의 좋은 구경거리가 됐던 사실을 알고 있을 까닭이 없었다.

그가 번번이 기를 쓰고 기수가 되고자 안달을 했던 것은, 겨우 무료봉사에 한해서 무료입장을 보장했던 그 지지한 미끼에 눈이 가린 탓이었다.

하지만 그것도 초엽 여름에 잠깐이었다. 하루는 난리 때 노무자로 갔다 와서 육장 싸전머리에 노박이로 나앉아 지겟벌이를 하던 이웃집 논규 아배가 보다못해 한마디 나무랄 요량으로 핀잔을 하였다.

"이녀리 자슥아 밤나…… 너넌 뭣 땜이 말시바우만 들왔다 허면 그리구 혹해서 사죽을 못 쓰구 댕긴다네?"

그는 서슴없이 대꾸하였다.

"그게 워디 그냥 싸카쓰간유. 사리마다만 입는 지집애덜이 사까다찌를 해쌓는디, 기도 보는 이가 여간 사람이 아닝께 그거래두 해주구서 봐야 션허지 워치기 그냥 만대유."

대남학교 사학년 때의 대답이었다.

그는 싸전 마당 한복판에 빙 둘러쳐놓은 포장 어디에 혹 개구멍이라도 없나 하여 우물쭈물 쭈볏거리면서 이리 기웃 저리 기웃 얼씬거리다가 막대기로 삿대질을 하며 지키는 단원에게 걸리적거리고 성가시다며 지청구를 얻어먹어 풀이 죽은 아이들 앞에서 여봐란 듯이 무료입장을 하였다. 그리고 깔아놓은 멍석 귀퉁이에 옹송그리고 앉아서 이따가 그 쥐 잡아먹은 것 같은 입술의 해반주그레한 계집애가 나와서 재주 부리는 차례를 기다렸다. 그러나 공구경도 속이 든든해야 보이는 것이 있는 법이었다. 여린 삭신에 저보다 서너 길이 넘는 깃대에 시달려 옷이 척척하도록 땀을 흘리며 읍내를 헤맨 터에, 점심 굶고 저녁 걸러 곤할 대로 곤하고 허기진 몸이, 기름독에 빠졌다 나온 사내가 버나 접시돌리기를 한들 보이고, 쥐 잡아먹은 입술이 통 굴리기를 한들 보일 리가 없었다.

"인마, 어여 집이 가서 자빠져 자."

그는 매양 소스라치면서 눈을 떴다. 깨어보면 막은 아까아까 내린 뒤였고, 구경꾼이 두고 간 쓰레기와 썩음썩음한 멍석에 쌓인 답쌔기를 쓸던 단원이 대빗자루로 등짝을 냅다 갈기는 바람에, 저도 모르게 앉은 채로 곯아떨어져 있다가 그렇게 실없이 혼이 났을 따름이었다.

야간 통행금지 시간이 다 되어 집집이 불을 끄고 찬바람만 휑하던 골목길은 만날 그 앞으로 지나다니는 가겟집들의 굴뚝 모퉁이마다 왜 그렇게도 껄쩍지근하고 떨떠름하니 무서웠는지 몰랐다. 그렇지만 아무리 오금탱이가 저리고 당겨도 뜀박질을 하지 않았다. 졸음이 쏟아져서 반도 넘게 놓친 것도 그리 억울하지가 않았다. 그는 오히려 캄캄한 오밤중임에도 별을 보고 점을 치는 페르샤 왕자, 어쩌고 하며 그 무렵에 한창 유행하던 노래를 콧소리로 흥얼거렸다. 밤길에 노래를 하면서 가다보면 무섭증이 훨씬 덜했으니까. 그리고 다음날도 기수를 맡아서 보다가 못 본 것들을 마저 보게 되려니 하면 다시금 신이 나지 않을 수 없었으니까.

판문점에서 정전회담이 오락가락하던 무렵에는 싸전 마당에 화면이 홑이불만한 '대한 뉴-스'나 '리버티 뉴-스'가 고작이던 한내에도, 난리가 시나브로 꺼끔해진 뒤로는 가끔 가다 활동사진_{극영화}도 들어오기 시작하였다. 되게 수리목 지른 변사가 혼자서 열두 가지 소리를 내던 벙어리영화_{무성영화}가 들어오고, 확성기가 끓탕이어서 차라리 벙어리영화가 낫던 발성영화도 들어오고, 그런가 하면 어쩌다가 천연색영화까지도 들어오는 것이었다. 말이 천연색이지 영화에서는 어리중천에 해가 쨍쨍한데 화면에서는 영화가 다 끝날 때까지 가랑비가 줄창 쏟아지고, 그러고도 모자라서 바야흐로 볼 만한 대목에 이르렀다 싶으면 제멋대로 필름이 툭 하고 끊어졌다가, 앞에 앉은 영감이 독한 파랑새 담배 한 대를 거진 다 태운 뒤에야 아까 그 대목은 훌쩍 건너뛰고 생판 딴 장면이 튀어나오던 서부활극이 그 주종이었다.

천연색 서부활극에도 변사가 따랐다.

"아, 저 인디안을 잡아라. 놓치면 영화 끝난다. 그러자 그때 저 인디안을 향하여 마상에 높이 앉아 황야를 달려가는 한 사나이가 있었던 것이었었으니, 자 그는 과연 누구라는 사나이였었던 것이였었더냐, 그렇다. 그 사나이는 바로 우리의 톰이라는 사나이였었던 것이였었던 것이였었다……"

목통이 다 닳아버린 목소리로 '것이였었던 것이였었다'를 즐기던 변사가 그렇게 따라다녔던 것은, 그때까지도 우리나라엔 화면에 자막을 넣는 기술이 없었기 때문이었을 터이었다. 일제 때 지은 농업창고에서처럼 한동안 가마니때기를 깔고 볼 수밖에 없었던 면공관조차 아직 생기기 전이었으므로, 장터의 한 골목을 양쪽으로 막은 노천 가설극장에서, 그나마 어중간하여 비라도 오는 날이면 초장에 구경을 품 메는 편이 나을 성싶은데도 본전 생각에 못

내 자리를 못 뜬 채, 보면서 젖고 가면서 얼고 해도 별로 흥이 아니었던 시절의 일이었다.

구경이라면 제백사하던 취미에 하물며 활동사진이 들어올 때였겠는가. 유자는 영화가 들어올 때에도 남에 없는 부지런을 떨어서 이른바 샌드위치맨이 되기를 자원하고 나섰다. 앞뒤로 포스터를 붙인 널빤지 거지게를 짊어지고, 일껏 다려 입힌 바짓가랑이가 양잿물에 삶아도 소용이 없도록 휘지르면서, 걸어다니는 광고판 노릇으로 골목골목을 쏘다니기에 숙제 한 번을 제대로 해간 적이 없는 학생이었던 것이다. 역시 웃느라고 짜장면 한 그릇 먹어보란 말이 없었던 생고생을 사서 하는 일이었으니, 무료봉사에 무료입장의 원칙은 개똥모자 비껴쓰고 사람을 돌려먹는 흥행업자나, 중절모자 제껴 쓰고 기계를 돌려먹는 흥행업자나, 매양 그 사람이 그 사람이었던 모양이었다.

비록 걸어다니는 광고판 노릇이었을망정 무더운 여름철에는 엄벙덤벙하고 덤벙거리다가 더러는 남의 손에 빼앗기는 날도 없지가 않았다. 그가 점심시간이나 보건시간체육시간에 학교에서 빠져나와 아수꾸리아이스케키 통을 메고 돌아다니다가 쇠전 마당 근처에 전을 벌이고 떠드는 약장수 구경에 넋을 놓아 한참씩이나 충그리게 된 결과가 그것이었다.

그래도 영화는 빠뜨리지 않고 구경을 할 수가 있었다. 면공관에 문지기나 들무새로 있던 상이군인 아저씨의 연애편지 배달원으로

선발되어, 주막 강아지 부엌 드나들 듯이 꺼먹 고무신이 닳창이 되
도록 들락거리고 다닌 보람이었다. 성냥 하면 천안 조일표, 고무신
하면 군산 만월표밖에 몰랐던 시절, 그러니까 지금은 우둥퉁한 노
파가 되어 십중팔구 하염없이 추억이나 되새기고 있을 조미령이
일쑤 새파란 과부로 분장하고 나와서, 밥만 먹고 잠만 자던 촌사람
들의 무딘 가슴을 이리 집적 저리 집적 하여, 육백을 치면서 조인
다고 조여도 국진 열 끗이 목단 열 끗으로밖에만 안 보였던 어수룩
하던 시절의 일이었다.

3

  내가 유자를 처음 본 것은 중학교에 들어가고 한 달포나 됐나
해서였다.
  그날은 첫 시간이 수학시간이었는데 수학 선생이 결근을 하는
바람에 옆 반하고 합반으로 수업을 하게 되어 있었다. 나는 국민학
교에서도 내내 셈본만큼은 50점을 넘어본 적이 한 번도 없었으므
로, 기하고 대수고 간에 수학시간이라고 하면 으레 지옥도 그런 지
옥이 없어 걱정이 태산이었다. 그러니 수학 선생의 결근은 선생의
사정 여하를 떠나서 무슨 경사를 만난 것이나 진배없이 반가워하
였고, 그날은 단지 수학시간을 까먹게 되었다는 사실 하나만으로
도 온종일 흐뭇한 기분에 젖어서 지내는 것은 보통이었다.

그런데 그날은 무턱대고 그리 좋아만 하고 있을 형편이 아니었다. 옆 반의 시간표에 맞추어 합반으로 때워야 할 시간이 하필이면 실업시간이었기 때문이었다. 실업 선생은 싸낙배기였다. 성질이 벼락인데다가 툭하면 불러내서 덮어놓고 매질을 해대는 것이었다.

"어금니 꽉 다물어, 안 그러면 이빨 안 남어나."

실업 선생은 불러낸 아이에게 그렇게 미리 겁을 준 다음, 두 주먹으로 두 볼을 번갈아가면서 사정없이 쳐돌리는 것이 장기였다. 손도 여간 맵지가 않았다. 한 대만 맞아도 눈에 불티가 일면서 머리가 휘둘리어 어질어질하였다. 그래서 실업시간만 되면 죄다 지레 얼겁이 들어서 선생이 수업을 마치고 나갈 때까지는 교실에 실업 선생 외에는 아무도 없었던 것처럼 허망할 뿐 아니라 공기도 끄무러진 날씨처럼 한없이 무거울 뿐이었다.

그날의 그 시간도 예외가 아니었다. 그러잖아도 한 반이 70여 명이나 되어 여유가 없는 교실에, 두 반이 뒤섞이어 둘씩 앉기에도 빠듯한 걸상에 넷씩이나 엉겨붙으니 앞이고 옆이고 복잡하여 옴나위를 할 수가 없을 지경이었다. 그래도 수업이 시작되자 먼지가 자욱하던 교실이 이내 집 장광처럼 조용해졌다. 누군들 잠음 한마디라도 새어나갈세라 감히 조심하지 않을 수 있을손가.

그런 와중에도 수업이 시작된 지 한 5분쯤 하여 드르륵 하는 문짝 소리도 요란하게 뒷문을 밀고 들어오는 지각생이 있었다. 재빨리 훔쳐보니 키는 중간 키요, 두툼하고 너부데데한 얼굴에 눈은 까닭 없이 작고 코는 쓸데없이 크막한 옆 반 아이, 지금 이야기하고 있는 그 유자였다.

너는 죽었다…… 나는 그렇게 줄을 치면서 나부터 숨을 죽이고 뻔한 순서를 기다렸다.

"실…… 저놈의 자식은 또 왜 지각이여?"

실업 선생은 성깔을 있는 대로 얼굴에 모으면서 뻣성 있는 억양으로 물었다. 나는 나더러 물은 것이나 다름없이 숨이 막힐 지경인데 그 아이는 뜻밖에도 전혀 그렇지가 않은 것이었다.

"거시기, 저 교문 앞서 자즌거포집 가이가 워떤 집 수캐허구 꿀 붙었는디, 여적지 안 떨어져서 늦었슈."

"나불거리지 말구 들어가 앉어."

실업 선생은 불러내어 주먹을 쓰기는커녕 금이빨을 반짝이면서 웃기까지 하는 것이었다. 그가 호랑이 선생에게서도 간단히 면허를 따던 순간이었다.

저 선생님도 왕년에 누구한테 이빨이 안 남아나서 저렇게 금니를 한 것인가, 나는 얼핏 그런 엉뚱한 생각도 들었으나, 그 시간이 다 가도록 내 머릿속을 떠나지 않고 있었던 것은, 저런 천둥벌거숭이가 어떻게 하여 3대 1이나 되었던 경쟁을 이기고 중학교에 들어올 수 있었을까 하는 의문이었다.

나는 그뒤로도 선생의 출석부가 그의 머리통에 떨어지는 것을

444

심심치 않게 구경할 수가 있었다. 누구하고 다툰다거나 선생이 발. 끈하도록 일을 저질러서가 아니었다. 그는 운동신경이 젬병이어서 아이들과 툭탁거리는 일 따위는 애초에 엄두도 내지 못하던 둔발이었다. 그러므로 출석부가 그의 머리통에서 둔탁한 소리를 냈던 것은, 기껏해서 처녀 선생님을 '우리 아줌니'라고 부른다거나, 교감선생님을 '꼬깜꽃감'으로 부르다가 들켰을 때뿐이었다.

호랑이 선생에게서까지 면허를 딴 터였으니 다른 선생님들의 이야기는 하나 마나 한 일이다.

그는 정학 한 번 맞아본 일이 없이 학교를 마쳤다.

나하고는 물론 가까운 사이가 아니었다. 서로가 시들하게 지낸 것이 오히려 당연한 일이었다. 첫째는 3년 동안에 단 한 번도 같은 반이 되어본 일이 없었다. 게다가 나는 그 번잡하고 어수선한 아이와 한 반이 되지 않은 것을 늘 다행으로 여기고 있었고, 그는 또 그 나름으로, 지지리 못나터져서 아무 존재도 없이 한갓 소설책 나부랭이나 들여다보는 것이 일이던 나를 처음부터 쳐주려고 하지 않았던 것이다.

존재라는 말이 나올 때마다 지금도 불현듯 생각나는 일이 있다. 2학년도 다 돼서였다. 하루는 무슨 일인가로 담임선생의 호출을 받아 교무실에 갔더니, 입학하고부터 줄곧 생물과 미술을 담당하여 일주일에도 너더댓 시간씩이나 교실에 들어왔던 백모 선생이 내 얼굴과 명찰을 번갈아가며 쳐다보고 나서, 암만 봐도 처음 보는 아이란 듯이 이러고 묻는 것이었다.

"야, 너는 워느 반 애냐?"

"일 반인디유."

"니가 왜 일 반여?"

"기유."

"일 반에 너 같은 애가 워딨어?"

"있슈."

"원제 전학 왔는디?"

"입학허구버터 여태 댕겼는디유."

"집이 워딘디?"

"대천유."

"그럼 대천초등학교 댕겼게?"

"그렇지유."

"그려? 그런디 왜 그렇게 통 존재가 읎어?"

이태 동안이나 두 과목을 가르친 선생도 못 알아보던 무존재였으니, 그 유명하던 아이가 나 같은 것쯤 안중에도 없었을 것은 열 번 당연한 일이었다.

나는 일제고사니 기말고사니 하는 것에 한 번도 긴장해본 적이 없었다. 그리고 시험기간 직전까지 손에서 놓지 못하던 것이 소설책이었다. 어린것이 소설책을 읽으면 어려서부터 사람 되기 다 틀린 줄로 알고 눈 밖으로 보던 시절의 일이었다.

유자와 나는 중학교 입학으로 만나고 중학교 졸업으로 헤어졌다.
가는 길도 달랐다.

그는 한내에 주저앉아 직업을 생각하고 있었다. 숙부가 주관하
여 지어주는 농사가 있었으니 사는 것이 급해서가 아니었다. 대남
학교 3학년 때 점심시간마다 몰래 나가서 아이스케키 통을 메었던
것으로도 알 수 있듯이, 그가 미처 뼈도 여물기 전에 학업보다 직
업을 먼저 생각했던 것은 오직 유별난 장난기와 호기심, 그리고 하
루도 진드근히 앉아 있지 못하는 왕성한 활동 의지의 작용이었다.

호기심의 첫 대상은 면공관의 영사기였다. 곡마단의 기수와 걸
어다니는 광고판에서 한 걸음 나아간 것이었다.

그는 면공관의 영사기사처럼 부러운 것이 없어서 그 조수가 되
기를 자원했다. 역시 무료봉사였다. 그러나 영사기의 꿈은 끝끝내
이루어지지 않았다. 그때만 해도 영사기가 한번 고장나면 근방에
서는 고칠 데가 없어서 행여 함부로 만질세라 기계 근처에는 얼씬
도 못하게 하였으니, 얼마를 쫓아다녀도 영사기에 대한 요리를 익
힐 기회는 도무지 가망성이 없었다. 한내 장날은 여전히 자동차보
다 소달구지가 붐벼서 교통이 복잡하던 시절이라 전축은 그만두
고 유성기조차 드물었고, 그리하여 명문당 옆댕이에 있는 기쁜소
리사를 아무리 주살나게 드나들어도 영사기 비슷한 것은 고사하
고 일껏 고쳐봤자 며칠이 안 돼서 도로 바글대는 제니스 라디오 따
위나 구경하고 말 뿐이었다.

그래도 한 가지 보아둔 것은 있었다. 노천 가설극장에서나 쓰이던 확성기의 배선 요령이 그것이었다. 하지만 그것은 어디까지나 요령이었지 기술은 아니었다. 그러니 기술 축에도 못 드는 그까짓 것을 장차 무엇에 써먹는단 말인가.

그런데 그런 것만도 아니었다. 꼭 한 군데 필요한 경우가 있었다.

때는 어언간에 자유당이 말기 증상을 보이기 시작하던 때였다. 국회의원 선거가 다가오자 민주당에 대한 탄압이 벌건 대낮에도 버젓이 벌어졌다. 민주당 지구당 위원장 겸 후보의 개인 유세장마다 직업적인 선거꾼이 몰려다니며 확성기 줄부터 끊어놓고 난장판을 벌였다.

유자는 그럴 때마다 확성기 줄을 손보아주었다. 쇳덩이나 다름없이 무거운 확성기를 걸머메고 생쥐들도 미끄러워서 꺼려 하던 가가의 함석지붕을 아슬아슬하게 오르내리며 확성기를 설치하는 일도 그가 자청하고 나선 일이었다. 어린 소견에도 여당의 횡포에 반감이 일었던 것이며, 그에 대한 반사작용으로 야당의 일손을 거들게 된 것이었다.

위원장은 그의 올바른 심성과 용기를 기특하게 여겨 동지로서 대하였다. 전례에 따라 무료봉사에 무자격 입장이 이루어졌다. 천진난만한 정의감이 미성년 선거운동원으로 이어진 것이었다.

위원장과 함께 지프를 타고 관내를 누비는 동안에 그 유별난 장난기와 호기심을 다시금 부추기기 시작했다. 선거운동원들이 비계 한 점에 막걸리 한 사발로 요기를 하면, 그도 덩달아서 비계와 막걸리로 끼니를 에우게 되었다. 같은 또래의 아이들이 겨우 사춘기의 문턱에 이르렀을 무렵 그는 단계를 건너뛰어 성인들의 세계를 넘성거리게 된 것이었다.

지프를 타고 다니다보니 그의 호기심은 틉틉하고 트릿한 막걸리에만 머물지 않고 자동차 운전으로 옮겨갔다. 운전은 기술에 속하는 것이었다.

운전수가 되기로 작정하니 이번에는 오던 기회가 달아났다. 선거는 끝나고 위원장은 낙선이었다. 기를 펴볼 날이 갈수록 멀어지는 것이었다.

4

생기는 것 없이 야당붙이가 되고, 따라다니다보니 발이 넓어지고, 그렇게 지내고 있으니 씀씀이만 커지고 하여, 날이 좋으면 좋아서 심란하고, 날이 궂으면 궂어서 심란하고 하던 그에게도 드디어 반짝경기가 슬며시 다가오고 있었다. 반짝경기의 내용은 사월혁명의 여덕을 누리는 일이었고, 무료봉사를 졸업하는 일이었고, 서울생활을 수습하는 일이었다.

사월혁명 직후의 총선에서는 위원장의 낙승이었다. 민주당 신파의 참모이자 장면씨의 측근으로 3선의원이 된 위원장은, 민주당의 신파가 정부를 맡게 되자 대번에 재무부 장관으로 입각하였다.

그도 위원장의 자택에 입주하였다. 정치 식객으로 주저앉은 것이 아니라 동거인이 된 거였다. 직책은 무엇이었든 오랫동안 움츠렸던 기를 펴보기 위해서는 당장 있어야 할 것이 대외용 명함이었다. 쓸쓸했던 집의 자제들이 넉넉해지면서 조상들의 무덤치레부터 하여 행세하려 드는 심정으로 명함을 찍어 가지고 다녔다. 직함은 민의원 의원비서관이었다. 명함은 숫기 좋고, 반죽 좋고, 붙임성 있고, 두룸성 있는 외에, 입담과 장난기와 호기심을 겸비했던 그에게 두 발에는 발동기가 되고, 두 팔에는 팔랑개비가 되어주기에 부족함이 없었다.

명함이 없을 때는 되는 일이 없더니, 명함을 쓰면서부터는 안 되는 일이 없었다. 신분은 장관을 겸직한 의원의 자택 동거자에 지나지 않았으나, 활동의 주권은 그 자신에게 있고, 모든 권력은 그 명함으로부터 나왔다.

입대할 나이가 되었으나 생각이 없어서 미루적거렸더니 시나브로 병역기피자가 되어 있었다. 그래서 제대증을 만들어서 넣고 다녔다. 정치 식객들과 어울리다보니 대학 졸업장도 필요할 듯하였다. 그래서 대졸 학력을 만들었다. 서울 사대문 안에 있는 명문대학의 졸업생으로 구색을 갖춘 것이었다.

그랬으나 만들은 학력을 활용할 기회는 오지 않았다. 이듬해 오월의 군사정변이 먼저 들이닥친 것이었다.

집주인이 부정축재자로 몰려 잡혀갔다.

동거인도 끌려갔다. 그가 안내된 곳은 그 자리에 있는 것들만 쓰더라도 그 한 몸 뼈를 추리기에는 일도 아닐 듯한 방이었다.

수사관은 소지품을 뒤어내어 명함이 나오자 보기보다는 딴판이란 듯이 무슨 명색의 비서였느냐고 눈을 부라렸다.

"저는 가정 비서였는디유."

그가 엉겁결에 둘러댄 말이었다. 수사관은 듣다가 처음 듣는 직종이라 싶은지 구체적인 내용을 다그쳤다. 그는 기중 무난할 성부른 것으로만 주워대었다.

"보일라실도 드나들구, 시장두 왔다갔다허구, 마당에 빗자루질두 허구……"

그는 털어봤자 담배 부스러기밖에 나올 것이 없는 몸이기에 그 이상의 닦달을 면할 수가 있었다.

오막살이가 무너져도 아궁이하고 굴뚝은 남는 법인데, 재무부장관 집이 한물가버리니 그에게는 장항선 기차 삯도 근근하였다.

한내로 돌아왔다.

길은 이제 한 군데밖에 없었다.

군대 가는 길이었다.

군대에 가면 숟가락도 놓기 전에 꺼지는 배로 하여 허천들린 듯이 껄떡대던 시대였지만, 그의 병영생활은 훈련병 시절부터 배를 곯아본 일이 없었다.

입이 벌어먹인 덕이었다.

논산훈련소로 가는 길은 먼저 홍성읍에 집결하여 가다 서고 가다 서고 하는 완행열차로 천안까지 올라왔다가 대전으로 꺾어져서 호남선을 갈아타는 노정 탓에, 으레 낮차가 밤차 되고 밤차는 낮차가 되어야 비로소 자리를 털고 일어설 수가 있었다.

그가 홍성에서 자리를 잡은 옆자리에는 중씰한 연배가 주제꼴이 꾀죄죄하면서도 생긴 것보다는 땀내가 한결 덜한 사내가 앉아 있었는데, 그이가 온양에서 내릴 때는 몰랐다가 차가 뜨고 난 뒤에야 허름한 보퉁이 하나를 두고 내린 것이 눈에 띄었다. 만져보니 먹는 것이 아닌 것 같아 적이 실망스러웠으나, 무슨 책인지는 몰라도 책은 분명한 것이 그나마 다행이었다.

한창 따분하던 판에 돼도 잘됐다 싶어서 보자기를 끌러보았다. 짐작했던 대로 책은 책인데 두 권이었고, 그것도 다른 책이 아니라 하나는 서울에 있을 때 길바닥에 흔히 널려 있던 당사주책이요, 그보다 약간 얇은 것은 사주 책에 부속처럼 따라다니는 천세력千歲歷이었다.

당사주책을 떠들어보니 국문 해득자면 누구나 육갑을 짚을 수 있게 사주 풀이하는 방법부터 자세히 친절을 베풀고 있었다.

그는 무엇보다도 지루함을 잊어보려고 사주 책을 붙들었다. 과연 기차가 천안에서 근 한 시간이나 충그리고, 조치원에서 해찰 부리고, 대전에서 늘어지고 하는데도 지루한 줄을 몰랐다. 아니, 눈

452

코 뜰 새 없이 바빴다. 여기저기서 너도 나도 하고 저마다 생년월일시를 주워섬기며 줄을 섰기 때문이었다. 천세력까지 곁들여 있으니 일진 월건 태세를 셈하느라고 왼손가락에 자주 짚어멜 필요도 없었다.

일이 엉뚱한 방향으로 번나가기 시작하니 입인들 점잔을 빼고 있을 까닭이 없었다. 물어보는 사람마다 늙고 젊고 없이 말머리는 존댓말로 꺼냈어도 말꼬리는 일부러 반말지거리로 흐렸다. 엉터리가 아니란 것을 강조하는 방법은 그 수밖에 없었으니까.

꿈보다 해몽이라고 했듯이, 수數를 보는 술객術客은 괘사卦辭보다 술수術數였고, 술수보다는 말수가 많고 걸쩍해야 물어본 사람도 듣기가 괜찮은 법이었으니, 그는 기차간에서부터 그 수를 일찌감치 터득한 셈이었다. 게다가 '가정 비서'를 하면서 정치 식객들과 노닥거리는 동안에 들은 것이라곤 거의 허랑하고 부황한 소리들뿐이어서, 그것을 이리 갖다붙이고 저리 갖다붙이고 하니 금상첨화일밖에.

"이번에 뭐 보는 사람도 하나 들어왔다며?"

훈련소에 입소하자마자 들리는 소리가 그 소리였다. 소문이 한 발짝 앞서서 입소를 한 거였다. 그에게는 신수대통을 뜻하는 희소식이었다. 다른 입소자들은 이리 채이고 저리 채이며 얼먹어서 갈팡질팡 난리였으나, 그는 득의만면하여 느직하게 뒷짐을 지고 있었다.

그는 그날부터 훈련에 정신없는 신병으로서 바쁜 것이 아니라, 팔자에 없는 동양철학자로 인정받아 높은 사람들 앞에서 동양철학을 강의하기에 바빴다. 군사정변이 일어나고 얼마 아니 된 때여서 장교들은 말할 나위 없고, 장교가 될 가망성이 없는 직업군인들까지도 심리적인 불안감에 안절부절을 못하던 상황이었음은, 그들이 물어보는 부분만 가지고도 쉽게 미루어볼 수가 있었다.

중학교에서 단짝까지는 안 갔어도 곧잘 어울려 놀았던 친구 중에 최모가 있었다. 최는 대학에 진학하였으나 제때에 입영을 했던 관계로 그 무렵에는 이미 훈련소의 조교가 되어 있었다.

최는 제대하여 일변 복학을 하면 그만이었으니 따로 물어볼 것이 없었으나, 소문이 하도 요란하여 에멜무지로 구경이나 한번 해보자 하는 생각에서 남의 뒤를 따라나서게 되었다.

가서 보니 유자였다. 최는 깜짝 놀랐다. 최는 친구가 신병생활을 수월히 하는 것이 반가운 한편으로, 결국 언젠가는 들통이 나도 나게 될 것을 생각하면 불안해서 못 볼 지경이었다. 또 그게 아닌 친구가 겁없이 벌리는 사기 행각을 모르쇠 하고만 있다는 것도 친구 된 도리가 아니었다. 그렇다고 친구의 본색을 사실대로 밝힐 수도 없었다. 그러기에는 때가 늦은 것이었다.

최는 고심 끝에 한 가지 방도가 있다는 것을 알았다. 자기가 훈련병들의 조교에 머물지 않고 친구의 조수도 겸하는 방법이었다.

그로부터 유자는 높은 사람이 찾을 때마다 조수에게 먼저 달려가서 예비지식을 단단히 쌓은 연후에야 술수에 임하게 되었다.

누구는 부인이 하던 얼마짜리 계가 언제 깨졌고, 누구는 난봉이 나서 논산 읍내에 작은집을 차렸고, 누구는 뒷배를 보아주던 별이 반혁명 세력으로 몰려 군법재판에 넘어갔고…… 최는 아는 것은 아는 대로, 모르는 것은 다른 조교들에게 알아듣고 하여, 밑천이 달리지 않게끔 조수 노릇 한번 착실히 하지 않을 수가 없었다.

유자는 조수에게 얻은 정보를 바탕으로 힘 하나 안 들이고 강의를 계속할 수가 있었다. 뇌물을 밝힌다는 사람에겐 구설수를 예고하였고, 집안에 우환이 있는 사람에겐 따뜻한 위로를 하였고, 두 집 살림에 시달리거나 좋아지내는 여자로 하여 속을 끓이는 사람에겐 여난을 경고하였다.

"역시 용한데, 쪽집게 같어……"

물어보는 사람마다 백발백중이니 혀를 내두를 수밖에 없었다.

그러나 그의 별명은 쪽집게가 아니라 도사였다. 유도사였다.

입소 동기생들의 땡볕에서 낮은 포복이다 높은 포복이다 하고 군살을 빼는 동안, 그는 도사답게 가만히 서 있기만 해도 군살이 찔 것 같은 그늘에 앉아서 졸卒을 함부로 죽여가며 초한전楚漢戰으로 실전 훈련을 쌓았고, 궁이 면줄에 몰릴 지경으로 다 된 판을 붙들고 늘어져 빗장을 부르는 흘떼기장기와, 보리바둑 주제에 반집짜리 끝내기 패로 시간을 끌면서, 남들이 다들 어려워했던 신병 시절을 유감없이 마쳤다. 병과는 그쪽이 편할 듯해서 헌병을 택하고, 기회가 없어서 못 배웠던 자동차 운전도 도사 시절에 익혔다.

도사라는 애칭은 평생을 두고 따라다녔다. 직업의식이 철저하여 맺고 끊고 맛이 분명한데다, 기술이건 지식이건 그것이 직업과 관련이 있는 것은 완벽에 가깝도록 익히고 펼치고 했던 특유의 장인 기질에 따른 것이었다.

자동차 운전만 해도 그러하였다. 운전 기술은 '군대 운전'에서 비롯된 것이었으나 그는 그것으로써 평생을 경영하였다.

그는 제대 후에 한내에서 한동안 택시를 몰았으나, 한내도 보령도 그가 기량을 펴기에는 바닥이 너무 좁았다.

그는 서울로 옮겼다. 다시 운전대를 잡았다. 그때나 지금이나 국내의 10대 재벌 그룹에 드는 재벌 그룹 총수의 승용차 운전대였다. 그룹의 총수도 본래는 차량 운전으로 시작하여 운수업체를 일으켰고, 운수업체를 주력 기업으로 하여 그룹을 이룩한 인물이었다. 따라서 웬만한 운전 기술로는 그 앞에서 땅띔도 할 수 없는 처지였다. 총수는 그러나 유자의 운전 기술 내지 장인 기질 앞에서는 아무 말이 없었다.

5

1970년, 내가 지금의 세종문화회관 자리에 있던 예총회관의 문인협회 사무실에서 협회 기관지 『월간문학』을 편집하고 있을 어름

456

이었다.

어느 날 난데없이 유자가 불쑥 찾아왔다. 10년도 넘어 된 해후였다. 이산怡山의 시처럼 '어디서 무엇이 되어 다시 만나랴' 했더니, 그는 재벌 그룹 총수의 승용차 운전수가 되고, 나는 글이라고 끄적거려봤자 누구 하나 알아주는 이가 없는 무명작가가 되어서 다시 만나게 된 것이었다.

그가 잡지를 보다가 우연히 나를 알아보고, 그 잡지사에 전화로 내 소재를 찾는 번거로운 절차를 무릅쓰고 찾아온 데에는 그 나름의 속셈이 한 가지 있었기 때문이었다. 지금은 대학교수의 부인이 된 자기 누이동생을 내게 중매해봤으면 하고 찾아본 것이었다. 아니, 결혼을 하면 처자를 굶길 놈인지 먹일 놈인지 우선 그것부터 슬쩍 엿보려고 온 것이었다. 그는 해가 바뀌어 그 누이동생을 여의고 난 뒤에야 비로소 그 말을 내게 하였다. 그는 처음 만났던 날 저녁에 내가 맏술을 마시고도 양에 안 차 하는 데에 질려서 대번에 가위표를 쳐버리고 말았다는 것이었다.

한번은 다 본 책이 있으면 달라고 하여 번역판 『사기史記』를 한 질 주었더니, 그후부터는 올 때마다 책 탐을 드러내는 것이었다. 잡지사 편집실에서 사시장철 기증본으로 들어오는 책만 해도 이루 주체를 못하도록 더미로 답쌓이기 마련이었다. 그는 오는 족족 자기 욕심껏 그 책더미를 헐어갔다. 장근 17년 동안 밥상머리에서도 책을 놓지 않았던 그의 열정적인 독서생활이야말로 실은 그렇게 출발한 것이었다.

또 책 때문에 오는 것만도 아니었다. 직장에서 답답한 일이 있으면 터놓고 하소연할 만한 상대로서 나를 택했던 것도 비일비재의 경우에 속하였다.

하루는 어디로 어디로 해서 어디로 좀 와보라고 하기에 물어물어 찾아갔더니, 귀꿈맞게도 붕어니 메기니 하고 민물고기로만 술상을 보는 후미진 대폿집이었다.

나는 한내를 떠난 이래 처음 대하는 민물고기 요리여서 새삼스럽게도 해감내가 역하고 싫었으나, 그는 흙탕내도 아니고 시궁내도 아닌 그 해감내가 문득 그리워져서 부득이 그 집으로 불러냈다는 것이었다.

"허울 좋은 하눌타리지, 수챗구녕 내가 나서 워디 먹겠나, 이까짓 냄새가 뭣이 그리워서 이걸 다 돈 주고 사먹어, 나 원 참, 취미두 별 움둑가지 같은 취미가 다 있구먼."

내가 사뭇 마뜩잖아했더니

"그래두 좀 구적구적헌 디서 사는 고기가 하꾸라이버덤은 맛이 낫어."

하면서 그날사 말고 수그러들 기미를 보이지 않는 것이었다. 그는 자기주장에 완강할 때는 반드시 경험론적인 설득 논리로써 무장이 되어 있는 경우였다.

"무슨 얘기가 있는 모양이구먼."

"있다면 있구 읎다면 읎는디, 들어볼라남?"

그는 이야기를 펼쳐놓았다.

총수의 자택에 연못이 생긴 것은 그 며칠 전의 일이었다. 뜰 안에다 벽이고 바닥이고 시멘트를 들이부어 만들었으니 연못이라기보다는 수족관이라고 하는 편이 알맞은 시설이었다. 시멘트가 굳어지자 물을 채우고 울긋불긋한 비단잉어들을 풀어놓았다.

비단잉어들은 화려하고 귀티 나는 맵시로 보는 사람마다 탄성을 자아내게 하였으나, 그는 처음부터 흘기눈을 떴다. 비행기를 타고 온 수입 고기라서가 아니었다. 그 회사 직원의 몇 사람 치 월급을 합쳐도 못 미치는 상식 밖의 몸값 때문이었다.

"대관절 월매짜리 고기간디 그려?"

내가 물어보았다.

"마리당 팔십만원씩 주구 가져왔댜."

그 회사 직원들의 봉급 수준을 모르기에 내 월급으로 계산을 해보니, 자그마치 3년 4개월 동안이나 봉투째로 쌓아야 겨우 한 마리 만져볼까 말까 한 값이었다.

"웬 늠으 잉어가 사람버덤 비싸다나?"

내가 기가 막혀 두런거렸더니

"보통 것은 아닐러먼그려. 뱉어낸벤또베토벤라나 뭐라나를 틀어주면 그 가락대루 따러서 허구, 차에코풀구싶어차이콥스키라나 뭐라나를 틀어주면 또 그 가락대루 따러서 허구, 좌우간 곡을 틀어주

는 대루 못 추는 춤이 읊는 순전 딴따라 고기닝께. 물고기두 꼬랑
지 흔들어서 먹구사는 물고기가 있다는 건 이번에 그 집에서 츰 봤
구먼."

그런데 이 비단잉어들이 어제 새벽에 떼죽음을 한 거였다. 자고
일어나보니 죄다 허옇게 뒤집어진 채로 떠 있는 것이었다.

총수가 실내화를 꿴 발로 뛰어나왔지만 아무 소용 없는 일이었다.

"어떻게 된 거야?"

한동안 넋 나간 듯이 서 있던 총수가 하고많은 사람 중에 하필
이면 유자를 겨냥하며 물은 말이었다.

"글쎄유, 아마 밤새에 고뿔이 들었던개비네유."

유자는 부러 딴청을 하였다.

"뭐야? 물고기가 물에서 감기 들어 죽는 물고기두 봤어?"

총수는 그가 마치 혐의자나 되는 것처럼 화풀이를 하려 드는 것
이었다.

그는 비위가 상해서

"그야 팔자가 사나서 이런 후진국에 시집와 살라닝께 여러 가지
루다 객고가 쌓여서 조시두 안 좋았을 테구…… 그런디다가 부릇
쓰구 지루박이구 가락을 트는 대루 디립다 춰댔으닝께 과로해서
몸살끼두 다소 있었을 테구…… 본래 받들어서 키우는 새끼덜일
수록이 다다 탈이 많은 법이니께……"

그는 시멘트의 독성을 충분히 우려내지 않고 고기를 넣은 것이

탈이었으려니 하면서 부러 배참으로 의뭉을 떨었다.

"하는 말마다 저 말 같잖은 소리…… 시끄러 이 사람아."

총수는 말 가운데 어디가 어떻게 듣기 싫었는지 자기 성질을 못 이기며 돌아섰다.

그는 총수가 그랬다고 속상해할 만큼 속이 옹색한 편이 아니었다.

그렇지만 오늘 아침에 들은 말만은 쉽사리 삭힐 수가 없었다.

총수는 오늘도 연못이 텅 빈 것이 못내 아쉬운지 식전마다 하던 정원 산책도 그만두고 연못가로만 맴돌더니

"유기사, 어제 그 고기들은 다 어떡했나?"

또 그를 지명하며 묻는 것이었다.

그는 아무렇지 않게 대답했다.

"한 마리가 황소 너댓 마리 값이나 나간다는디, 아까워서 그냥 내뻔지기두 거시기허구, 비싼 고기는 맛두 괜찮겄다 싶기두 허구…… 게 비눌을 대강 긁어서 된장끼 좀 허구, 꼬치장두 좀 풀구, 마늘두 서너 통 다져 늫구, 멀국두 좀 있게 지져서 한 고뿌덜씩 했지유."

"뭣이 어쩌구 어째?"

"왜유?"

"왜애유? 이런 잔인무도한 것들 같으니……"

총수는 분기탱천하여 부쩌지를 못하였다. 보아하니 아는 문자는 다 동원하여 호통을 쳤으면 하나 혈압을 생각하여 참는 눈치였다.

"달리 처리헐 방법두 읎잖은감유."

총수의 성깔을 덧드리려고 한 말이 아니었다. 그가 할 수 있는
것이 그 방법 말고는 없었기 때문에 그렇게 뒷동을 달은 거였다.

총수는 우악스럽고 무식하기 짝이 없는 아랫것들하고 다따부
따해봤자 공연히 위신이나 흠이 가고 득 될 것이 없다고 판단했는
지, 숨결이 웬만큼 고루잡힌 어조로

"그 불쌍한 것들을 저쪽 잔디밭에다 고이 묻어주지 않고, 그래
그걸 술안주 해서 처먹어버려? 에이…… 에이…… 피두 눈물두
없는 독종들……"

하고 혼잣말처럼 중얼거리면서 들어가버리는 것이었다.

"그리, 지져 먹어보니 맛이 워떻타?"

내가 물은 말이었다.

"워떻기는 뭐가 워뗘…… 살이라구 허벅허벅헌 것이, 똑 반반
헌 화류곗년 별맛 읎는 거나 비젓허더먼그려."

하고 그는 다시 말을 이었다.

"내가 독종이면 저는 말종인디…… 좌우지간 맛대가리 읎는 서
양 물고기 한 사발에 국산 욕을 두 사발이나 먹구 났더니, 지금지
금허구 해감내가 나더래두 이런 붕어 지지미 생각이 절루 나길래
예까장 나오라구 했던겨."

총수는 그뒤로 그를 비롯하여 비단잉어를 나눠 먹었음직한 대
문 경비원이며, 보일러실 화부며, 자녀들 등하교용 승용차 운전수

며, 자택에서 근무하는 종업원들에게는 조석으로 눈을 흘기면서도, 비단잉어 회식 사건을 빌미로 인사이동을 단행할 의향까지는 없는 것 같았다.

그는 하루바삐 총수의 승용차 운전석을 떠나고 싶었다. 남들은 그룹 소속 운전수들의 정상頂上이나 다름없는 그 자리에 서로 못 앉아서 턱주가리가 떨어지게 올려다보고들 있었지만, 그는 총수가 틀거지만 그럴듯한 보잘것없는 위선자로 비치기 시작하자, 그동안 그런 줄도 모르고 주야로 모셔온 나날들이 그렇게 욕스러울 수가 없었고, 그런 위선자에게 이렇듯 매인 몸으로 살 수밖에 없는 구차스러운 삶이 칙살맞고 가련하지 않을 수가 없었다.

그래서 총수가 더 붙들어두고 싶어도 불쾌하고 괘씸해서 갈아치울 수밖에 없는 어떤 사단이나 한바탕 퉁그러지기만을 이제나저제나 하고 기다리고 있었다.

그 사달은 생각보다 이르게, 그리고 싱겁게 다가왔다.

그는 그 비단잉어 회식 사건이 있고 두어 달 만에 나타났는데, 그날이 바로 그가 그동안 벼르고 별러온 그 그룹 소속 운전수들의 정상으로부터 하야를 한 날이었다.

사건의 전말은 다음과 같았다.

총수는 본디 각근하고 신실한 불교 신자였다. 총수의 원당願堂만 해도 어디라고 하면 아이들도 이내 짐작할 수 있는 국립공원 안의 명찰이거니와, 언필칭 민족문화유산 운운하지만 실은 총수의 사찰私刹이라고 해도 과언이 아닐 지경이었다. 오랫동안 물심양면으로 해온 것이 있었기에 그리된 것이라고 보면, 총수의 신심이 어떠한가를 능히 헤아릴 수 있는 일이었다.

총수는 자택에도 불당을 두고 있었다. 자택의 불당은 저만치 떨어진 후원에 있었다. 정원이 웬만한 국민학교의 운동장보다도 너른데다 잘 가꾼 정원수가 가득하여 살림집인 본채에서는 잘 보이지도 않은 외진 곳이기도 하였다.

불당은 여느 암자들처럼 불단에 황금색의 등신불을 모시고 있었으나, 불상 주변에는 정화수를 올리는 불기와 향완이 하나씩, 그리고 양쪽에 풍물의 한 가지인 날라리를 거꾸로 세운 듯한 촛대뿐으로, 재벌가의 불당치고는 썩 정갈하고 속박한 편이라고 할 만하였다.

그런 반면에 총수는 불상이나 불단에 먼지 하나라도 앉으면 큰일나는 줄 알고 청소 한 가지는 하루도 거르는 날이 없도록 엄히 다루고 있었다.

이 불당의 청소를 맡고 있던 것이 유자였다. 총수를 출근시키기 전에는 손이 놀고 있기도 했지만, 그보다도 총수를 모시고 국립공원에 있는 원당을 자주 왕래하여, 절에서 하는 불교의식이나 풍속에 대해서도 누구보다 익숙했던 것이 청소를 맡게 된 이유였다.

총수는 어슴새벽에 일어나면서 일변 불당에 참배를 하는 것이 일과의 시작이었다.

유자는 총수가 참배 오기 전에 사닥다리를 오르내리며 불두에서 결과부좌까지 융으로 만든 마른행주로 불상의 먼지를 거두었고, 불단을 훔치고 촛불을 써놓은 다음 전날 제주도에서 공수해온 약수로 정화수를 갈아올리는 것이 일과의 시작이었다.

그날도 그렇게 하고 있었다.

불상의 먼지를 찍어내려오던 그의 손이 항마촉지降魔觸地한 손등에 이르렀는데, 파리똥인지 뭔지 마른행주로는 냉큼 지워지지 않는 것이 있었다.

행주에 물을 축여 오려면 넓은 정원을 가로질러 본채까지 다녀와야 할 텐데, 그렇게 지체하다가는 십중팔구 총수가 나타나기 전에 청소를 마치지 못하기가 쉬웠다. 불단의 정화수를 쓸 수도 없었다. 묵은 정화수는 총수 부인이 손수 식구대로 컵에 나누어 온 가족이 음복하듯이 마시게 하고 있어서 조금이라도 축낼 수가 없는 것이었다.

그가 자기도 모르게 차량을 다루던 버릇으로 툽 하고 마른행주에 침을 뱉어서 막 파리똥을 지우려는 순간이었다.

"야야, 저런 천하에 몹쓸……"

돌아다볼 것도 없이 총수의 호통이었다. 총수가 소리없이 나타나서 청소하는 것을 지켜보고 있었던 것이다.

총수의 호령이 이어지고 있었다.

"너 너…… 너 오늘부터 내 집에서 당장 나가."

총수가 큰 절마다 정문의 문간에 좌우로 험악하게 서 있는 금강역사金剛力士의 눈을 해가지고 명령하면서도 '내 회사'가 아니라 '내 집'에서 나가라고 한 것은, 거듭 생각해보아도 대자대비하신 부처님의 굽어살피심이라고 아니할 수가 없었다.

6

그는 여지없이 그날로 좌천되었다. 좌천지는 그룹에 속한 모든 차량의 교통사고를 처리하는 부서였고, 관할구역은 특별시 전역이었다.

이른바 노선상무路線常務가 된 것이었다.

노선상무는 또 노상路上상무였다. 다른 것은 몰라도 풍찬노숙한 가지는 제도적으로 보장이 된 자리였다.

남들은 관례로 보아서 그도 당연히 사표를 던지려니 하고 있었다. 업무의 내용이며, 업무의 난이도難易度며, 조직에서의 위상이며가 비교도 할 수 없는 거리로 벌어진 것이 사실이기 때문이었다.

그는 사표를 내지 않았다.

그는 아무 말 없이 새로운 업무를 캐고 익히고 있었다.

그가 그러고 있으니 남들은 창자도 없는 인간으로 여기는 눈치였다. 그를 쳐다보는 연민 어린 눈길이 그것이었다.

그는 비록 총수의 측근에서 그야말로 하루 식전에 원악도遠惡島

466

와 다름없는 말단 부서의 현장 실무자로 유배된 셈이었지만, 공사 석을 막론하고 한마디의 불평도 입에 올리지 않았다. 적어도 위선 자의 몸을 모시고 다니는 것보다는 떳떳하며, 아울러서 속도 그만 큼 편할 터이라고 자위하고 있었다.

새로 맡은 자리가 험악한 자리임을 설명하기에는 실로 긴 말이 필요치 않았다.

노전상무에게는 차량의 운행 노선이 여러 갈래인 만큼이나 거 래처가 많았다. 대강만 꼽아보더라도 우선 사고 현장에 뛰어온 교 통순경을 첫 거래처로 하여, 경찰서와 검찰청과 법원이 있고, 변호 사가 있었다. 노선을 달리하여 병원의 응급실이 있고, 입원실이 있 고, 원무실이 있고, 또한 보험회사가 있었다. 그리고 또다른 노선 에는 병원의 영안실과 장의사와 공원묘지와 화장터가 있었다. 그 러나 어떤 기관보다도 상대하기가 까다로운 것은 피해자 측에서 선 임한 변호사가 아니라 피해자 당사자 내지는 그 유가족들이었다.

노선상무의 업무는 사고 차량이 속한 단위 회사 사장 및 그룹의 총수를 대리하여, 교통사고로 빚어진 모든 복잡하고 사나운 일에 사무적으로, 법률적으로, 경제적으로, 사회적으로, 나아가서 인간 적으로 임하는 일이요, 헌신적으로 뒤치다꺼리를 하는 일이요, 후 유증이 일지 않도록 깔끔하게 마무리를 하는 일이었다.

그러나 그 '모든 복잡하고 사나운 일'의 처리는 앞에 말한 여러 갈래 노선의 거래처를 상식적으로, 논리적으로, 과학적으로, 법률적으로, 경제적으로, 현실적으로, 인간적으로 일단은 이기는 것을 기본으로 하지 않으면 안 되는 것이었다.

그는 그러나 그 모든 거래처와 그렇게 겨루어서 이기더라도 이긴 것 자체에만 뜻이 있어 하고 만족할 위인이 아니었다. 그 스스로가 그것을 용납하지 않았다. 이기되 양심적으로 이겨야 하고 정서적으로도 이겨야만 하였다.

그가 인간적으로, 양심적으로, 정서적으로 이기는 일은 그리 어려운 일이 아니었다. 사필귀정의 원칙과 진실에 대한 신뢰에 흔들림이 없는 이상은 어려운 일이 아니었다.

그는 자신의 양심과 정서를 바탕으로 하고 거래처의 인성人性을 짝으로 삼아 주어진 소임을 다하고자 노력하였다. 그는 가해자(총수 혹은 그룹의 동료 운전수)에게나 피해자에게나 부정한 승리, 부당한 패배가 있을 수 없도록 하는 일이 자신의 진정한 역할이라고 스스로 다짐하기를 변함없이 하고 있었다.

그러나 소신을 관철하기 위해서는 남다른 수고와 오해를 감수하지 않으면 아니 되었다.

사고 현장에 나가서 원인 유발의 동기와 환경을 과학적으로 증명하기 위해서는 정직한 실험과 논리의 개발에 부지런하지 않으면 아니 되었다. 그런 까닭에 법의학에 대하여, 인체생리학에 대하여, 정신신경과에 대하여, 심리학에 대하여, 보험법에 대하여, 도로교통법에 대하여, 도로관리법이니, 교통관리법이니, 무슨 시행령이니, 무슨 지침이니 조례니 하는 것들에 대하여, 무엇 한 가지도 설익거나 어슬프거나 소홀히 해서는 아니 되었다.

그는 남다른 노력으로 그것을 극복하였다. 아니 통달하였다. 도사였다.

그는 소설에 도움이 되도록 하고자 이 만년 수리문맹數理文盲인 나에게 회프만식 계산법을 비롯하여 보험금 계산법에 이르기까지 자신의 실무 경험과 선례, 판례, 사례를 들어가며 사건별로 누누이 강의를 되풀이하였으나, 일개 백면서생에 불과한 나에게는 이렇다 할 도움이 된 적이 별로 없었다.

나는 그가 줄줄 외워대는 법령이나 조문 해석이 하도 복잡하여, 대개는 듣는 도중에 앞에서 말한 것들을 말해준 순서대로 잊어가다가, 그가 결론에 다다른 연후에야 겨우 결과가 어떻게 되었다는 말꼬리 부분에만 건성으로 고개를 끄덕이며, 그가 보기보다도 훨씬 악바리란 사실만을 번번이 재확인하고 말았을 뿐이었다.

그는 깎아서 말하자면 보기 드문 악바리였다. 하지만 가해자나 피해자 편으로는 오히려 인간미가 넘치는 든든한 해결사였고, 그를 세상에서 다시없는 악바리로 치부함직한 곳은 오직 한 군데, 즉 자동차 보험회사뿐이었던 것이다.

그는 피해자나 피해 가족에게 공정한 보상이 되도록 애쓰면서도, 가령 사건 브로커 따위가 뛰어들어 총수의 사회적인 위치를 기화로 사망자의 장례를 거부하고 버티거나, 시체를 볼모 잡아 시위하며 터무니없는 요구를 하는 경우에는 단호하게 대처하였다.

　그런 경우에도 물론 법에 묻기 전에 설득을 먼저 하였다.

　"이봐요, 돌아가신 양반이 돈 타먹으려고 돌아가신 건 아니잖소. 시신두 부르는 게 값인 중 아슈? 물건이던감? 시방 무슨 흥정을 허구 있는겨, 여기 식인종 읗어, 산 사람은 월급이나 품삯이 챘다^{올랐다} 하렸다^{내렸다} 허니께 혹 상품이 될는지 몰라두 시신은 상품이 아닌규."

　그런 와중에도 피해 가족의 대개는 사건이 마무리된 뒤에 그에게 사의를 표하는 것이 예사였다. 환자에 대한 잦은 문병과 신속한 치료 조치, 사망자가 난 사건에는 넉넉한 부의와 정중한 조문, 장지까지 따라가서 장례를 거드는 보기 드문 성의와 적극적인 보상 절차 이행, 그리고 한 푼이라도 더 보태어주려고 보험회사와 밀고 당기는 지능 대결 등을 통하여 그의 진면목을 발견한 사람은, 비록 악연으로 만난 사이일망정 그 나름의 감동이 없을 수가 없었던 것이다.

　그리하여 사건을 끝내면서 그들에게 진심 어린 치하와 더불어 따끈한 차라도 한 잔 대접받게 되면, 그는 그 일로 인하여 누적된 피로가 씻은 듯이 가시면서 자신의 소임에 대한 새로운 인식과 함께 보람마저 느끼는 것이었다.

　뒷맛이 씁쓸했던 일도 없지는 않았다. 사망자가 생전에 변변치 못했던가 싶은 사례가 그러하였다.

470

사고 발생의 요인이 복합적으로 뒤엉켜서 본의 아니게 해결이 지연되는 사건도 적지 않았다.

사건을 들고 법정으로 가거나, 보험회사에서 제기한 이의에 분쟁의 소지가 있어도 자연히 시일을 끌었다.

사망자의 부인이 젊으면 더욱 그러하였다. 부인의 뒤에 친정 오라비를 자처하는 자가 따라다니면서, 부인에게 잘 보이려고 생색이 날 일을 찾게 되면 열에 일고여덟이 그렇게 되는 것이었다.

그가 보기에는 그런 친정 오라비에는 두 가지 종류가 있었다. 망자의 사십구재 이전부터 모습을 나타내는 친정 오라비는, 망자가 살아 있어서부터 그녀와 서로 네 거니 내 거니 해온 사이였고, 사십구재라도 지나가고 나서 끌고 다니는 친정 오라비는, 유흥가에서 만난 직업적인 제비족이 분명하였다.

그는 사건 처리를 하면서도, 신통찮던 남편에게서 속 시원히 해방되고, 예정에 없었던 목돈을 쥐게 되고, 사내를 새로 만나서 딴 세상이 있었음을 발견한 젊은 과부의 그 의기양양한 모습을 볼 때처럼 맥살이 풀리고 마음이 언짢을 때가 없었던 것이다.

그는 그럴수록이 공사 간을 분명히 하여 일을 매듭지었다.

그런데 그런 여자일수록 사건이 해결된 뒤 그에 대한 사의 표시가 차 한 잔 정도로는 크게 결례라고 생각하는 축이 많은 편이었다. 여러 말 할 것 없이 몸으로 때우겠다는 거였다.

그에게는 정해진 대답이 있었다.

"드으런 년."

그렇게 한마디로 자리를 박차버리는 것이었다.

그가 괴로워하는 것은 비단 피해자 쪽의 사정만도 아니었다.

사고를 낸 운전수가 당황하여 숨어버리거나 구속이 되어도 마찬가지로 안됐고 안타까운 것이었다.

그는 운전자의 운전 윤리에 누구보다도 반듯하였다. 그러므로 운행중에 때아닌 곳에서 과속으로 앞지르기를 하거나, 옆에서 끼어들어 진로 방해를 하거나, 차선을 함부로 넘나들거나, 신호등이 바뀌기 전부터 앞으로 나가지 않는다고 뒤에서 경적을 울려대거나, 운전 상식이나 도로 질서에 도전하는 자를 보면, 매양 혼잣말처럼 중얼거리기를 잊지 않았다.

"츤헌 늠…… 저건 아마 즤 증조할애비는 상전덜 뫼시구 가마꾼 노릇 허구, 할애비는 고등계 형사 뫼시는 인력거꾼 노릇 허구, 애비는 양조장 허는 자유당 의원 밑에서 막걸리 자즌거나 끌었던 집안 자식일겨. 질바닥서 까부는 것덜두 다 계통이 있는 법이니께."

그가 다루는 사건도 태반이 가해자의 운전 윤리 마비증이 자아낸 것이었다. 그렇지만 가해자가 그룹 내의 동료 운전수라 하여 팔이 들이굽는다는 식의 적당주의를 취한 적은 거의 없었다.

다만 사건 처리에 필요한 서류를 갖추기 위해 신상기록 대장에 있는 주소를 찾아가보면 일쑤 비탈진 산꼭대기에 더뎅이 진 무허가 주택에서 근근이 셋방살이를 하는 축이 많았고, 더욱이 인건비를 줄이느라고 임시로 쓰던 스페어 운전수들이 사는 꼴이 말이 아닐 때는, 그 운전자의 자질 여부를 떠나서 현실적인 딱한 사정에 괴로워하지 않을 수가 없었던 것이다.

스페어 운전수는 대체로 벌이가 시답지 않아 결혼도 못 한 채 늙고 병든 홀어미와 단칸 셋방을 살고 있거나, 여편네가 집을 나가버려 어린것들만 있는 경우가 적지 않았고, 들여다보면 방구석에 먹던 봉짓쌀이 남은 대신 연탄이 떨어지고, 연탄이 있으면 쌀이 없거나 밀가루 포대가 비어 있어, 한심해서 들여다볼 수가 없고 심란해서 돌아설 수가 없는 집이 허다한 것이었다.

그는 결국 주머니를 털었다. 스페어 운전수의 사고에는 업무 추진비 명색도 차례가 가지 않아 자신의 용돈을 털게 되는 것이었다. 식구가 단출하면 쌀을 한 말 팔아주고, 식구가 많은 집은 밀가루를 두 포대 팔아주고, 그리고 연탄을 백 장씩 들여놓아주는 것이 그가 용돈에서 여툴 수 있는 한계였다.

그가 쌀가게에서 쌀이나 밀가루를 배달하고, 연탄가게에서 연탄 백 장을 지게로 져 올려 비에 안 젖게 쌓아주기를 마칠 때까지 그 집을 떠나지 않았다. 그리고 그 집을 나와서 골목을 빠져나오다 보면 늘 무엇인가를 빠뜨리고 오는 것처럼 개운치가 않았다.

그는 비탈길을 다 내려와서야 그것이 무엇이라는 것을 깨닫곤 하였다. 산동네 초입의 반찬가게를 보고서야 아까 그 집의 부엌에 간장밖에 없었던 것이 뒤늦게 떠오른 것이었다.

그러면 다시 주머니를 뒤졌다.

그가 반찬가게에서 집어드는 것은 만날 얼간하여 엮어놓은 새끼 굴비 두름이었다. 바다와 연하여 사는 탓에 밥상에 비린 것이 없으면 먹어도 먹은 것 같지 않아 하는 대천 사람의 속성이 그런 데서까지도 드티었던 것이다.

도로 산비탈을 기어올라가서 굴비 두름을 개 안 닿게 고양이 안 닿게 야무지게 내달아주면서

"븩에 제우 지랑뱆이 읊으니 뱁이구 수제비구 건건이가 있으야 넘어가지유. 탄불에 귀 자시던지 뱁솥에 쪄 자시던지 하면, 생긴 건 오죽잖어두 뇌인네 입맛에 그냥저냥 자셔볼 만헐규."

쌀이나 연탄을 들여줄 때는 회사에서 으레 그렇게 돌봐주는 것이거니 하고 멀건 눈으로 쳐다만 보던 노파도, 그렇게 반찬거리까지 챙겨주는 자상함에는 그가 골목을 빠져나갈 때까지 눈시울을 적시고 있는 것이 보통이었다.

7

그가 노선상무로 나간 초기에는 피해자 가족들에게 속절없이 봉변을 당하기가 바빴다.

사망자가 난 사고에서는 더욱 그러하였다. 운전수가 연행되어 조사를 받고 있거나 아예 달아나버려서 분풀이를 하고 싶어도 상

대가 없어서 앙앙불락하던 차에, 사고를 낸 회사에서 사고 처리반이 나왔다고 하면 대개는 옳거니, 때맞추어 잘 만났다 하고 떼거리로 달려들어 덮어놓고 멱살을 잡으며 주먹부터 휘두르고 보는 것이 예사였다. 나중에는 사람을 잘못 알고 실수했노라고 사과하고, 일을 처리하는 데도 싹싹하고 상냥하게 협조하는 위인일수록 처음에는 흥분을 가누지 못해 사납게 부르대고 날뛰는 편이었다.

"야, 너, 흥부는 놀부같이 잘사는 형이라도 있어서 매품을 팔고 살았다지만 너는 뭐냐, 뭐여, 못하는 운전수를 동료라구 둔 값에 매품이나 팔며 살거라, 그거여? 너야말루 군사정변이 나서 구정권의 거물 비서 자격으루 끌려가서두 볼텡이 한 대 안 줘백히고 니 발루 걸어나온 물건인디 말여, 그런디 이제 와서 냄의 영안실이나 찌웃그리메 장삼이사헌티 놈짜 소리 듣는 것두 과만해서 주먹질에 자빠지구 발길질에 엎어지구 허니, 니가 그러구 댕긴다구 상무 전무가 아까징끼값을 물어주데, 사장 회장이 떨어져 밟힌 단추값을 보태주데? 사대부 가문을 자랑허시던 할아버지가 너버러 이냥 냄의 아랫도리루만 돌며 살라구 가르치셨네, 동경 유학 출신의 아버지가 동넷북으로 공매나 맞구 살라구 널 나놓셨네? 너두 처자가 있는 뭠이 이게 뭐라네? 뭐여? 니 신세두 참……"

그는 봉변을 당하고 나면 자기를 저만치 떼어놓고 바라보며 그런 허희탄식으로 시간 가는 줄을 몰랐다.

세상사란 대저 궁즉통인지라. 곰곰이 생각해보니 사나운 일은 그저 예방이 제일이었다.

그가 찾아낸 예방책은 그가 먼저 선수를 쳐서 저쪽의 예봉을 피하자는 것이었다.

그는 실천을 하였다.

사망자의 빈소가 있는 병원의 영안실에 가면 처음부터 신분을 밝히지 않았다. 그는 빈소의 형식이 불교색인지 기독교색인지도 살피지 않았다. 우선 고인의 영정에 절부터 재래종으로 하고 꿇어앉아, 손수건으로 눈자위를 눌러가며 눈시울을 훔쳤다. 눈물 같은 건 비칠 생각도 않던 눈도 그렇게 거듭 귀찮게 하면 진짜로 눈물이 있었던 것처럼 보이기가 쉬웠다. 또 그렇게 흉물을 떨며 눌러 있으면 상가의 친인척 중에서 나잇살이나 된 사람이 다가와 어깨를 다정히 흔들며 달래기도 했다. 일은 어차피 당한 일인데 애통해한들 무슨 소용이 있겠느냐, 그만 마음을 가라앉히고 저리 가서 술이나 한잔하라는 것이었다.

"에이 죽일 늠덜…… 암만 운전질이나 해처먹구 사는 막된 것덜이래두 그렇지, 워쩌자구 이런 짓을 허는겨, 이에 죽일 늠덜……"

천연스럽게 운전수를 나무라며 두툼하게 장만해간 부의를 하고 물러나면, 아까 어깨를 흔들어 달래던 사람이 술상으로 안내를 하였고, 또 대개는 그 사람이 마주 앉아 술을 권하는 것이었다.

서로 잔을 건네고 담뱃불을 나누고 하면서 서너 순배쯤 하고 나

면 궁금한 쪽은 그쪽이라

"실롑니다만, 망인하고는 어떻게 되시는지……"

하고 신분을 먼저 묻는 것이었다.

그는 그제야 앉음새를 고치면서 정중하게 명함을 내밀었다.

이왕에 손님 대접으로 술까지 권커니 잣커니 해온 사이인데 새삼스럽게 술상을 걷어차며 대거리를 하러 든다면 이미 경위가 아닌 거였다. 비록 성질이 불같은 사람이라 하더라도 때를 놓친 것이었다.

그뿐 아니라 사고 처리반이 나왔다는 말에 가만두지 않을 작정으로 눈을 흡뜨며 다가오는 이가 있으면, 중간에 서서 볼썽사나운 일이 일어나지 않게 하는 책임의식이 들기도 하는 모양이었다. 그러므로 그가 빈소에서 물리적인 대우를 면치 못했던 것은 노선상무 초기의 얼마 동안에 지나지 않았던 것이다.

빈소에 드나들다보면 망자의 가족 가운데 담이 들거나 풍기가 있어서 몸을 제대로 추스르지 못하는 노인이 많았다. 그런 사람을 보아주려고 침놓는 법을 배웠다.

그는 돌팔이 침쟁이였지만 침통을 항상 몸에 지니고 다녔다.

장지에 따라다니다보니 묏자리가 좋으니 나쁘니 하고 상제나 친척들 간에 불퉁거리고, 좌향이 옳으니 그르니 하고 공원묘지 산역꾼들과 불화하여 장례를 정중하게 치르지 못하는 집도 많았다. 그래서 그럴 때 쓰려고 책을 구해 들여 풍수지리를 배우고, 쇠나침반를 장만하여 좌향을 정해주기도 하였다.

그럴 때는 훈련소 신병 시절에 써먹었던 입담도 한몫 거들었다.

풍수를 배우는 과정에서 지하의 수맥에 대한 이치도 배워둘 필요가 있었다. 상도동 성당인지 노량진 성당인지 버드나뭇가지로 수맥을 짚는 데에 권위인 신부님을 찾아다니며 수맥을 배우고, 그러는 동안에 천주교에 입문하여 세례를 받기도 하였다.

그러고 보면 그의 총수는 사람을 보는 눈이 있었고 사람을 부리는 꾀가 있었다.

총수는 유자의 능력을 높이 사서 곧 과장으로 올려주었다. 그러나 그 이상의 승진은 불허하였다.

유자는 십 년이 가도 과장이었다. 그가 자리를 옮기면 누가 그 자리에 가더라도 그만한 능력을 보이지 못하리라는 것을 총수는 익히 알고 있었던 것이다.

유자는 총수에게 자신의 상한선이 과장으로 굳어진 이유를 물었다.

총수는 오로지 신원 조회 탓이라고 말했다.

유자는 구태여 운수회사에서까지 연좌제를 받드는 까닭에 대하여 구구하게 묻지 않았다. 항공사업도 겸하고 있었기 때문이었다.

유자는 총수를 원망하지 않았다.

선거 때마다 연좌제 폐지를 공약으로 내걸었다가 정권이 보장되면 언제 그랬느냐 해온 정권 담당자에 대해서도 원망하지 않았다.

연좌제에 관해서도 불원천불우인不怨天不尤人의 자세가 기본이었다. 하물며 소신껏 살다가 일찍이 처형당한 부친을 원망할 터이겠는가.

그는 부친의 제사를 모실 때마다 지방을 썼다. 그러나 현고학생 운운하는 통속적인 지방은 한 번도 써본 적이 없었다.

반드시 이렇게 썼다.

현고 남조선노동당 홍성군당위원장 신위.

일가의 아낙 한 사람이 제삿날 일을 거들어주러 왔다가 그 지방을 보고 물었다.

"얼라, 워째 이 댁 지방은 저냥 질대유?"

유자가 대답하였다.

"예, 약간 길게 되어 있슈."

유자는 그러면서 비시시 웃었다.

고독한 웃음이었다.

그는 고독하고 고단한 삶을 살면서도 그것을 내색하지 않았다.

술과 독서와 그리고 남에 대한 봉사의 즐거움으로써 시름을 잊고 애달픔을 삭였다.

문인들과의 폭넓은 교유도 일말의 위안이 됐을는지 몰랐다.

그가 사랑하는 문인, 그를 사랑하는 문인이 많았다. 자주 어울렸던 문인으로 이호철, 고은, 천승세, 신경림, 박용수, 염재만, 김주영 제씨는 그가 성님으로 모신 문인이었다. 동년배인 한승원, 손

춘익, 조태일, 안석강, 박태순, 양성우 제씨는 친구로서 지낸 문인이었고, 강순식, 송기원, 이시영, 이진행, 채광석, 김성동, 임재걸, 정규화, 홍일선, 김사인 제씨는 그가 아우님으로 부르던 문인이었다. 김지하씨가 오랜만에 출옥해 있을 때는 원주까지 찾아가서 보았고, 김성동씨는 고향 후배라 하여 항상 애틋한 눈길을 주었다.

월로 작가 유승규, 천승세 씨가 교통사고를 입으니 자기 일처럼 뛰어다니고, 우리집 아이가 교통사고를 당했을 때도 그가 해결사 노릇을 해주었다.

어디를 가나 교통순경이 먼저 경례를 붙이고, 경찰서마다 말이 통하는 이가 있어서 즉결재판감을 훈방으로 깎는 데에도 그가 아니고는 어려운 일이었다.

어느 병원을 가더라도 너나들이를 하고 지내는 의사가 있고 원무실장이 있었다.

그로 인하여 여러 문인이 의료 혜택을 입었으니, 그가 입원한 인사를 한번 위문하고 가면 그날부터 의사나 간호사나 한 번 들여다볼 것도 두 번 세 번씩 들여다보기 마련이었다. 말 한마디로 특진이 이루어지고 치료비가 예외로 깎였다.

문인들과 관계된 일이라면 언제나 소매를 걷어붙였다.

내가 대표 명색으로 있던 실천문학사에서 집들이를 겸하여 고사를 지내던 날이었다.

문인과 기자 들로 발 디딜 곳이 없는 가운데 대표의 책상 위에 시루와 돼지머리가 올려졌다. 사원들부터 차례로 절을 하였다. 무당이 없으니 대표부터 차례로 꿇어앉아 희망사항을 신고하고 두 손을 비비라는 농담이 사방에서 빗발치고 있었다.

그러나 숫기 없는 내가 나서서 그럴 터인가, 대중 앞에 나서기를 꺼려 하는 송기원 주간이 나설 터인가. 독실한 가톨릭 신자인 이석표 상무가 그러기를 할 것인가, 꼬장꼬장한 성품의 이해찬 편집장이 그러기를 할 것인가.

손님들은 손님이라서 잠잖게 서 있고, 사원들은 손님을 따라서 남의 집에 온 사람들처럼 막연하게 서 있을 뿐이었다.

그럴 때 소매를 걷어붙이고 나서는 것이 유자였다.

"……그저 관재수 좀 읎게 해주시고, 내는 책마다 베스트셀러가 돼서 돈두 좀 벌게 해주시구, 또 이 회사 대표 되는 늠 술 좀 작작 처먹게두 해주시고……"

그는 두 손을 싹싹 빌어가며 걸쩍한 비라리를 대행하는 것이었다.

그로부터 서너 해가 지나서 펴낸 도종환 시인의 시집 『접시꽃 당신』이 시집 출판사상 세계적인 기록을 세우며 1백만 부 이상의 초베스트셀러가 됐던 것도, 혹 유자의 비라리에 감응이 있어서였는지 모를 일이었다.

1987년이 되었다.

갑자기 다가온 그의 만년이었다.

그는 어느 개인 종합병원의 원무실장으로 일하고 있었다.

그가 자기가 일하는 병원보다 큰 대학부속병원에 불쑥 입원을 했던 것은 이해 봄이었다.

가보니 나처럼 아무것도 모르는 눈으로 보기에도 족보가 있는 병이 아닌가 싶은 증세였다.

그는 며칠 있다가 일터에 복귀했다. 걱정할 만한 병이 아니라 하여 퇴원했다는 것이었다. 나는 긴가민가하였으나 그 자신이 현직 종합병원 원무실장이기에 자기의 병쯤은 제대로 다스릴 수 있으려니 하는 생각도 아울러 하고 있었다.

여름에 6·29선언이 있었다.

전국의 노동자들이 들고 일어났다. 서울에서도 노동자들의 가두시위가 파상적으로 일어났다.

어느 날, 그가 있는 병원에 남녀 노동자들이 떼 지어 몰려들었다. 모두가 다친 사람들이었고 중상자도 여러 명이나 되었다.

장기간의 치료가 필요한 중상자의 입원 조치 여부는 입원실의 배정권을 쥐고 있는 원무실장이 결재할 사항이었다.

알아보니 복직을 요구하며 가두시위를 하다가 최루탄 작전에 쫓겨 어느 건물로 피해 들어갔던 노동자들이, 뒤쫓는 추격에 갈 곳이 없어 뛰어내리다가 중상을 입었다는 것이었다.

그는 즉시 입원 조치를 지시하였다.

병원장이 가만히 있을 리가 없었다. 원장은 사회면에 중간 크기의 기사로 다루어진 신문을 들이대며, 아무것도 없는 환자들이 무슨 수로 치료비를 대겠는가, 노사분규로 해고된 사람들이니 회사에서 부담하겠는가, 뛰어내리다가 다친 사람들이니 정부에서 보상을 하겠는가, 원장이 종주먹을 대듯이 따지는 것도 당연한 일이었다.

그는 병원은 환자를 위하여 있는 것이란 말로써 대답을 대신하였다.

"책임지시오."

"책임지지요."

원장과의 언쟁은 그런 약속을 담보로 하여 끝났다.

환자들의 회복은 빨랐다.

완치된 환자가 늘어갔다. 다만 치료비가 없어서 인질로 있는 환자도 적지 않았다.

그가 책임지기로 한 일이 박두한 것이었다.

그는 책임지는 방법을 알고 있었다.

어차피 그 한 가지 방법밖에는 없었으니까.

당직 의사와 당직 간호원만 나오는 일요일을 택하여 환자들을 모두 탈출시켰다. 그리고 이튿날 아침에 사표를 냈다. 딱한 사람들에게 베푼 마지막 선물이었다.

실업자가 되어 집에 있으니 주춤했던 병마가 다시 기승을 부렸다. 주춤했던 것이 아니라 환자들을 탈출시킬 때까지 긴장의 연속이어서 자신의 몸은 돌아볼 경황이 없었던 것이다.

그를 만날 때마다 몸은 나날이 허물어지고 있는 것이 눈에 보였다. 걸음걸이도 걷는 것이 아니라 다리를 끌고 다니는 형국이었다. 승용차가 있어서 그나마 외출이 가능한 것 같았다.

그런 상태임에도 남의 딱한 일이라면 외면할 줄을 몰랐다.

날이 밝기도 전부터 전화가 오고 있었다. 새벽에 오는 전화치고 좋은 소식은 없었다. 나는 불길한 예감을 떨치지 못한 채 전화를 받았다.

뜻밖에도 젊은 평론가 채광석씨의 불행을 알리는 전화였다. 교통사고였다.

전화를 놓고 담배 한 대를 피우고 나니 다시 전화가 왔다. 채씨의 문인장 장례위원회에서 유자에게 도움을 청하는 내용이었다.

유자는 그 몸을 하고도 일을 맡아서 뛰어다녔다.

내가 치산위원회에 배속되자 그는 쇠를 챙겨가지고 나왔다.

채씨의 문인장 영결식이 있던 날 아침에 유자는 나와 함께 묘지로 차를 몰았다.

장지는 공원묘지의 꼭대기여서 길이 몹시 가파른데다 장마에 패이고 무너져서 거칠기가 짝이 없었다. 산에서 쓸 장례용품을 싣고 뒤따라온 차들은 반도 오르지 못해서 시동이 꺼졌다.

유자가 나섰다. 뒤로 미끄러지기만 하던 차들을 모두 끌어올렸다. 삼십대의 젊은 운전수들이 유자의 노련한 운전 솜씨에 탄성을 지르고 있었다.

영결식을 마치고 온 조객들이 산을 뒤덮고 있었다.

조객들이 열이면 열 소리로 참견을 해대니 산역꾼들도 그들 나름의 성질과 버릇이 있어서 뻗버듬하게 나왔다. 그러자 유자가 한번 쇠를 놓자 아무 일도 없었다.

유자는 산역을 마치고 내려오다가 비석 공장에 들렀다. 거기서도 먼저 알아보고 인사를 하는 석수가 있었다. 보령에서 올라온 석수였다. 유자는 비석값을 깎았다. 석수는 깎자는 대로 깎아주었다.

채씨의 모배를 계약해주고 귀로에 올랐다. 이시영씨와 정상묵씨가 동행이었다. 정씨는 양수리의 강가에서 채소농장을 하고 있었다. 무공해 유기농업을 주창해온 농민운동가였다.

정씨의 농장에 들러 정씨가 담은 딸기술을 한 잔씩 했다.

유자와 내가 함께 나눈 마지막 잔이었다.

지금은 영광 함평 보궐선거를 통해 국회의원으로 일하는 이수인 교수가 유자의 마지막 특진을 주선해주었다. 내 위장병을 고쳐준 신일병원 원장 지영일 박사의 특진이었다.

유자는 지박사의 노련한 표정 관리에 속아 태연하게 병원을 나섰다.

나도 내내 속고 싶었다. 그래서 일주일이 지나도록 지박사에게 전화를 하지 않았다.

일주일이 넘도록 전화가 없자 병원에서 먼저 진실을 알려왔다. 간암. 여명 삼 개월.

남은 기간의 투병생활에 대해서는 차마 쓸 수가 없다.

다만 한승원, 조태일, 양성우, 정규화 씨 등이 문병하던 모습, 특히 직장암을 세 축이나 수술하고도 재발하여 자신의 여명도 얼마 남지 않았던 작가 강순식씨가 유자의 병상을 부여잡고 하늘을 부르며 기도해주던 모습, 대천에서 국민학교, 중학교 동창들이 버스를 몰고 와서 문병하던 모습, 그리고 유자가 혼수상태에 빠진 것을 보고 "이건 혼수가 아니야, 저승 잠이야" 하고 오열하던 천승세씨의 모습이나 오래도록 간직하고 싶을 뿐이다.

유자의 빈소에서 그의 죽마고우들이 모여 그의 개구쟁이 시절에 대해서 이야기하고 있었다.

문인들이 줄을 잇고 있었다. 그가 성님으로 모시고, 혹은 친구로서 놀고, 혹은 아우님으로 부르면서 어울렸던 문단의 원로, 문단의 중진, 문단의 신예들이었다.

그리고 달포가량 지나서 시인 이시영씨가 유자를 읊은 시 한 편이 경향신문사에서 발행하는 『월간경향』지에 발표되었다. 제목은 '유재필씨'였다.

유재필씨

비가 구죽죽이 내린 날, 유재필씨의 시신은 영구차에 실려 답십리 삼성병원 영안실을 떠났습니다. 그 뒤를 호상 이문구씨가 따랐습니다. 번뜩이는 익살과 놀라운 재기로 수많은 사람들의 소설 속 주인공이 되었지만 자신은 이 지상에 한 편의 소설도 시도 남기지 않은 채 새파란 아내와 자식들을 남기고 갔습니다.

오늘은 또한 벗 채광석의 일백 일 탈상 날이기도 합니다. 바로 일백 일 전 오늘 유재필씨는 채광석 장례의 지관이 되어 이 산 저 산을 뒤지며 터를 잡고 돌집에 내려와서는 '시인 채광석의 묘'라고 새긴 돌값을 깎았습니다. 돌값을 깎고 내려와선 양수리 한강변에서 장어를 사먹었던가요. 햇빛에 그을은 새까만 얼굴과 단단한 어깨, 넘치는 재담에서 우리는 그의 죽음을 상상도 못했습니다. 왜냐하면 그의 길지 않은 생애의 대부분의 직업이 죽은 자의 시신을 처리하는 사고 처리반 주임이었으니까요. 죽음은 어쩌면 그와 가장 친숙한 길동무였습니다. 그러나 그의 죽음이 왜 이렇게 자연스럽지 않은지요. 그는 우리들을 잠시 놀라게 하려고 이웃 마실에 간 것만 같습니다.

오늘은 일백 일 전에 세상을 떠난 광석이와 그를 묻고 돌을 세운 유재필씨가 한강변의 이 산 저 산에서 만나는 날입니다. "잘 있었나?" "예, 형님 어서 오십시오. 제가 이곳에 좀 먼저 온 죄로 터를 닦아놨습니다. 야, 얘들아 인사드려라. 재필이 성님이다. 소설가 이문구씨 친구." "이문구씨가 누구요?" "야 씨팔 놈들아, 저세상에 그런 소설가가 있어!" 유재필씨는 아직 아무 말이 없습니다. 남들이 묻힐 자리를 찾기 위해 수차례 오갔지만 아직은 좀 서먹한 산천과 무엇보다도 세상에 두고 온 가족들에 대한 슬픔이 뼈끝에 시려오기 때문입니다. 그리고 문구는 잘 갔는지, 그 자식은 내가 없으면 어려운 일 당했을 때 뉘를 찾을지도 궁금하여 안심이 안 됩니다. "형님, 제 교통사고건 맡아 처리하시느라고 수고 많으셨다 메요. 저번 사십구재 때 내려가서 가족들이 얘기하는 것 들었습니다. 술도 한잔 못 받아드리고……" 그러나 유재필씨는 아직 말이 없습니다. 저세상에 비가 내리는지 누운 자리가 좀 끕끕합니다. 그리고 강물 소리가 시원히 들리지 않는 것이 마음에 걸립니다.

이 산문시는 이시영씨의 세번째 시집 『길은 멀다 친구여』실천문학사 발행에도 실렸다.

내가 두서없이 늘어놓느라고 못다 한 이야기가 이 시 속에 절제된 언어로 잘 함축되어 있다.

찬비를 맞으며 돌아섰던 그의 무덤을 나는 그뒤로 한 번도 찾아보지 않았다. 있을 수 없는 일이었다.

그러나 나는 지금도 그를 찾아갈 수가 없다. 내가 가면 그 다정한 음성으로

"야, 너두 그 고생 그만허구 나랑 있자야. 덥두 않구 춥두 않구, 여기두 있을 만혀……"

하며 내 손을 꼭 붙들 것만 같아서.

이제 찬한다.

유명이 갈렸건만 아직도 그대를 찾음이여

오롯이 더불어 살은 진한 삶이었음이네.

수필이 되고 소설이 되고 시가 되어 남음이여

그 정신 아름답고 향기로웠음이네.

아아 사십 중반에 만년이 되었음이여

남보다 앞서 살고 앞서 떠났음이로다.

붓을 놓으며 다시금 눈물 젖음이여

그립고 기리는 마음 가이없어라.

(1991)

장동리 싸리나무

해가 있는 날은 으레 점심나절이 기울어질 만해서부터 바람결과 함께 물이 설레게 마련이었다. 그리고 그에 따라 수채水彩가 되살아나고 뒤미처서 파란이 일기 시작하면, 물결마다 타는 듯이 이글대며 반짝이는 서슬에 누구도 저 먼저 실눈을 뜨지 않고는 물녘을 바라다볼 수가 없었다.

물결마다 그렇게 눈이 부실 수가 없이 햇빛에 타고 있을 적에는 꼭 해가 어리중천에 있는 것이 아니라 수심에 들어앉아 날이 저뭇하도록 들썽거릴 것만 같아 은연중에 마음까지 어수선해지던 것이 그다음 순서였다.

나 역시 저냥 저랬던겨. 저냥 물에 뜨는 물마냥 살아온겨. 못나게. 지지리도 못나게.

하석귀河石龜는 하루에 한바탕씩 파란이 일어 요란스럽게 반짝거려대는 집 앞의 저수지가 내다보일 적마다 누구 하나 들어주는 이 없는 넋두리로 시간이 가는 줄을 몰랐다. 출퇴근으로 날을 보내던 때는 그와 아무 상관 없이 사는 사람들까지도 남에게 취미를 묻는 것이 취미인 듯이 생통스럽게 취미를 묻는 이가 흔했다. "무취미가 취미올시다." 그는 매양 시쁘둥하게 대꾸하는 것이 취미가 아닌가 싶게 취미에 관해서도 영판 한뎃사람이었다. 그러나 이 질뜸長洞里으로 내려온 다음부터는 한나절도 좋고 두 나절도 좋게 시름없이 앉아서 엉덩이가 눈도록 저수지를 내다보는 것이 취미였다.

그렇지만 낮결이 지난 줄도 모르고 세 나절씩이나 청처짐하게 앉아서 해찰만 부려온 것은 아니었다. 창가에서 느런히 난총蘭叢을 이룬 화분들을 봐서도 얼마가 지나면 커튼을 드리우지 않을 수가 없었던 것이다.

그의 무취미는 난초도 예외가 아니었다. 더러 아는 사람네 집에 초대되어 가서 집주인이 자기네 난초 자랑에 침이 마르는 것을 보고서도 돌아앉으며 일변 금방 떠든 것이 무슨 소리였느냐 하고 말 지경으로, 제아무리 세상에 없는 기화요초琪花瑤草라 해도 그에게는 한갓 예사로운 풀포기에 지나지 않았던 것이다.

그가 스스로 난초에 관심을 하게 된 것은 이 질뜸에 살면서 두 번째로 맞은 신춘이었다. 그는 그날도 늘 하던 대로 창가에 넋 놓고 앉아서 하염없이 물녘을 내다보다가, 난데없이 웬 한뎃사람이 여러 패로 나타나서 앞동산이고 뒷동산이고 없이 앞을 다투어 산에 오르는 것을 보았다. 차림새는 한결같이 아무가 보아도 등산 객이었다. 그는 산이라고 생긴 것이 죄다 야산에 불과하여 구색을 갖춘 등산객이 떼를 지어 찾아올 까닭이 없다는 생각에 그들을 혐의쩍어하였다. 그는 산보 삼아서 그들의 뒤를 밟았다. 그들은 그가 의심한 대로 등산객이 아니었다. 그들이 더듬어간 자리마다 난초가 자랑이던 집에서 눈결에 스쳐보았던 풀포기가 여기저기에 뽑힌 채로 나뒹굴고 있었다. 캘 때는 언제고 버릴 때는 언젠가 싫게 내버리고 간 풀포기들을 그는 보이는 대로 주섬주섬 주워모았다.

집으로 오다가 서낭댕이 돌아 가래울楸河에 사는 김두흡을 만났다. 경로당에서 화투패를 죄다가 시장해서 가는 모양이었다.

"그 동네 판은 상종가上終價 때도 여전히 동전판이요?"

그가 그러고 인사말을 한 것은 김두흡을 만나면 먼저 서낭댕이의 가겟집 노파가 지어 붙인 김두흡이란 별명이 생각나서 웃음부터 나오는 탓에, 어차피 웃음을 삼키지 못할 바에는 차라리 인사말부터 아예 우스갯소리로 말머리를 삼는 편이 더 나을 것 같아서였다.

그가 이사 오고 얼마 안 되어서 처음으로 그 가겟집에 담배를 사러 갔을 때였다. 담배를 받아서 돌아서자 자다가 나온 사람처럼 허영거리는 걸음으로 가겟집을 겨냥하고 오던 영감 하나가 불쑥 팔을 쳐들어 보이는 거였다.

그는 누구더러 그러는지 몰라 가겟집 노파를 돌아보며 물었다.

"동넷분인가요?"

"두 홉짜리 짐두홉이구면그류."

"두 홉짜리요?"

"제우 두 홉짜리 쇠주 한 병이면 찍허는 인디, 내가 문 걸구 마실 갈깨미 저러구 오는개비네유. 저이두 새파랄 쩍버텀 부어라 부어라 허구 에지간히두 부어대던 술푸댄디, 있는 재산 술값으루 약값으루다가 말짱 쳐부신 대미서야 술두 두 홉으루 줄더면그류."

"아주머닌 다른 사람들 이름도 다 주량으로 바꿔서 부르시겠군요."

"암만유. 반병짜리버텀 병 반짜리, 스 홉짜리, 최고루 느 홉짜리까장 있는디, 암칙해도 이름버덤 술량으로 쳐서, 저이는 짐두홉이구, 딴 이두 최반병, 윤병반, 박스홉 허구 술병으루 부르는 게 낫지유. 야중에 오이상값 따지기두 쉽구유."

"그럼 내 이름은 하느홉이네요."

그는 노파에게 보통으로 마실 때의 주량을 귀띔해주었다.

"아저씨사 원제 우리집에 오너서 한번 자시는 걸 보구 난 대미내사 증허기에 달렸구유."

노파는 그러면서 눈길이 옮겨간 쪽에다 대고 목을 늘여가며 말했다.

"왜 윤병반은 워디 가구 혼차서 오신댜?"

"창식이? 어제두 저녁내 잃구 오늘도 여적지 안 되구 있는디 술이 다 뭐여. 싸게 담배나 한 각 주슈. 속 터져서……"

김두홉은 가겟집 툇마루에 걸터앉아 턱을 괴며 먼산바라기를 하였다.

그와 김두홉은 노파의 소개로 그 자리에서 말길이 되었고, 그로부터 길에서 만나면 서로 먼저 인사를 챙겨온 터수였다.

김두홉은 누렁우물 속 같은 입안이 헛줄기까지 보이게 너털거리면서 말했다.

"상종가구 하종가구 간에 지전판이야 낄 수가 있간. 옆에서 보면 터질 때는 돈 십만원이 한나절두 안 돼서 홀쩍 허구 말더면서두."

"돈이라는 게 본래 노면 늘고 쥐면 줄고 하는 거 아닙니까."

그는 지나가는 말로 엉너리를 쳐서 김두홉이란 별명 때문에 흘리지 않을 수 없는 웃음을 눈가림하였다.

"우덜은 장 백 동전 판이지만, 굶어죽어두 고 허는 사람뿐이라 동전판두 무시 못혀. 오늘두 눈먼 돈 삼천원 있던 것 패 한 번 제대루 못 쥐여보구 홀라당 찔러박구 가는 질이여."

"농촌은 마을방 고스톱이 동네 경제를 활성화시킨다는 말도 있는데, 좌우간 좋은 일 많이 하고 다니시네요."

"입춘 지나 열흘이면 개가 그늘을 찾는다니, 나두 맴 잡어서 봄부치春播두 갈구, 논배미 갈바래두 허구 헐라면, 넘 좋은 일두 인저

494

구만저만 끝내야지. 그런디 춘란은 워서 슇으셨댜?"

김두홉은 눈을 내리뜨며 다른 말로 뒷동을 달았다.

"이게요?"

그는 주워든 것이 난초류의 하나려니 하는 짐작은 했었지만, 질 뜸의 솔밭이 춘란의 자생지란 말은 들어도 보지 못했던 터라 되묻지 않을 수가 없었다.

"그럼 산녀물인 중 아셨남. 노루라 뜯어먹구 퇴껭이라 뜯어먹구 해서 성헌 늠이 없을 텐디, 그 통구리에두 용케 숨어살어서 모도록이 남아난 디가 워디 있었던개비네그려."

"슇은 게 아니라 캐가는 이들이 캤다가 내버린 걸 주워오는 중입니다."

"병들었으면 모셔갔을 텐디 성허니께 푸대접했구먼그려. 똑 변종만이 난초는 아니니께 이왕 주웠으면 갖다가 잘 심어나 보시고. 암디다나 심어두 심어만 노면 여니 풀허구 워디가 닮어두 닮을 텡께는."

"두어 뿌리 드릴까요?"

"나는 난초를 쉼싸리만치두 안 여기는 사램여. 아깨두 난초 껍때 한 장만 젖혔으면 면박만 혀, 구사까장 했지. 난초띠 내놓구 국진 열 끗 젖히는 통에 이냥 일쩍 일어나버렸구먼서두."

김두홉은 체머리를 흔들어 보이고 서낭댕이 돌아로 사라졌다.

그로부터 그는 취미가 하나 더 늘었다. 그 주워온 춘란을 전부터 가꾸어온 나무들보다 더 생각하게 된 것이었다. 그렇지만 그때 김두홉이 일렀던 대로, 아무데나 심어도 심어만 놓으면 오나가나 있는 잡초와 어디가 달라도 다를 것이라는 기대로 하여 그렇게 된 것은 아니었다.

그가 춘란을 더 생각하게 된 것은, 질뜸으로 내려올 때 쓰레기로 버리기가 아까워서 이삿짐에 끼워온 헌 화분 서너 개에 춘란을 심어 창가에 늘어놓고 두어 달 이상이나 무심히 지나가고 난 다음이었다. 김두홉의 말마따나 춘란은 여느 풀들하고 다른 데가 있었다. 추위를 견디고 그늘을 반기는 상록초라는 것, 마디게 자라고 메져야 꽃이 피는 밑 질긴 풀이라는 것, 그런 것이 잡초와 함께 싸잡혀서 모개흥정으로 넘어가지 않았던 이유인가 싶었다.

그러나 다만 다르기가 그와 같다고 하여 생각을 더하게 된 것은 아니었다. 낮으로 햇빛에 보나 밤으로 불빛에 보나 하나의 풀로 보이는 데에는 변함이 없었다.

그가 춘란을 취미적으로 대하게 된 것은, 어느 날 한밤중에 생각지도 않게 느낀 바를 두고두고 못내 못 잊어하기 때문이었다.

그해의 이월 중순께였다. 그는 한밤중에 저절로 잠이 깨어 눈을 떴다. 한 시간가량 일러서 자면 한 시간가량 일러서 깨는 것이 오랜 습관이었으니 한밤중에 저절로 잠이 깬 것까지는 하나도 이상할 것이 없는 일이었다.

얼마 전에는 잠결에 이상해서 잠을 깬 일이 한 사날씩 거푸 있었다. 잠을 깨면 으레 무슨 소린가가 있었다. 밤새 소리인가 싶으면 아닐 것이란 생각이 앞섰다. 전쟁이 나던 해의 정이월까지는 갯가의 원논堰沓에 두루미가 떼를 지어 놀고, 무슨무슨 새까지가 텃새고 무슨무슨 새까지가 철새인지조차 헷갈릴 정도로 새가 많던 어렸을 적에도 밤에 그렇게 우짖는 밤새에 대한 기억은 깜깜할 뿐이었으니까. 밤짐승 소리인가 하는 어림도 아니라는 생각이 뒤따라서 그만두었다. 전쟁이 나던 해의 삼사월까지도 대낮에 살쾡이가 내려와서 닭을 채어가고, 밤에는 흔히 여우가 우는 것인지 늑대가 우는 것인지 모를 밤짐승 소리에 문풍지가 떨어 잠결에 이불 깃을 뒤집어쓰기가 예사였던 때의 기억에도, 그렇게 들린 것 같은 기억은 남아 있지가 않았던 것이다.

그렇다면―, 하고 그는 또 나잇값도 못하는 엉뚱한 공상으로 벗어나가게 마련이었다. 혹시 귀곡새鬼哭鳥가 무리를 지어서 울어대고 있는 것이나 아닐까. 하지만 귀곡성조차도 들어보지 못한 터에 그런 터무니없는 망상을 하다니. 그는 남이 알까 싶어하는 주밀성을 갖추고도 새삼스레 전기스탠드를 켜고 사전을 들추어, 귀곡새가 부엉이의 별명이란 것까지 알고 나서야 헙헙해하면서 맨입을 다셨던 것이다. 부엉부엉으로, 부헝부헝으로, 부훙부훙으로도 들렸던 부엉이 소리는 어려서부터 수리나, 매나, 새매나, 소리개나, 올빼미 같은 다른 밤새들의 소리보다도 훨씬 귀에 익은 소리였다. 그가 어려서 살았던 갈머리의 뒷동산을 동네 사람들은 으레 부웡산이니 부엉잇재니 붱재라고들 일렀다. 부엉이가 오죽이나 많이 살았으면 그러고들 불렀겠는가.

그렇다면 –, 하고 그는 다시 배운 사람답지 않게 싱검쟁이 같은 공상으로 엇나가기 시작하였다. 그는 부웡산 중턱에 있었던 애장兒塚터를 떠올렸다. 양력 사월 중순께 진달래꽃을 꺾으러 올라가면 진달래꽃 떨기마다 유난히도 짙고 흐드러지던 곳이었다.

"너, 애장터 진달래꽃 숭어리는 왜 더 빨갛구 무덕져서 피는지 물르지?"

사내꼭지가 계집애와 동무하여 논다고 신작로께에 사는 아이들이 저만치에서 "지지배총 머스매총 다리 밑에 ×지총" 하고 가락을 붙여가며 큰 소리로 놀리는 것도 안 쳐다보고, 무슨 일가붙이나 되는 것처럼 친절하게 대하는 맛에 졸래졸래 따라다녔던 끝예가 하던 말도 귀꿈맞게 떠올랐다.

끝예가 그렇게 물을 때마다 그는 진저리를 치듯이 고개를 저었다. 애장터는 먼발치로 쳐다만 봐도 꼭꼭 가슴께가 후끈하면서 무섬증이 들었던 탓에 말만 들어도 끔찍한 느낌이 온몸에 퍼지기 때문이었다.

"언내가 잘 적에 보면 입술이랑 볼때기랑이 빨간치? 그래서랴. 언내덜이 잠뿍 뫼서 오래오래 자구 있으니께 거기서 피는 진달래덜두 빨간 거랴."

밤중에 그런 생각이 나면 어떻게 하라고 그러는지, 그는 가다가

498

공연스레 겁나는 소리만 골라서 불쑥불쑥 꺼내곤 하던 끝예가 여간만 밉살스러운 것이 아니었다. 그래서 그럴 때는,

"공갈 마. 그때는 또 용천배기가 언내덜 간을 빼먹구 빨간 피를 빨어싸서 그렇다메?"

하고 맞대꾸를 하면서, 다음에는 그런 소리를 두 번 다시 않게끔 단단히 오금을 박아주고 싶었다. 그렇지만 그는 그때마다 꾹 참았다. 그런 겁나는 얘기를 다시는 꺼내지 않도록 말끝마다 어기대며 따따부따 실랑이를 해가지고 지질러놓기보다는, 아무쪼록 비위를 맞춰주어 어서 다른 이야기로 옮겨가게 하는 편이 한결 수월하기 때문이었다.

그래서 그는 끝예가 제 말을 남 말인 양 하거나 남 말을 제 말인 양 하더라도, 다 그 말을 그 말로 흘려들으면서 번번이 고개부터 끄덕여주고는 하였다.

끝예가 막심이와 함께 부웡산 골짜기에서 가재를 잡아오다가 동네 사람들이 나무하러 다니는 돌너덜길에서, 젖니 때부터 엿을 많이 먹어 간니까지 몽땅 삭은니가 된 필식이 형의 이빨을 빼다 박은 것같이 자잘한 수정이 자자분하게 박힌 차돌 한 덩이를 주워와 장광에다 모셔놓고, 수챗가에 있는 분꽃이 하나둘 벙그러지기를 기다려 저녁거리 씻은 쌀뜨물을 한 종구라기나 받아다가 차돌에 부어가면서,

"쪼끔 컸지? 컸네 안 컸네? 컸지? 그지? 그봐라. 맨날 쌀뜨물을

쥐서 컸지. 더 크면 따서 뭐뭐 허야지. 뭐뭐. 넌 뭐뭐가 뭔 중 물를
껴. 물르지롱"

하고 히죽거리는 뒤에 붙어 서서 덮어놓고 고개부터 끄덕여주었
듯이.

그렇다면―, 하고 그는 비로소 현실로 돌아와 다시금 귀를 기울
이며 좀더 근거가 있는 쪽으로 어루더듬어갈 채비를 하였다. 들리
는 소리를 여겨서 듣되 소리 속의 소리를 가려서 들어보려는 것이
었다. 그러나 그 소리는 아까보다도 더욱 요란스러워진 반면에 소
리의 내용은 더욱더 복잡해진 것 같았다. 밤새가 떼를 지어 우는
소리, 또는 싸우는 소리? 조무래기들이 패를 짜서 울다가, 웃다가,
놀다가, 다투다가 하는 소리? 그는 베개에 머리통을 문대듯이 누
운 채로 고개를 저을 수밖에 없었다. 오직 한 가지 알 성부른 것이
라고는 아무리 들어보아도 끝끝내 짐작할 수가 없는 소리라는 사
실뿐이었으니까.

그는 누워서 뒤치락거리고만 있을 수가 없었다. 이 소리도 저
소리도 아닌 그 소리의 정체는 둘째 치고, 대체 어느 쪽에서, 그
리고 어느 산에서 들리는지나 알아두어야 나중에라도 김두홉이
나 박스홉에게 물어보기가 쉬울 성싶었던 것이다. 그러나 그것
만이 전부였던 것은 아니었다. 밖에 달이 있어도 처음 보는 달로
있고, 달빛 또한 꼭 거짓말 같은 달빛으로 있으리라는 것을, 그
는 젊어서의 감수성에 못지않은 감각으로 느낄 수가 있었던 것

이다.

그는 이부자리에서 벌떡 일어났다. 이윽고 거실로 나가서 유리창에 드리웠던 커튼을 좌우로 활짝 걷어붙였다. 눈이 바닥으로 먼저 갔다. 거실 바닥을 절반도 넘게 밖으로 내놓았던 것이 아닌가싶을 지경으로 달빛이 제 것을 만들어버린 데에 놀란 것이었다. 그는 무슨 달이 이런 달빛인가 하여 달을 내다보았다. 어느 구름이 그 너른 별밭을 쓸고 갔는지 하늘 기슭 어디에도 쭉정별 하나가 보이지 않는 중에 얼레빗을 본뜬 것 같은 하현달이 세상을 혼자 독차지하고 있었다. 그는 문득 이지러진 달도 둥근 달에 못지않게 달빛이 훌륭하다는 데에 처음으로 눈을 뜬 것 같았다. 그리하여 다시금 하늘을 우러러 한참이나 넋을 놓고 있다가 문득 시간을 알아두기로 하였다. 이 나이가 되도록 해와 달을 이고 살아온 터에 달빛이 이렇듯 아름다운 때가 몇시에서 몇시 사이란 것조차도 모르고 살아온 것이 한심스럽기까지 했던 것이다. 거실 한쪽에 걸려 있는 시계를 돌아다보았으나 희읍스름한 문자판만 둥그러미 떠 있을 뿐 큰바늘이나 작은바늘은 보이지도 않았다.

그는 바싹 다가가서 볼 셈으로 돌아서다가 거실 바닥이 너무 환한 것이 새삼스러워 한번 더 둘러보는 순간 깜짝 놀라 소스라치면서 썩 비켜났다. 저도 모르게 여태껏 묵란도墨蘭圖 한 폭을 함부로 밟고 있었던 것이다. 그는 망연자실하였다. 누가 새로 그린 그림을 모르고 밟아 때를 묻히고 구겨놓은 것 같아 눈앞이 아뜩했던 것이다. 그러나 곧 모르고 밟기는 했지만 때 하나 묻지 않고 구김살 하나 간 데가 없다는 데에 적이 마음이 놓이면서, 그런데 도대체 이게 어디서 난 그림이며 어째서 여기에 있었단 말인가 하는 생각이 그를 다시 붙들어 세웠다. 물론 아무것도 떠오르는 것이 없었다. 그저 막연히 붙박이로 서서 그림만 들여다보는 수뿐이었다. 그렇게 자꾸 보다보면 무엇을 알 수 있을 성싶어 그런 것도 아니었다. 그는 그림에 대하여 아는 것이라곤 없었다. 눈앞의 묵란도가 시늉하고 있는 문인화니 백묘화니 하는 분야는 거의 보고 들은 바가 없었을뿐더러, 특히 난초 그림에서 석파란石坡蘭으로 독립했다던 흥선대원군의 작품조차 어디서 한 번이라도 본 것 같은 기억이 없었다.

그는 얼마 동안이나 그러고 있었던 보람으로 드디어 한 가지 새로운 것을 발견하기에 이르렀다. 그림 속의 난초는 처음 보는 난초지만 그림 속의 화분만은 그리 낯설지가 않다는 것이었다. 어디서 본 화분일까. 그는 바짝 긴장한 채 화분의 선을 뚫어지게 바라보다가 어딘지 엇비슷한 것 같은 느낌에 따라 창가에 늘어놓은 춘란 화분으로 시선을 옮기는 순간 소리 없는 탄식과 더불어 두 손으로 양무릎을 치고 말았다. 자기가 밟은 묵란도는 그림이 아니라 창가에 늘어놓은 춘란의 그림자였음을 마침내 깨달은 것이었다.

그는 거실 바닥에 펼쳐져 있는 그림이 달빛에 어린 그림자로 밝혀진 뒤에도 어쩐지 밟아지지가 않았다. 그는 다가서서 시계를 보았다. 달구리도 더 있어야 하게끔 새로 두시 반이었다. 초봄의 달빛은 새로 두서너시경의 달빛이 가장 기막히다. 그는 혼잣말로 중얼거리다가 한번 더 뇌어본 다음 자신하고 머릿속에 적어두었다.

그는 문득 커피 생각이 났다. 이런 때 커피를 마시지 않는다면 꼭 무식한 사람이 될 것 같은 기분이었다. 그는 커피를 끓여 찻잔에 따라 들고, 난초 그림자를 다시는 밟지 않도록 거실 바닥을 살펴가며 창가에 다가섰다. 그는 창밖의 그윽함에 빠져들면서 이런 달이야말로 위대한 화가라고 마음에 아로새겼다. 그는 질뜸을 에워싸고 있는 앞동산을 바라다보았다. 들고 나고 한 능선도 여리고 부드러운 선화線畵였다. 시야를 들이굽혀 물면으로 옮겼다. 수심水心은 달빛을 입어서 으늑하고 수변은 앞동산의 산그림자가 먹어들어, 혹시 그믐께의 초저녁을 한 귀퉁이 떼어다가 담가놓은 것이나 아닌가 싶게 어두웠다. 물녘의 나무들은 마치 이름난 산에서 명이 다한 고사목들처럼 우듬지 하나도 까딱하지 않으면서, 오랜 세월을 그렇게 하고 견디어냈다는 투로, 자못 묵중하게 서 있는 자세를 여간해서는 허물어뜨릴 것 같은 기미가 아니었다.

그는 창문을 열었다. 큰 화가의 대작大作을 창 너머로만 감상하고 말면 예가 아니라는 생각도 없었던 것은 아니지만, 야기夜氣가 냉정하고 심기가 적적한 터임에도 구태여 창을 열어본 것은, 행여 누가 알면 한낱 우셋거리밖에 더 될 것이 없을망정 어딘지 모르게 신비감을 자아내는 그 이상한 소리의 출처나 들리는 방향이라도 알아두어야, 뒷날 동네 사람들에게 물어라도 볼 수가 있을 터이기 때문이었다.

그는 고개를 내놓고 바깥의 동정에 있는 정신을 다 기울였다. 소리가 나는 쪽은 산그림자가 깔려 먹을 그린 것 같은 어둠에 묻힌 채 겨우 산봉우리의 능선만 우련하게 남아 있는 시루봉께가 틀림없을 것 같았다. 그렇다면—, 하고 그는 시루봉으로 천천히 올라가다가 산허리 못미처에 우묵하게 안침진 쌍갈래 골짜기 어간의 두두룩한 솔버덩과, 다복솔이며 떡갈나무가 마디게 자라는 통에 푸서리로 바뀌어 억새와 싸리가 덤불을 이루었던 느실女根谷께 가까이에서 주춤하였다. 그렇지만 느실은 아무것도 없는 데가 아니었던가. 느실은 애장터가 아니었다. 엿장수가 와서 엿을 바꾸면 똑같이 나누고도 먼저 먹은 그가 아껴 먹는 끝예에게 손을 내밀었다가 머쓱해질 때마다,

"욕심쟁이는 죽어서 배꼽에 솔나무가 난다"
하고 끝예에게 툭하면 심술을 떨었던 아득한 기억까지 곁다리로 떠올랐으나, 애무덤은커녕 봉분에 솔이 난 묵은 무덤 하나가 눈에 안 띄던 곳이 바로 그 느실이기도 하였다. 그러니 그런 사실 하나만 집어도 뜬것鬼神의 장난은 이미 아니었다. 그런데도 그 소리는 여전히 느실 쪽에서 들리고 있었다. 그는 막막하여 아무것도 생각할 수가 없었다.

그는 눈길을 집 앞으로 되가져왔다. 호안선湖岸線을 따라서 새로 냈으나 낮에는 차가 뻔질나게 오가는데도 포장을 늦추어 아직도 신작로 상태로 누운 길이, 달빛에 눈이 하얗게 온 것처럼 두드러져서 서낭댕이 돌아로 머다랗게 이어져 있었다. 그는 텅 빈 길을 생전 처음 보는 것처럼, 통 아무도 없는 길이 전에 없이 신비하게 느껴졌다. 또 얼마 안 있다가 보면 누군가가 꼭 지나갈 듯한 기대감도 아울러서 자라나고 있었다. 지나가도 예사롭게 지나가지 않고, 그 생김새나 꾸밈새나 걸음새가 보통 때에는 볼 수도 없고 있을 수도 없는 모습을 하고 지나갈 것 같은 기분이었다.

그는 누군가가 길에 나타나기를 기다리는 동안 물들이하는 물목의 장동교長洞橋께를 건너다보기 시작했다. 물녘에서 나무릿소리 한 번이 들리지 않는 것으로 보아 물이 물위에서 바람살에 따라 설레지 않는 것은 산그림자가 먹어들어 보이지 않는 기스락도 한 가지인 모양이었다. 하긴 근 두어 파수째나 시루봉 줄기의 건넛산이 바람꽃에 흐려 보인 적이 한 번도 없었지 않았던가.

달빛에 피어날 대로 피어난 수심은 얼음판에 눈이 내려도 함박눈이 내린 양으로 환하고 넓었다. 그리고 풀을 먹이고 다리미질을 하여 깔아놓은 이불잇같이 먼빛으로도 고르롭게 반들거렸다.

망연한 눈으로 물위의 달빛에 빠져 달이 이우는 줄도 모르고 있던 그는 갑자기 달빛에서 헤어나 물이 사방에서 금을 긋고 있는 기스락까지 물위를 모조리 쓸어보았다. 없었다. 밤낮으로 늘 있던 것들이, 그리하여 지금 이 시간에도 반드시 그렇게들 있어야 마땅한 것들이 없었다. 어쩐지 처음부터 어디가 허전하고 어느 구석인가가 굵은 듯한 느낌이 드문드문 묻어나서 거칫거리었던 장본도 바로 그것들이 보이지 않은 탓이었던 것을. 그는 그제서야 새삼스럽게 그것을 깨달은 것이었다.

그 많던 물새들이 몽땅 보이지 않는 것이었다. 새들이 그새 돌아갈 때가 됐더란 말인가. 그는 새삼스럽게 날짜를 짚어보았다. 이월 스무하루. 겨울새가 돌아가기엔 너무 이르지 않은가. 그는 집 앞의 저수지에 물새들이 앉았다가 뜨는 때를 대강은 알고 있었다. 시월 중순 무렵 첫서리를 하고 서너 파수쯤 지났나 싶은 동짓달 초승이면 어김없이 청둥오리떼가 앉기 시작했던 것이다.

그는 조류에 관해서 이렇다 하게 아는 것이 없었다. 사시장철 서로 보고 사는 참새니 까치니 산비둘기니 꿩이니 하는 것들이나 한눈에 알아볼 뿐이지, 한동네에서 사는 같은 텃새라도 멧새나 박새나 물까치 물까마귀 메추라기 개개비사촌 같은 것들은 그놈이 그놈 같아서, 일쑤 봐도 눈에 어리지 않거나 자세히 듣고도 돌아서면 이내 잊히는 것이 버릇이었던 것이다. 하물며 가고 옴이 무상한 철새의 무리일 것이랴. 그는 기러기라면 추수가 한창일 때 떼를 지어 구만리장천을 두 팔로 재어가되, 어떤 무리는 좌우로 줄을 맞춰 장사진長蛇陣을 시늉하고, 어떤 무리는 사람 인人자를 그려가면서 어린진魚鱗陣을 흉내내고, 어떤 무리는 또 대오를

506

학익진鶴翼陣으로 정하여 하늘을 반으로 타면서 원정遠征하는 것이나 하늘과 땅의 거리에서 아득히 바라보았을 따름이었다. 따라서 새에 대해 궁금한 것이 있으면 잡아먹어도 꼭 날짐승만 잡아먹어 가금家禽보다 야조野鳥에 더 밝은 다리 건넛집의 한최고를 찾아가서 그때그때 알아오곤 하였다. 한최고의 성씨는 물론 한인데, 가겟집 노파가 술이 가장 세다는 뜻이 아니라 첫째는 속장이 시원시원해서 매상을 올려주는 데에 엄지손가락일 뿐만 아니라, 겉장이 수월수월하여 외상값을 지딱지딱 갚는 데에도 동네에서 갓양태 위의 갓모자라 하여 최고라는 별명을 선사했다는 것이다.

"이장 슨거서 내리 시 번쓱이나 뽑힌 동네 인물인디, 논에 가서 낫자루 밭에 가서 삽자루를 쥐는 게 장 안됐더니, 이장 내놓구서버텀은 들루 댕기메 총자루를 쥐니께 그래두 쳐다보기가 전버덤은 낫더먼유."

가겟집 노파는 한최고가 엽총으로 물오리건 산비둘기건 닥치는 대로 사냥을 해올 때마다 소주를 되들잇병으로 받아가는 것이 고마워서 추어대었다.

그는 야생들만 죽자 하고 찾아다니는 것이 하루이틀이 아니고, 좋은 소리도 한두 번일 뿐 아니라, 이웃간에 낯을 붉히기 또한 차마 못할 노릇이라 따분하기가 짝이 없는 와중에도, 가다가 한마디씩 시오리 밖으로 에둘러서 이야기하기를 마지않았건만 아무 소용이 없었다.

"다니다보면 음식점 천지던데 무슨 간판이 젤 흔합디까?"

그가 묻는 말에,

"그야 오나가나 무슨 가든 무슨 가든, 가든지 말든지 가든 천지지요."

한최고는 시종 웃는 말로 말품앗이를 하였다.

"그런 가든집 간판 음식은 대개 뭣뭣인가요?"

"주로 갈비랑 등심입디다. 갈비가 먹기 간단허다는 말이 가−든인지, 갈비와 등심을 줄여서 허는 말이 가−든인지 몰라두, 요새는 죄다 먹으러 갔다 허면 으레 가−든 아니던감유."

"그렇게 가는 데마다 가−든이구, 가든마다 쇠갈비 쇠등심인데, 한형은 왜 하필이면 물오리 갈비 산비둘기 갈비만 쫓아다니시는 거요?"

"우리 한씨버덤 받침 하나밖에 안 모자라는 게 하씬디, 하주삿님은 받침만 모자라는 게 아닌 성싶은 듯헌 말만 허시더라니께."

"그럼 또 뭐가 모자랍디까?"

"맛이 모자라지요. 맛이."

"무슨 맛이?"

"하주삿님두 참…… 아, 무슨 고기가 자연산 고기에다 대요? 기른 고기와 야생 고기는 맛이 영 달라요. 난 고기를 발켜두 기른 고기, 즉 축사축畜舍畜 조롱조鳥籠鳥 어항어魚缸魚, 이 세 가지 고기

508

는 육미를 못해서 소쭝素症이 날 때까장은 쳐다두 안 보는 승질이거든요."

"그래서 야생이면 무조건 총을 놔버리신다?"

"물런이지유. 옛말에두 먹은 죄는 없다구 했잖었남유."

"먹은 죄는 없는지 몰라도 잡은 죄는 있을 텐데요."

"먹는 맛두 맛이지만 잡는 맛두 맛이니께 헐 수 없지유."

"헐 수 없다니요?"

"헐 수 없지유. 어채피 대어大漁는 중어식中魚食이구 중어는 소어식이구, 인간은 금수어충禽獸魚蟲에 잡동식雜同食이니께 헐 수 없잖나베유."

"그건 또 어디에 있는 말인가요?"

"있는 말이 아니구 들은 말유. 면에 이장 회의가 있어서 갔다가 가든에서 회식을 헐 때 헌 면장 말인디, 면장은 얼굴이 길은 게 면장이라더니 먹음을 먹어두 길게 먹는 게, 역시 면장이 이장덜버덤은 낫더먼그류."

"뭘 그리 길게 먹어요?"

"가든에 가서두 이장덜은 늘 밥을 시키는디 면장은 꼭 면만 먹습디다."

그는 한최고에게 새들의 생김새를 대고 이름을 알게 된 새만 해도 여러 종류에 달했다. 그런데 이제는 가장 많이 앉는 것 같던 청둥오리 한 마리도 눈에 띄지 않았다. 밤마다 무슨 굿을 하느라고 그리 짖는지 모르게 짖어대던 청둥오리들은 다 언제 어떻게 됐기에 이냥 붇고 쓸은 듯이 조용하단 말인가. 집 앞의 저수지에 청둥오리가 앉기 시작하는 것도 하늘에 기러기가 내려가는 것은 같은 무렵이었다. 청둥오리떼는 저수지에서 겨울을 나고 삼월 초승께부터 수가 눈에 띄게 줄어들다가 산기슭에 자생하는 나무 중에서 꽃이 가장 이른 산수유꽃이 보일 만하면 어느새 북상해버리던 것이 그가 질뜸에 와서 지켜본 풍물 가운데의 하나였던 것이다. 청둥오리는 다른 물새들과 비길 수 없이 많이 와 있으면서도 다른 물새들과 의가 좋았다. 청둥오리보다 몸통이 작고 무리도 적은 상오리나 농병아리가 구박을 당하지 않고 지내다가 가는 것도 다 청둥오리들이 그만큼 너그러운 덕이었을 거였다. 더욱이 갈 때 가지 않고 눌러앉아 민물가마우지와 제각각 놀면서도 텃새 노릇을 하는 농병아리나, 몽리 구역에서 못자리를 시작하여 자고 나면 물이 자가웃씩이나 줄어드는 사월 중순께까지도 쌍으로 다니며 비리리 비리리릴― 하고 귀여운 소리로 노는 비오리는 아직도 여남은 쌍이고 스무남은 쌍이고 당연히 저만치에 보여야 할 것이 아닌가.

저수지에서 겨울을 나는 물새들은, 물녘에 물억새 메자기 골풀 말즘 마름과 같은 물풀이 말라서 겹겹이 바자를 두른 듯하고, 자랄수록 늘어지는 갯버들과 자라봤자 가로 퍼져서 모양이 그 모양인 자귀나무 돌뽕나무 닥나무 진달래며, 이름은 나무지만 나무 축에도 못 들고 풀 축에도 못 드는 개암나무 산딸기나무 찔레나무 국수나무 싸리나무처럼 잔가시가 있거나, 어느 가닥이 줄기이고 어느 가닥이 가지인지 대중을 못하게 자라기도 지질하게 자라고 퍼져도 다다분하게 퍼져서, 베어다 말린대도 불땀이 없어 물거리밖에 되지 않아 아무도 낫을 대지 않는 나무들이 그루마다 덤불을 이루며 뒤엉켜서 웬만한 사냥꾼은 발도 들이밀 수가 없는 형편인데도, 물녘으로 올라와서 푸서리나무에 의지하여 자는 놈이 없었다. 푸서리나무에는 마른풀로 차종茶鍾 모양의 앙증맞고도 야무지게 튼 새 둥지가 흔히 눈에 띄었다. 여러 마리가 낮게 몰려다니면서 개개개 하는 소리로 수줍게 우는 개개비사촌의 보금자리였다. 개개비사촌들처럼 바람살이 사나운 물가의 푸서리로 몰리면서 겨울을 나는 새는 예쁜 생김새에 걸맞게 비비비빗하고 여리게 우는 뱁새도 있고, 콩을 좋아하는 콩새도 있고, 풀씨를 좋아하는 멧새도 있고, 솔 씨를 좋아하는 솔잣새도 있고, 벌레집을 좋아하는 굴뚝새도 있었다. 그러나 그렇게 큰 놈이 참새만하거나 참새보다 작은 새들이 푸서리나무에서 깃들이를 하는데도, 청둥오리나 상오리나 농병아리같이 몸피가 있는 물새들은 밤에도 물 가운데를 떠나지 않는 것이었다. 그 물새들은 아마도 아는 모양이었다. 밤중에 호안선을 따라 난 신작로를 건너다가 내닫는 차들을 피하지 못했던 살쾡이며 족제비며 도둑고양이며가, 물가의 푸서리나무로 사냥을 오다가 그렇게 교통사고로 그치고 만다는 사실을.

그는 동살이 잡힐 때까지 오던 잠도 덧들었다. 느실께서 들린 것이 분명한 그 이름 모를 소리의 이름에 매달리는 통에 덧들은 것이 아니었다. 물새들이 여느 해보다 근 달포가량이나 앞당겨서 떠나버린 이유를 뒤적거리는 바람에 잠을 놓았던 것도 아니었다. 달빛이 그렸던 묵란도의 정취나, 이런 때 마시지 않으면 무식한 사람이 되고 말 것 같은 기분에 뜨겁고 진하게 끓여서 마신 커피가 잠을 앗아갔던 것도 아니었다.

그는 그 소리, 그 달빛, 그 난초, 그 물빛, 그 물새들을 차례로 되새기다가 정신이 온통 그런 것들에게만 가 있는 자기의 현실이 우습다못해 생각하는 방향을 고친 것이 잠을 놓친 장본이었던 것이다.

내가 지금 왜 이러는 것일까, 내가 어쩌다가 이렇게 된 것일까, 내가 이러는 것이 제목題目은 무엇이며 뜻은 또 무엇일까, 이러면서 있는 것이 옳은 것인가 그른 것인가, 옳으면 무엇이 옳고 그르면 무엇이 그른 것일까.

그의 그러한 생각은 자신하고 단언할 수 있는 해답이 미처 마련되지 않은 까닭에 제 성질에 받치어 퉁퉁증이 일듯이, 가끔 가다가 한 번씩 되풀이를 하는 것인지도 몰랐다.

그는 그날 밤에도 달빛이 한껏 피어나서 물이 얼어붙은 위에 눈이 내려도 함박눈이 내린 것처럼 환하게 트이고, 풀을 먹여서 다리미질을 하여 깔아놓은 이불잇같이 먼빛으로도 고르롭게 반들거리는 저수지를 하염없이 바라보며 변함없는 어조로 중얼거렸던 것이다.

나 역시 저냥 저랬던겨. 달빛에 번들거리는 저 물빛마냥 살아온겨. 못나게. 지지리도 못나게.

그가 새벽내 몸살을 하면서 알고자 했던 것들은, 날이 밝는 길로 찾아갔던 한최고의 설명에 의해 아무것도 아니었던 것으로 풀어지게 되었다.

"하주삿님두 참, 물가에다 둥우리를 틀구 사시는 지가 벌써 원젠디 여적지 그걸 모르셨댜. 새는 한번 물에 내렸다 해서 노냥 그 물에서만 겨울을 나는 게 아니라구유. 말허자면 이 저수지는 새가 몇 달간 세 들어 살다가 고향으로 되돌아가는 셋집이 아니라, 남쪽이면 남쪽, 북쪽이면 북쪽, 저희들 가는 디까지 가는 도중에 하루 이틀쯤 쉬었다가 가는, 이를테면 길처에 있는 여관 폭이라 이겁니다. 아니지, 여관 허면 러브호텔인디, 겨울은 알을 안는 철두 까는 철두 아닝께 장급 여관까지는 못 가구. 맞어, 여인숙이나 민박집쯤 되겠그먼그류."

한최고는 그를 맹문이 다루듯이 일부러 본새에 어긋나는 말투로 넌덕스럽게 뒤떠들었다.

"겨우내 떠 있는 새의 수가 매일 비슷했는데도?"

"물런이지요. 말허자면 누울 자리 봐가며 발을 뻗듯이, 뜰 자리

봐가며 앉는 거지요. 하늘에서 내려다보구, 전관수역專管水域, 즉 수면의 면적에서 적의 접근에 대비헐 수 있는 경계 수역을 뺀 다음, 맘놓구 먹구 쉬구 자구 헐 자리를 재어보구 내리니께, 맨날 고만고만헌 연대聯隊 규모의 떼재비만 내리구, 사단 규모나 군단 규모는 저 아랫녘 주남 저수지나 낙동강 하구언으로 직행허는 게 아니냐, 아니겠느냐—, 가다가 중 고단허면 예서 쬐끔 더 내려가 금강 하구언마냥 너른 물에서 쉬어가구, 뭐 나는 대강 그런 생각인디유."

"올라갈 때도 마찬가지구?"

"물런이지요. 올러갈 쩍두 연대 이상은 천수만에 현대그룹의 간척지나 한강 어구에서 쉬어가는 게 아니겠느냐—, 연해주의 아무르 강이나 시베리아의 레나 강 상류까지 가자면 먹을 때 먹구, 쉴 때 쉬구, 잘 때 자구 허면서 쉬엄쉬엄 쉬어서 가야 살 테니께는."

"한형 말대로 이 물에 매일 딴 새가 새로 온다면, 그럼 먼저 있던 새는 새로 오는 새만큼씩 매일 떠나고 있었다는 얘기네요. 나그네새처럼."

"나그네새나 철새나요."

"올라가는 새들은 언제 떠나는 거지요. 낮이요 밤이요?"

"요 며칠 사이 저 느실께가 밤이면 밤마다 난리 아니던감유. 개덜두 높이 날려면 밤공기에, 밤바람에, 높이 날면 날수록 기온이 찰 거 아닌감유. 기온이 차면 젖은 옷이 얼어붙어서 곤란헐 거구유. 개덜이 여간내기간유. 떠날 임시에 느실의 솔버덩에 모여서 가다가 얼잖게 깃털의 물끼를 말짱 털구 떠날 채비들을 허는 풍신이 그 난리더라구유."

"시끄러워서 통 잠을 못 자겠습다."

그는 거짓말을 하였다.

"요새는 영호남에서 올러오는 부대가 합세를 해서 더 그러는 거지유. 나두 요 며칠은 자구 나면 하품이데유. 첫닭이 울 때쯤나 돼야 떠나니, 달구리 허는 소리를 듣구서 자는 잼이 오죽허겠남유."

그랬었나. 그랬었던가. 그는 스스로 자기를 허물하고 허희탄식을 하다가 잠이 덧들은 것을 느실의 새소리로 그랬던 것처럼 둘러대고도 겸연쩍어할 겨를조차 없이 고개를 끄덕거렸다.

"너, 부윙산 애장터가 왜 독짜가리 천지에 있는 중 물르지?"

끝예가 진달래 이야기를 하던 중동에 생각지도 않은 말을 불쑥 꺼내고는,

"애장을 보면 순 돌팍 데미지? 부윙산에 여수가 많아서랴. 그래서 여수가 못 파먹게 큰 돌팍을 그만치씩이나 잠뿍 주워다가 처싸놓는 거랴. 큰 돌팍만 있는 순 독짜가리 천지에다 애장을 쓰는 것두 다 그래서랴. 물렀지롱?"

하고 으스대듯이 고갯짓까지 섞어가며 종잘거리는 앞에서도 아무 소리 못하고 고개부터 끄덕였듯이.

그가 애장터의 진달래 꽃숭어리가 유난히 짙고 흐드러졌던 까닭을 알았던 것은, 장래를 생각하면 터를 잡더라도 서울에서 잡는 것이 낫다 하여 갈머리를 떠나던 해의 일이었다. 그는 동네를 떠나는 자의 자세라고 생각하여 동네를 여러 차례나 안팎으로 돌아보았다. 부웡산 중턱의 애장터 역시 예외가 아니었다. 서울로 식모살이 갔다는 풍문을 마지막으로 감감무소식이던 끝예와 함께, 시어빠진 수영을 꺾어 먹어가며 무릇이나 칡뿌리를 캐러 쏘다녔던 그 오솔길을 더듬어가다가 부지불식간에 맞닥뜨렸던 것이 바로 그 애장터였다. 짐승을 막아주려고 큼직큼직한 돌덩이를 주워다 쌓은 돌무지가 서로 엉클어진 억새와 까치밥나무와 청미래 덩굴에 뒤덮여 늘비하게 널린 틈틈이 잘도 뻗어난 진달래나무들이 제 세상을 만나고 있었다. 그는 돌무지 앞을 꺼리지 않았다. 무섬증을 탈 나이는 벌써 지나갔기 때문이었다. 그는 '독짜가리 천지'를 이리저리 옮겨다니며 돌덩이마다 바위옷이 나서 청동색이 된 '돌팍 데미'를 가만히 기웃거려보기도 하였다. 그는 푸서리나무를 헤치고 발짝을 떼어놓으며 모처럼 인기척에 놀란 도마뱀들이 돌덩이 틈마다 꼬랑지만 비쳐가면서 사라지는 것도 예사롭게 지켜보았다. 그는 또 진달래나무를 하나하나 살펴보는 일도 빠뜨리지 않았다. 끝예가 겁나하는 꼴을 보려고 일부러 뒤설레를 칠 때마다 이다음에 자라서 통이 커지면 기어이 한번 가보고 말리라고, 남몰래 다짐하고 다질렀던 일을 불현듯이 기억한 것이었다. 진달래나무는 한결같이들 미끈하고 깨끗했다. 입술이 발그레하고 두 볼이 토실토실한 아기들이 그 옆의 청동색 돌무지에서 오래오래 자고 있어서도 아니었고, 아기를 해친 사람이 붉은 피를 뱉어놓아서도 아니었다. 나무꾼에게 낫과 톱으로 당한 흉터가 한 군데도 있지 않았기 때문이었다. 애장터가 싫어서 저만치로 에돌아다닌 사람은, 진달래꽃을 꺾거나 가재를 잡으러 다녔던 조무래기들뿐만도 아니었던 것이다.

겨울철로 접어들면 조선낫으로 싸잡아서 벤다 하여 싸재비나무라고 부르면서 아무 산이나 다니며 푸서리나무를 쪄다가 땔감으로 하는 집이 많았다. 게다가 산 임자가 말리는 나뭇갓도 진달래나 노간주 같은 나무는 두어야 쓸모가 없어 아무나 와서 싸재비나무를 해가도 말리는 법이 없었다. 따라서 진달래나무라고 하면 어느 산을 가더라도 성하게 있는 나무가 없었다.

그런데도 그의 눈앞에 모여 있는 진달래는 꺾이거나 베이거나 찍혔던 자국 하나가 없이 무사태평으로만 살아온 나무들뿐이었다. 그는 옆댕이에 끝예가 있었으면 싶었다. 그리고 지청구를 먹여가면서 큰 소리로 일러주었으면 싶었다. 아이들이나 나무꾼들이 가까이하지 않은 진달래는, 잠자는 언내들의 입술이나 볼때기같이 빨간 꽃숭어리가 무드럭지게 피어날 수밖에 없다는 것을.

저수지는 늘 텅 비어 보였다. 저수지의 임자는 물과 물풀과 물고기와 물가에 뿌리를 내린 나무들이며, 철을 따라 오고가는 길에 들러서 하루 이틀가량 먹고 가거나 쉬고 가거나 자고 가거나 하는 것이 고작이었다는, 그 덧정 없는 철새의 무리는 아닐 것이었다.

저수지는 더욱이 봄가물에 대비하여 겨우내 잡아만 두어서, 물녘의 실버들이 넘늘거릴 정도의 실바람에도 물면에 잔주름이 가다가 말다가 할 정도로 물이 철렁한 물 풍년이었다.

그러나 그는 언젠가부터 세월없이 갈고 다듬어서 포갬포갬 쌓아올린 공든 탑이 하루아침에 마파람 한 회오리로 흐너져버린 것처럼 허전거리는 마음을 스스로 다독거릴 수가 없었다. 그는 허우룩해질 때마다 저수지로 눈을 보내어 물위에 뜨는 물이나 하염없이 바라보는 것으로 시름을 누그렸다. 달이 있는 밤에는 반드시 커튼을 걷어젖혔다. 달이 거실 바닥에 묵란을 그리거나 물녘에 수묵水墨이 지게 할 때는, 닭이 첫 홰를 치거나 회오리봉의 마루터기에 샛별이 눈을 뜬 뒤에도 넋을 놓고 있기가 보통이었다. 그는 또 별쭝스럽게도 하현달을 좋아하였다. 빛이야 보름달에다 견줄까마는, 먼동이 부여하고 동살이 건넛산에 먼저 잡혀서 어슬녘의 너울을 벗긴 뒤에도, 맥없이 사위어 잦아들지 않고 중천에서 그대로 바장이기 때문이었다.

그는 그렇게 달빛에 홀려 자기를 가뭇 잊어가는 겨를에도 이따금씩 눈을 살려 깊은 잠에 빠져 있는 신작로로 가져갔다. 밤길은 언제나 비어 있었다. 누군가가 꼭 지나갈 듯하건마는, 지나가더라도 예사로이 지나가는 것이 아니라 생김새나 차림새나 걸음새나 또 무엇이나, 그 모든 것이 여느 때는 볼 수도 없고 있을 수도 없는 모양으로 지나갈 듯도 하건마는, 그 누군가는 고사하고 동네 사람조차도 얼씬을 않는 거였다. 사람들은 왜 밤이 되면 잠을 자면서 저 달을 두고도 달빛을 보지 않고, 물을 두고도 물빛을 보지 않고, 산을 두고도 산빛을 보지 않고, 길을 두고도 길에 다니지 않고, 밤에는 오로지 죽은 듯이 내지 죽어 사는 듯이 잠들만 자는 것일까. 그는 답답하였다.

그는 답답한 심사에서 생각을 거듭하였다.

무릇 무엇으로 인하여 허전함을 느끼고, 무엇으로 인하여 달빛에 사로잡히며, 무엇으로 인하여 여느 사람 다 놓아두고 예사롭지 않은 누군가가 지나가기를 기다리고 있는 것인가.

그는 답답하다못해 자기가 온 길을 되짚어 올라가면서 답이 됨 직한 것을 이르집었다.

이 궁벽한 시골에 내려와서 처박혀 있는 탓인가. 이 궁벽한 시골에 처박혀 있는 것은 서울이 싫어진 탓인가. 서울이 싫어진 것은 직장이 싫었던 탓인가. 직장이 싫어진 것은 공무원이라는 직업이 싫었던 탓인가. 공무원이라는 직업이 싫어진 것은 사무의 내용보다 같은 내용의 사무를 보는 다른 사람이 싫었던 탓인가. 같은 내용의 사무를 보는 사람이 싫어진 것은 그쪽의 병적인 잘못이 옮아갈 소지가 싫었던 탓인가. 병적인 잘못이 그쪽에서 옮아갈 소지보다도 이쪽에서 옮아올 소지가 싫었던 탓인가.

그는 이르집는 것을 그쳤다. 벌써 몇 번이나 똑같은 순서로 되풀이해본 바이지만 번번이 그 대목에서 그치는 것이 순서의 마지막이었다. 이유가 있었다. 그 어느 것이나 답이 되기도 하고 아니되기도 하는 까닭이었다.

그의 원신분은 공무원이었다. 남다른 기능을 갖추어서 임용된 것이 아니라 공개적으로 보인 시험에 응한 것이 등수에 들어서 얻게 된 자리였다. 출신이 그러하니 당연히 말단 부서의 말석에 끼여 아랫도리로만 돌다가 아랫도리에서 그칠 수밖에 없었다. 그는 자주 전보되었다. 늘 영전도 아니고 좌천도 아니었다. 다만 내부적인 순환 보직일 뿐이었다. 그는 학연이 허름하여 의지할 만한 줄이 없고, 지역감정을 거부하여 지연과도 끈이 없었다. 따라서 생기는 것이 있는 자리는 애초에 쳐다도 볼 수가 없었다. 또 학연이나 지연에 설혹 기댈 만한 데가 있다고 해도, 천성이 물썽하면서도 꼭한 데가 있어서 주변성 있게 인사를 차린다거나, 죄임성 있게 관계를 지탱하거나, 지닐성 있게 잇속을 챙겨나갈 인물이 아니었다. 됨됨이가 그러하니 공무를 처리하는 데에도 매사에 원리 원칙을 또박또박 따지고 꼬박꼬박 지키려 들어, 수평적인 위치의 동료들뿐 아니라 직속 상사에서부터 한참 후배들에 이르기까지, 하석귀란 이름은 어디로 가고 하또박이니 하꼬박이니 하는 별명이 공사석을 막론하고 통용되지 않을 수가 없었던 것이다.

그는 차츰 자기의 직업에 회의가 들었다. 연금을 따져보고 퇴직
금도 계산해보았다. 농촌 출신답게 혼인이 일러서 자식이 이른 것
이 그나마 다행이었다. 자식도 단출하여 외아들은 분가하고 외동
딸은 출가한데다, 마누라마저 아들네로 딸네로 돌아다니기를 즐
겨 하니 그 또한 한 부조가 아니랄 수 없었다.

지방 행정기관에서 주민이 낸 세금을 제 주머니에 넣는 세금 도
둑들에게 신분을 주고, 권력을 주고, 월급을 주고, 수당을 주고, 상
여금을 주고, 교육비를 주고, 의료보험료를 주고, 계급을 올려주
고, 보직을 골라주는 것으로도 부족하여, 근무 성적과 대민 행정의
공로를 거짓으로 조작하여 정부의 서훈敍勳까지 도둑질한 사실이
드러나기 시작하였다.

그는 퇴직이 늦었음을 한탄하고 서둘러서 그만두었다. 옮겨가
기로 이야기가 된 곳이 있어서 그만두는 것으로 치부하는 동료가
많았다. 그는 낙향이라고 대답하였다. 그러자 앞으로 있을 지자제
를 내다보고 내려가는 줄로 아는 이가 태반이었다. "지자체? 그럼
시장이요 군수요?" 하는 이가 있는가 하면 "앞으로는 지자의地自議
도 월에 한 이백씩, 나오는 것이 차관급 수준은 되는 모양인데, 그
정도면 촌에서는 괜찮을 거요" 하는 이도 있고, "재수두 좋수. 소
문두 없이 언제 그렇게 장만해두셨어. 어디요? 고향? 러브호텔두
괜찮구, 오피스텔두 괜찮구…… 앞으론 지방화 시대라 시골두 주
유소만 아니구 다 될 텐데, 어쨌든 부동산 실명제 하기 전에 내려

가서 묻어둔 것 돌려놓는 일두 일은 일이지요" 하는 이도 하나둘
이 아니었다.

　그는 동료들의 송별사에 진저리를 치면서 내려왔다. 그러나 그
만하면 오히려 점잖은 편이었다. 향리에 내려온 뒤로 오다가다 하
면서 십 년 이십 년 만에 마주친 동창생들이 얼굴을 알아보기 바쁘
게 떠보던 말은, 남부끄러워서 어디에 가서 입도 뻥긋할 수가 없을
지경이었다. 그는 되도록 잊으려고 하였으나 마음 같지가 않았다.
한두 사람의 말에 못이 박여서가 아니라 열이면 일고여덟이 눈을
빗뜨면서 비슷한 말을 했기 때문이었다.

　"여기 내려와 있다메? 존 디루다가 골렀더면그려."

　만나면 만나는 족족 개구 일성이 그러하였다.

　"좋은 데로 고르다니?"

　그는 또 시작이구나 하면서도 어쩌나 보느라고, 개중에 행여나
덜 상한 것이라도 있을까 싶어 말대답에 부지런을 떨기가 일쑤였다.

　"아, 우리찌리 톡 까놓구 말해서, 솔찍이 부동산 투기허러 내려
와 있는 거 아녀. 거기두 앞으루 갠찮을 디여. 벌써 배는 올렀을걸.
시방 내놔두 누구 돈 먼처 받을지 물르는 디가 거기 아닌감."

　"내가 부동산에 관심이 있어서 와 있다는 건 또 어떻게 알았나?"

　"꼭 말을 허야 알간. 사시나무 떨듯이 떨더라구 허는 늠치구 사
시나무 본 늠 없구, 소태처럼 쓰더라구 허는 늠치구 소태나무 먹어
본 늠 없는 식으루, 소리 안 나게 가만가만 돌어댕기는 늠이 진짜

522

라구."

"무슨 소릴, 나는 차가 없어서 소리를 안 내고 다니는 거야, 이 친구야."

"시방 뭔 소리여. 저수지 옆댕이루 왔다는 소문 듣구 대번에 알아본 사람버러. 앞으루 땜이 하나 더 생기면 그 물은 농업용수로만 쓰게 되니께 각종 위락시설이 쫙 들어슬 껴. 앞으루 월마까장 뛸는지 암두 물르는 디니께 암말두 말구 몇 년만 더 붙잡구 있어. 거기 존 디여. 존 디루 잘 골렀다니께."

"이 친구야, 나는 처음부터 저수지 가에서 살았어야 할 사람이야. 내 이름을 보라구, 물 하짜 하가에 거북 귀짜가 들어간 이름 아닌가."

"그건 그려. 그래서 한강이 내려다뵈는 잠실에 아파트가 있다는 것두 들어서 알구 있어."

"있지. 열세 평짜리."

"내일모리면 재개발헌다구 뛸 테구. 허구 나면 또 확 뛸 테구 말여."

"집 앞의 저수지에서 붕어 뛰듯이 뛰겠구먼."

"그 저수지는 요새 잉어두 뛰구, 가물치두 뛰구, 피리두 뛰어. 피리 알지? 피래미 말여. 잉어가 뛰니께 피래미 새끼두 뛰더먼그려."

"그렇겠지. 그런데 그 저수지, 자라도 사나?"

"자라? 먹을라구? 효과는 자라버덤 거북이가 낫댜. 거북이를 먹어."

"내 이름에 거북 귀짜는 들었지만 석귀는 자라의 별칭이라 묻는 걸세."

"자라가 있단 말은 못 들은 것 같은디. 그깨잇 늠으 자라 나부랭이사 있으면 워떻구 없으면 뭔 상관인가. 땅끔만 뛰면 구만이지."

"자라가 저수지를 찾아온 건 물 하나 보고 온 건데, 자라가 안 사는 물이라면 잘못 와도 보통으로 잘못 온 게 아니니 하는 말 아닌가."

자라가 저수지를 찾아왔다는 말은 어떻게 하는지 보려고 해본 허튼소리가 아니었다. 하도 아랫도리로만 돌아서 별의별 생각이 다 들고 날 때, 맨 아래 켜에 깔리는 바람에 아직껏 덜 삭아내린 앙금의 찌꺼기였던 것이다.

그는 어려서부터 자기의 이름이 마뜩지가 않았다. 작명을 해주었다는 집안의 푸네기 노인은 물 하, 돌 석, 거북 귀로 된 성명 삼자가 모두 해 달 산 물 솔 학 거북 사슴 구름 불로초 등 예로부터 불로장생의 십장생으로 손꼽았던 상서로운 물질에서 뽑아온 글자가 아니냐면서, 그를 볼 때마다 세상에 둘도 없이 잘 지은 이름이라고 되씹고 곱씹어가며 생색을 내고는 하였다. 그렇지만 그는 획수가 많고 복잡하여 아무리 잘 써도 모양이 늘 그 모양으로밖에는 써지지 않는 거북 귀자부터가 영 정이 가지 않았다. 한동네에 사는 아이들이나 대소가의 어른들이나 석귀를 석구로 부르는 것도 싫었다. 심지어는 학교에서도 이름을 제대로 불러주는 선생이 드물었다. 그러나 그런 것은 아무것도 몰랐던 어려서의 일이었다. 그가 정작 자기의 이름과 이름자가 싫어지기 시작한 것은 어디를 가나 걸핏하면 눈에 띄던 돌거북 탓이었다. 아무리 돌을 쪼아서 만든 돌거북일망정 어느 한 놈 신세 편한 놈이 없었다. 돌거북은 반드시 저보다도 몇 배나 크고 무겁게 생긴 짐을 등에 짊어지고 있을 뿐 아니라, 그 짐의 무게에 치이고 눌리어 납작하게 엎드린 채 수백 수천 년 동안이나 옴나위를 못하고 죽어 살면서, 풍마우세의 모진 세월을 견디어낸 가련하고도 처량한 신세였던 것이다. 사람들은 돌거북을 귀부龜趺라고 불렀다. 비석의 받침돌이란 뜻으로 붙인 명칭일 거였다. 돌거북이 지고 온 비석이나 비석에 새긴 글이며 글씨는 귀중하게 여기는 시늉을 하면서도, 비석이 넘어져서 깨어지거나 글씨가 상하지 않게 수백 수천 년을 허리 한번 못 펴보고 지낸 돌거북은 무릇 거들떠보는 이조차도 없었다. 그는 그러고 있는 돌거북을 만나면 가는 데마다 아랫도리로만 돌면서 쥐여 지내온 자기 팔자나 다름이 없어 보여,

"안됐다. 장히 안됐어. 그런 꼴로 눌려 지내나 죽어 지내나 무조건 오래만 가면 십장생이다ㅡ, 그 말이었더냐."

연민을 못 이기고 빈정거리기까지 하였다. 거북은 그 옛날에, 거북아 거북아, 머리를 내놓아라, 만약 내놓지 않으면 구워서 먹으리龜何龜何, 首其現也, 若不現也, 燔灼而喫也 하고 못 먹어서 노래를 삼을

무렵부터 먹을 감으로만 보였던 모양이니, 애시당초 애달프게 타고난 신세인데 이제 와서 새삼스레 무슨 신세타령인가 싶기도 하였다.

그의 신세타령은 석귀가 자라의 별칭이라는 것을 알고 난 뒤에도 그치지 않았다. 그는 동료들이 그리 반겨 하지 않던 수도과나 하수과로 전보가 되어도 남다른 기대와 함께 기꺼이 옮겼다. 그러나 자라는 물과 가까울수록 힘이 날 것이라는 자기최면도 효과를 본 적이 없었다. 그는 죽을 운이 닿았던 자라 한 마리를 순전히 자기 힘으로 살려준 일도 있었다. 한강하고 십 리는 떨어진 주택가에서 하수도를 뜯어 다시 놓을 때의 일이었다. 하루는 현장에 출장하니, 인부들이 일을 온 것인지 놀러 온 것인지 모르게 일판이 사뭇 어수선한데다 연장을 쥔 손도 누가 익수고 누가 생수인지 모르게 다들 잡을손이 뜬 것이 아무래도 전에 없던 공기였다. 그가 떠름한 눈치를 보이자 젊은 날품팔이꾼 하나가 헌 시멘트 부대로 덮어 한 구석에 밀어놓았던 양철통을 열어 보이는 거였다. 양철통 속에는 거짓말 하나 안 보태고 등딱지의 폭이 한 뼘도 넘는 자라 한 마리가 들어 있었다. 갈아 묻으려고 들어낸 토관 속에서 나왔다는 거였다. 한강의 자라가 하수관을 타고 올라온 모양이었다. 그는 놓아주지 않은 이유를 물었다.

"놔주다니요. 이따가 그놈으로 한잔할 판인데 놔줘요?"

"팔아서 술값을 하시겠다?"

"잡아서 안주를 한다, 이거죠."

"산에서 노루 잡아먹으면 재수없고, 물에서 자라 잡아먹으면 되는 일이 없다는 얘기도 못 들으셨군."

"되는 일이 없어봤자, 이따가 새참에 국수 먹을 것으로 라면 먹기 정도지 뭐가 또 있겠어요."

산 자라는 돌거북하고 또다른 감회를 자아내었다. 바위옷을 두툼하게 껴입은 돌거북이야말로 가위 십장생의 하나에 손색이 없었지만, 그 느려빠진 걸음에도 어쩌다가 올 데까지 오게 되어 바야흐로 끝장에 이른 양철통의 자라를 보니, 자라는 물에 가까울수록 힘이 날 성싶어 수도과도 좋다 하수과도 좋다 하고 기꺼이 옮겨다녔던 자기의 뒷그림자와 마주친 것 같아서 마음이 몹시 언짢았다. 그는 자라의 구명을 서둘렀다.

"자라도 안주가 돼요?"

"개고기 다음은 가죠."

"그럼 내가 개고기값을 드릴 테니 개고기로 하시는 게 어떻소."

그는 개고기값을 주고 자라를 구했다. 퇴근길에 한강에다 자라를 풀어주고 귀가하면서 혼잣말로 중얼거렸다.

적선지가 필유여경積善之家 必有餘慶이라, 두고보면 알겠지. 아니야, 내가 날 구한 건데 뭘 두고봐, 생계 대책은 당연지사지.

자라를 구한 것은 당연지사였던 셈인지 그리고 얼마가 지나가도 좋은 일은 없었다. 그는 스스로 다독거렸다.

좋은 일이 없는 게 불행한 게 아니라 나쁜 일이 없는 게 다행인 거야. 방생은 적선도 아니었어. 자라는 어차피 수도과도 아니었고 하수과도 아니었고 한강도 아니었던 거야. 물이 여북했으면 방향 감각마저 잃고 하수도 토관으로 기어들었을까. 자라는 도시 체질이 아니었던 거야.

속담에 물 좋고 정자 좋은 데가 없다지만 질뜸은 예외였다. 옛사람이 읊은 수촌산곽주기풍水村山郭酒旗風의 수곽이야말로 질뜸을 가리켰던 것이 아닐까 하고 착각을 할 정도로, 그는 그 어느 고을 그 어느 고장보다도 그가 살고 있는 질뜸을 아꼈다. 주기가 나부끼는 대신에 담뱃가게의 간판이 덜렁거려서 그렇지, 술을 마실 수 있는 주막도 있었다. 주인 노파가 그에게 하느홉이란 별호를 달아준 서낭댕이 앞의 가게가 주막 노릇까지도 겸하고 있었던 것이다.

정자도 있었다. 그에게는 자기 집이 곧 정자였다. 집터가 팔풍八風받이라 바람 잘 날이 없어서 그렇지, 창가에 앉아서 내다보고 있으면 더이상 바랄 것이 없는 자리였다. 날씨도 겨우내 푹했다. 밤새 내린 눈도 날만 새면 잦아들었다. 여름내 데워진 저수지의 물이 정월이 다 가도록 덜 식기 때문이었다. 이월에 접어들면 바람살이 거칠어지고 꽃샘이 심했다. 서리도 늦어서 진달래가 지고 나도 식전마다 밭이랑이 허옜다. 겨우내 식은 저수지의 물이 찬바람을 일으키는 탓이었다. 이월의 물바람은 정월의 산바람보다 더 찼다.

바람은 점심나절이 거울러질 만해서부터 일었다. 언제나 수심의 수채가 수갈색水褐色을 띠면서부터 수문水紋과 함께 일었다. 수갈색은 차츰 물가를 찾아서 수묵색으로 일었다. 수문도 파란으로 바뀌고 물은 물위에서 타는 듯이 빛났다. 물이 물 같지 않게 황홀해지는 것이었다. 만약에 꽃밭이 그렇게 아름다운 꽃밭이 있을 수 있다면 그 꽃밭을 가꾼 사람은 끝내 실성을 하고 말 수밖에 없을 것처럼. 만약에 옷이 그렇게 아름다운 옷이 있을 수 있다면 그 옷을 입은 사람은 결국 이 세상 사람이 아닐 수밖에 없을 것처럼.

해가 서산에 떨어지면 물녘에서부터 어스름이 되었다. 물너울이 붕어 배래기처럼 허옇게 뒤집히며 까치놀이 지던 물면도, 기스락의 푸서리나무에서부터 땅거미가 지기 시작하면 숨을 숙여서 쉬게 마련이었다.

물너울이 수굿해지면 고깃배가 떴다. 고깃배는 늘 동네 길체에 있는 상엿집 모퉁이께에서 넘늘거리는 갯버들가지를 헤쳐가며 저어나왔다. 그로 미루어보아 배를 띄우고 대는 섯이 서낭댕이 돌아의 어딘가인 모양이었다. 발동선도 아니지만 돛단배도 아니었다. 둘이 타기에도 빠듯해 보이는 조각배일 뿐이었다. 한 사람은 뒷전에 앉아 노를 젓고, 한 사람은 뱃전에 서서 그물을 쳤다. 그들은 저녁 어스름에 배를 풀어 저물도록 그물을 치고, 새벽 어스름에 그물을 걷어 해뜨기 전에 들어갔다. 그래서 그들하고는 면식이 없었다. 어디에 사는 어떤 사람들일까. 그는 그들과도 알고 지내고 싶었지만 기회가 닿지 않았다. 가겟집 노파에게 물어보는 편이 더 빠를 터였다.

"배는 무슨 배, 쬐끄란 뗌마지. 저 근너 멧굴 사는 신두홉이네 뗌만디. 노는 바깥이서 젓구 그물은 안이서 치구, 내우간이 부지런해서 그냥저냥 밥은 먹는개빌레유. 그런디 그런 건 왜 물으슈?"

"보기에 좋아 보여서요."

"긔덜은 얼어죽겄다는디 뎁세 좋아 뵈시담? 덜덜 떨려서 둘 다 쇠주 두 홉 안 먹구는 추워서 못해먹겄다데유."

"두 홉짜리면 어부 치고 많이 자시는 편도 아니네요."

"그런 편이지유. 한최고랑은 사춘 남매지간인디, 한최고 같잖구 술량은 보통일러먼그류. 밤배질 허는 날두 두 홉 이상은 허들 않으니께."

"밤배질 하는 날도 있나보네요."

"있다마다유. 뻘밭서 잡는 뻘긔 같은 것두 보름사리 때 잡는 늠은 쭉어서 양념도둑이구, 그믐사리 때 잡는 늠은 영글어서 밥도둑이라는디, 민물고기라구 때가 없겄남유. 민물고기두 보름께랑 그믐께가 잘 걸리니께 그때는 밤물잡이 허는 날이 따루 없는 거지유."

"자라도 걸리나요?"

"남생이두 귀경 못허는디 자라가 다 워딨대유."

그는 배 임자를 만나볼 계제가 없었다. 저녁 어스름을 타고 물목에서부터 그물을 쳐가거나, 새벽 어스름에 묻혀 물목 쪽으로 그물을 걷어오는 모습만을 거실에서 내다보는 수밖에 없었다. 한번 봤으면 하면서도 보기가 어렵기로는 밤물잡이 역시도 마찬가지였다. 그는 배 임자 부부의 뱃일하는 모습이 보기에 좋아 보이더라고 했을 때 "긔덜은 얼어죽겄다는디" 하고 뒤집던 가겟집 노파의 말뜻을 잊지 않고 있었다. 하지만 그 어부 내외가 배를 부리고 고기를 잡는 모습이 여전히 보기에 좋아 보이는 데는 어쩔 수가 없었다. 낮에는 배 임자 부부가 그물을 손질하여 말리고 낮잠을 자는 까닭에 만나볼 계제가 되지 않았듯이, 밤에는 산그림자가 먹어들어 먹을 그린 듯한 물가로만 배를 부리는 탓에 밤물잡이 한 번이 그토록 보기가 어려운 모양이었다.

새벽물은 언제나 조용하였다. 바다가 그리 멀지 않았으므로·바다에 있는 아침 무풍無風이 저수지에까지 미처서 저수지도 함께 아침뜸을 하는 것이었다. 조용한 새벽물은 물김이 피어올랐다. 서리가 많이 내린 날은 물김도 자욱하게 피어올랐다. 물김이 물면에 가득히 골안개처럼 피어오를 때는, 세상에 조용히 있는 물보다 더 생각이 깊은 것은 아무것도 있을 것 같지가 않았다.

그는 어스름 새벽에 배질이 있으면 번번이 넋을 놓고 보았다. 쟁기질하는 농부처럼, 나무를 해가는 나무꾼처럼, 장을 보아 가는 장꾼들처럼, 애쓰고 일하는 모습들이 보기에 좋아 보여서 그렇게 넋이 나간 채로 바라보았던 것이다.

그러나 그런 것이 아니었던 날도 꼭 한 번 있었다. 그 알 수 없는 일이 있었던 날이었다.

그는 그날 새벽에 있었던 일에 관해서, 언젠가 어느 외국소설에서도 봤던 것 같은 그 일에 관해서, 지금도 무엇이라고 통 설명을 할 수가 없었다.

그는 그날도 거실의 창가에 매달려서 달빛에 피어난 수면을 넋놓고 바라다보고 있었다. 뜨락에 내린 서리에도 달빛이 알알이 피어나고, 서낭댕이 돌아로 굽이진 자갈길도 눈길처럼 피어난 달빛이 그를 부르고 있었다. 그는 그렇지만 한눈을 팔지 않았다. 머지않아 상엿집 모퉁이께서부터 그물로 달빛을 걷어오는 배질이 나타날 터이기 때문이었다. 이윽고 배가 나타났다. 배는 달빛과 물빛에 모양을 내어서 어느 어스름 새벽보다도 선체가 두드러져 보였다. 한 사람은 뒷전에 앉아 노를 젓고 한 사람은 뱃전에 서서 그물을 걷고 있었다. 그물이 번쩍거렸다. 무엇이 번쩍이는 것일까. 그물에 걸린 고기일까, 그물에 걸린 달빛일까, 그물에 걸린 서리일까. 그는 달을 보고 물을 보고 사람을 보고 하면서 그 번쩍거리는 빛에 대해 궁금증을 키웠다.

어느덧 동살이 잡히자 물김이 피어오르고 있었다. 물김은 처음부터 안개처럼 자욱하게 피어올랐다. 서리가 그만큼 많이 내렸다는 증거였다. 섬으로 돌아가는 배가 자욱한 물김에 싸여 흐릿하게 보였다.

그는 날이 밝자마자 멧굴로 향했다. 고기들이 보고 싶었다. 비늘마다 달빛이 번쩍이고 있는 고기가 보고 싶었다. 비늘마다 서리가 번쩍이고 있는 고기가 보고 싶었다. 아가미마다 달빛이 숨결로 남아 있는 고기들이 보고 싶었다.

그는 멧굴께로 걸음을 재촉하다가 가겟집 앞에서 윤병반을 만났다. 윤병반이 들고 있는 비닐봉지는 라면과 소주병을 가려주지 못했다. 또 뜬눈으로 앉아서 화투짝을 죄다가 좌중의 심부름으로 가게에 다녀가는 모양이었다.

"이 식전 댓바람에 워디 가시는 질이슈?"

윤병반이 먼저 담배 연기 그을음이 드레드레한 얼굴을 지레 숙이며 말했다.

"멧굴 신씨네, 배 임자네 집 좀 다녀오려구요."

"신두홉네유? 그 집 시방 볐을 텐디유."

윤병반이 서슴없이 말했다.

"집이 비다니요, 금방 걸어가는 걸 봤는데요?"

"아뉴. 잘못 보신 규. 어제 처갓집에 잔치 보러 가서 여태 안 왔슈. 오늘 저녁때나 올 텐디유."

"그럼, 금방 그물 걷은 이는……"

"아니라면유. 배는 그 집 배 하나뿐인디 그럴 리가유. 어제 한쇠고 내외랑 식구대루 끌구서 하냥들 갔슈. 요새 처갓집 잔치에 댕일 치기허는 사람이 다 워딨대유."

그는 어리둥절하였다. 그렇다면 무엇을 본 것일까. 그는 그 일을 자기밖에는 아무에게도 말할 수가 없었다. 그는 자기에게 말했다.

그랬던겨. 늘 물에 뜨는 물 같은 것만 봤던겨. 못나게. 지지리도 못나게.

(1995)

갈마들이하다 서로 번갈아들게 하다.

거우듬하다 조금 기울어진 듯하다.

곱은탱이 굽이진 길모퉁이.

귀꿈맞다 (사람의 언행이나 차림새가) 전혀 어울리지 아니하고 촌스럽다.

기름챗날 떡판에 올려놓은 기름떡을 덮어 눌러서 기름을 짜는 길고 두꺼운 널판.

깨묵셍이 깻묵덩어리.

꽃패집 모말집. 추녀가 사방으로 빙 둘려 있는 모말 모양의 집.

나붓이 나부죽이. 좀 작은 것이 천천히 엎드리는 모양.

너볏하다 남에게 드러내 보이기에 번듯하고 의젓하다.

넌덕스럽다 너털웃음을 치며 솜씨 있는 말을 늘어놓는 재주가 있다.

대오리 가늘게 쪼갠 댓개비.

대판거리 크게 차리거나 벌어진 판국.

더운갈이 날이 몹시 가물다가 소나기가 왔을 때 그 물을 이용하여 논을 가는 일.

덩덕새머리 빗지 않아 더부룩한 머리.

데림추 주견이 없이 남에게 딸려다니는 사람.

도린결 사람이 별로 가지 않는 외진 곳.

두름성 주변성이 좋아서 일을 잘 변통하는 재주.

---

* 이 낱말풀이는 『이문구 소설어 사전』(고려대학교 민족문화연구원, 1999)을 참고했다.

뒤듬바리 투미하고 거친 사람.

뒤발하다 온몸에 뒤집어써서 바르다.

뒤트레방석 똬리처럼 새끼를 둘둘 감아서 만든 방석.

드팀새 비키거나 밀려 생긴 조그만 틈.

말롱질 남녀가 말의 교미를 흉내내어 하는 장난.

말씹단추 (옛날에) 가는 헝겊에 오라기를 접어 호아서 만든 끈이나 끈목
으로 매듭을 거듭 지어 둥글게 만든 단추. 흔히 적삼에 사용함.

매갈잇간 매조미간. 벼를 매통에 갈아서 왕겨만 벗기고 속겨는 벗기지 아
니한 쌀을 만드는 곳.

매동그리다 매만져서 뭉쳐 싸다.

멱동구미 짚으로 둥글고 울이 깊게 결어 만든 그릇.

모개 이삭.

모개흥정 모개로 하는 흥정.

무덕지다 가운데가 불룩하게 솟을 정도로 쌓여서 많다.

물퉁보리 채 여물지 않았거나 마르지 않아 물기가 많은 보리.

뭉구리 바싹 깎은 머리.

바디질 베나 가마니를 짤 때, 바디로 씨를 치는 일.

배동 벼가 알을 배어 이삭이 나오려고 대가 불룩하여지는 현상.

벋버듬하다 말이나 행동이 좀 거만하다.

부라질 몸을 좌우로 흔드는 짓.

부살같다 쏜살같다.

비거스렁이 비가 갠 끝에 바람이 불고 기온이 낮아지는 현상.

비럭질 돈, 곡식 따위를 남에게 거저 달라고 하여 얻는 짓을 낮잡아 이르
는 말.

빠드름하다 횐하다.

뻣성 갑자기 발칵 일어나는 짜증.

삼출하다 액체가 안에서 밖으로 스며나오다.

새꼽빠지다 새삼스럽다.

생게망게하다 생급스럽고 터무니없다.

솔수펑이 솔숲이 있는 곳.

아망 어린아이들이 부리는 오기.

안반 떡을 칠 때에 쓰는 두껍고 넓은 나무판.

앙살거리다 윗사람에 대하여 조금 원망하는 뜻으로 종알거리다.

양냥거리다 만족하지 못하여 짜증을 내며 자꾸 종알거리다.

어레미 바닥의 구멍이 큰 체.

어리눅스름하다 보기에 어리숙하다.

엉버틈하다 커다랗게 떡 벌어져 있다.

에멜무지로 결과를 꼭 바라지 않고 헛일 하는 셈 치고 시험삼아.

오가리 들다 식물의 잎 등이 병들거나 말라서 오글쪼글해지다.

오달지다 올차고 여무져 실속이 있다.

옹두리 나뭇가지가 병이 들거나 벌레가 파서 결이 맺혀 혹처럼 불퉁해진 것.

왕골자리 왕골기직. 왕골을 굵게 쪼개어 엮어 만든 자리.

외꼬부리 비틀어지고 꼬부라진 못생긴 오이.

으덩박씨 거지.

음충맞다 매우 음흉하고 흉측하다.

자가웃 한 자 반쯤 되는 길이.

자발머리없다 행동이 가볍고 참을성이 없다.

잠포록하다 날이 흐리고 바람기가 없다.

잡살뱅이 온갖 자잘한 것이 뒤섞인 허름한 물건.

재삼태기 아궁이에 쌓인 재를 쳐내는 데에 쓰는 삼태기. 볏짚으로 꼰 가는 새끼줄을 촘촘하게 결어 만든다.

전두리 둥근 그릇의 아가리에 둘려 있는 전의 둘레. 또는 둥근 뚜껑 따위
　　　의 둘레의 가장자리.

조갑지 조가비.

졸토뱅이 재주가 없고 졸망하게 생긴 사람.

찜뿌 고무공을 이용해 야구 형식으로 즐기는 아이들의 놀이. 투수와 포수가
　　　없이 타자가 한 손으로 공을 공중에 띄워 그것을 다른 손으로 친다.

쳇볼 쳇바퀴에 메어 액체, 가루 등을 거르는 그물 모양의 물건.

충그리다 움직이다 말고 꾸물거리거나 머뭇거리다.

층층다랑이 (비탈진 산골짜기에 있는) 층층으로 된 좁고 작은 논배미.

칙갈스럽다 (하는 짓이) 얄밉게 잘고 더러운 데가 있다.

톱상스럽다 투박하고 상스럽다.

퉁퉁증 일이 뜻대로 되지 않아 갑갑히 여기며 골을 내는 증세.

틀물다 (심술이나 화가 나서) 마음이 꼬이다.

풍헌 조선 시대에, 유향소에서 면面이나 이里의 일을 맡아보던 사람.

해바라지다 모양새 없이 넓게 벌어지다.

해토머리 얼었던 땅이 풀릴 무렵.

허릅숭이 일을 진실하고 미덥게 하지 못하는 사람을 얕잡아 이르는 말.

허텅지거리 일정한 상대자 없이 들떼놓고 하는 말.

화라지 '옆으로 길게 뻗은 나뭇가지'를 땔나무로 이르는 말.

황아장수 집집을 찾아다니며 끈목, 담배쌈지, 바늘, 실 따위의 자질구레
　　　한 일용 잡화를 파는 사람.

흔털뱅이 '헌것'을 천하게 이르는 말.

희읍스름하다 썩 깨끗하지 못하고 약간 희다.

이문구, 고유명사로서의 문학

서영채(문학평론가)

1

　이문구라는 작가를 생각하면 가장 먼저 떠오르는 것은 문학이라는 단어이다. 이런 말은 좀 이상하게 들릴 수도 있다. 소설쓰기로 평생을 보냈던 사람에게 그건 너무나 당연한 말일 것이기 때문이다. 하지만 이문구가 연상시키는 문학이라는 단어는 경우가 조금 다르다. 그것은 소설이나 시 같은 장르들을 포괄하는 총칭으로서의 문학이 아니라, 그 안에 어떤 하위 종도 거느리지 않은, 어떤 틀이나 총체적인 이미지로서의 문학이다. 그것은 그러니까 집합적인 일반명사로서의 문학이 아니라 고유명사로서의 문학이라 지칭할 만한 어떤 것이다. 소설과 시와 희곡과 산문 등을 모두 빼내도 그 자리에 남아 있는 어떤 것으로서의 문학, 구체적 장르나 작품 들이 들어서게 될 어떤 원초적인 자리로서의 문학.

　일반명사로서의 문학은 단순히 기술적인 단어이지만, 고유명사로서의 문학은 윤리적 지위를 갖는다. 두 가지 의미에서 그러하다. 먼저, 텅 빈 자리로서의 문학은 구체적인 문학작품들 뒤에 가려 잘 보이지 않는, 하지만 무언가 구체적인 것으로 채워지기를 기다리면서 그 뒤의 음영의 자리에 어떤 기저와 같은 것으로 버티고 있는 문학이다. 그러니까 그것은 그 자리에 아무것도 없을 때는 스스로를 현시할 수 없다. 그 자리에 어떤 구체적인 작품이 들어설 때 비로소 그 채워지지 않은 잉여로서만 자신을 드러낼 수 있다. 그래서 고유명사로서의 문학은 그 존재 자체가, 그 위에 무언가 제대로 된 것이 들어와야 한다는 당위적 요구가 된다.

　또한, 고유명사로서의 문학은 그 자체가 하나의 전체적인 이미지로서, 모든 현실적인 밥벌이의 수단들이나 실정적인 존재들이 지닐 수 없는 특이성의 분위기를 함유하고 있다. 물론 문학이라고 해서 한 사회가 지니고 있는 현실성과 실정성의 차원을 벗어날 수는 없다. 문학도 다른 가치의 영역과 마찬가지로 누군가에게는 밥벌이의 수단이고 또한 자기실현의 현실적인 도구이며 사회적 분업의 한 형태로 존재하는 실정적 제도의 하나이다. 하지만 고유명사로서의 문학은 그런 현실성과 실정성을 제거하고도 남는 어떤 것이다. 그것은 문학에 대해 사람들이 음으로 양으로 기대하고 요구하는 어떤 이상적인 상태, 일반명사로서의 문학 너머의 상태를 함축하고 있다. 그것은 문학을 하는 사람에게는 부당하거나 부담스러운 일일 수도 있지만, 문학 자신에게는 자랑이자 긍지의 상징일 수 있다.

작가 이문구를 두고 문학이라는 단어를 연상시키는, 그러니까 그 자체로 문학적인 인물이라 함은 이런 의미에서이다. 그가 살아온 삶의 이력이 그러하고, 고유명사로서의 문학의 체취를 온몸으로 뿜어내는 그의 작품들이 그러하다. 그는 1970년대와 1980년대를 거쳐오면서 상반된 정치적 지향을 지니고 있었던 두 단체, '민족문학작가회의(자유실천문인협의회)'와 '한국문인협회'에서 공히 핵심적인 위치에 있었다. 또한 그는 자신의 대표작들을 써내는 과정에서, 허구적 이야기라는 소설의 문법의 바깥에서 소설을 썼고 그런 소설쓰기를 통해 소설이 있어야 할 자리에 대한 질문을 만들어냈다. 허구로서의 소설이라는 개념 자체가 휘어지면, 그 바탕에 놓여 있는 소설의 자리가 나타나고 그 자리를 채워줄 것으로 기대되는 또다른 개념들이 모습을 드러내는 것이다. 그러면서도 그는 소설의 문법 바깥으로 나가기 위해 그런 소설을 썼다기보다는, '관촌수필' 연작들이 보여주듯이 그 자신이 써야 할 이야기를 쓰다보니 어느 순간 소설 문법의 바깥에 있게 되었던 경우에 해당한다. 이런 점에서 보자면 그는 작가로서는 선택된 사람이자 행운아라 해야 한다. 그런 행운은 물론 그가 한 개인으로서 감당해야 했던 가족사적 불행과 한 세대의 일원으로서 치러야 했던 험난했던 역사적 체험을 대가로 한 것이므로, 의미 자체로 보자면 역설적인 것이 아닐 수 없다. 하지만 비슷한 경험을 했다고 해서 누구나 이 문구가 되는 것은 아니고, 또 가족사의 아픔에 대해 쓴다고 해서 어느 것이나 『관촌수필』이 되는 것은 아님은 두말할 것이 없다.

이 책에 실려 있는 단편들은 그런 이문구의 모습을 보여주는 구체적인 예들이다. 소설이 아니라 스스로 수필이라고 주장하는 소설, 실명과 실제 사건 들을 내세우면서 그 내용이 허구가 아니라 사실이라고 주장하는 소설, 그런데도 어떤 소설보다 소설적이 되고 문학적이 되는, 그리하여 소설적이라는 말의 의미를 재정의하게 하고 마침내는 문학이라는 이름의 대표적 상징이 되는 소설들이 여기에 있다. 그리고 작가 이문구는 그런 소설을 쓴 사람으로서 그 소설들 뒤편 어디쯤에 서 있다. 그의 소설 속에 자주 등장하는 인물들처럼 정이 깊고 속도 깊고 젠체하지 않는, 수더분하고 세상 물정에 어두워 보이면서도 세상 사는 이치에 관한 한 속깊은 문리를 지니고 있음을, 말이 아니라 행동으로 보여주는 인물로서.

2

이 책에 실린 열 편의 단편은 각 시기별로 추려 뽑은 이문구의 대표작들이다. 가장 이른 「암소」(1970)와 가장 나중인 「장동리 싸리나무」(1995) 사이에는 이십오 년의 상거가 있다. 조금 젊어서 쓴 소설과 조금 늙어서 쓴 소설 사이에 차이가 나는 것은 당연한 일이다. 그럼에도 이문구의 소설들을 관통하고 있는 어떤 중심적인 힘이 있다. 그것을 여기에서는 고유명사로서의 문학 혹은 문학적인 것이라 부르고 있는 셈인데, 이 점은 이문구의 소설이 지니고 있는 두 가지 경향성을 겹쳐놓으면 좀더 분명하게 드러난다.

이문구의 소설이 보여주는 두 개의 경향성은, 단적으로 말하자면 『관촌수필』(1977)과 『우리 동네』(1981)의 대조에서 두드러진다. 둘은 모두 비슷한 시기에 쓰인 연작소설들로서, 전자는 자신의 가족사와 연관되어 있고 후자는 그가 잠시 몸담고 살았던 농촌 지역 사람들의 이야기이다. 그러니까 후자는 이문구가 허구적 이야기를 만드는 소설가로서 그리고 싶은 상황이나 인물 들의 모습을 담고 있는 것임에 비해, 전자는 그가 쓰지 않을 수 없어 쓴다는 느낌을 주는 소설들, 운명의 인도에 의해 만날 수밖에 없었던 인물들과 처할 수밖에 없었던 상황에 대해 토해내듯이 쓰인 것처럼 보이는 소설들이다. 이 책에 수록된 열 편의 단편으로 말하자면, '관촌수필' 연작에 수록되었던 「일락서산」 「행운유수」 「녹수청산」 「공산토월」, 그 부록격인 「명천유사」 그리고 「유자소전」 같은 작품이 전자에, 초기작인 「암소」를 비롯하여 「우리 동네 金氏」 「우리 동네 李氏」 등은 후자에 해당한다. 전자에서 두드러지는 것은 인물들이고 후자에서는 상황이다.

「암소」나 '우리 동네' 연작 같은 소설에서 현저한 것이 인물이 아니라 그들이 직면한 현실이라 함은 전자의 소설들에 비해 상대적으로 그렇다는 것이다. '우리 동네' 연작들 속에서도 다양한 표정을 가진 개성적인 인물들을 만날 수 있다. 그럼에도 전자의 소설에서 인물들 하나하나가 점유하고 있는 특이성에 비하면, 후자에서 부각되는 것은 인물 자체라기보다는 그런 개성을 만들어내는 현실적 상황이라 함이 좀더 타당한 판단이겠다. 예를 들어, 「암소」에서 소설 전면에 형상화되는 것은, 5·16 군사정부가 들어선 이후 시행된 농어촌 고리채 정리사업으로 인해 졸지에 사 년 동안의 새경을 날리게 된 한 머슴의 이야기이다. 또 「우리 동네 金氏」에서 멋진 피날레를 장식하는 것은 민방위 훈련장에서 벌어지는 부면장과 농투성이들의 대거리이고, 「우리 동네 李氏」의 경우에도, 증산을 위해 새로운 볍씨를 권장하는 영농교육장 강사와 그에 맞서 야유를 날리는 젊은 농민들 사이의 말씨름이 소설의 마지막 장면을 차지하고 있다. '우리 동네' 사람들에게 문제가 되는 것은 농사짓기 힘들어지는 사회적 상황이자 그것을 부채질하는 관치 위주의 농정 현실이다. 그러니까 이 소설들에서 중요한 것으로 부각되는 것은 특정한 인물이라기보다는 그들을 둘러싸고 있는 전체적 상황이자 현실이라는 것이다.

여기에는 권위주의 정치체제와 연관된 관료주의가 한편에 있고, 점차 해체와 몰락의 길을 걸어가는 농촌공동체의 모습이 다른 한편에 있다. 그것은 사회 전체가 움직이는 추세이자 대세이므로 어

쩔 수 없다고 생각하는 사람의 체념이 그 바탕에 놓여 있다. 그럼
에도 눈앞의 불합리에 대해서는 참아낼 수 없는 사람들이 그 위에
서 움직거린다. 그들은 객관적인 전망 같은 것과는 무관하고 혹은
오히려 비관적인 현실이어서 더욱 활동적이기도 하다. 이런 정황
속에서 잉태되는 것이, 반골 기질을 지닌 이문구의 농민 인물들이
구사하는 너스레와 능청과 야유의 수사학이다. 이들의 말솜씨는
특히 관료들과의 대거리에서 유려하게 구사되곤 하는데, 그런 수
사학은 이미, 경찰을 상대하는 「행운유수」의 옹점이의 말 속에서
흐드러진 모습으로 등장한 바도 있었거니와, 「우리 동네 金氏」에
서 부면장의 관료주의를 향해 쏟아지는 다음과 같은 집단 야유와
능청이 그 진수를 여실하게 보여준다.

"천동면이 이렇게 촌인가…… 저런 딱헌 사람두 다 있으니. 나
보슈. 국가 시책으루, 미터법에 의하야 도량형 명칭 바뀐 지가 원젠
디 연태까장 그것두 모르는겨. 당신이 시방 나를 놀려보겄다— 이게
여?"

부면장은 당장 잡들이할 듯이 눈을 부라리며 언성을 높였다. 곁
에 앉은 남병만이가 팔꿈치를 집적거리며 참으라고 했으나 김도 주
눅들지 않고 앉은 채로 응수했다.

"내 말은 그렇게밖에 안 들리유. 저 핵교 교실 벽돼기 좀 보슈.
뭐라고 써붙였유? 나라 사랑 국어 사랑…… 우리말을 쓰자는 것두

국가 시책이래유. 옛날버텀 관공리 말 다르구 농민들 말 다른 게 원칙인 게유. 천동면이 이렇게 촌인가…… 끙ㅡ"

부면장은 무슨 말이 나오는 것을 참는지 한참 동안 입술만 들먹거리더니 겨우 말머리를 찾은 것 같았다.

"도대체 당신 워디 사는 누구여? 뭣 허는 사람여?"

그러나 누군가가 뒤에서 큰 소리로 대답했다.

"그 사람두 높어유."

그 말이 떨어지기 전에 또다른 목소리가 곁들여졌다.

"놀미 부락 개발위원이구, 마을문고 후원회원이구……"

그러자 여기저기서 우루루 하고 아무나 한마디씩 뒷들이를 했다.

"부랄 조심 가족계획 추진위원이구……"

"부녀회 회원 남편이여."

"연료림 조성 대책위원이유."

"이장허구 친구여."(345~346쪽)

이렇게 쏟아지는 집단 야유는 결국 부면장의 항복 선언으로 끝난다. "예, 날도 더운디, 지루허시드래두 자리 흐트리지 마시구 담배나 피시며 쉬서유. 저 놀미 사는 높은 양반두 승질 구만 부리시구 편히 쉬서유. 미안합니다"라고 부면장은 자신의 패배를 감치는 너스레를 떨고 사람들은 자기들의 승리에 박수를 보낸다. 김씨가 촉발시킨 논란의 시발은 헥타르라는 새로운 도량형을 쓰는 문제이지만, 그것은 어디까지나 표면적인 것일 뿐이고 실제로 김씨가 "승질부리고 있는 것"은 '민방위 훈련'으로 상징되는 우스꽝스러운 국가주의이자 관료주의라는 것, 그리고 그 너머 궁극의 지점에 놓여 있는, 농사지어 수지 맞추기가 갈수록 힘들어지는 당대의 농촌 현실임은 김씨의 역성을 드는 수많은 농투성이들의 반응 속에서 확인되고 있는 것이다. 그러니까 이 세계에서는 김씨만이 아니라 누구라도 김씨의 역할 속에 들어올 수 있는 것이며, 그런 점에서 특정한 인물의 개성이 중요한 것은 아니게 된다.

이와는 반대로, 전자의 소설들에서 두드러지는 것은 상황이 아니라 그 상황 속에서 빚어진 인물들이다. 이문구의 세계를 대표하는 인물들이 이 부류의 소설에서 등장한다. 조부와 옹점이, 대복이, 신석공 등의 『관촌수필』의 인물들, 「유자소전」의 유재필, 「명천유사」의 최서방 등이 그들이다. 이들이 작가(혹은 작중화자) 이문구와 나누는 교감은 매우 특별하다. 그들은 대개 혈족이거나 한솥밥을 먹었다는 점에서 식구들이거나 그에 준하는 사람들인 까닭이다. 게다가 이문구는 이들에 관한 이야기를 쓰면서 소설적 허구화라는 최소한의 형식적 시도를 하지 않았을뿐더러, 실명과 실제로 있었던 것으로 판단되는 사실들을 삽입함으로써 오히려 반대로 이 인물들이 실제 인물이고 이들과 연관된 일들이 실제로 있었던 일임을 강조했다. 이문구가 이 인물들과 나누었던 교감의 특별함에 비하면 소설의 형식 같은 것, 자기가 쓰는 이야기가 허구인지 아닌지 같은 것은 그에게 그다지 중요한 일이 아니었다는 것이다.

위에서 거명한 인물들은 모두 서로 다른 개성의 소유자들이다. 남녀노소가 다르고 신분이나 처지가 다르고 또 성향이나 기질이라 할 만한 것도 다채롭다. 어질고 착한 사람도 있고, 유머러스하거나 강퍅하거나 나쁜 짓을 일삼았던 사람도 있다. 하지만 이런 다양성에도 불구하고 이들이 공유하고 있는 성향이랄까 색조 같은 것이 있다. 다양한 외관과는 무관하게 모두 속정이 깊은 사람들이라는 점이 그것이다. 물론 이것은 이들 각각의 개성이라기보다는 오히려 작가 이문구와의 관계에서 생겨나는 것이라 해야 한다. 세상 사람 누구에게나 정서적으로 깊이 있게 반응하는 보살 같은 사람도 전혀 없지는 않겠지만, 정서적 울림의 깊이는 대하는 사람이 누구인지에 따라, 또 함께 나눈 경험이 어떠한지에 따라 달라지는 것이 보통의 경우이다. 이문구의 인물들이라고 해서 크게 다를 수는 없다. 이들이 모두 속정 깊은 사람으로 표현되는 것은, 그들 각각과 함께 나눈 매우 특별한 경험에 대해 쓰고 있는 사람, 즉 작가 이문구 때문이라고 해야 할 것이다. 그 인물들이 지니고 있는 동일한 색조는 그들의 것이라기보다는 오히려 그들에 대해 이야기하는 이문구의 개성이라고 해야 하리라는 것이다. 이를테면 「녹수청산」의 대복이는 좀도둑으로 시작해서 소도둑이 된 인물로, 객관적으로 좋은 사람이라고 하기는 어렵다. 하지만 그런 대복이도 작가 및 작가의 가족들과의 관계 속에 놓이면 속정 깊은 따뜻한 사람이 된다. 도둑질을 해서 교도소에 갔던 그의 경력은 오히려 그의 깊은 속내와 내면적 인간됨을 억양법적으로 강조해주는 장치가 되는 것이다. 요컨대 속정 깊은 인물들을 만들어내는 힘의 많은 부분은 인물들이 아니라 이문구의 편에 있는 것이다.

이문구의 인물들이 지니고 있는 이런 공통적인 색조는 물론 작가가 자신의 추억을 술회하기 때문에 생겨난 것, 즉 회상의 구조 자체가 지니고 있는 산물이라고 할 수도 있다. 과거를 바라보는 시선이 지니고 있는 안타까움, 흘러버린 시간의 양이 만들어내는 아련한 거리감, 그 시간이 만들어낸 운명과 그것을 바라보는 사람의 회한이 빚어내는 특유의 서정적 분위기는 물론 회상의 서사 구조 자체가 지니는 고유한 것이라 할 수 있다. 하지만 중요한 것은 회상이라는 형식의 그와 같은 작동방식이 아니라 작가 이문구가 하필 그런 형식을 선택했다는 사실 자체이다.

이 책에도 두 편이 실려 있거니와 그의 연작소설 『우리 동네』는 『관촌수필』과 함께 그의 걸작 중의 하나이다. 여기에 실려 있는 소설은 그가 경기도 화성군 향남면에 이주해 살면서 직접 농사를 짓던 경험에 바탕을 두고 있다. 그는 이주한 작가로서가 아니라 동네 젊은 농군들 속에 섞여 계원의 한 사람으로 거기에서 1977년부터 삼 년 반을 살았다. 그곳을 다시 떠나올 때의 경험을 그는 십여 년이 흐른 뒤 이렇게 썼다.

계원들은 우리가 서울로 이사하는 것을 막지 못하는 대신에 뜻 있는 선물을 하기로 의논하였고, 내가 우렁이를 좋아하던 일이 생각나자 송별연에 우렁이회를 내놓기로 말이 된 것이었다. 자고 나면 서리가 허열 때였다. 그러므로 우렁이를 잡으려면 천생 저수지의 수문을 열고 물을 모두 뺀 다음 저수지 바닥의 뻘밭을 뒤지는 수밖에 없었다. 그들은 그러기로 작정하였다. 그리하여 전날 저녁부터 수문을 열어 밤새도록 물을 뺐었고, 먼동이 후여할 때부터 여럿이 뻘밭에 들어가 추위를 무릅쓰고 더듬어서 그 많은 우렁이를 장만한 것이었다.

고개를 넘어 저수지에 가서 수문을 열고, 물이 빠질 때까지 자지 않고 기다리고, 물이 어지간히 빠지자 물속에 들어가서 뻘밭을 뒤지고, 우렁이 자루를 지고 와서 씻고, 씻은 것을 삶고, 삶은 것을 일일 바늘로 까고, 깐 것을 다시 씻어서 양념에 무치고 하는 동안, 대체 몇 사람이 밤공기에 떨고, 찬물에 떨고, 젖은 옷에 떨고 했을 것인가. 지금도 그 생각을 하면 가슴이 멘다.(「우리 동네 시대」, 『마음의 얼룩―이문구 전집 18』, 랜덤하우스중앙, 2005, 296~297쪽)

그의 뛰어난 소설에 자주 등장하는 것이 이같은 경험들이다. 여기에는 가슴을 먹먹하게 하는 정이 깊은 사람들이 한편에 있고, 다른 한편에는 그들로 인해 가슴이 메는 이문구가 있다. 위의 글은 이문구가 향남에서의 생활에 대해 길게 회고한 산문이지만, 글의 성격이나 정서의 밀도 등을 고려한다면 『관촌수필』에 실린 연작 소설들과 크게 다르지 않다. 물론 정서적 충일감으로 치자면 「공산토월」의 마지막 장면,

차에 시동이 걸리니 아우와 매부 품에 안긴 채 동자 없는 눈을 했던 석공이, 택시 유리문 너머로 내가 어릿거리자 뜻밖에 턱으로 나를 부르는 시늉을 했다. 나는 다시 택시 문을 열었다. 이젠 준비해두었던 말로 고별 인사를 하며 손을 내밀어 악수로 영결永訣해야 될 차례였다. 내가 고개를 차 안으로 디밀며 입을 열려 하자, 석공이 먼저 꺼져가는 음성으로,
"잘들 사는 걸 보구 죽으야 옳을 텐디, 이대루 죽어서 미안하네…… 부디 잘들 살어……"
하며 움직여지지 않는 손으로 악수를 청했다. 나는 울었다.(311쪽)

와 같은 대목은 이문구 문학 전체에서 하나의 정점을 이룬다. 물론 이것은 한 사람의 죽음에 관한 것이라서 그 자체가 지닌 정서의 부하가 유다르다. 게다가 그것은 단지 신석공 한 사람의 죽음에만 국한된 것이 아니다. 그의 죽음이 함축하고 있는 육친들의 죽음, 이념 대립과 한국전쟁으로 인해 몰락해버린 집안의 내력, 그리고 무엇보다도 거인과도 같았던 아버지의 기억을 둘러싼 오이디푸스적 긴장감이 이 이야기를 휩싸고 있다. "나는 울었다"라

는 평지돌출의 탈절제된 문장이 이 이야기에 내포되어 있는 정서적 긴장을 역설적으로 시의 차원으로 만들고 있거니와, 이 대목은 그의 가족사로 대표되는 한국 현대사의 비극과 한 착한 사람의 운명이 교차하는 가운데, 바로 그 교차점에 작가 이문구의 정서가 강하게 응결되어 있다는 점에서 그의 문학의 정서적 정점이라 할 만하다.

이에 비하면 산문 「우리 동네 시대」의 경우는 서사의 질량감이라는 수준에서 보자면 현격하게 차이가 난다. 그 어떤 극적 사건이나 드라마가 없다는 점에서 그러하다. 단순하게 말하자면 삼 년 반 동안 정들었던 사람들과 작별하는 일 정도인 것이다. 그러나 주체가 느끼는 정서적 충일성이라는 점에서 보자면 「우리 동네 시대」라는 산문의 경우가 「공산토월」이라는 소설과 질적으로 다르다고 하기는 어렵다. 밖에서 다가오는 사건이 아니라 그것을 대하는 주체의 태도가 문제가 되는 한에서 그러하다. 요컨대 독자들에게 중요하게 다가오는 것은 어떤 일이 벌어졌는지가 아니라 그런 일들의 반대편에 놓여 있는 매우 감도 높은 정서적 울림판, 이문구라는 작가의 감수성이라는 것이다.

우리가 작가 이문구에게서 문학이라는 고유명사를 발견하고 그것의 윤리적 지위를 강조했을 때 그 바탕에 놓여 있는 것은 이문구의 이런 감수성이다. 그것이야말로 진정으로 이문구적인 것이라 할 수 있을 터인데, 그것은 단순히 감수성의 차원에만 머물지 않고 좀더 근본적인 지점을 상기시켜준다. 한 사람의 감수성이라는 것이 자신의 전 작품을 관통하고 있는 힘과도 같은 것일진대, 모든 작품들이 하나로 집적되면 그로부터 그가 생각했던 사람됨의 이상에 대한 어떤 모형이 도출된다. 그리고 바로 그 모형의 관점에서 보자면 이문구의 소설이 지니고 있는 두 개의 경향성은 자연스레 하나로 겹쳐진다.

　가) 그녀는 그만큼 입이 걸고 성질도 사나웠지만 늘 시원시원하고 엉뚱한 데가 있었으며 의뭉스럽기도 따를 자가 없었다. 육덕 좋은 허우대나 하고 곱게 쪽진 눈썹과 사철 발그레하게 피어 있던 얼굴이며, 그녀는 안팎 모가비 총각들에게 선망의 대상이었다. 남다른 눈썰미로 한 번 보면 못 내는 시늉이 없었고, 손속 또한 유별났으니 애써 가르친 바가 없어도 음식 맛깔과 바느질 솜씨는 어머니도 나무랄 수 없음을 진작에 선언한 정도였다.
　동냥을 주면 종구라기가 넘치고 개밥을 주어도 구유가 좁게 손이 컸다.
　"저것이 저리 손이 크니 시집가면 대번 시에미 눈 밖에 나리……"
　어머니의 걱정처럼 그녀는 오종종하거나 소갈머리 오죽잖은 짓을 가장 싫어했고, 남의 억울한 일에는 팔뚝을 걷어붙이고 나서서 뒵들어 싸워주며, 부지런하려 들기로도 남보다 뒤처짐이 없었던 것이다. 대소간에 대사가 있을 때마다 그녀가 징발됐던 것도 남의 집 뒷수쇄에 뛰어난 능력을 보였음이니, 온갖 일의 들무새요 안머슴이 었던 것이다.(125쪽)

나) 계원들은 일에 매우 부지런하고 일마다 몹시 성실한 농부였으며 그것이 제 고장에서 내처 붙박이로 남아 있게 된 큰 이유의 하나였다. 우리도 한번 살아볼 날이 있겠지 하는 소박한 희망을 놓지 않았고, 그날이 있기까지 어떡해서든지 살아보려고 애쓰는 착실하고 건강한 농부요, 똑똑하고 경위 있는 청년들이었다. 따라서 이 나무랄 데 없는 이웃들과 허물없는 사이로 지낸다는 것은, 사방이 꼭꼭 막힌 유신시대에 어쩌면 유일하게 트여 있던 숨통이었는지도 모를 일이었다. 또 하루하루를 되도록이면 이웃과 한 무리가 되어서 소일하고자 했던 것도 대개가 그런 까닭이었는지 몰랐다.(「우리 동네 시대」, 『마음의 얼룩—이문구 전집 18』, 297쪽)

다) 내가 술을 먹어도 보통으로 먹는 술이 아니라는 것. 어디서나 두루춘풍에 무골호인처럼 물렁한 사람이라는 것. 담배와 커피에 인이 박인 사람이라는 것. 말수가 적고 숫기가 없으며, 생전 가도 노래하는 법을 못 보고 스포츠에 무관심이라는 것. 내외가 검소하여 모양낼 줄을 모르며, 새우젓이고 개고기고 모든 음식을 가리지 않되 입맛은 경기비렝이(경기도 비렁뱅이—입이 분수없이 높다는

뜻)로 미각이 발달한 사람이라는 것. 부화장에 나온 갓 깬 병아리를 일백 마리씩 사다가 길러도 도중에 한 마리도 실패하지 않고 오롯이 기를 정도로 보기보다 찬찬한 성격이라는 것. 그리고 특히 농사가 직업인 사람 못지않게 농사일에 익숙하다는 것. 기타 생략.(「우리 동네 시대」, 같은 책, 285쪽)

인용문 가)는 이문구의 소설을 통틀어 가장 인상 깊은 인물이라 할 만한 옹점이에 관한 것이다. 그가 만년에 발표한 「장동리 싸리나무」에 등장하는 끝예의 모습 속에서도 옹점이의 모습이 배어나온다. 옹점이의 인물됨에 대해 말하는 대목에서의 핵심은 일 잘하고 인정 있으며 남들에게 의리를 지킨다는 점이다. 그런데 그런 점에서 보자면 「유자소전」의 유재필도 마찬가지이고, 좀 넓게 보자면 「녹수청산」의 대복이나 「공산토월」의 신석공도, 그리고 『우리 동네』에 등장하는 능청스러운 반골 기질의 농민들도 모두 마찬가지로 남자 옹점이라 할 만하다. 나)는 그가 화성군 향남면의 사람들을 회상하면서 기술한 것으로서, "똑똑하고 경위 있는" "착실하고 건강한" 사람들이라는 점에서, 소설 속의 인물만이 아니라 그 모델의 경우 역시 마찬가지 모습을 하고 있다. 그리고 무엇보다도 다)에서 보이는 이문구의 자기 기술이 그런 옹점이의 모습의 한 원형으로 존재하고 있다. 그가 자기 자랑처럼 쓰고 있는, 술 담배 많이 하고 농사 잘 짓는다는 등이 지식인-작가로서의 자화자찬거리

일 수 없음(그러므로 이중적인 자화자찬일 수는 있지만 그렇게 보면 자기에 대한 어떤 글쓰기도 자화자찬일 수밖에 없다)은 명백할 것이다. 요컨대 그는 자기 인물 속에서 스스로의 자아-이상들을 만나고 있었던 셈이지만, 또 말의 순서를 바꾸면 그런 인물들을 만남으로써 작가 이문구라는 인물로 성장했던 것이라 할 수도 있다. 이는 어느 쪽이든 무관할 것이나 여기에서 중요한 것은 속정 깊고 의리 있는, 혹은 성실하고 대범하고 경우 바른 사람이라는 이문구적인 인물의 한 모형이 그의 작품 한가운데 자리잡고 있다는 것이다.

이문구가 그려낸 종국적인 것으로서 사람됨의 매트릭스는 많은 단어로 번역될 수 있다. 진국스럽고 도탑고 진득하고 의리 있고 촌스럽고 무디고 허접하고 시속에 따르지 않고 뻗대고 의뭉스럽고 등등. 그러나 중요한 것은 이러한 단어들이 모두 외양에 불과하다는 것, 그러므로 경우에 따라서는 그 반대 이미지로 대체될 수조차 있음을 아는 것이다. 이기는 편이 아니라 지는 편에 서는 것, 대의에 따르면서도 생색내지 않고, 대열에서 이탈하지 않으면서도 선두가 아니라 중간쯤에 서서 그로 인해 생기는 이익을 자기 몫으로 챙기지 않는 것, 그럼에도 사적인 것을 공적인 것보다 아래로 두지 않는 것, 이런 사람됨을 이문구적이라 불러도 좋을 것이다. 지나친 과장이 아니냐고? 이문구의 작품들을 따라 읽어온 사람이라면, 혹은 생전의 그의 활동과 그 의미에 대해 아는 사람이라면 이런 진술을 과장으로 받아들일 사람은 많지 않을 것이다.

3

그의 마지막 소설집에 실린 단편 「장동리 싸리나무」에서 인상적인 것은, "나 역시 저냥 저렀던겨. 저냥 물에 뜨는 물마냥 살아온겨. 못나게, 지지리도 못나게"라는 말뭉치를 둘러싸고 만들어지는 독특한 분위기이다. 이 소설은 하석귀라는 퇴역 공무원을 주인공으로 내세웠으나 소설에 묘사되는 주인공의 내면은 서울생활을 접고 낙향한 소설가 이문구의 것에 매우 가깝다. "그가 어려서 살았던 갈머리의 뒷동산을 동네 사람들은 으레 부엉산이니 부엉잇재니 뷩재라고들 일렀다"와 같은 구절은, 허구가 아니라 사실임을 내세우면서 쓴 소설 「일락서산」의 내용과 겹치고 있어, 작가 이문구와 주인공 하석귀의 심정 사이의 거리가 매우 가까울뿐더러 그것을 작가 자신이 애써 감추려 하지 않았음을 알 수 있다. 『관촌수필』 등에서 그가 사실임을 앞세우며 소설을 쓸 수 있었던 것은 그것이 자기 이야기라기보다는 자기가 그리워하고 좋아하는 사람들의 이야기였기 때문이다. 자기 이야기를 정면으로 다루는 마당인데 이것을 실화라고 주장할 수는 없고 하석귀라는 퇴역 공무원의 페르소나에 의지해야 했다. 그런 것이 이문구의 기질이자 성향이다.

이런 과정을 통해 만들어진 성찰의 마당에서 이문구가 한숨처럼 토해놓은 것이 바로 저 말뭉치들이다. 헛것을 보면서 헛것처럼

지지리도 못나게 살아왔다는 내용의 말뭉치는 소설 초두와 중간
과 마지막에, 세 번에 걸쳐 반복되고 있다. 그 사이를 채우고 있는
것은 낙향한 저수지 주변의 아름다운 자연 풍경과 마을 노인들의
유머러스한 이야기, 그리고 끝예의 애장터 이야기로 대표되는 유
년의 기억들이다. 그러니까 가장 겉면에 은퇴한 사람의 고적한 내
면이 있다면, 그 밑에는 공동체의 정취, 그러니까 늙어버린『우리
동네』사람들의 이야기가 있고 그보다 한 단 더 밑에 있는 것이 유
년의 기억들이다. 이렇게 보면, 이문구의 세계에서 가장 바탕에 놓
여 있는 것은『관촌수필』의 세계, 옹점이 혹은 끝예로 대표되는 의
리 있고 당찬 여성의 세계라 해도 좋을 것이다. 그 여성성이, 먹거
리에서조차 반상의 구분을 엄격하게 했던 조부와, 또한 현실에 치
이면서도 지킬 것은 지켰던 신석공은 물론이고, 대복이와 최서방
과 유재필까지 포괄하고 있다고 한다면 어떨까. 그들이 모두 옹점
이였다고, 커다란 대의 같은 것은 알지 못하지만 자기가 지켜야 할
사람들 사이의 도리만은 끝내 지켜내는 인물이었다고 한다면 어
떨까.

　이문구의 삶과 문학 전체를 놓고 볼 때 가장 의아하게 생각되
는 것은 그가 왜 아버지와 형들의 이야기를 정면으로 쓰지 않았느
냐는 것이다. 자료에 따르면, 한국전쟁이 발발하던 해, 남로당 보
령군 총책이었던 그의 아버지와 두 형이 목숨을 잃었다고 되어 있
다. 김시습에 대해서는 장편을 쓰면서 왜 정작 자신의 가족사에 대

해서는 쓰지 않았을까.『관촌수필』에 삽화적으로 등장하는 이야기 정도가 전부일 뿐 그는 한 번도 아버지의 삶과 죽음을 정면으로 다루지 않았던 것이다. 물론 이문구는 이에 대해 다음과 같이 쓰기도 했다.

나는 내 집안 이야기의 소설화에 의무감까지 느끼고 있지만 진작에 스스로 포기한 지가 오래다. 자칫하면 본의 아니게 이른바 분단문학이니 통일문학이니 민족문학이니 하는 투의 유행 상표가 붙을 우려뿐 아니라, 남의 아류로 보이기가 십상이기 때문이다. 나는 또 오륙 년간 막노동판에서의 인생 경력이 있지만 이를 소설화할 계획도 일찌감치 걷어치웠다. 역시 노동문학이니 현장문학이니 하는 상표와 아류 취급에 대한 우려 탓이었다. 다시 말하여 남이 이미 손을 댄 것은, 아무리 익숙한 체험과 넉넉한 자료와 치밀한 구상이 있더라도 미련 없이 버린다는 것이다.(「작가와 개성」,『마음의 얼룩 ─이문구 전집 18』, 324~325쪽)

하지만 이런 정도의 해명으로는 부족해 보인다. 작가로서의 개성을 추구하기 위해, 그러니까 좌익이었던 아버지의 이야기를 쓴 김원일이나 이문열 등과는 다른 길을 가기 위해, 비명에 숨져간 아버지와 형들의 이야기를 쓰지 않았다는 것인가. 이것은 변명이라 해야 하지 않을까. 오히려 사실은 그가 옹점이였기 때문이라 해야 하지 않을까. 사실은 그가 옹점이의 애인이자 옹점이의 아들이자 옹점이 자신이었기 때문이라고. 사실은 그가 당찬 행동력과 깊은 속정을 지닌 여성이었기 때문에, 아버지를 죽음으로 몰아간 이념의 세계에 대해, 저 수컷적으로 달아오른 과잉 인정투쟁의 세계에 대해서는 다룰 수 없었던 것이라 해야 했던 것은 아닐까. 그런 세계는 옹점이가 잘 알지 못하는 세계이기 때문이라고 했어야 하지 않을까. 소설에 대해 이렇게 말하고 있는 쪽이 훨씬 이문구스럽고 문학적이다.

나는 소설에 대하여 이렇다 할 이론이 없다. 작가는 되도록이면 자기가 아는 동네에 대해 이야기를 하는 것이 하기도 낫고 듣기에도 나으리라고 생각하지만, 이 생각도 혼자만 하고 있지는 않을 것이니 이 역시 주장은 아닌 셈이다.(「아는 동네하고 모르는 동네」, 같은 책, 244쪽)

이문구는 옹점이들과 함께 있을 때 가장 빛난다. 한번 아니면 아닌 것이 옹점이의 고집이다. 「장동리 싸리나무」의 은퇴한 공무원 하석귀는 밤의 저수지에서 헛것을 보았고, 그것을 깨닫고 난 후 장탄식을 날렸다. 그런 헛것을 보고 살아온 것이 자기 인생이었노라고. 이문구는 하석귀의 몸이 되어 그런 탄식을 세 번에 걸쳐 반복해놓았다. 중요한 것은 그가 무엇을 잘못 보고 살아왔는지 혹은 잘못 생각했었는지 같은 것이 아니다. 후회나 회한으로 가득찬 것이 인생이기는 누구에게나 마찬가지이기 때문이다. 헛것을 봤다는 것도 대단한 것이 아니다. 누구나 헛것을 본다. 중요한 것은 그 헛것이 그 사람을 어떤 자리로 이끌었는지의 문제이다. 회한에 젖는 것도 대단한 것이 아니다. 그것 역시 삶의 어떤 때가 되면 누구나 하게 되는 것이기 때문이다.

그러나 다른 것도 아니고 필생의 깨달음과 회한의 순간을 사투리로 기록한다는 것, 아버지의 언어가 아니라 조부와 신석공과 옹점이의 언어로 기록한다는 것, 그것은 대단한 일이라 아니할 수 없다. 그것이 바로 이문구적인 것이다. 소설을 쓰다보면 좀 잘된 것도 있고 안된 것도 있기 마련이다. 아무리 대단하고 정교하고 감동적인 허구의 세계를 만들어냈다 하더라도 허구는 허구일 뿐이다. 예술의 세계 그 자체보다 중요한 것은 그 속에 새겨져 있는, 그것을 만들어낸 사람의 정신, 한 사람이 소설쓰기라는 행위를 통해 보여주는, 혹은 문학하기라는 실천의 영역을 통해 보여주는 정신의 폭이자 높이다. 우리가 이문구를 고유명사로서의 문학이라고 부른다면 바로 그런 점 때문이다.

이문구의 소설들이 가장 좋은 문학 중의 하나라는 주장에 대해 그렇지 않다는 반박이 있을 수도 있다. 세상에는 너무나 많은 사람들이 있으니까. 하지만 우리가 좋은 의미로 문학적이라는 말을 쓸 때, 그 안에 들어 있는 가장 좋은 의미의 한 단면을 이문구와 그의 작품들이 지니고 있다는 점 정도는 반박의 가능성이 없는 진술이라고, 백 보쯤 양보한 상태로 주장해도 좋지 않을까 싶다. 그의 소설들이 서로 얽히며 만들어내는 맥락들 속에서 우리는 그런 주장의 근거를 확인하고 있는 중이다.

1941년   4월 12일, 충청남도 보령군 대천면 관촌마을에서 출생.

1961년   서라벌예술대학 문예창작과에 입학.

1965년   단편 「다갈라 불망비」로 『현대문학』 9월호에 초회 추천.

1966년   단편 「백결」로 『현대문학』 7월호에 추천 완료.

1972년   첫 단편집 『이 풍진 세상을』, 장편 『장한몽』 출간. 제5회 한국창
          작문학상 수상.

1973년   김동리 선생을 도와서 월간 『한국문학』 창간, 편집장이 됨.

1974년   후일 민족문학작가회의 모체가 된 자유실천문인협회를 발족,
          실무간사를 맡음.
          중·단편집 『해벽』 출간.

1976년   임경애와 결혼.

1977년   2월 한진출판사 편집장으로 취업. 연작소설 『관촌수필』, 중단
          편집 『엉겅퀴 잎새』, 산문집 『아픈 사랑 이야기』 출간.

1978년   단편집 『으악새 우는 사연』 출간. 「우리동네」로 제5회 한국문학
          작가상 수상.

1981년   연작소설 『우리 동네』 출간.

1982년   제1회 신동엽창작기금 수상.

1983년   정치규제로부터 해금됨.

1985년	계간 『실천문학』을 창간했으나 강제 폐간 당함. 콩트집 『그리고 기타 여러분』을 최일남, 송기숙과 공저로 사회발전연구소에서 출간.
1987년	단편집 『다가오는 소리』, 콩트집 『몸으로 살러 온 사내』 출간.
1990년	장편 『산 너머 남촌』, 『역사인물열전』 출간. 제7회 요산문학상 수상.
1993년	단편집 『유자소전』, 산문집 『소리 나는 쪽으로 돌아보다』를 출간. 제8회 만해문학상 수상. 제4회 농민문화상 수상.
1994년	산문집 『글밭을 일구는 사람들』 출간.
1996년	『이문구 전집』 출간 시작.
1997년	한국소설가협회 상임이사 겸 계간 한국소설 편집위원장. 산문집 『나는 남에게 누구인가』 출간.
2000년	창작집 『내 몸은 너무 오래 서 있거나 걸어왔다』 출간. 동인문학상 수상.
2001년	대한민국문화예술상 수상.
2003년	2월 25일 사망. 대한민국문화훈장 은장관 추서.

한국문학의 '새로운 20년'을 향하여

문학동네가 창립 20주년을 맞아 '문학동네 한국문학전집'을 발간한다. 1993년 12월 출판사 간판을 내건 문학동네는 이듬해 창간한 계간 『문학동네』와 함께 지난 20년간 한국문학의 또다른 플랫폼이고자 했다. 특정 이념이나 편협한 논리를 넘어 다양한 문학적 입장들이 서로 소통하는 열린 공간이고자 했다. 특히 세기말 세기초에 출현하는 젊은 문학의 도전과 열정을 폭넓게 수용해 한국문학의 활력을 높이는 데 이바지하고자 했다.

돌아보면 세기말은 안팎으로 대전환기였다. 탈이념화를 중심으로 디지털 기반 정보화와 신자유주의 세계화가 서로 뒤엉켰다. 포스트 시대의 복잡성은 광범위하고 급격했다. 오래된 편견과 억압이 무너지는가 싶더니 도처에 새로운 차이와 경계가 생겨났다. 개인과 사회를 하나의 개념으로 묶어내기 힘든 형국이었다. 많은 시대가 겹쳐 있었고, 많은 사회가 명멸했다. 과잉과 결핍이 롤러코스터를 타고 전 지구적 일극 체제를 강화했다.

지난 20년간 문학을 둘러싼 환경은 호의적이지 않았다. 새삼스럽지만, 문학의 위기, 문학의 죽음은 언제나 현재진행형이다. 그래서 문학의 황금기는 언제나 과거에 존재한다. 시간의 주름을 펼치고 그 속에서 불멸의 성좌를 찾아내야 한다. 과거를 지금-여기로 호출하지 않고서는 현재에 대한 의미부여, 미래에 대한 상상은 불가능하다. 한 선각이 말했듯이, 미래 전망은 기억을 예언으로 승화하는 일이다. 과거를 재발견, 재정의하지 않고서는 더 나은 세상을 꿈꿀 수 없다. 문학동네가 한국문학전집을 새로 엮어내는 이유가 여기에 있다.

이번 전집은 몇 가지 특징을 갖는다. 먼저, 한글세대가 펴내는 한국문학전집이라는 것이다. 문학동네는 전후 한글세대를 중심으로 1990년대 이후 한국문학의 주요 생태계를 형성해왔다. 이번 전집은 지난 20년간 문학동네를 통해 독자와 만나온 한국문학의 빛나는 성취를 우선적으로 선정했다. 하지만 앞으로 세대와 장르 등 범위를 확대하면서 21세기 한국문학의 정전을 완성해나가고자 한다.

문학동네 한국문학전집의 두번째 특징은 이번 문학전집이 1990년대 이후 크게 달라진 문학 환경에 적극 대응해온 결과물이라는 것이다. 문학동네는 계간 『문학동네』의 풍성한 지면과 작가상, 소설상, 신인상, 대학소설상, 청소년문학상, 어린이문학상 등 다양한 발굴 채널을 통해 새로운 문학적 징후와 가능성을 실시간대로 포착하면서 문학의 영토를 확장하는 데 기여해왔다. 그래서 이번 전집을 21세기 한국문학의 집대성을 위한 의미 있는 출발이라고 해도 좋을 것이다.

셋째, 이번 전집에는 듬직한 동반자가 있다는 것이다. 김승옥, 박완서, 최인호, 김소진 등 작가별 문학전(선)집과 세계문학전집, 그리고 한국고전문학전집이 그것이다. 문학동네는 창립 초기부터 한국문학의 해외 진출을 위해 지속적인 노력을 기울여왔다. 문학동네 한국문학전집은 통상적으로 펴내는 작품집과 작가별 전(선)집과 함께 한국문학의 특수성을 세계문학의 보편성과 접목시키는 매개 역할을 수행해나갈 것이다.

새로운 한국문학전집을 펴내면서 '문학동네 20년'이 문학동네 자신의 역량만으로 이루어졌다고 자부하려는 것은 아니다. 문인, 문단, 출판계, 독서계의 성원과 격려가 없었다면 문학동네의 오늘은 불가능했을 것이다. 그러므로 오늘, 문학동네 성년식의 진정한 주인공은 문학인과 독자 여러분이어야 한다. 이 자리를 빌려 거듭 감사드린다. 창립 20주년을 맞아, 문학동네는 한국문학의 더 나은 미래를 위해 한국문학전집 1차분 20권을 선보인다. 문학동네는 해를 거듭할수록 그 가치를 더해갈 한국문학전집과 함께, 그리고 문학인과 독자 여러분과 함께 '새로운 20년'을 향해 한 걸음 한 걸음 나아가고자 한다. 많은 관심과 성원을 부탁드린다.

문학동네 한국문학전집 편집위원
권희철 김홍중 남진우 류보선 서영채 신수정 신형철 이문재 차미령 황종연

이문구

1941년 충남 보령에서 출생하여 서라벌예술대학 문예창작과를 졸업했다. 김동리 선생의 추천으로 『현대문학』에 단편 「다갈라 불망비」와 「백결」을 발표하며 작품활동을 시작했다. 2003년 향년 63세를 일기로 영면에 들기까지 질박한 토속성과 해학성이 담긴 독자적인 소설세계를 일구어냈다.

소설집 『이 풍진 세상을』 『해벽』 『관촌수필』 『우리 동네』 『유자소전』 『내 몸은 너무 오래 서 있거나 걸어왔다』, 장편소설 『장한몽』 『산 너머 남촌』 『매월당 김시습』 등이 있다. 한국창작문학상 요산문학상 흙의 문예상 펜문학상 서라벌문학상 농민문화상 만해문학상 동인문학상 대한민국문화예술상 은관문화훈장 등을 수상했으며, 신동엽창작기금과 춘강문예창작기금 수혜자로 선정되었다.

문학동네 한국문학전집 004

공산토월
ⓒ 이문구 2014

1판 1쇄 2014년 1월 15일
1판 5쇄 2024년 3월 27일

지은이 이문구

펴낸곳 (주)문학동네 | 펴낸이 김소영
출판등록 1993년 10월 22일 제2003-000045호
주소 10881 경기도 파주시 회동길 210
전자우편 editor@munhak.com | 대표전화 031) 955-8888 | 팩스 031) 955-8855
문의전화 031) 955-3576(마케팅) 031) 955-2653(편집)
문학동네카페 http://cafe.naver.com/mhdn
인스타그램 @munhakdongne | 트위터 @munhakdongne
북클럽문학동네 http://bookclubmunhak.com

ISBN 978-89-546-2327-8 04810
     978-89-546-2322-3 (세트)

www.munhak.com